Elisabeth Freundlich

Der eherne Reiter

Roman

Insel Verlag

Die Erstausgabe erschien 1960
im Forum Verlag, Wien.

Erste Auflage 1982
der revidierten Fassung

Druck: Thiele & Schwarz, Kassel
Printed in Germany

Der eherne Reiter

I

AM SIEBTEN TAG UNSERER REGIERUNG, ZU UNSERER HERZENSBETRÜBNIS UND GROSSEN BESTÜRZUNG, IST ES GOTTES, DES ALLMÄCHTIGEN, WILLE GEWESEN, DEM LEBEN DES EHEMALIGEN ZAREN PETERS DES DRITTEN DURCH EINEN UNFALL EIN ENDE ZU SETZEN. WIR HABEN BEFEHL GEGEBEN, SEINE STERBLICHE HÜLLE IN DAS NEWSKISCHE KLOSTER ZU ÜBERFÜHREN, UM SIE DASELBST ZU BEERDIGEN. ALLE UNSERE GETREUEN UNTERTANEN FORDERN WIR AUF, OHNE GROLL FÜR DAS VERGANGENE VON SEINER STERBLICHEN HÜLLE ABSCHIED ZU NEHMEN UND FÜR DIE RETTUNG SEINER SEELE ANDÄCHTIGE GEBETE ZU VERRICHTEN.

ST. PETERSBURG, DEN 7. JULI 1762. KATHARINA II.

Am achten Tag. Auf sommerlich besonnter Landstraße schwankte ein Sarg, kaum noch zu erkennen, inmitten des sich langsam entfernenden, feierlichen Zuges. Drüben trabten gerade die letzten Reiter über den Hof. Kraftvolle junge Männer, entschlossene, undurchdringliche Gesichter. Es war ihnen anzumerken, daß sie gern eilends davongestoben wären. Doch ritten sie verhalten, mit gesenktem Kopf, dem Zuge nach. Trompeten schmetterten, und Pferde wieherten. Aufbruch. Aufbruch dieser letzten aus dem Landhaus in Ropscha. Rückkehr in die Hauptstadt, nach Petersburg.

Still ruhte das Land im Morgensonnenglanze, Strahlen brachen sich in leeren Fenstern der langgestreckten Vorderfront. Nur die Birken vor den Toren wisperten leise im leichten Sommerwind. Hinter endlosen Wiesen verschwamm dunstig der Horizont. Ebene, grenzenlose Ebene. Kaum hundert Schritt entfernt, knapp an der Landstraße, den Weg zu ihr beinahe versperrend, ein einzelner Fels, wie losgesprengt von einem seit Jahrmillionen aufragenden Gebirge. Ein mächtiger Fels, mit schütterem Erdreich bedeckt, moosbewachsen. Hufspuren führen hinauf. Und auf der Spitze ein winziges Bäumchen – geknickt. Vom Sturm? Von Menschenhand?

Verwüstung im Hof. Leere Fässer, letzte Spuren eines gewaltigen Feuers, Reste eines Festmahls. Ein Tier war wohl über der

Glut am Spieß geröstet worden. Ja, hier hatten Soldaten gehaust. Knarrend schlug irgendwo eine Tür, vom Wind bewegt, hin und her. Und von der Stallung drang leichtes Scharren. Sonst kein Laut.

Auf der Freitreppe Abdrücke vieler Stiefel. Türen standen weit offen. Korridore, Türen, Türen, umgeworfene Stühle, eine abgegessene Tafel. Auch hier hatte man gestern gefeiert. Ein Saal, ein kleinerer. Ein Kabinett. Türen. Stille. Und endlich menschliche Laute. Ein langgezogenes schrilles Geheul, dann eine dunklere Stimme, beschwichtigend. Und wieder Geheul.

»Nein, nein, nein«, kam es nun von drinnen von einer Fistelstimme, die sich überschlug. »Nicht ehe Grigori – nicht ehe er bei uns zurück ist und uns ihren Pardon bringt. Gewißheit will ich, ihre Verzeihung. Sonst – –« Das ging über in hilfloses Geplärr. So blieb ungesagt, was sonst geschähe.

»Verzeihung!« höhnte die dunkle Stimme. »Bekennen muß sie sich zu unserm Tun. Dankbar hat sie uns zu sein. Sie hat es doch selbst gewollt. Und nur nicht gewagt. Komm, wir holen die anderen noch ein.«

»Nnnein«, wimmerte es drinnen entsetzt auf. »Nein! Sie läßt ihn festnehmen, sowie er eintritt. Und der Wahnwitzige, Tolldreiste trägt doch ihren Brief bei sich. Diesen Befehl – ›ohne Blutvergießen‹ heißt es ausdrücklich dort. Und daß wir haften mit unserem Kopf. Jag Grigori nach, jag ihm den Brief ab, ehe er zu ihr dringt. Der Brief, bei ihm gefunden, reißt uns alle ins Verderben. Nur dieser Brief beweist, daß sie nicht mit verstrickt ist. So geh doch schon, geh doch«, kam es erbost. »Jag ihm den Brief ab.«

Ein dunkles, dröhnendes Lachen war die Antwort, es sollte beruhigend klingen. »Sie soll es nur wagen, uns anzutasten. Uns verdankt sie schließlich den Thron. Uns wird alle Welt glauben, daß es auf ihren Befehl geschah.«

»Dazu muß erst der Brief in unserer Hand sein. Der Brief muß verschwinden. So geh endlich, geh«, quiekte es auf, und ohnmächtiges Fußstampfen folgte. »So hol doch den Brief.«

Ein wenig widerstrebend schob sich ein gewaltiger Mann über die Schwelle, das offene Hemd über wild zottiger Brust, unmäßige Gliedmaßen, riesige Pranken und eine gräßlich

entstellte, säbelzerschnittene Fratze. Eine Urwaldgestalt, nicht gemacht für das Maß dieser Räume, und hinter ihm ein schmächtiges Bürschchen, das sich winselnd an ihn hängte. Und beider Gewand beschmiert – womit? Ihr Haar verwahrlost, Bartstoppeln im übernächtigen Antlitz. An ihren Stiefeln – Lehmklumpen. Wüste Gesellen beide, bereit, aus dem Wege zu räumen mit Gewalt oder List, was ihren Weg verstellt.
»So geh doch«, winselte der zitternde Knabe und ließ dabei schutzsuchend die Schulter des andern nicht los.
Der schüttelte ihn ab. »Den Kopf hast du verloren«, brummte er verächtlich. »Du, unser Köpfchen! Und hast doch den Einfall ersonnen! Uns verhaften! Das wäre doch gelacht. Nachdem wir *das* für sie geschafft haben.«
»Ich fordere freies Geleit und den Brief«, wimmerte eigensinnig der Jüngere, der jetzt den Türpfosten umklammert hielt und nicht zu bewegen war, einen Schritt vorwärts zu tun, und hockte sich auf den Estrich nieder. »Nicht eher rühr' ich mich fort von hier.« Er lag wie ein hilflos wimmerndes Bündel da und scherte sich weder um Hohn noch um Zuspruch des anderen.
»Ich geh' schon«, knurrte der. Und seine Handbewegung schien zu sagen, so sieht es also aus, wenn unser Köpfchen, das alles ins Lot bringt für seine Brüder, die er Spatzenhirne schilt, den Kopf verliert. Und dann schlurfte er endlich, nicht eben willig, davon.
Sporenklirrend, schleppenden Schrittes ging er jetzt durch Säle, Kabinette, Korridore, Türen. Er hatte zu denken, schwer zu denken, was ihm jetzt oblag. Türen schlugen zu. Nun quer über den Hof. Wenige Minuten später stob Alexei, der Älteste der Orlows, in gestrecktem Galopp auf der Landstraße davon. Staubwolken hüllten ihn ein.
Der da in sausendem Ritt zusammengeduckt auf dem Pferdehals hing, dieser Mann mit seinem gräßlich entstellten, zuckenden Antlitz – Säbelnarbe, zerschnittene Nerven aus anderem wildem Gefecht seiner Jugendzeit – hatte acht Tage zuvor mit den beiden Brüdern und einer Handvoll Kumpanen eine Palastrevolution angeführt. Aber nun war er entschlossen, die Tat dreist als ihren Befehl hinzustellen. Doch mußte dazu der Brief – – Er schlug auf sein Roß ein. Heißa, hurtig, ja, dieser Abschluß war notwendig gewesen. Hinab mit jenem in den

Abgrund. Denn es war schwankender Boden. Und nur Raum für ihn – oder für uns. Acht Tage zuvor hatte er mitten in der hellen Sommernacht plötzlich am Bett der Kaiserin gestanden mit den Worten: »Auf, es ist Zeit!« Da war ihr diese Teufelsfratze als Himmelsbote erschienen.

Der aber den Einfall ausgeheckt hatte, Fjodor Orlow, der Jüngste von ihnen, das Köpfchen, lag zu Ropscha winselnd auf den Knien und klapperte mit den Zähnen und schickte heiße Gebete zu seinem Gott und zitterte um sein Leben und schlug sich die Fäuste vor die Brust. Es war Todesangst, aber vielleicht auch Reue, und er keuchte: »Sündig, sündig und verworfen«, und lauschte dabei auf jedes Geräusch, ob die Schergen schon kämen, und harrte bebend des Wortes der Kaiserin, die von den drei Orlows doch erst zur Kaiserin gemacht worden war. Er wälzte sich wimmernd in Höllenqualen, wollte den Brief, den Brief – der mußte verschwinden – und wagte sich nicht zurück in die Stadt. Zutiefst war er überzeugt, daß er das Rechte ersonnen hatte, und war allein und verlassen und wollte im Triumph zurückgeholt werden.

Am selben Tag zu abendlicher Stunde jagte mit verhängten Zügeln eine junge Frauensperson vor das Winterpalais in Petersburg. Verschlafen lag das Schloß. Tagelang hatte man gefeiert und gejubelt, nun schnarchten die Soldaten. Träge lümmelten die Offiziere vom Dienst, da und dort döste eine Wache. Die Reiterin warf, ohne hinzusehen, dem nächstbesten Lakai die Riemen hin und eilte die Freitreppe hinauf. Ein torkelnder Geselle wollte sie verspätet daran hindern. »Laß«, winkte ein anderer ab. »War mit dabei. Die Fürstin Daschkowa. Die Busenfreundin. Hat jederzeit Zutritt.«

Da war sie schon im Innern des Schlosses verschwunden und rannte keuchend durch endlose Korridore, durch den Spiegelsaal und die Ahnengalerie. Ihre Schritte klapperten auf den Marmorfliesen, der Lärm brach sich vielfach oben im Gebälk, es hallte wider von den Wänden, als gäbe es Aufruhr eines ganzen Regimentes. Das Schloß lag verödet. Dort hinten lehnte verschlafen eine Wache, dann vorbei an drei Lakaien, die ihre Karten auf den Tisch klatschten, ohne der Vorbeihastenden auch nur einen Blick zu schenken. Man kannte sie hier. Erst jetzt, als sie wieder um eine Ecke bog, jetzt endlich trat einer ins Gewehr. Sie winkte ab, raffte die Röcke hoch, tappte halb blind die Wendeltreppe hinunter bis zu der geheimen Tapetentür und stieß sie auf.

»Madame«, rief sie sehr hell, sehr entschlossen, und brach ab. Das war das Boudoir der Kaiserin, da stand der Schreibtisch, an dem sie zu zweit, nächtelang studierend, gesessen hatten – aber sie, sie war nicht da.

Hingestreckt auf der Ottomane lag der massige Riese Grigori Orlow. Sein Jabot war geöffnet, um ihn verstreut lagen Papiere, Staatsdokumente mit Siegel und Wappen. Sein Degen lag auf dem Stuhl, sein Rock hing über der Stuhllehne. Und das im Boudoir der Kaiserin. Nur flüchtig blickte er auf, nickte einen kurzen Gruß, ohne seine Stellung zu verändern, und las weiter.

Da lehnte sie sich gegen die Wand, noch atemlos vom Lauf und von Entsetzen geschüttelt über das letzte Geschehen und ratlos, wie sie diesem Mann begegnen sollte. Sie war ein blasses, schmächtiges Mädchen mit brennenden Augen und einer hohen, seltsam gebuckelten Stirn, hatte irgendwo auch Mann und Kind, aber von denen wußte sie jetzt nichts. Acht Tage war es erst her, daß sie an der Spitze von zehntausend jubelnden Soldaten, ein leidenschaftlich ergebener Page, an der Seite der geliebten und angebeteten Freundin durch die helle Nacht geritten war und sie zur Herrscherin gemacht hatte.

Hörbar atmeten die beiden in dem engen Raum. Orlows Papiere raschelten beim Umblättern. Daß nur er hier zu sein hatte, schien ihr sein Schweigen entgegenzuschreien. In ihrem hochmütigen Kindergesicht aber standen Erbitterung und der Entschluß, nicht zu weichen.

Da wurde die Klinke der gegenüberliegenden schweren Eichentür langsam niedergedrückt, und sie stand auf der Schwelle – sie, die nun Katharina die Zweite, Selbstherrscherin aller Reußen, hieß. Eine blühende Frau, um ihren stolzen Mund noch der Triumph der letzten Tage, auf ihrer Stirn der Abglanz hoher Gedanken und – Grauen in ihrem Blick. Sie hielt sich sehr aufrecht, mühsam aufrecht, und trug den Kopf hoch, gelöst hing ihr das schwarze Haar über die Schultern, starr blickte sie vom einen zum andern. Da waren sie nun endlich wieder zu dritt – sie und die einzigen Freunde. Vergeblich suchte sie in des Mannes Zügen zu lesen, einen Blick in sein Auge zu tun. Er hatte auch für sie jetzt nur ein flüchtiges Nicken und sah kaum auf. Und da sie hastig einen Schritt näher zu ihm trat, machte er nur eine knappe Kinnbewegung zur Tapetentür hin, und dies schien zu besagen, daß er nicht gewillt sei, im Beisein dieser dritten zu reden. Da breitete die Kaiserin mit einer winzigen hilflosen Gebärde die Handfläche nach oben und ließ sie wieder fallen. Sie sehnte sich so sehr nach menschlicher Wärme. Der Mann sah aber immer noch nicht auf von seinen Schriften, und so stürzte sie aufstöhnend auf die junge Freundin zu und schloß sie in die Arme.

Die merkte nicht, daß hier ein Mensch zutiefst aufgewühlt war, oder sie verschloß sich dagegen mit der Kraft und Erbitterung ihrer Jugend. Eine Welt war ihr eben zusammengebrochen, sie machte sich steif in den mageren Kinderschultern und befreite sich aus der Umarmung, die ihr noch vor acht Tagen beseligende Huld und überwältigendes Vertrauen bedeutet hätte. Dieses dem hohen Ernst seines Spiels hingegebene Kind konnte jetzt keine Zärtlichkeit brauchen, auch von der angebeteten Freundin nicht. Sie verspürte nichts von dem gewaltigen Schicksal, das hier in diesen engen Wänden sich zusammenballte und diese drei Menschen auf Gedeih und Verderb verband und mit ihnen die Geschicke des Landes. Sie ließ sich nicht abbringen zu sagen, was sie in keuchendem Lauf über endlose Korridore zu sagen sich vorgenommen hatte. So reckte sie sich hoch, schneidend sollten ihre Worte klingen, ahnungslos war sie für alles, was in diesem Raum zwischen ihnen sich spannte und die Wände zum Bersten zu bringen drohte. Für alles, was in diesen letzten acht Tagen vor ihren Augen abgerollt war. »Madame«, sagte sie tonlos und sehr deutlich, »dieser Tod kommt zu schnell für Ihren Ruhm und für meinen.«

Da gab die Kaiserin sie frei und wich einen Schritt zurück. Die Unbotmäßigkeit des Tons bemerkte sie nicht einmal, aber dies war so jenseits alles dessen, was sie durchtobte, daß sie nur lächeln konnte über dieses maßlose Kind und sich gleichzeitig in ihr etwas zu lösen begann. Umstellt und umlauert von Feinden, würde sie sich auch von diesen beiden einzigen Vertrauten lösen müssen. Von ihnen, die ihr die Macht gebracht und sie schon am selben Tag, jeder auf andere Art, zurückzufordern begonnen hatten. Allein mußte sie ihren schweren Weg antreten, an dessen Anfang ein Mord stand – ein Mord an einem Mann, der trotz allem ihre Jugend gewesen war, ihr gemeinsames leidenschaftliches Planen und ihre gemeinsamen Kinderängste vor der Zarin Elisabeth. Das war ihr Peter gewesen, und lange hatte sie inbrünstig gehofft, ihn zu einem wirklichen Herrscher machen zu können.

Dem gelehrten Wunderkind Daschkowa, von der es hieß, daß es kein bedeutendes Buch der Zeit gäbe, das nicht in ihrer Bibliothek zu finden wäre, dämmerte es nun doch, daß ihr etwas sehr Kostbares, was sie bis jetzt als ihren einzigen echten Besitz angesehen hatte, auf Nimmerwiedersehen zu entgleiten drohte. Sie griff ins Leere und wollte halten und Brücken schlagen und wußte nicht wie. Denn all ihre Klugheit war fortgeweht und bedeutete nichts, und auch der Hochmut war fortgeblasen, und mit kläglichem Kinderstimmchen kam ihr leises, zaghaftes: »Was nun?«

Man müßte diesen Mord ahnden, dachte die Kaiserin verzweifelt und hatte wieder nur diese kleine hilflose Gebärde als Antwort. Es wird der Welt zu beweisen sein, daß wir reinen Herzens und mit reinen Händen unser Amt übernahmen, dachte sie weiter. Dann wurde es plötzlich sehr still in ihr, das Grauen war fort, nur eine tiefe Müdigkeit blieb und eine große Trauer. Sie sehnte sich danach, allein zu sein und zu weinen.

Aber nun hatte Grigori Orlow sich doch gemächlich erhoben, er war offenbar gar nicht so tief in diese Papiere versenkt gewesen und schlenderte herbei. »Wir haben zu reden, Madame«, sagte er langsam. »Staatsgeschäfte, die keinen Dritten – –«

Die Daschkowa blickte ihn an, lächelnd und herausfordernd. Wer versteht etwas von Staatsgeschäften? sagte dieser Blick. Ich, die Nichte des Kanzlers Woronzow, oder du, du Tölpel, einer von drei einander prügelnden, degenfuchtelnden, saufenden, hurenden Soldatenbrüdern? Wer hat denn jahrelang die neuen Lehren, die Enzyklopädisten mit ihr gelesen und den neuen Staat vorbereitet, du oder ich? Sie ließ es nicht bewenden bei der Herausforderung dieses Lächelns, sondern fügte noch eine weitere hinzu. Sie setzte sich auf die kaiserliche Ottomane, zwischen all die feierlichen Papiere. Ganz sicher war sie, daß die Kaiserin das Wort »Staatsgeschäfte« aufnehmen und ihm nun

endlich die Tür weisen werde. Dann würde sie mit der Freundin weinen, und diese würde sich vor ihr zu rechtfertigen suchen. Oh, wenn sich doch ihre Unschuld erwiese. Dann könnten sie beraten, wie sie es Jahre hindurch getan hatten – kein anderer, weder Mann noch Frau, war der Klugheit und Belesenheit dieser beiden Frauen gewachsen, die den neuen Staat, die neue Zeit planten, das wußte jeder bei Hof.
Aber es kam anders. Die Kaiserin strich ihr hastig und verlegen übers Haar. Daß sie sich von diesem Kind noch vor wenigen Augenblicken die Absolution gewünscht hatte, erschien ihr auf einmal ein wenig lächerlich. Sie wußte jetzt, daß es ein ganz anderes Gespräch zu bestehen galt, bei dem es ganz anderer Kräfte bedurfte als diesem klugen Kind gegenüber, und daß von diesem Gespräch ihre Seelenruhe und ihre ganze hohe, beauftragte Zukunft, all das, was sie als ihr Glück ersehnt und erträumt hatte, abhängen werde. Dumpf ahnte sie auch schon, wenngleich es sich ihrem Sinn noch nicht ganz erschlossen hatte, daß sie sich durch diese Unterredung nur eines von beiden und nicht beides würde sichern können. Sie war auf einmal sehr ungeduldig, diese Aussprache, vor der sie noch vor kurzem ein hilfloses, unüberwindliches Grauen gefühlt, hinter sich zu bringen.
Die große Freundin drückte zart und zärtlich, aber sehr bestimmt gegen die Schultern der anderen, so daß dieser gar nichts übrigblieb, als sich zu erheben, und ehe sie sich' s versah, stand die Daschkowa, die eben noch, ihrer Sache so sicher, diese Tapetentür aufgestoßen hatte, wieder neben dieser Tür und blickte mit weitaufgerissenen Augen vom einem zum anderen und suchte zu begreifen. Eine angestrengte Falte erschien auf ihrer klugen, früh geformten Kinderstirn. Wann, wann, ging es ihr durch den Kopf, wann hatte denn diese Frau unter ihren Augen ein Komplott gegen sie zu schmieden begonnen? Es war wohl also gar nicht so, wie es ihr immer selbstverständlich erschienen, daß zwei Freundinnen, die auserwählten Geister des Landes, in von Gott gesandtem Auftrag über großen Büchern studierten und planten, und daß man diesen da und seine noch dümmeren, noch lärmenderen Brüder bloß benutzte, weil sie eben Soldaten waren und von rohen Soldaten geliebt wurden? Es war vielleicht gar nicht so, daß eine große Kaiserin

– die sie zur Kaiserin gemacht hatte – hier bloß ihr Spiel trieb, daß ihr Herz aber den großen Ideen und der Freundin galt?
»Geht jetzt«, drängte tonlos die Kaiserin. Es war das erste Wort, das sie sprach, seit sie hier zu dreien wieder zusammengefunden hatten, und sie lächelte ihr zu aus sehr blassem Gesicht, mit einem sehr fremden Lächeln, das auch jedem anderen hätte gelten können. Da die Daschkowa noch immer an der Tür lehnte, denn ihr Kopf konnte es nicht fassen und ihre Beine wollten sie nicht tragen, trat Grigori Orlow, der sich bei ihrem Eintritt nicht einmal erhoben hatte, vor und verbeugte sich übertrieben ironisch. So fand sie sich draußen und wußte nicht wie und tappte wieder wie blind die Wendeltreppe hinauf. Jetzt war es ein vorsichtiger Kleinmädchenschritt, mit dem sie die endlosen Korridore leise zurücktrippelte. Unhörbar wollte sie sein, um die Schande nicht publik werden zu lassen. Schmerz und Wut über diesen Hinauswurf entluden sich in einem fassungslosen Kleinmädchenschluchzen.

Das Gespräch der Kaiserin mit Grigori Orlow verlief also ohne Zeugen, und da er zuerst redete und diese lächerliche Dritte im Bunde zuvor energisch hinausbefördert hatte – tagelang, bis zur Thronbesteigung, bis zur Abdankung Peters, hatte man sie nicht abschütteln können –, so ist es ziemlich sicher, daß es nicht mit dem die Kaiserin beherrschenden Gedanken – man müsse diesen Tod rächen – begann. Es war ein sehr leise geführtes Gespräch, mag sein, daß der Flüsterton auf die völlige Erschöpfung der beiden zurückzuführen war. Sie waren ja tatsächlich während dieser letzten epochemachenden Tage kaum aus den Kleidern gekommen.
Vielleicht jedoch flüsterten sie auch nur, weil die Wände in einem Schloß Ohren haben, besonders dann, wenn die Selbstherrscherin aller Reußen erst seit acht Tagen herrscht und ihr Vorgänger, der siebzehn Jahre hindurch auch ihr Gemahl gewesen war, aufgebahrt lag, den Gebeten aller Untertanen empfohlen, damit Gott seiner armen Seele gnädig sei.
Soviel steht jedenfalls fest, daß es bei diesem Gespräch um die Vorgänge der vergangenen Woche ging, um jenen Brief mit seinem Auftrag, dessen Bekanntwerden Fjodor, das jämmerliche Knäblein, das einfallsreiche Köpfchen der Familie, als für

die Orlows lebensgefährlich so fürchtete. Die Durchführung des nur widerstrebend erteilten, wenn auch im Zuge der Ereignisse leider notwendig gewordenen Auftrages war zweifellos den Orlows ein wenig danebengeraten. Gewiß, der Auftrag hatte nur dem sicheren Geleit von einem Schloß in ein anderes gegolten. In ein anderes, das vielleicht nicht eigentlich als Schloß, sondern eher als Festung anzusprechen war, als eine düstere, von schwerer Geschichte erfüllte Festung, genannt Schlüsselburg. Vielleicht hätte diese in den Plänen der beiden, von hohen Menschheitsidealen erfüllten und eine russische Enzyklopädie vorbereitenden Frauen besser keinen Platz haben sollen. Es war zudem wohl auch wirklich nicht der rechte Ort für einen abgedankten Zaren und den Gemahl der letzten siebzehn Jahre. Doch war infolge der sich überstürzenden Ereignisse solchen Erwägungen kein Raum gelassen, und die Kaiserin hatte schließlich alles Erdenkliche getan, um diese neue Wohnstätte, die Schlüsselburg, freundlich auszustatten. Sie hatte veranlaßt, daß es dem hohen Gefangenen dort an nichts fehlen sollte, auch von seinen drei ihr überbrachten Wünschen großzügig zwei bewilligt. Der einmal Peter der Dritte gewesen war, hatte seine Geige und seinen Neger mitnehmen dürfen auf seine Reise. Und konnte man es der Kaiserin verdenken, daß sie den dritten Wunsch, die Mitnahme seiner Mätresse, der Fürstin Woronzow, glatt verweigert hatte? Vielleicht denkt man sich eine Kaiserin und gerade diese großzügiger, und sie wurde es im weiteren Verlauf auch, doch damals war sie zwar schon leiderfahren, aber noch nicht machterprobt. Genug, sie hatte vorgesorgt, genau so viel, wie es ihr für ihre Seelenruhe notwendig schien, aber auch nicht um ein Jota mehr.

Die Orlows wiederum hatten den Auftrag, im Lärmen und Prahlen vor den Kumpanen, vor diesen klingenden und stolzen Namen, die in allen Geschichtsbüchern zu lesen sind, und wohl auch befeuert von jenem wasserklaren Getränk, das damals in Kaschemmen, Kasernen und Palästen durch kaiserliche Huld schier unerschöpflich floß – ein wenig anders ausgeführt. Danach hatten die Brüder beschlossen, daß die etwas danebengeratene Ausführung zunächst durch die Wiedersehensfreude der beiden Liebenden überspielt werden sollte. So hatte Grigori sich beim ersten Zusammensein im ersten Machtrausch der jungen Herrscherin ihrer Dankbarkeit für so manches versichern wollen. Dann wäre, glaubte er, dieses dem Befehlzuwider-Handeln gleich in einem anderen Licht erschienen. Es war nicht übel erdacht, nur war ihm die Daschkowa dabei sehr zur Unzeit wieder einmal dazwischengekommen. Doch spricht Grigoris Vorhaben jedenfalls gegen die Annahme, daß es sich bei ihm nur um einen laut lärmenden, durch und durch ungebildeten, dummen Soldatentölpel handelte, mit dem eine von so hohen Gedanken bewegte Frau wie die Kaiserin bloß ihr Spiel trieb. Vielmehr scheint es auf seine zwar nicht belesene, aber eben sehr tiefsitzende, nicht aus dem Kopf kommende Klugheit zu weisen: die einzige übrigens, die in allen Bezirken des Lebens, dort wo Weltgeschichte gemacht wird, wie dort, wo es nur darum geht, sein kleines Haus zu bestellen, letztlich trotz allen großen, erschütternden Ideen die einzige, alle Entscheidungen bestimmende bleibt.

Übrigens ist auch der so gelehrten, trotz Mann und Kind in den tieferen Schichten des Lebens ahnungslosen Daschkowa ein richtiges, dumpfes Gefühl nicht abzusprechen. Sie war nicht nur ihretwegen erbittert gewesen, weil Grigori Orlow sich bei ihrem Eintritt nicht erhoben hatte, sondern sie hatte blindwütig auch sofort gespürt, daß es ein gesättigter Sieger war, der da vor ihr lümmelte, des Ausgangs eines bevorstehenden Zweikampfes durch und durch gewiß.

»Also«, sagte abschließend Grigori Orlow, und das sollte heißen: Jetzt begreifst du wohl endlich, mein Schatz, daß es nur für dich geschah, zu deinem Schutz, um dir für alle Ewigkeit zu sichern, was wir dir da erkämpft haben, und daß meine beiden Brüder genauso wie ich deine treu ergebenen Diener sind und zu deinem Wohl und in deinem Sinn handeln, auch wenn es eben jetzt vielleicht nicht ganz so aussieht. Erleichtert atmete er auf. Gleich würde er die Brüder wieder herausgehauen haben, so wie sie einander immer wieder aus irgend etwas herausgehauen hatten. Aus Weibergeschichten, aus Spielschulden, aus weiß Gott was für Abenteuern. Gleich würde er die Brüder im Triumph zur Stadt holen dürfen, es konnte nur noch eine Frage von Minuten sein.

»Nie«, sagte die Kaiserin leise. »Und vertraut hatte ich euch dreien. Gerade euch hatte ich ihn anvertraut.« Eine große Stille

war um sie. Ihr »man müßte diesen Mord ahnden« wird sie nie vor ihm auszusprechen wagen. Nie hätte das geschehen dürfen, sollte es heißen. Ruchlos, schoß es ihr durch den Kopf. Eine lahme Handbewegung schien etwas fortscheuchen zu wollen.
»Eben«, sagte Grigori Orlow und reckte sich hoch zu seiner vollen Größe. Sie war sehr klein neben ihm. In zehn, in zwanzig Jahren wird er vielleicht ein aufgeschwemmter Koloß sein, und sein etwas zu kleiner Kopf wird noch kleiner auf seinem kolossalischen Leib wirken. Aber heute war er ein Jüngling und sein Körper noch von edlem Ebenmaß, den griechischen Jüngling nannte man ihn bei Hof. »Eben«, wiederholte er, »uns war er anvertraut.« Und: »In deinem Auftrag schließlich.«
»In meinem Auftrag?« wiederholte die Kaiserin, eine flügellahme Kaiserin, die nichts gemein hatte mit der, die mit Eichenlaub im flatternden Haar an der Spitze von zehntausend jubelnden Soldaten durch die helle Nacht geritten war. »In meinem Auftrag?« fragte sie ratlos noch einmal, und dabei war es doch ganz leicht zu verstehen, daß er nur meinen konnte: In deinem Auftrag ist es doch eben geschehen. »Sicheres Geleit hieß doch der Auftrag«, fügte sie hinzu. Nichts Rechthaberisches, nichts Aufbegehrendes war mehr in ihrem Ton. Ein entsetzliches Unglück, man wird es tragen müssen, es auf sich nehmen vor der Welt.
»Sicheres Geleit, aber wohin?« lachte er. Ein häßliches Lachen war das, ein Kasernenhof- und Kaschemmenlachen, ein Lachen, wie es zu nächtlichen Biwakfeuern gehört, nach siegreichen Schlachten, wenn man bei Plünderungen und Brandschatzungen den Siegestaumel sich austoben läßt. Es war der erste laute Ton in diesem Gespräch, und die Kaiserin schrak zusammen.
»Sicheres Geleit zu dem von Uns, Katharina der Zweiten, genehmigten Aufenthaltsort«, sagte sie leise. Sie blickte ihn an und versuchte so entschieden zu sprechen, wie es ihre hohe, sie erfüllende Aufgabe erforderte.
»Und das Friedensmahl?« warf Grigori Orlow hin, und Hohn und Besitzerstolz waren in seiner Stimme. Hätte er seine Reitgerte zur Hand, er ließe sie jetzt pfeifend durch die Luft und gegen seine hohen Stiefel klatschen, so lustvoll war das Leben und so sehr konnte man es bändigen, wenn einem nach Bändigen die Lust kam.

Die Kaiserin tat das mit einer Handbewegung ab. Ach ja, das Friedensmahl, jener lächerliche Streit, da Peter noch trunken von der neugeschenkten Herrschergewalt diese auch an ihr hatte erproben wollen und ihr in Anwesenheit des ganzen Hofes, im Beisein seiner dicken Mätresse, aus nichtigem Anlaß ein wüstes Schimpfwort an den Kopf geworfen hatte. Weil sie nicht in seinen Trinkspruch eingestimmt, weil sie irgendein Zeremoniell verletzt hatte. Ärgeres war ihr begegnet in den endlosen siebzehn Jahren ihres Lebens als Großfürstin. Wie nichtig das jetzt war und doch auch wie beschämend, daß sie ihm wohl deshalb die Woronzow nicht als Begleitung bewilligt hatte. Vielleicht wäre dann manches anders gekommen. »Wie gleichgültig«, sagte sie nur.

»Doch nicht ganz«, erwiderte Orlow. »Da begann es. Mein Auftrag.« Ja, damals war er zum erstenmal nicht nur Stunden, sondern eine ganze Nacht lang bei ihr geblieben und hatte ihr von der Liebe und Ergebenheit der Soldaten des Ismailowschen Regimentes und aller Regimenter der Garde gesprochen. Da endlich hatte sie eingewilligt. Es war eine unglaubhafte, beinahe unwirkliche Nacht gewesen, mit ganz unglaubhaften, beinahe unwirklichen Gesprächen, im Hintergrund das Lärmen und die Wirklichkeit des Friedensmahles, und was in ihr aufgestaut gewesen war und sie zu zersprengen gedroht hatte, das hatte sich damals gelöst und war plötzlich fortgeschmolzen und war schwerelos und federleicht geworden. Der hermelinverbrämte, pfauenblaue Festmantel fiel ihr ein, wie er über einen Stuhl geworfen dagelegen hatte, und das Aufwiehern eines Pferdes klang ihr im Ohr, das von irgendwoher durch die Nacht bis in ihr Schlafgemach gedrungen war: »Wir willigten ein«, gab sie zu. »In die Absetzung.« Dann brach es aus ihr heraus. »Niemand, niemand wird mir glauben. Und ich weiß genau, was dort stand! ›Gezwungen durch die harte Notwendigkeit der Staatsräson‹«, memorierte sie feierlich werdend ihren eigenen Text, »›finden Wir Trost darin, das Wohl des teuren Gefangenen in die bewährten Hände – die Brüder Orlow sind Bürgen für Leben und Gesundheit –‹, so stand es dort«, klagte sie jetzt, leiser werdend. »Aber wer wird mir glauben, wenn – –« Wenn ich euch nicht vor Gericht stelle, wenn ich diesen Mord nicht

räche, sollte das heißen. Sie wagte nicht, es auszusprechen, wagte nicht, es zu Ende zu denken.
Er aber wagte. Gelassen lächelnd zog er den Brief hervor, warf ihn auf den Tisch – laß sie nur rollen, die Köpfe deiner Getreuen, schien diese Geste zu sagen. Er wußte genau, daß diese Geste allein drei Männern den Kopf zwischen den Schultern bewahren konnte.
Er tat noch ein übriges, strich den Brief sorgfältig glatt, ihren Brief. Strich über den knisternden Bogen mit seiner ebenmäßigen, gewalttätigen Pranke, der sie verfallen war. Er tat es bedächtig, ganz seinem Tun hingegeben, als wäre nichts Wichtigeres auf der Welt, als wüßte er gar nicht mehr, daß sie noch im Raum war.
Da lag nun ihr Brief, der Auftrag an die Orlows, der unter allen Umständen Schonung forderte für das Leben des Gemahls und die Brüder haftbar machte für den Gefangenen. Und während der eine der Brüder wimmernd und bebend auf dem Boden lag im verlassenen Ropscha und nach der Nachricht von der Vernichtung des Briefes fieberte, und während der andere vergeblich versucht hatte, beim Brüderlein Tausendsassa einzudringen und ihm das Dokument zu entreißen – dreier Heiduk-ken hatte es bedurft, um Alexei am Eintritt zu hindern –, legte dieser Tausendsassa, der tollkühne Grigori, den Brief auf den Tisch und bot ihr gelassen lächelnd seinen Kopf. Breitbeinig stand er, steckte die Hände in die Taschen und blickte ihr ruhig ins Auge. Sie hätte nur zu greifen brauchen nach dem Beweis ihrer Unschuld. Da lag ja ihr Brief auf dem Tisch.
Er sah sie an, abschätzend. Es lockte ihn, es weiter zu treiben, es lockte ihn, zu erfahren, wie weit es sich treiben ließ. »Peter ist erledigt, sagte ich damals«, fuhr er unerbittlich fort.
»Peter ist erledigt, stimmte ich zu«, bestätigte nicht begreifend die Kaiserin. Dann aber begriff sie. Mit einem Schlag. Sie blickte ihn an, öffnete den Mund und brachte keinen Ton hervor, nicht einmal ein Flüstern. Doch er hielt ihrem Blick stand. Ein Sieger von Anbeginn. Und vor ihnen beiden lag der Beweis ihrer Unschuld, sie müßte nur danach greifen und stünde rein da vor Gott und der Welt. Sie hatte doch nur gemeint, daß Peter als Herrscher erledigt sei, hatte auch nur den Schatten jeden Gedankens an eine andere Lösung weit von sich gewiesen. Nie,

nie hatte sie ihn in sich aufkommen lassen, nie zur Versuchung werden lassen. Nie? Hatte sie es nicht doch heimlich gewollt? Er hielt sie fest mit dem Blick, leise lächelnd. Verstrickt, sagte sein Blick, auf Gedeih und Verderb. Nimm ihn hin, den Beweis deiner Unschuld. Stell uns Brüder nur vor Gericht. Du und ich, wir beide werden dennoch, solange wir leben, wissen, daß nur geschah, was du innig gewünscht und nur nicht zu denken gewagt hast. Da wandte sie langsam die Augen ab und griff nicht nach dem Brief.
Ihre Hände und Füße wurden eiskalt. Eiskalt kroch ihr das Grauen den Rücken hinauf. Der Boden unter ihr wich. Ihr schwindelte. »Grigori«, kam es jetzt endlich tonlos. Und das war, als wenn man sich an einer einzigen, mächtigen Säule festhalten will, während ringsum die Sintflut gurgelnd schon alles in die Tiefe zieht, und es bleibt nichts als diese Säule, und sie wird einem Halt bieten, bis auch sie gurgelnd in den Abgrund schießt.
Da fing er sie auf und bettete sie auf die Ottomane, zärtlich und sehr umsichtig, und Mitleid stieg in ihm auf mit diesem hilflosen, schwachen Geschöpf, ganz ihm ausgeliefert und also zu schützen.

Ihr Brief, der Beweis ihrer Unschuld, ruhte noch manches Jahr in einem Geheimfach des kaiserlichen Schreibtisches und sollte im Laufe der Begebenheiten noch einige Male von ihr hervorgeholt werden, und dabei änderte er noch einige Male Farbe und Gewicht. Wie alles Farbe und Gewicht verändert, was zwischen Menschen spielt. Als man das Schriftstück nach ihrem Tode, rund vierzig Jahre später, fand, da sah es ein wenig anders aus als in diesem Augenblick und hatte dazu gedient, in Schuld zu verstricken und Sühne zu versuchen und war deshalb ein großes Lebensdokument eines wildbewegten, durch alle Höhen und Tiefen gejagten Daseins.

Durch Boten überbrachtes, von der Kaiserin persönlich in Empfang genommenes Eilschreiben.

Herzensfreundin! Kirganowa, den 20. Juli 1762
Verrat! Verrat! Keine Sorge. Nicht Ihr seid verraten. Ich bin es.

Ich habe den Verrat stets nur von Euch ferngehalten. Ich habe unsere Sache treu zum Siege geführt. Und zum Dank setzt Ihr mich den Nattern aus. Seit der Krönung ist stets nur Grigori Orlow an Eurer Seite. In der Kathedrale bin ich Nummer zwanzig im Gefolge. Vergessen habt Ihr die Nächte, da wir an einer besseren Welt bauten, nach dem Vorbild der Männer in Frankreich, da wir der Demütigungen spotteten, die man uns antat. Mochte sich Euer Gemahl nur mit meiner Schwester vergnügen, was focht es uns an!
Und ich war verblendet genug, nicht zu sehen, daß Ihr diesem Griechenjüngling mit dem Spatzenhirn immer tiefer ins Garn gingt. Nun tanzt Ihr artig nach seiner Pfeife. Was er bestimmt, das geschieht. Aber ich warne Euch. Ich kenne die Männer der Garde besser als er. Noch gibt es der Tapferen genug dort, die nicht dulden werden, daß die großen Ideen, die wir zwei planten, in den Staub sinken.
Wie hat die Macht Euch mit einem einzigen Schlage verwandelt! Doch mich haben die Demütigungen der letzten zehn Tage nicht zu verändern vermocht. Wenn ich auch zurückkehren mußte in Onkel Woronzows Haus, gleich meiner Schwester Elisabeth. Wenn ich auch unter einem Dach wohne mit ihr, die niemals von den Adlerschwingen unseres Geistes berührt ward, aber sich dennoch in der Hoffnung wiegen durfte, Eure rechtmäßige Nachfolgerin zu werden. Ich wollte, sie säße schon hinter Klostermauern!
Und die lächerlichen Gerüchte, denen entgegenzutreten mir verwehrt ist! Peters Unfall, dieser Sprung von Roß und Reiter über die Felswand, von dem jedermann weiß, daß er mit List erzwungen worden war. Alle, die den Toten erblickten in seinem grauenerregenden, die Gestalt bis über das Kinn verhüllenden Totengewand, die Arme bis über die Ellbogen in schweren Stulpenhandschuhen, begriffen, daß dies Maskierung war für einen bis zur Unkenntlichkeit verstümmelten Leib. Jeder einzelne in diesem unübersehbaren Trauerzug heftete auf Euch diesen Makel.
Und ich darf Euren Ruf nicht beschirmen. Rechtlos bin ich dem Natterngezücht preisgegeben. Kann mich ja nicht einmal dagegen wehren, daß mein Schwesterchen verbreitet, ich hätte ihr den Katharinenorden vom Busen gerissen, wobei eine wertvolle

Toilette auf nicht zu reparierende Weise zu Schaden gekommen und ein vom Souverän gespendetes Schmuckstück von unermeßlichem Wert verschwunden sei. Das Gerücht dringt bis zu Euch. Und Ihr? Weist Ihr etwa die Dreiste in ihre Schranken, um mich zu schützen? Oder sperrt Ihr sie hinter Klostermauern, wie sie Euch fast hinter Klostermauern gesperrt hätte?
O nein! Ein Affentanz ohnegleichen hebt an. Nun verleiht Ihr den Katharinenorden. Nicht etwa an mich allein. An fünf Personen Eurer engsten Entourage. An die lächerliche Figur des alten Bezki, den man Eure Amme nennt und der sich anmaßt zu glauben, auch er habe sein Teil geleistet für Eure Thronbesteigung, wahrscheinlich schlief er. Und an drei andere, die irgendwo Türsteher waren in jenen Tagen, da ich, Hand am Degen, neben Euch ritt, stets bereit, ihn zu ziehen, Euch mit meinem Leibe zu decken und mein Blut jubelnd zu verströmen für Euch. Ich erhalte also gleichfalls den Katharinenorden. Nicht länger nur Elisabeth, auch ich trage ihn nun und jene vier anderen. Jetzt endlich darf ich Euch wiedersehen. Die Staatspapiere, die liest zwar jetzt Grigori Orlow mit Euch. Viel Glück, Madame! Ich bin sicher, er weiß Euch Gesetze zu deuten. Fragt sich nur, welche Gesetze. Doch auch gegen mich zeigt Ihr Euch großmütig. Nicht kniend, wie das Zeremoniell es vorschreibt, aufrecht stehend empfing ich den Orden. Ihr tatet weise daran, Madame, denn ich schwör's Euch, ich weiß nicht, wessen ich fähig gewesen wäre. Ihr habt das wohl in meinem Blick erkannt und mich vor aller Welt Augen an Euren Busen gezogen.
Da lag ich nun und spürte noch einmal Euren Herzschlag. Wie oft hatte ich ihn in heißer Umarmung verspürt, wie oft hatten sich unsere glühenden Tränen vermählt in jenen himmelstürmenden Studientagen, da wir eine neue Welt bauten. Einen Herzschlag lang hielt ich diese Umarmung wieder für die Wirklichkeit und alles, was dazwischen lag, für einen bösen Traum.
Ich beschwöre Euch, Madame, überlaßt mich nicht den hämischen Nattern. Laßt es nicht zum Äußersten kommen mit mir. Auf den Knien meines Herzens will ich vor Euch noch einmal liegen, verstoßt mich nicht von Eurer Seite, stoßt mich nicht in den Abgrund. Ich kann nicht leben in Onkel Woronzows Haus, ich kann nicht leben unter einem Dach mit Elisabeth, ich kann

nicht leben hier auf meinem Gute Kirganowa, ich kann nicht leben bei meinem Gatten – ich kann nur atmen an Eurer Seite. Und dieser Platz gebührt auch der ersten Staatsdame des Reiches, er gebührt Eurer Freundin, deren Namen selbst Ihr nicht mehr aus der Geschichte zu löschen vermögt.

Ich beschwöre Euch, besinnt Euch und macht überglücklich Eure Euch bis in den Tod getreue

Katharina Romanowna Daschkowa

II

Vier Jahre später war die flehende Inbrunst der jungen Fürstin Daschkowa einem anderen Ton gewichen, war ihrem hochfliegenden Tatendrang ein viel engeres Spielfeld gesetzt, war sie dem Ziel ihrer Wünsche viel weiter entrückt. Grenze um Grenze hatte sie überschritten, sie reiste und schrieb Briefe. Doch waren die nicht mehr an die Kaiserin gerichtet.

An einem grauen Septembertag des Jahres siebzehnhundertsechsundsechzig ließ sie sich in Oxford in einer bescheidenen Herbergsstube nieder – ein paar Scheite im Kamin kämpften gegen das Erlöschen und verbreiteten nicht die geringste Wärme. Die Fürstin zog fröstelnd ihr Umhangtuch fester, und während der Tag draußen seinem Ende zuging, tauchte sie den Kiel in die Tinte und ließ ihn knirschend über das Papier eilen. Ihr Schreiben war an ihren Onkel gerichtet, den Oberhofmeister Graf Nikita Panin in Petersburg.

»Lieber Onkel Nikita«, schrieb sie, »heute hat man mich hier großartig gefeiert. Man hat mir den Doktorhut der altehrwürdigen Universität Oxford aufs Haupt gedrückt. Sollte unser Land nicht stolz sein darauf? Sollte man es ihr nicht zu Ohren bringen? Teilt es ihr doch ganz nebenbei mit. Ihr braucht Euch durchaus nicht einzusetzen für meine Heimkehr. Die Kaiserin wird es ganz von selbst begreifen, daß diese Oxforder Auszeichnung meinem ehrenvollen Urlaub ein Ende setzt, und sie wird mich endlich vielleicht doch auffordern, den Platz der ersten Staatsdame des Reiches wieder einzunehmen.

Vier Jahre bin ich nun fort, Onkel Nikita, und nur spärliche Briefe von Euch mit noch spärlicheren Nachrichten über sie habe ich erhalten. Von ihr selbst nicht ein Sterbenswort all die Jahre, und doch weiß ich ganz genau, sie hat ihre Hand nicht von mir gezogen, sie hält sie immer noch schützend über mich.

Genauso wie damals, bald nach der Thronbesteigung, da ich unversehens, aus heiterem Himmel, beschuldigt wurde, mit der Chitorowschen Verschwörung gegen die Orlows in Verbindung zu stehen. Der Prokurator drohte, er werde sich den Teufel darum scheren, daß die Folter abgeschafft sei, er werde sich die Bewilligung für eine hochnotpeinliche Befragung schon erwirken.

Ich wandte mich an die Kaiserin, die ich seit vielen Wochen nicht mehr gesehen hatte. Nich etwa bittend schrieb ich oder mich rechtfertigend ob so absurder Beschuldigung. Die Freundin, die ihr auf den Thron geholfen hat, erniedrigt sich nicht so tief – auch wenn die Angst ihr würgend in der Kehle sitzt. Ich schrieb ihr einen einzigen Satz, ich hab' ihn behalten: ›Madame, wenn Ihr wünscht, daß ich um irgendwelcher Staatsräson willen für Euch das Schafott besteige – Ihr werdet mich bereit finden.‹ Sogleich nahm man Abstand von meiner weiteren Befragung! Sie hat es diesen Herren wohl klargemacht, mit wem sie es zu tun hatten. Sie hat mich diesen Ränkeschmieden entrissen – oh, ich kenne ihre Namen – und hat mich umsichtig ins Ausland gesandt, zu Nutz und Frommen meiner Ausbildung und zur Stärkung meiner angegriffenen Gesundheit. Das war eine Liebestat – und sie zahlte dafür, indem sie sich den brieflichen Austausch unserer Gefühle versagen mußte. Aber sie kann es tragen, des Umgangs mit mir beraubt zu sein, sie kennt den Zeitpunkt meiner Heimkehr. Nur mir hat man leider versäumt, ihn mitzuteilen. Ich bin nicht gesund, und der Tag mag kommen, da sie ungeduldig auf mich warten wird – und ich werde nicht in ihre weitgeöffneten Arme stürzen können.
Nachts liege ich oft wach, Onkel Nikita – meine Pulse fliegen, und der Schweiß bricht mir aus allen Poren, und die Angst packt würgend meine Kehle: Nie mehr, nie mehr wird mir's vergönnt sein! Vier Jahre von Ort zu Ort. Vier Jahre täglichen Wartens auf die ersehnte Botschaft aus der Heimat. Vier Jahre lang immer wieder dastehen mit leeren Händen und nicht wissen, welches Tagewerk beginnen und wie sich erheben, wie zu Bett gehen und wie die Stunden vergehen lassen.
Doch bin ich nicht immer so kleinmütig. Es gibt auch Zeiten voll Tatendrangs, da ich ruhelos aufzuspüren trachte, womit ich sie erfreuen könnte. Ist es auch sinnlos geworden, ihr Briefe, seltene Bücher und kleine Kostbarkeiten zu senden, da ich ja doch nie erfahre, ob sie in ihre Hände gelangt sind, so halte ich immer noch Ausschau nach passendem Angebinde.
Kürzlich hatte man mir in Paris von einem Bildhauer gesprochen, den Diderot den Phidias unserer Epoche nennt. Nun, von ausländischen Künstlern wimmelt es ja bei uns. Doch dieser, ein gewisser Falconet, schien mir ein besonderer Mann, wert, nach

Petersburg an den Hof gezogen zu werden. Ich hatte meine ganz bestimmten Absichten mit ihm und suchte ihn auf, doch sollte ich dies bald bitter bereuen – –«

Ja, es hatte sich allerhand Grimm in ihr gegen diesen Falconet aufgestapelt. Daß er Bildhauer des Königs hieß, daß seine Statuen die Gärten von Soubise und Bellevue schmückten, daß er ein Schützling der Pompadour war, daß sich die Beschauer drängten, wenn er im Salon ausstellte, war an ihrem Ohr vorbeigeglitten, aber daß er zudem auch noch Leiter der Porzellanmanufaktur von Sèvres war, das hatte auf sie tiefen Eindruck gemacht, hatte ihren rührigen Sinn angesprochen. Dieses Sèvres, das war etwas, es lieferte in alle Welt, an die mächtigsten Höfe, an die vornehmsten Häuser, und warf überdies ansehnlichen Gewinn ab. Und die Petersburger Manufaktur hatte lange mit schwerem Verlust gearbeitet und war schließlich stillgelegt worden. Einen Mann anzuwerben, der voll kühnen, weltumspannenden Unternehmungsgeistes war und eine Porzellanmanufaktur in Schwung bringen konnte, schien ihr ein passendes Angebinde für die Kaiserin zu sein. Aber die Daschkowa hatte wieder einmal Pech gehabt. Zwar ließ man sie bereitwillig Sèvres besichtigen, zeigte ihr Brennöfen, makellose Glasuren, die »malenden Porzelliner«, sogar die Listen der Aufträge aus aller Herren Ländern schlug man vor ihr auf. Nur den, den sie sich hatte verschreiben wollen, traf sie auf ihrem Rundgang nicht an. Er sei überhaupt nur höchst selten hier zu finden, wurde ihr bedeutet, zumeist vergrabe er sich in seinem Atelier zu Paris, das für Fremde eine schwer zu erstürmende Festung sei. Aber die Daschkowa war so leicht nicht abzuschrecken, sie hatte einen ihrer rastlos geschäftigen Tage, hatte sich wieder einmal etwas in den Kopf gesetzt und war wieder einmal voll Zuversicht, daß ihre Rückberufung unmittelbar bevorstünde. So war es ihr höchst dringlich, sich zuvor diesen Falconet zu sichern. Sie machte sich unverzüglich auf den Weg zu ihm. Und wurde, wie vorhergesagt, nicht vorgelassen. Natürlich, dachte sie erbittert, weil er keine Ahnung hat, wer ich bin. Sie fühlte sich berechtigt, ja geradezu genötigt, das ihr von der Kaiserin aus Fürsorge, wie sie stets laut erklärte, zu ihrem eigenen Schutz aufgezwungene Inkognito zu lüften und sich melden zu lassen als Abgesandte der Zarin.

Auch dann wurde sie nicht vorgelassen, erzwang sich aber schließlich den Zutritt und schien den Mann selbst fast zu bezwingen. Sie sprach ihm von der Größe seines Werkes und daß es gerade dieses war, was sie in Rußland ersehnten, zu Schmuck und Zierde und zum Ansehen des Landes.
Die Daschkowa versuchte, ihren Brief zu überlesen, doch die glimmenden Scheite im Kamin waren endgültig erstorben, und die Dunkelheit hatte sich über die Kälte des Zimmers gelegt. Sie konnte kaum noch entziffern, was sie mit klammen Fingern geschrieben hatte. Hastig erhob sie sich und schellte. Während die Magd vor dem Kamin kniete und sich bemühte, das Feuer zu entfachen, und die Zofe daranging, die Kerzen auf dem Spiegeltischchen zu entzünden, schritt die junge Fürstin mit gesenkten Augen, ohne die Dienerinnen zu beachten, auf und ab. Vor ihrem inneren Gesicht stand der peinliche Vorfall und ließ sich nicht verscheuchen. Ihr Herz zog sich schmerzhaft zusammen, als erlitte sie eben jetzt die Schmach jener Stunde. Da sie sich wieder allein fand und die Stube sich allmählich zu erwärmen begann, ihre Finger sich lösten und sie sich wieder vor ihrem Schreibzeug niederließ, fiel ihr Blick zufällig in den Spiegel, und sie wurde ein wenig erschreckt ihres Bildes gewahr. Ein scharfzügiges, schmallippiges Antlitz sah ihr da entgegen, auf dem nicht der geringste Abglanz lag von der Genugtuung des heutigen Tages und nichts von dem viel größeren Ruhm einer lang verflossenen Zeit. Diese plötzliche Begegnung mit dem Gegenüber war ihr nicht sonderlich angenehm, und sie beugte sich rasch wieder über das Papier und überlas das Geschriebene. Da stieg die Empörung über das, was ihr begegnet war und was sie nun zu berichten gedachte, in ihre frühzeitig hart gewordenen Züge, und sie setzte erneut an und schrieb weiter:
»– da sagte er, und in seiner Stimme lag etwas, was mich glauben machte, ich hätt' ihn gewonnen, ›Ihr habt also St. Roch gesehen‹. Ich hatte keine Ahnung, was St. Roch war. Eine Statue vielleicht, die er geschaffen hatte? Ich erwiderte freimütig, begierig zu dem eigentlichen Zweck meines Besuches zu kommen: ›Ich will mir's gerne besehen, dieses St. Roch, aber größer und imponierender als Euer Werk in Sèvres kann es ja doch unmöglich sein. Gewaltiges habt Ihr dort geschaffen, wir

bieten Euch noch viel Gewaltigeres. Die Porzellanmanufaktur von Petersburg soll die größte der Welt werden, und Ihr sollt berufen sein, sie hochzubringen.‹ Da aber verzerrten sich seine Züge in wilder Grimasse, seine Stirnader schwoll, und in seinen Blick trat lodernder Haß. Er fauchte mich an. Meine Feder sträubt sich, Onkel Nikita, seine Worte zu wiederholen, und doch muß es niedergeschrieben werden, auch wenn es mir schwerfällt, um nachdrücklich zu warnen vor diesem Mann. ›Wie eine feile Dirne will man mich kaufen‹, stieß er hervor. ›Sèvres gilt euch allen mehr als St. Roch. Die Zierlichkeiten der Gartenfiguren kauft die Pompadour uns ab und stopft uns das Maul und lähmt uns den Arm. Und nun will die russische Kaiserin, daß wir ihr uns verschreiben und will Geschäfte machen durch unser Hirn. Bestellt Eurer Herrin, Etienne Maurice Falconet läßt sich nicht kaufen. Nie wieder! Kunst wird nicht verkuppelt. Eine Kuppelmutter seid Ihr!‹ schrie er wutschnaubend, daß die Wände erzitterten, sprang empor bei den Worten und riß die Tür auf, und so endete also unser Gespräch. Ich floh und mußte im Korridor zwischen einem halben Dutzend junger Scholaren Spießruten laufen, hinter mir Getuschel und Lachen. Daß ich den Zaren für Katharina ermordet hätte, war in den Tuilerien hinter mir gezischelt worden. ›Mörderin!‹ hatte dort einer gerufen. Und nun hier dieses ominöse, völlig irrsinnig angewandte Wort – und Gelächter dazu. Es ist unfaßbar, in welch abenteuerliche Lagen die teure Freundin mich – unwillentlich – bringt.
Ich zitterte am ganzen Leib und brauchte Tage, um mich von dem Schreck zu erholen. Ich wurde bei unserem Gesandten vorstellig und befahl ihm, Genugtuung zu fordern. Er aber schien dem skandalösen Benehmen nicht sonderliche Bedeutung beizumessen, und es blieb ungewiß, ob er's auch ernstlich betreiben werde. So zog ich vor, es nicht abzuwarten und weiterzureisen. Mir war der Aufenthalt, weiß Gott, vergällt. Doch Euch mußte ich dies mitteilen, um eindringlich zu warnen. Dieser Falconet ist wahrscheinlich toll und besessen. Bleibt nur das Rätsel, wie ein Mensch dieser Art einem so gewaltigen Unternehmen erfolgreich vorstehen kann. Unsere Manufaktur wird er nun nicht in Gang bringen. Doch bitt' ich Euch dringend, setzt ihn auf die Liste derer, denen Einreise zu

verwehren ist. Ein gefährlicher Mann. Prägt Euch den Namen ein. Falconet heißt er. Doch nun genug von ihm.
Ich schließe für heute. Wie gesagt, erwähnt meine Oxforder Ehrung der Herrscherin gegenüber, oder erwähnt sie auch nicht – meine Rückberufung wird in jedem Falle in Kürze erfolgen. Doch sollt' es mich freuen, wenn Ihr Euch Verdienste erwerbt um die Daschkowa. Vier Jahre sind es jetzt, daß ich Euch nicht sah, aber bedenkt, wenn ich zurückkehre, werde ich wieder die erste Staatsdame des Reiches sein und von einigem Einfluß – und mit der Gesundheit geht es schließlich auch ganz passabel. Kränkliche Menschen überleben manchmal kraftstrotzende Riesen, die fallen am leichtesten. Auf Wiedersehen also und bald.
Wohlaffektioniert Eure Euch gehorsame Nichte
Katharina Romanowna Daschkowa.«

Eine schlichte, fast schäbig gekleidete Frau Michalka – so hieß sie nun, sie sollte den glänzenden Namen, der nicht zu löschen war aus der Geschichte, nicht vor sich herschmettern dürfen wie einen Fanfarenstoß – trat am nächsten Morgen unter den nicht übertrieben devoten Abschiedsgrüßen der Domestiken, begleitet von einer einzigen Zofe, ihre Weiterreise an. Auf ihren unjungen Zügen lag nun wieder die Gelassenheit einer Weitgereisten, die täglich neue Wegstrecken hinter sich bringt, neue Bilder an sich vorüberziehen läßt, neuen, gleichgültigen Menschen begegnen wird. Daß vor ihrem inneren Auge nur eines als greifbare Wirklichkeit lag, die Ferne, das war diesem ein wenig maskenhaft gewordenen Antlitz nicht anzumerken. –

Bergauf und bergab rast die Kutsche dahin. »Heul nicht so albern!« fährt Katharina ihre Begleiterin an. »Ich bring' Euch doch durch!« Hergott, wenn die Person nicht so ein Klotz wäre. Sie läßt ihr ja gar keinen Raum zum Kutschieren. Und ein wenig unsanft schiebt sie die andere beiseite und greift gleich wieder erschrocken nach deren Arm. Das fehlte ja gerade, daß ihr die da jetzt aus dem Wagen fiele. »Schlaf!« herrscht sie sie an. Da läßt die dicke Elisabeth wirklich ihren Kopf auf die Schulter der Kutschierenden sinken und schläft ein. Wild schlägt sie auf die Pferde ein. »In zehn Minuten sind wir an der

Grenze«, sagt sie nach links. Bergauf und bergab rast die Kutsche dahin. Sie muß kurios achtgeben auf ihren Weg. Reiten wäre rascher gewesen, fährt es ihr durch den Kopf. Alles wegen dieses dicken Klotzes da – *die* wollte nicht reiten. Sie macht eine ungeduldige Bewegung und will die Last von ihrer Schulter schütteln. Aber die andere läßt sich nicht stören und schläft weiter. Sie wirft einen scheuen Blick nach links und schlägt nochmals auf die Pferde ein, daß die Funken aus den Hufen stieben. Dumpf poltern sie jetzt über die Brücke. »Wir sind gleich an der Grenze – Schweden«, sagt sie und muß erforschen, wie er es aufnimmt und wie er dreinsieht, und darf doch nur auf den Weg achten. »Er kann uns nicht mehr einholen«, fügt sie hinzu. »Niemand kann uns mehr einholen, selbst wenn sich alle drei Brüder auf den Weg machen.« Dann gelingt es ihr doch, rasch einen Blick auf ihn zu werfen. Er sitzt ganz steif und gerade, sie kann nur sein Profil sehen, schön, ernst und unnahbar sieht er aus. Was denkt er, was fühlt er? Und er sitzt ganz nah neben ihr, es ist doch recht eng zu dritt, und doch ist es, als wäre Luft an ihrer Seite, und nur der Kopf der dicken Elisabeth drückt immer schwerer und schwerer gegen ihre Schulter, immer schwerer, immer schwerer – – Dabei muß sie höllisch aufpassen, denn da liegt schon die Felsbahn vor ihnen. Den steilen Fels müssen sie unbedingt hinauf, das ist der Weg, den nur sie kennt, den müssen sie nehmen, um den Verfolgern zu entwischen. Dahinter sind sie dann endlich gerettet. Nur einen einzigen Blick noch nach links. Warum sagt er denn nichts? Sie macht doch alles richtig, und die andere schläft so ruhig, also könnte er doch wirklich etwas sagen oder sie spüren lassen, daß er zufrieden ist. Da blickt sie hin und erschrickt. Das ist nicht mehr das schöne, edle Antlitz. Eine durch Pockennarben entstellte Fratze dreht sich ihr zu. Wie damals, fährt es ihr durch den Sinn, wie damals nach der Krankheit, als er zurückkam. Ich darf es ihm nicht zeigen, denkt sie. Als ich ihn damals meinen Schreck merken ließ, da hat es angefangen, von da an ging alles schief zwischen uns. Aber da wächst plötzlich sein Gesicht und wird größer und größer, wird riesengroß und beugt sich über sie, jetzt liegt er schon fast auf ihr und benimmt ihr den Atem, Herrgott, sie kann den Ekel nicht länger verbergen, den er ihr einflößt, und sie schreit und schreit,

schreit jetzt wild auf, wild und gellend, da keuchen die Pferde schon die Felswand hinauf, sie schreit und schreit noch immer und ist schon hoch oben. Plötzlich steht sie ganz allein auf der obersten Felsspitze, und die Kutsche fährt hoch durch die Luft. Entsetzt blickt sie ihr nach, da stürzt der Wagen schon in die Tiefe, und dumpf krachend zerschellt er unten samt den beiden Insassen.
Sie schreit und schreit und erwacht.

Leise trat die Kammerfrau Schuwalow ein und schob die Vorhänge zurück. Langsam und fahl zog die Dämmerung herauf. Sie wischte der Kaiserin den Schweiß von der Stirn und rückte ihr die Kissen zurecht. Die Kammerfrau Schuwalow war das gewohnt, und hörte sie den gellenden Schrei ein paar Nächte lang nicht, so konnte man von Glück sagen, oder kam er erst im Morgengrauen, wie heut, und sah die Kaiserin beim Erwachen das Dämmerlicht, dann lächelte sie sogar blaß und erleichtert aus den Kissen und sagte: »Wie lange noch?« Wie lange noch bis zum Lever und bis zur ersten Audienz, hieß das, und sie fügte hinzu: »Man bestelle zuvor Graf Orlow.« Dann nickte die Kammerfrau Schuwalow beruhigend und verließ auf leisen Sohlen den Raum, und beide Frauen wußten, daß es viele Stunden und manchmal auch Tage dauern würde, ehe man den Grafen stellig machen konnte, und wenn er dann käme, müßte er oft wieder fortgeschickt werden, weil es Konferenzen gab, Sitzungen, Audienzen, Empfänge, Arbeit, viel Arbeit, rettende Arbeit.

»Man lasse die Toten ruhen«, erwiderte Orlow scharf. Wieder einmal hatte man nach ihm gejagt mit Kammerfrauen und Lakaien, Vertrauten und reitenden Boten, wieder einmal war das den ganzen Tag so gegangen, ehe er sich endlich doch herbeigelassen hatte. Da lümmelte er nun träge auf der Ottomane – sein Degen auf dem Stuhl, sein Rock über der Stuhllehne – und war übellaunig. Fjodor hatte ihm in den Ohren gelegen, Direktor der Akademie wollte er partout werden, und es wäre doch gelacht, wenn er, der große Bruder, dem kleinen, der doch ihrer aller Köpfchen war, das nicht durchsetzen könnte. Auch der Senator fiel ihm ein, dem die Kaiserin ein goldenes Pflaster würde verschreiben müssen. Er hatte ihm doch die Frau

abgejagt und gedachte sie ihm baldigst mit Dank zu retournieren. Und auch noch dies und das hatte er durch sie in Ordnung zu bringen, und nun kam sie ihm auch noch damit.
»Sie sollen aber in Ehren ruhen«, sagte die Kaiserin und versuchte, ihrer Stimme Festigkeit zu geben. Damit auch meine Seele Ruhe findet, dachte sie weiter. Sie war rosig, und ihre Lippen waren voll und weich. Sie war eine sehr schöne Frau zu jener Zeit, und daß ihre Nächte bedrängt waren, das wußte nur die Kammerfrau. Auch ein anderer hätte es nur in ihren verstörten Augen sehen und an ihrer Rastlosigkeit bemerken können, an ihren fahrigen Bewegungen.
»Wie lange noch?« entgegnete er und bekam harte Kinnbacken. Er setzte ein Wort neben das andere, ganz ohne Frageton, das hieß unmißverständlich Schluß, ich habe es satt, daß du diese alten, uralten Geschichten immer wieder aufrührst.
»Wie lange noch?« wiederholte sie stimmlos und wußte, daß sie sich nicht mehr weiter vorwagen sollte, aber die Alpträume ihrer Nächte tauchten drohend auf, und es zwang sie, fortzufahren. »Wie lange noch willst du dich dem verschließen, dem aller Welt begreiflich zu machenden Wunsch einer Witwe, dem verewigten Gemahl ein Grabmal zu setzen, eines Kaisers Grabmal auf einem Ehrenplatz, nicht bloß ein schlichtes Kreuz im finstersten Kreuzgang des Newskiklosters?«
»Und Chitorow?« warf er hin. Sein Ton war jetzt ungut, und das sollte heißen, gärt es denn nicht noch immer, auch jetzt noch nach Jahren, inmitten der angeblich getreuesten Garderegimenter? Wie war denn das mit der Revolte gegen die Orlows? Hatte man die etwa endgültig erstickt? »Wer garantiert dir die Krone?« fuhr er starrsinnig fort. »Wird ein Grabmal sie schützen?«
Die Kaiserin schwieg. Noch war es Tag, und die pockennarbige Fratze bedrängte sie nicht. Aber die Nacht lauerte schon in jedem Winkel. Sehnsucht überkam sie nach einem Knaben, den sie bereit gewesen war, in Liebe und Gehorsam zu umfangen, als sie, vierzehnjährig, hierhergekommen war.
»Die Krone wird garantiert durch das Werk«, erwiderte sie leise. »Grigori«, bat sie inständig und kauerte sich nieder vor dem noch immer Lümmelnden. »Also wenn es kein Grabmal sein darf, so laß es ein Denkmal werden. Ein Denkmal auf einem

weiten Platz. Wie sollte dadurch jemand auf den Gedanken kommen, daß die Kaiserin von ihrem großen Beschützer die Hand zöge?« Er war ihr großer Beschützer. Da kauerte sie nun und bettelte. Auf Gedeih und Verderb waren sie verstrickt, jener Brief ruhte seit Jahren im tiefsten Geheimfach ihres Schreibtisches, und so sollte es bleiben, das wußte Grigori. Aber er mußte helfen, die Nachtgesichte ihr zu verscheuchen, die Schuld, die Last dieser Schuld, ihr vom Herzen zu nehmen.

»Das Denkmal«, bettelte sie. »Laß mich das Denkmal errichten!« Unmöglich schien es, dies gegen seinen Wunsch zu tun. Er erwiderte nichts. Er hatte ein Machtwort gesprochen, den Schlußpunkt gesetzt. Es war höchste Zeit, daß sie es lernte, auch Zeit, allerhand in Ordnung zu bringen mit ihr, und so räkelte er sich faul und streckte die Arme und schob die Kauernde ein wenig zur Seite, und es war wohl besser, die Geschichte mit dem Senator nicht als erstes vorzubringen. So sprach er gnädig, denn es hatte ein Glück für sie zu sein, ihm dies und das zu gewähren. »Unser Nesthäkchen nämlich«, sagte er lachend, »unser Fjodor, wünscht sich sehnsüchtig – also die Akademie –«

Aber er kam nicht weiter. Hunderte solcher Gespräche hatte es zwischen ihnen gegeben. Hundertmal hatte er den Schlußpunkt gesetzt, hundertmal war sie verstummt, hatte allein und vergeblich nachts gekämpft gegen Dämonen, aber heut war es genug. Mochte sein, daß sein träg sich räkelnder Arm sie um eine Spur zu achtlos beiseitegeschoben hatte oder daß es einfach der berühmte Tropfen war, der das Gefäß zum Überfließen bringt, sie sprang auf aus der demütig bettelnden Haltung. Eine Kaiserin richtete sich hoch empor und sah funkelnden Blickes zornbebend auf ihn nieder.

»Eine Stellung für Fjodor, ein Millionengeschenk für jenen, ein Jagdschloß für dich. Und nie, nie bist du zur Stelle, wenn ich dich brauche. Spießruten läßt du mich laufen vor deinen Geliebten. ›Da die, dort jene‹, tuschelt es hinter mir her. Alle, alle die Damen hat Grigori Orlow beglückt. Kein Wunder, daß er keine Zeit für die Kaiserin hat.«

Orlows Augen schienen einen Augenblick lang fast aus den Höhlen zu treten bei diesem unerwarteten Ausbruch. Dann aber hatte er sich sofort wieder in der Gewalt, erhob sich gemächlich, knöpfte sein Jabot zu, gürtete den Degen um, eine Machtprobe war's. Allerhand hing davon ab, wie er das Gespräch lenkte, er sagte gelassen: »Das mit Fjodor ist nicht so dringend, doch der Senator Borodin muß sofort in Audienz, sonst macht er Skandal – ist recht amüsant seine Gattin Marussja – sie erwartet mich jetzt. Und« – schon war er in den Rock geschlüpft – »den Denkmalplan wollen wir doch endgültig begraben.« Eine tiefe zeremonielle Verneigung folgte – und die Kaiserin war allein.

Sie lehnte sich gegen den Schreibtisch und sah ihm nach. Sie wußte, wieder würde sie ihm Kammerfrauen und Lakaien, Vertraute und reitende Boten nachsenden, und sie sehnte sich wild nach seiner Umarmung. Woher hatte sie den Mut genommen? Würden nächtliche Fratzen sie weiter bedrohen? Nur bei Tag konnte sie die Qual bannen durch Arbeit, viel Arbeit, rettende Arbeit, all dieses Ungemach ertränkende Arbeit.

Sie wankte zur Tür und zog das Klingelband. »Den Sekretär und die Tagespost«, befahl sie stimmlos der eintretenden Schuwalow.

»Glaubt Ihr!« sagte am Spätnachmittag desselben Tages Grigori Orlow beim Kartenspiel zu seinen Kumpanen und hatte dreitausend Rubel im Laufe der letzten halben Stunde verspielt. Das war eine Antwort auf die aufstachelnden Bemerkungen der anderen, daß er der Kaiserin wegen dies oder das doch nicht gut wagen könne, und das ›Dies oder Das‹ bezog sich immer nur auf Weibergeschichten. »Sie weiß alles«, sagte er, warf die Karten auf den Tisch und streckte träg die Beine darunter. Den anderen war es recht, sie rückten näher, und Fjodor, das Köpfchen, und Alexei mit der zuckenden, säbelzerschnittenen Fratze waren auch da und verschlangen ihn beide mit den Blicken. Auf der ganzen weiten Welt gab es keinen kühneren Soldaten als ihn, er war ein Tausendsassa, den die Soldaten und Weiber vergötterten und nach dessen Pfeife sogar eine Kaiserin tanzte. »Kurz halten«, sagte er und gab gnädig sein Rezept preis. »Spüren lassen, wer der Herr ist. Kirre machen. Aber freilich, das geht eben nur, wenn – –« Dann folgte eine saftige Anekdote, so recht im Kasernenhofton. »Wie oft?« fragte der eine. »In *einer* Nacht«, staunte der andere. Und um dieses ›wie oft‹ und ›wie lange‹ gab es eine umständliche, ziemlich drastisch erzählte Geschichte. Die Männer wieherten. Unten in den Stallungen standen reihenlang und schön gestriegelt der Garderegimenter wallachische Pferde. Es waren sehr edle Tiere.

Arbeit, rettende Arbeit für die Kaiserin. Akten auf Akten häuften sich. »Was ist das?« fragte sie und zog die Augenbrauen hoch, ein spöttisches Lächeln spielte um ihren Mund. Die große Katharina inmitten ihrer Amtsgeschäfte. Es tat wohl, daß es auch manchmal etwas zu lachen gab.
»Ein an Graf Panin gerichtetes Schreiben«, erwiderte der kugelrunde Privatsekretär Chrapowizky und schnaufte ein wenig vor Ehrerbietung, »er hat es herübergeschickt zu Höchstdero Kenntnisnahme – –«
»Ach, die Daschkowa also«, sagte die Kaiserin und warf einen kurzen Blick darauf und lachte. Ein wenig hart klang es diesmal, war keine ihrer berühmten, perlenden Lachkaskaden, das lohnte sich nicht für den braven Chrapowizky, der verging auf jeden Fall vor Devotion. Welch Karussell, dachte sie wehmütig und spöttisch. Sie bettelt um mich, und ich bettle um ihn. War das ein Trost, daß auch andere sich in Sehnsucht verzehrten? So kleinlich empfand die Kaiserin in ihrer Erniedrigung. »Bien«, sagte sie dann und schob das Schreiben mit einer knappen Bewegung beiseite. »Weiter.« Ein gesammeltes Gesicht wandte sich aufmerksam wieder dem leise schnaufenden Chrapowizky zu, damit er in seinem Bericht fortfahre. Akten, Akten, wichtige Akten, rettende Arbeit, stützende Arbeit. Der Senator wird also doch empfangen werden müssen, fiel ihr ein, ich muß es Chrapowizky sagen, ehe er geht, Grigori wird unauffindbar bleiben, aber dann doch kommen, wenn er davon hört. Wenn nur die Nächte nicht wären, die Nächte! Ja, so herrlich lebt die große Katharina alle Tage. Ehrerbietig sprach Chrapowizky weiter.

Irgendwo in den Straßen von Petersburg gab es einen Menschenauflauf. Ein überlebensgroßes Bild der Kaiserin wurde getragen. An einer Straßenecke ging es plötzlich unter lautem Jubelgeschrei der Menge in Flammen auf. Ein Bild Peters schwankte empor, drei Dutzend Menschen sanken davor in die Knie, Gebete stiegen auf, Jammerrufe, auf einmal waren es fünfzig, die da knieten und den Weg versperrten, wie aus der Erde gestampft lagen hundert auf den Knien, dort drüben ballte es sich, aus jenen Häusern kroch es hervor. Da blitzten gezückte Säbel, Rosse bäumten sich vor Menschenleibern und sprengten dann doch in die Menge. Im Nu lag die Straße verlassen da. Ganz in der Ferne zog ein Sturm auf.

»Aber, aber«, sagte Grigori Orlow zu der trägen Marussja und klopfte ihr übermütig auf den hübschen Hintern. »Man läßt sich nicht gleich scheiden, weil die Gattin ein paarmal mit dem Grafen Orlow geschlafen hat. Auch wenn man der Senator Borodin ist. Die Kaiserin wird ihm schon ein goldenes Pflaster auflegen.«
»Die Kaiserin?« sagte Marussja ungläubig und eingeschüchtert und sah zu ihm auf, weil er es plötzlich eilig hatte, sich fertigzumachen, und das »ein paarmal geschlafen hat« gefiel ihr nicht. Sie glaubte nicht an die Intervention der Kaiserin und zog die Decke hoch, weil sie nicht recht wußte, wie sie zu ihren Kleidern hinüberkommen sollte. Ihn darum zu bitten, mochte sie nicht, und nackt hingehen auch nicht, ihre Brüste waren so schwer und zogen, und er hatte einmal etwas von Kuhdirnenbrüsten gesagt. Aber sie hätte ruhig nackt durchs Zimmer spazieren können, denn er sah gar nicht auf. »Gewiß«, sagte er, »sie muß ihm eben die Hörner vergolden, ein Schloß oder eine Rangerhöhung oder einen Orden oder was weiß ich. Das muß *sie* sich ausdenken.«
»Muß?« staunte Marussja unter ihrer Decke und fand es doch schaurig schön, mit dem Favoriten der Kaiserin zu schlafen, trotz drohender Scheidung.
»Muß sie«, wiederholte Orlow. »Sie kommt nicht zur kurz dabei«, knurrte er.
Dann aber war Marussja sehr rasch allein und hatte den ganzen Tag Zeit, darüber nachzudenken, ob die Hörner des steifbeinigen Senators, der sich gestern mit Fistelstimme überschrien und seiner Mannesehre wegen in die Brust und sie fast vor die Tür geworfen hatte, wirklich von Ihrer Majestät vergoldet werden würden.

Von der Isaak-Kathedrale drangen gedämpft vier Schläge herüber. Nun setzte auch die kleine Pendule auf dem Kamin mit ihrem zarten Silberton ein.
»– – macht unliebsam von sich reden. Erschüttert das Ansehen Eurer Majestät. Wer garantiert den Thron? Wird Graf Orlow ihn schützen?«
Da stand Oberhofmeister Graf Nikita Panin, hatte seinen Vortrag beendet und lächelte Antwort heischend und doch submissest und wollte durch Lächeln dem Gesagten die Schwere nehmen. Er war nicht ganz sicher, daß sein Lächeln auch richtig vor ihr ausgebreitet lag, die Dämmerung hatte schon begonnen, den Raum zu verschatten. Die Tage hatten es eilig, kürzer zu werden in diesem Frühherbst. Er streifte langsam seinen Handschuh über, die ganze unliebsame Angelegenheit sollte doch noch erledigt werden.
Ein Gegner also. War ein einfacher Oberhofmeister, der Erzieher ihres Söhnchens, und hielt doch allerhand Fäden in seiner Hand, konnte allerhand spinnen bis weit nach Europa. Noch ein Gegner, dachte sie, schade, und sah diesen klugen, langgezogenen Pferdeschädel an, diese hagere, hohe Gestalt, die erwartungsvoll und in der Andeutung einer Verneigung vor ihr stand. Ob ich dich noch gewinne? Die Kaiserin begann leise zu lachen. Wer schützte wirklich den Thron in diesem Tauziehen zwischen Panin und Orlow? Wie viele und wer alles zog da heimlich mit auf jeder Seite? Und wer stand ihr bei? Wer beschützte ihre Nächte vor den Dämonen? Sie ließ jetzt ihr leises Gelächter lauter aufklingen, ließ es übergehen in eine ihrer perlenden Lachkaskaden. Die mochte sich fortpflanzen in die Antichambre und weitergetragen werden von dort durch das ganze Schloß und das Land und bis hinüber nach Europa. So sicher ihres Throns, so sicher ihres Geliebten, so unbeschwert in ihrem Leben fühlte sich die Kaiserin.
Mir altem Hofmann machst du nichts weis, meine Liebe, dachte der Gegner nicht ganz ohne Bewunderung. Es war eigentlich schade, daß man dieser Frau Gegner zu sein hatte, aber sie durfte nicht sicher werden auf ihrem Thron, diese hergelaufene deutsche Prinzessin, sonst entglitt sie einem. Doch wie sie da lachte, das war schon fast eine echte Zarin. Fast. An deinem Söhnchen ist leider nicht viel zu erziehen, und ob es bei dir die

Mühe lohnt, das wird sich erst zeigen, wenn dir auch eine gewisse Begabung nicht abzusprechen ist. Er sagte leise und unerbittlich mitten hinein in ihr Gelächter: »Nicht tragbar, all seine Affären. Er hält es mit der ganzen weiblichen Entourage bei Hof und brüstet sich noch damit in aller Öffentlichkeit!«
Da brach die herzerquickende, perlende Lachkaskade ab. »Oh«, sagte die Kaiserin leise und stand auf. Ihr Duft schlug ihm entgegen, die Seide ihres Kleides knisterte an ihm vorbei, sie schritt quer durch den Raum, ohne ihn zu beachten, und trat ans Fenster. Wind pfiff ums Haus und peitschte den Regen in Böen vor sich her. Sie blickte hinaus in die tiefer werdende, regenüberrieselte Dämmerung. Was gingen sie alle seine Geschichten an! Wenn er nur käme und ihr die Dämonen vertriebe. Und sie wußte, sie würde bald wieder das ganze Schloß in Bewegung setzen, alle auf seine Fährte hetzen, Vertraute, Kammerfrauen und Lakaien und reitende Boten, und vielleicht, vielleicht würde er dann gnädig sein. Sie hatte ja doch den Senator empfangen – und sie sagte, ohne sich umzuwenden, rauh klang jetzt ihre Stimme: »Böswilliges Gerede. Maßlose Übertreibung. Ein junger Hengst, der gelegentlich ausschlägt. Man wünscht, nicht mit derlei Nichtigkeiten behelligt zu werden.« Ihre Hand trommelte jetzt leicht gegen die Fensterscheibe, nur ihre Hand verriet sie.
Oberhofmeister Panin hatte seinen Handschuh längst zugeknöpft. Diese Gegnerin wurde vielleicht doch noch eine große Zarin. Er verneigte sich jetzt wirklich, wenngleich ihm die Kaiserin noch immer den Rücken wandte. Aber er konnte ihr schließlich doch nicht Beifall klatschen wie einer Primadonna in der Oper, die gerade das hohe C – –
»Sonst noch etwas?« kam es vom Fenster. Die Hand der Kaiserin klopfte noch immer hart gegen die Scheibe. Dann wartete sie eine Antwort gar nicht ab, sondern wandte sich jäh ihm wieder zu und hörte sich zu ihrer grenzenlosen Verwunderung leichthin und hell sagen – woher nahm sie bloß den Mut? –: »Übrigens, da wäre noch etwas. Wir wünschen ein Denkmal zu setzen. Auf dem Isaakplatz«, fuhr sie fort. »Ein Reiterdenkmal. Ist ja jetzt Mode!« Eine Spur zu laut klang es vielleicht.
Nun hätte Oberhofmeister Panin doch gern in ihren Zügen

gelesen. Aber die vorgeschrittene Dämmerung gestattete dies nicht. Was lag nur für ein sonderbarer, kaum unterdrückter Jubel in ihrer Stimme? Und wie sonderbar parierte sie seinen Degenstoß! Graf Panin sollte noch mehr Grund zur Verwunderung bekommen.
»Ich beauftrage Euch, Graf Panin«, sagte sie hell und beschwingt und war nun gar nicht mehr erstaunt über das, was sie sprach, nun ging das alles, eins, zwei, drei, seit erst einmal etwas in ihr ins Rollen gekommen war. Beschwingt schritt sie zur Tür und zog an der Klingel. »Kerzen«, befahl sie rasch. Und während sanft wogende Vorhänge sich geräuschlos vor hohen Fenstern schlossen und Kerzen aufflammten in dem Gemach und Unruhe entstand durch das Kommen und Gehen der Domestiken, fuhr sie lebhaft fort. »Selbstverständlich ein französischer Künstler. Man setze sich darüber ins Einvernehmen mit unserem Gesandten in Paris.«
Allein seinen Weg gehen, sich auf niemanden stützen, dachte sie frohlockend, doch dürfen dann nicht nächtliche Gestalten drohen. Ihnen den Schild der Medusa entgegenhalten, sie bannen durch das Sühnmal für den gemordeten Gatten. Doch brauchte der Oberhofmeister das gar nicht zu wissen. Wie leicht das alles doch war, hatte man es erst einmal beschlossen. Doch es Grigori ins Gesicht zu sagen, daß ich mich nun endlich seinem Wunsch widersetze, das wage ich nicht, dachte sie belustigt. Aber ihr Antlitz blieb ernst. Sie trat ganz nah an den großen hageren Mann heran und legte ihm zart die Hand auf die Schulter, mit einer ihrer unnachahmlichen zärtlichen Gebärden, die jeden glauben machte, sie gelte einzig und allein ihm. Damit gedachte sie auch den Gegner zu bezwingen, ihn zu gewinnen, wenn auch noch nicht heute, und sie sagte leise – die Diener waren schon wieder gegangen –: »Ein Denkmal will ich auf dem Isaakplatz. Ist doch so leer, der Platz. So groß. In Frankreich stellt man Reiterdenkmäler hin. Königsdenkmäler«, sagte sie rasch und ließ es im Ungewissen, wen sie da hinstellen wollte. »Unser Gesandter soll uns einen berühmten Bildhauer schicken. Unverzüglich«, sagte sie nun und legte den Finger auf den Mund. Da hatte sie nun also ein Geheimnis mit dem Gegner, und das war schon fast der Anfang eines Bündnisses.
Nikita Panin, der alte gewiegte Hofmann und schlaue Fuchs,

sah diesmal ein wenig ratlos nieder auf diese Frau, die ihre Hand so hoch hatte heben müssen, um seine Schulter zu erreichen. Da lag diese Hand noch immer, er wagte nicht, sich zu rühren – und das war die Gebärde einer kleinen deutschen Prinzessin. Er hatte also einen Degenstoß ins Leere getan, und er sagte zögernd, denn ein so hilflos verspieltes Kind durfte man doch nicht enttäuschen, und sie hatte es doch, weiß Gott, schwer auf diesem Thron: »Haben Majestät einen bestimmten Künstler im Auge – wünschen Majestät die Berufung von –«, und nun wurde sein Degenstoß doch pariert.

»Ach«, sagte die Kaiserin, nahm die zärtliche Hand von seiner Schulter und schlug sich leicht vor die klare Stirn. Ein Gedanke durchfuhr sie. »Wie?« Sie sah sich suchend in dem Raum um und ließ ihre Blicke bis zu dem vollgeräumten Schreibtisch schweifen, Akten häuften sich dort, Stöße von Akten. Und leichtfüßig schritt sie hinüber und wühlte in den Papieren mit ernst gesammeltem, fast sorgenvollem Blick – jeder Zoll eine Kaiserin bei den Regierungsgeschäften – und jetzt perlte die Lachkaskade tief innen in ihr. Warte nur, du schlauer Fuchs, dachte sie, deine Daschkowa glaubtest du mir mit einem so rührenden Schreiben wieder hereinzuschmuggeln, damit sie dir nun alles zutrage, was hier geschieht. Die soll vorerst ruhig weiter reisen, und ihr beide sollt spüren, daß – –

Da hatte sie aus dem Stoß von Akten mit sicherer Hand schon herausgefischt, was sie suchte. Rasch überflog sie das Schreiben, bis sie den Namen gefunden hatte, dann sagte sie hell – wie des Herolds Stimme klang's, der ankündigt, wer einreitet zum Turnier – »Falconet heißt der Mann.« Dann war Stille im Raum. Falconet? grübelte Panin. Wo war ihm der Name doch schon begegnet? Dann fiel es ihm ein. Das war doch der, den er auf Wunsch der Nichte auf die schwarze Liste gesetzt hatte! War schließlich wenig genug, was er für die Ärmste, diesen Pechvogel, tun konnte. Dann aber fiel es ihm wie Schuppen von den Augen. Das war von der Kaiserin eine winzige, lachende Drohung: Wie mit diesem gleichgültigen, x-beliebigen Falconet mach' ich's mit jedem, falls ihr glaubt, ihr mit eurer Sippschaft könntet da alles arangieren.

»Falconet also berufen«, erwiderte Panin und verneigte sich lächelnd, und das hieß, bist vielleicht doch ein ebenbürtiger

Gegner. Wollen abwarten, was noch aus dir wird, ehe wir vor dir die Waffen strecken.

»Soll eine andere ihm das Füllhorn der Fortuna halten«, rief zornig eine ältliche Blondine mit blutleeren Lippen und schlenkerte heftig mit den Armen, so steif waren sie geworden. »Zwei Stunden läßt du mich vergeblich hier warten«, maulte die Jüngere, ein spitznäsiger Krauskopf.
»Noch immer stünde ich dort mit meinem Füllhorn hoch über dem Kopf, wär' ich ihm nicht einfach auf und davon. Ein gemeiner Patron. Glaubt, unsereins wär eine fühllose Puppe und nicht auch ein Mensch von Fleisch und Blut.«
»Hab' dir ja gesagt, für diesen Falconet kann keine Modell stehen. Hab' alle gewarnt, jede bricht zusammen.«
»Ist auch endgültig zum letztenmal gewesen. Komm. Muß meine Glieder wieder gebrauchen, Bewegung machen.«
Da liefen sie schon das stille Gäßchen des Pariser Montparnasse hinunter und hinein in den lauen Sommerabend. Gelächter drang aus einem Café. Eine einzelne Kutsche holperte über das Pflaster, ein Bursche saß darin, in jedem Arm ein Mädchen, sie sangen.
»Ich hab' es satt, ich hab' es satt, ich lass' mich nicht länger treten, auch von diesem Falconet nicht. Ich geh' ihm davon, nach Italien, gibt dort auch noch Lehrmeister«, stieß unmutig mit blitzenden Augen ein milchgesichtiger Jüngling im Samthabit hervor und stülpte sich mit einer heftigen Bewegung das Barett auf den braunen Wuschelkopf. Der Blonde, der mit ihm den Hof von Meister Falconets Wohnhaus in der Rue d'Anjou überquerte, nahm es gelassener: »Ich hör' längst nicht mehr hin, wenn er unsere Arbeiten betrachtet. Voriges Jahr fand man einen Eleven baumelnd in des Meisters Atelier. Konnt' es einfach nicht länger ertragen, so von ihm abgekanzelt zu werden vor versammelter Klasse. Seither bin ich auf der Hut. Hab' mir einen Panzer angeschafft, an dem seine Giftpfeile abprallen. Siehst du nicht?« Und er stellte sich zierlich elegant in die Pose des Kriegers, man konnte förmlich die Rüstung blitzen sehen, an der sich die Pfeile brachen.
»Ach du«, knurrte der Braune und bewunderte den Freund über die Maßen ob seines Gleichmuts. »Ich muß mich endlich

frei machen von ihm, fort nach Italien! Hier hoffe ich ja doch noch immer, immer vergeblich, auf ein einziges, anerkennendes Wort von ihm.«
»Von dem?« meinte der Blonde, der sich rechtzeitig gepanzert hatte. »Da könnt' einer warten bis zum jüngsten Tag! Na, heut bekommt er uns jedenfalls nicht mehr zu sehen. Ein unmöglicher Mensch.« Und eilends trabten sie über den Hof und verschwanden hinter der Gartenmauer. Ihre Schritte verhallten. Still lag das Haus. Verlassen das Gäßchen. Nur von schräg gegenüber kam jetzt kläffend ein Hündchen aus einem Tor, eine Magd hinter ihm her, die beiden liefen die Mauer entlang und verschwanden um die nächste Ecke.
Ein zierliches Persönchen schritt nun auf das Haus zu und pochte. Nichts rührte sich. Langsam hatte sich der Abend gesenkt. Sie blickte hinauf. Oben in dem Atelierfenster brannten schon Kerzen. Im Dachstübchen darüber war es dunkel. Sie pochte nochmals, heftiger. Da nahten sich endlich schleppende Schritte. Ein verrunzeltes Altweibergesicht spähte vorsichtig durch einen Türspalt. »Schnell, macht schnell auf, Babette«, drängte ungeduldig die Einlaß Begehrende. »Mademoiselle Collot komm' ich holen. In die Tuilerien wollen wir, zum Konzert von Gaviniés.« Da öffnete die Dienerin und schüttelte den Kopf. »Wird wieder einmal nichts, Mademoiselle Diderot. Sie muß Modell stehen. Alle anderen sind ihm davongelaufen. Wenn Sie es wagen wollen, zu stören – –« Sie hielt die Tür nun weit auf.
Angélique Diderot wich erschrocken zurück, als hätte man ihr zugemutet, sich geradewegs in die Höhle des Löwen zu begeben. »Werde mich hüten, ich weiß, was man heraufbeschwört, wenn man ihm in die Arbeit hineinplatzt. Alles, rein alles schlägt er in Scherben. Arme Marie Anne. Und er hatte es doch bewilligt. Phidias unserer Epoche nennt ihn Vater. Ich weiß nur, daß er ein grausamer Mann ist. Gehabt euch wohl, ich muß mich beeilen, soll ich zur Zeit sein.« Sie zog den Umhang fester um sich und schritt eilig davon, das Gäßchen hinunter. Irgendwo tauchte kläffend wieder das Hündchen auf, dahinter die Magd, und beide verschwanden im gegenüberliegenden dämmrigen Gartentor. Langsam senkte sich die Nacht. Da und dort gingen Lichter an. Stille. Aus einem der weitgeöffneten

Fenster drang leises Gelächter. In der Ferne übte jemand am Clavecin. Nach und nach verloschen die Lichter. Die Sterne am Himmel glitzerten. Im ganzen Gäßchen brannten nur noch in Meister Falconets Atelier die Kerzen. Brannten noch, als der Morgen schon graute, als die Hähne krähten, als die ersten Lieferwagen über das holprige Pflaster rollten. Der Milchmann pochte. Einen mächtigen Korb voll duftenden Gebäcks schwenkend, ein Liedchen trällernd, kam der Brotjunge daher. Ein fliegender Händler rief seine Ware aus. Blaurote Trauben leuchteten auf seinem Karren. Ein leichter Dunst lag noch über allem. Mägde kamen aus Haustoren, traten heran. Scherzworte flogen hin und her.
Ein Trupp junger Scholaren, Samthabit, Mappe unter dem Arm, kam, lustig lärmend, die Straße herauf, unverkennbar waren es Kunststudenten. Sie pochten nicht vorne am Hauseingang, nahmen ihren Weg durchs Gartentor, überquerten den Hinterhof. Der lange Blonde und der kleine Braune vom Vortag waren darunter. Der Braune trällerte jetzt gleichmütig. Was konnte ihm viel geschehen? Er war ja entschlossen, auf und davon und nach Italien zu gehen. Der Blonde schien leicht umdüstert, mochte sein, daß seine Rüstung ihm doch nicht so ganz den vollkommenen Schutz vor des Meisters Giftpfeilen verlieh.
Langsam belebte sich die Straße. Einfache Bürgersleute, Handwerker kamen daher, schritten eilig ihrem Tagwerk zu. Oben im Atelier brannten noch immer die Kerzen. Man hatte wohl einfach vergessen, sie zu löschen.
Jetzt näherte sich ein Gipser im Arbeitsgewand, staubbedeckt war er und trug einen Sack über die Schulter geworfen. Auch er durchschritt das Gartentor und ging quer über den Hinterhof. Bottiche standen da mit breiig gerührtem Gips, Säcke und Kisten lagen verstreut, Marmorblöcke, Sandsteinfiguren. Die sechs jungen Scholaren standen beisammen und murrten.
»Läßt uns nicht ein«, sagte der eine.
»Aber wehe, wenn unsereins nicht pünktlich zur Stelle ist«, meinte ein anderer.
»Babette sagt, er habe die ganze Nacht durchgearbeitet, sein Lager sei unberührt.«
»Das Modell ist auf und davon. Das fünfunddreißigste in diesem Monat. Da mußte die Collot eben wieder einspringen.«
»Arme Collot!«

»Geschieht ihr schon recht. Wir sind ja nicht gut genug für sie.«
»Aber sie ist auch nicht gut genug für ihn. Nicht einmal Giftpfeile gegen sie zu verschießen, lohnt sich ihm. Prangert ihre Arbeit niemals an, besieht sie nicht einmal.«
»Aber zum Modellstehen ist sie ihm recht.«
So schwirrten die Stimmen durcheinander.
»Wenn die echten Modelle Reißaus nehmen, dann darf sie ihm die Nacht hindurch Modell stehen. So!« Der Braunlockige, der eisern entschlossen war, vor des Meisters scharf ätzendem Urteil nach Italien durchzugehen, ahmte die zierliche Pose nach, mit der eine Schülerin, genannt Collot, eine lange Nacht hindurch Fortunas Füllhorn reichlich unbequem von hoch oben auszuschütten hatte. Er wollte sie verhöhnen mit dieser Gebärde, und doch lag die ganze Erbitterung darin, die sich in ihnen allen immer neu gegen den Meister aufstapelte, der bedenkenlos forderte, auch gegen das Mädchen, das ihnen allen keinen Blick schenkte.
»Wie ihr doch alle auf dem Bauch liegt vor ihm«, spottete ein Rosiger, Feister, stand fest auf kurzen Beinen und musterte die Kameraden. »Zu zweit im Atelier, die ganze Nacht? Modell steht sie? Man kann's auch Modellstehen nennen.« Und er pfiff ein freches Liedchen.
Da aber bildeten sie alle auf einmal Front gegen den Neuen, sogar der Gipser schloß sich ihnen an. Bis jetzt hatte er in seinem Bottich herumgemischt und getan, als höre er überhaupt nicht zu. Was ging ihn, einen bedächtigen Handwerker, das Geschwätz dieser albernen Knaben an.
»Der! Du bist noch zu kurz bei uns, um das zu wissen!«
»Kennst ihn eben nicht!«
»Sieht nie eine Frau an!«
»Ein Mönchsleben führt er!«
»In eine Mönchsklause bist du hier geraten!«
Ungestüm sprachen sie auf ihn ein, aber nun alle im gleichen Ton. Respekt schwang darin und Stolz auf den Meister. Kein Spott kam mehr auf, kein Haß klang da mit.
»Mönchsleben ist gut«, meckerte der feiste Neuling unbeeindruckt. »Die Nacht hindurch Modell stehen lassen.«
»Pscht«, machte heftig der Gipser. »Der Sohn! Da fällt uns gerade heute auch noch der Sohn ins Haus.«

Quer über den Hof kam ein junger Reisender und ein Kutscher mit unzähligen Koffern und Mantelsäcken und Schachteln hinter ihm. Ein blasser Knabe von stutzerhafter Eleganz, sah nicht wie die jungen Werkstattgesellen aus in ihren ein wenig verlotterten Samthabits. Bei dem saß alles nett und adrett, war alles aus bestem fremdländischem Stoff und von tadellos passendem Schnitt. Nur an der großen Zeichenmappe, die er unter dem Arm trug, ließ sich erkennen, daß er von der gleichen Gilde wie diese war.
»Kommt aus England«, flüsterte der Blonde dem rosig feisten Neuling zu.
»Studiert bei Joshua Reynolds«, warf der Braune noch hin.
Da war der junge Pierre Falconet schon herangetreten und ließ den Kutscher all die unzähligen Koffer und Säcke und Schachteln abstellen. Er begrüßte die Umstehenden nicht eben herzlich, eine Kluft lag zwischen ihm und den anderen.
»Will mich ihm rasch zeigen«, näselte der Knabe und suchte dieses »ihm« ein wenig ironisch zu betonen und dadurch die Verlegenheit zu verscheuchen und eine Front gegen den Vater zu bilden mit den Kameraden. Er brauchte Deckung für diesen Streich der überraschenden Heimkehr. Sehr wohl war ihm nicht dabei. Er wollte eben die Stufen hinauf.
»Wird das eine Freude sein«, spottete es hinter ihm her. »Pscht«, machte wieder warnend der Gipser, und alle verstummten mit einem Schlag. Und das Söhnchen, das da schon zwei Stufen hinaufgesprungen war, hoffend, in des Vaters offene Arme zu fliegen, hielt, wie mit einem Zauberstab berührt, in der Bewegung inne und drückte sich dann scheu beiseite, denn das gestrenge Auge sollte ihn lieber nicht entdecken. Nein, das war nicht der rechte Augenblick, um herzlich willkommen geheißen zu werden.
Denn da stand oben auf der Treppe der Meister, Etienne Maurice Falconet, und hielt das Mädchen im Arm, ein liebliches Mädchen. Er, bartstoppelig, übernächtig, hohläugig, brennenden Blicks, ein kleiner, fast zierlich gewachsener, doch drahtiger Mann mit einem ein wenig zu groß geratenen, kantigen Schädel. Und sie, keinen Blutstropfen im Gesicht – wirr hing ihr das blonde Haar –, tastete sich taumelnd fort aus seinen Armen, versuchte sich allein am Treppengeländer zu halten. Da

standen sie einander gegenüber, beide noch ein wenig wankend, lächelten starr, ohne einander anzusehen, und atmeten tief die frische Morgenluft ein.
»Es ist schon vorüber. Ich kann schon wieder weiter«, sagte leise und wie entschuldigend das Mädchen.
»Ihr müßt den Arm mehr nach hinten ziehen«, erwiderte der Meister nicht unfreundlich. Er schien niemanden von denen, die da unten standen, zu bemerken und zeigte, wie Fortunas Füllhorn sich von hoch über dem Kopf ausschüttet, nicht eben bequem konnte das sein als Position für mehrere Stunden. »Sonst krieg' ich es nie. Also ein letzter Versuch – wenn's jetzt nicht gelingt, zerschmeiß ich den Krempel. Kommt.«
Und da war er auch schon wieder im Inneren des Hauses verschwunden, ohne ihr auch noch einen Blick zu schenken, ohne hinzusehen, ob sie auch wirklich wieder bei Kräften war. Das Mädchen folgte gehorsam wie ein Hündchen. War's ein Sommermorgenspuk? Einen Augenblick lang herrschte Schweigen. Dann setzten wild lärmend wieder die jungen Stimmen ein und verscheuchten die Beklemmung.

Da stand sie also nun von neuem seit vollen zwei Stunden, hielt den Arm weit nach hinten gereckt, die Augen geschlossen und wollte den Raum abwehren, der sich um sie drehte. Doch drehte sich's weiter, mit ihr und in ihr, und sog sie, sog sie in sausender Spirale tiefer und tiefer.
Ein achtzehnjähriges Mädchen also, in gipsbespritztem, tonbeschmiertem Bildhauerkittel, eine Wolljacke unbestimmbarer Farbe achtlos darüber geknöpft. Frostig kalt war's in dem hohen Raum, fiel auch die Herbstsonne schon schräg herein. Das Mädchen fror und merkte es nicht, die Glieder waren ihr ohnedies längst abgestorben, das Gesichtchen war blaß und übernächtig. Sie war schweißgebadet trotz der Kälte. Kein sonderlich bemerkenswertes Gesichtchen. Ein Himmelfahrtsnäschen schien ein wenig achtlos und eilig hineingesetzt, was den Zügen zusammen mit den geschlossenen Augen und der Anspannung, auf jeden Fall durchzuhalten, nicht hinzusakken, einen etwas schmerzlich verwunderten Clownsausdruck gab. Das blonde Haar wäre so übel nicht gewesen, aber längst hatte es sich wieder gelöst und hing in unordentlichen

Strähnen seitlich von der gebeugten Schulter fast bis zum Boden.
Die rechte Hand, eine arg zerschundene, schmutzverklebte Bildhauerhand, hielt sie krampfhaft hoch oben – eins, zwei, mitten von der Arbeit fort hatte er sie ohne weitere Umstände auf das Podest gestellt, um nur ja keine Zeit zu verlieren.
Da stand also Marie Anne Collot, die einzige Schülerin und jüngste dazu unter all den Scholaren, und mimte angestrengt eine zierliche anmutige Gartenfigur, Fortuna mit dem Füllhorn, und dachte verzweifelt: Ich muß mich halten, an etwas halten, sonst kippe ich nochmals und stör' seine Arbeit. Und es zog sie und sog sie, tiefer, immer tiefer in sausender Fahrt, und auf einmal hatte sie gar keine schmerzenden Glieder mehr, und sie fühlte sich leicht, federleicht und kleinwinzig –
Kleinwinzig torkelte auf dicken Beinchen Marie Anne in einem finsteren Gewölbe zwischen zwei ewig streitenden, Stoff vermessenden Eltern, baute sich in einem Winkel mit einer leeren Garnspule und einem Knäuel Holzwolle eine friedlich paradiesische Welt. Stickig war's hier, lichtlos, Unflätigkeiten bekam sie zu hören, Geschrei und Geschimpfe umgab sie, und doch wuchs sie kerzengerade auf. Vier oder fünf mochte sie gewesen sein, und ihr Schritt war noch gar nicht sehr sicher, da trat sie vor die Mutter hin, streckte ihre Ärmchen weit auseinander, blickte furchtlos und trotzig – ganz Schirmherr und Ritter – und sagte drohend, obwohl der Vater ja doch nicht die Hand erhoben hatte (ach, er hatte schlagendere Waffen gegen die Frau als eine zuschlagende Hand) und von den Disputen hatte sie nicht das geringste begriffen: »Mamma, ich schütz' dich.« Ja, so war sie eben, die kleine Marie Anne.
»Die Hand, die vertrackte Hand, ich krieg's nicht, wie sie schüttet, zwei Finger sind tot, noch einmal wollen wir ansetzen in neuer Bewegung. Eine kleine Pause«, sprach Meister Falconet in die Stille und schmiß einen Tonklumpen zurück in das Becken. Er zog seine Rechte grob mit der anderen nach hinten, als wollte er die beiden strafen, weil sie ihm so schändlich den Gehorsam verweigerten. Und so, Hände auf dem Rücken verschränkt, stapfte er mit gesenktem Kopf ungebärdig auf und ab. Eine tiefe Falte grub sich zwischen seine Brauen.
Da sackte sie nieder auf dem Podest und ließ den Kopf

zwischen ihre Arme fallen, irgendwo hatte sein Befehl sie erreicht, mitten auf der Fahrt in die Kindheit. Wohin, wohin hatte es sie getragen? Ach ja, in den schmutzigen Hinterhof des finsteren Gewölbes.

Zehn mochte sie damals gewesen sein und spielte mit einem Nachbarjungen, dem schönsten Jungen der ganzen weiten Welt, so über und über war er bedeckt mit Sommersprossen. Glühend neidete sie ihm die. Jetzt brauchte sie kein Knäuel Holzwolle mehr und keine Garnspule, denn eine kühne Welt war's, die sie sich da zu zweit bauten zwischen Unratkübeln und Küchengerüchen und schimpfenden Nachbarsfrauen – das unterschied sich nicht viel vom Geschimpfe der Eltern, denn dem Armen geht alles unter in dieser einzigen ihm zu Gebote stehenden, wohltuenden Lebenserleichterung. Da hatte sich ihnen ein anderes Mädchen zugesellt. »Ninon!« hörte Marie Anne es jetzt ganz deutlich neben sich rufen. Die Stimme des wunderbaren, ob seiner Sommersprossen wunderbarsten Jungen der Welt war's, und wahrhaftig, da segelte er schon mit der anderen in einem Waschtrog nach Indien – dem Grafen Lally mußte man dort zu Hilfe eilen gegen die Engländer –, und sie selbst war nun zum Matrosen degradiert und durfte die Anker lichten und das Fallreep niederlassen, und sie machte gute Miene zum erniedrigenden Spiel, George war ja noch immer der schönste Junge. »Ninon«, rief er von ganz nah, ganz klar war die Stimme zu hören, und das sollte also wohl so fortgehen für alle Zeit.

Dagegen mußte doch etwas geschehen, und still und entschlossen ging sie auf die andere zu. Sie würdigte den sommersprossigen Schönen jetzt keines Blickes, hielt ihn bloß entschlossen fern, daß er der Rivalin nicht zu Hilfe eilen konnte. Dann machte sie sich still und emsig daran, die edle Königin Ninon, der sie das Fallreep hätte niederlassen sollen, fest zu verdreschen. Sie trieb die um Gnade Winselnde in einen Winkel, aus dem es kein Entrinnen gab, und drosch unerbittlich weiter, bis ihr der Arm erlahmte. Mit lässig gnädiger Handbewegung entließ sie sie dann. Aufgescheucht und hinkend und vor sich hinplärrend entwich die königliche Ninon über den Hof. Ja, jetzt konnten die Spiele mit dem sommersprossigen Liebsten ungestört weitergehen. »Mademoiselle Victoire«, erklang es

jetzt deutlich, und aus allen Fenstern beugten sich die Nachbarinnen weit heraus und klatschten, brüllend vor Gelächter, Beifall, da sie die Nebenbuhlerin so aus dem Feld geschlagen hatte.
»Collot, Collot«, klang es da unsanft in ihre Träume. »Geht es noch eine Stunde? Können wir weiter? Mein letzter Versuch!«
Da stand die Schülerin Collot schon wieder auf dem Podest, schüttete krampfhaft ein nicht vorhandenes und doch tausendmal verfluchtes Füllhorn aus. Und dabei hielt sie gar nichts von dem, was Fortuna einem da hinschüttet, sie hatte sich alles im Leben selbst holen müssen und war dabei noch nicht weiter gekommen, als eben Meister Falconets Schülerin zu heißen und springen zu dürfen als Modell oder Laufbursch. Und nun schüttete sie also – –
Qualvoll vertropfte die Zeit, nicht nochmals gelang ihr die Fahrt in die Kindheit, brennheiß spürte sie jetzt ihre Glieder, kaum noch zu tragen. Ihm vergingen die Stunden im Fluge, waren nicht zu halten, und noch immer hatte er kein Leben gebannt in zwei dieser Finger, die das Füllhorn hielten – –
Stille. Kein Laut von außen drang hierher. Leicht geschürzt, mit halb entblößter Brust und nackten, rundlichen Schenkeln stand die Figur aus Ton und lächelte nichtssagend, wie es Gartenfiguren eben sollen. Nur die Bewegung war ein wenig heftiger geraten, und nur an dieser war Meister Falconet gelegen, und roh riß er der Lächelnden, die darob nicht aufhörte zu lächeln, zum vierundsiebzigsten Male die Hand ab und setzte sie neu an und riß noch einmal zwei Finger ab und setzte sie neu an und sah aus brennenden Augen, irre Verzweiflung im Blick, zu der Lebendigen hin.
Sah er sie wirklich? Sah er den kläglich lieblichen Clown im bespritzten Arbeitsgewand, mit falsch zugeknöpfter Jacke? Er sah sie nicht. Hatte dieses strichdünne Mädchen doch auch so gar nichts von den üppig wogenden Reizen seiner Fortuna. Er sah nur auf die Hand, die verschmutzte, verkrustete Bildhauerhand, und mußte dieses Leben zwingen.
Es gab aber noch einen, der ebensowenig Rücksicht nahm wie er selbst. Ohne anzuklopfen, stieß der Freund krachend die Tür auf und polterte herein.
»Was da letzthin gesprochen wurde über den Nachruhm des

Künstlers, also das gehört zu Ende geführt und muß in meinen Diskurs«, sagte Diderot ohne Gruß und ließ sich ächzend auf einen wackeligen Stuhl nieder, warf einen Blick auf ein paar Skizzen, die da verstreut vor ihm lagen, und schob sie dann fort. Kinder im Haschen, Hunde im Jagen, sich bäumende Rösser, lebendige Bewegung, immer wieder Bewegung, das war jetzt unwichtig für ihn. Dann erst übersah er die ganze Bescherung. Breitbeinig saß er da, ein wenig zurückgeneigt, mächtigen Leibes und mit bekümmerter Miene – das gute Gesicht mit den prall aufgeplusterten Hängebacken eines Kleinkindes und den schlauen Augen eines Waldschrats – und blickte die beiden an, dann sah er hinunter auf seinen Bauch, den er vor sich herstreckte, als gehöre er gar nicht zu ihm, und sagte: »Da hast du also das arme Mädchen – Die haben mir das ja erzählt da unten – – ich konnt's einfach nicht glauben –«

Und er kam nicht weiter. »Was nicht glauben, was, was?« schrie Falconet ihn an, schmiß den Ton zurück und befahl: »Eine Pause.« Das galt der Collot, die ließ aufseufzend den Arm fallen und sank nieder auf das Podest, spürte bleischwer ihre Glieder und meinte, sie hätte es keinen Atemzug länger ertragen, und wäre doch, ohne zu mucksen, noch viele Stunden so gestanden.

»Was, was?« schrie der schmächtige Meister nochmals und sprang den massigen Diderot an. »Was nicht glauben? Daß wir arbeiten? Ist zehnmal wichtiger als deine Diskurse. Was geht mich der Nachruhm an und all diese Sorgen! Ihr aus der Synagoge der Rue Royale, ihr mit eurem Gefasel über die Unsterblichkeit der Seele und über die Absurdität des christlichen Dogmas. Die Hand, diese Hand da, muß mir erst sitzen, muß leben!« Da endlich ließ er ab von dem leise ächzenden Freund und wies mit irr verzweifelter Geste auf die gelassen ihr Füllhorn schüttende Tonfigur, der zwei Finger noch fehlten, was am Ende kaum einer bemerkte.

Diderot erhob sich achselzuckend, sah seufzend den Freund an, wies noch einmal hin auf das Häuflein Unglück, das zusammengesackt auf seinem Podest hockte, und sagte uneingeschüchtert: »Na schön – –« Dieses Gespräch über den Nachruhm mochte noch warten, doch das hier ging nicht an. »Du kannst das Mädchen da doch nicht so quälen, Modell stehen lassen durch viele Stunden, dazu ist sie schließlich nicht zu dir gekommen – –«

Wieder einmal ganz Freund Diderot, der Rousseau belehrte, daß er der alten Frau Levasseur das Landleben nicht zumuten könne, der Grimm befahl, Madame d'Epinay nach Genf zu dem Arzt Tronchin zu begleiten, der sich in ihrer aller Leben einmischte, der wußte, was recht war zu tun und zu lassen – nur in seinem eigenen Haus nicht zurecht kam, sich schurigeln ließ von Madame Nanette und heimlich wie ein verliebter Schuljunge sich Briefchen seiner Sophie aus einem Versteck holte.
»Laß das gefälligst meine Sorge sein, was sie lernt«, fauchte Falconet ihn an. »Sie lernt eben jetzt, wie man's zwingen, sich täglich neu erkämpfen muß. Schadet ihr nicht für ihren weiteren Weg.«
»Und Pierre ist angekommen, er braucht dich offenbar, hat etwas auf dem Herzen, sonst hätte er nicht die weite Reise von London gemacht«, setzte Diderot noch einmal an.
»Ich weiß, ich weiß, hab' ihn ja vorhin draußen gesehen –« Hätte man dem irr herausstürzenden, nur nach Atem ringenden Mann im Hinterhof gar nicht angemerkt, daß er irgend etwas wahrgenommen hatte. »Ihr alle zerrt an mir, dahin und dorthin, du mit deinem läppischen Nachruhm, und die Collot beklagt sich, sie wird mißbraucht zum Modellstehen!« Arme Schülerin Collot. Sie saß mit schmerzenden Gliedern, beobachtete die beiden aus erschreckt aufgerissenen Augen und hatte sich doch niemals beklagt, hatte seit vielen Stunden nicht aufgemuckt.
»Und nun auch noch Pierre, Pierre!« schrie er weiter. »Ich dulde nicht, daß er schon ausstellt, er ist noch ein Stümper, und ihr alle zerrt an mir, reißt mich in Stücke. Ich steh' euch nicht Rede, euch dreien nicht und niemandem, ehe ich's gezwungen oder erkannt hab', daß ich diesmal gescheitert bin. Ich bitte dich, laß mich in Frieden, laß mich's noch einmal versuchen!« Jetzt hob der schmächtige Mann beschwörend die Hände, und es konnte einen wirklich das Mitleid packen mit diesem verwahrlosten, gipsbestaubten, tonverklebten, hohläugigen, bartstoppeligen Patron, der da eine Nacht lang schon rang und sich quälte. »Reißt mich nicht in Stücke, ich muß es bezwingen.«
Da ließ Freund Diderot seine klugen Waldschrataugen von diesem sich verzehrenden Wilden hinüberwandern zu der Collot, die sich stumm erhob, mühsam wieder in Positur stellte,

und dann machte er schweigend kehrt und verließ schwerschrittig den Raum.
Und wieder Stille, das Mädchen stand und goß das nicht vorhandene Füllhorn aus. Sie hielt die Augen geschlossen und die Lippen verpreßt, und der Meister riß zum fünfundsiebzigstenmal der tönernen Fortuna den Arm ab und setzte ihn neu an, und zum fünfundsiebzigstenmal suchte er Leben zu zwingen in diese Hand und sah immer wieder zu ihr hinüber, sah nicht ihren krampfhaft hochgerissenen Körper, sah nicht die verquälten Züge des jungen Gesichtes, sah nur die Hand, die Hand – – Erst wenn sie zusammenbrach, würde er's merken. Wie viele Atemzüge lang hielt sie noch stand?
Da wurde die Tür vorsichtig aufgeschoben, und herein schlängelte sich zögernd der junge Reisende, Pierre Falconet. Es war ihm anzumerken, daß er dieses Eindringen für das kühnste Wagnis seines Lebens hielt. Er hatte, um nur ja nicht herauszufordern, einen fleckigen Arbeitskittel über seinen adretten Anzug getan. Ach, es war nichts damit, dem Vater in die offenen Arme zu stürzen, er hielt es für klüger, zu tun, als wäre er niemals fortgewesen, als hätte er nie gegen des Vaters Befehl die Werkstatt Joshua Reynolds verlassen, und dabei war er doch mächtig stolz auf das, was er zu melden hatte. Er sagte, ohne jede Begrüßung, doch mit sehr viel Bangnis und ehrfürchtig flüsternd: »Der Gesandte der Zarin, Fürst Galizyn, wartet unten nun schon seit dreißig Minuten, du mußt ihn sofort empfangen – –«
Diesmal harrte die Gequälte am Marterpfahl ihrer Pflicht nicht aus, bis des Meisters Aufforderung erfolgte, aufstöhnend sank sie auf dem Podest nieder. Eine Atempause schenkte ihr das.
Da hatte man es. So setzten sie ihm zu. Und zerrten ihn zu Boden. Der Freund, die Schülerin, nur einen Augenblick hatte er den Blick gewendet, schon saß sie wieder. Da kam auch der Sohn und nun noch dieser Gesandte! Meister Falconet mußte tief Atem holen, dann riß er die Hand ab und riß den Arm noch einmal ab und schmiß die noch weiche Masse zurück in den Bottich und hob die ganze Gestalt der Fortuna, hob sie hoch über den Kopf und schmiß sie hin, daß sie auf dem Boden zerschellte und die Stücke Pierre ins Antlitz spritzten. Der wich mit einem Satz zurück, und die Collot sprang mit einem

Schreckensschrei auf. In wilden Sprüngen setzte sie zur Tür und entschlüpfte. Vorbei war's für heute mit dem Modellstehen, und sie wollte lieber nicht Zeuge sein, wenn's nun losging gegen den Sohn.

»Schlecht angelegt, gehört neu begonnen«, sprach Meister Falconet knapp den Urteilsspruch über das Werk vieler Wochen, über den pausenlosen letzten Kampf eines Tages, einer Nacht und noch einiger Stunden. »Was suchst du hier?« fuhr er dann den Sohn an. »Läßt einfach deine Arbeit im Stich? Was erkühnst du dich eigentlich?« Er begann, umständlich sich die Hände zu säubern, legte den Kittel ab. Die Schlacht war zu Ende, morgen ging es zu neuem Kampf, das nächste Mal würde es vielleicht ein Sieg, vielleicht – –

Das also war nun die Begrüßung. Nichts war es mit dem Stürzen in offene Arme, nichts mit dem unbemerkt sich Einschleichen in den gewohnten Alltag, es hatte nur so geschienen, daß der Vater nichts und niemanden bemerkte, sobald er an der Arbeit war. Pierre versuchte noch ein letztes Mittel, dem Ungewitter zu entgehen – und es war ja auch allerhand, daß der vornehme Herr es so einfach hinnahm –, und sagte nun aus schon sehr verschrecktem Gesicht: »Du hast wohl vergessen, er sagt, du hättest ihn bestellt, ich meine dieser Fürst –«

Da schnappte in Falconet etwas zusammen, da brach es los. Eine Nacht hindurch hatte er vergeblich gerungen, hatte es nicht bezwungen, dann hatte der Freund an ihm gezerrt, die Schülerin und der Sohn, und nun auch noch dieser Abgesandte der Zarin. Die Daschkowa hatte schon recht gehabt, offenbar wirklich ein Besessener. So stand dieser schmächtige, drahtige Mann mit dem großen Schädel da, und nun entlud sich alles, alles auf den einen, den blutleeren Hübschling.

»Er kann ja gehen, dieser vertrackte Gesandte, wenn's ihm nicht paßt.« Und die brennend übernächtigen Augen funkelten zornbebend den Jungen an. »Ich hab' nicht vergessen, daß er heute kommt. Ich brauch' dich nicht hier als umherschleichenden Mahner. Wie steht's mit der Arbeit? Kann die es vertragen, daß du einfach Reißaus nimmst von Meister Reynolds? Daß du auf Ferien gehst wie ein feines Herrchen? Zeig her deine Skizzen!«

Pierre wünschte sich nun weit fort, nach London! Woher hatte er bloß den Mut genommen zu dieser Reise? War das überhaupt ein guter Gedanke gewesen, zu kommen, um dem Vater zu gestehen – er hätte Tizian sein können, in dieser Stimmung würde er doch nie Gnade finden vor diesem Blick, und ach, er war so weit entfernt von Tizian, das wußte er wohl –, und er sprach leise und stand bloß zwei Schritte entfernt von dem Vater, und es war ihm, als stünde er weit fort, jenseits des englischen Kanals. »Ich hab' ja nur weniges mitgebracht, eine kleine Auswahl, Belangloses – –« Er hatte nur noch diese letzte Hoffnung, daß er, wenn er sich selbst so das Urteil sprach, vielleicht dadurch dem Urteil dieses Schonungslosen entgehen könnte, aber auch daraus wurde nichts.
»Hast doch wohl nicht das Belanglose ausgewählt, um es mir zu zeigen!« höhnte der Meister. »Laß gefälligst mich selbst herausfinden, was mein Sohn gelernt hat. Zeig vor deine Mappen, sofort!« herrschte er ihn an. Und stampfte ungeduldig mit dem Fuß auf, da der andere in einem letzten Versuch (er wußte schon, daß es vergeblich war) noch einmal etwas vernehmen ließ von dem Fürsten, den man doch nicht gut länger warten lassen könne. Da war aber das Unheil nicht mehr aufzuhalten.

Was ist das bloß für ein Mann, dieser Falconet, dachte Fürst Galizyn, gewiegter Diplomat, der an allen Höfen der Welt zur festgesetzten Zeit vorgelassen wurde und nun hier schon fünfundvierzig Minuten zu warten hatte. Also durch Wartenlassen konnte der ihn nicht gut beleidigen, es amüsierte ihn geradezu, wie weit einer die Dreistigkeit treiben konnte.
Seine Exzellenz streckte leicht seufzend das schmerzende Bein ein wenig vor, das Herbstwetter machte ihm wieder einmal zu schaffen, er hatte das Reißen. Da saß er in einem zugigen, unwirtlichen Raum zwischen zwei Türen – schwer zu sagen, ob das eine Antichambre war oder eine Studierstube. Ein Schreibtisch stand da, Zeichenblätter lagen verstreut, Marmorproben dort in der Ecke, Bücher, Bücher hoch aufgestapelt, und Staub, Gipsstaub über allem, und durch alle Ritzen wehte der Wind. Fünfundvierzig Minuten nun schon. Wie lange wohl noch?
»Dreck!« brüllte es da plötzlich durch die geschlossene Tür. »Gelogen, gelogen!« brüllte es weiter. Eine feine Röte bedeckte

langsam das vornehme Altherrengesicht des Fürsten. Nun wurde er auch noch zum Horcher erniedrigt. Ohne Zweifel ging es jetzt gegen diesen wohlerzogenen, jungen Mann, der, weiß Gott, viel besser das Schnpickliche wußte als sein Vater und dem es so überaus peinlich gewesen war, ihn hier wartend zu finden. Der hatte versprochen, Abhilfe zu schafn, weil dies doch nur auf einem Mißverständnis beruhen könne – – Wie überaus peinlich für den wohlerzogenen Jüngling und wie peinlich für ihn! Was das bloß für ein sonderbarer Geselle war, den sich Majestät partout zu verschreiben wünschte? Eine laute Stimme hatte er jedenfalls.

»Die Hand wird dir verdorren bei solchen Lügen!« brüllte es weiter. Der wohlerzogene Jüngling schien sich verteidigen zu wollen, suchte zu erklären, zu beschwichtigen, seine Stimme drang nicht durch bis hierher. Das hatte der Arme nun davon, daß er dem Gesandten der Zarin hatte Hilfe bringen wollen. Fürst Galizyn schüttelte unmutig den Kopf. War ihm recht genierlich, unfreiwilliger Zeuge so unerfreulicher Intimitäten sein zu müssen. Die artige Stimme drang nicht herüber, drang auch drüben nicht durch. »Kommt nicht in Frage!« brüllte es wieder.

»Zurück!« kam es noch einmal, unwidersprechbar. »Weitermachen von früh bis spät, weitermachen!« Irgend etwas fiel krachend zu Boden. Eine Tür knallte ins Schloß. Genau sechzig Minuten ließ man ihn nun warten. Fürst Galizyn lehnte sich leicht aufatmend zurück. Nun war er wenigstens nicht mehr zum Horcher erniedrigt. Was war das für ein Mann, den man im Begriff stand, sich da zu verschreiben! Ziemlich unmöglich offenbar. Fast neugierig war er geworden, hatte er doch sonst meist mit Hofschranzen zu tun. Der arme Junge dauerte ihn ernstlich.

Völlige Stille herrschte nun hinter der schweren, geschnitzten Tür. Doch da schob sich leise die gegenüberliegende Tür auf, ein Mädchen stand im Rahmen, eilte, ohne ihn zu bemerken, auf den Schreibtisch zu, holte Blätter von dort. Ein klug gesammeltes Gesichtchen war es, das jede Zeichnung betrachtete, überlegte, welche mitzunehmen sei. Hastig schob sie die Blätter in die Mappe und wollte davon. Marie Anne hatte sich in der Zwischenzeit das Haar wieder straff, wenn auch nicht gerade sehr gefällig, an den Kopf gestriegelt, hatte die Kleider gewechselt, einen Umhang übergeworfen. Noch war sie blaß, aber sonst war ihr die Anstrengung nicht mehr anzumerken. Kerzengerade hielt sie sich, keiner konnte ahnen, daß sie sich eine Nacht lang krumm gestanden hatte.

»Die Tür!« stöhnte Fürst Galizyn ein wenig kläglich. »Die Demoiselle hat die Tür – –« Es zog doch ohnedies mächtig durch die Ritzen, und nun blieb auch noch die Tür sperrangelweit auf. Warum ließ ihn dieser sonderbare Mann nicht überhaupt gleich im Freien warten? Es war schon ein rechtes Labsal für das Reißen in seinem Bein, dieser Auftrag seiner Herrin.

Mit einem Satz war die Kleine erschreckt an der Klinke. »Pardon«, flüsterte sie schuldbewußt und sah ihn scheu von der Seite an. Glitzerten da nicht Orden, war das etwa der Gesandte, von dem Pierre vorhin gesprochen hatte? Und wie benahm man sich vor einem Fürsten, der Botschaft brachte von der Kaiserin Katharina? Da stand sie verlegen und ließ die Arme hängen, es war ihr anzumerken, daß sie geizte mit ihrer Zeit, daß sie zurück wollte zu ihren Mappen und rasch weiter. Aber sollte sie nicht etwas sagen, vielleicht konnte sie den Meister vor Unmut schützen, ihn entschuldigen, erklären – –? Aber am Ende war das gar nicht der Gesandte, am Ende vertat sie dann bloß kostbare Zeit – –? Das alles kam und ging in den hellen, aufrichtigen Mädchenzügen, war geradezu belustigend leicht zu lesen in diesem ratlos erstaunten Clownsgesicht.

Fürst Galizyn wartete nun schon fünfviertel Stunden. Und war nicht gewillt, zu weichen, wollte erfahren, wie lange man ihn eigentlich warten lassen konnte. Vielleicht vermochte dieses Mädchen Aufschluß zu geben. Was war sie eigentlich? Eine Dienstmagd? Oder dieses unmöglichen Mannes Geliebte? Es kam heute schon nicht mehr darauf an, war alles, was ihm da geschah heute, nicht gerade vom Zuschnitt eines Fürsten Galizyn. War er unwillentlich zum Horcher erniedrigt worden, kam es also gar nicht mehr darauf an, auch absichtlich jemanden auszuhorchen, und so sagte er leichthin: »Die Demoiselle ist in Eile – –?«

»Ja«, erwiderte das Mädchen, »ich muß nämlich nach Sèvres.« War er der Fürst, so war es gut, ihn zu besänftigen, ihn hinzuhalten durch ein Gespräch. Und war er es nicht, nun dann war's so allenfalls die Wahrheit. Das stand alles wieder so klar in ihren Zügen zu lesen, daß der Fürst Mühe hatte, ein Lachen zu unterdrücken, ein gutes, herzliches Lachen, das da aufstieg in ihm.

»So, so, nach Sèvres?« fragte er ernst und langsam, und an der Antwort war ihm nicht im mindesten gelegen, aber dieses Mädchen sah er sich nun doch genauer an. Sie würde ihm die Wahrheit sagen über ihren Meister, und wenn die etwas verbergen wollte, erfuhr man's erst recht.

»Ja«, erwiderte sie in seine Gedanken. »Wenn die nämlich nicht rechtzeitig die Entwürfe bekommen, dann gibt es kein Geld. Und wenn wir kein Geld haben, dann kann er nicht arbeiten an dem, was er will. Ich mein', seine echte Arbeit, die liegt dann brach. Er muß arbeiten können, wozu es ihn zwingt. Er erträgt es nicht, gezwungen zu sein von anderen. Krank wird er mir sonst. Deshalb muß ich nach Sèvres. Die Fron ist für mich.« Sie lachte leise in sich hinein. »Er signiert nur die Entwürfe.«

»Sachte, Mamsellchen, sachte«, erwiderte der Fürst. »Man springt nicht so um mit einem so alten Kopf. Was für Entwürfe? Was für Fron? Was heißt echte Arbeit? Sie muß mir das alles schön der Reih' nach erklären.«

Die Schülerin Collot sah ihn an, auf dem erstaunten Clownsgesicht malte sich immer größeres Erstaunen, und es war dabei doch ein liebliches Mädchengesicht. War's möglich, daß einer das nicht wußte? Nicht wußte, daß der Meister Entwürfe zu liefern hatte in viel zu großer Zahl, daß er tobte über die Fron? Wer all das nicht wußte, der mußte von sehr weit her kommen, war also doch wohl der Gesandte, und sie holte tief Atem und setzte an, ihm zu erklären, daß – –

»Collot, Collot!« klang es jetzt dröhnend von drinnen. »Sie soll sich das ansehen! Collot!« hallte es jetzt durchs ganze Haus. Da schrak sie zusammen und raffte die Skizzen und wollte davon. »Pardon«, sagte sie leise, mochten die Orden auf der Brust dieses Unbekannten noch so glitzern. Das blasse Clownsgesicht strahlte jetzt im Widerschein großer Freude – sie wurde gebraucht – und schon hatte sie die Klinke in der Hand.

»Halt! Demoiselle! Der Meister soll nur auch einmal warten, ist für den Gesandten der Zarin schließlich auch nicht zur Stelle!«

rief gutgelaunt der Fürst und weidete sich ein wenig an ihrer Verlegenheit. »Gleich lass' ich Sie gehen. Nur eines erklär Sie mir noch. Was heißt echter Auftrag?«
»Der Meister ist schließlich doch Bildhauer des Königs und darf also wohl beanspruchen, daß – –«, erwiderte sie unschlüssig. Wie konnte man das rasch erklären?
»Also will er noch höher hinaus? Was nennt er echten Auftrag?« drängte der Fürst. Es war ein wenig Zeitvertreib dabei und auch ein wenig Rache, den andern nun warten zu machen, und auf die Antwort war er eigentlich nicht gerade begierig, er würde sich seines Auftrages schon in jedem Fall zu entledigen wissen und diesen seltsamen Mann bändigen durch klingende Münze. Aber es war belustigend und rührend, zu sehen, wie es da arbeitete in dieses Mädchens Hirn, um die rechte Erklärung zu bringen. »Wahrheit«, sagte sie schließlich zögernd. »Die Wahrheit sagen in Ton. Wir sind doch alle aus Diderots Weinberg der Wahrheit«, stieß sie ein wenig ungeduldig hervor. Alle Scheu hatte sie jetzt verloren, da sie so viel Unverständnis in den Zügen des anderen las. Da konnte man aber auch wirklich keinen Respekt bewahren, auch vor einer ordensfunkelnden Brust nicht, wenn einer das Einfachste offenbar nicht verstand.
»Collot!« rief es wieder hinter der Tür. Eine laute Stimme hatte der. Empörung grollte da hoch. »Wo steckt denn das Mädchen?«
Nun aber war sie nicht länger zu halten. »Lebt wohl«, flüsterte sie, und da war wieder das Strahlen, sie fürchtete sich offenbar kein bißchen vor drohendem Gewitter. Und da der Ordensglitzernde nochmals den Mund auftat zu neuer Frage, kam sie ihm rasch zuvor. Sie wollte zwar wirklich nicht unhöflich sein, aber wenn der Meister rief, das mußte doch jeder einsehen. »Bewegung«, fügte sie eilends hinzu, »auf die ist er versessen. Wenn er Bewegung bannen kann, sie lebendig machen – –« Da fand sich Fürst Galizyn wieder allein gelassen. Eine Stunde und dreißig Minuten saß er nun da.
»Da, da!« hörte man nun. Die laute Stimme ermüdete offenbar nicht so leicht. »Er will's nicht begreifen. Erklärt Ihr ihm das Abc aller Künste. Er ist ja vernagelt!« Eine leisere Stimme erhob sich jammernd. Die Mädchenstimme versuchte zu be-

schwichtigen. »Hab' keine Zeit zu verschwenden!« donnerte es weiter. »Erklärt es ihm. Weiterlernen und nicht erlahmen. Abreisen, London!«

Die Tür flog auf. Da stand der Meister. Fürst Galizyn erhob sich ein wenig schwerfällig, es ärgerte ihn, daß er das Reißen im Bein dabei nicht ganz verbergen konnte. Aber der Gesandte der Zarin blieb höflich, selbst wenn man ihn ein und eine halbe Stunde hatte warten lassen. Und er wartete neugierig, wie der andere seine Unhöflichkeit nun entschuldigen werde. Aber der war nun wirklich ein erstaunlicher Rüpel. Mit einer königlichen Gebärde bat er, sitzenzubleiben, rückte sich einen Stuhl heran und setzte sich dem Fürsten gegenüber. »Bitte«, sagte er knapp. »Ich stehe nun zur Verfügung.«

Dem Fürsten verschlug es den Atem. So viel Insolenz hatte er selbst nach eineinhalbstündiger Probe nicht erwartet. Bemühte der sich nicht einmal um eine faule Ausrede?

»Ich höre«, sagte der Meister, und da war schon ein Schatten von Ungeduld im Ton – drüben lag die Arbeit vieler Stunden in Scherben. Diese Zeit mußte aufgeholt werden, und die Bewegung des Schüttens, die würde nun die Aufgabe für die Schüler werden, und die Fortuna mußte er neu beginnen, und das Modell war zu bestellen, und das Söhnchen, dieser Tagdieb, würde noch Zeit kosten, und schlafen mußte er schließlich doch auch einmal für ein paar Stunden. »Ich höre«, wiederholte er nochmals und zwang sich mühsam zu einer verbindlichen Klangfarbe. Der kam schließlich von einer Herrscherin, die sogar von Voltaire einer Antwort gewürdigt wurde.

Da aber hatte sich Fürst Galizyn wieder gefaßt. Was für sonderbare Wünsche die hohe Frau doch manchmal hegte! Gerade dieser da mußte es sein aus all dem Gewimmel von Künstlern, die ständig zwischen Petersburg und Paris im Kommen und Gehen waren. Nun, wenn sie diesen begehrte, also bitte, dann eben einen Rüpel! Er sagte mit einem spöttischen Lächeln und einem unverfroren forschenden Blick, das war schließlich doch die geringste Rache: »Ein Standbild wünscht meine Herrin zu errichten. An Euch soll die hohe Ehre des Auftrages ergehen. Die Einzelheiten – –« Eine lässige Handbewegung fragte nach dem Preis. »Und wann könnte die Reise – –?«

Fürst Galizyn tat recht daran, in des anderen Zügen zu

forschen. Aber was jetzt kam, stand dort nicht zu lesen und war reichlich unvermutet.
»Ein Standbild für die Kaiserin von Rußland?« erwiderte Falconet heiser. Kein Wunder, daß er stockheiser war, was hat er auch so geschrien, dachte der Fürst. »Warum wendet Er sich nicht an Pajou, an Vassé? Die sind's, die schon Denkmäler geschaffen haben für Euer Land. Da kann man gleich sehen, was man geliefert bekommt, da kennt man den Preis – –« Jetzt lachte er sogar. Ein wenig blechern klang es.
Fürst Galizyn löste den Blick von des anderen Zügen. Dort stand nichts zu lesen. Das war gar kein Rüpel. War keiner, der ihn achtlos warten ließ, war keiner, der alles ringsum vergaß, wenn er erst in der Arbeit steckte. Der spielte ja Theater. Und das Wartenlassen und ihn zum Horcher Erniedrigen war Teil dieses Spiels. Die kleine Mamsell, die mochte er solcherart ködern. Oder war vielleicht auch sie mit von der Partie? War auch sie gar nicht so zufällig – –? Der Fürst beschloß, auf der Hut zu sein, und mit diesem Beschluß gewann er seine alte Sicherheit zurück. Mit Intriganten und Feilschern war er gewohnt zu verhandeln. War gar kein so sonderbarer Mann, dieser Falconet, wollte sich bloß nicht zu billig verkaufen. War einfach habgierig, und mit Habgierigen ließ sich umgehen, ob es nun um Anleihen ging, um Käufe von Korn, um Gewinnung eines berühmten Arztes. Und nun legte es dieser da also darauf an, einen Preis zu erzielen, der nicht unter dem von Pajou und Vassé lag. Gewiß, er kannte die beiden und deren Preise. Und diesem Meister Falconet ließ man den Glauben, daß er es war, der die Summe schlau hochzutreiben verstand. Kam nicht drauf an, er hatte frei Hand, ihm zu bieten. Falconet hatte er zu verpflichten, um welchen Preis immer, weiß der Teufel warum.
»Man wünscht höheren Orts nicht Pajou, nicht Vassé«, sagte Fürst Galizyn und lächelte verbindlich irgendwohin ins Leere, sein Spott war ihm aus dem Gesicht gefallen, es war ein klarer Handel. Keine unbekannte Größe, keine Künstlerlaune war da im Spiel. Mache war das alles, jetzt wußte er es ganz genau. Warum denn sonst ließ dieser Mann die Namen jener viel Berühmteren aus der Zunft zufällig und scheinbar doch unvorsichtig einfließen? Der war gut informiert, viel besser als der Unterhändler selbst, er wußte sogar vielleicht, warum gerade

ihm die Sonne der kaiserlichen Gnade leuchtete, und trieb nun einfach seinen Preis hoch. War sein gutes Recht. »Man wünscht aber gerade Euch. Also«, sagte er gedehnt, da der andere sich nicht rührte, und das sollte heißen: Überflüssig Euer Theater, Ihr seid durchschaut, so nennt schon Euren Preis!

»Wart Ihr bei denen?« fragte Meister Falconet nun inquisitorisch. »Wart Ihr im Atelier von Pajou und Vassé?«

»Nein«, erwiderte Fürst Galizyn, nun endlich doch ein wenig aus der Fassung gebracht. Dem Bankier Maruzzi aus Korfu eine Anleihe zu entreißen, wie es gestern seines Amtes gewesen war, ging offenbar leichter. Wohin zielten solche Winkelzüge? Was bezweckte der damit?

»Geht hin, Exzellenz, Ihr seht dort, was heutzutage Mode, kauft nicht die Katze im Sack! Wißt Ihr denn, was ich Euch hinstellen würde? Gibt ja keine Denkmäler von mir. Bin ja nur bekannt so als Sänger zarter Madrigale. Die großen Arien, die haben bis jetzt die anderen geschmettert.«

Hätte Fürst Galizyn weniger sein Reißen verspürt, wäre er durch zwei Stunden Warten nicht doch ein wenig ermüdet gewesen, wenn auch, Gott behüte, durchaus nicht verärgert, denn ein Herr Falconet konnte den Abgesandten eines gewaltigen Reiches nicht beleidigen, er hätte die Erbitterung gehört, die aus den Worten des andern da vorstieß.

Aber spring einer über seinen eigenen Schatten, habgierig waren sie alle, die vorbeizogen an seinem inneren Aug', und was sonst konnte es bedeuten, als den Preis hochzutreiben, wenn einer geradezu den Teufel an die Wand malte und die berühmteren Namen beschwor? Klar, zumindest deren Preis wollte er erreichen und riskierte aus Gier, den Auftrag zu verlieren. Oder aber er hatte bessere Informationen als er selbst.

Streng dich nicht so an, hätte Fürst Galizyn ihm gern erwidert, zittere innerlich nicht, ob ich vielleicht nun doch zu Pajou oder Vassé gehe. Wir können bezahlen. Es kommt uns nicht darauf an, wenn wir etwas wollen. Warum freilich gerade du gewünscht wirst, du großspuriger Geselle, der du vorgibst, mich geradezu ins andere Lager zu treiben, das bleibt mir verschlossen. Dahinter stehen irgendwelche Machenschaften daheim, die ich von hier nicht durchschaue. Ist mir auch gar nicht so wichtig. Ich hab' meinen Auftrag.

Statt dessen aber sagte er gelassen: »Was ist wohl der Preis von Pajou, von Vassé?«
»Vierhunderttausend«, gab Falconet ohne Zögern zur Antwort. Da hatte man es. Der Mann spielte den Rüpel, den launenhaften Künstler, der warten ließ, und wußte doch ganz genau, welchen Preis zu erzielen er eisern entschlossen war.
»Wir sind durchaus geneigt, Euch das gleiche zu gewähren«, sagte der Fürst herablassend, und es tat ihm leid, daß der kein Rüpel, kein launenhafter Künstler, sondern ein ganz gewöhnlicher Feilscher war. »Wann könnt Ihr reisen?« Morgen wird er also den Vertrag aufsetzen und den Sekretär zur Unterschrift damit herschicken, eine einfache Sache das Ganze, es bestand gar kein Grund zu weiterer Verzögerung.
»Gar nicht«, erwiderte Falconet leise und höhnisch. »Gar nicht!« wiederholte er, diesmal schreiend, als erbitterte ihn des Fürsten verständnisloses Staunen, und er schlug ungebärdig mit der Faust auf den Tisch. »Seh' auch nicht ein, warum ich es sollte. Komm' gar nicht zu Rande mit der Fülle der Arbeit. Ich versage Euch ja nicht meinen Rat. Ihr bekommt Pajou oder Vassé für vierhunderttausend. Was wollt Ihr noch mehr? Keiner, keiner läßt mich in Ruhe. Reisen soll ich. Noch mehr Zeit verlieren, damit irgendwo noch ein Standbild stehe? Warum soll denn gerade ich diesen modischen, übergewaltigen Krimskrams – –« Und er erhob sich. Reichlich heftig. Und wahrhaftig, nach eineinhalbstündiger Wartezeit war er es nun, der das Gespräch beendete.
Also doch nicht habgierig, doch nicht Mache! Einfach ein Irrer. Aber leider hatte er den nun zu verpflichten. Vertrag mit ihm zu machen, und zwar schleunigst. Ein Lieblingswunsch der Kaiserin, hatte Panin geschrieben. Mit Münze war der Mann also doch nicht zu ködern und auch nicht mit Ehre und Huld – – Wie also? Der Gesandte der Kaiserin durfte sich doch nicht einfach unverrichteter Dinge so bei der Tür hinausschieben lassen. Aus unerfindlichen Gründen hatte es eben dieser Falconet zu sein. Obzwar dem von Herzen zu gönnen gewesen wäre, daß man von hier schnurstracks zu Pajou oder Vassé – Doch da kam ihm ein rettender Gedanke, und die kleine Demoiselle von vorhin fiel ihm ein. »Ich dachte, Ihr suchtet nach echtem Auftrag, wo Ihr wilde Bewegung – – Ein

Reiterstandbild soll's sein«, sagte er auf gut Glück. Hatte er ihn erst einmal dort oben im Norden, mochte der sich durchkämpfen, falls es kein Reiter war, den man plante. »Meine Kaiserin wünscht nicht diesen übergewaltigen modischen Krimskrams.« Wahrhaftig, jetzt rede ich diesem da schon nach dem Mund! Wozu ein alter Diplomat manchmal gezwungen wird, dachte er halb ärgerlich, halb belustigt. »Aber nicht einen Reiter auf einem Roß, so einfach hingestellt, wünscht man. Bei uns herrscht wilde Bewegung, ungeheurer Aufschwung. Ein Roß in Bewegung, einen Hang hinaufstürmend«, sagte er eindringlich und war verwundert über die blumige Sprache, die er da führte. Vielleicht war er gar nicht ein ausgetrocknetes Diplomatenhirn, und ein Dichter war in ihm verborgen und kam eben nur in höchster Not zum Vorschein? Wenn dieser da aber dennoch beharrte und blindwütig seine Chance nicht wahrnehmen wollte und zu reisen sich weigerte? Und so fügte er bekräftigend noch hinzu: »Dafür sind wir auch bereit zu bezahlen, was Pajou bekommt oder Vassé.«
Doch das hatte zu des Fürsten Glück Meister Falconet gar nicht mehr vernommen. Stand da, unbewegt, selbst wie ein Standbild, die Hand noch erhoben zu brüskem Abschied. Abschied von einem unliebsamen Eindringling, der ihm die Zeit stahl. Das war noch in seinen verbitterten, verhärteten Zügen zu lesen, aber nun begann es auch schon zu wetterleuchten darin. Da lag noch der Unmut darüber, daß jeder sich das Recht nahm, irgend etwas zu fordern, und da lag noch die Erschöpfung einer vergeblich durchwachten Nacht in seinen entzündeten Augen, da saß noch die Verzweiflung über eigenes Versagen und Verzweiflung, schon getrieben zu sein, von neuem sich zu plagen, und dann schoß es durch all dies leuchtend durch, und es ging ein gewaltiger Glanz aus von ihm, und er sagte stimmlos: »Ein Pferd in großer Bewegung. Nicht nur dahinstolzierend wie das Roß des Marc Aurel. Sich hoch aufbäumend vielleicht vor dem Abgrund oder hinaufgaloppierend einen Hang?« Und er blickte sich suchend um, und da waren schon ein Stift und von irgendwoher Skizzenblätter, und hier bäumte sich ein Roß, und dort sprang's über den Abgrund, und da war ein drittes, in edler Bewegung hinübersetzend über ein Hindernis. Meister Falconet war versunken in seine Arbeit, er schien

den Fürsten vergessen zu haben. Im Nu bedeckte ein halbes Dutzend Blätter den Estrich, jagende, trabende, galoppierende, spielende, springende Pferde.
Der Fürst sah staunend zu Boden, wie das lebte und sich bewegte auf diesen Blättern, sah auf die kurzfingrige, breite, ein wenig vulgäre Hand, die in fetzenden Strichen das hinwarf, sah diesen Mann mit den hart gesammelten Zügen, der den Blick nicht hob. Von Kunst verstand der Fürst nicht viel, wohl aber von Pferden, und er lebte nun schon viele Jahre dieses höfische Leben und fuhr in vornehmen Karossen und unterzeichnete Dokumente und gab Empfänge und ging in die Oper, kurz, tat, was ihm aufgetragen war für die Heimat, und hatte diese doch lange, lange nicht mehr verspürt. Und plötzlich schlug ihm ein Geruch in die Nase, der Geruch aufgebrochener Scholle, wenn er abends durch die Felder ritt, Stallgeruch, wenn man nach Hause den Zügel lenkte, und das Wiehern des neugeborenen Fohlens klang ihm ganz deutlich ins Ohr. Eine unbändige Sehnsucht überkam ihn mit einmal – nach Hause.
»Reisen«, sagte er fast ehrfürchtig in die Stille. Nur das Geräusch von Meister Falconets Strich war zu hören und das Rascheln der Skizzenblätter, wenn sie zu Boden fielen, und er hatte seinen Auftrag völlig vergessen und war nicht der ordensgeschmückte Diplomat eines großmächtigen Reiches, sondern ein Verzauberter und war auf einem Wunderteppich gereist und saß hoch oben im Norden mitten unter seinen geliebten Pferden.
Plötzlich warf Meister Falconet den Stift hin, mochten die Pferde sich auch munter tummeln auf seinen Blättern, nun war er es, der zum Abschluß drängte. Ein bedächtiger Handwerker war er nun, der nüchtern die Verwirklichung bedachte. »Wann?« sagte er bloß und war zur Reise entschlossen.
Da war auch schon Fürst Galizyn zurück aus der Heimat, zurück aus dem Gestüt und beantwortete recht und schlecht die Frage. Ob Falconet dort oben auch genügend lebende Modelle finden werde, denn nach der Natur müsse er Pferde studieren, ihm genüge nicht das Vorbild der Antike wie all den anderen. Wieder fielen die Namen Pajou und Vassé – eine Welt lag zwischen ihnen und ihm.
»Die Garderegimenter«, sagte Fürst Galizyn. »Da garantier'

ich, die reiten die edelsten Pferde aus dem besten Gestüt.« Und wieder war es ihm ein wenig unbehaglich. Vielleicht ging der Kaiserin Wunsch nach ganz anderem als nach einem Reiterstandbild? Doch gleichzeitig war er hoch befriedigt, endlich war er ans Ziel gelangt.

»Und der Preis?« warf er noch einmal beiläufig hin. »Wir sind gerne bereit – –«, und meinte, wir sind bereit zu zahlen, was die anderen fordern. Er sprach es nicht aus, sollte der selbst seine Forderung stellen.

»Etwas Gigantisches, Kolossalisches muß es werden«, erwiderte Falconet und sah hinab auf die Skizzen der sich tummelnden Rosse auf dem Estrich und hatte gar nicht zugehört. »Wie St. Roch«, fügte er lauter hinzu, und großer Jubel lag in seiner Stimme. »Das war mein einziger, echter Auftrag. In einem Leben, das nun ein halbes Jahrhundert währt.« Und Erbitterung klang durch. Doch dann war auch das rasch vorüber. »Vielleicht wie St. Roch auf gewaltigen Fels gestellt«, überlegte er und hatte den anderen schon wieder vergessen.

Fürst Galizyn hatte keine Ahnung, was St. Roch war, fühlte auch kein Verlangen, es erklärt zu bekommen. Nicht der Kunst, den Pferden galt seine Liebe, hatte er sie auch durch Jahre vergessen. Doch nun fiel ihm erneut ein, daß er zwei Stunden hatte warten müssen, und daß dieser da zuerst gesagt hatte: »Reisen – kommt nicht in Frage!« Was wäre also geworden, wäre ihm nicht der rettende Gedanke gekommen, von Schwung und Bewegung seines Landes zu sprechen? Und einen Fang billig zu machen, wurde trotz allem immer geschätzt. Und hatte er sich auch geirrt, und Falconet war gar nicht habgierig, so blieb er doch eben ein Rüpel, und nutzte er selbst nicht seinen Vorteil, nun, Fürst Galizyn hatte gewiß keine Ursache, des anderen Vorteil zu wahren. So war er nun entschlossen, nicht ganz soviel zu bezahlen, wie Pajou und Vassé forderten. Und er sagte dreist und machte sich gefaßt, daß nun doch ein Feilschen losgehen würde: »Zweihunderttausend ist man bereit zu zahlen.«

»Zweihunderttausend, schon gut«, erwiderte abwesend der Meister. Das Leuchten war erloschen, und auch die Sammlung war fort aus seinem Gesicht, und zerstreut begann er, die Blätter vom Boden aufzulesen.

»Bringt mir das alles rasch zu Papier, so ein Denkmal, das braucht seine Zeit, wohl einige Jahre, und ich muß mich beeilen, bin nicht mehr jung. Schon fünfzig«, sagte er ein wenig verlegen und sah plötzlich aus wie ein Schuljunge, der sich für etwas zu entschuldigen hat. »Ich möcht's noch erleben«, sagte er leise. »Ein echter Auftrag. Bewegung bannen. Seit St. Roch –«
Eine leise Röte stieg nun in die kameenfeinen Züge des Fürsten. Was war das nur für ein Mann, dieser Falconet? Nicht zu ergründen. Und ein wenig reuevoll ob so schamlos billigen Handels, zählte er hastig auf, was sonst noch alles vorgesehen war für den Vertrag. Kost und Logis, selbstverständlich, und die Reise aufs bequemste, und die Hälfte des Honorars nach Wunsch einzahlbar auch in Paris auf die Bank, und Gehilfen, so viele er brauchte, und völlige Freiheit des Schaffens natürlich. »Nur unterstellt den Wünschen Ihrer Majestät«, fügte er mit schlechtem Gewissen hinzu. Und was, wenn sich erweisen sollte, die Zarin plane gar nicht Reiter und Roß? Dann gab es für den ja überhaupt nichts zu bannen an Schwung und Bewegung?
Aber nun wurde der Meister schon wieder ungeduldig. So vieles hatte er heute noch zu erledigen, auch machte sich die durchwachte Nacht bemerkbar, endlich wollte er sich hinwerfen und ein paar Stunden schlafen. »Schon gut«, sagte er. »Ihr macht das schon, wie sich's gehört, nur bringt mir bald den Vertrag. Man muß ja reisen, ehe die schlechte Jahreszeit – –«
Wie eilig er es auf einmal hat, dachte der Fürst und war vergnügt über den billigen Handel und belustigt und gerührt über diesen sonderbaren Mann und beschämt, daß er ihn doch so leicht eingefangen hatte. »Abgemacht«, sagte er, »fehlt also nur noch der Vertrag, und dann sorge ich für standesgemäße Reise.«
Zwei Männer schüttelten einander die Hand, tief atmete Meister Falconet auf, da der andere die Tür hinter sich zuzog. Weit streckte er die Arme und ballte die Fäuste. Er trat ans Fenster und stieß es auf, eng war's ihm um die Brust geworden. Er mußte sich am Fensterrahmen halten. Ein Schwächeanfall. Milde, sonnige Herbstluft wehte herein. »Fünfzig Jahre«, sagte er leise. Ein einziger Auftrag in all diesen Jahren, dachte er weiter. Und der

Rest, nichts als Zierlichkeiten. Und verschleuderte Kraft. Und nun noch einmal einen neuen Anfang setzen.

Ein Straßenverkäufer pries irgendwo gellend seine Ware an. Von einem nahe gelegenen Bau drang der monotone Ruf der Bauleute, Räder rollten in der Ferne, Straßenlärm brandete, Kinderstimmen schwammen obenauf. O gute Lust des Lebens! Arbeitslust! Leise schloß Meister Falconet das Fenster.

Als er sich umwandte – schlafen wollte er nun endlich, schlafen –, stand das Söhnchen mitten im Zimmer, bebend vor Eifer und mit blitzenden Augen, schien nicht länger niedergebrochen zu sein durch des Vaters Donnerwetter, schien jedenfalls gar nicht mehr eingeschüchtert. Was wollte er noch? Hatte er ihm nicht befohlen zu reisen, schleunigst zurückzukehren zu seinem Lehrmeister Reynolds und zu lernen, zu lernen und nicht länger zu lügen mit dem Stift? Eine Unmutswolke erhob sich auf des Vaters Stirn.

Pierre, der Sohn, hatte sich offenbar weniger geniert als der Fürst, zum Horcher degradiert zu werden. Hatte sich vielleicht sogar ein wenig anstrengen müssen, damit ihm kein Wort der Unterhaltung entging. Hatte aber doch wohl gelohnt, das Ohr an die Tür zu pressen. Es geschah schließlich nicht alle Tage, daß so gewaltiger Auftrag, so unermeßliche Huld sich einfand bei einem so anstößigen Mann mit so schlechten Manieren wie Vater. Wunders genug, daß die Pompadour stets nach ihm gesandt hatte, wenn es eines ihrer vielen Schlösser zu schmükken galt, und daß er noch immer Bildhauer des Königs hieß. Nunmehr also Bildhauer der Zarin, Pierre barst fast vor Stolz. Falconet hieß auch er, unsagbares Glück, eines bedeutenden Mannes Sohn zu sein. Hektische Flecke standen auf seinen schmalen Wangen. Vergessen war, daß er geknirscht hatte vor ohnmächtiger Wut, daß er das Geschick, dieses Berserkers Sohn zu sein, verflucht hatte, daß er vor Scham in den Boden versunken war, vor diesem Mädchen bloßgestellt zu werden.

»Ihr reiset«, stieß er hervor, noch atemlos, überwältigt von dem Erlauschten.

»Nach dir«, erwiderte der Vater gereizt. »Du solltest längst wieder fort sein.« Nicht, daß der Junge gelauscht hatte, war es, was ihn erbitterte. Da hatte er ihm sein Versagen scheinbar blindwütig ins Gesicht geschrieen, hatte das Mädchen als Zeugin dieser Schmach geholt. Das war aber gar nicht so blindwütig geschehen, sondern es war wohlberechnete Absicht dabei gewesen, er hatte ihm die gallbittere Arznei gereicht, an der einer gesunden konnte, wenn er noch irgendwas taugte. Doch hätte der Knabe dann zusammenbrechen müssen in heilsamem Fieber, ihm scheu aus den Augen gehen, sich mühsam erheben, mit letzter Kraft sich zur Arbeit schleppen, um zu beweisen, daß er eben doch kein Versager war. Statt dessen – – »Ich gehe nun zu Bett«, sagte Falconet kurz und wandte sich grußlos.

Doch jetzt ging's um Zukunft, um Glanz und um Ehre, allein konnte er ja doch nicht bestehen vor Joshua Reynolds. Das schmächtige Bürschchen in tadellos geschnittenem Anzug – zwei Dutzend andere führte er noch mit sich im Gepäck – verzieh großmütig dem Vater und überwand seine Scheu vor diesem zart Gewaltigen und hängte sich an seinen Rock und ließ nicht locker und stieß gierig hervor: »Auf so weite Reise. Und ein so schwieriger, langwieriger Auftrag! Da braucht's doch Gehilfen. Wer könnte besser als Euer Sohn – –« Er trompetete es laut heraus, ungeniert und voll Stolz. Den Namen konnte ihm selbst der Vater nicht nehmen, auf den wollte er also nun stolz sein.

Da mußte sich der Meister ihm wohl oder übel noch einmal zuwenden. Und ein so eisigkalter Blick traf ihn, voll so unsäglicher Verachtung, daß jeder andere verstummt wäre.

Aber hat ein Junger erst einmal aufgegeben, sich nach rohem Schlag knirschend zu erheben zu eigenem Tun, nur stolzer und stärker zu wachsen dadurch, dann bleibt ihm nur noch ein einziger Gedanke: sich hochschleifen zu lassen, und wär's dadurch auch um jede Würde geschehen. So zuckte Pierre unter diesem Blick nicht zusammen und drängte statt dessen noch einmal keuchend vor Gier: »Nehmt mich mit nach Rußland, als Euren Gehilfen.«

»Dich?« lachte höhnisch der Meister. Nichts ist roher als ein enttäuschter Vater. Ob aus dem jemals noch etwas würde? »Dich? Dem jede Arbeit zu schwer und zuviel ist? Der du dich immer amüsieren willst, neue Fräcke anprobieren? Dich auf so beschwerliche Reise nehmen und als Hilfe für Neuland in der

Arbeit? Du hast mir erst zu beweisen, daß du etwas taugst!« schrie er nun wieder und machte sich mit so heftiger Bewegung frei von dem Griff, daß es für einen Augenblick aussah, als holte er aus zum Schlag ins Gesicht. Aber das war gleich vorüber. Pierre war ihm schon ausgewichen und nun doch zum Schweigen gebracht. »Zurück an die Arbeit, zurück nach London, wie es vorhin besprochen ward«, wiederholte Meister Falconet und hatte sich wieder in der Gewalt.

Der sagenhafte Glanz des russischen Hofes, in dem sich Pierre eben noch zu sonnen gemeint hatte, war damit schon wieder erloschen, aber der ewige Nebel der fremden Stadt London, die brüllende Einsamkeit dort, der Spott der englischen Kameraden, die Gleichgültigkeit des fremden Lehrherrn, all das, was noch härter traf als des Vaters Zorn, drohte sich lähmend auf den schwächlichen Knaben zu legen. Nein, dies alles noch einmal, das ertrug er nicht! Er verzog sein Gesicht zu kläglicher Grimasse, um die Mundwinkel zuckte es, gleich würde er plärren, und er sagte mit dem Mut der Verzweiflung: »Ihr habt mich ja nicht einmal zu Wort kommen lassen. Meine Absicht war nicht, triumphierend meine Arbeit zu zeigen, weiß ich doch selbst – –« Er senkte den Kopf und fügte leise hinzu, Blick auf dem Boden: »Ich vermag nicht länger so einsam zu leben. Auch bin ich kein Knabe mehr. Heiraten will ich. Ich war gekommen, um mir Euren Segen zu dieser Verbindung zu holen. Ich will Marie Anne von hier fort mit mir nach London nehmen – –«

Wieder kam er nicht weiter. Trotz Übermüdung war Meister Falconet wach genug für einen gelungenen Scherz. Er lachte dröhnend, setzte sich noch einmal breit hin, schlug sich die Hände auf die Knie, beugte den Oberkörper dem anderen entgegen, maß ihn lachend von oben bis unten, daß Pierre puterrot anlief und nicht mehr begriff, wieso er bloß den Mut gefunden hatte, und sich am liebsten in ein Mauseloch verkrochen hätte. Der Vater maß ihn, als wollte er ihn auf Heiratsfähigkeit überprüfen, und lachte noch immer. »Du – heiraten!« rief er und schlug sich auf die Schenkel, wirklich, das war ein gelungener Spaß. »Du! Kannst nicht einmal dich allein ernähren! Lügst mit dem Pinsel so schlecht, daß keiner dir glaubt, und willst dabei ein Weib dirigieren und anhalten zur Wahrheit.

Lern erst einmal etwas! Zeig, was du kannst! Es ist schon beträchtlich, was du dich erdreistest zu sagen.«
Da stand Pierre blutübergossen, getroffen bis ins innerste Mark, und haßte den Vater. Als hätte der mit seinem perfiden Gelächter auch die kläglich gescheiterten Londoner Aventüren des Sohnes verspottet, von denen er doch gar nichts ahnte. Auch hatte Pierre in der Kindheit vom Leben der Mutter manches gehört. Wenig Erinnerung war ihm geblieben, doch wußte er, daß sie auf und davon war mit einem armseligen Schneider, weil sie den besessenen Wahnsinn des Vaters nicht länger hatte ertragen können, daß er einmal herumkommandierte, ein andermal Frau und Kind völlig vergaß. Er hätte erwidern können, daß der Vater zwar eine Frau hatte ernähren können, diese ihm aber eben davongelaufen war. Doch er sagte es nicht, dachte es kaum, jede Sehne in ihm spannte sich in ohnmächtigem Haß. Ausgelacht war er, in seiner Mannbarkeit verhöhnt. Aber nun hatte er sich schon zu weit eingelassen, konnte nicht mehr stumm kehrtmachen und grußlos davongehen, traute sich überhaupt nicht mehr das geringste allein zu, weil ja auch niemand mehr ihm etwas zutraute. Vielleicht war Marie Anne noch ein Rettungsanker. Er hatte ja nie den Schutz einer Mutter verspürt, und er sagte kaum hörbar: »Marie Anne hat die Kraft – mit Marie Anne an der Seite – –« Jeder andere wäre zusammengeschreckt über diesen Flüsterton, über den laut gellenden Hilferuf, der darin lag.
Nicht so Meister Falconet. Denn nichts ist eben roher als ein enttäuschter Vater, der sich sehnt, in seinem Sohn weiterzuleben. Da stand nun dieses klägliche Bürschchen, und das war wirklich die Höhe. Nicht nur heiraten, auch noch die Collot. »Hast selbst nichts geleistet«, sagte er schneidend und war plötzlich ganz ernst geworden, »willst auch noch die Collot daran hindern, ihren Weg zu nehmen.«
»Heim und Herd möcht' ich ihr doch bieten«, versuchte der Junge zu widersprechen. Und wußte zugleich, daß das hier nicht verfing, daß er daran war, sich nur noch lächerlicher zu machen.
Doch war das eine unbegründete Sorge, denn der Meister fand dieses ganze Gespräch gar nicht mehr so erheiternd. Das Gelächter schnitt er sich selbst mitten durch, seine Züge

wurden noch härter, und er sagte barsch, schon während er aufstand: »Die Collot hat noch zwei Jahre Lehrzeit, zudem reist sie mit mir. Du hast ganz recht, ich brauche einen Gehilfen, jemanden, der willig zu jeder Stunde, jemanden, der zupackt, wo immer eine Hand fehlt, jemanden, der auch Gips mischt, wenn's not tut, jemanden, der herbeischafft, was ich gerade brauche, jemanden, der nicht seine viel zu prächtigen Kleider schont, jemanden, der nie klagt, jemanden, dem Arbeit eine Lust ist.«

Noch einmal musterte er den Sohn von oben bis unten. Da war nichts mehr abzuschätzen, zu leicht befunden, sagte dieser Blick. »Zurück nach London!« beendete er das Gespräch. Ohne Abschiedswort warf er die Tür geräuschvoll ins Schloß.

Die Collot also mit auf die Reise, dachte der Meister befriedigt, während er nun endlich die Treppe zu seinem Schlafraum erklomm – längst mußte die Mittagsstunde vorüber sein. Viel zu müde war er zum Essen, mochte Babette jammern, daß alles verderbe, nur schlafen wollte er. Das war gar kein schlechter Gedanke. Wäre ihm vielleicht gar nicht gekommen ohne Pierres lächerliches Sicheindrängenwollen, ohne diesen lächerlichen Heiratswunsch. Er wird eine Klausel in den Vertrag aufnehmen müssen über ein angemessenes Salär für das Mädchen. Sollte angelegt werden bei einer Pariser Bank. Damit sie etwas vorfinde, sobald man zurückkam von der Reise. Das Mädchen würde dann in jungen Jahren schon nicht mehr vor Not erzittern müssen, nicht mehr in irgendeine Fron gezwungen sein. Sie sollte arbeiten können, wozu es sie drängte. Er dehnte und streckte sich, stöhnte geradezu vor Erschöpfung. Langsam begann er sich seiner Kleider zu entledigen, achtlos streute er sie umher in dem engen Raum. Helles Tageslicht fiel durchs Fenster. Von fern her summte und brummte das Getriebe der Stadt. Von unten drang Gelächter, das waren die Scholaren, sie trieben da Allotria, na, er wollte sie schon an die Kandare nehmen, wenn er dann später – – Mit einem leisen Seufzer grub er sich in die Kissen, ein Lächeln der Befriedigung spielte um seinen Mund. O gute Lust des Lebens! Arbeitslust! Gleichmäßig hob und senkte sich seine entblößte Brust. Meister Falconet war tief eingeschlafen.

Pierre machte indessen mit dem Mut der Verzweiflung einen letzten Versuch. Sie mußten fort sein, ehe der Vater die Gehilfin von seiner Absicht wissen ließ. Ach, er selbst traute sich wenig Macht zu über das Mädchen. Und wie erst hätte er es aufnehmen sollen mit der Lockung solchen Abenteuers, einer weiten Reise zu so glanzvollem Ziel!
»Wir müssen sprechen«, sagte er atemlos und hatte sie gerade noch erwischt, ehe sie davon war nach Sèvres, und sie standen zwischen Tür und Angel des zugigen Ateliers. Er hatte sich das alles ein wenig anders ausgedacht, es war gewiß nicht der rechte Augenblick, aber ein besserer würde nicht kommen, auch konnte sie ihn nicht gerade in günstigstem Licht sehen, hatte der Vater sie sich ja zur Zeugin der Demütigung geholt, die er ihm angetan hatte, aber es blieb ihm keine Wahl.
Da stand er, blond, zart, bläßlich, hatte nichts von dem zähen Willen des Vaters, sah aus wie einer dieser melancholischen Jünglinge aus uraltem Geschlecht, wie man sie von den Porträts seines Lehrers Joshua Reynolds kannte.
»Sprechen?« fragte Marie Anne Collot gedehnt. Sie hatte es eilig, nach Sèvres zu kommen, und fand, daß es nach diesem Auftritt, nach diesem vernichtenden Urteil des Meisters nicht mehr viel zu sprechen gab. Jeder sollte nun schleunigst an seine Arbeit gehen, vergessen und vergessen machen, was da an Ungutem und an Schande gesagt worden war. Auch zog es hier, und jeden Augenblick konnte der Meister eintreten oder die Kameraden, nein, es lag ihr gar nichts daran, jetzt mit diesem Knaben hier angetroffen zu werden. Sie schämte sich ein wenig seiner stutzerhaften Kleidung, er war ihr dadurch und auch sonst ein wenig fremd geworden. Und sie sollte ja nicht nur nach Sèvres, sondern auch zu den Gießern, eine neue Metallmischung war zu erproben.
»Arbeiten ist besser als sprechen«, sagte sie rasch. »Zurück nach London, du hattest dir das doch immer gewünscht«, fügte sie hinzu und versuchte, herzlich zu blicken, und sah doch an ihm vorbei. »Und in einem Jahr kommst du wieder, und dann sieht alles ganz anders aus.«
In einem Jahr! Jetzt galt es, sie dazu zu bringen, dies alles hier zu verlassen und heimlich mit ihm nach London zu fliehen – den Vater im Stich zu lassen, ehe er ihr eröffnete, daß – – Er

wußte, daß er nun wieder versagen würde, und gab auf, noch ehe er richtig begonnen hatte.
»Wenn du dann wiederkommst, wird er auch anders urteilen«, suchte sie flüchtig zu trösten.
Ach, was lag ihm jetzt an des Vaters Urteil? Fortbringen wollte er sie von hier, fort! Das war einmal gewesen, daß er gefiebert hatte nach einem guten Wort des Vaters, nach einem winzigen Wort der Anerkennung von ihm. Aber dann war sie gekommen, Marie Anne Collot, fünfzehnjährig, mit frecher Nase, und hatte sich gemeldet zur Aufnahmeprüfung. Ein Mädchen! Sie hatte die Prüfung gemacht und bestanden und war später genauso abgekanzelt worden, täglich und unerbittlich und schonungslos wie er und alle anderen Schüler. Und danach hatten sie zusammen getrotzt und zusammen geheult und zusammengehalten wie Eisen.
»Fahr mit mir, wir heiraten heimlich in London«, stieß er hervor und war unglücklich und wollte getröstet sein und verfuhr eine verfahrene Angelegenheit noch viel tiefer. »Es geht um unsere Zukunft«, fügte er ungeschickt hinzu. Vielleicht, wenn er jetzt einen Kuß wagte – – Aber er wußte nicht recht wie, obwohl er sie schon einigemale geküßt hatte, dreimal, wie er ganz genau wußte, und sie sollte ihn nicht so fassungslos ansehen. Damals hatten sie doch bestimmt von Heirat gesprochen. Hatte sie es denn vergessen?
»Ich hab' noch ein Jahr hier«, sagte sie behutsam und konnte doch nicht hindern, daß die Seligkeit hochschwang im Ton und nicht zu überhören war. Dreihundertfünfundsechzig Tage Seligkeit hieß das, dreihundertfünfundsechzig Tage sein Letztes hergeben ohne Bedenken in der Arbeit, und sich abrackern dürfen für den Meister als Laufbursch oder als Modell. Dreihundertfünfundsechzig Tage zittern vor seinem Urteil und versinken vor Schande und Scham, wenn er einen verwarf, und verzweifelt sein, wenn er einen überhaupt nicht bemerkte, und danach meinen, daß man nie mehr würde lachen können, und dreihundertfünfundsechzig Tage einfahren ins Himmelreich, wenn er ein karges Wort der Anerkennung fand.
Und da hatte er es auch schon aufgegeben. »Mein Wagen«, sagte er nur, »zur Überfahrt.« Dieses Mädchen ließ sich nicht überrumpeln. Nicht einmal, solange sie noch gar nicht wußte,

welche Ehre ihr bevorstand. Die würde den Vater nie im Stich lassen. Nur ihn, ihn ließ jeder im Stich. Er stand da, blaß und stutzerhaft und kläglich, und es war alles so anders gekommen, als er es sich ausgemalt hatte während der Reise und selbst noch, als der Vater ihn mit Hohn überschüttet hatte. Ein Triumphzug hätte es werden sollen, wenn er seine Frau nach London brachte, um sie Meister Reynolds zu präsentieren. Seine begabte Gemahlin! Und sie würde glänzen durch ihre Kunst und ihre Schönheit. Ja, schön wäre sie geworden, wenn er sie erst in Samt und Seide hüllte, wenn sie nicht länger umherliefe in fleckigem Arbeitsgewand.
Da schlang Marie Anne die Arme um seinen Hals und küßte ihn ungestüm auf beide Backen, so erleichtert war sie, und daß jetzt schließlich doch die Kameraden hereinströmten und sie beieinander fanden und ein paar freche Bemerkungen fielen, das war auf einmal herzlich gleichgültig. Dieser Kuß auf beide Backen und diese Umarmung war aber auch das einzige, was ihm blieb an Farbe und Kontur von jenem längst geplanten Bild mit dem Titel »Doppelporträt des Künstlerpaares Falconet-Collot im Atelier Joshua Reynolds«. Es wurde nie gemalt.

War das eine Aufregung in dem schmalen Gäßchen! Es geschah schließlich nicht alle Tage, daß einer sich auf so weite Reise begab. Und noch dazu in so vornehmer Kutsche, denn eine Hofkarosse stand da mit Emblemen und Kronen, und das berühmte C II war auf dem Schlage gemalt. War eine kaiserlich russische Kutsche, Katharina II. ließ ihren Bildhauer abholen. Frühmorgens. Dünner Nebel zog seinen perlenden Vorhang über die Fensterscheiben des Wagens. Der Fuß raschelte in gelbbraunen Blättern, die zusammenzufegen heute noch keiner hier gewesen war. Handwerksleute, Bürger, Nähmamsellen schritten hastig und stumm ihrer Arbeitsstätte zu. Noch hatte der Frost nicht eingesetzt, in wenigen Stunden, wenn die Sonne durchbrechen würde, könnte sich vielleicht sogar eine sanfte Wärme verbreiten, und doch lag unwiderruflich der Herbst in der Luft. Ein ruhiger, nicht unguter Septembermorgen, und doch kroch einem die Feuchtigkeit fühlbar bis unter die Haut. Die Passanten sputeten sich in ihrer Sehnsucht nach Wärme, und doch blieb bis jetzt jeder, jeder einzelne stehen. Was türmte

sich da auch auf dieser noblen Kutsche und machte sie zu einem gar nicht so noblen Ungetüm! Immer noch schleppte man Mantelsäcke und Kisten, Schachteln und Valisen aus dem Tor und lud sie auf.
Horace, ein gutmütig grinsendes, schwitzendes Tönnchen – einer der beiden Gipser – sprang jedesmal hinzu und scheuchte die Schaulustigen, wenn Simon, der schlenkrige, bedächtige andere, gemeinsam mit dem Schwager noch einen Ballen herauszerrte. Was mußte da alles doch mit auf die Reise! Geräte, Entwürfe, Modelle von Pferden und warme Kleidung, gewiß, berechnet für Jahre, und dabei schwamm schon das große Gepäck, Gemälde, Skulpturen, Präsente und Hausrat, längst auf dem »Pirat«, man hatte es von Rouen aus verschifft.
In der Diele drinnen herrschte eine etwas gezwungene Lustigkeit. Die beiden Gipser kamen und gingen schwer bepackt immer wieder durch den Raum. Oder man hörte sie über die Treppe poltern und ihre etwas rohen Scherze der alten Babette entgegenrufen, wenn die aufschrie und zur Vorsicht mahnte. Und Möbel gab's, achtlos beiseite gerückt, Schränke halb offen, Schubfächer herausgerissen, Türen, die keiner mehr sich die Mühe nahm, zuzuklinken, und nur wenige Stühle und auf ihnen Gerümpel und Emballagen. Wer da gekommen war, Abschied zu nehmen, fand nicht Platz und nicht Haken für seinen Umhang. Auch standen die Reisenden schon gerüstet. Nein, hier ließ sich keiner mehr nieder.
Die Betreuer und Pfleger des Weinbergs der Wahrheit, wie man sie nannte, die paar Menschen, die sich wider ihre Zeit stemmten, sie waren alle da, um einem der Ihren Lebewohl zu sagen und auf Wiedersehen.
»Daß Er mir aber auch das Glück dieses Mädchens mache«, sagte Diderot und drohte Freund Falconet scherzhaft mit der Rechten, während er mit der Linken Marie Anne fester an sich zog. »Das verdient sie schließlich, wenn sie so verwegen dir folgt in Eiseskälte zu entsetzlichen Barbaren.« Er zwinkerte aufmunternd, sie alle hatten schon reichlich Bekanntschaft gemacht mit den Segnungen ihrer hochzivilisierten Heimat, mit Gefängnis, Verbannung, Bücherverbrennung, Verstümmelung eines Lebenswerks. Sie kannten das, hatten allen Grund, sich zu sehnen nach frischer Luft, nach diesen angeblichen Barbaren,

und wagten doch nicht, den entscheidenden Schritt zu tun. Aufbruchbereit – dazu gehört gar manches! Sie alle waren aber gefesselt an diese vielgeliebte, vielgelästerte, tausendmal verfluchte und doch nicht zu entbehrende Stadt. Diderots schlaue Augen konnten nicht den Kummer verbergen, den Freund nun hergeben zu müssen. Wer sonst noch debattierte mit ihm bis tief in die Nacht hinein, und wer sonst noch durfte wagen, selbstherrlich auch wieder damit Schluß zu machen und ihn vor die Tür zu setzen! Einzig von seinem Phidias ließ er sich das gefallen.

Meister Falconet war heute nicht aufzubringen durch so gewohnte, nur durch Abschiedsweh leicht gemilderte Schulmeisterei. Er lachte dröhnend, lachte ein wenig zu lang. Herzlich und brüderlich sollte es klingen und verbinden und Verbindung halten über lange Zeit und weltweite Strecke. Nur sein Blick strafte dieses gute Gelächter gleich wieder Lügen. Mitleid saß darin und ein klein wenig Verachtung, doch dann war auch das gleich wieder fortgewischt. Kalt und doch flackernd vor Ungeduld glitt sein Blick vom einen zum andern, verlor sich dann irgendwo in weiter Ferne. Dieser Mann weilte längst nicht mehr inmitten seiner Freunde. Auf der Strecke geblieben, sie alle, schoß es ihm durch den Kopf. Habt es eben nicht mehr geschafft, mag sein durch die Ungunst der Zeiten, durch eigenes Versagen, was weiß ich, weshalb? Ich wollte, ich könnte euch helfen. Doch ich vermag's nicht. Drum fort, um des Himmels willen rasch fort, und kein Gran Kraft mehr an euch verschwendet! Wäre doch vergebens. Ich aber, ich schaff's noch, steh' nochmals am Anfang, vor dem Werk meines Lebens.

Er gab der Gehilfin einen heimlichen Wink. Beschleunigt die Abfahrt, hieß das, kann's nicht länger ertragen, was sollen mir noch diese! Fort, mir aus den Augen, ans Werk, ans Werk! Nicht länger sehen müssen, was zurückbleibt, es hindert ja doch nur und beschwert. Ja, so undankbar wird einer und hat schließlich gar keinen Grund, so undankbar zu sein, hat schließlich doch ganz beachtliche Höhe erreicht. Man grüßt ihn respektvoll, und der Respekt gilt der Leistung. Ja, freilich, dem modischen Krimskrams, den Zierlichkeiten. Und dabei ist er fünfzig geworden und wäre lieber bespien und verhöhnt für das

Kolossalische in ihm, das keiner noch kennt, und das ihn zu zersprengen droht und das er endlich, endlich vor die Welt nun hinstellen soll.
Das angeblich so verwegene Ding, eingemummt schon in hohe Kapuze, aus der das Gesichtchen kreideweiß und mehr denn je wie ein Policinello hervorsah, stand angstschlotternd da und der eigenen Kühnheit gar nicht gewachsen. Wahnwitzig erschien es ihr plötzlich, daß sie diese Unternehmung mitmachte, und der angebetete Meister war ihr fremd und zum Fürchten, und welcher Teufel hatte sie bloß geritten, das finstere Gewölbe und die Stoffballen daheim einzutauschen gegen dieses unsichere Brot? Stoffe vermessen, das war ihre Bestimmung, und wie behaglich und friedlich lockte das dumpfmodrige, sonnenlose Verlies. War doch noch Familienleben, blieben auch nur ein betrunkener Vater und keifende Nachbarinnen, aber sie hatten wenigstens noch die Mutter gekannt. Freiheit, lockende Ferne, Sorgendürfen für einen Verehrten, Höherklimmen, »stolz das Leben gewinnen«, edle Arbeit, was sollte das alles! Man nahm ihr die einzig Vertraute! Verzweifelt vor Angst und mit halb irrem Blick suchte sie nach Angélique im Raume. Sich anklammern bei einem mitfühlenden Wesen, sich nicht losreißen lassen. Nie wieder wollte sie aufwärtsstreben, immer nur hübsch bescheiden sein. Bleiben, nur bleiben dürfen in den Niederungen des Lebens. Wissen, wo man den Fuß hinsetzt. Wissen, daß einem keine Überraschung droht. Nur nicht fort in diese eisige Ferne, nur nicht allein gelassen sein mit diesem tieffremden Mann. Doch unter dem Zwang seines sie anherrschenden Blickes gab sie es auf, nach Angélique zu suchen, machte sich leise los aus Diderots zärtlich fester Umarmung und wankte, angstschlotternd, mit weichen Knien zur Tür, um nach dem Gepäck zu sehen.
In eine Ecke gedrückt, ein dunkler Wuschelkopf mit sehnsüchtig glitzernden Augen, sah Angélique Diderot ihr nach und wagte nicht, ihr zu folgen. Im Nest gehalten, sorglich geschützt von den Eltern, und die andere schwang stolz sich empor, der Sonne entgegen! Ja, wer da mitziehen könnte! Schon hatte man Marie Anne ihr entfremdet, daran konnte wohl kein Zweifel bestehen. Die Gespielin ließ man eben treulos im Schatten zurück, lebte nur noch im Glanz künftigen, gewissen Ruhmes.

»Laßt gut sein mit den Barbaren!« sagte jetzt der vornehme Grimm, der einzige von ihnen, der aussah wie ein Kavalier – ein stilles Gesicht, verhalten jede Gebärde –, und trat näher. »Wo geschieht es schließlich«, fuhr er fort, »daß man unschuldige Jugend wie La Barre durch angebliche Justiz einfach mordet?« Zuzwinkern und zwischen den Zeilen reden war offensichtlich nicht sein Geschäft.

»Pscht, Pscht«, machte auch sofort das pockennarbige Fräulein d'Espinasse und stieß d'Alembert heimlich in die Seite. War das vielleicht ein passendes Gespräch, fünf Minuten vor Antritt einer Reise? Aber ihr Pythagoras war leider auch nicht viel besser, hatte gar nicht hingehört, sprach eindringlich zu Fürst Galizyn, wollte ihn partout von etwas überzeugen.

Der Schwager draußen blies also ins Horn, und das Herz in der Brust wurde den Zurückbleibenden schwer. Eng aneinandergedrückt stand die kleine Schar, schwach und wehrlos fühlten sie sich alle, sie waren ja nur eine Handvoll im Weinberg der Wahrheit. Langsam bewegten sie sich zum Ausgang. Meister Falconet konnte sich nicht länger beherrschen. Mit einem Satz stürmte er ihnen voraus. Hatte keinen Blick für das Häuflein Getreuer, keinen für das Haus, den Stolz mancher Jahre. Es war, als ob er gejagt wäre von der Angst, daß die Zeugen von Erniedrigung und Versagen sich ihm an die Sohlen heften könnten. Undankbar? Jetzt kam es darauf an, die Kraft zu sammeln, keinen Blick mehr hinter sich zu tun. War kein Geringes, einen neuen Anfang zu setzen in seinen Jahren. Was, Reise! Er hatte sie längst schon hinter sich. Er stand ja schon vor seinem Werk.

Fürst Galizyn war der einzige hier, nicht zugehörig dem Weinberg der Wahrheit, er nahm es gelassener. Lächelnd hatte er den Arm um die leise schluchzende Angélique gelegt, als letzte schlossen die beiden sich dem Zuge an. Sein Auftrag war erfüllt, er hatte nur noch für standesgemäße Fahrt zu sorgen. Eine fahle Sonne beleuchtete einen unwirtlichen, verlassenen Raum. Würde man hier dereinst die Wiederkehr eines stolzen Siegers feiern?

Draußen hatte sich eine stattliche Menge Schaulustiger angesammelt, und da stand Marie Anne und zählte Gepäckstücke. Manch neugieriger Blick traf das Mädchen: Welche Entschlossenheit, welcher Mut in den todblassen Zügen. Ein Wink der Verständigung zwischen den Gipsern, eine rasche Kopfbewegung hinauf zum Bock, da blies der Schwager noch einmal ins Horn. Horace, das schwitzende Tönnchen, Simon, der schlenkrige Schwengel, sie hielten den Schlag auf. Babette drängte sich schluchzend heran und knickste vor dem Meister, dann hielt sie Marie Anne eng umschlungen. Ach, wie gern ließ die es geschehen, die Gespielin war ja doch endgültig unauffindbar. Nun traten die Freunde an den Schlag heran. Falconet hatte den Fuß schon auf den Tritt gehoben, und jeder wollte ihm noch die Hand drücken, ihn brüderlich ans Herz ziehen. Sein Gesicht verschloß sich, er hob seine Rechte, war's Abwehr, war's Winken? Die Fassung verließ ihn, er schien von Trennungsschmerz überwältigt und hatte doch nur einen Gedanken: fortzukommen, vor dem Werk zu stehen. Mit heftiger Bewegung wich er zurück vor den ihm entgegengestreckten Armen und war schon im Innern der Kutsche verschwunden, Horace und Simon sprangen ihm nach. Marie Anne und Angélique hatten einander nun doch noch erspäht, hielten einander umarmt und heulten drauflos. Die Verwegenheit der Gespielin bewundernd, das eigene warme Nest verwünschend die eine, Halt suchend, angstschlotternd die andere. Ade, Mädchenfreundschaft, karge Konzertbesuche, verschwiegenes Promenieren in dämmerigen Gärten. »Bleib mir treu«, flüsterte Angélique. »Wir kommen doch wieder«, gab Marie Anne tränenerstickt zurück. Weiß Gott, wo sie enden würde, verscharrt in der Fremde. »Wir werden dann von neuem alles teilen, alles wird wieder sein wie einst«, sagte sie laut und wollte sich selbst Mut zusprechen. Mädchenschwüre, Kinderspiele. Wenn man wiederkam, würde es anders sein.

Ein ungeduldiger Ruf aus dem Innern des Wagens. Marie Anne hob den Kopf. Da standen die Getreuen. War denn keiner da, der sie noch jetzt von der sicheren Schlachtbank riß? Zu spät, zu spät zu Händedruck und Umarmung. Ein letzter tränenverschleierter Blick. Vater Diderot hielt nun zärtlich sein Töchterchen in einem Arm und schob Marie Anne mit dem andern sanft, aber bestimmt zur Kutsche. Seine Blicke gingen über sie hinweg, suchten vergebens ein letztes Mal nach dem Freund.

Nun war Marie Anne im Innern verschwunden. Der Schlag

wurde heftig zugeklinkt. Da umflorten sich auch die Waldschrataugen, Angélique schluchzte auf, alle riefen: »Adieu! Adieu!« Schon zogen die Pferde an! Hoch beladen schwankte die Karosse dahin. Ein weißes Tüchlein wehte noch eine Weile, ein weißer Hilferuf flatterte da ungehört durch die Welt. Dann war der Wagen um die Ecke verschwunden.

Verlassen standen die aus dem Weinberg der Wahrheit. Das Herz war ihnen schwer, auch schämten sie sich. Ja, der hatte den Mut, der zog hin, wo das Licht war, zu den angeblichen Barbaren, zu der großen Katharina. Und sie alle, sie hätten auch längst schon fortziehen sollen, irgendwohin, wenn nicht bis dort hinauf, dann wenigstens in die Haine von Cleve, wie oft hatte der preußische Friedrich ihnen dies angeboten, Ja, fort sollten sie, um den Kampf offen zu führen gegen die rasenden Barbaren hier zu Hause, die Justizmord auf Justizmord häuften. Calas und La Barre, und wer mochte morgen daran glauben müssen?

Gedankenverloren winkten sie immer noch. Längst war die Kutsche nicht mehr zu sehen. Ein winziges Häuflein fühlte sich preisgegeben, auf verlorenem Posten. Die Neugierigen hatten sich schon verlaufen. Der Morgennebel war gewichen. Eine trügerische Herbstsonne beschien sie, ohne zu wärmen. Weiter unten im Gäßchen tauchte ein Straßenkehrer auf und begann die gelben Blätter zusammenzufegen.

»Zieh hin in Frieden, mein Phidias«, sagte Diderot laut, sie hatten alle so trübe Gedanken, und – ich hab' ihn nicht mehr im Arm gehalten, und werd' ich ihn noch einmal ans Herz ziehen? – Mit bombastischer Gebärde hielt er seine Nachrede, hob scherzhaft den Arm über seinen vorgeschobenen Bauch und wollte die Rührung verscheuchen. »Hol dir den Ruhm, der da reicht bis in kommende Geschlechter, und kehr gesund zu uns zurück.«

Das blindwütige Vorwärtsdrängen des Meisters, sein treuloses Verlassen der Gefährten – gar nicht schnell genug konnte ihm das gehen – und Marie Annes angstschlotternde Reue über vorschnelle, wahnwitzige Verwegenheit, sie gingen ein in die Geschichte durch Baron Grimms berühmte Korrespondenz. Die wurde an gar vornehme Subskribenten versandt, an den König von Schweden und den von Polen und an all die kleineren Potentaten. Baron Grimm war ja Augenzeuge des

Abschieds gewesen, er mußte es wissen, sein Wort war authentisch. Es hieß dort: »Der königliche Bildhauer Falconet nahm tiefbewegt Abschied von seinen Freunden, von der ihm teuren, langjährigen Stätte des Wirkens, vor allem von der ihm besonders ans Herz gewachsenen Porzellanmanufaktur von Sèvres. Er befindet sich in ehrenvollem Auftrag auf der Reise nach dem hohen Norden, an den Hof der Zarin Katharina. Er wurde nach langer, sorgfältiger Prüfung einer ganzen Reihe bedeutender französischer Bildhauer von der kunstsinnigen Herrscherin erwählt, um in Rußland ein erzenes Reiterstandbild zu errichten. Man rechnet mit einer etwa zweijährigen Abwesenheit. In seiner Begleitung befindet sich eine achtzehnjährige, junge Frauensperson, seine Schülerin, die sich trotz ihrer Jugend schon mit bemerkenswertem Erfolg als Porträtistin versucht hat. Sie ist der hohen Auszeichnung durch ihren Meister zweifellos würdig, verfügt sie doch nicht nur über beachtliches Talent, sondern auch über eine beim schwachen Geschlecht höchst ungewöhnliche Entschlossenheit und Kühnheit, wodurch sie für die Fährnisse eines solchen Unternehmens besonders geeignet erscheint. Wir wünschen den beiden Künstlern ein gutes Gelingen und ruhmbedeckte Heimkehr.«

Bilder neigten sich da in die Kutsche, standen schräg, standen grad, waren schon wieder vorbei. Goldene Herbstsonne flutete, daß man die Augen schloß, geblendet von der Pracht. Dann wieder legte der Himmel einen grauen Schleier über die Gegend und gab ihr das Aussehen einer getuschten Chinoiserie. Der Meister und seine Gehilfin konnten sich auf die Dauer nicht verschließen, nicht bloß angstvoll zurück sich sehnen, nicht bloß ungestüm vorwärtsziehen. Die wechselnden Bilder nahmen sie mit Macht gefangen. Sie waren ja beide Augenmenschen, tranken erst besinnungslos, was die Wimper hält, schluckten dann gierig. Nie zu löschen war dieser Durst, nimmersatt blieben sie nach immer mehr.
»Hercules Seghers«, sagte mit dunkel metallischer Stimme der Meister und wies hinaus auf einen geduckt knorrigen Stamm, bizarr und heftig reckten sich da entlaubte Äste einem zerfetzten Wolkenhimmel zu.
»Auf dem Gemälde der Nebellandschaft in der Königlichen

Galerie«, gab sie ohne Zögern zurück. Das war wieder ihre gewohnte, zuversichtliche, junghelle Stimme, und wieder der altvertraute, vergötterte Mann. In ihnen waren ja die gleichen Bilder lebendig, nun war sie es, die rief: »Die Mühle dort, Rembrandt! Kohle auf Papier! Hängt im Schloß von Soubise!« »Geschenk des Königs von Polen«, fügte er hinzu und klopfte ihr mit der Hand anerkennend aufs Knie, so wie einer seinem gelehrigen Hund die Flanke klopft. Man hat ihm ein Hölzchen geworfen, und er hat's brav apportiert. So warfen sie Blick auf Blick hinaus und die Stücke aus ihrer gemeinsamen inneren Schatzkammer einander zu. Spielten scherzhaft Natur gegen Kunst aus, ja, das war wie ein Pfänderspiel. Wurde ein munteres Rätselraten, und auch die Gipser hatten doch gar manches gesehen und konnten wacker mithalten dabei. Und so kamen sie alle einander herzlich näher, verblaßt war schon, was zurückgeblieben war, konturenlos unwirklich noch, was in der Ferne sich aufzutürmen begann.
Das wurde eine seltsame Fahrt, so zu viert in der Kutsche, Abschied und Bangigkeit waren fortgeweht, ohne Unterlaß wurde meilenlang gelacht. Von Paris über Reims ging's nach Lüttich und Aachen. Dann konnte Marie Anne die Namen nicht mehr behalten, und dann war's Berlin. Da wurde ein wenig länger gerastet, sie hätte später nicht zu sagen gewußt, wie sie eigentlich dort ihre Tage verbrachten. So taumelig war sie von all dem Gerüttel, so vertieft in das Rätselspiel, so mitgerissen vom Übermut des vertrauten und doch auch verwandelten Meisters. Nie, nie hatte sie ihn so unbeschwert lachen hören. Marie Annes Himmelfahrtsnäschen schien noch achtloser aufgesetzt im erstaunten Clownsgesicht. Doch war ihre kalkweiße Blässe längst einem rosig überhauchten Pfirsichton gewichen.
Nach Berlin wurde alles rasch wieder ein wenig anders. Nun hatte man Danzig schon hinter sich gebracht. Ein scharfer Wind pfiff vom Meer her – frisches Haff nannte man das dort – und fröstelnd frisch wehte es wirklich, Wolken jagten hoch oben, und auch des Meisters Stirn begann sich allmählich nachdenklich zu umwölken. Näher kam man dem Ziel, gigantische Arbeit wollte bewältigt sein, und zu bestehen galt's für ihn, zu bestehen. Königsberg hatte man da schon passiert, und die nächste Rast hieß Mitau.

Übrigens hatte es in Königsberg einen kleinen Zwischenfall gegeben, war des Meisters alte Kampfhahnnatur wieder einmal in voller Stärke durchgebrochen, hatte er wieder einmal heftig um sich geschlagen, Menschen verletzt, ganz ohne Sinn. In der Herberge, eben als er tief versunken Pferdchen malte auf den schweren Eichentisch zwischen abgegessenen Schüsseln – nicht erwecken durfte man ihn aus solchem Tun, das wußte die Gehilfin –, waren zwei hohe Gestalten in prächtiger Uniform – auch sie auf den ersten Blick als ausländische Gäste zu erkennen – auf ihn zugetreten, hatten sich ihm präsentiert und gemeldet, daß sie von der kaiserlich russischen Kanzlei angewiesen seien, ihn willkommen zu heißen, die letzte Wegstrecke sein Ehrengeleite zu bilden, neben seiner Kutsche einherzureiten.

War's, weil sie ihn aus seiner Kritzelei und aus schweren Gedanken aufgestört hatten, war's, weil sie nicht gebührlich gemeldet worden waren, oder hatte er sich den Empfang wie im Märchen feierlicher und pompöser gedacht – hatte er etwa ein ganzes Regiment erwartet oder wenn einen einzelnen, dann doch einen von weit höherem Rang und aus der unmittelbaren Entourage der Zarin –; hatte er gemeint, hier und jetzt bekäme er aufgewogen und gutgemacht, was er als Schmach und Erniedrigung seines bisherigen Lebens empfunden hatte, Respektlosigkeit nämlich oder, was schlimmer war, falscher Respekt – genug, er wurde ausfällig und dies so sehr, daß Marie Anne sich nicht mehr zu verwundern hatte über seine Verwandlung. Da stand wieder ganz der alte Kampfhahn, geduckt, nur griff er eben nicht in seinem Atelier zu Paris an, sondern auf einem ihm völlig fremden Terrain.

Nein, der Kutscher sei, wie er wohl wisse, diese Straße ja schon öfter gefahren, er selber wünsche unbeachtet wie eben ein schlichter Mann seiner Zunft in der fremden Hauptstadt einzuziehen. Nun, zwei Berittene mittlerer Charge hätten seinen Einzug wohl nicht entscheidend verändert. Doch vielleicht war es gerade das, was ihn erbitterte, wer konnte wissen, was da vorging hinter dem funkelnden Auge dieses Giftpfeile schießenden Manns. Die Gehilfin war verzweifelt, ihr neues Amt! Sie hätte rechtzeitig eingreifen, ihm diese Männer vom Leib halten müssen, und dabei wagte sie nicht einmal, näher zu

treten oder gar sich einzumischen in diesen von seiner Seite so heftig geführten Disput.
Die beiden Offiziere erwiderten achselzuckend, sie hätten nicht die Absicht, sich aufzudrängen, sie ließen nur einfließen, daß es für Fremde nicht üblich sei (ratsam hätte es vielleicht besser geheißen), auch der Sicherheit wegen. Sie hatten aber keinen Grund, ausdrücklich die Abenteuerlichkeit einer solchen Reise hervorzukehren oder gar etwas von Wegelagerern verlauten zu lassen. Man sprach schließlich auch hier oben Französisch, wenn auch ein wenig sonderbar, und man lebte schließlich nach den Maximen eines aufgeklärten, Reformen zustrebenden Landes. Nun, geschmeidig höfisches Benehmen war bei diesem Raufbold nicht am Platz. Meister Falconet nahm gar nicht zur Kenntnis, daß es um seine und seiner Reisegefährten Schutz ging. Er hakte unverzüglich und grob an dem Wort »üblich« ein. Spielte sich auf, als wäre er als erster und einziger der Ehre teilhaftig, an den russsischen Hof berufen zu sein. Und dabei mußte er doch wohl wissen, daß es ständig ein reges Kommen und Gehen gab von Herbeigeholten aus aller Herren Länder.
Mit ihm verfahre man nicht wie üblich, erklärte er scharf. Es geschehe die Aufgabe, zu der er berufen, und auch diese Reise einzig nach seinem Ermessen. Er danke. Damit waren die beiden entlassen. Es war noch gnädig von ihm, daß er die Pistolentaschen, die sie ihm aufdrängten, ungeduldig entgegennahm. Lächerlich, wozu, wenn sie ihn nur endlich in Ruhe ließen.
Der Zwischenfall war schnell wieder vergessen. Man fuhr weiter. Doch mochte das Wetter schuld sein, der Regen, der klatschend und mit Eis vermischt jetzt auf das Kutschendach trommelte, mochte es der Anblick der immer trostloser werdenden Gegend sein, die armseligen Hütten, die sich undeutlich und vernebelt ins Fenster schoben, mochte es das ständige Holpern und das jähe Steckenbleiben in Kot und Morast auf den immer ärger werdenden Straßen sein – vier Wochen waren sie jetzt schon unterwegs –, was bisher einer übermütigen Lustfahrt geglichen hatte, mit Gelächter von vieren auf gleichem Stand, vereint zu gleichem Zweck, und der Zweck hieß Unsinn, verschob sich jetzt wieder zu Wirklichem. Waren nicht mehr der schlenkrige, hochaufgeschossene Schwengel Simon

und das Tönnchen Horace, die beide voll berstender Laune dauernd Kapriolen schlugen vor dem überschäumenden Meister und seiner aus weitaufgerissenen Augen staunenden Gehilfin. Allmählich begann Simon, sich wieder wie der erfahrene Könner zu gehaben, der schon fünf Jahre beim Meister in Arbeit stand, und bei Horace war's mit einem einzigen Blick zu erkennen, daß er weit weniger Lohn empfing als sein Kumpan. Er überpurzelte sich von nun an beim Ein- und Aussteigen nicht mehr voll Übermut, sondern voll Devotion vor dem schlenkrigen Schwengel und erst recht vor dem Meister. Sie hatte er ohnedies nie beachtet. Die beiden Gipser gerieten immer mehr ins Dienern und Bücken, ohne daß ihr Gebieter dies gefordert hätte, ja er bemerkte es nicht einmal. Doch blieb er fortan in sich gekehrt, und so wurde auch Marie Annes strahlende Laune fortgewischt, und war auch das Angstschlottern längst überwunden, so war sie doch weit entfernt vom »verwegenen Ding«, und das Herz war ihr schwer.
Längs des Peipussees kam man nur schrittweise vorwärts, tiefe Furchen waren da in die Straße gegraben und begannen sich in dem mit nassem Schnee vermengten Geriesel – dabei schrieb man doch erst Oktober – in zähen Brei umzuwandeln. Höchste Zeit, daß man endlich ans Ziel gelangte. Fremdartige Gestalten tauchten hier auf, einer Karawane von wendigen kleinen Kleppern mit buschigen Mähnen begegneten sie, die Reiter mit seltsamen, glitzernden Waffen über und über behangen. Sie trabten zu beiden Seiten der Straße behend und eilig trotz des Morastes. Die schwerfällige, hochbeladene Kutsche wurde durch sie eingekeilt, senkte sich schräg, hatte keinen Raum, sich wieder in die Gerade zu lavieren. Es sah ein wenig bedrohlich aus. Auch verdunkelten die Vorbeiziehenden das Innere des Wagens, behaglich war's nicht dort, man wagte nicht, sich zu rühren. Unverständliche Rufe drangen von draußen, da wurde es wieder hell, die Reiter waren vorbei. Erleichtert atmeten die Insassen auf, die Männer ließen die griffbereite und dieser Griffe doch ungewohnte Hand vom Pistol. Daß man diese ihnen aufgeschwatzt hatte, schien dem Meister auf einmal nicht mehr ganz so lächerlich, für einen kurzen Augenblick schalt er sich heimlich einen rechten Lumpengesellen. Was hatte er aufzubegehren, sich empfindlich zu zeigen und eitel wegen

eines nichtigen Worts, wenn es um ihrer aller Sicherheit ging! Doch blieb keine Zeit, solchem Selbstvorwurf sich hinzugeben, ein Nachzügler trabte heran, pochte an den Schlag, ein wildes Gesicht mit hängendem Schnauzbart drückte sich grinsend die Nase an der Scheibe platt. Marie Anne fuhr mit entsetztem Aufschrei zurück. Die Männer griffen wieder nach der Waffe. Doch war's wohl nur ein Scherz gewesen oder landesübliche Begrüßung. Unter lautem Ruf an die ihm Vorausreitenden zog der Schnauzbärtige davon, Kotspritzer klatschten hoch.

Man war einsilbig geworden, äugte immer wieder nach draußen, mühsam erkämpfte sich die Kutsche ihren einsamen Weg, nun war es richtiger Eiskörnerregen geworden. Die beiden Berittenen hätte man jetzt durchaus nicht als lästig empfunden. Noch bei hellichtem Tag hatten sie gehofft, ans Stadttor zu kommen, nun dämmerte es schon, da aus ungewissem Zwielicht eine bucklige Welt aus berieseltem Nebelmeer vorstieß – die ersten Zwiebeltürme von St. Petersburg tauchten auf.

»Nun also, Collot, verehrte Gehilfin, da wären wir also angelangt«, sagte der Meister und war bewegt und wollte es nicht zeigen. Was ahnte dieses Kind davon, wie hundertmal er im Geiste gescheitert war, welch unverhoffte, schreckerfüllende Gnade, daß er mit Fünfzig noch einmal an einen echten Auftrag sollte. Nie wieder Zierlichkeiten! Das Maß der Epoche bestimmen! Er reichte dem sich aus den Decken wickelnden Simon die Pässe, daß er sie vidieren lasse am Stadttor, an dem man nun endlich hielt.

»Viel Glück zum Einzug, nun soll's also an gemeinsames Schaffen«, sagte er, und seine Stimme hatte wieder dieses dunkel metallische Schwingen. Und nun legte er mit einer bemerkenswert sanften und doch entschiedenen Gebärde seine Hand auf die ihre. Die verschwand unter dem schützenden Dach seiner Finger. Marie Anne hielt einen Augenblick lang den Atem an. Horace war dem Kameraden nachgefolgt, von draußen hörte man den Kutscher brummelnd zu den Pferden sprechen. Decken mochte er ihnen überwerfen oder einen Futtersack hervorzerren. Meister und Schülerin saßen allein in der Kutsche.

»Viel Glück, Herr Meister«, kam es scheu zurück, ihr wurde auf einmal so beklommen zumute.

Dann schwiegen beide und hingen ihren Gedanken nach. Von irgendwo aus der Nähe kam das Zusammenklappen von Stiefeln, eine Meldung erstattende, ratternde Stimme, Kommandorufe, dumpf klatschender Ton, Gewehrgriffe vielleicht, trappende, im Gleichklang verhallende Schritte. Dann wieder Gescharr und ein Fetzen Gelächter aus aufgerissener Tür, die schlug wieder zu. Wachablöse war da wohl im Gange. Deshalb hatten Horace und Simon vielleicht zu warten. Der Abend hatte sich schon stark gesenkt, düster war es in der Kutsche geworden, der Meister schob den Kopf vor, blickte schräg hinaus. Grau, dämmrig lag die Front der Wachstube vor ihm, Licht brannte schon darin. Und angeschnitten kam da noch ein Stück Schilderhäuschen ins Bild, davor stand unbewegt einer, Züge nicht mehr zu erkennen, hatte eine gewaltige Pelzmütze auf, schulterte ein altmodisch ungetümes Gewehr.
Das war alles so unwirklich, da draußen, wie Kinderspielzeug lag das da. Vier Wochen lang war er nun unter Mühsal und Fährnis hierher gereist zu neuem Beginn. Steil aufwärts würde sein Weg nun führen? Welcher Aberwitz hatte ihn nur gejuckt. Statt von der Lebenshöh' unmerklich sanft abwärts zu gleiten, ging es jetzt im Eilschritt schnurstracks ins Grab. Reichte nur zum Sterben und zum Verderben hier. Auf was hatte er sich bloß eingelassen. Die überschäumende Laune der letzten Wochen war schon gewichen, eine trostlose Müdigkeit überfiel ihn, jetzt, da man anlangte. Wie ärgerlich doch. Er zog seine Hand fort von der ihren, klein und allein blieb die, zerschunden, zerschrammt, auf der Decke zurück. Mit einer raschen, verächtlichen Gebärde suchte er die trüben Gedanken zu scheuchen und sagte laut – fort war jetzt das metallische Schwingen –, forsch und zuversichtlich wollte er sein: »Na, kleine Collot, so erzähl sie mir doch was. Vertreib sie ihrem Meister die Zeit, gehört denn das nicht zu ihren Obliegenheiten? Weiß der Himmel, wie lange wir hier noch warten müssen.«
Marie Anne blickte ihn von der Seite an, mit töricht aufgerissenem Mund und sprachlos. (Laufbursche, gewiß, hinaus bis nach Sèvres. Modell stehen, ja, Nächte hindurch. Arbeiten für ihn von früh bis spät, unberaten, auf sich allein gestellt. Und ohne Zögern und ohne Bedingung eingehen auf den ehrenden Auftrag, ihn in diese Wildnis zu begleiten. Und nur ganz im

geheimen, da ja doch keiner es merkte, dem Angstkoller erliegen.) Aber die Zeit ihm vertreiben? Wie machte man das? Erzählen? Was hatte sie groß zu erzählen, außer von Plackerei, von Entwürfen und Skizzen, von Dingen, die er selbst doch weit besser verstand. Angestrengt zog sie die Brauen hoch.
Laß mich nicht scheitern. Gib mir Kraft, weh mich an mit deinem Odem. Blas Gewalt in meine Hände, daß draus wachs' ein Werk, das bleibe, daß am Ende meiner Tage ich bestehe, flehte Meister Falconet inbrünstig. Sonderbar feierlich war ihm zumute. Winzig und allein, preisgegeben war er, und plötzlich wölbte sich eine gewaltige Kuppel über ihm, und er stürzte auf die Knie, Orgelton rauschte von irgendwoher.
Aber da hatte sie schon den lichtvollen Einfall. Sie war zwar nicht ganz sicher, ob ihre Geschichte auch passend sei, ihm die Zeit zu vertreiben, wie er es wollte. Aber Kraft brauchte er jetzt, dessen war sie ganz sicher. Kraft und Zuversicht. Und wenn selbst eine so dumme und unbegabte Schülerin wie sie davon zumeist, zumeist jedenfalls, im Überfluß besaß, also dann war dies der rechte Einfall, dann sollte sie ihm das erzählen. Leise begann sie in sich hineinzulachen, wahrhaftig, jetzt prustete sie einfach heraus, laut und ein wenig albern, hell und auch trotzig. Was für ein Triumph lag da in ihrer Stimme? Und wieso war mit einemmal alle Scheu fort?
»Was gibt's?« fragte der Meister und hatte Mühe, sich zurechtzufinden aus seinem einsam hohen Zwiegespräch und zurück unter dieses niedrige Kutschendach und in ihre Gesellschaft. »Was gibt's?« fragte er nochmals benommen. Was sollte er hier? Doch dann wußte er wieder, wo er war, und hatte also dieses Mädchen neben sich. Die Schülerin Collot stimmte stets gern ein in Gelächter, aber so für sich allein und immerfort und immerzu? Reichlich albern klang das.
Doch mußte sie sich erst Mut anlachen für ihre Geschichte, sie hatte schließlich keine Ahnung, wie man das macht: »erzählen«. Würde er begreifen, was sie damit wollte? »Also«, hob sie zögernd an, fort war nun das Gelächter und die Mädchenstimme sehr ernst geworden. »Es bekommt nämlich ein jeder genau das, was er sich wünscht. Dazu braucht's keiner Fee, die Pate steht an der Wiege.«
»Ach«, sagte der Meister und war nun doch leise belustigt.

»Sieh mal an, so jung und schon weise.«
»Alles gelingt, was einer ernstlich will«, fuhr Marie Anne eindringlich fort und verfiel dabei in eintönigen Singsang. So wie man eben Kindern zum Einschlafen Märchen erzählt, und von anderem Erzählen wußte sie nicht.
»Natürlich, so geht's, nur niemals bange«, stimmte er lachend zu, sie vernahm nicht den Spott. Na, seufzte er heimlich, wenn die wüßte, wie einer mit Riesenkräften wollen kann und dann doch nur bettelnd im Staube liegt. Aber er sagte nichts und wartete. Allmählich wurde er neugierig, wo wollte die Kleine eigentlich hinaus? Was ging vor hinter dieser klaren Stirn? Er hatte wenig Gedanken bis heute an sie verschwendet. Er brauchte sie eben, und das war nun so schon seit Jahren.
»Da war ich noch nicht bei Euch«, berichtete sie, und das klang, als sagte sie, das war damals, als ich noch gar nicht lebte, »da trat eine vornehme, hochnoble Dame, so eine mit unzähligen Schleiern und Rüschen, in unseren finsteren, armseligen Laden. Ja«, wiederholte sie bekräftigend und machte eine Pause. Konnte sie auch nicht gerade kunstvoll erzählen, so verstand sie sich entschieden auf den Pauseneffekt.
»Na, und?« ermunterte zerstreut der Meister und war jetzt nur noch über dieses Warten verzweifelt. Warum, zum Teufel, ließ man sie denn so lange hier sitzen, nachts in der Kutsche. Und dabei hatte er sich auch noch dies Geschwätz anzuhören.
»Und wie die fortging, sie hatte unseren Laden halb leergekauft, vielleicht, um länger verweilen zu können, sie wollte sich wohl verstecken vor einem oder die Spur verwischen, wohin sie ging, oder hatte einfach Lust, zu kaufen, denn *brauchen* konnte eine so hochnoble Dame natürlich kein einziges Stück von unserem Kram –« Nun begann Marie Anne sich zu überstürzen, der Mut hatte sie schon verlassen. »Da hab' ich es meinem Vater gesagt!« Punktum nun endlich. Tief atmete sie auf. Nein, eine geübte Erzählerin war sie nicht.
»Was gesagt?« fragte der Meister geduldig. Es kam nun wirklich auch auf dies Geplapper nicht weiter an. Er horchte nach draußen. Pferdegetrappel. Irgendwer stob da zur Stadt. Wo nur Horace und Simon blieben?
»Daß ich das alles auch einmal haben werde, ich meine, so kaufen können, bloß weil man darauf Lust hat, so unsinnige

Sachen, die man nie braucht. Genau wie die vornehme Dame damals.«

»Nun, und was hat der Vater darauf erwidert?« fragte der Meister und sprach jetzt begütigend zu ihr. Die trug offenbar ihren ganzen Verstand in den Händen. Was die formten, war wohlgetan, doch was ihr Mund zum besten gab –! Wenn man sich vorstellte, welch brillante Gespräche sie täglich mitangehört hatte bei Diderot und bei Grimm. Er sah sie ein wenig bedenklich an. Was nun, wenn die so albern geschwätzig blieb? Er hatte gänzlich vergessen, daß er sie doch eifrig ermuntert hatte, ihm zu erzählen.

»Idiotin, hat er gesagt«, rief sie hell, und wahrhaftig, es klang triumphierend, und sie blickte nun strahlend und ohne Scheu ihn an. »Und dann hat er die Tür hinter sich zugeknallt«, fügte sie bekräftigend hinzu und nickte.

Meister Falconet versuchte nun ängstlich, in ihren Zügen zu lesen, er hatte doch gedacht, die wären ihm so vertraut. Was ging in diesem Mädchen eigentlich vor?

Von draußen hörte man Horacens krähende Stimme und den brummenden Baß des Kutschers dazu. Was hatten die denn jetzt für einen Disput? Und warum ging's immer noch nicht weiter? Dann sich entfernende Schritte und wieder Stille.

Dämmerung herrschte. Verschattet lag das Kutscheninnere. Was war nur los mit diesem Mädchen? Was wollte sie eigentlich?

»Kind, Kind«, sagte er leise, denn man durfte sie nicht zu jäh erwecken aus ihren offenbar ein wenig wirren Gedanken. Hoffentlich ging das rasch vorüber.

»Ja«, sagte sie und ahnte nichts von seiner Besorgnis und war nur bemüht, ihm ihre Geschichte richtig zu bringen. Eine aufmunternde Geschichte brauchte er wie Arznei. Das war ihre einzige Erfahrung, aber die bot eine Lehre auch für ihn. »Also, da hab' ich mich eben aufgemacht und bin zu Euch gegangen, weil diese Dame, weil der Vater – –« Punktum. Pause. Eine große Erzählerin war sie nicht.

Meister Falconet hatte aber sein Bangen vor ungewisser Zukunft schon vergessen, auch daß er so jäh in die Knie gesunken war, wußte er nicht mehr, auch die Ungeduld darüber, was die so lange auf der Stadtwache trieben, war schon verflogen. Drei

Jahre lebte dieses Mädchen nun neben ihm, und ein sonderlicher Menschenkenner war er nicht, aber nun begann er doch langsam zu ahnen, und er sagte leise in die Dämmerung der Kutsche und wendete sich ihr zu und konnte ihre Züge doch nicht mehr recht erkennen: »Na und, Marie Anne, wo bleibt Ihre Geschichte?«

»Das *ist* doch meine ganze Geschichte«, kam es ein wenig gekränkt zurück. »Ich nahm mir den Mut und bin zu Euch gegangen und durfte bleiben und hab' alles, was ich gewollt.« Und da er schwieg, fuhr sie altklug fort: »Ein jeder bekommt, was er von ganzem Herzen erstrebt, wenn er nur nichts als das eine Ziel kennt.« Offenbar mußte sie ihm ihre Belehrung richtig erläutern. Zuversicht muß ich ihm geben, Zuversicht braucht er, davon allein hängt das ganze Gelingen ab, fühlte sie unklar. Er hörte das Mädchen neben sich atmen, eine heiße Welle stieg in ihm hoch. Er mußte sich Gewalt antun, sie nicht in die Arme zu schließen, seine Ergriffenheit durch einen scherzhaften Ton zu verdecken: »Das Ziel hieß also, auf eine ganze Weile beisammen bleiben? Und deshalb sind wir hierher gereist?« Er bekam keine Antwort, nur ein Laut klang durch die Stille, sollte das ein Schluchzen sein?

Er zog sie nun doch ganz fest an sich und flüsterte mit erstickter Stimme: »Sie will mir also ihre Zuversicht schenken, mir helfen, daß das Werk gelinge? Ja, dann müssen wir wohl zusammenhalten wie Eisen, miteinandergehen durch dick und dünn, daß uns nichts mehr trennen kann, da wir doch so verlassen stehen in dieser fremden, unwirtlichen Stadt, Marie Anne.«

»Ja«, hauchte sie erschreckt und selig. Irgendwo musizierten Engel ein himmlisches Konzert. Offenbar war sie eben doch eine ganz hervorragende Geschichtenerzählerin, und er hatte sie »Marie Anne« genannt.

Nun war es aber inzwischen mit dem Vidieren der Pässe gar nicht so einfach gegangen. Simon war vorbeigeschritten an einem Sergeanten und einem halben Dutzend lümmelnder Soldaten hin zu dem Schreiber an seinem hohen Pult.

Aus dem Nebenraum klang Lärm und Gelächter, dort hauste der Offizier vom Dienst und vertrieb sich, so gut er konnte, die Langeweile. Doch diesmal bekam er etwas zu knacken, der Schreiber mußte ihn sich zu Hilfe holen. Fluchend stieg das

zaundürre Männchen herunter von seinem Sitz, warf einen mißtrauischen Blick auf den Fremden und verschwand brummelnd hinter der Tür. Was sollte er nun davon wieder halten? Da waren die Pässe mit all den Stempeln und ganz ordnungsgemäß beglaubigt von der russischen Gesandtschaft zu Versailles, und neben sich auf dem Pult hatte er die Schwarze Liste liegen, die Namen derer, die keinesfalls einzulassen waren in die Stadt. Und darauf stand groß und deutlich zu lesen: »Etienne Maurice Falconet.« Derselbe Name wie der im Paß. Hieß das nun verhaften oder bloß retourschicken? Bald wurde es Nacht.
Der Offizier sah sich das an, es stimmte. Er warf einen Blick durchs Fenster, das war keine gewöhnliche Kutsche, eine kaiserliche Karosse stand dort. Da holte sich die Kaiserin also einen von weit her, und doch figurierte er auf der Liste. Wie sollte man das verstehen? Den Kutscher verlangte er zu sprechen, und nun umringten ihn Horace, Simon und der Schwager, und keiner begriff.
Ein Irrtum oder Absicht? Sollte der Mann in eine Falle gelockt werden? »Zum Winterpalais, an den Diensthabenden der Garde«, entschied er und gab einem hinzutretenden Adjutanten einen Wink. Dann hörte man diesen eilends davongaloppieren.

»Was denn, was denn?« grollte ein Dicker und warf ärgerlich seine Karten hin. »Mitten in der Nacht noch einmal aufschließen? So pressant kann das doch nicht sein!«
Wachstube im Winterpalais. An zwei Tischen wurde Karten gespielt. An einem dritten saß einer und schrieb. Auf der Ofenbank lag einer ausgestreckt und schnarchte. Eine schwarze Katze buckelte und sprang über ihn hinweg auf ihren Platz. Ein Offiziersbursche brachte gerade auf einem Tablett dampfende Kohlsuppe herein. Es war miefwarm und behaglich. Aber der Adjutant sollte schleunigst zurück. Er klappte die Hacken zusammen und beugte sich zu dem Ohr des Dicken und flüsterte ihm rasch etwas zu.
»Na, dann muß man eben doch dahinterkommen«, sagte der schon merklich interessierter und stand seufzend auf. »Aber das kann Stunden dauern«, drohte er und weidete sich an dem entsetzten Gesicht des Störenfrieds. Dann ging er mit ihm über einen Korridor und schloß mit allerlei Schlüsseln immer wieder

andere Türen auf und entzündete Licht. Akten, Akten bis zur Decke. Ein Archiv.
Das kann wirklich bis morgen früh dauern, dachte der Adjutant entsetzt.
Der dicke Major schob knarrend eine Leiter vor und kletterte hoch. »Wie?« fragte er von oben, »Falconet aus Paris? Haben wir nicht. Gegen den liegt nichts vor.«
»Aber drüben haben wir ihn auf der Liste«, beharrte der Adjutant. Wenn er unverrichteter Dinge zurückkäme, würde der Teufel los sein.
Der Dicke stieg von der Leiter und kratzte sich den Kopf. »In einer kaiserlichen Kutsche«, murmelte er und kramte dann irgendwo herum und holte schließlich einen schmalen Akt hervor. »Da«, sagte er triumphierend. »Graf Panins Spezialliste. Da steht der Name. Und eine Bemerkung dabei.« Und er las: »›Auf besondere Information der Fürstin Daschkowa aus Paris vom September dieses Jahres.‹ Und Ihr sagt, das Beglaubigungsschreiben trägt den Namen des Gesandten und die Kutsche ist eine kaiserliche?«
Der andere nickte.
»Dann brauchen wir uns nicht darum zu kümmern«, entschied der Major. »Dann geht es auf die Verantwortung des Gesandten. Dann muß ja Panin selbst den Auftrag gegeben haben! Dann hat er einfach vergessen zu streichen. Und die Fürstin, die würde jeden gern proskribieren.« Er lachte.
Dann ließ er sich an einem kleinen Tischchen nieder und schrieb zwei Sätze. Und setzte Stempel und Siegel darauf.
»Das hätten wir«, erklärte er und reichte das Geschriebene dem Adjutanten. »Ich schicke morgen eine Notiz an Herrn Panin. Er muß froh sein, daß ich das hier erledige und daß es nicht in die kaiserliche Kanzlei geht. Hätt' ihm allerlei Ärgernis eingetragen. Wirtschaft, Wirtschaft«, sagte er kopfschüttelnd, »aber in seiner Kanzlei und nicht bei uns«, schloß er vergnügt.
Doch da war der Adjutant mit Hackenklappen schon davon. Am Stadttor schwenkte er sein Papier, noch ehe er vom Pferde sprang. Vergessen zu streichen, na, sowas kann vorkommen hoch oben im Norden, und vielleicht nicht bloß dort. Bedeutete eine Verzögerung, nichts sonst.
Die Reisenden erhielten unter Entschuldigung ihre vidierten

Papiere. Die Passage war frei. Spät war's geworden, die vier im Inneren der Kutsche sprachen kein Wort. Mit den beiden Berittenen aus Königsberg zur Seite hätte man sich diesen Verzug ohne Zweifel erspart. Nun trabte der Adjutant von der Stadtwache neben der Kutsche, er sollte den Weg weisen, war ihm befohlen.
Es war eine frostige Nacht, Wolken jagten am Himmel. Eine blasse Mondsichel lugte zwischen ihnen hervor. Es war doch nur eine unbedeutende Verzögerung gewesen, nicht der Rede wert bei einer Reise von vielen Wochen. Den Meister aber hatte es über Gebühr verdrossen, er zog den Mantelkragen hoch und lehnte den Kopf in eine Ecke des Wagens. Die Gehilfin konnte nur seinen Rücken erkennen, sie drückte sich scheu in ihren Winkel. Simon und Horace waren todmüde und beklommen. Was wartete ihrer aller nach so ungastlichem Empfang? Die hochbeladene, kotbespritzte Kutsche holperte einsam durch die stille Nacht. Ein verspäteter Passant sah ihr verwundert nach.

III

Gedämpftes Stimmengewirr in der Antichambre. Ein gewisses Gedränge begann zu entstehen. Da und dort ein langbärtiger, dunkel gekleideter Alter, Würdenträger der griechischen Kirche, sonst helle Fräcke. Die Uniform überwog bei weitem. Immer neue Milchgesichter tauchten auf.

»Madame haben eine Prédilection für wohlgebaute junge Gestalten«, ließ sich der dänische Unterhändler, Herr von Saldern, vernehmen, ein fetter, ein wenig keuchender holsteinischer Lümmel, der die Nähte seines kanariengelben Fracks bald sprengen würde. Das Kleidungsstück legte er wohl nicht häufig an. Sehr elegant, süffisant kam ihm seine Äußerung vor, reichlich dreist fand sie der Sekretär Lord Cathcarts, er war neu hier. Sein rotwangiges Jungengesicht verschloß sich im Nu, man nahm sich wohl besser ein wenig in acht.

Suchend ließ er die Blicke schweifen. Dort drüben, der Vogelkopf mit der Lorgnette, das war der französische Gesandte, Marquis de Breteuil. Und in der Fensternische, dicke Folianten unter dem Arm, die sie submissest zu unterbreiten hofften, plauderten die beiden Geographen. Mit dem einen hatte er zu Oxford die Schulbank gedrückt. Eine knappe Verneigung vor dem Dänen, und er lenkte dorthin seine Schritte.

Irgend etwas mußte ins Stocken geraten sein. Nicht nur der Däne war irritiert. Minister hatten sich eingefunden, Gesandte fremder Mächte und neubestellte Techniker. Die Planer des großen Wörterbuches waren erschienen, auch hohe Bittsteller aller Art und dunkle Geschäftemacher, wie Herr von Saldern. Gott bewahre, daß da weitere Bemerkungen fielen oder einer sich gar ungeduldig zeigte. Nur erstaunlich blieb es, unüblich hier. Auf die Minute genau wurde man sonst vorgelassen, legte die Kaiserin doch Wert auf ihren Ruf, daß jeder bei ihr ein offenes Ohr finde, daß sie alles zu erfahren wünsche und ihre Arbeitskraft ohne Grenzen sei. Doch war die Tapetentür mit dem Rosenmuster schon eine gute Weile nicht wieder aufgegangen.

Der mit dem Protokollbuch Betraute an goldverschnörkeltem Tischchen am Eingang wagte gar nicht mehr die breitgeschwun-

gene Marmortreppe hinunterzublicken. Bleich und gebrochen saß er da, dem heutigen Ansturm nicht gewachsen.
»Audienzen sind von nun an so zu planen, daß niemals mehr als zwei, höchstens drei Personen – –«, ging es ihm durch den Kopf. Dadurch vermochte man das Getuschel unter den Wartenden ein wenig einzudämmen. Eine kaiserlich russische Antichambre war eine Brutstätte abenteuerlicher Gerüchte, die sich wie Lauffeuer durch die Welt verbreiteten. Dem war vorzubeugen, und zwar rechtzeitig. Doch was geschah nun? Er gab einen kurzen, kaum merklichen Wink hinüber zu den beiden Lakaien. Das war alles, was er unternehmen konnte. Der mit der weithin leuchtenden Nase verschwand daraufhin lautlos hinter der Tür mit dem Rosenmuster.
Das Stimmengewirr setzte jäh aus. Aller Augen waren auf die Tapetentür gerichtet. Nur der leicht schlagflüssige Kammerherr an der schwarzen Porphyrsäule blickte zur Treppe hinunter. Jetzt bellte er dem Manne am Tischchen etwas Unverständliches zu. Dabei bleckte er seine schadhaft gelben Zähne, die Schadenfreude pfiff da geradezu durch.
Doch fast erleichtert nickte der Angeredete. Ach was, der Kalmückenfürst. Der war seine geringste Sorge. Der hatte gestern vergeblich gewartet und vorgestern und den Tag davor auch. Dessen Geflüster, wenn er flüsterte, fiel nicht in die Waagschale. Das würde höchstens in der Steppe gehört, und wer hörte es dort schon. Der mochte ruhig auch heute unverrichteter Dinge abziehen und morgen und nach einer Woche auch. Eines Tages würde er es schon aufgeben und heimgehen und sich fügen. Diese Sache erledigt sich todsicher von selbst.
Auf der Schwelle tauchte jetzt die gebrechliche, alterslose Gestalt des Kalmückenfürsten auf. Er hielt die Hände verschränkt unter weiten Ärmeln seines goldgestickten, grünseidenen Gewandes. Er verneigte sich tief erst vor dem mit dem Protokollbuch und dann vor den anderen.
Keiner schenkte ihm auch nur die geringste Beachtung, aller Augen blieben auf die Tapetentür geheftet. Er lächelte dennoch, machte sich auf mühseliges Warten gefaßt. Einen Monat lang noch werde ich hier täglich stehen, dachte der Fürst. Dann sind die Straßen völlig zugefroren. Kann ich sie bis dahin nicht zur

Schirmherrin gewinnen gegen des weißen Chans Willkür, dann müssen wir eben ostwärts ziehen. Eine Karawane von sechzigtausend, die da nach China zieht, wo man unseren Familien Obdach verspricht. Wie viele werden da wohl auf der Strecke bleiben? Nun, noch ist Hoffnung, noch sind wir nicht ausgesetzt. Ich warte. Heute und morgen und alle Tage. Alle Tage? Nun, dreißig Tage noch. Er lächelte in weite Ferne.

Da trat der Lakai mit der leuchtenden Nase wieder ein, zog das Rosenmuster hinter sich zu. In seinen reichlich perfiden Zügen war nichts zu lesen. Er hob nur den Kopf zum goldverschnörkelten Tischchen hinüber. Da ließ der Mann dort mit einem kleinen Seufzer seine Hände über das aufgeschlagene Protokollbuch sinken. Es hatte ja keinen Sinn, zu lesen, wie viele längst schon wieder hätten fort sein müssen. Die Pendule auf dem Kamin schlug mit hellem Silberton drei. Das Stimmengewirr setzte sofort wieder ein.

Es hieß weiter warten. Auch der sich so elegant fühlende, süffisante Herr von Saldern befand sich nun wieder im Gespräch. Graf Nikita Panin, übergroß, hager, neigte sich horchend zu dem plumpen Mann. Die Gruppen hatten sich ein wenig verschoben. Nur um den Kalmückenfürsten lag ein gläserner Ring. Er lehnte an der Wand und lächelte undurchdringlich, von seiner Geduld hing Wohl und Wehe von sechzigtausend Menschen ab.

In dem Kabinett, in das der Lakai zuvor eingetreten war – es schloß unmittelbar an den Empfangssalon –, herrschte Schweigen. Die durcheinanderschwirrenden Stimmen, das Spinnen einander durchkreuzender Fäden, nichts davon drang bis hier herein. Und auch nicht, was auf straff gespannten Saiten jenseits gespielt wurde. Eine Uhr tickte. Ein langgezogenes sägendes Schnarchen, nur zuweilen durch einen Luftschnapper unterbrochen, waren die einzigen Geräusche im Raum.

Der Geheimschreiber und Vertraute, Herr von Chrapowizky, ein rundlicher Mann in den, ach, schon so fragwürdigen, angeblich besten Jahren, lag zurückgelehnt in seinem Polsterstuhl, hielt die verfetteten Händchen gefaltet über dem Bauch und schlief den Schlaf des Gerechten. Er hatte bereits ein anstrengendes Tagwerk hinter sich. Seine Herrin hatte ihn wie gewöhnlich schon um fünf Uhr morgens zum Diktat gebraucht.

Seine letzte Eintragung lag vor ihm auf dem mächtigen Sekretär zwischen Akten und Konvoluten, er hatte da notiert: »Erste Besprechung mit dem Bildhauer Falconet über ein auf dem Isaakplatz zu errichtendes Reiterstandbild zu Ehren des verblichenen Gemahls, Peters des Dritten.«

Eine ungute Nacht, diese erste Nacht unter dem neuen Dach. Aber was war das auch für ein scheußliches, ungewohntes Bett, in dem man versank! Die feinsten Daunen und samtseidige Decke und darüber ein gewaltiger Baldachin. Es atmete sich so schwer hinter diesem gestickten Zeug mit all den Schäferinnen und Amoretten darauf. Das war ein schwül sündiger Pfühl. Für der Gehilfin derb gesunde Glieder war jedenfalls alles viel zu weich und zu zart. Nicht einmal im Jagdschloß des Königs, also da war sie einmal gewesen, um ein Becken aus Sèvres an diskreter Stelle zu placieren, also nicht einmal dort hatte sie so etwas gesehen.
Vorsichtig schob Marie Anne die Schäferinnen und Amoretten beiseite. Und verkroch sich in jähem Schreck gleich wieder. Ein hohes Gemach mit gemalter Decke und marmornen Fliesen lag da vor ihr. Und die Wände so dick, daß kein Laut durchdrang. Totenstille, und dabei war es schon hellichter Tag.
Pardon wurde ihr also nicht länger gegeben. Sie mußte es wagen. Langsam schob sie die nackten Beine heraus und ließ sie baumeln. Wie in aller Welt war sie hierher geraten? Ach ja, gestern abend. Todmüde und benommen, aber einträchtig doch und eben zu viert, hatten sie versucht, sich der Schlagaufreißer, der dienstbeflissen sie Bestürmenden und Bedrängenden zu erwehren und sich verständlich zu machen. Läufer waren eilends mit Fackeln gerannt gekommen. Riesige Schatten waren die Wände entlanggehuscht. Dann war es wieder duster geworden, und die anderen waren auf einmal wie vom Erdboden verschluckt.
Nur noch ein flackerndes Nachtlicht war geblieben. Und Gefahr hatte hinter jedem Stuhl gelauert. Dort drüben am Estrich lag der Klingelzug. In Todesangst hatte sie dort so lange geklingelt, bis der abgerissen war. Bei Tageslicht besehen war das doch recht beschämend. Leise, wenn auch noch zaghaft, begann sie zu lachen. Die stupide Zuversicht, von der sie dem

Meister in so belehrender Absicht erzählt hatte, die war da gestern wohl mit abgerissen. Und daß sie einst »Mademoiselle Victoire« genannt worden war, ihn kühn begleitet hatte, um ihn vor Gewalt und Gefahr zu schützen, das war wohl in grauer Vorzeit gewesen. Denn in mächtigen Sprüngen war sie zurück unter ihren Baldachin geflohen, hatte sich dabei arg an im Wege stehenden Möbeln gestoßen, war über dicke Teppiche gestolpert, spürte im Rücken noch jetzt den Verfolger und hatte doch nicht ahnen können, ob er ihr nachgejagt kam.

Ein Urwaldmensch mit brandrotem Barte war auf ihr verzweifeltes Geklingel erschienen. Noch durch den schützenden Vorhang hindurch hatte sein brandroter Bart aus bedrohlicher Nähe geleuchtet. Doch als sie klopfenden Herzens den Vorhang beiseite schob, war der Gewalttäter schon verschwunden. Da hatte gar nicht mehr sein Bart dort geleuchtet, es war das Kaminfeuer, das er frisch entfacht hatte.

Schließlich mußte sie doch eingeschlafen sein. Kopfschüttelnd fuhr sie nun in die Kleider. Sie fühlte sich keineswegs erquickt nach dieser Nacht. Hatten Horace und Simon auch richtig gesorgt für den Meister? Schnell mußte sie wieder an ihr Amt.

Ächzend schob sie die schwergeschnitzte Tür auf. Ein Korridor lag vor ihr, breit, fast wie eine Straße, und bis ans Ende ließ sich gar nicht sehen.

Laut lachend, in munterster Laune schwatzend, sporenzirpend und degenrasselnd spazierten drei geschniegelte junge Herrchen vorüber.

»Äffchen und Papageien, frisch arriviert, bestens dressiert«, rief da einer marktschreierisch, als wäre es hier wirklich eine Straße, auf der er seine Ware feilbot. Er schlenkerte heftig eine Volière, in der bunte Papageien ängstlich flatternd durcheinanderkreischten, und lachte. Wie ein Savoyarde, wie aus den französischen Bergen, sah er aus. Zwei winzige Äffchen hockten ihm artig auf den Schultern und blickten voll sanft traurigen Mißbehagens auf die gefiederten Kreischer hinunter.

Von der anderen Seite schritt feierlich ein bärtiger Mann mit seltsamer Kopfbedeckung daher, er hatte ein einfaches Kreuz auf der Brust, schwang ein größeres hoch über dem Kopf. Ihm folgten drei weitere Bärtige, monotonen Singsang murmelnd, der eine hielt ein schwelendes Becken, Myrrhenduft, Weih-

rauch, stieg daraus auf. Solche Priester hatte sie nie zuvor gesehen.
Ihnen entgegen trippelten nun vier halbwüchsige Mädchen, zwei zu zwei, hintereinander, sich an den Händen haltend, die Lider sittsam gesenkt und doch neugierig spähend. Ihnen zur Seite schritt wogenden Busens und wehenden Schleiers, sich kokett in den Hüften wiegend, eine Frauensperson, eine Gouvernante wohl, trieb mit heftiger Handbewegung zur Eile an. Sie dankte lüsternen Blickes und doch hoheitsvoll dem mit frechem Grinsen vorbeieilenden Perückenmacher für seinen Gruß. Ein pausbäckiger Lehrjunge trug auf silbernem Tablett eine turmhohe gepuderte Löckchenfrisur hinter ihm her.
Sehnsüchtig flog Marie Annes Herz den Mädchen entgegen. Nehmt mich doch mit, hätte sie gern gerufen. Wir wollen ihr manches zu Trotz tun und doch nie selbst entscheiden müssen. Ach, alles dem Machtanspruch dieser sich wiegenden, wogenden Dame überlassen dürfen, sich verlassen auf sie. Beruhigt wissen, daß auch sie nur handelt, selber gewiesen von höherer Stelle. Jeder Verantwortung enthoben sein, Kind sein dürfen wie ihr und mit euch. Was habe ich denn verbrochen, daß mir so schwere Bürde – erwachsen sein – auferlegt ist! Sie seufzte leise. Da waren die ersehnten Gespielinnen schon vorüber. Unbewegt stand sie noch immer in ihrer Fensternische. Traurig wandte sie den Blick von dem Treiben der Korridorstraße. So nah ihrem Herzen würde keiner mehr sein, der da vorüberzog.
Doch Augenmenschen können nicht nur von Menschennähe gestärkt und erwärmt und erhoben werden. Was lag da draußen vor ihrem verzückten Blick! Eine gewaltige Brücke über den Strom. Und rechts und links reihten sich Paläste. Hoch hinauf in den Himmel glitzerte die goldene Nadel der Admiralität. Schwerbeladene Fuhrwerke zogen über die Brücke, und schnell wendige leichte Kabriolette mit feurigen Trabern wanden sich eilig zwischen ihnen durch. Und drüben, jenseits des Flusses, duckten sich wie Riesenkatzen mächtige, gedrungene, gebukkelte Türme. Ganz hinten verschwamm im Nebeldunste die uralte Kasansche Kirche. Dort hatte man die Auftraggeberin gekrönt. Das Wasser hier, das war also die Newa, seltsam geschwungene Kähne fuhren auf diesem Fluß, Flöße, Segel blähten sich im Winde, und am Rande wurde schon Eis

aufgehackt. »Sankt Petersburg«, sagte sie leise und schmeckte das Wort. Und daß das Werk seiner Hände gelinge, dachte sie inständig, und das war wieder ganz Marie Anne. Zuversicht im Herzen, und bereit, ihm treu zur Seite zu stehen, begab sie sich getröstet erneut auf die Suche nach dem Herrn und Meister, und es drängte sie freudig an ihren Dienst.

»Pferde, ich muß sie studieren nach der Natur, wie sie springen, sich bäumen, wie der Reitersmann sitzt. Mir genügt nicht ein Vorbild, und wär's das der Antike. Ich arbeite anders als meine Kollegen. Man hat mir in Paris versprochen – –«, sagte Meister Falconet. Seine Stimme war heiß und drängend, er war der Begeisterung voll für das, was er schaffen wollte.

»Dann laß Er sich eben vorreiten, solange Er's braucht«, erwiderte die Kaiserin ein wenig zu hell und ein wenig zu laut und war zutiefst erschrocken. Nun sollte also dieses Sühnmal werden. Da gab es für sie kein Zurück. Nun hieß es, Grigori Orlow Trotz bieten. Und dieser zäh schmächtige Kleine mit brennendem Blick in zu mächtigem Schädel war also gekommen, ihr endlich den Fels von der Brust zu wälzen. Den Fels aus dem immer wiederkehrenden Traum von der mit Mann und Roß im Abgrund zerschellenden Kutsche. Dieses Hirngespinst, das sie Nacht für Nacht ohn' Erbarmen in die Ödnis von Ropscha zerrte und sich durch noch so tapferes Tagwerk nicht zerfetzen und nicht zertreten ließ und sie gellend aufschreien machte, Nacht für Nacht. Und nun sprach der von Pferden.

»Nur so kann ich's zum Leben erwecken«, beharrte der Meister und machte erstmals eine Pause. Schweißtröpfchen standen ihm auf der Stirn. Nicht eindringlich genug war ihr dies einzuschärfen. Wenn er sich jetzt nicht die rechten Bedingungen erzwang, ging das Werk seines Lebens zum Teufel.

»Er wird mir das, Er wird's«, lachte die Kaiserin, und ein irrer Jubel klang da auf. Und das sollte heißen: Er wird mir den Gemahl endlich, endlich begraben, in Ehren begraben, damit auch meine Seele endlich Ruhe finde. Er wird mich befreien von dieser Last und von den dunklen Gewalten des Orlow. Die Knie werden mir nicht mehr beben, wenn er kommt, die Stimm' mir nicht mehr versagen, wenn er geht. Und die Kette, mit der er mich gefesselt hält, die tausendmal verflucht ich doch

lobpreisend trage und darob vergehe vor Schande und Scham, sie wird zerfallen in nichts.
Jetzt erst sah er die Kaiserin an. Die war also schon gewonnen für sein Konzept. Da fiel ihm noch etwas ein. »Die edelsten Pferde«, sagte er streng. »Die kühnsten, markantesten Reitergestalten. Man hat mir zu Hause gesagt, daß die Garderegimenter allein – –«
»Nicht die Garde, die hat damit nichts zu schaffen«, gab sie zur Antwort. Ihre Hand fuhr jäh hoch. Ach, ein unvollkommener Schild gegen das, was da drohte.
Da hatte man es! Sie blieb doch eine Herrscherin, nicht besser als andere auf Königsthronen. Ganz ohne Verständnis für das, was er brauchte. Er straffte sich hoch. Eine Stirnader schwoll. Der alte Kampfhahn war wieder entschlossen, zu kämpfen, wenn es sein mußte, sogar gegen eine Kaiserin. »Das sind aber, so hörte ich, die edelsten Pferde und die besten Reitersleut' Eures gesamten Reiches«, sagte er nur. »Und überdies hat man es mir versprochen.« Jetzt sah er wie ein trotziger Schuljunge aus.
Jetzt mußte die Kaiserin doch wieder lächeln. »Versprechen« und »Wahrheit« und »nach der Natur«. Da wehte frische Luft von Frankreich herüber. »Man wird Ihm die edelsten Exemplare aus meinem Gestüt und die besten Reiter – –« Sie sprach beschwichtigend und unwidersprechbar in einem.
Er blickte sie von der Seite an. Konnte man auf ihr Wort nun bauen? Garderegimenter oder nicht, waren die ihr etwa zu gut für ihn als Modell?
Sie lächelte noch immer, leuchtend und undurchdringlich.
»Und wen stellt es dar, und wo wird es stehen?« stieß er hervor und ärgerte sich, daß er nicht auf seinem Recht beharrte.
Da hörte die Kaiserin auf zu lächeln, und ihr Antlitz wurde tiefernst. Sie erhob sich, griff nach seiner Hand und zog den Erstaunten eilends ans Fenster und wies hinaus.
Kuppeln lagen im Nebeldunste, Zinnen flirrten in sich brechendem Licht, Festungsmauern schienen zu trotzen, Klöster, Paläste prunkten ringsum. Minarette ragten empor, Zwiebeltürme buckelten sich dahinter, Inseln streckten sich lang, Kanäle zogen quer durch die Stadt. Und jetzt hob ein Summen und Brummen an, ein Singen und Klingen ging durch die Luft. Erst

begann es, von der Isaak-Kathedrale drüben zu schlagen, und von hier und von da und von nah und von fern, von allen Türmen fiel es nun ein, Mittagsglocken erklangen weithin.
»Inmitten der Stadt wird es errichtet«, sagte sie sehr laut, und das sollte all diese Glocken übertönen und auch manches, was in ihrem Innern in Aufruhr geriet. »Ein Standbild des verstorbenen Gemahls. Ein Reiterdenkmal Peters des Dritten. Auf dem Isaakplatz muß es stehen«, fuhr sie fort und war voll Bewunderung für ihren eigenen Mut, wandte sich Falconet zu und legte ihm ihre Hand mit einer ihrer unnachahmlichen, zartzärtlichen Gebärden auf die Schulter. Und das war wie ein Ritterschlag. Sie glaubte also an sein Werk.
Da ergriff ihn eine heiße Welle, nun war er endlich angelangt an seinem Ziel. Er würde das Maß der Epoche bestimmen und einmal noch als Phidias bestehen. Stockend und umständlich begann er von neuem, allmählich erst kam er wieder in Schwung, heißer und drängender sprach er weiter über dieses sein gewaltiges Werk. Langsam schritten sie nun Seite an Seite vom Fenster fort, quer durch den Raum, durch Türen und Gänge in den Wintergarten hinüber. Meister Falconet sprach unentwegt weiter. Eine feuchtdunstige Hitze schlug ihnen aus aufgeschüttetem Erdreich entgegen. Irgendwo plätscherte ein Springbrunnen. Goldgelbe Aprikosen dufteten. Ein bunter Papagei kreischte mißtönend. Längst saßen die beiden wieder. Und Falconet sprach noch immer. Aufmerksam schien die Kaiserin ihm zuzuhören und wußte doch längst nicht mehr, wovon er sprach. Sie vernahm nur den Ton dieser metallisch schwingenden, leidenschaftlich werbenden Stimme, und aus der strömte ungeheure Kraft. So gab es also nicht nur lockende Tiefe, sondern auch helle Gewalt, und solange der neben ihr weilte, mochte der Abend ruhig kommen. In den Ecken nistete nicht länger das Grauen, und er gefiel ihr sehr.

Allmählich hatten es alle aufgegeben, an diesem Tage noch empfangen zu werden, der Vorraum hatte sich langsam geleert. Nur einer wartete noch und war bereit, stundenlang weiter zu warten, je länger, je lieber. Er würde es als einen verheißungsvollen Anfang buchen. Graf Nikita Panin, schlichter Oberhofmeister seinem Range nach, in dessen Händen aber allerhand

Fäden zusammenliefen, lehnte sich leicht zurück, klatschte befriedigt mit seinen Handschuhen gegen seine überkreuzten Beine und war nicht ein bißchen ungeduldig. Und dies, obwohl einer auf ihn wartete, drüben, in einem anderen Flügel des Schlosses, ein launenhafter, kränklicher Knabe, der Großfürst. Er war dessen Erzieher, dazu brauchte er viel Geduld, doch mehr noch, um eines Tages auch wirklich Innenminister zu heißen. Geduld hatte er. Aber auch allerhand Sorgen, denn in Polen ging nicht alles nach Wunsch, und wer weiß, ob die nicht die rechten Bundesgenossen an den Türken gefunden hatten, und – –
Sechs Bediente sprangen herzu, um dem ausländischen Künstler in den Pelz zu helfen, und endlich war die Audienz beendet. Viel Bücklinge gab es und devotes Lächeln und respektvolles Grüßen. Auch Graf Panin erhob sich und verneigte sich tief. Meister Falconet stieg aufrecht, hocherhobenen Hauptes die Treppe hinunter, er sah nicht und hörte nicht, was um ihn vorging. Es raunte und tuschelte hinter ihm her, und als er unten angelangt war, stand der Oberhofmeister noch immer da oben, schmalköpfig, grauhaarig, langgesichtig, und war versucht, bravo zu rufen.
»Bemerkenswert«, sagte er zu dem Offizier vom Dienst und machte eine Kinnbewegung zum Fußende der Treppe hin. Dort stieg jetzt gerade Orlow herauf, an dem andern vorbei, der hinunterschritt. Sie kannten einander nicht und grüßten einander nicht und bemerkten einander nicht. Weiß der Teufel, warum Orlow es heute für gut befand, hier vor aller Augen heraufzukommen, da ihm doch jederzeit der viel kürzere Weg aus seiner Etage über die Wendeltreppe ins Boudoir zur Verfügung stand. Aber als er höher klomm, verschwand Panin plötzlich ein wenig hastig durch ein Kabinett, er verspürte keine Lust, Orlow zu begegnen. Er hatte es auf einmal doch sehr eilig. Aber schließlich wartet eben auf einen, in dessen Händen allerhand Fäden zusammenlaufen, wenn er auch nur Erzieher des Großfürsten ist, immer eine Unzahl dringender Geschäfte.

»Inmitten der Stadt, auf dem Isaakplatz.« Ja, das sagt sich so leicht, wenn neben dir einer steht, der danach fiebert, es Leben werden zu lassen aus seinen Händen und doch keine Ahnung hat, was sich dahinter verbirgt. Ja, Auftrag erteilen, einen

Bildhauer bestellen, sich als Herrscherin gebärden, das konnte sie wohl. Doch nun war nicht länger hinter seinem Rücken zu handeln. Jetzt hieß es, furchtlos ihm ins Auge blicken, Herrscherin auch wirklich sein. Aber es drohte auch ein einsamer Abend und danach eine Nacht voll Grauen, er war das letztemal so brüsk gegangen, und sie hatte also gegen seinen Willen – – Und schon war ihr dies unfaßbar geworden.

Da lagerte Grigori Orlow wieder auf der Ottomane, reckte seine Glieder, doch streckte er nicht die Hände nach ihr aus, rief sie nicht, sagte nicht »komm« mit heiserem Ton. Wann war das zuletzt gewesen? Überlegen lächelnd sah er sie an.

Sie flatterte verschreckt hin und her, tat sinnlose Schritte, blieb hastig wieder stehen, versuchte aus dem Bannkreis seiner Augen zu kommen und hätte alles, alles gestanden und den Bildhauer unverzüglich auf die Heimreise geschickt, hätte er bloß die Arme gebreitet, hätte er nur »komm« gesagt.

»Cateau«, sagte Grigori Orlow endlich – das war nicht die heisere Stimme –, »Cateau, hörst du mir zu? So setz dich doch endlich. Es wird einem ja ganz wirbelig im Kopf von deiner Hast.« Er wies auf den Stuhl ihm gegenüber am Tisch, drei Armlängen entfernt.

»Vielleicht sollten wir beide wieder einmal allein – –«, sagte sie leise, die Hände im Schoß, mit gesenktem Blick. »Wir könnten die Kutsche bestellen und nach Zarskoje Selo oder nach Gatschina oder – –« Sie brach ab, weil von ihm so gar nichts erfolgte. Da lagerte er immer noch und war doch so fern.

Nun kam Grigori Orlow aber gerade von den Kumpanen, hatte wieder einmal geprahlt, daß er nie auf sie Rücksicht nähme. Da hatte einer zu erwidern gewagt: »Na, Feste gibst du aber nicht mehr wie dazumal!« So etwas ließ er sich allerdings nicht sagen, er konnte tun und lassen, was ihm beliebte, und so war er gerade daran, in Gatschina das Unterste zuoberst zu kehren, und die Kapelle war bestellt, und auch die Oper und das Ballett, und Feuerwerk sollte gen Himmel prasseln, und Wein würde fließen noch und noch, und Weiber sollte es geben für all seine Braven, und gerade nach Gatschina kam sie ihm also jetzt nicht.

Auch hatte es doch kürzlich erst Streit gegeben zwischen ihnen, und sie waren in Unfrieden auseinandergegangen. Na, sie sollte nur nicht glauben, er habe das einfach vergessen. Alles hänge

davon ab, daß sie nie darauf verfiele, sich ernstlich zu widersetzen, hatte das Köpfchen geraten, und nur so halte er sich an der Macht. Zudem liebte er sie wirklich, wenn er merkte, daß sie wußte, daß er allein ihr Schutz bieten konnte. Wie sie so verschreckt auf sein Wort gehorsam Platz genommen hatte, da war er hart daran gewesen, die Arme zu breiten und zu sagen »komm«. Nun aber war das eben wieder verdorben, und er erhob sich, trat näher, gürtete sich den Degen um und klopfte ihr herablassend und ein wenig täppisch die Wange und sagte gähnend: »Wird nicht gehen, der Dienst – –« Und ließ sich ihr gegenüber am Tisch nieder, und das hieß, ich bleibe noch einige Minuten, und falls du etwas wünschest, also bitte, sag es rasch.
Die Kaiserin hielt den Blick noch immer gesenkt, und ihre Hände ruhten noch immer im Schoß. Unsichere Schatten lauerten schon in den Winkeln. Und er wollte gehen, war nicht zu halten, überließ sie ihren wüsten Gesichten. Nur sie selbst vermochte sich also zu helfen. Das Denkmal mußte errichtet werden.
»Grigori«, sagte sie stimmlos, und nun hob sie den Kopf und sah knapp an ihm vorbei, »du weißt, Wir planen ein Denkmal, eine Ehrenpflicht für den toten Gemahl – –«
»Das Denkmal soll auf den Isaakplatz – mein Gemahl als Reitersmann auf sich bäumendem Roß. Der Bildhauer muß Vorstudien machen, Rösser zeichnen – unsere edelsten Pferde, unsere besten Reitersleut' braucht er. Da genügt nicht mein eigenes Gestüt. Gib Anweisung an die Garderegimenter, daß sie dem Mann zur Verfügung stehen, jederzeit.« Sie sprach hell und laut, und ihrer Stimme war nicht anzumerken, für wie tollkühn sie sich hielt.
In Grigori Orlows gelangweilt freche Züge trat nun Unmut, nein, fassungsloser Schreck. War das noch seine hilflose Cateau? Welcher Teufel war in sie gefahren, was erdreistete sie sich? Fast hätte er sie an der Schulter genommen und fest gerüttelt. Und vielleicht hätte unter seiner Berührung ihr Mut sie verlassen. Hinsinken an seine Brust, versinken mit ihm, ach, wie sehnte sie sich danach. Aber er stand, selbst ein wenig starr vor Schreck, und sah sie nur an. Und sie hielt stand, und nur ihr Herz machte heftige Sprünge. Ein Blick von ihm und ein einziges Wort oder eine winzige Gebärde nur – und er

vermochte das alles fortzuscheuchen, in wilde Flucht zu jagen, nie würde ein Denkmal auf dem Isaakplatz stehen, nie würde es ein Schaureiten geben für diesen Fremdling. Sie wartete bebend, noch konnte sie seinem Blick widerstehen.
Da wandte er sein Auge ab. Das mußte beraten sein mit dem Bruder, dem Köpfchen. Jetzt war Schluß mit seiner Weisheit vom Kirremachen und Kurzhalten. Irgend etwas war geschehen, was er noch nicht begriff. Da mußte er erst dahinterkommen, doch nur nicht ihr seine Unsicherheit zeigen. Höchst unbehaglich war ihm zumute. Wie war sie zu nehmen, wenn nicht als hilfsbedürftig und schutzlos, wenn nicht als die, die er auf den Thron gesetzt hatte, die allein er dort hielt?
»Ich protestiere«, sagte er knapp. »Heißt die Lästermäuler herausfordern. Und die Garderegimenter befehlige ich. Nie werden sie schaureiten vor einem Fremden. Was stellst du dir eigentlich vor?« fuhr er fort, langsam dämmerte ihm da allerhand. Das Denkmal Peters, stellt das mich nicht an den Pranger? Bietet das mich, meine Tat, nicht den Lästermäulern feil? Das gehörte besprochen. Andere Saiten waren aufzuziehen. »Die Garderegimenter jedenfalls verweigere ich deinem Spiel. Doch sonst immer zu Diensten.« Eine knappe Verbeugung. Mit Ironie ließ sich noch ein passabler Abgang schaffen, Ratlosigkeit verdecken. Und die Hand schon an der Klinke, leise drohend: »Die Garderegimenter sind ganz mir ergeben.« Eine Tür fiel geräuschvoll ins Schloß.
Die Kaiserin stand, alleingelassen. Dämmerung würde bald sich senken, riesige Stulpenhandschuhe nach ihr greifen. »Die oberste Kriegsherrin auch der Garderegimenter bin ich«, sagte sie leise in die Leere des Raums. Nur sie selbst konnte sich also helfen. Zögernd, schleppenden Schrittes trat sie an den Kamin, ergriff die Klingel, ließ sie ertönen, zaghaft erst, um sie dann wild zu schwingen. Niemand wagte einzutreten, solange Orlow bei ihr weilte, ehe sie nicht schellte.
Nun stürzten sie herein, aus drei Türen zugleich. Straff richtete die Kaiserin sich in die Höh', ein seltsames Lächeln lag um ihren Mund. »Den Stallmeister der Garde, Fürst Narischkin!« befahl sie, und leise fügte sie hinzu: »Und ein Billett an den Bildhauer Falconet ist zu bestellen, hinüber in den anderen Flügel des Schlosses.« Da ließ sie sich schon an ihrem Schreib-

tisch nieder, lautlos schlossen sich wieder die Türen. Gleichmäßig zog sie den Kiel über das Papier.

Horace und Simon balgten sich schreiend und gestikulierend mit zwei Dutzend Lakaien herum. So fand sie schließlich Marie Anne. Das Gepäck war noch nicht angekommen, vor Monaten hatte man es verschifft, Geschenke sollten ausgepackt werden, und keiner fand, was er benötigte. Jeder wurde in seinem Tun unterbrochen, glänzende Uniformen drängten sich dazwischen, zierliche, neugierige Dämchen stolzierten herein. Hier war zu beschwichtigen, dort zu erklären, und schon glitt die Gehilfin schattenhaft, mit umsichtig ordnender Hand durch dies Tohuwabohu. Der Meister aber ließ sich noch immer nicht blicken, und sie fragte Horace, und sie fragte Simon, und sie hatte keine freie Minute, sich wieder auf die Suche nach ihm zu machen, denn oberstes Gebot blieb auch in der Fremde, alles bereit zu halten für ihn, wenn er käme. Wie aus dem Boden geschossen, war sie zur Stelle, bald hier und bald da und im entferntesten Eck, überall, wo es galt, mitanzufassen. Sie schaffte herbei, wovon Horace und Simon und ein Dutzend Lakaien erklärten, daß es im ganzen Zarenreich nicht auftreibbar sei. Sie schlichtete Unstimmigkeiten und glättete Wogen und hätte längst zusammenbrechen müssen von all der Plackerei. Doch war ihr, als könnte sie Berge versetzen, auch befand sie sich ja gar nicht im unbehaglich ungeeigneten, zugigen Möbeldepot, das da hieß »ehrenvoll gewährte Stätte des Künstlers« im hinfälligsten Trakt des Palastes, sondern sie thronte auf rosa Wölkchen, schwebte beseligt auf ihnen dahin, denn längst war ihr wieder eingefallen, was er gesagt hatte: »Zusammengehen durch dick und dünn.« Sie sollte ihm also ein Zuhause bereiten, seinem Heim vorstehen. Nicht länger mehr war sie bloß seine Gehilfin, hinfort war sie seine Marie Anne, und, wer weiß, bald noch mehr.
»Collot«, scholl es plötzlich laut in das Drunter und Drüber, und sofort ließ sie alles liegen und stehen. Wild stürmte sie dem Klang entgegen, fast hätte sie jauchzend die Arme gebreitet, welcher Herzenstakt von ihm, sie der Leute wegen doch noch so zu rufen. Und sie stolperte über Kisten und Kasten und Möbel und stand atemlos vor ihm und bebte und strahlte: »Collot«, wiederholte er leiser, blickte ringsum, sah sie nicht

an, »man wird ein Klingelzeichen verabreden müssen, sonst schrei' ich mir in diesen Hallen ja noch die Kehle wund. Kommt, ich will Euch alles der Reihe nach erzählen. Kommt!« Er zog sie in den Nebenraum. Mochten die fremden Lakaien da draußen rumoren, Horace und Simon waren ohnedies schon im Gehen, sollten hinaus auf die Werften, in Schiffsleibern nach dem verschollenen Gepäck wühlen. »Collot«, sagte er nochmals, hier, wo keiner sie hörte! Das Strahlen erlosch. Ein klägliches, ratloses Clownsgesicht blickte von ihm fort.
»Ich komme von ihr«, sagte er frohlockend. Gut, diese da bei sich zu haben, ihr gleich anvertrauen zu können, wessen das Herz ihm voll war. »Wir bekommen alles schon in den nächsten Wochen«, erzählte er triumphierend. »Die Pferde mein' ich, zum Studium. Eine große Frau«, berichtete er weiter. »Scheint doch zu stimmen, was man von ihr hört. Gleich merkt man ihr an, welch gewaltigen Staat sie baut. Daß sie eine gelehrige Schülerin ist von Diderot und uns anderen.« Suchend blickte er sich um. Auch hier nichts als Ballen und Kisten und Kleider. Hastig machte sie einen Stuhl für ihn frei.
Aufseufzend ließ er sich darauf nieder. War schließlich doch eine Anstrengung, so eine Audienz. »Und schön ist sie, Collot«, (Collot sagte er und nicht mehr Marie Anne!), »also – –« Er rang nach Worten. »Unsagbar schön eben, ganz und gar unglaublich!« Ein Sturm der Begeisterung fegte durch den Raum, wehte alles beiseite, knickte nebenbei, im Vorüberwehen, eine eben aufbrechende Knospe. Dann streckte Meister Falconet ein wenig prahlerisch die Beine weit von sich, klatschte in die Hände, als wollte er sie ermuntern, alles rascher in Bewegung zu setzen, damit Roß und Reiter nur gewiß bald vor ihnen stünden. »Was habt Ihr da?« fragte er plötzlich, ein wenig erwachend, und hob ihre Hand hoch. Wahrhaftig, da sickerte ein dünnes Blutgerinsel darüber.
»Ach, nichts«, erwiderte sie erloschenen Blicks und versuchte, die Hand hinter dem Rücken zu verbergen. Sie zeigte sie nicht gern, diese ständig zerschundene, rissige, verschorfte Bildhauerhand. »Eine Schramme, ein Nagel. Irgendwo drüben, an einer der Kisten – –«
»Aber nachher reinigen und verbinden«, mahnte er liebevoll und tätschelte sie, es war wirklich großartig, sie hier mitzuha-

ben. Da kam er zurück in dieses vertrackte Gemäuer – daß man jahrelang hier hausen sollte, schien unvorstellbar – und sie war hier, ein vertrautes Gesicht. Gutmütig, wohlgelaunt klopfte er sie noch einmal. So wie einer, der froh ist, bei seiner Heimkehr seinen Hund anzutreffen, ihm die Flanke klopft. War eben einer aus der Fülle seiner guten Einfälle gewesen, sie mitzunehmen. »Vielleicht werdet Ihr sie porträtieren dürfen!« Das schien ihm ein anderer liebevoller und glücklicher Einfall, und er ereiferte sich sehr daran. »Adel in den Zügen, Geistesadel. Von uns geprägt. Sie hat Montesquieu studiert und Beccaria und natürlich Voltaire und Diderot. Und jung ist sie«, verwunderte er sich, »viel jünger, als ich gedacht hatte. Das Porträt, Collot« (Collot sagte er!), »also das wäre eine gewaltige Aufgabe für Euch!«
Er wollte sie wirklich teilhaben lassen an seiner Freude, er umsorgte sie wirklich mit all seiner Güte. »Hat es schon aufgehört zu bluten?« erkundigte er sich rasch zwischendurch und zog ihr die Hand fast gewaltsam vom Rücken, eine vertrocknete Blutkruste war jetzt zu sehen. »Aber verbinden nachher«, mahnte er nochmals, so ehrlich besorgt war er um sie, und dann fiel ihm noch etwas ein, was zu sagen ihn drängte.
»Und Hände sag' ich Euch, Hände«, rief er, und sein Blick blieb zerstreut auf der zerschundenen, verschrammten, grobrissigen, blutverkrusteten Bildhauerhand haften, die er hielt. »Wenn man nur diese Hände sähe«, fuhr er gedankenverloren fort, und mit einem heftigen Ruck zog sie die ihre da aus der seinen. Es war klar, daß er meinte, auch dann wüßte man sogleich, daß die niemand anderem als einer Kaiserin gehören könnten. Aber er war so begeistert, daß sich seine Worte verwirrten, und so setzte er von neuem träumerisch an. »Eine so schmale, zarte Hand. Und bedenkt doch nur«, fuhr er eindringlich fort, »daß sie mit ihr allein die Geschicke des großmächtigen Reiches lenkt.«
Seine Bewunderung hatte ihn davongetragen, nun war er es, der hoch oben auf rosa Wolken dahinsegelte. Vom Sturm seiner Begeisterung geknickt, zusammengebrochen, allein gelassen, hockte die Gehilfin kläglich neben seinem Stuhl. Von irgendwo aus den Wolken sprach er dann weiter. Es brauche ja leider noch eine Weile, ehe Rösser und Reiter parat für ihn stünden.

So erging er sich darüber, was bis dahin zu tun sei, doch unterbrach er sich wiederholt durch das leidenschaftliche Gelöbnis, daß, was immer er tue, dieser erhabenen Frau würdig sein müsse. Und faselte weiter. Aber irgendwann mußte er ja wieder herniederschweben, wieder festen Boden unter die Füße bekommen.
»Was gibt's?« fragte Marie Anne und erhob sich gebrochen, sie war müde, so müde, und hatte nur einen Gedanken – fort! Doch wohin?
»Es ist nur, da wär' einer – –«, meldete das Tönnchen Horace, und in seinem rundrosigen Gesicht malte sich tiefe Ehrfurcht, so was konnte einem schon die Rede verschlagen, und er wies auf einen riesigen Heiducken, den ohnedies niemand hätte übersehen können und der neben ihm im Türrahmen stand. Der trug vorsichtig auf schwerem silbernem Tablett ein winziges Briefchen. Von der Kaiserin an Meister Falconet.
»Bitte«, sagte der Meister und saß wieder höchst solide auf seinem Stuhl – er schwebte nicht mehr – und streckte gelassen die Hand aus, als wär's selbstverständlich, alltäglich Höchstdero Handschreiben zu empfangen. Aber da sie ihn so gut verstanden hatte, warum eigentlich nicht? Es drängte sie eben, ihm zu danken. Mit hoheitsvoller Handbewegung scheuchte er die Domestiken. »Collot«, sagte er schließlich mit metallisch schwingender Stimme – sie lehnte geknickt an der Wand und wünschte sich weit, weit fort –, »die Kaiserin also, die ist mir wirklich ergeben, die wird mir jeden Stein aus dem Wege räumen, von morgen an schon kann ich, nein soll ich – sie kann die Fertigstellung wohl gar nicht erwarten – von morgen an also steht der Stallmeister mit all seinen Rössern und all seinen Reitern zu meiner Verfügung. Das Werk ist gesichert. Mit dieser Unterstützung – – Die hab' ich gewonnen, jeden Stein räumt sie mir aus dem Weg.«
Da hatte die Gehilfin, ein wenig schwankend, unhörbar den Raum schon verlassen. Nun, mochte sie eilen. Es gab ja so vieles in Ordnung zu bringen. Er reckte die Glieder, warf sich zwischen halbgeöffneten Säcken und Kisten auf irgendein Lager. So eine Audienz machte wirklich müde. Er brauchte Kräfte, morgen sollte es ja schon an die Arbeit gehen.
Nur wenige Augenblicke später und gleichmäßig hob und

senkte sich seine Brust, er war tief eingeschlafen. Rufen und Hämmern und Kistenaufschlagen drang nicht mehr an sein Ohr. Marie Anne aber, schwebte sie auch nicht länger auf rosa Wölkchen und lag eigentlich zerschmettert, zerschlagen, zu Boden gestreckt, glitt doch weiter, schattenhaft, unhörbar, brennend trockenen Auges durch das Tohuwabohu. So lange, bis jeder von ihnen seinen Raum zur Verfügung hatte. Und nach kürzester Frist standen zwei Ateliers bereit, fast wie er es gewohnt war, und das Gepäck hatte sich auch gefunden, Bücher waren aufgestellt, Geschenke ausgepackt, auch ihre Kaffeemaschine war angekommen, auf der sie seit Jahr und Tag eigenhändig Kaffee für ihn braute, sogar ihr Toilettetischchen war unter den Sachen – nie wieder wollte sie sich im Spiegel beschauen – und sie hatte diesem allen und noch manch anderem Stück einen Platz angewiesen. Denn sie hatten sich ja einzurichten auf Jahre. Und so eben war Marie Anne, daß sie alles auf seinen rechten Platz rücken konnte. Nur mit sich selbst konnte sie gerade das jetzt offenbar nicht.

Es gab mancherlei Gruppen und Grüppchen bei Hof, und leicht war es nicht, sich da zurechtzufinden. Es konnte geschehen, daß einer eben begonnen hatte, an einem Faden zu spinnen, und schon war vom anderen Fadenende her das Netz wieder anders verknüpft. Nur in einem Punkte konnte sich jeder rasch Klarheit verschaffen, und zwar an einem Ort, wo einer am Werk war, dem es ganz und gar nicht um das Knüpfen von Netzen und um das Anbahnen von Beziehungen ging. Daß dieser Mann von derlei überhaupt keine Ahnung hatte, war einer der Gründe, warum man so gern zu diesem Schaureiten ging, sich das ansah und vordemonstrieren ließ, wer den Orlow zu stützen und wer ihn zu stürzen wünschte, und das lag trotz des Unentwirrbaren vieler anderer Dinge sonnenklar ausgebreitet.
In Sonnenklarheit vollzog sich die tägliche Morgenarbeit der Pferde. »Dann laß er sich eben vorreiten, solange er es braucht«, hatte die Kaiserin gesagt, und das war nicht wie so vieles, was hierzulande begonnen wurde, vertagt worden bis zum Jüngsten Tag. Man hatte auch nicht die winzigste Frist ungenutzt verstreichen lassen. Nun wurde tagein, tagaus geritten, Volten,

Verven, Kapriolen und Piaffen. Wie ein Denkmal aus Erz stand, sekundenlang aufgebäumt, ein schäumendes Roß. Wie angewachsen saß ein brillanter Reiter. Und irgendwo hockte dieser Bildhauer und riß ein Blatt nach dem andern aus seinem Skizzenbuch und warf es zu Boden.
Hinter ihm stand starr lächelnd dieses ein wenig linkische Mädchen bereit, bückte sich, sammelte die Blätter ein, hatte keinen Blick für die illustre Gesellschaft, teilte ihre Aufmerksamkeit schülerinnenhaft genau nur zwischen dem Lehrer und dem Modell. Wozu eigentlich brauchte er die? Attraktiv war sie nicht. Daß es eine ungeheure Chance für sie hätte sein können, hier inmitten der großen Welt zu stehen, sähe sie bloß ein wenig gefälliger aus und erwiese sie sich gefälliger, das nahm dies junge Ding leichtsinnigerweise einfach nicht wahr. Hofluft würde nie um die wehen.
Die Kammerfrau kam, schob sie wortlos beiseite, flüsterte dem Meister vor des Mädchens Ohr etwas zu, eine Bestellung der Kaiserin. Der englische Gesandte, Lord Cathcart, kam von ungefähr hereingeschlendert, besah sich das Ganze, war ja selbst ein blendender Reitersmann. Spaßeshalber stieg auch er gleich zu Roß und konnte hier bequem und rein zufällig ein paar Worte mit Graf Nikita Panin wechseln, ohne daß dies sogleich zu Protokoll genommen worden wäre. Auch den Senator Borodin erreichte die Kunde, und er erschien am Arm seiner Gattin Marussja – hatte sich also nicht scheiden lassen. Doch besaß er nun um tausend Leibeigene mehr, und außerdem prunkte auf seiner Brust ein nagelneuer, funkelnder Orden. Auch die hochgewachsene Bezkitochter hatte sich für einen Augenblick von ihrem Hoffräuleindienst frei gemacht, trug höchst königlich und der knochigen Statur ungemäß ihre wogende Fassade wichtig vor sich her und besah sich, leicht erregt, alle diese Männer und Pferde hier. Bocksgeruch und Stallgeruch stiegen auch allen übrigen Damen erregend in die Näschen. Männer in hohen Stulpenstiefeln standen inmitten der Reitbahn und knallten wild mit langen Peitschen oder kitzelten damit zart einen Pferdebauch. Die Damen wurden immer rosiger, ihre Augen begannen zu glänzen, und sie kicherten viel und völlig grundlos.
Es stieg der Chef der gesamten allrussischen Kavallerie, Graf

Melissimo, zu Pferd, hünenhaft massig, und der zierlichflinke Conte Carburi, Reitlehrer der Kadetten Ihrer Majestät. Selbst der uralte Münch ließ es sich nicht nehmen, eine sagenumwitterte Gestalt, hatte noch mit Peter dem Großen auf den Werften gestanden, war unter Elisabeth nach Sibirien verbannt und in Peters des Dritten kurzer Regierungszeit huldvoll zurückgeholt worden. Nun war unter der neuen Herrscherin wieder ein weiter Kreis von Mißtrauen und Einsamkeit um ihn gezogen, doch hatte er diesmal bleiben dürfen und nicht in die Verbannung gemußt. Was sich da um ihn bewegte, wendig, lebendig, das hatte mit seinem Leben nichts mehr zu schaffen, er war fünfundachtzig, nur noch ein Gerippe, und regungslos saß er auf sich bäumendem Roß.

Es gab ein ständiges Kommen und Gehen, Aufsitzen, Absitzen, Rufen, Herbeiführen feuriger Tiere, dazwischen wanden sich behend Stallknechte durch und fegten Roßäpfel zusammen. Meister Falconet verschwendete keinen Blick an dieses Getriebe und bemerkte nicht, wer kam und wer ging, warf nur in weit ausholenden, kühnen Strichen zu Papier, was einmal ein Denkmal werden sollte. Und wen es interessierte, und es interessierte nahezu jeden, dem fiel auf, weil es geradezu in die Augen sprang, daß von denen, die bestimmt und erzogen waren, am besten zu Pferde zu sitzen, nämlich von den Garderegimentern, nicht einer erschien.

Die Garderegimenter waren Orlows Domäne, sie tanzten nur nach seiner Pfeife, noch immer, und machten nicht mit bei diesem Amüsement. Der Kaiserin Wort galt offenbar nicht für sie. Und wenn die Kaiserin auch meinte, oberste Befehlshaberin selbst der Garderegimenter zu sein, so zeigte Orlow wieder, was er davon hielt, eben dadurch, daß er fernblieb, er, der sonst doch überall gern mitmachte.

Nun, man konnte wohl annehmen, daß er sich inzwischen mit den Brüdern, zumal mit dem Köpfchen, beraten hatte. Wie dem auch war, seine herzhaften Flüche, die ein Feldmarschall und Favorit vielleicht besser unterdrückt hätte, ließ er jedermann hören. Zu »kirremachen« und »kurz halten« kam da jetzt noch ein »justament« und »ich kann's darauf ankommen lassen«. Vielleicht wollte er damit eine aufsteigende Angst überpoltern. Jedenfalls nahm er kein Blatt vor den Mund und ließ sich

vernehmen, dies Schaureiten wäre über die Maßen grotesk. Er sah sich's nicht an und war dadurch wissentlich Meister Falconet noch nie begegnet.
So ließ sich ganz genau erkennen, daß keiner, der für Grigori Orlow war, für Meister Falconet ritt. Daß aber, wer für Meister Falconet ritt, deswegen noch lange nicht für ihn und sein Tun zu sein brauchte, das war eine andere Sache. Auch daß es viele gab, die für ihn ritten und dabei schon daran dachten, wie man ihn unter die Hufe bekommen könnte, und zwar möglichst bald – denn was hatte ein Bildhauer schließlich unter ihnen zu schaffen –, braucht uns nicht weiter zu kümmern, wenn schon aus keinem anderen Grund, als weil es den Meister selbst nicht im mindesten bekümmerte. Der sah und hörte nicht, was rings um ihn vorging. Unermüdlich stellte er seine Reiterchen aufs Papier. O gute Lust der Arbeit.

Was immer des Brüderchens, des Köpfchens, Ratschläge damals gewesen sein sollten, und wie Grigori Orlows nun doch schon durch einige Jährchen erprobtes, eigenes Rezept vom Kirremachen und Kurzhalten sich auch weiter bewähren mochte, der letzte Anstoß zu einer Kette folgenschwerer Ereignisse, nicht nur für ihn, war eigentlich eine Bagatelle gewesen.
Diesen Vorfall der lieben Cateau zu berichten, als Teil etwa seines erprobten Rezeptes, hatte durchaus nicht in seiner Absicht gelegen. Daß ihr die Begebenheit dennoch zu Ohren kam, war sogar peinlich, doch hielt er schließlich Mittel genug in der Hand, er würde sie schon beschwichtigen können.
Na schön, er hatte also die kleine Sophia Zinojew, diese Tochter von seines Vaters Bruder, die ihn aus runden Kinderaugen schon seit langem anhimmelte und die mit ihren dreizehn Jahren schon so winzig possierliche Brüstchen zeigte – ansonsten war sie noch viel zu mager und ganz und gar nicht attraktiv –, eines Tages ein wenig einweihen wollen in die Mysterien des Lebens. Und weil sich dies auf einem Kasernenfeldbett oberhalb der Stallungen zutrug, in einem Raum, den er zuweilen benutzte nach einem Rausch oder einem zu großen Spielverlust oder bloß angeekelt von seinen Prunkgemächern im Schloß der Kaiserin, war dieser die Sache nicht verborgen geblieben. Wie gesagt, peinlich, ein betrüblicher Zwischenfall.

Aber was hatte die dumme, kleine Ziege, die sich erst so amüsant neugierig zeigte, ohne zu ahnen, wohin das schließlich führen mußte, es auch plötzlich mit der Angst zu tun bekommen? Wild hatte sie an der Tür gerüttelt, den Schlüssel hatte er da längst abgezogen und in die Tasche gesteckt. Gellend hatte sie dann um Hilfe gerufen und hätte doch wissen müssen, daß ihr dies nichts nützte, auch wenn ihr Geschrei über den ganzen Kasernenhof drang, auch wenn es von ein paar hundert Soldaten und von zwei Dutzend Offizieren gehört wurde. Wer hätte es je gewagt, eine von Orlow versperrte Tür zu erbrechen oder bloß, wenn Orlow ungestört sein wollte, auch nur zu pochen oder anzufragen, was da drin vorging. Na, der kleine Störenfried hatte seine Lektion jedenfalls bekommen, und dabei war es nicht einmal besonders spannend gewesen. Längst hätte er das schon wieder vergessen, wäre dadurch nicht allerhand über ihn hereingebrochen. Dabei war so eine Entjungferung ein höchst zweifelhaftes Vergnügen. Der Teufel allein mochte wissen, warum die saftigsten Anekdoten der Offiziersstube gerade dieses Thema umkreisten. Na, die Kleine hätte schon nicht geplaudert, dafür hätte er sich verbürgt. Zwar war infolge ihres blöden Gebrülls und Gepumpers ihr keiner zu Hilfe geeilt, doch der Vorfall bis zu der Kaiserin Ohren gedrungen.

Panins tägliche Audienzstunde war an der Reihe. Eben beendete er seinen Vortrag. Maßnahmen waren zu ergreifen in Moskau gegen die Pest. Pfleger und Ärzte und Totengräber genügten dort nicht länger mehr. Polizeikordons mußten gezogen, Sanitätskolonnen in Marsch gesetzt werden. Verzweiflung hatte sich der Einwohner bemächtigt, sie stürmten zum wundertätigen Marienbild an der Kremlmauer. Der Patriarch hatte der Ansteckung wegen jedoch Menschenansammlungen verboten. Das Volk fühlte sich um die letzte Hilfe betrogen, der Patriarch war nur mit Mühe der Empörung entkommen. Bei Gefahr von Aufruhr und weiterer Ausbreitung der Seuche bedurfte man dort einer eisernen Hand.
Mit halblauter Stimme las Panin Zahlen. Anzahl der Opfer, schätzungsweise, und in welchen Distrikten, wo man Notlager errichtet, wo man Häuserreihen als Hospitäler requiriert hatte, wie viele am Werk waren an Ärzten, Sanitätern, Hilfspersonal.

Wo die Polizei hatte einschreiten müssen, wo Militär – was alles geschah, um einzudämmen, um die Gemüter zu beruhigen, fügte er noch hinzu.

Es geschah zuwenig, gab er mit sorgenschwerer Miene zu bedenken. Eine eiserne Hand tat dort not. Eine Pause entstand. Schade, dachte er ernstlich bekümmert, dein Thron schwankt noch zu sehr für diesen Stoß. Noch immer ist nicht völlig vergessen, wie du hinaufgelangt bist. Noch mehr solcher Unruhen, und ich stehe für nichts ein. Ich will dir gewiß nicht den letzten Stoß versetzen, aber stützen kann ich dich auch nicht. Denn dein Herrchen, also hör einmal, dein Herrchen führt sich ja wieder einmal prächtig auf. Nun treibt er es auch schon mit Kindern. Und so, daß die ganze Kaserne davon weiß. Freilich, Orlow hat dir auf den Thron verholfen, aber Orlow wird dich auch mitreißen in sein Geschick. Ich brauch' ihn gar nicht mehr zu stürzen, der stürzt sich eines Tages schon selber. Und wer hält dich dann oben? Schade, aber ich kann wirklich keinen Finger für dich rühren.

Da hatte die Kaiserin sich erhoben und trat ganz nahe an ihn heran. Ihr Duft schlug ihm entgegen. Die Seide ihres Kleides rauschte bei jeder Bewegung. Sie hob ihre Hand mit einer ihrer unnachahmlich zärtlichen Gebärden, ihr Spitzenärmel fiel zurück und gab ein Stück ihres Armes frei. Aus ernstem Gesicht sah sie zu ihm auf. Jeder Zoll eine Kaiserin, die schwer trägt an ihren Regierungssorgen, jeder Zoll eine Kaiserin, die – wie gern! – sich vertrauensvoll an ihren Berater wendet.

»Eine schöne Aufgabe für Graf Orlow«, sagte sie, und nun lächelte sie den alten Gegner herzinnig an. »Um sein erschüttertes Ansehen wiederherzustellen, meint Ihr nicht auch?«

Sie brachte es also selbst aufs Tapet, kehrte ihm nicht wie ehemals bei der bloßen Erwähnung, Fensterscheiben trommelnd, den Rücken, stellte sich unter seinen Schutz. Nicht mehr lange, und er würde Orlows Nachfolger bestimmen, doch heute war man noch nicht so weit. Geduld, er hatte es immer gewußt, mit Geduld würde er ans Ziel gelangen.

»Acht Jahre!« setzte sie kopfschüttelnd hinzu und zog ihn immer tiefer in ihr Vertrauen. »Acht Jahre«, wiederholte sie, nahm ihre Hand nun von seiner Schulter, hob beide Arme hoch in beredter Gebärde und ließ sie ungläubig wieder fallen. Wie

hab' ich es nur ertragen, dachte sie weiter, acht Jahre hindurch diese nächtlichen Fratzen und die tägliche Last der Arbeit dazu und die jagende Angst und den nagenden Schmerz und die dunkle Gewalt und die jubelnde, keuchende, atemerstickende Höllenseligkeit dieses Manns. Doch nun ist's genug.
Sie trat ans Fenster. Schneeflocken wirbelten durch die Luft, noch blieben sie nicht liegen, lösten sich auf, der Boden war bedeckt mit wässerigem Brei. Ein müdes Mittagslicht drang durch die Wolken. Der Isaakplatz lag grau in grau.
Genug der Erniedrigungen, genug der Skandale, jetzt würde sie sich lösen, doch besser war's, man hielt ihn jetzt fern. Die Zeit der Schaureiten war zwar vorüber, doch was nun folgen sollte, paßte ihm gewiß nicht besser. Es bot sich besser Trotz, wenn er ferne weilte.
Panin stand noch inmitten des Raumes. Er sah den Ansatz eines weißen Frauenhalses, der sich aus glatter Seide reckte. Eine winzige Haarsträhne hatte sich gelöst und ringelte sich den Nacken hinab.
Sie fühlte den Blick. Eine nervöse Hand strich das Ringelhaar nach oben. »Man bestelle Graf Orlow zum Oberkommandierenden in Moskau zwecks Bekämpfung der Seuche. Man gebe ihm diesen ehrenden Auftrag in einem eigenen Empfehlungsschreiben an den Gouverneur mit«, sagte sie hell und fest. Wie eine Brücke warf sie den Klang nun von der Fensternische zu ihm hinüber, eine Brücke von einem Ufer zum andern. Würde die wirklich verbinden und tragen?
Ist das noch eine deutsche Prinzessin? dachte der Oberhofmeister Panin und sah voll Staunen eine neue Herrscherin vor sich stehen. Seide knisterte, umknisterte sie. Schön und bedrohlich sah sie aus. Kleopatra, fiel ihm ein.
»Der Gouverneur wird verstehen«, fuhr sie mit unterdrückter Stimme fort und trat nun nochmals ganz dicht an ihn heran, »daß Graf Orlow mit unbeschränkter Vollmacht ausgestattet ist zur Bekämpfung der Seuche. Er muß haften dafür, daß Graf Orlow Moskau nicht eher verlasse als – –« Ihre Stimme war jetzt rauh, sie sprach den Satz nicht zu Ende, blickte dem alten Gegner nur tief in die Augen. Er verstand.
Was für ein sonderbares Blau haben doch jetzt ihre Augen, schoß es ihm durch den Sinn. Dann hatte er es: Blau wie das

Eis, aus dem man hierzulande zu Festen Paläste baut. Eisblau, eiskalt baute sie ihren Plan.
»Dann wird es wohl am besten sein, diesen ehrenden Auftrag und Brief an den Gouverneur von der kaiserlichen Kanzlei jetzt auszuschreiben« – die Brücke, die sie vorhin geschlagen hatte, vielleicht hielt sie wirklich und trug –, erwiderte leichthin Graf Panin und gab ihr den Blick zurück, »und Graf Orlow unverzüglich zu entsenden – –«
Sie senkte den Kopf. Eine unstete Hand strich über die Stirn. Blaß war sie, kein Blutstropfen in ihrem Gesicht. »Ja«, hauchte sie leise, und das war ein Versprechen und hieß, Graf Orlow wird nicht mehr zum Abschied empfangen. Sie reichte ihm die Hand. Tief beugte sich der hochgewachsene, hagere, grauhaarige Oberhofmeister darüber. Und das wiederum hieß, besiegelt ist der Pakt. Die Audienz war beendet.

»Ja«, sagte Grigori Orlow knapp. Nun begann es aber doch in ihm zu kochen. »Unbedingt. Morgen früh will ich an Ort und Stelle beginnen.«
»Aber nein. Bitte nicht. Das läßt sich doch nicht überstürzen. Das muß überlegt sein. Wenn Sie durchaus befehlen – ich lade eine Sanitätskommission zur Berichterstattung hierher – –« Der Gouverneur, gelbgesichtig, flink und sich schlängelnd, sah scharf an dem Angeredeten vorbei. Er schielte ein wenig und übersprudelte sich geradezu vor Entsetzen über so viel hastigen Tatendrang.
Sie saßen in einer Datscha, unweit von Moskau, am Frühnachmittag. Draußen dämmerte es allmählich, Orlow mußte endlich fort, sollte er vor Dunkelheit noch ans Ziel. Drei Stunden hatten sie hier nun schon verredet, immer neue Speisen waren aufgefahren worden, immer neue Flaschen hatte man entkorkt. Dienstbeflissen umtänzelte ihn dieser krummbeinige Hundesohn, händeklatschend ließ er seine Diener herbeischleppen, was zu des Gastes Bequemlichkeit noch fehlte, und versäumte darob, zuzuhören. Stets mußte Orlow also neu beginnen. Elender Zeitverlust! Auch war dem allen nicht recht zu trauen, was saß der Gouverneur überhaupt hier auf dem Lande, was schlug er sich nicht in den Mauern der Stadt mit der Seuche herum?

Die Wut stieg in Grigori Orlow hoch. Und es war auch noch eine andere Wut dabei, die er nun drei Tagereisen lang unterdrückt hatte. Aber hier brauchte er nichts länger zu unterdrücken. Die Wendeltreppe zu Cateaus Boudoir hatte ihm eine Wache verstellt, aber den Weg nach Moskau ließ er sich nicht verstellen. Jetzt und hier hatte er sich zu bewähren. Die Seuche galt es zu bekriegen, und im Krieg hatte er stets seinen Mann gestellt.
Mit einem Ruck schob er sein Glas beiseite und stieß den Kopf bedrohlich vor. »Schluß jetzt! Hier meine Papiere. Vor Euch liegt der kaiserliche Befehl.« Dann hatte er sich wieder in der Gewalt. »Ich bitte zu vidieren, Auftrag zu erteilen.« Eine leichte Gebärde über den mächtigen Schreibtisch zu dem dahinter hockenden, die Papiere studierenden Gelbgesicht.
Es war die Leichtigkeit dieser Gebärde, dies leise Scheuchende, womit man eine lästige Mücke verscheucht oder auch ein Stäubchen, eine tote Sache wegfegt, die den Ausgang dieses Gesprächs entschied. Bis jetzt war der Gouverneur entschlossen gewesen, sich nicht hineinpfuschen zu lassen, nicht Einblick zu geben. Bei dieser Bewegung aber zuckte er, duckte er sich hinter seinen Tisch. Und doch würde der hinter dem Tisch kommandieren und nicht der, der vor ihm saß. Hielt er sich auch tunlichst fern von der Seuchenbekämpfung, würde er jetzt erst recht zu verhindern wissen, daß dieser da über die Unfähigkeit eines Gouverneurs berichte. Unbegrenzte Vollmacht, na schön, aber dann auch Quarantäne. Den hohen Herrn nahm er also jetzt in Schutz und Gewahrsam. Der Gelbgesichtige lächelte submissest.
Nur einen Atemzug lang hatte er gezögert. »Ich danke ergebenst«, sagte er dann, als hätte er nicht stundenlange Ausflüchte gebraucht, und signierte die Papiere und reichte sie über den Tisch. »Dank für jede Hilfe, die Ihr bringt, im Namen unserer leidgeprüften Stadt.«
Befehle erschollen. Lakaien rannten, man gab dem Abgesandten der Zarin das Geleit bis vors Haus. Ein scharfer Wind hatte sich erhoben, Orlow war mit einem Satz in der Kutsche. Zwei verdächtige Gesellen strichen ihre schmierigen Uniformen glatt, auf einen Wink ging der Schlagbaum hoch.
»Euren Bemühungen wird man nun in der Stadt jede Unterstüt-

zung gewähren.« Der Gouverneur verneigte sich bis zur Erde, der Kutschenschlag fiel zu.
Ermattet lehnte sich Orlow zurück, die Pferde zogen an. Nie hätte er diesem krummbeinigen Hundesohn gestattet, so umständlich und zeitraubend Gastfreundschaft zu demonstrieren, hätte ihm nicht dieses Wegversperren auf der Wendeltreppe noch in den Gliedern gesteckt. Na, vorbei, das wäre also nun auch geschafft.
Der Gouverneur blieb noch einen Augenblick lang vor seinem Blockhaus stehen und sah dem davonrollenden Wagen nach. Ein hämisches Grinsen zuckte um seinen Mund. Die Straße frei, dachte er grimmig belustigt, für die Kaiserin, sich ein wenig umzusehen unter den hohen Söhnen des Landes. Denn dieser da hängt jetzt in der Falle der durchseuchten, rattengeplagten Stadt. Wind heulte ums Haus. So war's ihm recht. Frische Luft und wenig Menschennähe, das war das probateste Mittel gegen die Seuche. Er pfiff. Freudig kläffend schoß eine mächtige Dogge aus dem Haus. Krummbeinig folgte der Mann dem vorausstürmenden Tier. Die beiden verschwanden hinter den blau verschatteten, hohen Stämmen.

»Nach der Natur habt Ihr gesagt. Und die Bewegung ist's, die alles entscheidet. Ich mußte mir das besehen kommen, ob ich's auch richtig begriffen habe.«
Auf der Schwelle des Ateliers stand die Kaiserin. Atemlos vom Lauf und auch ein wenig beklommen. »Darf ich näher treten?« fragte sie lächelnd, und das war ganz die kleine deutsche Prinzessin, die man sechzehn Jahre lang hier herumgestoßen hatte und die nur in ihrem Lerneifer Trost fand.
Früher Vormittag. Still gesammelte Arbeitsstunde. Bottiche mit Tonerde da und dort. Schäumende Rösser an die Wand geheftet. Drahtgerippe, teilweise mit Ton beworfen. Die Gehilfin wickelte gerade feuchte Tücher von einem überlebensgroßen, tonigen Reiter auf seinem Roß. Und sank, nasse Fetzen noch in der Hand, zu Tode erschrocken in einen tiefen Knicks.
Eine lehmbeschmierte Männerhand, den Spachtel noch haltend, wies ein wenig hilflos in den Raum, ein leichter Frauenarm scheuchte die Köpfe hinter sich, eine Tür schloß sich geräuschlos, die Kaiserin trat ein.

Nun konnte es den Meister sehr erzürnen, den Tag ihm verderben, sprach man ihn unvermutet an, ehe er die besten Morgenstunden mit guter Arbeit hinter sich gebracht hatte. So war er fürs erste durch diesen hohen Besuch nur aus der Fassung gebracht. Ja sogar Unmut begann schon in seine Züge zu steigen, ehe er mit einem Schlage begriff. Eine Kaiserin hatte er sich als Jüngerin gewonnen, sie kam als demütig fragende Schülerin zu ihm. Da begann sein Herz in gewaltigen Schlägen zu hämmern, und ein solches Strahlen zog auf in seinem Gesicht, daß die Kaiserin ein wenig geniert beiseite blickte, weil es ihr ungehörig schien, dabei zuzusehen.
»Aber bitte«, sagte eine leise Stimme knapp neben der Gehilfin, und da erhob sich Marie Anne, noch etwas benommen und blutübergossen, aus ihrem nicht sehr stilgerechten Knicks und wich drei Schritt zurück. Wie kam man, rückwärts schreitend, ohne zu stolpern, schleunigst aus diesem Raum, dachte sie verzweifelt.
Der Meister kam ihr aber zu Hilfe. Mappennummern rief er ihr zu. Schon breitete sie Skizzenblätter eilends auf den Tisch. Der Bildhauer und seine Auftraggeberin beugten sich darüber. »Hier kann man es am besten erkennen«, sagte Meister Falconet, »daß die Bewegung eben alles entscheidet.«
»Ich habe es also richtig begriffen«, erwiderte die Kaiserin sanft und war nun um einen frohleichten Ton bemüht, so schwer wog das, was sie im Sinne hatte. »Ich mußte Euch fragen«, fuhr sie fort, »wilde Bewegung und nach der Natur – bedarf das nicht auch eines eigenen Sockels?«
»Man hat mir gesagt«, gab der Meister zurück, »daß Marmorblöcke von besonderer Schönheit – – Ich könnte mir aussuchen und behauen – –«
Die Kaiserin schüttelte den Kopf. Ein flüchtiger Blick streifte die erhitzten Wangen der Gehilfin, wanderte weiter, blieb an einem Drahtgerippe hängen, den Umrissen eines Reiters, der ein wenig verzerrt und verbogen auf einem Pferdeleib hing. »Ein natürlicher Fels, den der Reiter hinaufsprengt, wäre das nicht das Rechte?« sagte sie und sah bescheiden fragend ihn an. Wenn ihm das gefällt, dachte sie, hab' ich ihn mir ganz gewonnen, und den Fels zerre ich mir dann auf den Isaakplatz. So wird Grigori angeprangert sein.

»St. Roch«, sagte der Meister tonlos. »Man hat Euch von St. Roch berichtet. Gethsemane auf wüsten Fels gebaut. Mein bisher bestes Werk.« Er war erschüttert. So sehr begriff sie ihn also.
Die Kaiserin hatte keine Ahnung, was das war: St. Roch. Blau strahlten ihre Augen ihn jetzt an. Blau wie die Eispaläste, die man hierzulande zu Festen baut. »Ich arrangiere eine Schlittenpartie«, sagte sie leichthin. »In unseren Ebenen findet sich ja kaum ein Fels. Ich aber weiß einen, der paßt zu beschwingter Bewegung.« Lächelnd gebrauchte sie sein Wort. »Ihr beseht Euch das mit Euren Leuten« – ein Blick schloß auch die Gehilfin ein – »ich geb' Euch für die Hebearbeit den Instruktor der Technik meiner Kadetten mit und wen Ihr sonst noch braucht. Falls der Fels Euch wirklich genehm ist«, fügte sie bescheiden hinzu und war nun ihrer Sache ganz sicher. Dann legte sie den Finger an den Mund. »Doch vorerst tiefstes Stillschweigen darüber.« Die Gehilfin war schon mit den Mappen außer Hörweite. Es war ein Geheimnis nur zwischen ihr und ihm.
Er sah sie an, brennenden Blickes. Ein Bildhauer, der einer Kaiserin Lehrmeister ist. Natürlich, gewiß, es gab Neider, die es ungern gesehen hätten, wie die Kaiserin den Bildhauer begriff und ihm jeden Stein aus dem Wege räumte und einen ganz besonderen Fels vor ihn hinstellte.
Auf einen Wink hastete die Gehilfin erloschenen Blickes hin zur Tür – die Kaiserin begreift ihn ja so gut wie ich – und riß sie auf. Leise rauschte die Herrscherin hinaus.

Es begann, wie die kaiserlichen Schlittenpartien, das große Wintervergnügen des Hofes, eben zu beginnen pflegten, mit ungeduldig scharrenden, feurigen Rossen, den berühmten kohlschwarzen Rappen der Kaiserin. Bei jeder Bewegung ließen sie Schellengeläute durch den frostigsonnigen Morgen erklingen. Es gab ein eifriges Kommen und Gehen von Domestiken, Stallknechten und Kammerfrauen. Mit Decken bepackt, huschten Damen über die Freitreppe zum Kutschenschlag, der Koch mit weißer Mütze, gefolgt von einer Schar von Küchenjungen, brachte Wohlverwahrtes zum Einstieg einer anderen Kutsche. Elegante Stallmeister prüften kostbar beschlagenes Lederzeug, der Kammerherr vom Dienst überblickte mit scharfen Augen das emsige Getriebe, winkte sich da und dort einen heran. Dann schoß Chrapowizky, der Geheimschreiber, kurzbeinig, schwer atmend und sich überkugelnd, so rasch die Treppe herunter, daß man hätte meinen können, er werde kopfüber direkt unter den Hufen der Pferde landen und unmittelbar hinter ihm müßte schon die Suite der Kaiserin folgen. Aber er flüsterte nur eindringlich mit dem Zweiten Kammerherrn und verschwand wieder. Dann ebbte das Getriebe wieder ab, und man wartete. Was vielleicht auffallen konnte, war, daß es sich um eine der kürzeren Ausfahrten handeln mußte, mit nur kleinem Gefolge. Außer dem kaiserlichen Schlitten standen nur drei der leichteren Gefährte bereit, obgleich dies doch dem Sinn einer Lustbarkeit widersprach. Meist zog man mit zehn Karossen, vor jeder zehn Rösser gleicher Farbe, lärmend in den Wintermorgen hinaus, und das schrille Geklingel der Schellen verkündete schon von weitem den Menschen einen festlichen Anblick. Ein Ausflug im kleinen Freundeskreis also.

Nach einer Weile traten aus dem entferntesten Tor des Hofes, einem, das hinüber zur Kommandantur der diensthabenden Garde führte, zwei hochgewachsene Männer, Majorsrang hatten sie inzwischen erworben seit den Tagen, da Meister Falconet sie so energisch als Begleiter zum Einzug in die Stadt abgewiesen hatte. Die beiden begaben sich an die ihnen zunächst stehende kleinste Kutsche. Von da und dort fiel ein Blick zu ihnen hinüber, man kannte sie nicht, sie gehörten nicht dem ständigen Stab der Kaiserin an. Auch aus der Art, wie sie sich umsahen, nicht auf der Suche nach bekannten Gesichtern, war zu erkennen, daß sie nicht eigentlich dazugehörten. Doch dann grüßten sie hinüber zur Treppe des linken Seitenflügels, da kamen zwei Männer in eifrigem Gespräch, gemächlich und ohne Aufregung schlenderten sie quer über den Hof, der jüngere trug eine Lederkassette – Vermessungsinstrumente mochten es sein – und redete auf den älteren, kleineren, heftig ein. Als sie schon im Umkreis der Haupttreppe waren, lachte der Ältere – die mächtige Pelzmütze gab seine Züge nicht frei – laut auf und schlug dem anderen die Hand auf die Schulter. Die unterhielten sich offenbar großartig, und die Aufregung der Vorbereitungen hier schien sie wenig zu bekümmern.

»Der Bildhauer«, flüsterte ein blasses Küchenmädchen, das sich am Kellerfenster die Nase plattdrückte, und wurde rosig.
»Carburi«, knurrte der Stallmeister mit einer Kinnbewegung hinüber. Er haßte diesen Reitlehrer und Instruktor der Technik, der es hatte wagen dürfen, ihm die besten Pferde aus dem Stall zu führen, damit dieser Bildhauer aufbäumende Rösser studiere.
»Auch nicht zu beneiden«, meinte im ersten Stock die kaiserliche Wäschebeschließerin und sah zu, wie weit hinter den beiden lachenden und gestikulierenden Männern eine Frauensperson geschossen kam, stolpernd im Lauf in ihren Mantel schlüpfte, so wie es Schulmädchen tun, in einen unförmigen, zausigen Pelzmantel übrigens, in dem sie sich nicht zurechtfand. Dann geriet wieder Bewegung in die Wartenden, eine Gruppe des Gefolges schritt die Freitreppe herunter, der kugelrunde Chrapowizky kam wieder, die hochbusige Bezkitochter, die jüngst zum Kammerfräulein avanciert war, an seiner Seite. Die beiden bestiegen die Kutsche, die hinter der kaiserlichen stand. Auch der Bildhauer und seine beiden Begleitpersonen waren im Innern ihrer Kutsche verschwunden. Nur die beiden Offiziere lehnten noch neben ihrem Gefährt. Dann trat die Wache oben auf der Empore ins Gewehr – die Kaiserin betrat die Freitreppe. Sie war flankiert von dem vornübergebeugten, hageren Panin und der auseinanderfließenden Teigmasse Bezki, dem Intendanten der schönen Künste. Beide überragten sie hoch. Sie trug einen Nerzmantel und hielt einen riesigen Muff in der Hand, eine hohe weiße Pelzmütze saß ihr ein wenig verwegen im schwarzen Haar. Sie blickte sehr ernst, sehr entschlossen, die Lippen hielt sie zusammengepreßt, und ihr Gesichtsausdruck paßte eigentlich nicht zu diesem sonnigklaren, glitzernden Wintertag und dem heiteren Vorhaben einer Schlittenpartie.
Einen Augenblick lang verweilte sie noch auf dem obersten Treppenabsatz und überblickte die Wagen da unten und die Menschen, als gälte es nicht einer Lustbarkeit, sondern einem wichtigen strategischen Plan. Dann hob sie mit einer schnellen Gebärde die Hand mit dem Muff zu den beiden Offizieren, wandte sich mit einem Wort an Graf Panin, und die beiden lachten hellauf. Und so, lachend und strahlend und verwegen – denn verwegen saß ihr die weiße Mütze im schwarzen Haar –,

eilte sie leichtfüßig die Treppe hinunter und ließ sich von keinem in die Kutsche helfen. Jetzt war sie wieder eine übermütige, strahlende Frau, die auf Schlittenfahrt zog. Während sie aber hinabeilte und in die Kutsche beinahe sprang und Decken um sie gebreitet wurden – es schlüpfte auch noch die Kammerfrau Schuwalow nach –, da war Leben in die beiden Offiziere gekommen, und sie rannten von einem Schlitten zum anderen und riefen den Kutschern etwas zu, das ging für die andern unter im Schellengeklirr und Pferdegewieher und Türenzuschlagen, und dann waren sie mit einem Satz in ihrer leichten Troika, und als sich die Tore weit öffneten, fuhren sie als erste hinaus, und danach der Schlitten der Kaiserin und dann der mit ihrem Gefolge und zum Schluß der Bildhauer mit den Seinen. Ziel der Lustfahrt war offenbar bis zum Augenblick der Abfahrt nicht bekanntgegeben worden. Der Schlitten der beiden Offiziere sollte wohl den Weg weisen.

Mit dieser Schlittenpartie muß es eine ganz ungewöhnliche Bewandtnis gehabt haben, sie galt ja auch in der Tat nicht gerade einer Lustbarkeit, schon der entschlossen ernste Ausdruck der Kaiserin hatte darauf gedeutet, und mit dem so unmittelbar darauf folgenden Gelächter hatte sie vielleicht rasch überspielen wollen, was sie da eigentlich wagte. Gleichviel, das Ende der Partie war jedenfalls höchst merkwürdig und gab Anlaß zu viel Gerede. Zunächst sah man nur einen einzigen, wohlgemerkt, eben den kaiserlichen Schlitten einfahren. Erst in weitem Abstand, vielleicht eine halbe Stunde später, kamen dann die übrigen. Doch da war die Zeit schon weit vorgeschritten, auch mochte die Kaiserin müde sein, jedenfalls wurde niemand mehr zu Dank und Verabschiedung vorgelassen.

Dem kaiserlichen Wagen aber, der nach Einbruch der Dämmerung mit keuchenden Pferden einfuhr, entstieg als erster der Bildhauer und half der Kaiserin aus dem Wagen. Ihnen folgte niemand sonst. Es war der Bildhauer allein, der an der Seite der Kaiserin die Freitreppe emporstieg. Die Wache stand stramm und sah die beiden hinaufgehen. Der Offizier vom Dienst stürzte heraus und zog sich eilends wieder zurück. Zwei Lakaien verschwanden auf einen Wink der Kaiserin um die Ecke. Ein Kammerfräulein knickste, als die beiden den großen

Salon betraten. Verschlafen erhob sich jemand in einer Ecke, da sie den Wintergarten durchschritten. Eine Tür wurde zugezogen und knarrte, die beiden betraten das Schreibkabinett. Die Kaiserin stieß eine Tapetentür auf, warf den Pelz ab, ließ sich aufatmend in einen Lehnstuhl fallen, und sie waren noch immer tief im Gespräch.

Erst eine halbe Stunde später fuhren, wie gesagt, weitere Schlitten vor. Zwei übrigens nur, das kleinste und leichteste Gefährt, das mit den nicht zur Suite gehörenden Offizieren, war offenbar direkt zur Kaserne oder dem Wohnplatz der beiden gefahren. Die Suite der Kaiserin entstieg schweigend dem Schlitten, und ohne sich weiter umzusehen, eilten sie alle, so rasch, wie ihre Beine sie tragen konnten, die Freitreppe hinauf, wie ein Strich aufgescheuchter Hühner verflatterten sie dort im Eingang, sofern die sich überkugelnde Fortbewegung Chrapowizkys und das Bemühen um königliche Gangart der nur fassadenseitig so üppigen Bezkitochter als ein Flattern bezeichnet werden kann. Jedenfalls war diesen beiden und denen, die mit ihnen waren – insgesamt ein halbes Dutzend Menschen – anzumerken, daß ihnen daran lag, der drückenden Stille einer unguten Fahrt zu entkommen und den unzähligen Augen und Ohren, von denen dieser Schloßhof umgeben war, keinen festlichen Schmaus zu bieten. Aber vielleicht wollten sie es nur vermeiden, mit den Insassen der zweiten Kutsche Verabschiedungsworte wechseln zu müssen, denn es hatte sich da ein Zusammentreffen ergeben, das im Zeremoniell nicht vorgesehen war. Selbst der kugelrunde und so überlegene Chrapowizky, der sich schon vor mancher unerwarteten Situation gesehen hatte, und auch die um königliches Schreiten bemühte Bezkitochter wußten keinen anderen Ausweg, als aufgescheucht, ohne rechts und links zu blicken, davonzustieben.

Das helle Schellengeklingel hatte nun allerdings bewirkt, daß man sich an den Fenstern drängte, und mußte man dort, wo diese erleuchtet waren, auch noch ein wenig Zurückhaltung üben, und entging einem vielleicht dabei dies und das, erhielt man vielleicht nicht den ganzen Vorgang ins Bild, so durfte man sich an den noch unbeleuchteten Fenstern um so dreister nach vorne drängen und seine Nase plattdrücken.

»Sapperlot«, sagte der auf und nieder hüpfende Friseur und war baff und schwang klappernd seine Brennschere durch die Luft. »Diese Visage! Er wird sich noch das Genick brechen«, faßte er sein Urteil zusammen.
»Ach! Ist die zu beneiden!« seufzte sehnsüchtig ein blasses Kammerfräulein – sie war heute nicht im Dienst und hatte den halben Tag vor sich hinträumend auf der Chaiselongue verbracht. Wem wird sie wohl ihre Gunst schenken? grübelte sie. Der eine schien ihr ein sicherer Hort und zudem ein schmucker Mann, und der andere war ein schaurig lockendes Ungeheuer. Da hatte Conte Carburi schon der Gehilfin des Bildhauers aus dem Schlitten geholfen, und hinter ihr stieg Alexei Orlow, der mit der zuckenden, säbelzerschnittenen Fratze, aus. Und so, zwischen Carburi und Alexei Orlow, konnte man Marie Anne Collot in ihrem zausigunförmigen Pelz über den Hof gehen sehen, und alle drei tauchten drüben im Dunkel in ein Tor, das zum Trakt des Bildhauers führte.
Über das Ziel der Schlittenpartie und das unvermutete Erscheinen des ältesten Orlow, das irgendwann zwischen Abfahrt und Rückkehr stattgefunden haben mußte, über das Auseinanderbrechen der Lustbarkeit und die sonderbar zersprengte Heimfahrt finden sich aufklärende Hinweise an verschiedenen Stellen. Einmal, in einem von Carburi herausgegebenen Stahlstichwerk über die technischen Vorgänge bei der Errichtung des Denkmals, das viele Jahre später erschien. Dort heißt es in einer Fußnote, daß die Kaiserin den entscheidenden Einfall mit einem naturgegebenen Sockel gehabt hätte und daß die Kaiserin ihnen den bis dahin unbekannten Fels auf einer Schlittenpartie gezeigt hätte. Bald nach der Schneeschmelze sei dann von einem Bataillon von Leibeigenen und Technikern dort zu graben begonnen und der naturgewaltige Denkmalsockel nach Petersburg transportiert worden. Bei Ropscha, dem ehemaligen Sitz des verewigten Zaren Peters des Dritten, hätte man ihn gefunden.
Das zweite Zeugnis ist ein Brief Falconets an seine Kaiserin, Jahre nach jener Schlittenpartie geschrieben, als es bereits Schwierigkeiten um die Aufstellung des Monuments gab, weil er angeblich das von Bezki, dem Intendanten der schönen Künste, aufgestellte Budget schon längst überschritten hatte. In

diesem Brief beschwörte Falconet die Kaiserin, seinen Bemühungen ihre Unterstützung nicht zu entziehen, und erinnert an jene Schlittenpartie, auf der man sich nicht nur über den Sockel des Denkmals geeinigt hätte, sondern auch – so habe ihm wenigstens damals geschienen – ein unzerreißbares Band von Verständnis und Freundschaft zwischen ihnen geknüpft worden wäre. Und sei sie damals nicht schweigend und erschüttert vor dem Fels gestanden, da er ihr zugestimmt und erklärt hätte, wie auf St. Roch würde er hier hinauf sein Werk stellen? Sie wäre damals voll Ungeduld gewesen, als man ihr erklärt hätte, mit den Ausgrabungen könne erst im Frühjahr begonnen werden. Ihr Herzenswunsch wäre es damals gewesen, daß er noch einmal so Grandioses schaffe, wie es ihm in St. Roch gelungen sei. »Nach der Schneeschmelze«, hätte sie immer wieder gemurmelt und sich nur ungern mit dieser Verzögerung zufriedengegeben. Der Gedanke, sein Werk so rasch wie möglich auf diesen Fels gestellt zu sehen, hätte sie damals so sehr erfüllt, daß es ihr unerträglich erschienen wäre, sich mit irgend jemand anderem über irgend etwas anderes zu unterhalten. Denn als Schlittengeläute hörbar geworden sei und die Umstehenden ausgerufen hätten, daß Alexei Orlow sich da nähere, habe sie ihn, Falconet, kurz entschlossen an der Hand gefaßt und eilends in ihren Schlitten gezogen, ohne sich um Rangordnung und den Verbleib der übrigen im geringsten zu kümmern. Sie habe mit ihm allein sein wollen auf der Heimfahrt, um die grandiose Idee des naturgewaltigen Sockels mit ihm ausführlich durchzusprechen.
Somit bliebe nur noch ungelöst, woher in aller Welt Alexei Orlow, der mit der zuckenden, säbelzerschnittenen Teufelsfratze, von diesem Ziel der Schlittenpartie hatte erfahren können. Die Kaiserin hatte zur Geheimhaltung schließlich alle nur erdenklichen Vorsichtsmaßnahmen getroffen, war doch, wie erinnerlich, selbst den Kutschern von den beiden Offizieren zuerst nicht mehr als die Richtung der Fahrt bekanntgegeben worden. Für den Zusammenprall dieser beiden mit Alexei gab es wieder ein ziemlich handfestes Zeugnis, nämlich einen in berserkerhafter Wut zertrümmerten Schlitten, eben den der beiden Offiziere. Die liefen noch wochenlang zum Gespött der ganzen Garnison humpelnd und bandagiert herum. War Grigo-

ris Ruhm bei den Garderegimentern vielleicht damals schon ein ganz klein wenig im Verblassen, war er nicht mehr ganz der vergötterte Tausendsassa, so besaß Alexei, der älteste, noch genügend Ansehen, daß gegen die Brüder nicht so einfach etwas unternommen werden konnte. Jedenfalls mußte etwas zu den Garderegimentern durchgedrungen sein, oder es hatten die Namen der beiden, weil sie damals bei jener Untat mit dabei gewesen waren, nebst der Nachricht, daß dieser verdammte Bildhauer mit von der Partie sei, genügt, daß der beschützende Bruder die rechten Schlußfolgerungen zog. Die alte Geschichte wieder hervorzuzerren, indem die Kaiserin sich unterfing, einen Fels, der vergessen sein sollte, einem Bildhauer anzubieten, nur um den Orlows einen Tort anzutun, das mußte verhindert werden. Als Alexei aber durch seine Ankunft nur erreichte, sie in wild taumelnde Flucht zu schlagen, da blieb ihm nichts anderes übrig, als eine Kutsche in Stücke zu trampeln und zwei Männer in den Schnee niederzuschlagen. Und ohne recht hinzusehen, noch blind vor Wut, war er dann in den nächstbesten Wagen gesprungen und dabei an Marie Anne und Conte Carburi geraten.
Unüblicherweise sollte diese erste Schlittenpartie der Kaiserin auch die einzige in diesem Winter bleiben. Es war ein selten milder Winter, die Schneeschmelze kam früh, und mit ihr sollte gar manches schmelzen und sich lösen.

»Es ist ganz, ganz wichtig«, sagte die Kaiserin und stellte jedes Wort für sich und in gleichem Abstand vom nächsten und sehr behutsam vor die andere hin, wie man Bauklötzchen hinstellt, und sah sie herzlich aus leuchtend blauen Augen an und legte, ganz ihrem Tun hingegeben, ein Spitzenfältchen an Marie Annes ein wenig dürftiger, bester Robe zurecht. Das war wie eine Flut von Zärtlichkeit, so als ob niemand als man selber für diese Frau vorhanden wäre – der berühmte Zauber der großen Katharina, mit dem sie alle Menschen im Sturm zu gewinnen wußte. Und dabei hätte sie es gar nicht eigens zu sagen brauchen, denn daß sie die Gehilfin in eigener Audienz empfing, gab der Sache ja schon Wichtigkeit genug. Es war von Marie Annes so bewundernswert ähnlichen Porträtbüsten die Rede, besonders von denen Verstorbener. Solche verstand sie auf Grund von Stichen und Zeichnungen anzufertigen. Die Kunde von der Büste Sullys war offenbar bis zur Kaiserin gedrungen, und die von Heinrich dem Vierten wünschte sie sogar zu erwerben. Dann sprach die Kaiserin von ihrem hohen, so früh verschiedenen Gemahl, nach dem sie sich oft so schmerzhaft sehne und von dem sie ein Abbild zu haben wünsche, ein ganz privates, geheimes, nur für ihr Schlafgemach, das ihren Schlaf begleiten und sie beim Erwachen begrüßen solle.

Sie sprach herzlich und eindringlich und ganz schlicht, so wie eben eine Frau zur anderen spricht. Sie weihte sie ein in geheimste Kümmernisse, wie sie jede Frau eben verstehen muß. Sie wußte sehr genau, während sie sprach, wie Geschichte gemacht wird, und wie sich Legende bildet, und daß diese da ein Menschenalter jünger als sie selbst war und einmal nach Frankreich zurückkehren werde, geehrt und ausgezeichnet, so daß ihr Wort also gelten würde und sie mithelfen könnte, das Bild einer großen, makellosen Herrscherin zu befestigen, die dabei eine ganz einfache Frau mit einem unverbrauchten Herzen geblieben wäre und noch jahrelang den Schmerz um den Gemahl frisch und unvernarbt in sich getragen hätte. Und während sie eifrig weiterredete, ließ sie das ein wenig ungeschlachte Ding, das da vor ihr saß, blutübergossen bis in die Ohrläppchen, wie sie sehr wohl bemerkte, nicht aus den Augen und dachte ein wenig amüsiert und ein wenig verärgert, diese da könne entschieden nicht der Grund sein für des Bildhauers seltsames und ein wenig lächerliches und sehr rührendes Nichtbegreifen. Denn ob sie ihn nun im grünen Salon oder im silbernen Kabinett oder im schwülen Wintergarten oder sogar im Boudoir empfing, ob sie ihn allein zu sich in die Kutsche nahm, er war einfach nicht auf den Gedanken zu bringen, daß die immer neue Gewährung dieser Unterredungen unter vier Augen mit einer unermüdlich arbeitenden und unermüdlich ihrer Arbeit hingegebenen Herrscherin, die soeben eine Flotte nach Konstantinopel entsandt hatte und eine Armee in die Walachei, nicht ausschließlich der Errichtung eines Denkmals gelten konnte, das er auch ohne sie zu errichten imstande war. Dieses Mädchen war seinem Begreifenkönnen jedenfalls nicht im Wege, wußte die Kaiserin, während sie sprach, nun ganz

gewiß. Noch auf Lebenshöhe stand die Herrscherin. Zwar ließen sich Jüngere nicht immer fernhalten, aber sie rasch zu verscheuchen gelang ihr leicht. Diese Kleine, mit ihrem kläglich erstaunten, knallrot angelaufenen Clownsgesicht, konnte man ja wohl kaum holdselige Jugend nennen. Vergeblich hatte sie sich wohl stundenlang gestriegelt, ihr armseliges Fähnchen auf Glanz geputzt und ihre Bewegung lang vor dem Spiegel studiert. Ein ahnungsloses kleines Schulmädchen war das, fleißig und tüchtig in ihrem Fach, wie man vernahm, durch einen unsäglichen Zufall hochgeschleudert, und glaubte, sich durch Fleiß und Tüchtigkeit dort halten zu können, und würde es noch bitter erlernen müssen, daß diese Tugenden einen nirgendwo hielten, wenn man nicht noch zu ganz anderem entschlossen war.
Und die Kaiserin sprach weiter und erwärmte sich doch und erzählte von ihrem hohen Gemahl, wie er ein Kind gewesen war, als sie nach Rußland gekommen war, und von der großen Wallfahrt, da man ihn und sie, die beiden Kinder, allein im Schlitten gelassen hatte, weil die schöne Zarin Elisabeth im Büßergewand mit nackten Füßen die vielen Werst zum Kloster zurückgelegt hatte. Sie sprach von ihres Gemahls kindlichem Soldatenspiel und von seinen ersten Regierungsverfügungen. »Er hat die Folter abgeschafft und die geheime Kanzlei«, sagte sie und dachte daran, wie stark sie damals noch immer gehofft hatte. Es war ihre Jugend und die Hoffnung ihrer Jugend, für die sie sich erwärmte, und das Friedensmahl fiel ihr wieder ein, und ein pfauenblauer Festmantel lag da irgendwo über einem Stuhl, und das Aufwiehern eines Pferdes drang durch die Nacht des Festestrubels in ihr Schlafgemach. Damals schon war Grigori dagewesen, und sie hatte ihm das Zeichen gegeben. Und hatte jene nicht gewollte Untat vor der Welt decken müssen und hatte mit unzähligen Nächten dafür bezahlt. Und bezahlte noch immer. Diese da war ahnungslos, es lohnte also nicht, sie beiseite zu schieben. Sie sollte ihr einfach diese Büste schaffen. Nun ging es der Kaiserin auf einmal nicht mehr darum, Geschichte zu machen. Die Büste wollte sie jetzt wirklich, und sie sollte ein Mittel sein, um die pockennarbige Fratze zu bannen. Zwar war diese zu jener Zeit schon ein wenig verblaßt, und dunkle Gewalt hatte vielleicht nicht mehr ganz so

viel Macht über die Kaiserin wie einst – hatte sie es doch vermocht, ihn fortzuschicken, ohne ihn noch einmal zu sehen. Überdies wußte sie damals, es gab helle Gewalt, wenn sie auch noch nicht wußte, wie die zu erobern war. Aber das Mädchen hier stand ihr jedenfalls nicht im Weg, brauchte nicht einmal fortgeschoben zu werden.
»Es bleibt ein Geheimnis zwischen uns und wird geheim in meinen Gemächern entstehen. Man wird Ihr da ein eigenes Atelier anweisen«, sagte die Kaiserin und blickte Marie Anne tief in die Augen. »Ein Geheimauftrag«, fügte sie halb scherzend hinzu und dachte damit nun doch die Gehilfin ihrem Meister ein wenig zu entziehen und insgeheim einem anderen Einfluß zu unterstellen. Das konnte nicht schaden, ein bißchen Strafe hatte er schließlich verdient, dieser rührend reine, erbitternd ahnungslose Mann. Sie strich, wie verloren, mit der Hand über Marie Annes Knie, diesem Tun so hingegeben, als gäbe es nichts Wichtigeres auf der weiten Welt, und da war wieder diese jähe Flut von Zärtlichkeit, die Marie Anne überfiel, so daß ihr schwindelte. Das war die Macht einer großen Zauberin und Menschenfängerin.
Sie saß da vor der Kaiserin und blickte nun mit angestrengt gerunzelter Stirn auf die Stiche und Zeichnungen, die vor ihr ausgebreitet lagen. Ihr nicht mehr ins Antlitz sehen zu müssen war ja schon Erleichterung. So war die also. So klug und so edel und so schön und so schwarz und so üppig prangend und mit so herrlichen Händen. So mußte eine sein, um dem Meister zu gefallen, nur diese da war ihm ebenbürtig. Zu dieser also kam er nachts ins Schlafgemach, und diese umfing er, und diese stand vor ihm, wenn er wortkarg ihre, Marie Annes, Fragen überhörte, und von dieser Frau träumte er, wenn er ruhelos im Nebenraum auf und ab ging. Hier saß sie, die man einst Mademoiselle Victoire gerufen hatte, und war hohläugig, hatte ihren Kinderschlaf längst verloren, und ihre ganze Kinderweisheit, mit der sie einst eine Nebenbuhlerin fortgeprügelt hatte, nützte ihr jetzt nichts, und mehr an Erfahrung besaß sie nicht. Da schoß es plötzlich in sie wie ein Blitzstrahl, und ihr Herz ward aufgetaut in heißem Erkennen, und fortgeschwemmt waren Haß und Bitterkeit und die Ratlosigkeit seit jener Nacht in der Kutsche, seit jener Nähe, die sich nie erfüllt hatte. Sie

wußte nun, sie würde der Kaiserin eine Büste ohnegleichen schaffen und ihr Bestes darein versenken. Und sie würde die Kaiserin lieben und beglückt sein, daß dem Meister solches widerfahren war. Sein Liebesglück würde ihre bittere Seligkeit sein, und da war sie mit einem Schlag eine große Liebende geworden, größer als Laura, inbrünstiger als Heloise, und wußte es nur nicht. So war sie eben, sie, die einmal Mademoiselle Victoire geheißen hatte.
»Paß Sie mir gut auf Ihren Meister auf«, sagte die Kaiserin beim Abschied, und das klang auf einmal ein wenig schroff. Sie blickte sie dabei nicht an und fand auch nichts fortzuscheuchen oder zu glätten an dem Gewand der anderen. »Er ist sehr verwundbar und so unbehütet hier bei uns«, fügte sie leiser hinzu, und jetzt blickten die beiden Frauen einander doch in die Augen und lächelten leise und hatten nun erst wirklich ein Geheimnis miteinander.

Grigori Orlow aber befand sich zu gleicher Zeit schon seit Wochen in Moskau. Und was die Umgebung der Kaiserin mit atemloser Spannung registrierte, daß er das erstemal seit acht Jahren ihren Umkreis verlassen hatte oder aus ihm entfernt worden war, hatte für ihn längst etwas von seinem Stachel verloren. Nun konnte er sich nur verwundern, daß er sich acht Jahre so hatte verliegen können. Gewiß, es gab Weiber, üppige, lässige, um so heißer erglühende, weil sie schon verblühende waren, und ranke, schlanke, die erbebten unter seinem Blick, und pralle Kuhdirnen mit wohlgefällig schweren Hintern und glutäugig Erschlaffte mit tiefen Schatten unter den Augen und lasterhaft erfahrenen Händen. Auch eine Dreizehnjährige mit spitzen Brüstchen und jäh verstummendem Klagelaut war unter ihnen. Sie alle, ja sogar die königliche Frau, die er selbst auf den Thron gesetzt hatte und die er trotz dieses Torts, den sie ihm angetan hatte, dort oben zu halten weiter entschlossen war, hatte er in diesen Wochen nahezu vergessen. Auch die saftigen Anekdoten vom Kasernenhof waren fortgewischt, und die Karten blieben ohne Reiz. Wahrlich, er hätte in diesen Wochen nicht des Einkommens eines Favoriten und des Gehaltes eines Feldmarschalls bedurft, er wäre mit der Löhnung eines einfachen Soldaten oder Sanitäters ausgekommen. Warum man mehr bedurfte, hätte er nicht zu sagen gewußt. Feldgeschrei war um ihn und Schlachtenlärm und das Stöhnen von Sterbenden. Immer neue Regimenter und Divisionen wurden hingemäht, und der Feind blieb unsichtbar und stellte sich nicht. Tagelang kam Orlow nicht aus den Kleidern, und was er aß, hatte er im nächsten Augenblick schon wieder vergessen, und er fiel hin auf irgendein Lager und schlief für wenige Stunden den Schlaf des völlig Erschöpften. Und dann beugte er sich wieder mit finsterer Stirn und hartem Blick über einen Stadtplan, umgeben von seinem Stab, und seine Hand wies dahin und dorthin auf den Generalstabsplan. Man unternahm unermüdlich immer neue Attacken gegen einen entsetzlichen Feind, und Attacke um Attacke wurde zurückgeschlagen, und immer mehr der Getreuen mähte es hin, das mörderische Wüten. Um Grigori Orlow standen ergraute Männer, berühmte Ärzte und angesehene Stadtväter und hohe Militärs und Leiter von Hospitälern und milchgesichtige Adjutanten und redselige Studenten und wortkarge Sanitäter. Nicht einer unter diesen drei Dutzend Männern wäre für ihn nicht durchs Feuer gegangen. Sie alle vergötterten ihn und waren entschlossen, den Kampf mit ihm bis zur siegreichen Vernichtung des Feindes oder bis zum eigenen Ende zu führen. Denn dieser Mann wich nicht und wankte nicht und hörte sich jeden an und hatte für jeden ein kurzes, aber freundliches Wort, und der unsichtbare Feind hieß – die Pest.

So war es eines Abends wieder spät geworden, und Orlow, seit vier Uhr morgens auf den Beinen, kam von der Inspektion der Kalkgruben, in die man Tag für Tag in unabsehbarem Zug die Leichen vor die Stadt führte und hineinschaufelte. Auch hatte er zahlreiche Brunnen amtlich schließen lassen und war dabei gewesen, als man einen ganzen Häuserblock umstellt und die Bewohner hinausgejagt hatte. Bleiche Männer mit entschlossenen Gesichtern hatten die Toten hinausgetragen, und die Lebenden hatten stöhnend und jammernd um die Mitnahme irgendeines sinnlosen Hausrats gebettelt, den sie ja doch nie mehr würden benutzen können. Viel Geschrei gab es und sinnlose Hast und liebende Fürsorge und hartherzige Selbstbehauptung, mit einem Wort sehr viel Leben in ihnen allen, und dabei sollten alle samt und sonders nur noch wenige Tage die Sonne aufgehen sehen.

War einem unter diesen halbhundert Menschen bestimmt, mit dem Leben davonzukommen, dann grenzte dies schon ans Wunderbare. Dann – alle waren endlich auf diese Karren verladen, die man jetzt statt der Sanitätswagen benutzte, war doch fast kein Gefährt mehr aufzutreiben in der Stadt – hatte es Orlow plötzlich geschienen, als dringe aus einer letzten Fensterluke ein schwacher Lichtschein heraus. Die ganze Häuserfront ließ er nochmals absuchen, aber leer und verödet lag alles, wie die Sanitätsvorschrift es für diesen Block bestimmt hatte, und dieses Haus war das letzte hier im Distrikt. Kein Lichtschein war mehr zu sehen, und es mochte also eine Täuschung gewesen sein. Auch waren alle seit frühmorgens auf und konnten sich kaum mehr auf den Beinen halten. Aber Orlow ließ es nicht ruhen, daß irgend jemand sich noch versteckt halten mochte und so ihrer aller Bemühung, abzuriegeln und einzudämmen, wieder zuschanden machen könnte. Er bekriegte eine Seuche, und im Krieg gab es keinen Pardon, und er ahndete mit erbarmungsloser Strenge jede Verletzung einer Vorschrift, ob sich nun zwei, drei oder Hunderte auch nur im geringsten dagegen vergingen. War dieser Seuche überhaupt Herr zu werden, dann war er dazu imstande.

So schickte er jetzt die anderen schlafen und ließ sich nur von zwei Sanitätern begleiten. Ohne Zögern betrat er mit ihnen das Haus, aus dem man zuvor die an der Pest Verstorbenen hinausgetragen hatte. Er ließ sich mit der Fackel in das gähnende Loch hinunterleuchten und rief, was in jenen Tagen immer wieder durch ganze Straßenzüge tönte: »Achtung, heraus! Wir müssen in Brand setzen!« Aber es kam keine Antwort. Nur seine Stimme hallte schaurig wider in der Dunkelheit. So ließ er sich hinableuchten, und sie stiegen zu dritt eine schadhafte, vielfach ausgebrochene Treppe hinunter, und es erwies sich, daß sie viel steiler und viel tiefer führte, als das bei den Häusern dieses Stadtteiles sonst der Fall war. Dann standen sie in einem schmalen, pechschwarzen Gang, in den die Fackel nur wenige Schritte weit ihr unsicheres Licht zu werfen vermochte, und dahinter gähnte wieder die schwarze Finsternis. Irgendwo raschelte es, eine Ratte lief über den Weg, der Todfeind und Krankheitsübertrager, und Orlow schoß. Das war sinnlos, wie er wohl wußte – was versuchte man in jenen

Tagen nicht alles vergebens, um der Rattenplage Herr zu werden –, aber er konnte es doch nicht lassen. Dröhnend hallte der Schuß aus der Finsternis zurück. Schweigend schritten sie weiter, das Licht flackerte, gespenstische Schatten huschten über Wand und Boden, an aufgesprengten Türen kamen sie vorbei, da waren die Behausungen von Menschen gewesen, finstere Rattenlöcher, aber Orlow schoß nicht noch einmal. Dann stießen sie auf eine verschlossene Tür, und aus der drang tatsächlich ein dünner Lichtstrahl. Er hatte also doch richtig gesehen. Sie pochten hart und ungestüm, Orlow war die Stirnader dick angeschwollen, auf Zuwiderhandeln stand der Tod. Doch mochte das damals vielleicht nicht allzusehr schrekken, Tod umgab ja jeden auf Schritt und Tritt. Erst beim dritten Pochen schob sich langsam und knarrend die Tür auf.
Die Orlow und seinen Fackelträgern aufgetan hatte und ihnen nun gegenüberstand, mochte zwölf Jahre zählen oder auch dreißig. Fetzen hingen ihr am Leib, ein Tuch trug sie um den Kopf und schlüpfte sofort wieder zurück in jene Ecke, wo eine andere vermummte Gestalt kniete, und dort lag wirklich ein Toter, und zu seinen Häupten brannten die Kerzen, und die beiden vermummten Gestalten murmelten ihre Totengebete. Der aber auf diesem unsäglich elenden Lager lag, war ein Mann in mittleren Jahren mit einem fahlen Bart. Sein Gesicht schimmerte bläulich, er hatte es also überstanden. Mochte es nun die Totenstarre sein oder das Fackellicht oder die ständig unterdrückte Erschöpfung oder wirkte sich hier erst aus, daß Orlow, dieser Unerschrockene, Kampfgewohnte gegen Sichtbares, sich nun schon seit Wochen mit Ungewohntem und Unsichtbarem herumschlug, ihm war es, als läge da einer triumphierenden Antlitzes, den er seit langem gekannt und seit langem vergessen hatte. Und daß er hier heruntergestiegen war, einem Lichtschein nach, das dünkte ihm plötzlich nicht ein nüchternes Tun im Zuge eines nüchternsachlichen Beginnens, sondern es war ihm, als hätte ihn eine unnennbare Gewalt in eine Gruft gezogen, die er immer gemieden hatte, nur um ihn hier in die Knie zu zwingen. Und da brüllte er auf wie ein getroffenes Wild und schlug hin – –
Es ist dieser Zusammenbruch Grigori Orlows nicht weiter bekanntgeworden, als verständlichen Schwächeanfall nahm es

seine Umgebung. Dennoch war dieser Augenblick wohl ein Wendepunkt in seinem Leben, von dem an alles ein wenig anders verlief. Es hätte von da ab vielleicht auch in lichtere Höhen statt in immer tiefere Tiefen führen können. Doch waren inzwischen schon Schwellen überschritten, Brücken bereits abgebrochen, und er wurde im weiteren Verlauf noch mit einigen Ereignissen konfrontiert, die ihm die Sicht auf höhere Höhen endgültig nehmen sollten. Dies alles hinderte jedoch nicht, daß er sich noch für geraume Zeit als der Allesbezwinger und Herzenserringer, als Stütze des Throns, kurz als Tausendsassa, fühlte und auch so benahm.

In eine Gruft zu steigen, hatte es Orlow verlockt, der Tote von Ropscha war ihm dort erschienen, und nun gab es auch noch diesen anderen Toten, der ihn aus verglasten Augen streng ansah.
Man hatte es nicht verhindern können. Kühler Märzwind strich über den menschenleeren Platz. Leichte Flocken tanzten in der Luft und zergingen sofort auf dem Boden. Wachsblumen, Kerzen, Opfergaben lagen wirr durcheinander aufgehäuft, in der Nässe vor dem wundertätigen Marienbild an der Mauer. Starr lächelte die Mutter Gottes aus dem bräunlichgoldenen Grund der Ikone. Bis heute waren hier Tausende täglich vorübergezogen, hatten Hunderte auf die schmalen Finger der Gnadenreichen, Wundertätigen ihre Lippen gepreßt. Die inbrünstigen Gebete zu ihr, die würden erlösen, nur reuevolles Geständnis geheimster Sünden konnte da helfen, kniefälliges Flehen zu der Gebenedeiten. Sie würde erhören, den Vater bitten, den Kelch dieser Seuche von ihnen zu wenden. Unübersehbar, niemals endend, war dieser Zug. Aus Gassen und Gäßchen, aus Höhlen und Löchern, aus jeder Ritze krochen sie hervor, drängten sich knierutschend, mit erhobenen Händen an die Ikone, machten sich streitig, den Mund daraufzupressen. Doch galt es, Menschenansammlungen auf keinen Fall zuzulassen. Der Patriarch wies an, von der Kanzel dagegen zu wettern. Als diese Worte vergeblich verhallten, stellte er sich selbst, Gottes Abgesandter, warnend und wehrend vor das Bildnis hin. Immer neue Menschenmengen quollen aus Gassen und Gäßchen, aus Höhlen und Löchern, aus jeder Ritze, feierliche

Litanei wurde zu drohendem Gemurmel. Wer da wagte, Gebete zu verhindern, die allein den Tod zu verscheuchen vermochten, das konnte nur der Antichrist sein! Drohendes Gemurmel schwoll an, demütig gefaltete Hände ballten sich, Flüche stiegen erst einzeln hoch, dann gellte ein einziger, tausendstimmiger Schrei über den Platz.

Einmal schon hatte man mit knapper Not den unerschrockenen, händebreitenden, bittenden, befehlenden Patriarchen vor der wahnwitzig verblendeten Menge gerettet. Ein Regiment Berittener hatte damals das Volk zu zerstreuen vermocht. Der Patriarch war beschworen worden, sich nicht noch einmal dem Volk entgegenzustemmen, denn die Menschen waren aus Furcht ganz von Sinnen geraten. Die Zahl der Opfer stieg täglich, unabsehbar, dicht gedrängt, ohne Ende wälzte die Menschenschlange sich zu dem Marienbilde hin. Der Patriarch stand davor, breitete warnend die Arme, nun hielten viele statt der Rosenkränze auf einmal Steine in ihren Händen.

Militär zog auf. Da war der Platz schon verlassen. Gesteinigt, entseelt lag der Patriarch auf dem nassen Boden. Ein dünnes Blutgerinnsel floß ihm noch aus dem Mund. Orlow kniete, umgeben von seinem Stabe, vor dem Leichnam, scheu drückte er dem ehrwürdigen Gottesfürsten die verglasten Augen zu. Glocken läuteten Sturm, Berittene trabten, sperrten den Platz ab, Patrouillen marschierten durch alle Straßen, Schüsse hallten aus Seitengassen. Ein Strafgericht ohnegleichen setzte auf sein Geheiß ein. Von der unbeschränkten Vollmacht machte er nun erbarmungslos Gebrauch.

Todesurteile, Massenerschießungen, und doch war kein Irdischer Herr über Leben und Tod. Immer noch stieg tagtäglich die Zahl der Opfer.

Hellichter Tag war es, als Orlow erwachte. Bleischwer fühlte er seine Glieder nach drückendem, unerquickendem Schlaf. Und dabei würde sein Stab gleich antreten, entsann er sich erschreckt, während er schon in die Kleider fuhr. Es galt einen neuen strategischen Plan zu entwerfen. Vergeblich versuchte er, seine Gedanken zu sammeln. Aber da war dieser Tote und jener Tote und der unsichtbare Feind, den man nicht zu fassen bekam.

»Ein Affront, ein Affront. Man konspiriert gegen uns. Wir müssen beraten. Du darfst dir das einfach nicht bieten lassen.«
Die Tür flog auf, kreischend hinkte das Köpfchen herein. Hinter ihm tauchte riesengroß, den entsetzten Diener mit einer Hand beiseite schiebend, Alexei mit der säbelzerschnittenen, zuckenden Fratze auf. Die Brüder waren ihm nachgereist.
»Affront«, »konspirieren«, wie ferne das lag. Hofgeklatsch, Weibergeschichten, eine andere Welt. Sie sollten ihn jetzt gefälligst in Ruhe lassen. Unwirsch brummte Orlow seinen Willkomm. Gähnend schaffte er Gläser und Flaschen, hörte anfangs nur mit halbem Ohr zu, was das Köpfchen in pausenlosem Flusse da von sich gab. Von einer Schlittenpartie der Kaiserin war die Rede, von jenem Bildhauer in ihrer Begleitung, der stundenlang, tagelang nun bei ihr hockte. Mochte er nur. Also ernstlich, wegen eines Bildhauers waren sie ihm doch wohl nicht nachgereist. Er würde das alles leicht wieder zurechtrükken, aber nun hatte er hier seinen Mann zu stellen, und stellte er ihn? Sein Unbehagen stieg, er wünschte sich die Brüder weit fort.
»Ein Affront gegen uns«, bestätigte nun Alexei und zuckte. »Schon, daß sie ihn hinführte, diesen Falconet nach Ropscha.« Und er berichtete, wie er nachgeeilt war und nichts hatte verhindern können. »Nun trumpft sie auf. Hunderte sind bereits dort tätig. Ein ganzes Feldlager ist aufgebaut. In wenigen Wochen hat man den Felsen gelöst und holt ihn mitten hinein in die Stadt. An den Pranger will sie uns Orlows damit stellen. Nun revanchiert sie sich, weil sie den Brief hat verschwinden lassen müssen.« Er schrie auf, jaulend wie ein getretener Hund, und warf seine Gorillaarme entsetzt in die Höh'.
»Du vor allem kommst an den Pranger«, konstatierte nüchtern das Köpfchen. »Und dann –« Der Kleine machte eine unmißverständliche, kopfabtrennende Bewegung mit der Hand. »Ja, klappt es denn nicht mehr zwischen euch?« krähte er, und ein Flämmchen züngelte in seinem Blick. Er hatte von eh und je nur von Brüderchen Tausendsassas Aventuren zu zehren, und wie das mit der Dreizehnjährigen gewesen war, war er ihm schuldig geblieben. Hatte es danach wirklich Skandal gegeben mit der Kaiserin?

Grigori hatte des Jüngeren lüstern freche Frage gar nicht vernommen. Auch nicht, wie gelassen der sein Todesurteil aussprach. »Der Fels!« stieß er heiser hervor. Das hatte ihn also nun doch erreicht. Er glotzte aus blicklosen Augen, man konnte geradezu erkennen, wie es langsam von ihm Besitz ergriff, diesen Toten beiseite drängte und jenen und auch den unsichtbaren Feind, und doch das Unbehagen weiter wachsen machte, das nun schon seit langem in ihm wuchs. »Der Fels bleibt, wo er ist. Einen Orlow stellt man nicht an den Pranger«, lallte er mit schwerer Zunge, mühsam formten sich ihm die Worte, rot liefen ihm die Augen an.

Er sah wirklich übel aus, aufgedunsen, übernächtig, das Nachdenken stand schief auf seiner niedrigen Stirn, und es stand ihm schlecht. Wie hatte er sich in diesen Wochen verändert, Besorgnis zeigte sich auf der zuckenden Fratze Alexeis.

Da fegte Grigori, ehe jemand dazwischenspringen konnte, mit einer einzigen Bewegung Gläser, Flaschen, Tintenfaß, Sanitätsrapporte, medizinische Folianten zu Boden, hob den schweren Eichentisch zu halber Höhe, setzte ihn krachend wieder hin, beugte sich über die Platte und sagte heiser: »Ich werde sie schon zur Vernunft zwingen. Winseln wird sie um ihren Thron. Den garantieren ihr nur die Orlows. Kommt! Wir müssen nach Petersburg zurück.«

»Sachte, nur sachte«, beruhigte Alexei und besah sich kopfschüttelnd die Fetzen und Scherben. Wutausbrüche in dieser Affäre, die führten zu nichts, er hatte es selber erfahren. »Du hast einen Auftrag. Die Welt sieht dabei zu. Soll *ich* zurück und den Kerl einfach niederknallen? Wir müssen's beraten. Das gäb' eine Lehre für sie. Und sie müßte schweigen, wie sie damals schwieg.« Damals hatte das Köpfchen den Kopf verloren, und nun war offenbar Grigori an der Reihe. Wenn man bedachte, was alles sich so hatte arrangieren lassen im Laufe der Jahre und wer sich dabei das Genick gebrochen hatte, dann konnte man doch wirklich ein wenig couragierter sein. »Na, Mut, wir werden die Sache schon deichseln!« Zuversichtlich hieb der Älteste seine Pranke dem Bruder auf die Schulter. Der saß nun wieder zusammengesackt, teilnahmslos, ohne zuzuhören.

Beraten! Das war des Köpfchens Stichwort! Ungeduldig zappelte der Jüngste auf seinem Stuhl. Da der große Bruder noch immer nicht Pause machte mit seinem Gerede, sprang er auf und hinkte, Hände auf dem Rücken verschränkt, nervös hin und her. Man konnte geradezu erkennen, wie es brodelte in seinem Hirn. »Deichseln«, konnte er sich nicht enthalten zu höhnen, als er endlich zu Wort kam. »Ihr. Eine so komplizierte Sache! Mit Niederknallen und Zur-Vernunft-Zwingen wird das nicht gehen. Das braucht besseren Rat, und den Rat hab' nur ich. Aber zuvor«, sagte er inquisitorisch, »muß eben die Kernfrage erst geklärt sein. Du mußt uns gestehen, ob das auch wirklich stimmt, deine Weisheit vom Kirremachen und Kurzhalten, ob das überhaupt noch verfängt bei ihr.« Hektische Röte stand jetzt auf seinen bleichen Wangen. Und es züngelte wieder in seinem Blick.

»Unsinn«, knurrte Grigori, er saß noch immer zusammengebrochen und hob nicht die Augen und wies den Kleinen nicht in seine Schranken. »Unsinn, natürlich, nach wie vor pariert sie auf jeden Wink.«

Ein mißtrauischer Seitenblick des Köpfchens. »Das Ansehen des Favoriten ist jedenfalls erschüttert. Da war ein Skandal, und sie hat dich fortgeschickt.« Seine Fistelstimme überschlug sich. »Da hilft nur eines, was immer inzwischen mit dem Fels geschieht.«

Nun blickten die beiden Riesen das kleine Kerlchen doch gespannt an. Alexeis Fratze begann von neuem zu zucken. Grigori ließ die schwere Kinnlade hängen und glotzte. Wie ein edler Griechenjüngling sah er jetzt wirklich nicht aus.

»Binden«, stieß das Köpfchen hervor. »Du – – sie. Weil sie – – dich sonst an den Pranger stellt.« Da fiel die Maske von diesem Hinkenden, Kränkelnden, und der Traum vieler Nächte stand schamlos auf seinem Gesicht. Eine nackte Frau an einen Felsen geschmiedet sah er vor sich, und ein Hinkebein davor, das sie zum Winseln bringt.

»Binden?« fragten im Chor die beiden anderen, ohne zu begreifen, und blickten seitab, so schandbar war selbst für diese Abgebrühten, was in diesem Gesicht geschrieben stand.

Doch da war die Kaulquappe schon ganz wieder Hirnmensch, das Köpfchen der Familie eben. »Jawohl, binden«, wiederholte er triumphierend und weidete sich an dem Erstaunen der

Brüder. »So binden, daß sie es nicht mehr lösen kann. Heiraten sollst du, mein guter Grigori.«
Nun mußten die Großen aber doch nach Luft schnappen. Das Köpfchen genoß es mit Genugtuung.
»Nie würde der Hof – –« brachte Alexei schließlich hervor, aber es klang nicht sehr überzeugend, der Unterton von Bewunderung für einen so tollkühnen Plan war nicht zu überhören.
»Ohne Präzedenzfall«, brummte Grigori und tat verächtlich. »Selbst die Zarin Elisabeth hat nie ihren Rasumowsky – – Misch dich nicht ein in Sachen, die du nicht verstehst.«
»Gar nicht so sicher, ob die nicht heimlich getraut waren«, erwiderte das Köpfchen und war kein bißchen gekränkt. Zu stark war der Trumpf, den er noch auszuspielen hatte. »Ich habe recherchiert, manches spricht dafür. Gleichviel, wir werden Unterschriften sammeln, eine Bittschrift verfassen. ›In Sorge um die Nachfolge‹ soll es dort heißen. ›Wegen der schwachen Gesundheit des Großfürsten.‹ Damit erschüttern wir auch seine Position. Binden«, wiederholte er abschließend und blickte sich wie ein Sieger um. »Soll sie den Fels in Teufelsnamen vor alle Welt zerren. Wir machen diesen Gegenzug. Alexei bleibt an deiner Statt hier«, entschied er mit Feldherrnblick. Beraten? Was gab es noch zu beraten, wußte doch einzig er ihnen Rat. »Wir gehen unverzüglich ans Werk, in wenigen Wochen legen wir die Bittschrift vor. Voraussetzung allerdings, daß du den Bildhauer verjagst, daß es, wie du sagst, noch immer klappt zwischen euch.« Ein heimlicher, argwöhnischer Blick zu dem Bruder. War er auch wirklich noch der alte Alleserringer und Herzensbezwinger? Aufgeregt, Hände auf dem Rücken, hinkte das Köpfchen wieder hin und her.
Grigori aber hatte schon wortlos klein beigegeben. Ohne Zeitverlust begann er zusammenzupacken. Alexei lehnte sich aufatmend zurück. Es war doch herzerquickend, wie sie zusammenhielten, wie sie einander immer wieder heraushieben aus heiklen Affären. Gut, er würde also die Seuche bekämpfen, mochten die anderen getrost ziehen.
Grigori hielt einen Augenblick inne in seinem hastig geschäftigen Tun. »Brüder«, sagte er heiser und stand schon wieder hochaufgerichtet und war fast wieder ganz der alte, »den Fels

bringt sie mir nicht von dort fort. Ich feßle sie. Der Favorit heiratet die Kaiserin.«
Einen Atemzug lang herrschte Schweigen. Doch lag Feierlichkeit dem Wesen dieser Familie nicht. »Die Orlowbrüder deichseln eben auch diese Sache«, wieherte Alexei los.
»Aber nur, weil ihr das Köpfchen habt«, krähte der Kleine. Daß man den beiden doch immerzu einen Dämpfer aufsetzen mußte, wollte man sie sich gefügig halten! »Los«, kreischte er und gab gönnerisch dem Brüderchen Tausendsassa einen Stoß in die Rippen. »Wir müssen uns sputen zum Traualtar. Auf zur Brautfahrt! Brautwerber bin ich.«
Da stimmte auch der Bräutigam ein in das Gewieher der Brüder, ein unbändiges Hengstgewieher brach los und das Köpfchen hüpfte und krähte dazwischen. Daß das Unbehagen in Grigori immer weiter um sich fraß, das konnte zu dieser Stunde noch keiner erkennen.

Räuber? Oder ein Rad gebrochen? Vorsichtig lugte das Köpfchen hinaus. Keine Antwort. Ächzend kletterte er ins Freie, tastete sich ängstlich alle Knochen ab. So jäh war in rasender Fahrt der Wagen zum Stillstand gekommen, daß es ihn grob an die Wand geschleudert hatte. Da vorne standen zwischen hohen Föhren Bruder und Kutscher mit zwei Unbekannten. Mit zweien. Das war nicht weiter gefährlich, mit zweien wurde der Tausendsassa im Handumdrehen fertig. Er selbst, das Köpfchen, zählte ja nicht in solcher Lage, er konnte nur Einfälle produzieren, er hielt sich von solcher Verhandlung am besten fern.
»Den Schlagbaum hoch!« sagte Grigori Orlow leise und langsam. »Was soll der Schlagbaum auf dem Weg *aus* der Stadt?« In seiner Stimme lag ein gefährliches Grollen, doch schien das die beiden schmierigen Gesellen – die gleichen, die schon vor Wochen hier gestanden hatten – nicht im geringsten anzufechten. Sie nahmen sich heute nicht einmal die Mühe, ihre Uniformen zurechtzurücken, sie zuckten die Achseln, und der eine ließ einen Pfiff ertönen.
In weiten Sprüngen schossen zwei riesige Doggen zwischen den dunklen Stämmen hervor, warfen sich gegen den Schlagbaum, daß er erzitterte, legten die Vorderläufe darauf, knurrten bedrohlich und zeigten die Zähne.

Grigori Orlow lächelte verächtlich. Er war schon mit anderem fertig geworden. Ärgerlich nur der Zeitverlust. »Den Schlagbaum hoch, zum letzten Male, oder – –« Er griff nach der Pistole.
Doch da trat aus der jenseits gelegenen Datscha krummbeinig der Gouverneur vors Tor. Ein Pfiff, die Hunde sprangen hinüber, umwinselten ihn. Munter kam er ihnen entgegengetänzelt, auf halbem Wege erst erkannte er den Abgesandten der Zarin, mit ausgebreiteten Armen kam er nun auf ihn zu.
»Aber nein, aber nein«, rief er schon von weitem, »das wäre doch nicht notwendig gewesen, ich bedarf nicht Ihrer Berichterstattung. Ein entsetzliches Unglück.« Er bekreuzigte sich. »Wir alle sind eben Opfer unserer Pflichterfüllung.« Damit war er an die Schranke getreten. »Doch ist der Patriarch nicht vergeblich gestorben. Ich höre, daß die Verlustziffern sinken. Darf ich bitten – –« Eine Bewegung forderte auf, die Schranke zu umgehen, ins Haus einzutreten. Der Gouverneur dienerte tief. Die kindshohen Doggen knurrten nur leise.
Und wieder diese gewisse, scheuchende Bewegung Orlows über den Schlagbaum hin, wie man eine Fliege verscheucht oder ein Stäubchen, eine tote Sache. »Keine Zeit zu verlieren, gebt mir die Straße frei. Dringende Geschäfte rufen mich zurück. Mein Bruder ist in der Stadt verblieben, er hat mein Kommando übernommen.«
Der krummbeinige, sich schlängelnde Gelbgesichtige reichte Orlow kaum bis zur Schulter. Aber zu dieser geringen Höhe reckte er sich nun auf, und in seinen Zügen breitete sich fassungsloses Erstaunen aus. Dann ließ er einen langgezogenen, halblauten Schrei hören. Schon standen knurrend, zähnefletschend die Doggen aufgerichtet wieder am Schlagbaum. Und die beiden schmierigen Gesellen verstellten den Fußweg rechts und links. Und zwischen den Stämmen tauchten plötzlich sechs oder sieben Gestalten auf.
»Ihr Bruder ist offenbar vom Norden hereingekommen. Man hat sträflicherweise versäumt, ihn am Betreten der Stadt zu hindern. Ich werde der Sache nachgehen. Doch begreife ich nicht. Ihr seid doch mit einem Auftrag gekommen. *Ich* habe Euch schließlich Vollmachten nicht aufgezwungen.«
»Ich weiß, ich weiß«, erwiderte ungeduldig Grigori Orlow.

»Aber mein Bruder ist eben jetzt drinnen verblieben. Und ich bin abberufen, darf keinen Augenblick verlieren.« Der Fels, hämmerte es in seinem Schädel, sie stellt mich sonst dort an den Pranger. »Schluß der Debatte, den Schlagbaum hoch«, brüllte er nun. Mit seiner Beherrschung war es zu Ende. Das war das Ergebnis der letzten Wochen, da stand wieder dieser Tote und jener Tote auf und der unsichtbare Feind, und retten konnte nur eine Kaiserin, die es um jeden Preis zu fesseln galt.
Der gelbgesichtige Gouverneur blickte ihn an und hob mit gespreizten Fingern beide Hände abwehrend hoch. »Bedaure, bedaure unendlich«, sagte er devot und traurig. »Ich kann Euch die Straße leider nicht freigeben. Ihr wißt doch selber – Quarantäne. Unsere schwergeprüfte Stadt«, fuhr er fort, tief herzlichen Tones und wahrhaftig, jetzt legte er über den Schlagbaum hin dem ihn weit überragenden die Hand auf die Schulter. »Sie wird Euch ewig Dank wissen.« Ein Wink an den Kutscher, den Wegen zu wenden.
»Quarantäne«, wiederholte er eindringlich. Und: »Euer Auftrag.« Und: »Die Ziffern sinken. Euer Verdienst. Fahnenflüchtig?« fragte er dann und schon war ihm die Devotion aus dem Gesicht gefallen. Trotz Ansteckungsgefahr, trotz Seuchenplage war es manchmal doch eine Wonne, Gouverneur zu sein.
»Zum letztenmal, gebt die Straße frei. Ich knalle Euch sonst noch über den Haufen«, knirschte Orlow. Ja, niederknallen und kirremachen, das war der Brüder letzte Weisheit, da hatte das Köpfchen schon ganz recht.
Aber der Gouverneur schien das gar nicht gehört zu haben. »Ich gebe Euch eine Eskorte mit«, sagte er herzlich und väterlich besorgt, und jetzt konnte man so recht erkennen, daß der gelbgesichtige Flinke wohl doppelt so alt sein mußte wie dieser hohe Herr. »Bedaure endgültig!« rief er, und der verblüffte Orlow mußte zur Seite springen, denn von irgendwoher, wie aus dem Boden gestampft, marschierte jetzt eine Kompanie mit aufgepflanztem Bajonett durch. Die knurrenden Doggen hatten sich schon beiseite gedrückt. »So kommt Ihr ganz sicher am raschesten wieder in Euer Quartier.«
»An meinem Familiensinn gehe ich noch zugrunde«, kreischte das Köpfchen und klammerte sich an den schweigsamen, finster blickenden Bruder. Die Kutsche rollte eilig wieder den Weg

zurück. Von draußen vernahm man das vielhufige Traben der Eskorte. »Die Seuche! Die Seuche! So Zarte wie mich bringt sie als erste um. Aus Bruderliebe muß ich nun sterben«, wimmerte er. »In die Falle geraten, deinetwegen«, klagte er an.
»Kusch!« knurrte der Tausendsassa, »man hat noch andere Mittel und Wege. Sie wird mich nicht an den Pranger stellen, und du wirst nicht krepieren in dieser Stadt. Deichseln! Wir werden die Sache schon deichseln.«
Das Köpfchen hielt einen Augenblick lang inne mit Wimmern, sah den großen Bruder halb zweifelnd, halb bewundernd an. Deichseln konnte jetzt nur noch der andere. Aber war der auch noch der Allesbezwinger von ehedem? Das war die allein entscheidende Frage.
Angstschlotternd, zähneklappernd wimmerte der Kleine von neuem. Grigori hielt die Augen geschlossen, er wollte nicht weiter belästigt sein. Sein Kinn war vorgeschoben, der Mund zusammengepreßt, es arbeitete mächtig hinter seiner niederen Stirn.
Räder rollten, Berittene trabten, unaufhaltsam näherte man sich wieder der Stadt.

Aus jener Zeit der Abwesenheit Orlows ist bekannt, daß die Kaiserin unermüdlich und nach außen hin fröhlichen Sinns ihrem ungeheuren Tagwerk nachging, und auch die Kammerfrau Schuwalow hätte nur ganz selten von nächtlichem Aufschreien und von zu trocknendem Angstschweiß zu berichten gehabt. Der Geheimschreiber Chrapowizky aber verzeichnete regelmäßige und stundenlange Unterredungen mit dem französischen Bildhauer. Offenbar stellten sich in Zusammenhang mit dem Denkmal immer neue Aufgaben, und offenbar konnte die Kaiserin zu deren Bewältigung manch guten Gedanken beisteuern.
Auch war damals bei Hof ganz deutlich zu erkennen, daß es trotz aller undurchsichtigen Machenschaften eigentlich seit jener von einigen wenigen geleiteten Palastrevolution nur zwei Parteien gab: Die, die Orlow zu stützen, und die, die ihn zu stürzen wünschten. Und diese, wenn auch in der Mehrheit, begannen sich erst jetzt, mehr als acht Jahre, nachdem Grigori Orlow seine Gemächer im Winterpalais bezogen hatte, lang-

sam, wenn auch noch zögernd, in den Vordergrund zu spielen. Auch Graf Panin fühlte sich damals bestätigt in seiner Ansicht, daß Geduld allein es schon schaffen, daß er eines Tages nicht länger Oberhofmeister heißen werde. Ja, die Art, wie man ihm jetzt entgegenkam, brachte ihn manchmal zu dem Glauben, daß er bereits Innenminister geworden sei. Aber dies war noch keineswegs der Fall.
Die arme, geschäftige Daschkowa hatte zwar noch kaum etwas von den leisen Verschiebungen und unsicheren Hoffnungen der einen Partei vernommen. Doch führte sie in deren Sinn während ihres unruhigen Wanderlebens, das sie eine Bildungsreise nannte, eine emsige Korrespondenz.

»Staatsräson«, sagte die Kaiserin stolz bescheiden, als hätte sie es eben erst gelernt, und machte eine entschuldigende, ungewisse Gebärde, dann lagen ihre Hände wieder still im Schoß.
Graf Nikita Panin hatte wieder einmal alle Mühe, sich gegen den Zauber der Gegnerin abzuschirmen. Er hatte allerhand erreicht in den letzten Wochen, sie zog ihn immer tiefer in ihr Vertrauen. Und ließ ihn gerne dabei verspüren, daß sie sich immer mehr auf ihn zu stützen wünsche. Doch wartete er erst einmal ab, was nun folgen sollte. Wenn sich die Kaiserin ihm gegenüber so kleinmädchenhaft gab, dann hatte sie immer Besonderes vor.
Nun hob sie den Blick von ihren Händen und sah über Graf Panin hinweg in den Spiegel, der schräg über ihm hing. Sie lächelte dort hinein, traumverloren – in letzter Zeit verlor sie sich leicht in Gedankenspielerei. Ein blühend rosiges Antlitz leuchtete ihr entgegen, ein zufriedenes Lächeln lag um ihren üppigen Mund. Eine Kaiserin, großmütig, gütig, so sollte man von ihr lesen, eine Frau, der die Zeit nichts anzuhaben vermochte, noch nicht, so sah sie sich dort selbst.
Die Uhr auf dem Kamin tickte. Stäubchen tanzten im breiten Sonnenstreif, der auf den Teppich fiel. Graf Nikita Panin räusperte sich ein wenig. Da kehrte sie auch schon zu ihm zurück.
»Wirklich«, fuhr sie nun treuherzig fort und wendete den Blick von dem Bild, das ihr so wohl gefiel, ihm zu. »Wir haben sie all die Jahre schwer vermißt, die Herzensfreundin, die teure Fürstin

Daschkowa. Doch nun, da keine Staatsräson dies mehr fordert« – ein fragend erhobener Tonfall, ein um Zustimmung werbendes Lächeln – »berufe man sie unverzüglich zurück. Sie sei wieder Erste Staatsdame des Reiches«, sagte sie hell und laut – wie ein kleiner, triumphierender Fanfarenstoß klang es.

Nun war es wieder einmal an Graf Panin, aufs äußerste verblüfft zu sein. Immer wieder hatte er versucht, für den Pechvogel, die Nichte, die Heimreise zu erwirken, sie verdarb ihm ja im Elend der Fremde, auch konnte sie ihm hier von Nutzen sein. Doch immer hatte die Kaiserin sich gegen seine Bitten taub gestellt. Und nun also doch. Und so, als ob sie es von ihm erbäte. Aber warum dieser Triumphton dabei? Es hieß auf der Hut sein.

»Seid Ihr's zufrieden?« sagte sie herzlich und trat nahe an ihn heran. Seide knisterte. Ihr Duft schlug ihm entgegen. Sie hob ihre Hand mit einer ihrer unnachahmlichen Gebärden und legte sie ihm leicht auf die Brust. »Wir wollen auch Schluß machen mit jeglicher Feindschaft aus früheren Tagen«, fuhr sie eindringlich fort, fast flehentlich war ihr Ton.

Jetzt also gibt sie sich mir ganz in die Hände, schoß es Graf Panin beseligend durchs Hirn. Doch dann gewann der gewiegte Fechter, der schlaue Fuchs in ihm wieder die Oberhand, und er erkannte es in ihren Augen. Eiskalt baute die ihren Plan. Die Rückberufung geschah nicht ihm zuliebe, das war gegen Orlow gerichtet, eine tiefbeleidigte Frau stand vor ihm, die Rache nahm.

»Unerträglich ist mir auch der Gedanke, daß ich Schuld daran trage, die Herzensfreundin ihrer Familie entfremdet zu haben«, setzte die Kaiserin hinzu. Sie war von ihm weggetreten und lehnte am Kamin. »Sie kehre zurück, doch unter einer Bedingung: Zu meiner Beruhigung nehme sie Wohnung in ihrer Schwester Haus. Ich wünsche Versöhnung.«

Sie lächelte hoheitsvoll, ganz treusorgende Landesmutter, großmütige Herrscherin, der es nichts ausmachte, wenn ihre Erste Staatsdame bei der einst gehaßten Nebenbuhlerin wohnte. Sie verzieh.

Sapperlot, sapperlot, dachte Graf Panin amüsiert und hatte schon die düpierte Eitelkeit überwunden, daß es nicht ihm zu Gefallen geschah, daß nicht er sein Spiel bei ihr gewonnen hatte,

so hingerissen war er nun vor Bewunderung über die kleine Szene. »Den tiefgefühlten Dank Eures ergebenen Dieners für die Erfüllung meiner Bitte«, sagte er laut. »Rückberufung also und Logisvorbereitung im Hause Palianski.«
Als er sie verlassen hatte, blieb die Kaiserin gedankenverloren am Kamin stehen. Eine längst vergangene Szene stand zum Greifen nahe vor ihrem Gesicht. Zwei Gefährten, die ihr zu allem verholfen und die sofort Dank zurückzufordern begonnen hatten. Nie mehr sich in irgend jemandes Hände begeben. Nun spielte sie jene gegen diesen aus. Aber die Freundin sollte nur nicht glauben – – Dafür sorgte schon die Wohnstatt in der verhaßten Schwester Haus. Ein wehmütigspöttisches Lächeln legte sich um ihren Mund. So machte einen das Leben. Und Rache ist süß, ging es ihr durch den Sinn.

So war die Daschkowa also wieder im Lande. Diese hab' ich so tief verachtet? dachte sie in grenzenloser Verwunderung und saß bei den schlichten Bürgersleuten Palianski und sah zu, wie die Schwester Elisabeth Anweisungen gab in ihrem bescheidenen Haus an den Koch und an den Gärtner und die Beschließerin. Sie unterhielt sich mit ihr über Wochenbett und Haushaltsorgen, und Elisabeth schaltete und waltete umsichtig und still und bestellte das Ihre wie andere auch und schien nicht glücklicher oder unglücklicher als andere auch und hatte noch immer diese trägschläfrigen Bettaugen und noch immer dieses leuchtendrote Haar und diese lässige, ein wenig nachlässige Haltung und hatte damit einst einen Zaren entflammt. War dies alles nun auch schon ein wenig entrückt und hatte sie ein wenig schwerfällige Bewegungen angenommen, wie das kommt bei einer, die gesegneten Leibes ist, so stand sie doch in des Lebens Mitte und hatte ihren Platz gefunden.
Ja, die Daschkowa war wieder im Lande. Frühling lag in der Luft, Eisschollen trieben die Newa hinunter. Sonnenstrahlen brachen sich glitzernd in Fensterscheiben. Sie fuhr im offenen Wagen. »Langsam, Saweljitch, fahr langsam«, befahl sie. Ein heimatlicher, blaßblauer Himmel wölbte sich wieder über ihr. Ein einzelnes Wölkchen trieb still dahin. Und hier die Moika und hier der Wosnesenki-Prospekt. Und hier Haus Nr. 5. Noch immer fehlten die beiden Ziegel über der Einfahrt. Dort drüben

war sie heimlich zum Gesangunterricht gegangen, weil sie unbedingt die Cousine hatte ausstechen wollen, deren herrliche Stimme die Familie zum Überdruß gepriesen hatte. Ob die zittrige Italienerin, die alte Anna Pozzi, noch dort wohnte unter ihren muffigen Kränzen und vielen Büsten? Wie schmalbrüstig das Haus doch war. Und wie verwahrlost die Einfahrt. Um dorthin zu gehen, hatte sie sich immer geschmückt wie zu einem heimlichen Fest. Und hier das Gewölbe von Weitbrecht. Ungestüm hatte sie da einst die Tür aufgestoßen, daß die Ladenklingel nicht enden wollte mit Schellen. »Was Neues aus Paris oder aus Holland oder aus der Schweiz?« hatte sie gefragt und sich die dicken Folianten und Kupferstichmappen vorlegen lassen. Und hatte dem alten Hofbuchhändler ein Schmunzeln oder sogar Ausrufe der Bewunderung entlockt, so beschlagen hatte sie sich gezeigt, und so schwierig hatte sie es ihm gemacht, ihr etwas zu verkaufen. »Habe ich längst. Hat der preußische Gesandte meinem Onkel zum Präsent gemacht. Hat mein Bruder aus London geschickt. Hat mir vorgestern die Extrapost aus Paris gebracht, persönlich dediziert vom Verfasser.« Ja, es war dem alten Weitbrecht nicht leicht geworden, ihr etwas zu verkaufen, es war schließlich stadtbekannt, daß man schon als Fünfzehnjährige die bedeutendste Bibliothek besaß und von allem wußte, was die erlauchtesten Geister dachten. Aber schließlich hatte sich dann doch immer etwas gefunden, das sie noch nicht besaß. »Die Rechnung wie gewöhnlich an meinen Onkel, den Minister«, hatte sie herablassend verfügt und war zwischen vielen Bücklingen des Besitzers und all seiner Gehilfen abgegangen, hatte es gut und gern noch im Rücken verspürt, daß ihr ein halbes Dutzend Augenpaare nachstarrten, und hatte gewußt, daß sie noch für eine Stunde Gesprächsstoff in der Hofbuchhandlung bot, weil sie die Nichte eines Ministers und das gebildetste Mädchen der Petersburger Gesellschaft war.
Ja – und dort drüben in jener schmalen Gasse jenseits des Kais, dort war sie einmal mit der Gouvernante Wasilissa hinaufgegangen, dort, wo im Töchterinstitut eine Theaterprobe auf sie gewartet hatte. Die dicke Wasilissa hatte kaum Schritt halten können und gemault, es schicke sich nicht, zu Fuß zu gehen, und solche Gassen hätte man überhaupt zu meiden. Aber sie hatte ihren Willen durchgesetzt und war lachend vorausgelau-

fen, dem Onkel Woronzow, der ihnen zufällig entgegenkam, schnurstracks in die Arme. Frühling war es gewesen wie heute. Er war federnden Schrittes dahergekommen, ein breitschultriger, schöner Mann und ein sicherer Schutz. Doch so traumverloren war er gewesen, daß er sie erst bemerkte, als sie schon vor ihm stand, obwohl doch sonst niemand durch diese stille Straße kam. »Ja, wie kommst du denn daher?« hatte er fassungslos gefragt und die dicke, schnaufende Wasilissa dabei vorwurfsvoll angesehen. »Ja, wie kommst *du* denn daher?« hatte sie übermütig erwidert und sich ihm mitten auf der Straße lachend in die Arme geworfen. So frühlingsübermütig konnte man sein, wenn man sich so geborgen fühlte bei diesem, der mehr für einen getan hatte als der Vater. Der saß irgendwo als Gouverneur und tauchte gelegentlich auf, sie hatte nur eine schattenhafte Vorstellung von ihm! »Du kommst doch wohl nicht aus dem Töchterinstitut? Dort wollen wir nämlich hin und müssen uns sputen, damit wir zur Probe zurechtkommen.« Und sehr vergnügt und heftig winkend war sie weitergeeilt. Nein, er war nicht aus dem Töchterinstitut gekommen, und die Wasilissa hatte es entsetzt eine Frechheit genannt, daß sie diese harmlose Frage an den Onkel gerichtet hatte. Aber das war ihr damals ganz und gar unbegreiflich geblieben.

Hier, hier war das Palais Rasumowsky. Einem Empfang zu Ehren eines illustren, ausländischen Gastes hatte sie da beiwohnen dürfen, und zum erstenmal hatte sie da einen Vortrag gehört. Dimsdale hatte damals gesprochen, kein Wort hatte sie begriffen, das Thema war ja auch nicht sonderlich interessant gewesen, soviel von Krankheit und Tod, was hatte man damit zu schaffen, aber es war doch schaurigschön gewesen und so gebildet, und die Gebildetsten der Petersburger Gesellschaft waren erschienen, und auch sie hatte dabeisein dürfen.

»Langsam, Saweljitch, fahr langsam!« rief sie fast flehend, sie, die sonst nur mit rauher Stimme knappe Befehle ausstieß. Da hatte man eben wieder geschwenkt und fuhr im Schritt die Fontanka hinunter und wäre fast zusammengestoßen mit einer anderen Kutsche, weil man so landesunüblich langsam fuhr.

Der andere Kutscher fluchte mächtig. »Schläft der dort drüben?« fragte ärgerlich einer im Innern des Wagens und hatte es eilig, in sein Amt zu kommen. Sein Nachbar lachte. »Seht Ihr denn nicht? Rückkehrer! Die müssen immer alles genau besehen, ob auch noch alles auf dem alten Platz steht.« Es war ein bejahrter Oberjustitiar mit seinem Gehilfen, der zu irgendeiner Amtshandlung fuhr. Alt war der Mann, und viele Akten waren durch seine Hände gegangen. Von solchen, die unter Peter dem Großen verbannt und unter Anna wieder zurückgeholt worden waren und dann unter Elisabeth in treuem Gedenken an den Vater wieder verbannt und unter Peter dem Dritten wieder zurückgeholt worden waren. Akten waren es so oder so geblieben und hatten sich gehäuft, und auf manche Papiere hatte man ein Kreuz gezeichnet, und gar mancher Mensch war auf der Strecke geblieben. »Dort«, sagte der greise Justitiar und wies hinüber in das Getriebe von Lastträgern und Bettlern und Huren und vereinzelten wohlanständigen Bürgern. Wie das wimmelte und wogte und kreischend auseinanderstob, wenn elegante Kutschen um die Ecke bogen und den Gehsteig überschnitten. »Auch einer.« Da stand ein Zerlumpter, sah wie ein Bettler aus, trug einen Sack über die Schulter geworfen, war hohläugig, verwilderten Bartes und ausdruckslosen Gesichtes, so daß man nicht hätte sagen können, ob er dreißig Jahre zählte oder siebzig. Als die Kutsche den Gehsteig schnitt, war er nicht zur Seite gesprungen wie alle anderen, die Räder wären ihm fast über die Füße gerollt. Er stand und starrte auf irgendein ganz und gar nicht bemerkenswertes Stück Geländer. Jeder andere wäre achtlos daran vorbeigeeilt. Er aber konnte es nicht fassen, daß dies so unverändert geblieben war in der endlosen Zeit seiner Abwesenheit. »Der aus Sibirien und die aus dem Ausland«, sagte der Oberjustitiar, »aber alle haben sie den gleichen Blick.« Er war hochbetagt und hatte gar hurtig immer durchlaviert zwischen allen Regierungswechseln, war verantwortlich für kaiserliche Verbannungsdekrete und hatte, besorgt um deren Duchführung, den Verurteilten auch noch zur Sicherheit ein halbes Dutzend Spitzel auf die Fersen gesetzt. Darob war er ein wenig müde geworden und sehr alt und recht weise und erkannte wirklich auf den ersten Blick jeden Rückkehrer.

Doch da war die Daschkowa schon weiter und unversehens bis an die Kasernen der Garderegimenter geraten. Zwei untadelige Reiter auf schmalfesseligen, hochbeinigen, spiegelblank gestrie-

gelten Braunen ritten gerade durchs Tor heraus. Irgendwo im Hof schmetterte eine Trompete. Vereinzelte Kommandorufe drangen herüber. Über einer hohen Mauer tauchten, scharf vorbeitrabend, Oberkörper von Berittenen auf, Rhythmus und Haltung von unsichtbar bleibenden Pferdeleibern bestimmt. Seltsam erregend peitschte der Rhythmus das Blut. »Umkehren, Saweljitch, umkehren!« drängte entsetzt die Daschkowa. »Umkehren!« schrie sie, da es ihr nicht schnell genug ging. In den äußersten Winkel der Kutsche wich sie zurück, dort kauerte sie geduckt und sprungbereit in den Kissen, ein in die Enge getriebenes, den Todesstoß erwartendes Tier. »Rascher, nur rascher, fort, nach Hause!« keuchte sie. Das Grauen krallte sich wieder in ihr Herz. Nicht sehen wollte sie, was da draußen lag, und sie preßte die Lider fest zusammen. Doch war das nicht auszusperren, der Frühlingswind wehte es ihr immer von neuem wild gegen die pochende Brust.
Frühling war es auch damals gewesen, einer jener bedrängenden, hellen Petersburger Frühlingsabende. Sie war vom Landgut der Panins zur Stadt gekommen, sehr verlassen, sehr gescheitert hatte sie sich gefühlt, denn sie hatte die hohe Freundin nicht wieder sehen dürfen. Langsam war sie an der Kaserne vorbeigeritten, grübelnd, wieso alles so anders gekommen war, als sie es erwartet hatte, da sie Seite an Seite mit ihr, an der Spitze von zehntausend jubelnden Soldaten gezogen war. Dann war sie nach Hause zurückgekehrt und zu Bett gegangen. Wer hatte sie damals wohl gesehen, wer hatte es gewagt, sie mit diesem Entsetzlichen in Verbindung zu bringen? Die Chitorowsche Verschwörung sei aus dieser Kaserne gekommen, hatte es geheißen. Und sie habe die Hand dazu gereicht. Um ein Haar nur war sie hochnotpeinlicher Befragung entgangen, kein Zweifel, die Kaiserin hatte sie davor gerettet, doch wurde daraufhin dieser ehrenvolle Auslandsurlaub über sie verhängt. Ach, es war alles noch, wie es gewesen war, Stein stand auf Stein, wie er gestanden, und der Duft wehte, wie er geweht hatte, und alles war zum Greifen nahe und doch unwiederbringlich dahin. Das Grauen fraß sich ihr bis ans Mark.
So war die Daschkowa wieder im Lande. So ging die Daschkowa und machte Besuche. Mit diesem da habe ich mich empört zerstritten, dachte sie und begriff es nicht mehr. Sie saß beim

Vater, dem Gouverneur Larionowitsch, und plauderte von der Reise, erzählte dies und das und sah diesen ein wenig verlebten Provinzlebemann an, dessen ein wenig verwahrlostes Haus erfüllt war von irgendeinem billigen Parfüm irgendeines billigen Dämchens. Nie hatte er ein Buch gelesen, nie hatte er begriffen, was sie damals von der Familie fort und ins andere Lager getrieben hatte. Sie konnte es nicht ganz fassen, daß sie ihn einmal hatte überzeugen wollen.
Auf dessen Briefe habe ich bebend gewartet, dachte sie und sah sich erwartungsvoll nach der Extrapost Ausschau halten in Spa und in Aix und in Paris und in Berlin und in unzähligen anderen Orten. Und hatte die Post keinen Brief von Dershawin gebracht und damit den Duft und die Luft von Petersburg, dann war der Tag schal und fahl gewesen, und all die brillanten, eleganten und superklugen Menschen, denen sie tagtäglich begegnete, waren nur Schatten geblieben. Sie blickte den kümmerlichen Hofdichter an, der seine Alexandriner so mühsam ins Rollen brachte und der nun endlich nach Jahren des Hungers ein sicheres Salär einstrich. In seinen Augen stand noch immer die Not, und seine leicht speichelnden Mundwinkel zeigten den Entschluß, zu jedem Anlaß und wozu immer man es benötigte, seine Preislieder zu singen und sein Süßholz zu raspeln. Ein vertrocknetes Männchen saß vor ihr und wisperte, wie es zum guten Ton gehörte in der Gesellschaft, in die er nun Zutritt hatte, und er versuchte, sich lässig zurückzulehnen und ein Bein über das andere zu schlagen, wie es all die glänzenden Kavaliere taten, denen zum Preis er nun manchmal lobsingen durfte. Er erzählte, daß einer hochgehoben und ein anderer gefallen sei und daß dieser in den Vordergrund gerückt und jener in den Hintergrund gedrängt wäre und daß man munkle, daß der mit jener, diese aber ihre Gunst einem andern – – Die Daschkowa blickte ihn an und wußte, daß das alles leeres Geschwätz war und daß der kein Ohr hatte für das, was zwischen den Worten liegt, und kein Aug', zu erspähen, wer eigentlich alle dirigierte. Nichts als ein Domestik war er, dem man Befehle hinschmeißt – Krönungsfeier, Friedensbund –, damit er mit diesen Worten jongliere und mit ihnen seine Alexandriner klingeln lasse. Auf dessen Briefe also hatte sie tagtäglich gewartet, und dessen lobpreisende, schleimige Stimme war Jahre hindurch für sie die

Stimme Rußlands gewesen, und mit dessen Gedichten war sie in der Fremde zu Bett gegangen, und in ihnen war ihr die Heimat beschlossen erschienen. Sie verwunderte sich sehr.

So war die Daschkowa wieder im Lande, so ging die Daschkowa wieder zu Hof.
»Wer ist die dort drüben?« fragte neugierig das jüngste Hoffräulein und wies auf eine ältliche, kränkliche Mausgraue mit hektisch roten Flecken, die in angeregtem Gespräch mit dem dicken Bestuchew stand, der zehn Jahre in der Verbannung zugebracht hatte, dann Kanzler der Zarin Elisabeth geworden war und nun seinem Ende zurostete und bei Hof sein Gnadenbrot aß. Auch war er bei Woronzows in den Tagen, da jener Minister gewesen war, aus- und eingegangen, und die Daschkowa kannte ihn also von Kindheit an.
»Pschsch«, machte empört die Kammerfrau vom Dienst und sollte darauf achten, daß die alten Geschichten in Vergessenheit gerieten und nicht weitergereicht würden von Geschlecht zu Geschlecht. »Es ist die Fürstin Daschkowa, eine alte Freundin Ihrer Majestät.«
»Daschkowa?« wiederholte das jüngste Hoffräulein langsam, um sich den Namen gut einzuprägen. »Nie gehört. Kommt die oft?« Aber darauf bekam sie schon keine Antwort, nur einen verweisenden Blick ob ihrer Neugier.
Die Daschkowa erzählte vom Reisen, hastig sprach sie, in jagender Angst, eine Pause könne aufkommen und der Partner fände Zeit, sich mit Anstand einem anderen zuzuwenden. Und wer würde sich dann mit ihr unterhalten? Alleine würde sie plötzlich stehen, jeder könnte dann erkennen, daß sie hier zur Fremden geworden war. Denn wohin sie auch die Blicke schweifen ließ, sie fand kaum ein vertrautes Gesicht. Danach also hab' ich mich in Sehnsucht verzehrt? dachte sie, während sie unentwegt weiterredete.
Kerzen brannten. Spieltische standen bereit. Spielmarken klapperten, irgendwo im Hintergrund spielte ein kleines Orchester ein zierliches Menuett. Erwartung lag in der Luft und das schwüle Parfüm schöner Frauen. Gedämpftes Stimmengewirr umgab sie.
Dort drüben meckerte einer dienstbeflissen dem dummen

Scherz eines anderen zu Gefallen, hier erklang glockenhell eine wohllautende Frauenstimme. Da wußte eine ganz genau, warum sie gerade diese Stimmlage zum Klingen brachte. Hofluft. Danach also hatte sie sich verzehrt? Ohne diese Atemluft hatte sie gemeint, nicht leben zu können? Es war der allwöchentliche kleine Empfang der Kaiserin in engerem Kreis, danach wurde Karten gespielt, man wartete.

Dann betrat die Kaiserin den Raum. Stille senkte sich. Die Damen gingen ins Knie, die Herren verneigten sich tief. Die Kaiserin sah nur einen Augenblick lang suchend umher, zögerte noch für einen Atemzug und kam dann rasch und leichtfüßig auf die Daschkowa zu, gab noch im Gehen mit der Hand einen kleinen flatternden Wink, der die anderen aufscheuchen sollte aus ihrer Verneigung und sie aufforderte, das unterbrochene Gespräch wiederaufzunehmen.

Dann standen die beiden einander gegenüber, und ehe die Daschkowa nochmals ins Knie sinken konnte, schloß die alte Freundin sie vor aller Augen in die Arme und drückte ihr einen hauchfeinen Kuß auf jede Wange. Keine verspürte dabei der anderen Herzschlag. Das war in grauer Vorzeit gewesen, daß eine Kaiserin, aufstöhnend vor Entsetzen, sich an das Herz der Freundin hatte flüchten wollen und mit einer leisen, unmerklichen Schulterdrehung abgewiesen worden war.

Die Daschkowa sah das kühne blaue Aug' und das rabenschwarze Haar und die hohe Stirn, hinter der wohl stolze, hohe Gedanken zogen, und den blühend satten Mund – eine hinreißend schöne Frau, der die Zeit nichts hatte anhaben können.

Sie war tausendmal schöner, als die Daschkowa sie je in ihren Träumen erblickt hatte, und sie war tausendmal schöner als damals, da sie Seite an Seite an der Spitze von zehntausend jubelnden Soldaten durch die helle Nacht geritten waren.

Und diese hatte sie also geliebt und gemeint, vor Sehnsucht sterben zu müssen, und für diese hatte sie geglüht wie ein bedingungslos ergebener Page. Die sie anmutig und so flüchtig umarmte und ihr vor aller Welt – und für alle Welt war's gemeint – einen Kuß auf die Wange hauchte, die war eine große Kaiserin und eine hinreißend schöne Frau, aber tief fremd. Und daß sie für diese verblüht war und gelitten hatte, war unbegreiflich und zerfiel in nichts.

Taufe im Hause Palianski am Newski-Prospekt. Es war Juni, wer einigermaßen auf sich hielt, wer irgendwie dazugehörte, war im Begriff, auf seinen Sommersitz zu verreisen. Auch der Hof wird morgen Petersburg verlassen. Morgen. Aber heute wird die Kaiserin noch Pate stehen, die Zarin Katharina wird den Stammhalter Palianskis aus der Taufe heben.
Der Hausherr lief auf steifen Beinen aufgeregt hierhin und dorthin, scheuchte ein halbes Dutzend schrubbender Weiber von einem Raum in den anderen. Da brachte der Gärtner einen Riesenstrauß Rosen herein, die gehörten doch in die erste Etage! Alexei Palianski schimpfte und trieb an und klatschte in die Hände und wischte sich den Schweiß von dem kahlen Schädel und ließ sich schließlich aufatmend in einen Lehnstuhl fallen im guten Gefühl, daß die drei Dutzend Menschen, die da durcheinanderschossen, es auch ohne ihn schaffen würden, daß man sich auf die verlassen konnte, wie man sich auf Elisabeth verlassen konnte. Und dann gab es Pjotr, den Stammhalter. Seinen und Elisabeths Sohn. Drei waren sie. Eine Familie. Er hatte eine Familie. Er, sechzigjährig, der bis vor wenigen Jahren bestimmt gewesen zu sein schien, von einer trostlosen Garnison zur anderen zu ziehen. Das Vergnügen des Abends waren die Kartenpartien mit den Kameraden gewesen und ihre dreckigen Witze. Und die einzigen Frauen, die es für ihn gegeben hatte, waren die aus dem Garnisonbordell. Denn für die Gattinnen der anderen war er ja wohl zum Ehebruch nicht so verlockend gewesen, glatzköpfig, steifbeinig, hölzern, witzlos, wie einer eben wird, der immer von seinem Sold leben muß und niemanden hat, der ihn schiebt und hebt und vorwärtsstößt und in die wirkliche Welt bringt, nach Kiew wenigstens oder nach Odessa oder nach Kronstadt vielleicht, denn wer wagte von Petersburg auch nur zu träumen! Und dann war dieser Glückstaumel über ihn hereingebrochen. Diese herrliche Frau, schön wie eine Göttin! Gewiß, eine gefallene Göttin! Aber er, Alexander Palianski, der nie irgend jemandem auch nur das Allergeringste hatte bieten können, er hatte ihr Schutz und Schirm sein dürfen. Sein glanzloser Name war besser gewesen

als der von Grafen und Fürsten und Ordensgeschmückten. Und diese Göttin, diese gefallene Göttin, sie hatte eine wunde Seele gehabt. Und er hatte Schmerzen lindern und langsam vergessen machen können. Und nun dies noch. Der Stammhalter. Palianski, der bestimmt gewesen zu sein schien, irgendwo, im unbekanntesten Hinterwald des Landes, verscharrt zu werden, ohne auf Gottes weiter Welt auch nur die geringste Spur zu hinterlassen, er hatte einen Sohn. Und dieser Sohn, der, gestoßen und geschoben, aus dem Leib dieser Göttin vor wenigen Tagen zur Welt gekommen war, würde von sanften Händen auf dieser Welt weitergeschoben und -gehoben werden. Er würde nie erfahren, daß sein Vater einmal ein fast Verreckender in Nirgendwo gewesen, denn die Kaiserin würde ihn aus der Taufe heben! Gardekapitän Palianski trug den Alexander-Orden, er war Schutz und Schirm einer Frau, über die grinsend die Gesichter zu verziehen er ihnen gehörig abgewöhnt hatte. Und sollten sie heimlich doch noch grinsen, laß sie. Eine Göttin nannte er sein, und daß es ein Handel gewesen war, den man ihm eines Tages angeboten hatte, das war längst vergessen. Geblieben war, daß er erst als Sechzigjähriger erfahren hatte, was es bedeutet, einer Frau Schutz und Schirm bieten zu können. Keine Stunde des Tages oder der Nacht hatte er seinen Entschluß zu bereuen gehabt. Sie waren drei, und die Kaiserin hob heute seinen Sohn aus der Taufe.

Oben in lichtdurchfluteter Stube quäkte leise ein milchduftendes Bündel und schlief wieder ein, leise geschaukelt von der müden Hand der immer wieder einnickenden Wöchnerin, die fast einen Weltthron erreicht hatte. Ein erschöpftes Lächeln spielte um ihren satten, wissenden Mund. Wie sonderbar das Leben doch läuft! Da lag sie nun und war Gardekapitän Palianskis Frau, sie, die schon gewiß gewesen war, Gemahlin Peters des Dritten zu werden! Wie weit und fern und gar nicht mehr recht wirklich war das und lag kaum acht Jahre zurück. Und was schmerzte, war eigentlich nur noch, daß man ihr damals nicht gestattet hatte, ihn zu begleiten auf seiner einsamen Reise. Allein war er gestorben. Man hatte ihr nie verraten, wer und wie man ihn vom Leben zum Tode befördert hatte. Aber selbst das lag eigentlich schon im Nebel. Und viel wirklicher war geblieben, wie preisgegeben, wie ausgesetzt sie selbst gewesen war, ohne Geld und ohne Schutz war sie mit einem Schlag zum Schandfleck der Familie geworden. Und wie hatten sich alle zuvor um sie gedrängt! Und dann hatte man ihr schließlich Alexander Palianski gebracht. Mochten sie grinsen, mit wem Elisabeth Woronzow sich am Ende zufriedengegeben hatte. Sie, die Gestoßene, Getretene, war dankbar. Denn sie war noch imstande gewesen, einem Mann alle Himmel zu öffnen. Und nun waren sie drei. Eine Familie. Und ihr Sohn würde nicht gestoßen und nicht getreten werden. Denn die Kaiserin würde ihm Pate stehen. Ach ja, die Kaiserin. Wann hatten sie einander zuletzt gesehen? Damals beim Friedensmahl. Sie hatte an Peters Seite gethront – die Kaiserin war viel weiter unten an der Tafel gesessen – und war ihrer Sache sehr sicher gewesen. Und Peter hatte wohl zuviel getrunken, und dann war plötzlich dieses Schimpfwort von ihm gekommen. Die Hofdamen und Kammerherren hatten sich immer dichter um sie geschart, man hatte sie bereits hoch erhoben gesehen, und doch war das der Beginn ihres und des Zaren Sturzes gewesen. Denn von diesem Augenblick an hatte sich Katharina wohl erst ernstlich bedroht gefühlt. Und hatte ihm bald danach seine letzte Bitte abgeschlagen und sie beide getrennt – für immer.

Heute würde Katharina nun ihr Haus betreten und ihren Sohn aus der Taufe heben. Sie hätte sie lieber nicht wiedergesehen. Aber so schrecklich aufregend, wie die Leute sich das dachten, war es nun auch wieder nicht. Sie waren drei, und das eben war ihr Leben geworden. Und irgendwo versickerte ein Schmerz. Aber es war keine Last, die sie trug. Mochte die andere mit dieser Last fertig werden. Mochte die andere nun nach Jahren kommen und hoffen, sie werde ihre eigene Last um ein Quentchen leichter machen können, wenn sie ihr den Sohn aus der Taufe hob. Ihr sollte es recht sein. Diesem Sohn Elisabeth Palianskis würde man auf seinem Lebensweg dicke Teppiche unter die Füße breiten. War seine Mutter auch nicht Zarin geworden, so hob ihn doch die Zarin aus der Taufe. Leise quäkte das milchduftende Bündel. Gleichmäßig wiegte die Mutter ihr Kind. Schwer und prall spürte sie ihre Brüste. Erfüllt war, was das Leben ihr aufgetragen hatte, und sie selbst war geborgen.

Es wurde eine bescheidene Zeremonie in engstem Kreis, die Kaiserin war mit einer Suite von nur sechs Leuten erschienen.

Das Ehepaar Palianski erwartete sie an der Schwelle des Hauses. Elisabeth stand üppig und träge im Türrahmen und hatte noch immer diese alabasterfarbene Haut und legte noch immer keinen Anflug von Rouge auf, und das kastanienbraune Haar trug sie noch immer lässig hochgesteckt. Sie hatte einen weißen Umhang um die Schultern, obwohl es doch ein warmer Tag war, und darunter trug sie auf ihrem weißen Wöchnerinnenkleid als einzigen Schmuck am hellblauen Band den Katharinenorden. Er war kaum zu sehen unter dem Umhang, doch die Kaiserin sah ihn, als sie aus der Kutsche stieg, auf den ersten Blick. Elisabeth trat vor und beugte, wie das Zeremoniell es verlangte, tief ihr Knie und neigte den schönen, kastanienbraunen, ein wenig müden Kopf über die Hand der Kaiserin, und da war in ihr eine schwebende Leichtigkeit, und die Schwere, so schien ihr, hatte die andere zu tragen.
Aber die Kaiserin ließ das nicht zu und zog Elisabeth hoch und nahm sie in den Arm, und es konnte jetzt die eine der anderen Gesicht nicht sehen, nur ihren Herzschlag verspüren. Da sie sich lösten, war es doch ein großer Augenblick gewesen. Schwermut war darin und die Bitterkeit von Schuld und die Köstlichkeit des Daseins und eine letzte, tiefste Lebensdemut. Das Gesicht der Kaiserin war tränenüberströmt.
Die kurz danach ein rosiges Wesen, das leise zu plärren begann, als die geweihten Tropfen es trafen, dem Popen über das Taufbecken hielt, die war wieder trockenen Auges und gesammelten Gesichtes und dieser Aufgabe, wie jeder Aufgabe ihres Lebens, voll und ganz hingegeben. Sehr behutsam hielt sie das winzige Wesen, als die Taufformel ertönte, und wollte durch dieses Halten sein Leben leicht und licht machen. So sollte es auch bleiben, wenn alle, die es hier umstanden, schon längst abgegangen sein würden. Und das wollte sie auch wirklich und von ganzem Herzen.
Die heimgekehrte Fürstin Daschkowa aber hatte aus dem Hintergrund Zeugin dieser Umarmung sein müssen. Aschgrauen Gesichtes und brennenden Auges tat sie dann bei der Zeremonie da und dort eine Handreichung. Starr lächelnd ließ sie sich von dem und jenem willkommen heißen und erflehte vom Himmel doch nur eine Gnade: ohnmächtig hinsinken zu dürfen, damit ein Ende wäre ihrer Qual. Sie mußte erfahren,

daß das Maß ihrer Leiden noch nicht voll war, und sie verging in Schande und Scham. Die erflehte Gnade wurde ihr nicht zuteil, und sie hatte mit versagenden Knien auszuharren bis zum Ende des denkwürdigen Tages der Familie Palianski.

»Nur ein Viertelstündchen«, bettelte das Küchenmädchen und war blaß vor Erregung. »Nur ein paar Minuten«, sagte der Perückenmacherjunge und hatte knallrote Ohren. »Aber sobald ich Stroh geholt habe«, versuchte es der Stallknecht. »Ich habe doch dienstfrei«, log die Wäschebeschließerin. »Von meinem Fenster – –«, gewährte huldvoll die Gräfin Lanskoy dem Sekretär des englischen Gesandten. »Wir reiten aus«, befahl der Kommandant vom Tag. »Sie schießen Salut«, sagte die Wache. Und alle, alle wollten sie auf den Isaakplatz, und dabei galt es für jede einzelne Hand zu schaffen, denn es war Krönungstag der Zarin Katharina, und ein Krönungsmahl war zu bestellen, und Salutschüsse waren zu feuern, und wer einen Fensterplatz ergattern konnte, war ein Glückspilz, und als Krönung des Krönungsfestes würde der Fels von Ropscha auf den Isaakplatz rollen. Ein Krönungsmahl hatte zwar schon mancher gesehen, und Salutschüsse hatte man schon öfter gehört, aber einen Fels, der auf Eiern rollte, wie es hieß, das konnte sich keiner vorstellen, und das wollte ein jeder sehen, und seit den frühen Morgenstunden säumte eine tausendköpfige erwartungsvolle Menge die Landstraße, über die der Zug seinen Weg nehmen sollte, und die Wache an den Stadttoren war verdreifacht aufgezogen, und die Fenster auf den Isaakplatz waren seit langem dicht besetzt, und noch zeigte sich kein Staubwölkchen am Horizont. Man begann, mit den Achseln zu zucken, und man hatte schon recht getan, seine Zweifel zu hegen. Einen auf Eiern rollenden Fels, das gab es eben nicht.
Doch dann kamen sie endlich. Dumpf trommelten die Trommeln, immer wieder setzten sie aus und hoben erneut an zu neuem Wirbel, die grollenden Trommeln aus der Ödnis von Ropscha. Sie hatten schon den Rhythmus geschlagen, da man den Fels gelöst und gehoben hatte, und wahrhaftig, jetzt rollte dieser Gigant auf Schienen und wog eineinhalb Millionen Kilogramm und rollte majestätisch langsam, aber sicher, und war schon sechs Meilen gerollt und rollte auf blitzenden,

kupfernen, rotierenden Hohlkugeln, das war des Meisters großartiger Einfall, und sechsunddreißig Pferde waren vorgespannt, und hundert Menschen schoben hinten an mit allerhand noch nie geschauten Maschinerien.

Das war also der Felsblock, der auf Kugeln wie auf Eiern dahergerollt kam. »Der Transport kostet sechs Millionen Rubel«, flüsterte jetzt einer dem andern bewundernd zu, und auch Graf Bezki, der Intendant der schönen Künste, diese überquellende Teigmasse, erschien. Er sollte die Rechnung über all dies begleichen, und er knirschte mit den Zähnen und zischte: »Möge der Fels ihn nur zerschmettern«, denn er hoffte inbrünstig, daß der auf Meister Falconet stürze, was aber leider, leider bis dato nicht geschehen war. Doch wollte er, Bezki, schon noch das Seinige dazu tun. Was heute nicht geschah, konnte ja später geschehen. Sechs Millionen Rubel hatte der Transport verschlungen, auch das kam noch zu den Kosten des Denkmals hinzu. Er ließ es viele flüstern, die Summe ging von Mund zu Mund unter den Tausenden auf dem Isaakplatz, und heute erfüllte sie das alle mit Stolz vor der Leistung, die hier, in ihrem Lande, vollbracht wurde, aber er würde schon dafür sorgen, daß sie es morgen laut voll Empörung riefen und daß es dann nicht mehr die Tat ihres großen Landes, sondern die eines Hergelaufenen heißen sollte, dem man das Handwerk zu legen hatte.

Meister Falconet kam im Wagen hinter dem Felsen hergefahren, und der Intendant der schönen Künste beglückwünschte ihn und nannte es ein technisches Meisterstück.

Auch die Kaiserin erschien mit ihrem ganzen Hofstaat, als der Fels unter dem Jubelgeschrei der Menge endlich an seinem Bestimmungsort hielt. Es war ein makelloser Sommermorgen, ein leiser Wind strich über den Platz, Federwölkchen schwammen in Scharen über den sanftblauen Himmel. Ihre Hand flog leicht in die Luft, um dem Gefolge Halt zu gebieten. Allein trat sie vor auf dem riesigen, festlich bewimpelten Platz. Es war ihr Krönungstag, und sie stand in prunkendem Staatsgewand mit allen Insignien ihrer Macht, und ihr Antlitz war sehr ernst. Das war kein Jubeltag, auch wenn die Menge nicht aufhörte zu jubeln, als sie vortrat. Sie blickte zum Himmel hinauf und sah einen Herzschlag lang den dahinziehenden Wölkchen nach, sie

blickte auf den leise nachzitternden Giganten vor sich und hätte gewünscht, niederknien zu dürfen vor ihm, der Jahre hindurch ihre Nächte verstört hatte, es hinauszuschreien in alle Welt und sich bekennen zu dürfen zu ihrer Schuld, daß sie Schuld hatte dahingehen lassen, ungesühnt. Aber sie war die Zarin Katharina, und dieses war ihr nicht vergönnt. Es war schon kühn genug, den gewaltigen Fels vor aller Welt ins Licht gestellt und Trotz geboten zu haben.
Und so warf sie nun ihren Arm mit einem Ruck hoch – fest stand sie auf dem Boden und scheuchte Phantome –, Kanonenschüsse dröhnten über den Platz. Ein Salut für Meister Falconets kühne Tat – und war doch eine Ehrensalve über einem längst überwachsenen Grab. Aber das wußte nur sie.
Meister Falconet sah die herrliche Frau und verneigte sich. Da legte sie ihm mit einer ihrer unnachahmlichen Gebärden die Hand halb feierlich, halb scherzhaft auf die Schulter, und das war ein Ritterschlag. Und sie sprach laut und hell, auch für die herandrängenden anderen: »Von heute an Vaché Vysokorodie Falconet!«, und das war im selben Moment Geschichte und sollte eingehen in die Geschichtsbücher und in die Gazetten und Briefe, die der Welt von diesem denkwürdigen Augenblick Kunde geben würden. Das war ganz die kunstsinnige Kaiserin, an deren Hof Talent und Leistung nach Gebühr geschätzt und belohnt wurden.
Meister Falconet hatte inzwischen schon so viel Russisch gelernt, daß er wußte, daß das hieß »Der Hochgeborene« und ein von der Kaiserin verliehener Titel war.
Er erwiderte gemessen, doch war es die metallisch schwingende Stimme, mit der er sprach, und es lag auch ihm sehr daran, daß keiner es überhörte: »Majestät, ich weiß die Ehre wohl zu schätzen, auch steht mir der Titel gut zu. Hochgeboren bin ich, fürwahr. Eine arme Magd hat mich in eisiger Kälte und ohne jeden Beistand hoch oben in einer Dachkammer geboren.« Er blickte dann auf die tausendköpfige Menge und auf den naturgewaltigen Sockel für sein Lebenswerk, den sie ihm geschenkt hatte, weil sie ihn so ganz begriff, und er fühlte sich strotzend in des Lebens Kraft und Saft, und die Welt war ihm herrlich.
Die Kaiserin lächelte, denn solches durfte einer sagen zu der großen Katharina, die sich »im Herzen eine Republikanerin«

nannte und einmal die gesetzgebende Kommission gebildet hatte und für die Aufhebung der Leibeigenschaft eingetreten war. Auch diese Antwort sollte ihren Weg zu den Damen Geoffrin und Bjelke nehmen, die ihre Korrespondentinnen und doch nicht von Adel waren, und zu den Enzyklopädistenfreunden, denen sie alles dankte, was sie je gedacht und getan hatte, wie sie gern bekannte. Meister Falconets Antwort war ganz nach ihrem Sinn, und er gefiel ihr sehr.
Der Hofstaat aber flüsterte und raunte, des Bildhauers Antwort ging von Mund zu Mund, und die im geheimen spotteten, wagten beileibe nicht, dies offen zu tun, auch stand da mancher, der sich Voltairianer nannte und angeweht war von den großen Ideen der Menschenrechte. Es war eine zukunftsträchtige Zeit, und viele waren stolz, daß solche Antwort in ihrem Lande gegeben werden konnte.

»An Eurem Ehrentag, Vater, da wollt' ich nicht fehlen. Schon seit Monaten ging es durch alle Gazetten. Genau beschrieb es auch Onkel Grimm in seiner Korrespondenz, wie das sein würde. Rotierende Kupferkugeln sollten einen Fels ziehen. Konnt' keiner sich vorstellen, also fabelhaft, Vater. Und wie schlau, dadurch die Trommel für Euch zu rühren. Ihr wart ja fast schon wieder in Vergessenheit geraten. Also, ich bin grenzenlos stolz auf Euch.« So plapperte Pierre Falconet, der Sohn, am Spätnachmittag des denkwürdigen Tages drauflos und rutschte auf seinem Stuhl hin und her, behaglich war ihm nicht. Er fand keinen Widerhall, nicht bei ihm, nicht bei ihr.
Meister Falconets Nerven waren arg mitgenommen, monatelang hatte er weit über seine Kraft gelebt, Freiluft und Klima hatten ihm zugesetzt, er war kein Jüngling mehr. Und dazu dieses schwierige Exempel der Mechanik, das er hundertmal am Zeichenbrett erst hatte errechnen müssen. Fassungslos sah er das Söhnchen an. Dessen erbsengrüner Frack war weit kostbarer als sein eigenes bestes Gewand.
Fassungslos blickte auch Marie Anne vom einen zum anderen. Wie einsam war sie die Zeit hier gewesen, wie hatte sie sich gesorgt um den Meister und hatte ihn doch nicht in die Wildnis begleiten dürfen. Sie wäre froh gewesen, einer mitfühlenden Seele ihr Herz ausschütten zu können. Aber dies! Trommelrüh-

ren für sich. Und so gönnerisch täppisch und so ahnungslos. Ehrentag! Als ob das Denkmal schon stünde. Jetzt fing die Arbeit doch überhaupt erst an.
»Pierre«, begann sie, aber in seinen Augen stand die brüllende Einsamkeit der Londoner Jahre zu lesen und das tägliche Versagen vor den Malbrüdern und die ganze nicht zu tragende Last, eines berühmten Mannes Sohn zu sein, und da gab sie es auf. »Still«, sagte sie nur flehentlich, »ich bitte dich. Das ist alles ja ganz anders. Und du weißt doch, man darf nicht –« Auch hatte sie Furcht, daß er noch einmal so Entsetzliches wie vom Trommelrühren sagen würde, deshalb nahm sie ihn bei beiden Ohren und zog ihn hoch und küßte ihn lachend und schwesterlich und weise mitten auf den Mund. »Willkommen, jedenfalls, wir freuen uns mächtig. Sind wir doch allein hier unter lauter Wildfremden.«
Nun hatte der Meister in der scharfen, von lautem Gehämmer durchtobten Luft von Ropscha an hier gedacht wie an sein Zuhause. Er wollte sich endlich ausstrecken und gähnen und ein bißchen verwöhnen lassen von Marie Anne und ihr erzählen von draußen, von all den Zwischenfällen, heiterer und auch kritischer Art, von denen man nicht in den Gazetten lesen würde. Außerdem war er zur Kaiserin bestellt als Abschluß der Krönung des Krönungstages, und die Herrscherin erwartete offenbar, daß er ihr den weiteren Fortgang der Arbeit erkläre, auch das wollte vorher mit der Gehilfin besprochen sein. Er war ernstlich stolz auf seine Hohlkugelerfindung, gerade weil dieses Problem der Mechanik nicht eigentlich zu den seinen gehörte. Und nun kam ihm dieser da hereingeschneit mit seinem unverschämten Gefasel. Und die Gehilfin hielt den Taugenichts plötzlich umschlungen. Da stieg eine unbändige Wut in Meister Falconet hoch, da rissen die angespannten Nerven, und er brach los.
Es gab diesmal aber kein Donnerwetter. Und ein Horcher an der Wand hätte nichts gehört. Die beiden mußten sich sogar anstrengen, damit ihnen kein Wort verloren gehe. Aber weghören konnte man leider auch wieder nicht. Meister Falconets Giftpfeile schwirrten hinüber, und jeder von ihnen traf mitten ins Herz. Ganz leise nur klirrte seine Stimme, als er dem Sohn Eitelkeit, Unfähigkeit, alle Blamagen erbarmungslos aufzuzäh-

len begann. Und es wurde nichts vergessen und nichts geschenkt. Nicht einmal die erste Blamage jener Ausstellung, da der Vater eigenhändig vor der Kommission die Bilder dieses Stümperjungen hatte von der Wand nehmen müssen, um nicht selbst der Blamierte zu sein. Denn nur als Sohn des Berühmten war er als Ausstellender akzeptiert worden. Ach, das war nie erwähnt worden, darüber hatte man gnädig den Schleier des Vergessens gebreitet. Aber nun wurde der roh heruntergerissen. Denn nichts, wir wissen es, ist roher als ein enttäuschter Vater, der sich fortgesetzt sehen möchte in seinem Sohn. Und nun versuchte der, ihm auch noch seine eigene Arbeit schal und läppisch zu machen. Aber war's wirklich nur das?

Da standen die beiden Jungen Hand in Hand, hielten zusammen, wagten es, gegen ihn Front zu machen. Totenblaß war das Gesicht des Jünglings geworden, Schweißperlen standen ihm auf der Stirn. Mit weit aufgerissenen Augen starrten die beiden. Hör' nicht hin, flehte der Druck ihrer Hand, ich halte dich schon, er zerbricht dich schon nicht. Und sein Händedruck antwortete, deinetwegen, zu dir, bin ich gekommen. Du mußt mir helfen wie in der Kinderzeit.

»Und wie willst du leben und wovon? Willst du mir das gefälligst erklären? Wir beide verdienen mit unserer Hände Arbeit hier unser Brot«, schloß Meister Falconet. Das war geradezu eine erquickende Frage nach dieser gnadenlosen Aufzählung. Pierre schluckte. »Bei Euch natürlich«, erwiderte er dann und hatte um seine Stimme zu kämpfen. (Vaters Konto habe ich überzogen für diese Reise, fuhr es ihm durch den Sinn. Drei Wochen mühseliger Fahrt für solchen Empfang, jammerte es in ihm.) »Der Felstransport hat Millionen gekostet, heißt es, da wird doch wohl für mich – –« Kläglich trotzte er auf.

»Taugenichts«, warf Meister Falconet verächtlich hin. »Ehrlos, mir auf der Tasche liegen zu wollen.«

Rasch fiel Marie Anne ein, ehe die beiden einander noch Schlimmeres antun konnten. »Er wird arbeiten«, sagte sie eifrig. »Und Kinderbildnisse zum Beispiel macht er doch wirklich sehr hübsch.« Die Kammerfrau hatte ihr ein blondlockiges Nichtchen präsentiert, dort oben in der Kaiserin Atelier, während sie an dem Geheimauftrag werkte. Auch die fassadenwärts wogende Bezkitochter hatte sich vernehmen lassen, sie

wolle porträtiert sein. Er konnte diese Aufträge alle von ihr haben, sie hatte es doch im Vertrag, daß sie ausschließlich zu des Meisters Diensten zu sein hatte.
»Seht Ihr«, sagte Pierre und hatte seine Stimme wiedergefunden, so gut stützte es sich auf Marie Anne. »Mit ein bißchen gutem Willen – – Ich bin ja bereit zu arbeiten, wenn das auch wirklich keine Rolle spielen kann bei Eurem enormen Einkommen«, setzte er hinzu. »Ihr braucht doch bloß Eure Konnexionen spielen zu lassen, mich einfach vorzustellen bei Hof. Mich, Euren Sohn.«
Da machte Meister Falconet eine so angeekelte Gebärde, daß man darüber schon ein wenig erschrecken konnte. Und die Gehilfin ließ Pierres Hand sachte wieder los. »Trommelrühren« und »auf des Vaters Einkommen ausruhen« und nun auch noch »Konnexionen und Vorstellen bei Hof«. Ja, er war gewiß bejammernswert, aber sie redeten in verschiedenen Sprachen, und hatte er sich auch bei den Pflegern und Betreuern des Weinbergs der Wahrheit herumgetrieben, aus dem Weinberg der Wahrheit stammte er eben doch nicht.
Eine Tür fiel ins Schloß. Meister Falconet hatte die beiden verlassen. Verschreckt und ratlos saßen sie einander gegenüber. Doch hätte einer näher hingesehen, dann hätte er in Marie Annes Augen noch etwas anderes bemerkt. Die Blume Hoffnung blühte da auf. Dieser Ausbruch hatte nicht nur dem Sohn gegolten, den Meister hatte noch etwas anderes aufgebracht. Jetzt erst begann ihr Herz wild zu schlagen. Sie senkte den Blick. Pierre hätte es sonst vielleicht in ihren Augen lesen können, daß da eine winzige Seligkeit eingezogen war. So mitleidslos und so weise war Marie Anne in diesem Augenblick. Nein, mit seinem überraschenden Besuch hatte Pierre entschieden wieder einmal kein Glück.

»Was soll das?« brummte der Nachtwächter und stutzte. Er war eben am Ende seines Rundgangs angelangt.
Es war eine sternenlose Sommernacht. Die Fenster des Winterpalais lagen erloschen. Von der Freitreppe her kam das Schnarchen einer Wache. Im Gesindetrakt wälzte sich heut wohl mancher Besoffene. War doch durch die Huld der Souveränin an diesem Krönungstag eine Legion von Fässern angezapft

worden. Nun schlief das Schloß also dem neuen Tag entgegen. Vom Meer her wehte eine leichte Brise und brachte für einen Augenblick den Geruch von Seetang und Fischen herüber. Von den Stallungen drang einmal das Aufwiehern eines Pferdes, es war wohl im Halbschlaf zusammengeschreckt. Irgendwo drüben polterte ein verspäteter Wagen dumpf über eine Brücke. Aus einem Torbogen wisperte und kicherte es leis. Dann verhuschten die letzten Nachzügler ins Dunkel. Hatte man ein nächtlichen Geräuschen aufgetanes Ohr, dann konnte man aus dem Park die Zikaden zirpen hören. Irgendwo in der Nähe mochte auch ein Baum stehen. Ein vereinzelter Vogel zwitscherte einmal kurz auf. Sonst war da kein Laut.

Jedermann war zur Ruhe gegangen. Doch halt! Dreimal vier Scheibengevierte mit dem schwarzen Balkenkreuz dazwischen zeichneten sich auf dem Boden des Hofes ab. Aus dem untersten Stockwerk, aus den letzten drei Fenstern neben dem Torbogen, kam dieses Licht. Die Fenster des kaiserlichen Badhauses mußten das sein. Doch war es nicht die geeignete Zeit, ein Dampfbad zu nehmen. Was ging da vor, wer konnte eingebrochen haben?

Eilig und fluchend schlurfte der beleibte Nachtwächter hinüber. Für gewöhnlich hatte er einen bequemen Dienst. Und was sich an Überraschendem hier so alle paar Jahre abspielte, nein, dafür trug er keine Verantwortung. Aber das Badhaus gehörte zu seinem Revier. Wahrscheinlich hatten sich dort ein paar Lakaien mit einem gestohlenen Fäßchen zurückgezogen und taten sich's gütlich. Und dabei hatte auch er heute natürlich über den Durst getrunken und wollte rasch wieder ins Bett. Na, diese Störenfriede, die sollten von ihm was erleben! Er rasselte drohend mit seinem Schlüsselbund. Natürlich, ganz wider das Reglement, nicht zugeschlossen. Knarrend schob sich die kleine Tür neben dem Torbogen auf. Finsternis verschluckte den dicken Mann.

Stille. Die hellen Scheibengevierte ruhten weiß auf dem dunklen Grund. Ein leiser Wind hatte sich wieder erhoben, jetzt führte er eine Handvoll Jasminduft mit sich. Schlüsselklirrend, seine Laterne schwenkend, kam der Nachtwächter nun wieder zurück. So schnell ihn die Beine tragen konnten, wackelte er quer über den Hof, durch den nächsten Torbogen weiter und pochte dort dreimal an des Verwalters Wohnung. Verdammt, daß er

den jetzt wecken mußte. Aber allein konnte er diese Verantwortung nicht tragen. Dabei hatte der heute sicher auch manches Glas gehoben und würde schön ungehalten über die gestörte Nachtruhe sein.
»So was, so was!« schnaufte der Dicke kopfschüttelnd, als er eine halbe Stunde später zu seiner Frau ins Bett kroch.
»Was denn, was denn?« brummte die ärgerlich und drehte sich verschlafen auf die andere Seite. Er war in der Zwischenzeit ganz wach geworden und hätte für sein Leben gern erzählt. Aber da sie ihm so entschlossen den Rücken zuwandte, verging ihm das wieder. Er zuckte die Achseln. So war eben die Ehe.
»So was, so was«, wiederholte er nur, resigniert und erbittert in einem. Daß man das nicht verkaufen konnte. Dafür würden die Gazetten bezahlen. Mehr als für die Geschichte von diesem blödsinnigen Felsentransport. Davon könnte sich einer schon zur Ruhe setzen und müßte nicht mehr Nacht für Nacht hinaus. Aber jemand wie er hatte eben keinerlei Konnexionen. Wo sollte er einen dieser Gazettenschreiber zu fassen kriegen? Seufzend blies er die Kerze aus. Ächzend rollte er sich auf die andere Seite und wandte der Ehehälfte ebenfalls den Rücken zu.
»So was, so was«, murmelte er nochmals, dann war er bereits tief eingeschlafen. Das war aber auch ein anstrengender Tag gewesen, dieser Krönungstag mit dem Felsenrummel! Und keinen einzigen Augenblick hatte es für ihn die wohlverdiente Tagesruhe eines Nachtwächters gegeben.
Das Schloß lag in schwarzem Schweigen. Nur vier helle Scheibengevierte lagen weiß nebeneinander auf dem dunklen Hof. Im Badhaus war man noch immer wach.
Das war das Ende des denkwürdigen Tages, von dem eine Münze auf uns gekommen ist. Die ließ die Kaiserin zur Erinnerung schlagen; dargestellt war darauf, wie man den Fels auf den Isaakplatz rollt. Die Münze erhielt Meister Falconet als kaiserliche Gabe, und darunter stand geprägt: *»Der Tollkühnheit.«* Ein jeder konnte diese Münze besehen, die für den Eingeweihten nebenbei auch besagte, daß die Kaiserin hinfort auf festem Grund und mit furchtlosem Blick, frei und allein und tollkühn in der Welt zu stehen meinte.

Hineinschleichen hatte er sich müssen, nur weil er so klein und unansehnlich war, war's ihm geglückt, von einem Fensterplatz mit anzusehen, wie der Fels auf den Isaakplatz herangerollt kam, wie dieser unverschämte Gesell, der das alles ausgeheckt hatte, von der Kaiserin seinen Lohn, den Ritterschlag, empfing.
Das Köpfchen saß in selbiger Nacht knirschend vor Wut bei einem Freund im Logis. Es war besser, daß es im Palais Stegelmann, das die Orlows bewohnten, hieß, alle drei Brüder seien noch immer verreist, Aufenthalt unbekannnt. Denn die sich dort so häufig nach ihnen erkundigen kamen, mochten dies nicht immer in liebevoller Absicht tun. Solche Vermutung hatte jedenfalls durch die Vorgänge der letzten Wochen reichliche Bestärkung erfahren.
Das Köpfchen sprang auf und humpelte hastig, Hände auf dem Rücken verschränkt, hin und her. Längst war das ganze Haus nach dem festlichen Tage, den nicht endenden Gelagen, in Schlaf gesunken, nur er konnte noch immer keine Ruhe finden. Er trat ans weit geöffnete Fenster, lautlos und schwarz lag der Park vor ihm. Auch da draußen mochten welche auf ihn lauern, die die Auskunft »Aufenthalt unbekannt« verdrießlich fanden. Leise klirrten die Scheiben, als er das Fenster schloß. Brautwerber hatte er zu spielen, doch sah die Sache recht verfahren aus. Fest kniff er die dünnen Lippen zusammen, und wie immer, wenn er nachdachte, sah er wie eine Kaulquappe aus. Doch hatte er schon allerhand im Leben gedeichselt, er würde auch dies noch deichseln können.
Seufzend blieb er vor dem Tisch stehen. Eine Liste mit drei Dutzend der vornehmsten Adelsnamen lag da ausgebreitet. »In Sorge um die Nachfolge«, murmelte er. »Wegen der schwachen Gesundheit des Großfürsten.« »Zur Sicherung des Thrones.« Und das schlagendste Argument: »Auch Rasumowsky war geheimer Konsort.«
Heftig trommelten nun seine dünnen Finger – Auftakt zum Hochzeitsmarsch mochte das sein. Er hatte ja nicht nur den Einfall zu produzieren, diesmal fiel ihm auch die Hauptlast der Ausführung zu. Bei all denen habe ich noch vorzusprechen, dachte er grimmig. Die alle muß ich noch überzeugen. Doch sein blickloser Blick sah jetzt nicht mehr die Namen, ein böses Flämmchen züngelte hoch. Den Bruder Tausendsassa wollte sie

an den Pranger stellen? Er sah anderes an diesem Fels vor sich gehen. Schon richtig, er hatte nur von des Bruders Weibergeschichten zu zehren, aber doch auch von dem, was sein eigenes Gehirn ausspann. Brautwerber, grinste er jetzt hämisch. Zwanzig Unterschriften haben wir schon.

Auf Schleichwegen, wie Diebe, hatten sie Moskau verlassen müssen, in immer neuer Verkleidung waren ihnen die Häscher dieses verdammten Gouverneurs mit sanfter Gewalt in den Weg getreten. Nur mit Mühe waren sie ihnen schließlich entwischt. Wie Hunde hatte man sie dann vom Stadttor von Petersburg verjagt. »Auf allerhöchsten Befehl«, hatte man liebedienerisch, scheinheilig, sich entschuldigt. »Wegen Quarantäne«, hatte man erklärt. Weil sie aus der Pestgegend kämen, waren sie unter Hackenklappen und Salutieren und voll Reverenz nach Gatschina verfügt worden. Auf unbestimmte Zeit. Zwangsaufenthalt also, nicht viel besser als Gefangennahme. Und dort saß der arme Tausendsassa noch. Na, er würde nicht mehr lange dort sitzen, dafür wollte das Köpfchen schon sorgen! Was ein Orlowscher Familienrat beschloß, das war noch jedesmal ausgeführt worden. Sie hatten einander immer herausgehauen aus Spielschulden, aus Weibergeschichten und noch aus ganz anderen Sachen. Die Brüder durften dabei getrost auf ihn bauen. Der Jüngste produzierte ihnen alle Einfälle, aber wenn es not tat, sorgte er auch für die Ausführung.

»Konsort der Kaiserin«, sagte er nun schneidend in die Stille und schmeckte das Wort. »Brautwerber«, fuhr er fort, »wir binden.« Und vor seinem blicklosen Blick stand ein unglaubliches Bild. Doch war diesmal niemand da, geniert fortzublicken von so nacktem Gesicht. Die Kerzen stellten es völlig bloß, unverhüllt, hemmungslos sprang Gier ein unsichtbares Opfer an.

Im Badhaus brannte immer noch Licht. Die Kaiserin hatte das angeordnet. So einfach war es gar nicht, ein Souper à deux diskret zu arrangieren. Die Gemächer des Favoriten standen schließlich schon geraume Zeit leer, und der Palast verfolgte mit hundert Augen und Ohren gespannt jeden Schritt der Herrscherin. Einmal einfach nur Frau sein, ohne daß jedermann davon erfuhr und hochpolitische Schlußfolgerungen zog, ohne

daß gleich diese oder jene Partei wähnte, sie sei nun an die Reihe gekommen, sie dürfe nun ihre Forderungen stellen, das war entschieden gar nicht so leicht.
Man hatte die eigentliche Bestimmung des Raumes notdürftig zu kaschieren gesucht, hatte einen Paravent vor die Stufen des berühmten schwarzen Marmorbassins der Zarin gezogen, hatte über die nun erkalteten Heißluftlöcher rasch ein paar Gobelins gehängt. Die Birkenreiser fortzuräumen, hatte man jedoch vergessen, sie lagen aufgeschichtet in einer Ecke und hätten nebst einem Stapel blütenweißen Linnens, nebst Krügen, Bekken und seltsamen Tiegeln voll der Wohlgerüche Arabiens, dem Kundigen wohl über den eigentlichen Zweck des Gemaches Auskunft zu geben vermocht.
Zwei Ruhebetten standen bereit, die konnten schon ein wenig mißtrauisch machen, für nachtlangen Schlaf schienen sie nicht gebaut, und auch zum Sichhinstrecken, daß man von dort gut plaudere, schienen sie reichlich unbequem zu sein. Vor dem Bad, nach dem Bad, zu kurzer Rast, während des Ankleidens, Auskleidens, konnten sie dienen. Man hatte also für passendere Sitzgelegenheiten sorgen wollen und in der Eile nichts Besseres gefunden als ein paar goldverschnörkelte, steiflehnige Stühle, die hatte man wohl kurz vorher ineinandergeschachtelt hineingetragen, denn es war offenbar keine Zeit geblieben, sie auseinanderzunehmen und ordentlich um den Tisch zu placieren. Doch stand eine prächtige Tafel gerichtet, zwei Gedecke waren aufgelegt, Rosen waren über das ganze Tuch gestreut. Seltene Leckerbissen, leuchtende Früchte, lockten von schweren, goldenen Schüsseln, im Kerzenlicht glitzerten Kristall und Gerät um die Wette.
Die Kaiserin stand und musterte mit Feldherrnblick das nicht ganz vollendete Arrangement. Vorsichtig lüpfte sie ein wenig den Zipfel des schweren Damasts und ließ ihn gleich wieder fallen. Ganz wie sie es erwartet hatte. Sie lachte leise vor sich hin. Die Vertrauten hatten unbemerkt einen richtigen Tisch nicht herbeischaffen können. So hatte eben ein umgestülptes Becken herzuhalten, das Liebesmahl der Kaiserin zu präsentieren, und die Kaiserin sich zu bescheiden, wollte sie ein ungestörtes Plätzchen haben, um à deux zu sein. Sie seufzte, halb ärgerlich und halb belustigt, aber dann hatte sie das alles

auch schon wieder vergessen. Von draußen war ein Geräusch zu vernehmen. Sie schrak zusammen und glitt rasch an die Tür. Sie lauschte. Dann schüttelte sie leicht den Kopf, es war noch zu früh. Sie konnte gar nicht vorsichtig genug zu Werke gehen. Für ein Uhr nachts erst hatte sie ihn deshalb bestellt. Leise versuchte sie die Klinke niederzudrücken und nickte befriedigt, die Tür war unverschlossen, wie sie es befohlen hatte. Sie horchte nochmals. Sie hatte sich nicht geirrt, da war ein Geräusch, da waren Schritte. Doch entfernten sie sich wieder. Erleichtert atmete sie auf. Dann war auch das schon wieder vergessen. Die Kaiserin blieb an den Türstock gelehnt. Ihr Blick verlor sich nun in weite Ferne, und sie lächelte still vor sich hin.

Sie hatte den nun schon historisch gewordenen, pfauenblauen Krönungsmantel um und hielt ihn mit einer Hand an die Schulter gerafft. In ihrem nachtschwarzen Haar funkelte ein Diadem. Sie reckte sich hoch, sie fühlte sich leicht, federleicht fühlte sie sich. Nun war es soweit! Eine Last war ihr von der Brust genommen. Nun, da der Fels auf dem Isaakplatz stand. Eine Epoche war abgeschlossen. Die Unerschrockene ließ sie sich gerne nennen. Eine Kopfbewegung tat das rasch ab. Ach, wenn die Menschen wüßten, wie angstgejagt sie noch immer war! Acht Jahre hatte sie Grigori gefürchtet und doch nicht leben können ohne diese Qual. Nun war es soweit. »Vivat sequens«, sagte sie trotzig in die Stille und zuckte gleich wieder zusammen, so fremd war ihr der eigene Ton. Und dann schritt sie langsam, ihre Füße staken nackt in venezianischen Sandalen, wie jetzt zu sehen war, auf den mannshohen Spiegel zu. Dort hielt sie inne und suchte lange in ihren Zügen. Spöttisch und ein wenig wehmütig betrachtete sie sich. Von der kleinen deutschen Prinzessin war nichts geblieben. Eine fremdsieghafte Frau strahlte sie da an. Langsam und tastend fuhr sie sich mit dem Finger über das Rund der Wange zur Schläfe hinauf. Nun kam einer, der sie die Demütigungen der letzten Jahre vergessen machen würde.

Mit einem Ruck warf sie den Mantel ab. Nackt stand sie vor ihrem Spiegelbild. Alabastern leuchtete ihr blühender Leib. Mit einer sonderbar unbestimmten Gebärde griff sie mit beiden Händen nach ihrem Haar und zog langsam und nachdenklich daraus Spangen und Nadeln und kostbare Steine und sah zu, wie die Flechten allmählich sanken, sich lösten, sie überrieselten, bis der nachtschwarze Mantel sie sanft umhüllte. »Willkommen«, sagte sie dann zärtlich und bebend und nickte ernst in den Spiegel mit erglühtem Gesicht. Nun kam er, seinen Lohn zu holen. Eine Kaiserin empfing zum erstenmal einen Mann ihrer freien Wahl.

Meister Falconet stürmte indes im dunklen Park immer wieder um ein Beet. Er hatte den Kirchturmschlag abzuwarten, ehe er sich zu diesem Stelldichein begab. In seiner Stube hatte es ihn nicht länger gelitten, dort war er nicht einmal mehr vor der Zudringlichkeit des Sohnes sicher. Auch konnte er die Collot jetzt nicht ertragen, selbst sie nebenan zu wissen, störte ihn. Allein mußte er sein und seine Gedanken ordnen. Leise knirschte der Kies unter seinem eiligen Tritt. Glühwürmchen umtanzten ihn, betäubender Blütenduft drang auf ihn ein. Irgendwo knackte es, vom Teich her quakte es, ein Käuzchen rief. Verwirrend war das alles, als ob der nächtliche Park seinen Schabernack mit ihm treiben wollte. Und dabei galt es nach diesem ereignisreichen Tage, Verwirrung zu lösen, Gedanken zu ordnen und kalten Kopf zu bewahren. Zu viel hing davon ab.

Er trug eine schwere Mappe unter dem Arm, die wollte er der Kaiserin bringen. Sie enthielt die besten seiner Entwürfe. Zehnmal schöner waren diese geworden, als er sie in seinen kühnsten Träumen erhofft hatte – das rechte Angebinde für sie, die ihn so ganz verstand. Dank für den Fels, den Sockel, wie geschaffen für sein Werk, weil er wider jede Konvention war. Das Maß der Epoche zu bestimmen, das war ihm nun in der Reife seiner Jahre doch noch vergönnt. Und eine Kaiserin erwartete ihn zum verschwiegenen Stelldichein.

Er seufzte. Erinnerung stieg plötzlich auf und stand zum Greifen nah vor seinem Gesicht. Wie ärgerlich, er hatte der peinlichen Episode nie mehr gedacht. Der Park mochte an dieser Erinnerung schuld sein. Seit seinen Jünglingsjahren war er nie mehr nachts in einen Park geraten. Ja, einmal schon hatte ihn hohe Gunst emporgetragen. Doch hatte jene Protektorin ihn nicht begriffen. Einen zierlichen, Krimskrams drechselnden Affen hatte sie aus ihm zu machen gesucht. Er war damals noch zu jung gewesen, um zu durchschauen, sich zu wehren. So hatte es ihn fast zerbrochen. Längst vergangene Zeiten standen auf. Er lächelte gequält, es war ein ungutes Lächeln, das sich an die süße Schwärze des Parks verlor.

Ja, Engelsköpfchen und Faunsleiber hatte er als junger Mann für das königliche Ameublement geschnitzt. Und das wäre wohl so bis ans Ende seiner Tage geblieben, wäre nicht zufällig das Auge jener Dame an ihm, dem schmächtigen Jüngling, haften geblieben. Eine schöne Frau, gewiß, und von hohen Gaben, aber ihre Tage an der Macht waren damals wohl schon gezählt. Mit einemmal waren holprige Wege für ihn geebnet, versperrte Türen gingen weit auf, und aus dem königlichen Kunstschreiner wurde nun ein königlicher Bildhauer und ein Bildhauer der königlichen Bauherrin. Und modischer Krimskrams von seiner Hand, zierliche Gartenfiguren tauchten bald da und dort auf, schmückten schließlich Versailles und Bellevue und Choisy, und auch in Soubise und Petit Trianon stellte man sie auf. Nichts ist verderblicher als Erfolg in jungen Jahren. Mußte er wirklich an seinem Ehrentag an diese Schande erinnert sein? Er lachte gereizt in den nächtlichen Park. Lautlos tanzten die Glühwürmchen vor ihm auf und nieder. Die hohe Gönnerin hatte es damals gewiß gut gemeint, und ehe sie von ihm Abschied nahm, war die Bestellung zum Leiter der königlichen Porzellanmanufaktur von Sèvres erfolgt. Wie ahnungslos war er doch gewesen. Hochgekommen zu sein durch eigene Leistung und durch Fürsprache seines Lehrers Lemoyne, hatte er geglaubt. Hochgeschoben war er in Wirklichkeit worden. Welche Bitternis, als er dies schließlich erfuhr!

Was junge Menschen doch maßlos sind in ihrer Empörung, die sie auch noch für gerechtfertigt halten, verwunderte er sich, nun schon leise belustigt. Ich weiß, ich weiß, beschwichtigte er fast sanft ein Phantom, das sich aufgeregt zu verteidigen suchte. Da hatte ihn der nächtliche Park nun doch in seine Gewalt bekommen, und das Phantom wich ihm partout nicht von der Seite bei diesem Lauf rings um ein Beet. »Schon gut, schon gut«, replizierte er, und konnte Gereiztheit doch nicht ganz unterdrücken. »So geht es eben im Leben. Aber ich hätte damals vor Euch hintreten müssen und Euch all Eure Wohltaten und all diese Titel und diese entsetzliche Lebensversorgung von Sèvres hinschmeißen müssen und fortgehen. Aber der

Eintritt bei Euch wurde mir ja verwehrt!« warf er ihr nun wieder aufbrausend vor. »Na, Ihr habt es eben nicht besser verstanden«, fuhr er wieder etwas versöhnlicher fort. »Wollen wir also Frieden schließen?« Doch erhielt er auf so großmütiges Angebot keine Antwort. Verschreckt war das Phantom in den Schutz des nächtlichen Parks entwichen.

Ja, fortgehen hätte er damals sollen, den Staub der Stadt, des Landes, das keinen zu würdigen verstand nach seinem Verdienst, von den Füßen schütteln. Aber was hätte ihm das genützt, da er ihr ja doch nicht alles hatte hinschmeißen können. So war er gezwungen gewesen zu bleiben und hatte es eben tragen müssen. Und dann war also doch noch St. Roch geworden, und diese Leistung hatte ihn hierhergebracht. Und die Kaiserin, die begriff ihn ganz. Die hatte nicht seine Kraft einzwängen wollen in Zierlichkeiten. Durch sie war seine Kraft erst frei geworden, Maß der Epoche zu sein. Damals war er, so wie er es heute begriff, zum Frauenverächter geworden, heute erst war er wieder ein werbender Mann. Weil sie sich dem Flug seiner Gedanken vermählte. Eine heiße Welle stieg in ihm hoch.

»Vaché, Vysokorodie«, sagte er leise in das nächtliche Schweigen und blieb stehen. Er zog die Mappe fester an sich. Ich bringe Euch hier mein Bestes, in dem ich mich selbst übertroffen habe, wollte er ihr sagen. Wir beide bestimmen vereint das Maß unserer Zeit. Wir wandeln beide auf der Menschheit Höh'n. Und sein Herz barst fast vor Stolz und Verlangen.

Von der Kathedrale herüber kam jetzt ein einzelner, dumpfer Schlag. Ein Uhr. Die vereinbarte Stunde. Eilig schritt Meister Falconet nun über den knirschenden Kies. Der dunkle Torbogen verschluckte ihn.

Im letzten, ein wenig baufälligen Hintertrakt des Schlosses, er gehörte nicht mehr zu des Nachtwächters Revier, dort, wo man seit eh und je das Künstlervölkchen einzuquartieren pflegte, brannte hinter einem einzigen Fenster gleichfalls noch ein mattes Licht.

Ein dreiarmiger Leuchter auf dem Tisch. Ein bescheidener Imbiß für den Meister. Ein paar Stiefmütterchen in einem Glase, warmgolden und samtblau vor seinem Gedeck. Blaß und erregt und des Wartens nicht müde, und sie wartete nun schon

volle fünf Stunden, lächelte die Gehilfin entrückt vor sich hin. Doch wie sah sie aus! Stets hatte sie scheu die übermütigen Verkleidungsfeste der Pariser Scholaren gemieden, aber ihr heutiger Aufzug wäre nicht einmal dort am Platze gewesen, hätte selbst dort als Zielscheibe des Spotts gedient. Ein weißblumiges, wallendes Gewand aus hauchdünner Mousseline trug sie (sollte das ein Nachtgewand sein?), daüber eine altmodische Spitzenmantille, ein bemerkenswert unkleidsames, zerfranstes Stück. Einem verstaubten Theaterfundus mochte es entnommen sein, aus Marie Annes Garderobe stammte es jedenfalls nicht. Am besten noch kam ihr Haar zur Geltung. Sonst war es immer straff gestriegelt, am Scheitel achtlos irgendwo zusammengedreht, sein Reiz war nie zu entdecken gewesen. Nun floß es ihr in weich blonder Fülle über die Schultern, und was es umrahmte, war tatsächlich nicht mehr das ein wenig kläglich komische Clownsgesicht, sondern ein lieblich sittsames Mädchenbild. Dieser Anblick im Spiegel mochte sie mächtig gegen sich aufgebracht haben, rücksichtslos war sie dagegen zu Werk gegangen, hatte sich unzählige Löckchen tief in die Stirn gedreht und versucht, sich ein für den Anlaß passendes, lustvoll lüsternes Aussehen zu geben. Dadurch sah sie aber erst recht wie ein zerzaustes Schulmädchen aus.
Nun erhob sie sich, trat wieder einmal lauschend an die Tür. Wie sonderbar unsicher trippelte da die sonst kräftig ausschreitende Marie Anne. Ihre Füße verstanden es noch nicht recht, sich in so hochstöckeligen, schwanenpelzbesetzten Pantöffelchen zu bewegen. Die waren offenbar eigens für den heutigen Abend aufgespart worden, die trug sie sichtlich zum erstenmal.
So und nicht anders hatte eben – man konnte es in den galanten Romanen nachlesen – eine Hetäre auszusehen. Bacchantisch gelöstes Haar, verführerisch durchscheinende Gewandung, nacktfüßiger, hochgestöckelter Trippelschritt. So würde sie ihn willkommen heißen, so von ihm über die Schwelle getragen werden. Jetzt nahte also doch die große Stunde, auf die sie gewartet hatte, seit sie in Petersburg eingetroffen waren, oder eigentlich seit sie fünfzehnjährig mit frecher Nase und pochendem Herzen und bebenden Knien bei ihm angeklopft hatte und aufgenommen worden war.
Die Lauscherin schüttelte nun den Kopf. Da gab's nichts zu

lauschen. Zum siebenundsiebzigstenmal hatte sie sich eingebildet, seine Schritte zu hören. Aber noch kam er nicht zurück. Die bacchantische Hetäre mit dem braven Schulmädchengesicht hockte sich still in einen Polstersessel und geriet immer tiefer ins Sinnieren, und auch wilde Hetären dösen schließlich ein wenig ein.

Denn es war ein ereignisreicher, anstrengender Tag gewesen. Nun, da der Meister aus Ropscha zurück war, würde es wieder gemeinsames Tagwerk geben, und das Leben würde wieder erträglicher sein, hatte sie heute morgen gedacht. Ihrem Herzen hatte sie ja schon längst Schweigen geboten und sich töricht gescholten, daß sie sich damals in der Kutsche am Stadttor auch nur die geringste Hoffnung gemacht hatte. Und vor Verhärtung war sie gerettet worden, indem sie die große, ihm einzig ebenbürtige Liebe des Meisters mitzulieben begonnen hatte, und war eben dadurch zu einer großen Liebenden geworden, größer als Laura, inbrünstiger als Heloise, nur daß es von ihr niemand aufgeschrieben hatte.

Aber nun war alles ganz anders geworden. Mit einem Ruck hatte es ihr Herz noch einmal hochgerissen, denn das Herz ist ein ewig hoffendes, törichtes Ding. Die Wiederbegegnung mit Pierre hatte das heraufbeschworen. Die Umarmung war dem Meister also doch in die Glieder gefahren, und alles andere hatte sich dann ganz von selbst ergeben.

In fliegender Eile hatte sie tatsächlich noch in derselben Stunde, da der Meister sie beide verlassen hatte, Pierre mit einem Porträtauftrag auf ein fernes Schloß geschickt. Er sollte den Vater sich erst ein wenig beruhigen lassen, hatte sie ihm erklärt. So umsichtig wußte Marie Anne schon immer jeden an den rechten Platz zu stellen, und Pierres Platz war zur Zeit nun einmal nicht hier. Sie hatte fortgesehen von seinen kläglich klagenden Augen, so mitleidslos konnte dies Mädchen sein.

Wie weise war das gehandelt gewesen, denn der Meister war, ehe er zur Kaiserin ging, noch einmal bei ihr eingetreten und hatte mit ihr den Fortgang der Arbeit beraten, und was sie riet, würde er der Kaiserin vortragen. Und dann war er ihr übers Haar gefahren (über das glattgestriegelte, zusammengedrehte, mißhandelte Haar), hatte ihr Kinn zu sich hochgehoben, ihr in die Augen geblickt und mit einer Stimme zu ihr gesprochen, die hatte sie seit damals in der Kutsche nicht wieder gehört. »Marie Anne«, hatte er gesagt (Marie Anne, wie damals auch!), »ich glaub', ich hab' allerhand an Ihr gutzumachen. War wahrscheinlich nicht leicht all die Wochen, während ich draußen in Ropscha war. Und wir haben viel zu beraten. Die nächste Zukunft. Es gibt allerhand zu beschließen. Doch muß ich zuvor mit der Kaiserin ins reine kommen.« Und er hatte sie leicht auf die Wange geklopft. »Wir wollen meine Rückkehr dann richtig feiern, bereite Sie mir doch einen würdigen Empfang«, hatte er lächelnd geendet, und dann war er fort.

Kein Zweifel, er machte mit der Kaiserin Schluß. Ihre Qual war nicht vergeblich gelitten. Nicht vergeblich hatte sie ihr Herz festgehalten, damit es nicht zerspringe. Und die stupide Zuversicht, derentwegen der Vater sie einst verhöhnt hatte, die behielt dennoch recht. Der Meister zog ihren Mund dem einer Kaiserin vor. Still wartend hatte sie eine Kaiserin aus dem Felde geschlagen, wie damals still dreschend die erste Nebenbuhlerin. Und nun sollte sie ihn also würdig empfangen. Den rechten Augenblick hatte er einfach abwarten wollen. Und als sie Pierre umarmt hatte, war ihm aufgegangen, daß der rechte Augenblick auch verpaßt werden konnte. Ja, da er die Gefahr erkannte, da er fürchten mußte, sie zu verlieren, war er außer Rand und Band geraten. Und nun sollte sie seine Geliebte werden.

Sie hockte in ihrem Polstersessel. Die nackten Füße hatte sie hochgezogen, sie schmerzten von dem ungewohnten Stelzengehen. Arm und allein standen die kostbaren Pantöffelchen auf dem Boden. Mir blieb zu wenig Zeit, die galanten Romane zu lesen, jammerte es in ihr. Immer gab es so viel zu modellieren. Man müßte genauer wissen, ob das auch alles richtig ist. Ach, wie war sie doch unberaten, woher sollte sie nur ahnen, wie man das macht, Hetäre sein. Sie sprang auf, nach dem Spiegel zu suchen, dann hatte sie Angst, hineinzublicken, rückte lieber dies und das zurecht an dem festlich gedeckten Tisch. Langsam vertropfte die Zeit, langsam tropfte das Wachs von den Kerzen, um vieles matter geworden war die Erwartung in Marie Annes Zügen. So wartete sie nun schon weit über fünf Stunden auf ihre bacchantische Liebesnacht.

»Wir müssen miteinander ins reine kommen. Ich habe alles offen erklärt. Natürlich können Majestät dies nicht völlig begreifen. Dazu bedarf es vertrauteren Umgangs mit mir. Aber das ist der Punkt, an dem die Geister sich scheiden. Ähnlichkeit ist dabei ganz ohne Belang. Das will ich Euch beibringen, noch diese Nacht.«
Meister Falconet war in blendender Form. Kein Zweifel, das war der Höhepunkt seines Lebens. Gestrafft bis in jede Faser, jugendlich, federnd stand der schmächtige Mann. All seine Skizzenblätter hatte er vor sie hingebreitet, achtlos Schüsseln und Schalen beiseite geschoben. Unberührt waren die Leckerbissen, unberührt funkelte Wein im Glas. Hier bäumten sich reiterlose Rösser, dort sprangen Reiter und Roß von felsigem Podest, da gab es Köpfe, immer nur Köpfe, ohne den Leib des Reitersmanns.
Die Kaiserin hörte der metallisch schwingenden, heiß drängenden Stimme nun schon geraume Zeit zu. Sie lag hingestreckt auf einem dieser absonderlichen Ruhebetten und hielt den pfauenblauen Mantel über der Brust gerafft. Vielleicht trug das lodernde Feuer der Steine in ihrem Diadem daran schuld, daß ihr Gesicht darunter ein wenig erloschen wirkte.
»Laßt das«, sagte sie einmal leise und versuchte, den Fluß seiner Rede zu hemmen. »Laßt das. Ich versteh ja doch nichts davon. Ihr werdet mir das schon richtig hinstellen.«
Er aber hatte darauf statt einer Antwort nur eine beschwörende Bewegung mit flatternden Fingern und suchte hastig nach einer andern Skizze. Die schob er ihr nun fast flehentlich hin. Sie war fähig, dem Flug seiner Gedanken zu folgen, das hatte sie ihm doch längst bewiesen. Hohe Geister vermählen sich im Flug ihrer Gedanken. Und er sprach weiter. Von Proportionen, von der gewaltigen Überdimensionalität von Reiter und Roß und von der Größe und Architektonik des Isaakplatzes. Und er erklärte ihr eindringlich, daß es stümperhaft wäre, bei einem Monument auf Ähnlichkeit zu insistieren. Ein Monument sei kein Porträt. Und dann kam er noch einmal darauf zu sprechen, daß er sich um die Harmonie der Antike nicht schere, da könnten die Kenner noch so laut ach und weh schreien, ihn lasse das ungerührt, er setze eben sein eigenes, himmelstürmendes, alle Maße sprengendes Maß. Darüber erging er sich

ausführlich unter vielen Ausrufen der Verachtung gegen die Antikomanen.
»Laßt das jetzt«, versuchte es die Kaiserin eine gute Weile später noch einmal. Sie machte eine matte Kopfbewegung zum Fenster hinüber. Draußen dämmerte es bereits.
Aber da war er gerade bei einer Anekdote über Porträtähnlichkeit angelangt. Voll Witz und Bosheit ahmte er einen adeligen Hübschling nach, der empört gewesen wäre, sich so unedel abkonterfeit zu sehen. Doch zwanzig Jahre später sei jedermann über die sprechende Ähnlichkeit verblüfft gewesen. »So gewaltig kann sich ein Bild in zwanzig Jahren eben verändern«, schloß er schalkhaft. Und setzte ernster werdend hinzu: »Der echte Künstler ist eben im Erkennen der Dinge seiner Zeit weit voraus und wird deshalb verkannt. Dem echten Künstler kommt es nicht auf die Ähnlichkeit der Züge an, sondern auf den für die anderen erst im Laufe der Zeit sichtbar werdenden Charakter des Porträtierten.« Und dann sprang er wieder zu dem zurück, was in dieser Nacht ihr beizubringen er sich fest vorgenommen hatte. »Ähnlichkeit bei einem Monument, das ist erst recht ohne jeden Belang«, fuhr er munter fort. »Erst einmal kann es keiner bemerken, das ergibt sich schon zwangsläufig durch die unübliche Sicht des Beschauers. Und dann soll es doch für kommende Jahrhunderte bleiben und die Erinnerung lebendig erhalten an den, dem zu Ehren man es errichtet, also auch noch zu einer Zeit wirken, da keiner mehr lebt, der von Ähnlichkeit irgend etwas weiß.«
So ging es noch lange weiter, er war entschieden ganz verwandelt, er übertraf heute wirklich sich selbst. Doch vermochte er auch sie zu überzeugen, begriff sie, hatte er es ihr ernstlich beigebracht? Auf einmal wurde er gewahr, wie still sie dalag, wie sie die Skizzenblätter gar nicht beachtete und auch auf ihn nicht mehr den Blick gerichtet hielt. Die Kerzen waren schon niedergebrannt und erloschen. Sie hatten es beide nicht bemerkt. Aber auch bei erloschenen Kerzen ließen sich die Zeichnungen gut erkennen und auch, daß die Schüsseln unberührt waren. Der neue Tag warf bereits hinlänglich Licht.
»Ihr solltet Euch im Atelier das Modell des Kopfes besehen kommen«, sagte er schließlich ein wenig ratlos. »Dann werdet Ihr es ganz verstehen.«

»Vielleicht«, erwiderte die Kaiserin leise. »Ich werde kommen«, fügte sie hinzu. Und da lag noch ein letzter Schmelz aufziehender Erwartung in ihren Zügen, und es war doch schon ein herbes und verschlossenes Antlitz.
Meister Falconet begann nun doch zu ahnen, was er da verspielt hatte. Still sammelte er seine Blätter ein. Schweigen herrschte zwischen ihnen. Gedämpft drang durch die geschlossenen Scheiben das heisere Krähen eines Hahnes.
»Der neue Tag«, sagte die Kaiserin lächelnd. »Ihr müßt Euch beeilen.« Und man sah ihr jetzt an, daß sie sehr müde war.
Tief neigte sich der Meister über ihre Hand und hauchte einen langen Kuß darauf. Sanft wurde sie ihm entzogen. »Geht jetzt«, drängte sie leise, ihr Blick war ihm schon ganz entrückt.
Behutsam, auf Zehenspitzen, schlich Meister Falconet mit seiner Mappe zur Tür. Die Kaiserin hatte die Hände unter den Kopf verschränkt und sah still zur Decke. Lautlos zog er die Tür hinter sich zu.

Meister Falconet kam bei grauendem Morgen – die widerstreitendsten Empfindungen tobten in seiner Brust – in sein Quartier zurück. In Schlaf oder Arbeit muß man dies alles ertränken, dachte er grimmig. Doch war ihm vorerst weder das eine noch das andere vergönnt.
Er war sich durchaus noch nicht im klaren, ob er Verwundung davongetragen oder sie zugefügt hatte, und schon sollte er anderen Wunden Linderung bringen, und siehe da, das gelang ihm ganz gut.
Er bog von dem schmalen Korridor, an dem die Räume der Collot und seine eigenen lagen, um eine Ecke in einen breiteren Korridor. Sein Schritt hallte ein wenig durch die Stille, er versuchte, leiser aufzutreten, seine Rückkehr mußte ja nicht unbedingt gleich publik werden. Arbeit war vielleicht jetzt doch das Beste, er lenkte seine Schritte zum Atelier, holte den mächtigen Schlüssel hervor – schon begann Arbeitsruhe in ihn einzuziehen –, da wäre er fast über etwas gestolpert. Er sah sich das näher an.
Da lag die Gehilfin zusammengekauert in der Ecke und schlief, nicht gerade sehr bequem. Sie hatte seiner geharrt bis zur Morgendämmerung, dann war sie von Angst übermannt wor-

den. Wo konnte er bloß hingeraten sein? Die Kaiserin hielt ihn doch gewiß nicht so lange fest, dazu hatte der Palast zu viele Augen und Ohren. Aber wie leicht konnte ein von einem rasenden Nebenbuhler gedungener Häscher ihm in finsterer Gasse hinterrücks einen Dolch in den Leib rennen. Sie hatte Horace und Simon auf Suche schicken wollen, dann war sie davon wieder abgekommen. Vielleicht war noch gar nicht Schluß zwischen den beiden, und sie würde nur allerhand unliebsam aufrühren. Angstgejagt war sie durch Korridore geeilt, hatte immer wieder in seine Gemächer geblickt, ob er nicht inzwischen zurückgekommen sei, und hatte sich schließlich vor der Ateliertür postiert. Hierher mußte er irgendwann kommen, hierher würden sie ihn auch bringen, sollte man ihn blutüberströmt irgendwo in den Straßen von Petersburg auflesen.

Er beugte sich über das eingeschlafene, jämmerliche Mädchenbündel in dieser seltsamen Aufmachung. Noch trug sie die scheußliche Mantille über einem viel zu dünnen Gewand, ihre nackten Füße steckten in den komischen Pantoffeln, und das Haar hing ihr wild und zausig übers Gesicht. Es dauerte einige Atemzüge, ehe er begriff, wer da vor ihm lag. Er war sich kurz zuvor über die Maßen einfältig vorgekommen, war aber noch nicht soweit, darüber zu lachen. Nur daß er allein und verlassen war, das wußte er. Und da fand er nun dieses Häuflein Unglück. Wie ein Hund hatte sie sich vor seine Schwelle gelegt. Er rüttelte sie sanft an der Schulter und sagte leise: »Kind, Kind!«

Marie Anne schlug die Augen auf und wußte nicht gleich, wie ihr geschah. Sie sah das Gesicht des geliebten Mannes, um den sie sich eine Nacht lang verzehrt und zuvor schon die endlosen Wochen, die er in Ropscha gewesen war, gebangt hatte. Und den sie entschlossen war zu behüten, seit sie das erstemal bei ihm eingetreten war, weil man ihn eben nicht allein lassen konnte. Und nun beugte sich dieser Langentbehrte, Totgeglaubte quicklebendig über sie, und sie lächelte. Lächelte so beseligt aus verheultem, von eingetrockneten Tränenspuren verschmutztem Gesicht, daß es dem Meister wie Schuppen von den Augen fiel. Er, der eben noch blind und taub gewesen war, erkannte, daß über die Maßen lieblich, wenn auch verheult und zerzaust und verschmutzt, ein botticellischer Engel ihm vor die

Füße gefallen war. Es ging ihm durch den Sinn, daß sie ihm so vom Himmel gesandt schon einmal erschienen war, nur konnte er sich nicht erinnern, wann das gewesen war und wo.
Marie Anne begann mit den Zähnen zu klappern, und er sagte nochmals: »Aber Kind, Kind!« Dann nahm er sie hoch und trug sie über den breiten Korridor in den schmäleren und stieß die Tür zu ihrem Zimmer auf und trug sie nun also doch im Nachtgewand und mit der Mantille und den Pantöffelchen an nackten Füßen und dem bacchantisch flatternden Haar auf starken Armen über die Schwelle.
Er schlug die Decke zurück und legte sie behutsam auf ihr Bett. Sie zitterte immer noch wie Espenlaub. Da ging Meister Falconet hin und her, und er durfte vergessen, wie unsagbar blamabel er sich benommen hatte, jetzt wurde er gebraucht. Er weckte niemanden und entfachte eigenhändig das Feuer im Kamin. Er erhitzte Ziegel, wiewohl es Sommer war, und legte sie ihr zu Füßen und fand sich erstaunlich gut zurecht zwischen ihren Sachen und machte Teewasser und brachte ihr eine Tasse ans Bett und konnte ein heißes Getränk auch selbst gut vertragen, wie er jetzt erst merkte.
Da begann die Gehilfin zu reden und redete ohne Unterlaß zwischen Lachen und Weinen. Immer wieder fragte sie nach einer vermummten Gestalt mit schwarzer Maske, die ihn verfolgt hätte, und wieso er trotzdem entkommen sei. Und dann fragte sie auch noch, ob er bei der Kaiserin gewesen wäre und ihr das alles über den Kopf der Figur hübsch ordentlich erklärt hätte. »Und begreift sie das auch mit der Ähnlichkeit?« fragte sie mit der ganzen Überlegenheit einer aus der Werkstatt Falconet. Und dann blickte sie fort von ihm und sagte noch leise: »Habt Ihr auch alles mit ihr ins reine gebracht?« Sie schien völlig außer Rand und Band geraten und redete immerzu, immerzu, und eine Antwort wartete sie gar nicht erst ab. Und dabei betastete sie ihm ohne jede Scheu Arme und Brust und auch das Gesicht und konnte es einfach noch nicht glauben und heulte von neuem los und schluchzte beseligt: »Aber nun seid Ihr auch wirklich heil mir zurückgegeben!«
Er hatte außer »Kind, Kind!« noch immer nichts gesprochen und hielt nur ihre Hand und ließ sie nicht los. Da lag dieser lieblich verschmutzte botticellische Engel mit zausigem Haar

und hatte nun schon sieben Jahre neben ihm gelebt und sieben Jahre durch ihn gelitten und begriff ihn, weil sie eben ein Stück Heimat war, weil sie wirklich aus dem Weinberg der Wahrheit stammte.
»Jetzt wird aber endlich geschlafen«, sagte er schließlich grob. Mit Grobheit konnte er noch am ehesten seine Verlegenheit verbergen. »Wir müssen rasch wieder ans Werk. Dieser Felstransport hat uns zuviel Zeit gestohlen. Und nun ist der Kopf noch zu überarbeiten. Da gibt es noch mancherlei zu tun.«
Jetzt wurde sie völlig wach. »Ja«, sagte sie, »und ganz idealisch, kolossalisch muß der sein.« Und sie dachte dabei, wie sie sich zu mühen hatte mit ihrem Geheimauftrag und immer wieder nach Stichen und Zeichnungen schielen mußte, ob Nase und Kinn auch wirklich so waren. Das, was sie machte, das sollte eben gar kein Kunstwerk sein, sondern abkonterfeite Natur zur Erinnerung. »Und auf die Ähnlichkeit kommt es dabei gar nicht an«, setzte sie diesen Gedankengang laut fort. »Der große Zug, die wilde Bewegung, die wir herausgebracht haben in Reiter und Roß, die muß auch noch in den Kopf hinein.« »Wir« sagte sie, das durfte jeder seiner Schüler sagen. »Das muß die Kaiserin auch noch begreifen«, fügte sie altklug hinzu. »Wir werden es ihr schon noch erklären«, ermutigte sie ihn. So frech wird ein Mädchen, das der Meister eben über die Schwelle getragen und zu Bett gebracht hat und das er bei der Hand hielt. »Pah, Ähnlichkeit!« sagte sie verächtlich. »Ähnlichkeit bringe ich allein auch noch zustand. Das ist nichts.«
»Schlaf Sie jetzt«, brummte er und hätte sich vor die Stirn schlagen mögen und konnte es nicht fassen, daß er neben ihr einfach so hatte herleben können, neben ihr, die ihn so begriff. Ein holdseliges Wunder war sie, wie sie dalag, und er mußte sehr an sich halten. »Zwei Stunden laß ich Sie nur schlafen. Und dann, marsch, ins Atelier. Ist Sie nicht zur Zeit zur Stelle, schmeiß ich einen Stiefel gegen die Wand«, drohte er.
»Ja«, flüsterte sie, »ich bin zur Zeit da.«
»Schlafen!« herrschte er sie nochmals an, aber dann drückte er ihr doch einen leisen Kuß auf die Stirn.
»Ja«, hauchte sie und schloß die Augen und fühlte sich nun wirklich wie ein Engel, Engelschöre vernahm sie aus Himmelssphären.

Meister Falconet blickte noch einmal auf den verschmutzten botticellischen Engel nieder, und dann nahm er schleunigst Reißaus. Aber da war Marie Anne auch schon tief eingeschlafen.
So schliefen sie beide fest und traumlos und in völliger Erschöpfung diesseits und jenseits der Wand und waren doch vereint wie nie zuvor. Es war der Schlaf von Gerechten und auch von recht Ahnungslosen. Wann würde Falconet endlich begreifen, daß sie einer ohne den anderen eben nicht sein konnten?

Zwangsaufenthalt also. Nicht viel besser als Gefangensein. Da saß der Tausendsassa noch immer auf Gatschina. Des fahnenflüchtigen Pestbezwingers rastlose Unruhe machte seiner Umgebung viel zu schaffen. Von wilden, nächtlichen Fahrten wußte man flüsternd zu erzählen, von friedlichen Hütten, in denen er unversehens auftauchte, die Bewohner um den Herd versammelte und tolles Jägerlatein zum besten gab. Und von Bauerndirnen berichtete man, die er sich von der Arbeit fortgeholt und aufs Pferd gehoben habe und mit ihnen davongestoben sei. Auch daß die eine fürstlich belohnt und die andere nur zu Tode erschreckt heimgekehrt war, wußte man.
Sogar eine verschleierte Türkin hielte er sich in einem Turm gefangen, hieß es. Die hatte nie jemand zu Gesicht bekommen. Wenn sie aber tatsächlich existierte, so muß sie ein gar gewalttätiges Frauenzimmer gewesen sein. Orlow soll, wenn er nächtlings nicht gerade über Stock und Stein jagte und kotbespritzt und keuchend von schweißbedecktem Roß stieg und danach erschöpft in Schlaf fiel, zuweilen mit dem Windlicht in der einen und der schußbereiten Pistole in der anderen Hand, mit verstörtem Blick lauernd durch die hundert Gemächer seines Schlosses gezogen sein, bereit, jeden Augenblick dem Feind oder dieser sich rächen wollenden türkischen Haremsdame zu begegnen.
Der Kammerdiener gab auch weiter, daß sein Herr manchmal mitten in der Nacht nach ihm schelle und dann angstschlotternd einmal »Turmzimmer« und einmal »blauer Salon« und dann wieder »Anbau« brülle, und das hieß, daß man gerade diese Räumlichkeiten zu durchsuchen vergessen hätte.
Am schlimmsten aber war es – und dann wußte sich keiner mit

ihm Rat, und manch Stoßgebet stieg gen Himmel – wenn er unversehens erklärte, und das konnte gut auch am hellichten Tage geschehen, daß er Leichengeruch verspüre und sie hielten eine Leiche vor ihm versteckt. Das sollte einmal ein Pestverstorbener und einmal ein bei einem Ritt Zerschmetterter sein. Er dulde keine Leiche in seinem Haus, brüllte er dann und machte sich auf die Suche und wußte ganz bestimmt, daß man die Leiche vor ihm in den Kellerräumen verbarg. Er ließ sich ein Windlicht halten und befahl, Berge von Kohl umzuschaufeln, und ein andermal waren es eingelagerte Kartoffeln. Es roch tatsächlich modrig und unheimlich hier unten, fahle Dämmerung fiel durch die Luken und vermengte sich mit dem Geflacker des Kienspans. Da sprang er jäh einen Haufen Kohlköpfe an, stieß sie rechts und links beiseite – dumpf kollerten sie zu Boden – und er hatte es auf einen ganz bestimmten abgesehen. Doch als er ihn packte, war da doch keine Leiche, und er stand und hielt tief verwundert einen ganz gewöhnlichen Kohlkopf und wendete ihn nach allen Seiten, als wäre der wenn schon kein Totenschädel, so doch etwas höchst Bemerkenswertes. Dann konnte er ihn plötzlich, mit einem Ausdruck des Ekels – noch stand ihm der Angstschweiß auf dem bleichgedunsenen Gesicht – in einen Winkel schleudern, wo er polternd aufprallte und weiterkollerte.

Manchmal aber war Orlow auch wieder ganz umgänglich und leutselig mit seinem Gesinde, schien nur zu fürchten, daß sie ihn allein lassen könnten, und spielte deshalb Karten mit ihnen von früh bis spät. Und er ließ sie gewinnen noch und noch, und es machte ihm Spaß, wenn sich bei den andern die Dukaten häuften, und je mehr sie gewannen, desto lieber blieben sie natürlich. Es stank nach dem billigsten Fusel, und sie soffen einander unter den Tisch, und da lag dann Grigori, der edle Griechenjüngling, mit wirrem Haar und Bartstoppeln im Gesicht und mit beschmutztem Rock. Und sie schliefen alle, wie sie gerade hingefallen waren. Keiner unter ihnen wäre als Mann von fürstlichem Geblüt zu erkennen gewesen, aber so war Orlow wenigstens nicht allein gelassen, und war nicht umstellt von Stille, die ihm jeden Augenblick an die Gurgel zu springen drohte, und das zu verhüten war alles, wonach ihm der Sinn stand.

Dann kam ein schöner Herbsttag. Das Köpfchen war am Vorabend zu Besuch gewesen, die Ernte war eingefahren, und die Scheunen barsten fast von der Fülle. Über die kahlen Stoppelfelder strich der Wind, ein Rabe flog krächzend hoch in entlaubte Wipfel, da ritt Grigori Orlow friedlich, im Schritt, nach Haus, sah die zartrosa sich verfärbenden Abendwölkchen und fuhr sich verwundert mit der Hand über die Stirn. Warum in aller Welt hockte er eigentlich noch in Gatschina? Waren inzwischen Wochen oder Monate vergangen, und was hatte er eigentlich hier zu tun? Längst hätte er dem lächerlichen Bildhauer einen Fußtritt versetzen sollen. In weitem Bogen mußte der die Treppe hinunter fliegen. Er würde sich wieder einrichten in seiner Etage, und die kleine Sophia, das dumme Cousinchen, würde er rufen, die Kaiserin mochte ihr einen Mann auswählen und ein Heiratsgut aussetzen. Ja, so machte man Weiber kirre, und die Kaiserin hatte tatsächlich geglaubt, gegen ihn aufmucken und ihm entwischen zu können. *Der* Mann aber war erst noch zu finden, der Orlow auszustechen vermochte. Er würde sie nun binden auf alle Zeiten, er würde nicht länger Generaladjutant, sondern Konsort der Kaiserin sein. Er warf die Zügel dem Stallknecht zu, sprang federnd vom Pferd und rief dem Kammerdiener hinüber: »Packen. Wir fahren nach Petersburg.«

Regenböen trieben über den Schloßplatz. Ein unguter Herbst war eingezogen. Der Hof war zurück aus Zarskoje Selo. Der ganze Hofstaat atmete auf. Erholung war es für keinen gewesen. Ein Fest hatte das andere gejagt, und auch in der Arbeit hatte die Kaiserin nicht einen Augenblick lang lockergelassen. Der kugelrunde Chrapowizky wußte davon ein Liedchen zu singen, sein Rock schlotterte ihm um die Glieder, er war geradezu vom Fleische gefallen. Man munkelte, so gehe es nicht weiter. Oberhofmeister Panin hielt Umschau unter den Söhnen des Landes. Der Kaiserin Launen waren jetzt manchmal schwer zu ertragen, und der Dienst bei ihr war wirklich nicht leicht. Längst postierte man keine Wache mehr an der Wendeltreppe, die Etage des Favoriten stand ja leer. Doch gab es unter denen, die alles darangesetzt hatten, ihn zu entfernen, manche, die ihn jetzt heimlich zurücksehnten. Und es gab keinen, der nicht der

Meinung war, die Gemächer sollten wieder bezogen werden, und zwar bald.
Der Tag war über dem Einzug im Winterpalais geschäftig vergangen. Die Kaiserin hatte ihrer Entourage wieder einmal arg zu schaffen gemacht. Nun gab es da eine kleine Pause. Dämmerung senkte sich leise, die Kaiserin wollte in der kurzen Zeit, ehe man die Kerzen entzündete, allein sein. Unruhig wanderte sie auf und nieder, sie hatte wieder einmal diesen verstörten Blick. Unschlüssig machte sie zuweilen am Alkoven halt. Am Ende hob sie doch die Hand und zog hastig die Schnur, der Vorhang rauschte leise zurück.
Da stand er also, ihr sonderbarer Hausgott, die kleine Bronzebüste des ermordeten Gemahls, der Geheimauftrag der Gehilfin Collot, und sah sie aus toten Augen an. »Die würgende Angst«, begann sie stockend in die Stille, »die würgende Angst deines letzten Atemzuges, bleibt die mir nun auferlegt mein Leben lang? Peter«, bat sie inständig, und mit erhobenen Händen fiel sie auf die Knie und umklammerte das kalte Metall. »Keiner ist mir zu Hilfe gekommen, so wie dir keiner zu Hilfe kam. Zehn Jahre der Qual, ist das nicht Sühne genug dafür, daß ich geschwiegen habe? Gib mich frei«, beschwor sie ihn. »Frei?« wiederholte sie gedehnt und stutzte, als begriffe sie das Wort erst jetzt. Und das war schon nicht mehr an ihn gerichtet. Wollte sie wirklich frei sein? Sehnte sie sich danach? »Frei«, seufzte sie, erhob sich langsam und blickte nun nicht mehr auf den Altar. Ein anderes Bild hatte sich vorgeschoben, von einem andern erwartete sie Antwort. »Laß die Toten bei den Toten, wir leben«, hatte er ihr immer gesagt. Da zog sie an der Schnur, und hinter dem dunkelseidenen Vorhang verschwand der Hausgott, zu dem sie aufschreien durfte, und der doch nicht half.
Ein Geräusch ließ sie zusammenfahren. Mit einem Ruck wendete sie sich um. Einen Augenblick setzte ihr Herzschlag aus. Grigori stand an der Tapetentür.
»Grigori«, flüsterte sie stimmlos und griff mit beiden Händen hinter sich an die Wand, in ihren Ohren begann es zu rauschen, die Knie versagten ihr den Dienst. Wenn er sie hier nun richten wollte für ihre Hinterlist, für den gegen seinen Willen vor alle Welt gezerrten Fels, so tat er recht. Sollte jetzt ihr Ende

gekommen sein, dann rasch. Es gab kein Gegenseinenwillenhandeln, nur ein Ausgeliefertsein in seine Hand. Es gab keinen anderen Mann auf der Welt, konnte nie einen anderen geben.
»Cateau«, sagte Grigori mit halber Stimme, und ohne eine Miene zu verziehen. Es ließ sich nicht erkennen, in welcher Absicht er gekommen war. »Ich räume unten also meine Etage. Aber ganz ohne Abschied wollen wir doch nicht auseinandergehen.« Das war vieldeutig gesprochen, was führte er im Schild? Er hatte den goldbestickten Rock angelegt, ein Geschenk der Kaiserin von sagenhaftem Wert, er war ein wenig schlanker geworden, seit sie ihn zuletzt gesehen hatte, er war blaß, und seine Augen lagen tief in ihren Höhlen. Aber daß er getobt und um sich geschlagen hatte und gehetzt gewesen war von den Erynnien, das war ihm jetzt durchaus nicht anzumerken, umspielt von zwielichtigem Glanz stand er da.
Ein Mann, der trotz allem sie und ihren Thron geschützt hatte. Ein sicherer Hort war er ihr gewesen, jedenfalls würde er niemals nur reden und reden. Seine Pranke umschloß beseligende Qual, und hatte ihre letzte Stunde nun also geschlagen, sie war bereit.
»Abschied«, wiederholte sie langsam und konnte nicht verhindern, daß eine ihrer Lachkaskaden schluchzend in ihr aufstieg. »Abschied«, wiederholte sie noch einmal, und da wußte er, er hatte gewonnen. Ruhig nahm er die Hand vom Knauf seines Degens. Sie hätte ja auch gellend die Wache rufen können, darauf hatte er gefaßt sein müssen. Nun breitete er ihr weit seine Arme entgegen.
Er war großmütig, er verzieh. Aufjauchzend wollte sie sich ihm an die Brust werfen. Doch verließen sie die Kräfte. Aufstöhnend sank sie in einen Stuhl. Und da war, was sie geplant hatte, alles versunken.
»Komm«, sagte er leise. Das war wieder der dunkle Ton, den sie so lange hatte entbehren müssen, und den sie nie, nie aus dem Ohr verlor. Und er trat auf sie zu und zog die Schluchzende hoch, und nun lag sie doch an seiner breiten Brust. Fest drückte er sie an sich. Das war wieder die hilflose, ganz ihm ausgelieferte Cateau, die er zur Herrscherin gemacht hatte und die er großmütig an der Herrschaft hielt. Er trug die hemmungslos Schluchzende, die nun die Arme um seinen Hals schlang, und

bettete sie sanft und behutsam auf die Ottomane. »Abschied«, schluchzte sie noch einmal und hob das tränenüberströmte Gesicht, und ihr Schluchzen bat um Vergebung, aber da war kein Abschiedsweh darin. »Abschied«, gab er dunklen Tons zurück und lächelte ihr zu und verschloß ihr den Mund. Hinsinken, versinken. Die Wogen schlugen über ihnen zusammen.

Die Kaiserin lag allein gelassen. Ein Orkan umtobte nun das Schloß und schien es aus den Grundfesten heben zu wollen. Nur in ihrem Innern war es friedlich geworden. Gleichmäßig hob und senkte sich ihre Brust. Tiefe Schatten lagen unter ihren Augen. Sie lächelte, zärtlich hingegeben und auch wieder ein wenig wehmütig. Wie vergeblich man sich oft das Hirn zermartert, wie einfach sich doch manchmal alles ergibt. Suchend ließ sie ihre Blicke schweifen. Morgendämmerung fiel schon in den Raum. Dort drüben auf dem Tisch lag also wirklich das Dokument. Mit der achatenen Kugel hatte Grigori es beschwert, ehe er ging. Der Federkiel, mit dem er den Zusatz geschrieben und in seiner sonderbar krausen Schrift unterzeichnet hatte, war noch feucht. Sonderbar und unerwartet waren manchmal dieses Mannes Gedankensprünge.
»Laß den Fels in Teufels Namen stehen, wo er ist«, hatte er gleichmütig auf ihr Gestammel erwidert. »Soll dieser Bildhauer den Auftrag also erfüllen«, hatte er gesagt und vieldeutig hinzugefügt: »Das wird er wohl jetzt als seine Kavalierspflicht ansehen, da er nun einmal zum Ritter geschlagen ist.« Seine Miene hatte dabei nichts verraten. Wußte er mehr als die Tausende, die bei der Feier den Ritterschlag mit angesehen hatten? Wußte er von den unzähligen Besprechungen über das Standbild? Wußte er von dem verschwiegenen Stelldichein? Der Palast hatte überall Augen und Ohren. Es konnte ihm leicht zugetragen worden sein. Er hatte vielleicht von der Zweisamkeit im Badhaus erfahren, aber doch wohl nicht von dem absurden Schluß. Sie lachte ein wenig gereizt. Der Sturm heulte, er rüttelte an den Fensterscheiben, vergeblich mühte er sich, diese Festung war nicht zu nehmen.
Nochmals blickte sie zu dem Tisch hinüber, erleichtert und dankbar seufzte sie auf. Ja, sie war dankbar, dies zu besitzen,

wenn sie es auch nie, nie jemandem zeigen wollte. Dort lag also ihr Brief, mit dem sie damals den Orlows den Gemahl zu sicherem Geleit anvertraut hatte. Wie lange war das nun her! Nie wieder hatte sie das Schreiben hervorgeholt. In der untersten Schublade hatte es geruht, in die tiefste Herzenskammer hatte sie das Geschehen immer wieder zu verbannen gesucht. Grigori war wirklich ein Ritter ohne Furcht und Tadel und bedacht auf ihren Ruf, sogar für spätere Zeit. Was besagten dagegen all seine Eskapaden, waren sie oft auch mehr als verdrießlich. »Du sollst wissen, daß ich dir diesen Fels, daß ich dir auch das Standbild, wenn es eines Tages stehen sollte, nicht einen Augenblick lang übelnehme. Zum Zeichen, daß du auf mich bauen kannst, daß ich dich schütze, ohne Rücksicht auf meine Person, und weil du doch so viel gibst auf das Urteil der Nachwelt, gebe ich mich dir nun zum zweitenmal in die Hand und schreibe dies auf: Daß die Orlows allein die Verantwortung tragen, daß wir damals gegen deinen Willen gehandelt haben. Denn fände man eines Tages dein Schreiben, das könnte schließlich auch gefälscht oder vordatiert sein.« Und er hatte von ihr verlangt, um sie über das Grab hinaus zu schützen, sie solle diesen Brief hervorsuchen. Und dann hatte er sich hingesetzt und sein Postskriptum darangeschrieben. Ein Kavalier eben vom Scheitel bis zur Sohle, was tat's, daß er zuweilen auch ein wüster Geselle sein konnte. Aber um als Kavalier zu handeln, dazu mußte man eben doch aus dem richtigen Stall stammen. Menschenrechte, schon gut. Gewiß, sie nannte sich eine, die im Herzen Republikanerin war, aber deswegen konnte, so schien es ihr, noch lange nicht jeder Mann auch ein Kavalier wie Grigori sein.
Unmutswolken zogen auf ihrer Stirn auf. Zum Teufel mit dieser peinlichen Geschichte, mit diesem hilferufenden Cousinchen, dadurch verschob sich ein wenig das Bild. Und schon stand wieder die absurde Szene aus dem Badhaus vor ihr. Sie hatte jedenfalls allen Grund, sich Grigori gegenüber großzügig zu zeigen. Wenn das stimmte, was er – – Da fiel ihr Blick auf die Tapetentür, und sie lachte. Auf leisen Sohlen war er die Wendeltreppe wieder hinuntergeschlichen. Man hatte den Lauschern ein Schnippchen geschlagen. Dort zu lauschen hatte alle Welt schon aufgegeben. Dann war auch das Lachen schon

wieder verflogen und machte einem still grübelnden Ausdruck Platz. Wenn das stimmte, was er da, kurz ehe er ging, während er sich schon den Rock zuknöpfte, hingeworfen hatte – wenn es also einen Präzedenzfall gab – wenn Rasumowsky tatsächlich im geheimen mit der Zarin Elisabeth getraut gewesen sein sollte – – Also man mußte das erst einmal ausfindig machen – – »Konsort der Kaiserin?« fragte sie zärtlich und spöttisch. »Wird dir das vielleicht ein wenig die Zügel anlegen?« Doch so im Handumdrehen ging das jedenfalls nicht. Sie schüttelte den Kopf und erhob sich und trat an den Tisch. Aufmerksam überlas sie Orlows Reskript. Bedächtig faltete sie dann das Papier zusammen, befriedigt nickte sie, da sie die leise knarrende Platte zurückschob und tief darunter ein verdecktes Schubfach sichtbar wurde. Dorthin versenkte sie wieder das Papier. Ja, es war allerhand geschehen seit damals, seit er nach wildem Ritt der Neugekrönten mit der Hiobsbotschaft sich gestellt hatte. Doch besah man es genauer, war erstaunlich viel beim alten geblieben. Sie lächelte stolz. Nun hatte er sich ihr zum zweitenmal anheimgegeben. Man mußte zu erfahren trachten, ob Rasumowsky also wirklich – davon hing jetzt allerlei ab. Panin sollte das für sie erkunden. Ihn wollte sie zu Rasumowsky schicken. Dadurch zeigte sie ihm auch wieder einmal, daß sie sich von ihm noch lange nicht geschlagen gab, daß sie sich ihm nicht ausgeliefert fühlte.
Eine sieghaft strahlende Frau stand hochaufgerichtet am Kamin. Sie griff nach der silbernen Klingel, heftig ließ sie sie ertönen. Aus zwei Türen zugleich stürzten Domestiken herein.

Meister Falconet war höchst aufgebracht. In glühender Hitze war er mit den Seinen in der Stadt geblieben, und den ganzen Sommer über hatten sie geschuftet an Köpfen und Köpfen. Nach ihrer Rückkehr hatte er den sofortigen Besuch der Kaiserin erwartet, so war es doch schließlich damals bei ihrer letzten nächtlichen Unterredung ausgemacht gewesen, so viel Interesse an seinem Werk konnte er doch wohl verlangen. Und als einfach überhaupt keine Botschaft von ihr gekommen war, hatte er sich anmelden lassen. Und sie hatte ihn nicht empfangen! Jetzt, in diesem entscheidenden Augenblick seines Auftrages, jetzt ließ sie ihn glatt im Stich. Sie, die jederzeit für ihn zu sprechen gewesen war, ihn schlimmstenfalls durch ein Billett und unter vielen Entschuldigungen – und war doch schließlich eine Kaiserin – auf den nächsten Tag bestellt hatte. Plötzlich, wie aus heiterem Himmel, wurde er einfach nicht mehr vorgelassen. Also, das ließ er sich nicht bieten! Bei der fünften Abweisung, und als dieser Herr Chrapowizky nicht einmal einen ferneren Zeitpunkt in Aussicht gestellt und nur mit den Achseln gezuckt hatte, da hatte er zu drängen begonnen und erklärt, er könne seine Zeit nicht einfach vergeuden, könne auch nicht weiterarbeiten, ehe die Kaiserin den Kopf gesehen und gutgeheißen habe. Und er ließe ihr das bestellen, und zwar dringend. Aber was hatte sie ihm daraufhin empörenderweise antworten lassen, in knappen Worten und ohne dero höchstpersönliches Handschreiben, wie er es schließlich von ihr gewohnt gewesen war? Daß sie drei Tage später zur Besichtigung kommen werde. Nichts sonst. Und nun würde sie also eintreten mit ihrem Gefolge, und so sollte ihr erstes Wiedersehen seit damals vor sich gehen. Er hatte sich das ein wenig anders ausgemalt.

Nicht etwa, daß er beklommen gewesen wäre vor diesem Wiedersehen oder vor ihrem Urteilsspruch. Aber er würde ihr in Erinnerung zu rufen haben, was er ihr damals in jener Nacht beizubringen versucht hatte, und schließlich ging das nur sie beide etwas an.

Horace und Simon hatten ohnehin kein leichtes Leben in letzter Zeit, und nun jagte er sie dahin und dorthin. Sechs Köpfe sollten an der Wand postiert werden, und der siebente, den er nach endlosem Betrachten, gemeinsam mit der Gehilfin natürlich, ausgewählt hatte als den weitaus besten, den sollten sie ihm nun in die rechte Beleuchtung rücken.

»Dahin!« rief er und wies ans Fenster, durch das ein matt verstreutes Licht, nicht eben sonderlich günstig und allzu steil, auf den überlebensgroßen Gipskopf fiel.

Keuchend schob der schlenkrige Schwengel Simon das schwere Podest und lief dabei ganz rot an vor Anstrengung.

»Nein, nein!« brüllte der Meister und stampfte mit dem Fuß und wischte sich die Stirn, er war wirklich in bejammernswerter Verfassung. Simon schob nun schon zum drittenmal diesen lästigen Kopf zickzack durch das Atelier. Jetzt hatte er aber

genug. Er zog die Mundwinkel verächtlich herunter, steckte die Hände in die Taschen und sah dem Meister frech ins Gesicht. Uns kannst du fein schurigeln, hieß das, bemerkst uns überhaupt nicht, wenn du gerade keine Lust hast, erwiderst meist nicht einmal unsern Gruß. Und jetzt, weil die Kaiserin kommt, sollen wir springen, und dabei lungern draußen ein halbes Dutzend Bediente herum, und von denen läßt du keinen heran, und wir beide sollen das alles schaffen.
»Horace!« rief der Meister und wandte sich ab von so offenkundiger Rebellion, und das war nun allerdings ein tief verzweifelter Hilferuf. Nicht eben übertrieben dienstbeflissen rollte sich nun Horace, das Fäßchen, aus einer Ecke herbei. Man hatte ihn wieder einmal gestört, er sollte noch eilig etwas zusammenhämmern. »Dorthin«, sagte der Meister, und etwas in seinem Blick bat fast um Vergebung. Ach, er brauchte jetzt Unterstützung und das Gefühl, von Anteilnehmenden umgeben zu sein. »Dorthin, wo es zuerst gestanden hat. Dort fällt noch immer das günstigste Licht darauf.«
Aber sein Blick hatte vergebens gebeten, die beiden übersahen ihn geflissentlich. Jetzt konnten sie sich endlich einmal revanchieren für alles, was der Meister ihnen tagtäglich aufhalste, heute trug er ganz allein die Verantwortung. Sollte er sich nur überpurzeln vor Aufregung, für sie beide war es geradezu eine Lust, das mitanzusehen.
»Hat keinen Sinn, dieses Herumprobieren«, grollte das Fäßchen. Der Meister überhörte das, er überhörte Unwilligkeit und Frechheit immer, wenn es um seine Sache ging. »Gut, also zurück«, entschied er seufzend. Er half jetzt Horace, packte selber mit an, und auch Simon bequemte sich schließlich, alle drei schoben sie nun. Aber da hielt der Meister noch einmal inne und gebot wieder Halt. Jetzt fiel es ihm ein. Die Collot! Was hatte sie gesagt? Der Kopf komme am besten zur Geltung, wenn man ihn vor dem Hintergrund – vor welchem Hintergrund? Von irgendeinem Hintergrund hatte sie gesprochen, vor dem der Kopf wirke, als ob die ganze Statue sich schon freistehend erhöbe auf dem Isaakplatz.
»Wo ist Mademoiselle?« herrschte er die beiden Gesellen an. War es nicht schon eine Woche her, daß er sie nicht gesehen hatte? Wieso war sie nicht zur Stelle, wenn sie doch wußte, daß

nun der große Augenblick der Besichtigung kam! Hatte sich denn heute alles gegen ihn verschworen?
Horace und Simon zuckten die Achseln und grinsten dreist.
»Nicht gesehen«, knurrte Horace.
»Tagelang nicht«, krähte Simon. Schluß mit dem Hin-und-Her-Jagen! Jetzt war also die Dame an der Reihe, diese hochmütige Gans, die durch sie durchsah, als wären sie Luft.
Nun wurde der Meister leise und zischte: »Mademoiselle Collot schafft mir her, und zwar sofort!« Das war bedrohlicher als sein Gepolter. So blieb der kolossalische Gipskopf vorerst mitten im Raum stehen. Simon und Horace trotteten davon. Meister Falconet riß am Klingelzug, dreimal kurz, so war es ausgemacht zwischen ihnen. Wo steckte sie in Dreiteufelsnamen! Und wann hatte er sie zuletzt gesehen, seit sie miteinander den Kopf ausgewählt hatten? Das Klingelband riß. »Collot!« brüllte er, daß es weithin hallte durch den hohen Raum, und schmiß das Klingelband hin.
»Nicht zu finden«, kam es jetzt dumpf grollend von rechts und krähend von links, und im Türrahmen standen wieder Horace und Simon. »Nicht im kleinen Atelier«, berichtete Horace triumphierend. »Nicht in ihrer Wohnung«, warf Simon gleichgültig hin.
Da hatte man es. Die Kaiserin ließ ihn nicht mehr vor, und die Gehilfin wagte, an hellichtem Arbeitstag ihn, aus dessen Händen das Leben wuchs und der einen Giganten schuf, idealisch, kolossalisch, für die Ewigkeit, einfach im Stich zu lassen. Na, sein Werk würde wachsen und werden und Zeugnis ablegen und bestehen vor kommenden Geschlechtern, auch ohne diese Große und ohne diese Kleine, und auch ganz und gar ohne jedweden Beistand von diesen beiden Weibern und von allen Weibern. Zum Teufel mit ihnen, was halfen sie ihm schon!

Drei helle Schläge von der Isaak-Kathedrale. Noch erzitterte der letzte Schlag durch die Luft, da trat Zarin Katharina zur Besichtigung ein.
Die hohe Frau stand in schimmerndem Pelz im Türrahmen, ein kleines Hütchen saß ihr ein wenig verwegen im dunklen Haar, hinter ihr drängte sich Kopf an Kopf ihr Gefolge, sie war fern,

so fern wie auf einem andern Gestirn, und das war also wohl unwiederbringlich dahin. Doch war dies für Meister Falconet nicht der geeignete Augenblick, dem nachzusinnen, es galt, den Kopf gutgeheißen zu bekommen.
Unter gemessener Verneigung und mit knapper Handbewegung lud er die Kaiserin und ihr Gefolge ein, näher zu treten und Platz zu nehmen, und zog sich selbst an die gegenüberliegende Wand neben das Modell zurück. Dorthin hatte er auch die Gehilfin gedrängt (sie war noch vor der vereinbarten Zeit aufgetaucht und hatte die Samtportière fürsorglich bereitgelegt und still hinter den Kopf gehängt).
Helle Stimmen schwirrten durch den Raum, Stühle wurden gerückt, man war heiter erwartungsvoll, als sollte nun gleich das italienische Ballett beginnen.
Der Meister hob gereizt den Kopf. Das Stimmengeschwirr, leises Gekicher da und dort, das Rascheln der Gewänder, der fremde Geruch, das alles schien ihm höchst unpassend in der Arbeitsstille des Ateliers. Für gewöhnlich durfte nur er selbst stören durch Hämmern und Rufen. Seine Nerven waren zum Zerreißen gespannt, er wünschte die Sache rasch hinter sich zu bringen, war es auch nur eine lästige Formalität, wie er sich einzureden suchte. Er stellte sich neben die Gehilfin, für einen Augenblick legte er ihr die Hand auf die Schulter, unsere Arbeit, sollte das heißen, er wollte sich wohl damit selbst beruhigen. Dann gab er das verabredete Zeichen an Horace. Der hatte nun doch rote Ohren, was er hier erlebte, kam schließlich nicht alle Tage vor, und er gab hastig das Zeichen an Simon weiter, der auf der anderen Seite postiert war. Dem schlenkrigen Schwengel war nichts anzumerken, nur daß er sich nicht ganz so schlenkrig bewegte wie sonst. Dann fiel das Tuch, und vor dem Hintergrund der Samtportière wurde der idealische Kopf sichtbar. Dahinter erhob sich unverdeckt und kolossalisch das gewaltig sich bäumende Roß mit seinem noch kopflosen Reiter darauf.
Stille war nun eingetreten. Marie Anne meinte, man könne das schwere Schlagen ihres Herzens vernehmen. Nichts rührte sich. Sie wäre gern vorgetreten und hätte sich schützend vor den Meister gestellt. Unbehütet ist dieser Mann hier bei uns und sehr verwundbar, hatte die Kaiserin ihr einmal gesagt. Sollte sie

ihn also doch jetzt behüten und zusehen, daß ihm keine Verwundung geschah. Nur in ihrer Macht stand dies. So sprecht doch endlich, hätte Marie Anne ihr zuschreien wollen, ob ihr es nun versteht oder nicht. So sprecht ihm doch für all seinen Schweiß wenigstens euer überschwengliches Lob aus.
Der Himmel war den ganzen Tag verhangen gewesen, nun hatte er sich ein wenig gelichtet, einen Augenblick lang fiel sogar Sonne in den Raum. Ein Strahl traf den idealischen Kopf.
Die Kaiserin aber – sie war schließlich seine Kaiserin, hatte wohl geruht und war nicht alleine gelegen –, sie war rosig und leuchtend und auf der Höhe, auch ein wenig übermütig und ein wenig schalkhaft, und dieser da hatte Strafe doch schließlich verdient für seine Ahnungslosigkeit und für seine Besessenheit. Ihre Schuld war es schließlich nicht, wie es zwischen ihnen gekommen war. Aber nun war es gut, daß es so gekommen war. Zudem hatte sie der kleinen Büste in jenem Alkoven tränenreich und auf den Knien versprochen, daß es sein Kopf sein werde, der auf den Reitersmann kam. Daß er auf sich bäumendem Roß einen Fels, seinen Fels, hinauf und nicht in den Abgrund, sondern hinein in die Ewigkeit sprengen werde. Zudem war ihr dieser Kopf wirklich ganz fremd.
»Nein«, sagte sie, das war ihr erstes Wort in der Stille, und sie erhob sich und kam mit abwehrenden Händen quer durch den Raum auf den Meister zu. Sie trat ganz nahe an ihn heran und blickte ihm in die Augen (zum erstenmal, seit sie eingetreten war). Tief und herzlich war ihr Blick, aber sie schien ernstlich betrübt und hatte schmollende Mundwinkel und wußte genau, was sie jetzt anrichtete. »Er ist mir ganz, ganz fremd. Leider. Hat nicht die geringste Ähnlichkeit mit dem Bildnis, das ich in mir trage und das das ganze Volk von hundert Abbildern in sich trägt«, fügte sie hinzu. Und das war schon wieder auch für die andern gesagt, war schon wieder Geschichte und sollte hinausgehen in die Gazetten und Briefe und berichten von der großen Katharina, wie sie dem vor langem verunglückten Gemahl die Treue hielt und wie sie sich mühte, sein Andenken lebendig zu halten in ihrem Volk.
Da hatte man es! Von Ähnlichkeit sprach sie. So, als ob es hundert Besprechungen, als ob es jene letzte Nacht zwischen ihnen einfach nie gegeben hätte. Als ob er ihr vielleicht nicht

hinlänglich erklärt hätte, daß es nicht ankomme auf irgendeine lächerliche Ähnlichkeit. Von der würde in hundert Jahren ohnedies niemand mehr wissen. Er hätte sie gern an den Schultern gerüttelt und gerufen: »Nichts gelernt in meiner Lektion! Nachsitzen, Madame. Wir repetieren.« Aber sie stand so nah und war so fern, und er verspürte ihren Duft und hatte stundenlang mit ihr allein verbracht. Da überkam ihn plötzlich eine große Niedergeschlagenheit. Unwillkürlich trat er einen Schritt zurück. »Fremd« hatte sie gesagt. Er mußte es also vor allen Leuten nochmals zu erklären versuchen. »Majestät – –«, setzte er zögernd an.
Sie schnitt ihm das Wort ab, und dabei war es doch sonst ihre große Tugend, jedermann ausreden zu lassen und gerade dadurch ans Ziel zu gelangen. Aber sie konnte auch anders. Sie lächelte innig und auch ein wenig scheinheilig und war ein wenig gerührt und spielte ein wenig mit dem Mann vor ihr. Er gefiel ihr immer noch. »Nein«, sagte sie nochmals und schüttelte den Kopf mit dem übermütigen Hütchen im dunklen Haar und legte ihm zartzärtlich, wie das ihre Art war, die Hand auf die Schulter, daß es ihm jetzt doch ein wenig den Atem benahm. »Das Roß ist herrlich, nach der Natur und nicht antikisch, und der Reiter ist herrlich, sprengt voll kühner Gewalt in die Ewigkeit – –« Tief sah sie ihm jetzt in die Augen. Hab' ich doch gut behalten, wie Er mir das erklärt hat, hieß das. »So recht gemacht für unsern Fels«, fuhr sie fort. »Unsern« sagte sie und meinte es wirklich. Sie hatte nicht vergessen, daß er ihr ihn von der Brust gerollt hatte. »Aber der Kopf, der Kopf muß noch ganz anders werden«, rief sie hell und wandte sich dabei an die übrigen, und alle hatten es gehört. Das war die Herrscherin, die das Urteil zu fällen hatte. Sie hieß Mütterchen für ein Millionenvolk, und vielleicht war sie bereit, Vergebung zu gewähren, aber eine Madame Potiphar war sie eben nicht.
Die Kaiserin blickte von einem zum anderen, die Damen ihres Gefolges standen flüsternd und ein wenig geniert. Schadenfroh zu lächeln schien nicht angebracht, da war etwas im Ton der Kaiserin, was das nicht recht aufkommen ließ. Er war schließlich ihr Bildhauer, den sie oft in langer Privataudienz empfangen hatte, und daß er allein mit der Herrscherin von einer Schlittenpartie zurückgekehrt war, das wußten sie natürlich.

Auch war ihnen allen nicht ganz wohl, wenn die Kaiserin laut davon sprach, daß es ein Standbild des verstorbenen Gemahls sei. Man beschwor nicht diese Vergangenheit, man ließ diesen Gemahl besser in seinem Grabe ruhen, man rührte diese Sache besser nicht auf. Die Damen blickten einander an, peinliche Verlegenheit malte sich in ihren Zügen.
Da fiel der Blick der Kaiserin auf die Gehilfin. Die hatte sich längst scheu in eine Ecke gedrückt. Nun, mit der verband sie ja ein Geheimnis, und jetzt war also der Augenblick gekommen, dieses Geheimnis preiszugeben. »Die Demoiselle«, rief sie hell und winkte sich das Mädchen heran. Es war ein übermütiger und herzhaft boshafter Einfall. »Die Demoiselle, die trifft Ähnlichkeit doch so akkurat. Wie die Demoiselle das macht, das soll er sich besehen!« Und sie gab der Bezkitochter flüsternd einen Auftrag. Der war allerdings dazu angetan, daß die um königliche Gangart stets so Bemühte im Theaterschritt hinausrauschte.
Die Gehilfin stand blutübergossen, der Meister begriff nicht, was vor sich ging. Irgend etwas hatte man also abzuwarten, es blieb ihm nichts anderes übrig, als in seine Studierstube zu bitten. Marie Anne hatte dort allerhand Erfrischungen vorbereitet, die wurden nun kredenzt, eine ungute Spannung lag über allen. Die Kaiserin, die sonst so leicht jede Verlegenheit zu verscheuchen wußte, sah über den Meister hinweg und unterhielt sich angelegentlich mit der Gehilfin.
Aber nicht einmal eine Atempause war ihm vergönnt, ehe ein neuer Stoß ihn treffen sollte. Denn nicht nur die Kaiserin hatte es heute auf ihn abgesehen. In der Suite war auch die erste Staatsdame, die Fürstin Daschkowa, mitgekommen.
Sie hatte an die peinliche Reiseepisode, an diesen Pariser Besuch bei dem Bildhauer, kaum noch gedacht. Es gab Peinlicheres aus der Zeit des Exils. Überdies hatte sie es sich ja vom Herzen geschrieben in einem Brief an den Onkel Panin – vier Jahre war das nun schon her. Aber trotz ihrer Warnung hatte man diesen Mann ins Land gelassen. Und dabei hatte sie recht behalten, das zeigte sich doch hier, er taugte ja nichts. Ach, seit ihrer Rückkehr hatte sie wenig Triumphe erlebt. Als Staatsdame ging sie wieder einher, gewiß, und im Schatten der Kaiserin durfte sie leben. Aber wohnen mußte sie eben doch unter einem Dach

mit diesen ominösen Palianskis. Und um Elisabeth zu ehren, nicht ihretwegen, hatte die Kaiserin dort das Haus betreten, es blieb unfaßbar. Spitznäsig, graugesichtig, flach vorn und hinten, wirkte sie wie ein schäbig gewordenes Futteral, das man gedankenlos von einer Tasche in die andere schiebt und doch nicht mehr braucht. Ohne Amt für ihre Gelehrsamkeit war sie und die Unvertrauteste unter den Vertrauten der einst angebeteten Freundin und doppelt fremd in der Heimat, weil sie sich in Sehnsucht nach ihr fünf Jahre verzehrt hatte, und dies alles mit knapp dreißig Jahren. Sie durfte nicht wählerisch sein. Sie hatte ihre Triumphe zu packen, wo immer sie sich ihr boten, war es diesmal auch nicht gerade ein edler Triumph.
So begann sie, zungenflink, flüsternd, pausenlos, auf Meister Falconet einzureden, unter ständigen Seitenblicken auf die Herrscherin hinüber. Er konnte sich durchaus nicht entsinnen, diese Précieuse je zuvor gesehen zu haben, stumm und ausdruckslos ließ er ihren Redeschwall über sich ergehen. Ob es nicht besser gewesen wäre, fragte sie listig, er hätte damals ihren Rat befolgt und ihr Angebot, die hiesige Porzellanmanufaktur wieder instand zu setzen, hübsch akzeptiert. Denn mit dem Porträtieren, das sei doch offenbar so eine Sache, die er nicht recht zustande bringe. Und wer der Kaiserin Unmut einmal erregt habe, für den könne leicht noch allerhand schiefgehen, ließ sie durchblicken. Doch beruhigte sie ihn auch gleich wieder, auf ihre Großmut könne er bauen, sie habe ihm sein Benehmen von damals verziehen. Und es treffe sich gut, daß sie wisse, der Kaiserin Herz hänge noch immer an edlem Porzellan.
Nun war sie erst richtig in Schwung geraten und redete weiter. Meister Falconet nahm gar nicht auf, was diese unjunge, säuerliche Person da wollte und wer sie eigentlich war. Der Kaiserin Urteil hatte ihn wie ein Keulenschlag getroffen. Insgeheim war er überzeugt gewesen, daß die Billigung des Kopfes eine reine Formalität sei. In seinen Ohren dröhnte es, er sah alles hinter Schleiern und kämpfte dabei einen verzweifelten Kampf, die zu zerreißen. Denn dahinter ballte sich noch etwas zusammen, was, das konnte er noch nicht erkennen. Er begriff nicht, worauf man eigentlich wartete, und dabei kam alles darauf an, sich Klarheit zu schaffen. Das Wort »Sèvres« erreichte ihn dann aber doch und fiel nun mit dem andern, was

auf ihn einstürmte, zusammen und beschwor alles herauf, was es an Erniedrigung und Fron je in seinem Leben gegeben hatte. Da horchte er auf. Da wollte also wieder einmal jemand einen Zierlichkeiten drechselnden Affen aus ihm machen, und das gerade jetzt, wo er angespannt, sprungbereit zu sein hatte, weil man ihm sonst das Werk seines Lebens in Stücke schlug. Ähnlichkeit und Porzellan! Da hatte man es. Das waren die beiden Stichworte. Er sah rot. Und weil er es sich hatte versagen müssen, die Kaiserin bei den Schultern zu rütteln und zu rufen: »Nichts gelernt in meiner Lektion! Nachsitzen, Madame! Wir repetieren!«, so wandte sich seine ganze Empörung nun gegen die Daschkowa. Funken begannen vor seinen Augen zu tanzen. Er wollte sie packen, hochheben und auf dem Estrich zerschmettern, wie man eine mißlungene, völlig mißlungene Statue zerschmettert.
»Wäre das nicht interessant?« fragte die Daschkowa gerade und wollte ihren Triumph voll auskosten und verlangte, er solle ihr genau berechnen, wieviel das jährlich einbringen könne. Ihre Schadenfreude war dabei kein ganz reines Gefühl, sie würde sich bei der Unterbreitung des Projektes schon ihren Teil zu sichern wissen. Die Pest hatte sie in Moskau ihre Häuser gekostet, und sie war fast ruiniert, aber sie war auch eine akkurate Gutsverwalterin und sehr praktisch geworden in den letzten Jahren.
»Bis wann?« drängte sie und meinte, bis wann er ihr einen genauen Plan und eine genaue Berechnung vorlegen könne. »Dann machen wir Ihn zum Leiter wie in Sèvres«, sagte sie gönnerisch, »und mit einer Beteiligung, die Ihn ganz unabhängig macht«, und das hieß: was soll er sich mit Denkmalsköpfen abplagen, die er offensichtlich ja doch nicht kann. Sie genoß ihren ersten Triumph seit Jahren, er war lang entbehrt und schmeckte so süß, und außerdem war ihr Plan doch wirklich höchst günstig, auch für ihn. Sie war schon eine bewundernswert zähe Person.
Meister Falconet war von dem ersten Keulenschlag noch so benommen und taumelig, daß er sich kaum auf den Füßen halten konnte. Aber es war, wie wenn einer von rechts einen Schlag erhält und dann einen von links, und sofort hat er sein Gleichgewicht zurück. So verspürte auch Falconet plötzlich

wieder festen Grund unter beiden Füßen. Und er erwiderte leise und zischend und so, daß die Fürstin vor so maßloser Bedrohung tatsächlich einen Schritt zurückwich: »Ein Mißverständnis. Ich erfülle hier einen einzigen Auftrag. Mit Gründungen und Geschäften und Instandsetzen wünsche ich unbehelligt zu bleiben. Jawohl.« Und damit kehrte er der ersten Staatsdame der Kaiserin einfach den Rücken, mochte sie in ihm eben einen Todfeind sehen. Heute kam es wirklich nicht mehr darauf an.
Nein, darauf kam es heute wirklich nicht mehr an. Eben trat hocherhobenen Hauptes mit gierig erwartungsvoller Miene, denn daß man jetzt Zeuge einer himmlischen Szene sein würde, war ja eklatant, die königlich schreitende Bezkitochter wieder ein. Sie trug vor ihrem imposant wogenden Busen ein Tablett, auf dem die kleine Bronzebüste aus dem Alkoven stand. Die Gehilfin hätte viel darum gegeben, hätte die Erde sich jetzt aufgetan und sie gnädig verschluckt.
»Seh Er doch her«, sagte die Kaiserin mit erhobener Stimme und gab einen Wink, die Büste auf den Tisch zu placieren, und forderte alle auf, näher zu treten und sich zu überzeugen. »Das nenn' ich Ähnlichkeit. Sprechend.« Sie sprach in ihrem weichsten, sanftesten Ton und strahlte Meister Falconet und jede einzelne ihrer Damen an. Und beschwor damit geradezu die Erinnerung an den Ermordeten. Nun, sie durfte dies hier vielleicht wagen, denn da waren ja nur die Allervertrautesten, und von denen war die Bezkitochter zu jung, die besaß keine Erinnerung, für die war es einfach eine himmlische Szene, der sie beiwohnen durfte. Und von der Fratze, die Jahre hindurch die Kaiserin des Nachts gellend hatte aufschreien lassen, und von den riesigen Stulpenhandschuhen, die würgend nach ihrem Hals gegriffen hatten, wußte allein die Kammerfrau Schuwalow, und die war nicht hier. Auch daß die Porträtbüste ihr kleiner Hausgott war, zu dem sie kniend und tränenreich zuweilen die Hände hob, wußte keiner. Es herrschte nüchternes Tageslicht, und nüchtern wollte die Kaiserin auf ihrem Recht bestehen. »Dieser Kopf gehört auf den Reitersmann. So habe ich ihn mir vorgestellt«, sagte sie schmollend. »Die Demoiselle da hat das für mich gemacht«, fügte sie hinzu und sah sich suchend um und faßte Marie Anne an der Hand und zog sie zärtlich an sich. Da ging es wie ein Ruck durch ihre Damen.

Solche Auszeichnung dieser unscheinbaren Person – das konnte ihnen die Süße der Szene fast vergällen. »Laß Er doch die Demoiselle den Kopf modellieren. Damit wäre diese Schwierigkeit doch höchst einfach behoben, und seine Arbeit erführe keinen nennenswerten Verzug.« Nun hatte sie die Sanftheit fallengelassen und sprach knapper, eine Herrscherin, gewohnt, Befehle zu erteilen. Es gab Wichtigeres zu erledigen, man konnte also wohl zu anderem übergehen. Sie hielt noch immer die Gehilfin umschlungen, die sich nicht zu rühren wagte. Die Miene der Bezkitochter entspannte sich, sie war enttäuscht, darauf konnte er wohl nichts mehr erwidern, sie wurde offenbar um ihre himmlische Szene gebracht.
Meister Falconet sah die beiden Frauen, Arm in Arm, das war also ein von langer Hand vorbereitetes Komplott. Die eine war nichts weiter als eine Herrscherin, er hatte sie überschätzt – Macht verdummt –, nie hatte sie dem Flug seiner Gedanken zu folgen vermocht. Doch von der anderen war es glatter Betrug. Aber nur jetzt sich nicht daran verlieren, nur jetzt sich nicht unterkriegen lassen! Das mußte er fortschieben, sonst war er verloren, sonst kam er nicht durch. Das Werk war in Gefahr. Hinschmeißen! Den ganzen Krempel ihr hinschmeißen und hohnlachend sagen: Ihr habt nicht ein Gran von dem begriffen, was ich Euch beizubringen mich plagte. Ihr, angeblich klügste Frau auf den Thronen der Welt! Ihr, mit der Voltaire korrespondiert! Das war sein erster Impuls. Dann holte er tief Atem und sagte heiser, doch gelang es ihm, ein passables Lächeln aufzusetzen: »Majestät geruhen zu übersehen, daß mein Auftrag der Ausführung der gesamten Statue gilt. Mein Reitersmann erhält den von mir geschaffenen Kopf. Dem gigantischen Zug der Bewegung kann keine noch so gelungene Porträttreue entsprechen. Nur mein Reiter mit meinem Kopf auf meinem Roß – nach der Natur und ohne jedes Vorbild – wird geziemend Zeugnis ablegen für den Verewigten, für die Majestät, die es errichtet, und für Dero ganz ergebenen Bildhauer.« Er verbeugte sich leicht. Es war ihm gelungen, die Stimme ganz klar zu bekommen, und so fügte er lauter und langsamer, Wort für Wort setzend, hinzu, und sein Gesicht verriet keinerlei Emotion: »Oder die Statue wird niemals stehen. Das Modell ist aus Gips. Man kann es zerschlagen. Auch die Form ist rasch in

Stücke gebrochen.« Er lächelte verbindlich und sah niemanden an.
Der Busen der Bezkitochter wogte beglückt. Die Daschkowa preßte die dünnen Lippen aufeinander. Die übrigen Damen begannen erregt zu tuscheln und drängten sich näher an ihre Herrin, das war offene Kampfansage. Dic Gehilfin war einer Ohnmacht nahe, sie fühlte sich wie in einem Schraubstock. Zärtlich hielt die Kaiserin sie noch immer umschlungen.
Die Kaiserin besah sich diesen schmächtigen Mann mit dem brennenden Blick in seinem vernagelten Schädel – er gefiel ihr immer noch –, und sie nahm den Fehdehandschuh auf. Er glaubte, ihr Widerstand leisten zu können, er tat plump, als entwände man ihm bereits die Form von Reitersmann und Roß. »Ich kann Euch jetzt wirklich nicht ganz folgen«, sagte sie mit tiefernstem Gesicht und mit ihrer sanftesten Stimme, und das war wieder ganz die lerneifrige Schülerin der Enzyklopädisten. Nun nahm sie aber doch den Arm von der Schulter der Gehilfin und wandte sich ganz ihm zu: »Was uns zu schaffen gegönnt ist, kann doch niemals nur Werk eines einzelnen sein. Oft hat daran eine ganze Geschlechterfolge mitgewirkt«, sagte sie in ihrem bescheidensten Ton. »Die Enzyklopädie ist ja auch nicht Werk eines einzigen. Allein hätte unser Freund Diderot das niemals geschafft.«
Die Damen seufzten hingerissen. Das war wieder ganz die Herrscherin, erleuchtet von Frankreichs großen Ideen. Und dabei war sie solch anmutige Fechterin. Den letzten Stoß versetzte sie ihm mit zierlichem, aber sicherem Griff. »Auch habt Ihr meinen Fels doch gern akzeptiert und mit Dank. Der Sockel ist schließlich auch nicht Eure Idee. Aber warum muß es dann unbedingt dieser Kopf dort drüben sein, der mir nun einmal leider nichts sagt. Wenn die hier sich doch auf Ähnlichkeit so gut versteht. Es bleibt dennoch Euer Werk«, fügte sie gnädig hinzu. »Aber ein wenig gehört es dann eben uns dreien.« Und damit legte sie der Gehilfin wieder still den Arm um die Schulter. So überströmend kann Zärtlichkeit einer Herrscherin sein, hieß das und zielte mitten auf Meister Falconets Herz.
Die Damen hielten den Atem an. Was würde er darauf erwidern! Ihre Neugier wurde auf eine Probe gestellt, denn der Meister blieb eine ganze Weile erst einmal stumm. Dann zerriß

er mit Macht diesen Zauberschleier, den sie ihm übergeworfen hatte, und machte sich gewaltsam frei und rief sich in Erinnerung zurück, daß die eine mit Reden und die andere mit Schweigen sich redlich mühten, sein Werk zuschanden zu machen. Der einen hatte er in hundert Audienzen und sogar eine stille Nacht hindurch alles begreiflich zu machen gesucht, und mit der anderen hatte er sich jahrelang abgeplagt. Eine Natter! Vergeudet seine Zeit! Sein Herz verschwendet! Zudem idiotisch, was man da von ihm verlangte. Und eine bewußte Lüge von ihr, das mit dem Fels. Als ob sie nicht ganz genau wüßte, daß die Idee »St. Roch« war. Ein abgekartetes Spiel. Seine Gegnerinnen waren die beiden.

Die Kaiserin wurde ein wenig nervös. Es war schließlich nicht ihre Schuld, daß es so und nicht anders gekommen war, und sein Kopf dort drüben war ihr wirklich ganz fremd. Aber dieser Blick war auch nicht leicht zu ertragen. Wie der eines Kindes, das allzu plötzlich mit der Welt bekannt gemacht wird und sich nicht anders zu helfen weiß, als ohnmächtig sein eigenes Spielzeug zu zerbrechen. Sie wollte doch wirklich versöhnlich sein. Zudem konnte man einem Gegner, den man zu Boden gestreckt hatte – und dafür waren nun all diese hier Zeugen –, auch wieder aufhelfen.

»Ähnlichkeit«, sagte sie still. »Darauf muß ich bestehen. Aber Er trifft sie ja nur deshalb nicht, weil Er keinen Wert darauf legt. So mach' Er also doch den Kopf selbst, aber nehm' Er diese Büste der Demoiselle als Grundlage für seinen Denkmalskopf. Durch die ganz anderen Maße kann ja noch genug von seinem eigenen Maß hinein. Und Er wollte doch das Maß der Epoche bestimmen«, redete sie ihm gütlich zu, und dabei blieb es wieder ungewiß, ob das Spott war oder Versöhnung. »Also?« sagte sie lauter, »sind wir einig?« Und wendete sich bereits an ihre Damen, es war Zeit aufzubrechen, außerdem konnte sie wirklich diesen Blick nicht einen Augenblick länger ertragen.

Meister Falconet aber sah sie gar nicht mehr. Klar überschaute er seine Situation. Ein Zurück gab es nicht. Nur nach vollendetem Auftrag, wenn das Reiterbild stand, durfte er heimkehren. Dann könnten in Gottes Namen Arbeit und Leben weitergehen, und vielleicht durfte er dies alles dann vergessen. Sonst hieß das – endgültig gescheitert. Und darauf warteten schon viele, daß er sich über diesem Auftrag das Genick bräche. Aber er würde ihnen nicht den Gefallen tun. Er würde nicht untergehen. Er würde kämpfen bis zum letzten Atemzug. Und retten, was zu retten war. Der Kopf war bei diesem Reiterbild wirklich nicht das Wichtigste. Nur begriff das die Kaiserin eben nicht. Es hieß also sich elastisch zeigen, das Werk als Ganzes retten. Nein, es sollte nicht durch die Gazetten laufen, und Freund Grimm würde nicht gezwungen sein, es zu drucken in seiner Korrespondenz: »Bildhauer Falconet gescheitert. Ein anderer wurde mit dem Auftrag betraut. Kein Wunder, daß es so kam. Die Hand Falconets ist ja nur Maß und Schwung des Porzellans gewohnt!« Schwarz auf weiß glaubte er das schon zu lesen, und seine Fäuste ballten sich, und die Nägel grub er sich tief ins Fleisch. Sieht es jetzt auch vor denen wie Rückzug aus, steht das Denkmal erst, ist dies vergessen, eine unbedeutende Episode, und die Welt sieht in Jahrhunderten nur die Vollendung und das vollendete, das Maß der Epoche bestimmende Werk.

So verbeugte er sich gemessen und brachte es ganz passabel hervor: »Auf Dero höchsten Befehl. Die Ähnlichkeit dieser Büste wird in den Monumentalkopf übernommen.« Da kicherte die Bezkitochter nun doch. Es war wirklich zu ergötzlich, wie dieser Mann aufgetrumpft hatte und nun doch klein beigeben mußte. Ein strafender Blick der Kaiserin brachte sie wieder zur Räson. Dann gab es nur noch ein paar höfliche Floskeln, und dann war die ganze Gesellschaft wieder fort. Meister Falconet fand sich endlich, endlich allein. Er sank in den nächsten Stuhl und griff sich ans Herz. So saß er keuchend und starrte ausdruckslos vor sich hin.

Keuchend, um Atem ringend, unbewegt auf seinem Stuhle hockend, so fand ihn eine halbe Stunde später Marie Anne, als sie leise hereinglitt.

Sie hatte rotgeränderte Augen, in Bächen waren die Tränen geflossen, schluchzend war sie auf ihrem Bett gelegen, das war ein fürchterlicher Scherz, den die Kaiserin mit dem Meister getrieben hatte. Die beiden waren nach wie vor Liebesleute, kein Zweifel. Das war ein Liebesstreit gewesen, was sich da vorhin abgespielt hatte. Denn im Ernst konnte die Kaiserin doch nicht meinen, daß ihre unbedeutende Büste – daß Ähnlichkeit – Nein! Aber der Meister könnte am Ende glauben, daß sie irgend etwas damit zu schaffen hatte. Und der Geheimauftrag war wirklich gegen ihren Vertrag. Ohne seine ausdrückliche Genehmigung war ihr verboten, außerhalb des Ateliers etwas zu übernehmen. Sie mußte ihm das jedenfalls erklären.

»Wasser«, stieß der Meister mühsam hervor, da er hinter sich ein Geräusch vernahm. Eilig sprang Marie Anne hinzu und reichte es ihm. Er sah gar nicht auf. Mit beiden Händen mußte er nach dem Glase greifen, bebend hob er es an den Mund, in einem Zuge leerte er es aus. Dann hielt er es ihr wieder hin und lehnte sich aufseufzend zurück und schloß die Augen und blieb stumm.

Wie verfallen er aussieht, dachte Marie Anne und erschrak. Ich habe auf Gottes weiter Welt nur ihn. Wenn es ihn einmal nicht mehr geben sollte – Unausdenkbar war das, unausdenkbar fürchterlich. Nicht zu ertragen wäre die Welt, dachte man ihn sich daraus fort. Es war das erstemal, daß ihr dies zu Bewußtsein kam, und sie vergaß den Streit der Liebesleute, vergaß, daß sie gekommen war, sich zu rechtfertigen.

Da öffnete der Meister langsam die Augen. Die hatte also auch noch die Kühnheit, vor ihn hinzutreten! »Wie lange?« brachte er schließlich keuchend und würgend hervor und meinte: Wie lange betrügst du mich schon, die du mein Stolz und mein Augapfel gewesen und doch nur eine elende Natter bist.

Marie Anne war froh, daß er wieder sprach. Unheimlich, daß er aschfahl und stumm dagesessen hatte. Gleich wollte sie ihm erklären, wie das gekommen war mit diesem dummen Geheimauftrag. Natürlich bleibe alles beim alten. Sein Kopf, der war eben idealisch, kolossalisch, wie es sich für eine Statue gehört. Das war eine Laune von der Kaiserin, ein Auftrumpfen zwischen Liebesleuten. Aber Achtung, Marie Anne, das darfst du beileibe nicht sagen!

»Sechs Wochen«, erwiderte sie eifrig. Sie war so froh, so froh, daß er sich erholte und sprach. Sie würde ihn pflegen und behüten, und sie würden gemeinsam beraten, und gleich würden sie wieder darüber lachen. Ähnlichkeit, das war wirklich zum Lachen. »Sechs Wochen«, wiederholte sie. »Bloß sechs Wochen. Es war Glück dabei«, und meinte, Glück, daß es in so

kurzer Zeit gelang. »Natürlich«, fuhr sie entschuldigend fort, »ich hätte es Euch vorher sagen müssen. Aber sie wollte es partout nicht.« Einen leisen Vorwurf konnte sie jetzt doch nicht unterdrücken. Die Dame Eures Herzens hat Geheimnisse vor Euch, meinte sie damit, das dürfte sie doch wirklich nicht.
»Schweigt«, kam es stimmlos zurück. Sie sah ihn forschend an. War sie zu weit gegangen mit ihrer Bemerkung gegen die Herrliche? Aber da sprang so wilde Verachtung aus seinem Blick und traf sie wie ein Peitschenschlag ins Gesicht. Und war doch das Aufbäumen der Kreatur, die im Lebensnerv getroffen ist.
Tief mußte sie erst einmal Atem holen, fast hätte sie schützend die Hand vors Gesicht gehalten. Dann raffte sie ihren ganzen Mut zusammen, so verzweifelt durfte er nicht sein. Jetzt ging es doch nicht ab ohne ein weiteres Wort gegen die Herrliche. »Der Kopf bleibt wie er ist«, bestimmte sie sachlich. »Wir zeigen ihn ihr erst wieder, wenn er auf dem Reitersmann sitzt. Ihr könnt sicher sein, sie bemerkt gar nicht, daß wir ihn nicht verändert haben. Sie versteht doch nichts davon. Pah, Ähnlichkeit«, schloß sie leise verächtlich, so weit wagte sie sich vor. Lehrer und Schülerin hieß das, das sind wir. Und diese Verbindung, die hält wie Eisen. Die kann keiner zerbrechen. Das war wieder einmal Marie Annes stupide Zuversicht, deretwegen der Vater schon bei dem Dreikäsehoch die Tür hinter sich zugeknallt hatte.
»Atelierverbot«, stieß der Meister hervor, hatte gar nicht zugehört, was sie da riet. »Ohne Aufsehen. Man wird Euch anderswo ein Atelier einrichten. Dort macht Ihr den Kopf in kürzester Zeit. Und dann Abreise. Mir aus den Augen auf immer. Vertragsbrüchig. Das gibt mir dazu das Recht.« Noch war er nicht imstande, sich zu erheben.
Da erst begann sie zu begreifen. Langsam dämmerte ihr, daß sie mit Ungeheuerlichem beschuldigt wurde, daß er sie der Heimtücke für fähig hielt. Jetzt hieß es also kämpfen, um Sinn und Zweck ihres Daseins. »Ihr glaubt doch nicht etwa«, stieß sie hervor und versuchte, dem Haßstrahl aus seinen Augen standzuhalten, vermochte es aber nicht, »daß ich gegen Euch – daß ich für mich –« Sie konnte nicht weiter.
Meister Falconet, der Augenmensch, der Leben in Ton bannen

konnte, ach, er war auch diesmal blind. Er war blind dafür, daß hier eine große Liebende neben ihm stand, größer als Laura, inbrünstiger als Heloise. So wie er blind war gegen eine Kaiserin, der er einen Fels von der Brust gerollt hatte. »Lug und Betrug«, kam es unerbittlich, leise zischend aus seinem Mund. »Unerträglich für mich, zu atmen in solcher Luft.«

Da überkam Marie Anne auf einmal große Ruhe. Ganz und gar ungläubig, fast lächelnd, blickte sie ihn an. Und für den, der es zu sehen vermochte, ging eine große Helligkeit von ihr aus. Die Geschosse von Meister Falconets Haß schmolzen in diesem Licht. Sie sagte leise und sehr deutlich: »Ich? Lug und Betrug? Ich, aufgewachsen bei Euch und bei Diderot und bei Grimm? Bei denen, die eine bessere Welt bauen? Bei denen, die die Menschenrechte – –? Das kann Euer Ernst nicht sein, Herr Meister.« Die jetzt sprach, war nicht mehr ein Kind, und eine große Würde lag auf diesem sanft verwunderten, totenblassen Gesicht.

Aber dem Ahnungslosen war Verrat zu jäh ins Herz geschossen, und die Gehilfin verloren zu haben, war ihm schon Gewißheit geworden, zugleich mit dem neuen Wissen, daß sie ihm Atemluft gewesen war. So konnten ihr Wort und ihr Blick und ihre Gebärde ihn nicht mehr erreichen.

»Hinaus«, sagte er nur, ohne die Stimme zu erheben. »Sie hat ja jetzt einen Arbeitsauftrag von mir. Und den Tag der Abreise bestimme ich.« Und mit gebieterischem Arm wies er zur Tür. Er konnte noch immer nicht lauter sprechen und konnte sich noch immer nicht erheben.

Da wagte sie ihren letzten Trumpf. War der vergebens ausgespielt, so blieb sie mit leeren Händen der Vernichtung preisgegeben, und sie sagte hinter aufmerksam gesenkten Lidern, und er vermochte eben erst zu begreifen, was er besaß, wenn er Gefahr lief, es an einen anderen zu verlieren: »Abreise bestimmen? Vielleicht wird das ein anderer. Pierre hat mich in all den Jahren nicht vergessen. Und er begehrt mich noch immer zur Frau. Madame Falconet, warum nicht?« Und sie hoffte pochenden Herzens inständig, daß das gleichmütig und auch genügend frech klinge. Und schon zog eine winzige Hoffnung in ihr auf. Denn nun war der Meister auf einmal doch imstande, sich zu bewegen, mit einem Ruck schob er seinen Stuhl zurück und sah

sie durchdringend an und schwieg. Und dann kam es langsam und schneidend: »Das paßt ja prächtig zu all dem andern. Hinter meinem Rücken. Ist wohl die rechte Art, mir das mitzuteilen.«
»Aber«, erwiderte sie hilflos, »ich wollte doch nur Euren Rat.« Noch hoffte sie, das Richtige getroffen zu haben, um ihn aufzurühren und zur Besinnung zu bringen. Und sie machte eine scheue, winzige Gebärde mit beiden Händen zu ihm hin. Und wäre er nicht so vernagelt gewesen, so hätte er jetzt wenigstens sehen müssen, daß sie ihm ihr Herz hinhielt. Nicht damit er es halte, nein, damit er es zerstücke oder darauf trample oder wie im Märchen jener andern als Speise böte, damit sie davon stark und gesund und voll ewiger Jugend werde, oder damit er weiß Gott was damit tue.
»Etwas spät«, gab er zurück. »Aber ich bin einverstanden. Ich kann Euch hier ja ohnedies nicht länger ertragen. Und bin dadurch der Verantwortung für Euch enthoben. Ich werde mit Pierre das Nähere besprechen und das Datum der Hochzeit festlegen. Aber jetzt geht endlich.«
Da hatte sie also ihren letzten Trumpf verspielt! Fassungslos sah sie ihn an. Doch vor solcher Miene verschloß sich ihr Mund. Leise taumelnd verließ sie den Raum.
Meister Falconet saß nun wieder allein. Er vergrub das Gesicht in beide Hände und stöhnte laut auf. Sein Kopf war dumpf und leer, dahin war die Lebenslust. Wie sollte er arbeiten ohne den Beistand der jahrelang Gewohnten, Vertrauten? Und war doch nur eine Natter gewesen, die er sich da großgezogen hatte.

»Haben Sie schon gehört? Hochzeit im Hause Falconet.«
»Ach? Der Bildhauer heiratet? Wen denn? Seine Gehilfin?«
»Aber wo denken Sie hin! Seinen Sohn verheiratet er mit seiner Gehilfin!«
»Der Alte hat wohl genug von diesem Betthäschen«, meinte höhnisch Simon, dem das eine ausgemachte Sache schien, seit Jahr und Tag. Nie hatte er das begreifen können.
»Will selbst wohl höher hinaus. Hat es auf eine der vornehmen Damen abgesehen, die uns neuerdings die Türen einrennen, um sich das Modell zu besehen«, erwiderte Horace und kam sich sehr gewandt vor.

»Das Gesicht will er wahren, das ist es«, so erklärte die vollbusige Matrone die Angelegenheit. Sie hatte einmal Meister Falconet allein mit der Kaiserin im Schlitten heimkehren sehen. Sie bekam überhaupt allerhand zu sehen im Schloß.
»Ein Deckmantel«, schmunzelte der kaiserliche Stallmeister. »Man ist bereits so hoch gestiegen, daß man einen Deckmantel braucht.« Sporenzirpend ging er mit seinem Adjutanten zwischen den blitzblank gestriegelten Pferdekruppen durch den Stall.
»Deckmantel ist gut«, wieherte dienstbeflissen der Adjutant, und das inspirierte den Stallmeister sehr. So gab er etwas zum besten von einem Gutsherren, der einer Magd die Hochzeit bewilligte, sie zuvor aber nackt, nur mit einer Pferdedecke behängt, in seiner ganz privaten Manege habe ein wenig schulreiten lassen. »Deckmantel«, wiederholte er und »Bauchkitzeln« fügte er hinzu und ahmte es vortrefflich nach, wie die Dirne vergeblich versucht hätte, den Umhang festzuhalten, während das Pferd sich aufgebäumt habe. Man hätte es dazu nur ganz sanft mit der Peitsche am Bauch touchieren müssen. Er war ein großartiger Erzähler und ein famoser Spaßmacher, und er stellte das so handgreiflich hin, daß die beiden laut aufwieherten.
»Vielleicht treiben sie es zu dritt, Künstlervolk schließlich, nicht?« fragte der Perückenmacherjunge und wurde vor Aufregung hochrot, und jetzt knallte ihm sein Herr auch noch eine, er hielt auf Moral. Und der Junge mit seinen Fledermausohren hätte es doch so brennend gerne gewußt, und sein Herr hätte ihm doch bestimmt Auskunft geben können. Er machte ja schließlich die Perücken für die Leute von der italienischen Oper, und Künstler blieben Künstler, die trieben es doch bestimmt alle auf die gleiche Weise.
So nahmen die Hochzeitsvorbereitungen ihren Lauf.

Ein Kommen und Gehen, ein Schwirren und Summen setzte ein in dem meist so stillen Atelier, die Kaiserin hatte in ihrer Vertretung den Generaladjutanten der Schönen Künste, Graf Bezki, entsandt. Die Bewilligung für den Fortgang der Arbeit war erteilt worden, das Gipsmodell zur öffentlichen Besichtigung freigegeben.

Der König von Schweden erschien und der Großfürst Paul und die ausländischen Gesandten und die inländischen Künstler und Schreiberlinge aus aller Welt. Und Bezki gratulierte aufs herzlichste und erkundigte sich nach dem weiteren Verlauf der Arbeit und den mutmaßlichen Kosten des Gusses, aber geschlagen gab er sich noch lange nicht. »Möge der Fels ihn zerschmettern«, wünschte er immer noch inbrünstig und war entschlossen, diesem frommen Wunsch mit all seinen schwachen Kräften noch einmal Nachdruck zu verleihen.

Man gratulierte. Meister Falconet schüttelte immer wieder Hände und hörte sich Artigkeiten an. Das war also nun der Höhepunkt seiner Laufbahn, kein Zweifel, die Gazetten der Welt gerieten in Bewegung, und die Petersburger Gesellschaft hatte kein anderes Thema. Und was sich vorher abgespielt hatte, wußten nur wenige, und die schwiegen. Und was es ihn gekostet hatte, nun, besah man's genau, so war das eben der Preis, der zu bezahlen war für solchen Aufstieg. Ein wenig kurzatmig war er geworden, und nachts lag er oft lange wach und lauschte dem Schlag seines Herzens und fühlte sich eingemauert in Finsternis, und des Tags schien der Boden unter seinen Füßen manchmal ein wenig nachzugeben, aber das alles wußte nur er, keiner bemerkte es noch, und alles in allem – er hatte sein Ziel so gut wie erreicht. Er ging nickend und ein wenig taumelig vom einen zum andern und verstreute Scherzworte und beantwortete Fragen, und manches hämische Getuschel schlug an sein Ohr, er konnte es gelassen hinnehmen, nichts brachte ihn so leicht in Harnisch – das Modell stand und war genehmigt.

Da waren auch noch die jungen Verlobten, sie hielten sich in bescheidener Entfernung. Man gratulierte auch ihnen herzlich, auch sie hatten viele Hände zu schütteln. Man erkundigte sich, wann es auf Reisen gehe, ein Hochzeitspaar ging natürlich auf Reisen. Pierre war in übermütiger Laune, er trug den kanariengelben Frack zum erstenmal, der Name Falconet war in aller Mund, besitzerisch legte er zuweilen den Arm um seine Braut. Leise und unmerklich entwand sie sich ihm. Sein zart kränkliches Knabengesicht glühte heute vor Erregung. Marie Annes Apfelgesichtchen war um vieles schmäler geworden, sie war blaß. Der ratlose Clownsausdruck verließ sie jetzt fast nie.

Pierre unterhielt sich gerade angelegentlich mit der imposant wogenden, hochgewachsenen Bezkitochter, sie wollte partout von ihm porträtiert sein. Wenn sie wiederkämen aus Paris, erklärte er herablassend, und mußte zu ihr aufblicken – jeder konnte jetzt sehen, daß er sich der Aufträge gar nicht erwehren konnte. »Paris«, seufzte die Bezkitochter und verdrehte entzückt die Augen. »Wer da mitkönnte!« Es zog sie mächtig nach Paris. Sie wünschte so sehr, Schauspielunterricht zu nehmen bei der Clairon. Wozu hatte sie schließlich ihren königlichen Gang und die weitausholenden Tragödinnengebärden?
Marie Anne ließ ihre Blicke heimlich schweifen, der Meister stand dort drüben im Gespräch. Er übersah sie stets geflissentlich. Aber anschauen will ich mir es ja doch, dachte sie trotzig. Zwei Monate hatte sie sich ganz allein damit gequält auf sein Geheiß. Und nur Pierre hatte ihr manchmal Gesellschaft geleistet. Und dann hatte sich der Meister ihren Kopf kurz betrachtet und entschieden: »Es wird gehen. Man kann es brauchen.« Sonst nichts. Und alles Weitere war in seinem Atelier vor sich gegangen, zu dem ihr der Zutritt ja verwehrt war. Atelierverbot seit vollen acht Wochen. Wie wenn man einer Mutter ihr Kind entführt. Es tat weh. Aber es tat alles so weh, daß man es fast schon wieder nicht mehr spürte. Schon erstaunlich, was der Mensch aushielt!
Vorsichtig pirschte sie sich an die Statue heran, dort, wo die wenigsten Leute standen. Prüfend sah sie hoch zu Reiter und Roß. »Da sitzt du also, mein Kopf, auf Meister Falconets Monument und hast mir arg zu schaffen gemacht«, begann sie stumm ihre kleine Ansprache. »War gar nicht einfach. ›Ähnlichkeit‹, darauf bestand er, weil die Kaiserin es so gewollt hat. Und meine nette kleine Begabung in Einklang zu bringen mit seinem großen Zug, das ist schon riskant. Ist das nun einigermaßen gelungen?« Sie sah es ja zum erstenmal aus des Beschauers Sicht und in der richtigen Proportion. Eine angestrengte Falte entstand auf ihrer Stirn. Dann schüttelte sie empört den Kopf. Launen, Launen einer Herrscherin hatten das Denkmal zerstört. Nicht messen konnte sich ihr Kopf mit seinem, hatte sie sich auch noch so gemüht. Einfach idiotisch!
»Hat Sie *das* schon gesehen?« sagte da eine Stimme hinter ihr. Ihr Atem stockte, sie wagte nicht, sich umzuwenden. Eine

Hand legte sich ihr auf die Schulter, die andere schob ihr einen Stich hin. Die Hand! Die Stimme, lang entbehrt! Es tanzte ihr vor den Augen, sie konnte nichts sehen.
»Das wird jetzt in die ganze Welt verschickt«, erklärte Meister Falconet, als wäre zwischen ihnen nie etwas vorgefallen, und wies auf den Stich des Reiterdenkmals. In der Abbildung stand es aber schon auf dem Fels und vor dem Hintergrund des Isaakplatzes. Nun ruhte seine Hand nicht nur auf ihrer Schulter, er hatte Marie Anne an sich gezogen, sie lag fast in seinem Arm. Geborgen, wieder geborgen bei ihm, wollte es in ihr aufjubeln. Erzürnt verbot sie sich das sofort. Nie wieder hoffen, daran ging man zugrunde.
»Und die Inschrift, die kommt dann an den Sockel, die wird in den Fels gemeißelt«, erklärte er weiter, noch hatten sie einander nicht angeblickt. »Will Sie es nicht doch lesen?« schlug er vor und hielt ihr das Blatt hin. Es war die metallisch schwingende Stimme, mit der er sprach, wie sie nur aus so reichem, vollem Resonanzboden kommen kann. Es klang wie in der Kutsche am Stadttor und wie damals, als er sie zu Bett gebracht hatte. Es klang, als wäre es nie gewesen, daß er sie zwei endlose Monate hindurch wie Luft behandelt hatte. »Laut«, verlangte er nun, nein, er bat. »Laut lesen«, ermunterte er noch einmal, und dann drehte er sie sanft zu sich herum, und da standen sie nun Angesicht in Angesicht.
Aber leichter, als ihm in die Augen zu blicken, war doch noch, zu lesen, und so versuchte sie es trotz der tanzenden Buchstaben. Und mit ein wenig bebender Stimme las sie: *»Stephanus Falconet Parisinus Invenit Et Fecit Maria-Anna Collot Parisina Imperatoris Similitudinem Expressit. Anno MDCCLXXII.* Aber«, sagte sie atemlos und war blutübergossen und hatte ihr ratloses Clownsgesicht, »das ist doch einfach Werkstattarbeit, es ist doch Euer Kopf, wenn auch leider nicht ganz. Das dürft Ihr doch nicht.« Aber dann gab sie es auf. Denn all ihre redliche Sachlichkeit ging unter und wurde fortgerissen von einem jäh einschießenden, alles hinwegschwemmenden Glücksgefühl. »Ihr seid mir also nicht mehr böse«, sagte sie fassungslos. »Ihr glaubt nicht länger, daß ich eine Heimtückische bin.« Ein Feuerwerk sprühte in ihr auf.
Da lachte er dröhnend, so ein Vergnügen war das unter all

diesen Süßholz raspelnden Hofschranzen, dieses gute, tapfere Gesicht aus dem Weinberg der Wahrheit, dieses Gesicht, dem man all das Erlittene noch anmerkte, so aufleuchten zu sehen. Auch verbarg er hinter seinem Lachen Verlegenheit. Was für ein Esel war er doch gewesen, diese Lauterkeit, diese klare Stirn zu verdächtigen! Die und eine Natter? Ein Glück nur, daß er das hatte gutmachen können. Die Inschrift war wirklich nichts Übliches, damit ebnete er ihr den ganzen Lebensweg.
»Wieso glaubt Ihr mir denn wieder?« fragte sie leise, und die Seligkeit war fast nicht zu ertragen.
»Mit Eurer Arbeit könnt Ihr eben besser beweisen als mit Worten. Glaubt Ihr, es kann mich eine betrügen, die den Auftrag ›Ähnlichkeit‹ so zu verbinden weiß mit meiner Absicht des Kolossalisch-Idealischen? Die mich so begreift?« erwiderte er grob. Und dann bahnte er sich unbekümmert um all die Blicke durch die tuschelnde Menge seinen Weg und stellte Marie Anne, und er hielt sie dabei immer noch im Arm, vor aller Augen dorthin, von wo sie das Modell unter dem richtigen Winkel sahen. Und er erklärte ihr nun genau, wie recht sie das alles getroffen hatte und wie sie beide sich so ganz erfüllt hätten in diesem Dritten, das man aufrichten würde in Erz für Zeit und Ewigkeit.
Marie Anne sah nicht die Blicke der Leute, verstand auch nicht die hohe Auszeichnung, sie hörte nur dieser metallischen Stimme zu. Nach einer Weile jedoch sagte sie leise: »Was machen wir aber nun mit Pierre?«
Da ließ der Meister sie mit einem Ruck los. Umbrandet von Stimmen standen sie, und Schweigen breitete sich zwischen ihnen aus. »Unsinn«, sagte er nach einer Pause. »Jugend gehört zu Jugend. Und der Junge braucht Sie. Sie kann vielleicht noch etwas Brauchbares aus ihm machen.« Und dann legte er los: »Hat Sie nicht schon genug erfahren, was für ein kratzbürstiger, unerträglicher Geselle ich bin?« Und weil er ihr sterbensunglückliches Gesichtchen sah, fügte er hinzu, aber ganz wohl war ihm dabei nicht: »Und sie gehört jetzt einmal nach Paris, das ist unerläßlich für Ihre Laufbahn. Sie wird dort Triumphe feiern, da man dieses dort weiß.« Er zeigte auf das Blatt in seiner Hand, aber es war eine matte Geste. »Aufträge«, fügte er noch hinzu und wollte tröstend, ermunternd sein. »Mehr kann ich

für Sie nicht tun«, fuhr er sie dann böse an und legte ihr doch noch für einen Augenblick begütigend die Hand auf die Schulter. Danach machte er sich schleunigst davon und verschwand im Gewühl der sich um ihn drängenden, illustren Gesellschaft. Er war eben leider ein großer Esel, und erschwerenderweise auch noch ein Moralist, dieser nun weltberühmte Meister Falconet.

»Da kommen sie«, sagte der ein wenig asthmatische Sattler und schlug blitzende Nägel in einen Paradesattel, der für ein Turnier bestimmt war. Die ausländischen Künstler wohnten im Handwerkertrakt. Er hielt inne und besah sich, wie die drei, die Braut zwischen Vater und Sohn, die Treppe herunterkamen. Marie Anne hielt einen großen Strauß gelber Rosen im Arm und vergrub darin ihr Gesicht.
Ein Diener stand am Schlag – auch ein Zöfchen gab es, zierlich, eifrig zählte es Reisesäcke, es waren ja allerhand Geschenke mitzunehmen nach Paris. Die Braut schritt am Arm dieses schönen Knaben, und der trug den Kopf sehr hoch und schien so frohgemut, wie sich's gehört, wenn einer mit so lieblicher Braut in so prächtiger Kutsche und mit Dienerschaft auf Hochzeitsreise fährt.
»Na, sehr eilig scheint sie es aber nicht zu haben«, sagte ein kluges Schneiderlein und saß mit gekreuzten Beinen und ließ seine flinke Nadel einen Augenblick lang ruhen. Da hob Marie Anne ihren Kopf aus den Rosen und machte mitten auf der Treppe mit einem Ruck halt. Sie blickte auf die Kutsche da unten und auf all die Geschäftigkeit, als ginge etwas ganz und gar Unerwartetes vor sich und als erwachte sie erst jetzt. Sie war sehr blaß und lächelte undurchdringlich. Da wandte der Bräutigam sich ihr zu mit einer ein wenig herrischen, leicht ungeduldigen Bewegung, die an ihm sonderbar ungemäß wirkte, und gleichzeitig legte Meister Falconet, der auf der anderen Seite der Braut schritt, ihr die Hand still auf die Schulter. Marie Anne drehte sich dem Meister voll zu und sah ihm einen Augenblick lang fest ins Gesicht, und dann hatte sie es plötzlich ganz eilig und rannte die Treppen hinunter bis zur Kutsche, so schnell, daß sie dabei den Jüngling an ihrem Arm hinter sich herzog.

Hat eben in all den Jahren doch keine rechten Manieren erlernt. Wohnt im kaiserlichen Palais und ist deswegen noch lange keine vornehme Dame, dachte verächtlich bei diesem Anblick das neuengagierte Zöfchen und nahm sich vor, von oben herab und en passant ein wenig Anstandslehre zu erteilen. Man würde sich ja sonst ob so unfeiner Herrschaft in den Tod schämen müssen in all den Herbergen und bei den Leuten von Rang, wo man Station zu machen plante.

Alles Weitere ging blitzschnell vonstatten. Am Kutschenschlag gab es noch eine hastige Umarmung zwischen Vater und Sohn, und auch die Braut wurde für einen Augenblick in den Arm genommen, und vielleicht dauerte diese Umarmung einen Herzschlag länger als die des Sohnes, aber das konnte auch Täuschung sein, und dann waren die beiden im Innern des Wagens verschwunden, und es blieb nur noch, den Kutschenschlag zuzuwerfen. Das Gepäck war schon aufgeladen, und das zierliche Zöfchen und der englische Diener hatten die Decken über die beiden gebreitet und sollten nun selbst in die zweite Kutsche steigen. Plötzlich geriet irgend etwas da drinnen in Bewegung, die Braut hatte sich nochmals aus all den sorgfältig festgesteckten Decken herausgewickelt und kam zum Vorschein und fiel Meister Falconet um den Hals. Das war nun allerdings eine ziemlich heftige Gebärde und eine ziemlich lange Umarmung.

»Na, na, na«, sagte kopfschüttelnd der Sattler, und »na, na, na«, sagte kopfschüttelnd das Schneiderlein, und war dies, je nach Lebenserfahrung und Temperament, auch in ganz verschiedenem Ton gesagt, so klang es doch in beiden Fällen höchlichst verwundert. Soweit die Zuschauer.

Nun hatte Marie Anne nur einmal in Meister Falconets Armen gelegen, damals, als sie als Hetäre verkleidet auf ihre Liebesnacht gewartet hatte, aber nur brav von ihm zu Bett gebracht worden war. Und sie hatte nur einmal seine Hand festzuhalten gewagt, eben damals, und diese Abschiedsumarmung hier war nun eigentlich die erste zwischen ihnen. Und es mag durchaus sein, daß Meister Falconet sich gestattet hatte, in diese einzige Umarmung, und es war doch eben ein Abschied, etwas von all der Glut und Inbrunst zu legen, die in ihm brannten, wenn auch zumeist nur für sein Werk, und dieses Werk war nun zu einem

guten Stück getan, und er wußte plötzlich nicht recht, wie zu leben, und nun gab er auch noch die Gehilfin fort. Kurz, Marie Anne verlor auf einmal jede Scheu, und hätte sie von hier schnurstracks zur Hölle gemußt und hätte sich der Boden unter ihren Füßen aufgetan und der leibhaftige Gottseibeiuns hätte sie laut lachend in sein Reich gezogen, sie konnte nicht anders. Diesen einen Augenblick lang verspürten Herzschlag – er war die Seligkeit selbst gewesen – mußte sie noch einmal verspüren. »Seid Ihr nun zufrieden mit mir?« Dann zögerte sie einen kurzen Augenblick und fügte hinzu, das war aber nur noch gehaucht und nur zu erraten: »Mein lieber Vater!«
Meister Falconet zog sie nochmals an sich, und da sagte dieser rauhe Spötter mit rauher Stimme, weil ihm würgend etwas in der Kehle saß: »Mein teures, über alles geliebtes Kind!« Und dann schob er sie rasch in die Kutsche zurück. Und er warf mit eigener Hand den Schlag zu und gab das Zeichen, und die Pferde zogen an. Das waren die Worte, mit denen Marie Anne in ihr Schicksal fuhr.
Da war einer plötzlich um Jahre gealtert, und es war ein sehr einsamer, müder Mann, der allein an der Freitreppe zurückblieb und der enteilenden Kutsche nachwinkte. Es war ein blauer Tag und sehr frostig, wiewohl die Sonne schon hoch stand.

Fürstin Katharina Romanowna Daschkowa an Monsieur Denis Diderot, rue Taranne, Paris:

Hochwerter Freund!
Wer beschreibt mein Entzücken, als mein Blick unter der kaum zu bewältigenden Menge von Kurier, die mich an jedem Posttag erreicht, Eure so lang entbehrten, teuren Schriftzüge entdeckte! Mit einem Schlage standen wieder die unvergeßlichen Stunden auf, da ich mich, Euch gegenübersitzend, Eurer eindringlichen Belehrung erfreuen durfte.
Seid versichert, nicht schnöder Undank, Überbürdung allein hat Euch des brieflichen Umgangs mit mir beraubt. Die Kaiserin will mich, seit sie mich in die verantwortungsvolle Stellung der ersten Staatsdame zurückberufen hat, kaum von ihrer Seite lassen. Ich habe aber auch meiner unglücklichen Schwester mit Rat und Tat beizustehen, weshalb ich allen

Lästermäulern zum Trotz bei ihr Quartier bezogen habe. Dadurch mußte ich zu meinem Leidwesen der Kaiserin ihren Herzenswunsch abschlagen, mich in ihrer unmittelbaren Nähe, im Palast, zu beherbergen. Mit einem Wort, ich bin stets in Gefahr, unter der Last meiner Pflichten zusammenzubrechen. Dazu kommen noch allerhand familiäre Verdrießlichkeiten, da man meine Großmut im Hause meiner Schwester nicht genug zu würdigen versteht, wiewohl doch erst meine Gegenwart diesem recht bescheidenen Hausstand ein gewisses Ansehen zu geben vermochte.

Doch nun zu Eurem Anliegen. Es sei Euch, so sagt Ihr, so Widersprechendes über Eures Freundes Falconets Reiterstandbild zu Ohren gedrungen, daß Euch nach meiner aufrichtigen, rücksichtslosen Meinung verlangt. Sie sei Euch nicht vorenthalten. Doch drängt es mich zuvor, Eure Besorgnis zu zerstreuen, die sich delikat hinter Eurer scherzhaften Frage verbirgt. Ob Falconets Reitersmann nur fest genug in seinem Sattel sitze, wünscht Ihr zu wissen, denn Ihr kenntet gar viele, die gern ihr Seelenheil darum gäben, bräche sich dieser Reitersmann das Genick. Seid getrost, gewiß, es gibt solche Neider, aber man ebnet hierzulande Künstlern in geradezu unvorstellbarer Weise ihren Weg. Dieser Reiter wird sich sein Genick nicht brechen, dieses Denkmal geht seiner Errichtung entgegen, wenn ich auch persönlich die schwersten Bedenken über so hohe Ehrung des Verstorbenen hege, weil dadurch aufs unliebsamste Erinnerungen an ihn wachgerufen werden. Doch sind dies politische Bedenken, die nichts mit Eurem Freund zu tun haben. Die Kaiserin jedenfalls wünscht dies Denkmal und ist offenbar mit dem Künstler höchst zufrieden. Sie hat in verschwenderischer Huld Falconet kürzlich geadelt. Vaché Vysokorodie ist er in Hinkunft anzusprechen. Ich stehe nicht an, dies ein wenig übertrieben zu finden, zumal da nicht verschwiegen werden kann, daß die glühenden Verehrer der Antike – und welch wahrhaft Gebildeter wäre das nicht? – ein wenig enttäuscht sind von dem nach der Natur gebildeten Pferd. Es soll hier, noch während ich mich auf meiner von unserer Souveränin so huldvoll gewährten Bildungsreise befand, Monate hindurch ein lächerliches Schaureiten stattgefunden haben, an dem sich auf Allerhöchsten Befehl die hervorragendsten Reitersleute zu beteiligen hatten und das viel böses Blut gemacht haben soll. Nach der Natur verlangte Meister Falconet partout Roß und Reiter zu studieren, und fragt Ihr mich, so taugte das alles zu recht wenig. Das Pferd – zu meiner aufrichtigen Betrübnis sei es gesagt – ist nicht antik. Es reicht bei weitem nicht an das Pferd des Marc Aurel heran in seinem wundervollen harmonischen Ebenmaß, wie wir es aus Stichen und Nachbildungen kennen. Und auch die kürzlich ausgegrabenen Zentauren des Palazzo Furietti, die heute im Garten des Vatikan stehen, sollen weit großartiger sein. Dazu kommt, daß Meister Falconet keine Ähnlichkeit nach ihm vorgelegten Abbildern zu treffen vermag. Der Kopf des Reitersmannes gelang zur vollen Zufriedenheit der Herrscherin nicht dem Meister, sondern seiner Gehilfin. Der Kopf stammt also gar nicht von Falconet selbst. Übrigens wird diese junge Frauensperson Euch ja bald persönlich berichten. Denn ihr Meister hat sie, etwas hastig und unvorhergesehen, wie mir scheint, mit seinem Sohn verheiratet und auf Reisen geschickt. Offenbar bekam er es mit der Angst, sie könnte ihm, selbst so bedeutend ausgezeichnet, seinen Ruhm streitig machen.

Den Eindruck, den die öffentliche Besichtigung gemacht hat, gibt wohl am besten ein kleines Spottliedchen wieder, das in der Petersburger Gesellschaft umgeht. Man singt und pfeift hier in allen Tonarten: »Das Pferd ist nicht antik, und der Kopf ist nicht von ihm. Nur der Fels, die Idee mit dem Fels ist gewaltig. Aber seit wann ist ein Fels ein Denkmal?« Und – so muß ich hinzufügen – fünf Millionen Kosten allein für den Transport dieses ominösen Felsens, der aus mancherlei Gründen besser geblieben wäre, wo er war. Ein maßloser Mann jedenfalls, Euer angeblicher Phidias unserer Zeit, und von sündhafter Verschwendungssucht.

Übrigens hat die außerordentliche, fast möchte ich sagen, unbegreifliche Gunst, die der Bildhauer trotz seinem offenkundigen Versagen bei der Herrscherin genießt, mich etwas versöhnlicher gegen andere gestimmt. Neuerdings ist Graf Orlow nach längerer Abwesenheit wieder bei Hof aufgetaucht, ohne daß man so recht weiß, welche neue oder alte Rolle ihm zugedacht ist. Doch scheint der Stern dieses Hauses noch nicht im Erlöschen zu sein, denn auch sein Bruder Alexei stolziert seit den Tagen, da er es zum Seesieger von Tschesme gebracht hat (ohne Luv von Lee unterscheiden zu können, wie man mir versichert, und nur mit Hilfe des englischen Admirals Elphingston), mit seiner zuckenden Visage wie ein Truthahn umher. Beide befleißigen sich übrigens des respektvollsten Betragens gegen mich. Ich bin manchmal versucht, zu glauben, Graf Orlow war der Schlechteste nicht, auf den der Kaiserin Wahl fallen konnte.

Ich will mein Schreiben nicht schließen, ohne der Hoffnung Ausdruck zu verleihen, daß Ihr doch endlich den wiederholten Einladungen unserer Souveränin Folge leistet und wir Euch eines Tages hier begrüßen dürfen. Dann könntet Ihr Euch über das Werk Eures Freundes ja an Ort und Stelle selbst ein Urteil bilden. Und seid versichert, daß die Souveränin und ich Eure Lehren noch immer wohleingeschreint in unserem Herzen tragen. Nach wie vor streben wir dem hehren Ziel der Aufhebung der Leibeigenschaft zu, wenn es auch durch die leidige Affäre Pugatschews ein wenig in die Ferne gerückt ist. Ihr ahnt nicht, wie rebellisch und verräterisch manchmal so eine Horde von Leibeigenen sein kann. Wir sind gezwungen, mit unnachsichtiger Strenge gegen sie vorzugehen. Doch bleiben wir deswegen unverändert Eure dankbar gelehrigen Schülerinnen.

Und das Spottliedchen auf Euren Freund nehmt mir, bitte, nicht übel, es stammt ja nicht von mir, zudem wolltet Ihr ja meine unparteiische Meinung hören. Und, wie gesagt, der bricht sich schon nicht das Genick.

In dankbarer Erinnerung und unveränderter Geneigtheit
Eure

Katharina R. Fürstin Daschkowa

St. Petersburg, den 12. November 1772.

IV

Fürstin Katharina Romanowna Daschkowa an Miß Kitty Wilmot, London.

St. Petersburg, den 10. Januar 1774

Herzliebe junge Freundin!

Tausend Dank für die Übersendung der so lehrreichen Instruktionen zur sachgemäßen Präparierung von Säugetieren spezieller Größe, die der Kustos des Londoner Naturalienkabinetts Euch auf meinen Wunsch so gütig war zu überlassen. Ich habe sie sofort an Herrn Guldenstädts Präparator weitergegeben, und Ihr könnt versichert sein, daß davon nutzbringendster Gebrauch gemacht wird.

Wenn ich zurückdenke, teure Kitty, welche Wißbegierde Ihr schon in kindlichem Alter auf unserer herrlichen Rheinfahrt, die ich während meiner unvergeßlichen Bildungsreise mit Eurem Herrn Vater, dem ehrwürdigen Bischof von Tukan, und Euch zu machen das Vergnügen hatte, an den Tag legtet, wie unermüdlich Ihr alles und jedes zu wissen wünschtet, dann ist es mir doppelt schmerzlich, Euch nicht hier haben zu können, damit Ihr des heiligen Feuereifers teilhaftig würdet, von dem man hier jetzt beseelt ist. Ein Forscherdrang ohnegleichen beflügelt jedermann. Schon vor einigen Jahren sind im Auftrag der Petersburger Akademie der Wissenschaft die hervorragenden Herren Pallas, Gmelin, Lepechin und Guldenstädt in alle Windrichtungen ausgezogen, um unser unübersehbares Reich bis in die entferntesten Provinzen, bis an die Grenze Chinas, zu erkunden, und wir haben von Anbeginn die Ergebnisse ihrer Forschung mit Teilnahme verfolgt. Doch erst seit ruchbar wurde, daß man bei diesen Fahrten auf Schwefel- und Erdölquellen stieß, daß in fernsten Landstrichen ohne unser Wissen Goldbergbau betrieben wird, an dem sich Unbefugte bereichern, hat sich Graf Orlow dieser Reisenden angenommen. Er organisiert mit Eifer und Umsicht – dies muß zugestanden werden – die bessere und raschere Nutzbarmachung der Forschungsergebnisse. Zu diesem Zweck wurden in einem bis jetzt von Handwerkern und Künstlern besetzten Schloßtrakt eigene Räume frei gemacht. Fortlaufend erreichen uns nun aus den Winterquartieren der kühnen Männer Sendungen, Proben ihrer unermüdlichen Entdeckerlust, die kunstgerecht behandelt, katalogisiert und aufgestellt werden. Herbarien mit noch nie geschauten Pflanzen, seltene Mineralien und präparierte Tiere häufen sich dort. Doch auch unsere Kartographen und Kupferstecher sind nicht müßig, neuerschlossene Gebiete werden auf Landkarten verzeichnet, Baureste untergegangener Kulturen – mongolische Befestigungsanlagen zum Exempel – bekommen wir in Abbildungen zu sehen. Ein Bienenfleiß ohnegleichen ist am Werk, und die demnächt erscheinenden »Beiträge zur physikalischen und geographischen Völkerbeobachtung« von Herrn Pallas werden wieder einmal Zeugnis ablegen für die großartige Unterstützung, die unsere Herrscherin in einem Ausmaß der Wissenschaft angedeihen läßt, wie kein anderes Land es vermag und willens ist. Stellt Euch vor, man hat unter anderem ein Fabelwesen von ungetümer und faszinierender Häßlichkeit entdeckt – Hippopotamus nennen sie es –, dessen Präparierung sich die größten Schwierigkeiten entgegenstellen. Der Gehilfe von Herrn Guldenstädt hat mir offen zugegeben, noch nie habe er sich vor so gewaltige Aufgaben gestellt gesehen. Herr Professor Pallas – wir, nicht seine Heimat, haben ihn zum Professor gemacht, wir haben ihm diese gigantischen Möglichkeiten eröffnet – wird ohne Zweifel nach seiner Rückkehr von der Kaiserin den Adel verliehen erhalten; er verdient es aber auch wirklich. Die Souveränin ist hingerissen vor Begeisterung darüber, daß das Licht der Wissenschaft aus unserem Lande so hell erstrahlt. Erstaunlich, daß gerade Graf Orlow diese Wißbegierde in ihr zu wecken vermochte. Er hat sich in dieser Angelegenheit bewährt, ich stehe nicht an, dies zuzugeben. Die Endergebnisse, der materielle Gewinn der Expedition, die Erschließung der Bergwerke, das alles ist noch gar nicht abzusehen, und dabei sind diese wackeren Männer von bewunderungswürdiger Bescheidenheit. Man hat hier ausgerechnet, daß die für Leben und Gesundheit dieser Braven doch so riskante Unternehmung uns allein in allem, einschließlich der Kosten für Zeichner, Kartographen, Kupferstecher und Präparatoren per annum nicht mehr als tausend Rubel kostet! Fürwahr, das nenne ich echten, uneigennützigen Forschergeist!

Übrigens habe ich mich infolge dieser unleugbaren Verdienste des Grafen Orlow, auf den ich, wie Ihr ja wißt, nicht immer sehr gut zu sprechen war, entschlossen, ihm meine Unterstützung in einer Sache von weitesttragender Bedeutung zu gewähren. Ihr seid ja verschwiegen, so sollt Ihr es wissen, auch geht dieses Schreiben ja nicht durch den allgemeinen Kurier: Graf Orlow wünscht die Kaiserin von der politischen Zweckmäßigkeit einer Heirat mit ihm durch eine Unterschriftensammlung der maßgebenden Persönlichkeiten des Adels zu überzeugen. Ich habe mich dieser einflußreichen Gruppe angeschlossen, da mir Grigori Orlow nun als der Geeignetste erscheint, dem leider ein wenig unsteten Wesen unserer teuren Souveränin die notwendige Festigkeit zu verleihen.
Im Augenblick hat die Kaiserin, dem Drängen einer gewissen Clique nachgebend und vielleicht auch wegen eines neu aufgetauchten jungen Laffen namens Wassiltschikow, Graf Orlow zu den Friedensverhandlungen nach Foksani entsandt. Doch hofft man hier zuversichtlich, die Unterschriftensammlung nach seiner Rückkehr einem erfolgreichen Abschluß zuzuführen.
Ungeduldig erwarten wir hier auch den großen Tag, da wir das gesamte Material der Expeditionen der allgemeinen Besichtigung freigeben können. Es stellen sich uns dabei noch einige Hindernisse in den Weg, weil der hierzu ausersehene Trakt des Palais auch noch einen Bildhauer beherbergt, der seit langem mit einem Monument Peters des Dritten beschäftigt ist. Ihr werdet Euch des Namens vielleicht noch entsinnen, er ging vor einigen Jahren häufig durch die Gazetten, er heißt Falconet und hat uns schon einigen Ärger verursacht. Neuerdings belästigt er jedermann, weil er – man stelle sich die Impertinenz vor – gerade jetzt und in diesem Trakt, einen Gußofen zum Erzguß für sein Standbild installieren will. Er ist so lächerlich versunken in seine Tätigkeit, daß er gar nicht merkt, daß er eine rechte Verlegenheit geworden ist. Er nimmt einfach nicht zur Kenntnis, daß rechts von ihm die Kartographen und links von ihm die Präparatoren am Werk sind und daß wir sehnlichst darauf warten, die Räume, die er innehat, für die Erweiterung unserer Sammlung frei zu bekommen. Er bildet sich ein, daß die Herrscherin, nachdem sie solchen Einblick in die Wissenschaft tun durfte, sich noch ernstlich für sein Denkmal interessiert.

Aber die Zukunft gehört nun einmal nicht der Kunst, sondern der Wissenschaft, das hat die Kaiserin klar erkannt, und man ist Graf Orlow zutiefst verpflichtet, daß er sie von dieser Spielerei mit dem Denkmal abzulenken wußte. Nur der grenzenlosen Gnade der Souveränin hat es dieser Bildhauer zu danken, daß man ihn nicht längst unverrichteter Dinge nach Hause schickte. Ich werde nicht verfehlen, Eurem Wunsch zu entsprechen und Herrn Pallas um eine Dedizierung in eines der ersten Exemplare seiner »Fauna Asiaticorossica« für Euch zu bitten.
Empfehlt mich dem Wohlwollen Eures ehrwürdigen Herrn Vaters und laßt Euch von Eurer mütterlichen Freundin in unveränderter Zuneigung in die Arme schließen.

Katharina Romanowna, Fürstin Daschkowa

»Wie heißt er?« fragte die Kaiserin und entsann sich dunkel eines Hellen, Federnden mit breiten Schultern und schmaler Taille, irgend so eines Milchgesichts, das man ihr kürzlich beim Empfang präsentiert hatte. Sie lächelte, es war so durchsichtig, was man da einzufädeln wünschte.
»Wassiltschikow«, erwiderte Oberhofmeister Panin. Er beendete eben seinen Vortrag. Er hatte von diesem und jenem und von der Notwendigkeit verstärkten Grenzschutzes gesprochen und nur ganz beiläufig etwas einfließen lassen über den Großfürsten, und abschließend hatte er angefragt, ob es genehm wäre, jenen Wassiltschikow in die kaiserliche Leibgarde einzustellen. Und das hieß mit herzlicher Drohung, so laß sie endlich den Orlow fallen und ersetz sie ihn durch mein Geschöpf, dann kann sie auch sicher sein, daß ich nie zulassen werde, daß der Großfürst unliebsame Störungen bereitet, und daß man nicht erinnert wird an jenes Reskript, daß die Orlowbrüder damals zum Verschwinden brachten und das Eure Unterschrift trägt, wonach Ihr Euch verpflichtet, die Regierung nur bis zur Mündigkeit des Großfürsten zu übernehmen.
»Meinetwegen«, gab die Kaiserin ein wenig gereizt zurück. Bin ich schon so alt, daß man meint, ich sei reif für halbwüchsige Knaben, dachte sie. Sie hatte wohl geruht und war nicht allein geblieben und kam dabei doch ganz gut aus mit diesem Ratgeber. Und wußte sehr genau, daß er bereit war, sie sofort fallenzulassen, sollte seine Stunde einmal kommen. Aber mit

der Einstellung in die Garde war schließlich noch gar nichts geschehen. Doch diesen gereizten Ton ließ man ihn besser vergessen. Zart und federleicht legte sie ihm die Hand auf die Schulter und sah ihm tief in die Augen, durch und durch ging das dem alten Ränkeschmied. »Wir haben gemeinsam ein gewaltiges Werk gebaut in den letzten Jahren«, sagte sie leise und war sehr ernst geworden, und das sollte heißen, das willst du doch nicht wieder in ein Nichts versinken lassen wegen des Großfürsten? Solltest du wirklich nicht bemerkt haben in all der Zeit, daß mein Sohn leider eine glatte Null ist?

Aber so leicht gab sich der schlaue Fuchs nicht geschlagen. »Foksani«, sagte er bloß, und das hing wieder nur scheinbar nicht mit den Worten der Kaiserin zusammen. Und sie mußte doch wieder lächeln, so Zug um Zug ging das zwischen ihnen. »Die Friedensverhandlungen in Foksani bedürfen eines sehr gewandten Verhandlers«, fügte er hinzu. »Der Großfürst zeigt sich sehr besorgt, daß dies auch der rechten Person anvertraut werde.«

Eine fragende Gebärde der Kaiserin forderte ihn auf, weiterzusprechen. Wozu? dachte sie erbittert und wehmütig in einem, ich weiß, was nun kommt.

»Graf Orlow schiene dem Großfürsten überaus geeignet für so delikate Sachen«, fuhr Oberhofmeister Panin fort. Und das bedeutete, schicken wir also den Orlow mal fort und lassen wir dem Großfürsten mal die Meinung, er hätte etwas durchgesetzt. Aber es bedeutete auch, *ich* will das durchsetzen.

»Und der greise Graf Rasumowsky«, erwiderte die Kaiserin ein wenig matt, und das hing wieder nur scheinbar nicht mit Panins Vorschlag zusammen und war gewiß kein Gegenvorschlag, diesem Uralten die Mission anzuvertrauen.

»Ich habe Majestät doch längst die Beweise erbracht, ich habe Majestät doch wiederholt bestellt – Graf Rasumowsky hat es deutlich ausgesprochen – er war nie etwas anderes als der tiefergebene Diener der Zarin Elisabeth. Die Papiere wurden vor meinen Augen verbrannt«, fügte er hinzu und lächelte starr. Das war unmißverständlich. Spannung lag im Raum. Geübte Fechter standen einander gegenüber. Jahrelang fochten sie nun schon.

»Man entsende Graf Orlow als Bevollmächtigten zu den Friedensverhandlungen nach Foksani«, erwiderte die Kaiserin nach einer Pause. Und schickte ihn nun also zum zweitenmal fort. Und sollte wirklich mit diesem Milchgesicht – –? Und das Blut, das Blut! Noch war nichts entschieden. Aber diesen Gegner brauchte sie jetzt als Bundesgenossen. Denn schon hatte sich ein anderer drohend gegen sie erhoben.

Als hätte er ihre Gedanken gelesen, sagte Oberhofmeister Panin daraufhin: »So bliebe nur noch Höchstdero Rat ergebenst einzuholen über Pugatschew.« Er sprach leichthin und begann seinen Handschuh überzustreifen und wollte damit andeuten, daß diese nebensächliche Angelegenheit, die ganz und gar nichts mit den bis jetzt verhandelten, höchst wichtigen Staatsaffären zu tun hatte, während des Überstreifens eines Handschuhs erledigt werden konnte. Und hieß doch, Pugatschew bedroht deinen Thron, und dabei kann dir der Orlow allein nicht helfen, und wirst du vielleicht auch mit dem Großfürsten fertig, mit Pugatschew wirst du es ohne mich nicht. Der Großfürst würde dir einen Sieg der Pugatschewhorden gönnen, und ginge er selbst auch daran zugrunde, so tief haßt er seine Mutter, und das ist vielleicht der einzige Haß, den du tragen mußt dein Leben lang, und der vor dem Zauber deiner Gegenwart nie ins Wanken gerät. Aber den Pugatschew wollen wir doch gemeinsam bekämpfen. Bin ich auch ein alter Fechter und schlauer Fuchs und laviere nach allen Seiten, weil das so ein herrliches, atemraubendes Spiel ist, so weiß ich doch, daß es jetzt nicht nur um deinen Thron, sondern um Rußlands Wohl und Wehe geht, und vielleicht bist du für uns doch schon Mütterchen Rußland geworden, wenn du auch als kleine deutsche Prinzessin hergekommen bist. Und gegen Pugatschew also – gemeinsam.

»Wer soll das Oberkommando – –?« fragte die Kaiserin, blaß geworden. Das war gewiß kein Rat, aber sie wußte, sie konnte ihm jetzt vertrauen. Doch die Bestellung des Wassiltschikow, die bedeutete freilich noch nichts.

Die Kaiserin gab einen Ball. Gleich würden ihre Damen eintreten, um sie anzukleiden. Sie saß vor ihrem Toilettetischchen und blickte in den Spiegel. Kerzen brannten, viele Kerzen, und sie neigte sich vor und forschte in ihren Zügen.

Das also bist du jetzt, sagte sie und nickte ihrem Spiegelbild zu, ein wenig wehmütig und spöttisch und sehr gut Bescheid wissend über sich selbst. Eine noch schöne Frau, die noch eine Weile dafür gelten mag, weil Macht die Menschen blendet und Klugheit triumphierend strahlt, auch wenn Verfall sein Werk schon begonnen hat. Und du warst bebend vor Lust und tobend vor Eifersucht und vergingst in Schande und warst verstrickt in Schuld und warst eine Mächtige und wolltest entmächtigt werden und ließest dich überwältigen von dunklen Gewalten und hattest so inbrünstig gewünscht, daß es von hellen geschähe, und nun soll dieses Lärvchen, dieser schmalhüftige Tänzer –? Nein. Dieser puppige Ergebene, dieser Ahnungslose um die Tiefen und Höhen des Lebens? Nein, noch einmal nein.
Gedankenvoll löste sie ihr Haar, ließ es durch die Finger gleiten und dachte an ihn, der aus Foksani Brandbriefe schrieb, leidenschaftlich beschwörende, schamlos erinnernde, demütig bettelnde und dabei mit all den glänzenden Namen drohte, die auf seiner Bittschrift standen. Konsort der Kaiserin wollte er sein. Und nun sollte dieser lächerliche Wassiltschikow eine neue Epoche einleiten? Noch einmal – nein.
Als ihre Damen eintraten, um sie für den Ball anzukleiden, fanden sie die Kaiserin in strahlender Laune. Sie hatte für jede einen zärtlichen Scherz, sie sprühte vor Witz und Übermut, und gefallsüchtig ließ sie sich schmücken und freute sich daran, so wie jede Frau sich schmückt und daran freut, die auf den Ball geht.
Nun hatte über diesem Fest aber von Anfang an eine Spannung gelegen, die sich jedem mitteilte, und jeder erwartete sich von diesem in tausendkerzigem Glanz erstrahlenden Abend irgendein unvorhergesehenes Ereignis, irgendeinen Eklat, mag sein aus keinem andern Grund, als weil es einfach undenkbar und geradezu naturwidrig schien, daß diese große Zauberin mit dem farblosen Hübschling vorliebnehmen könnte. Und hatte Orlow auch viele Feinde, so war er eben doch ein Tausendsassa, ein Alleserringer und Frauenbezwinger, und es schien unvorstellbar, daß die Kunde nicht bis Foksani dringen würde und daß er dem ruhig seinen Lauf ließe.
Zunächst geschah nichts, aber lähmende Erwartung lag über

allen, und die rechte Festesfreude wollte nicht aufkommen. Unberührt von dieser Stimmung schien einzig und allein Oberhofmeister Panin, der mit wohlwollendem Interesse und sichtlicher Genugtuung in das Menschengewühl blickte. Die Musikanten geigten unermüdlich, die Kaiserin tanzte mit dem und jenem und auch mit Wassiltschikow, mit ihm aber keineswegs öfter, als es nach dem Zeremoniell und ohne Aufsehen geschehen konnte. Sie war erregt und erhitzt, ihr Atem flog, und sie war wirklich eine sieghaft schöne Erscheinung und rechtfertigte völlig, was man von ihr im Ausland berichtete und was sie so gern dort in Umlauf setzte: daß sie der Minerva gleiche und die Semiramis des Nordens sei und daß Kleopatra vielleicht der beste Vergleich wäre. Und sie hatte ja wirklich die bedeutendsten Männer der Welt zu Freunden, Voltaire gehörte dazu und Diderot, nur ein Cäsar war eben noch nicht gekommen, der gleich ihr Welten bewegen und ein ungeheures Reich lenken konnte.
Tanzte die Kaiserin mit anderen, dann lächelte Wassiltschikow starr und puppig, beantwortete artig den Umstehenden ihre Fragen, sah aber dabei niemandem so recht ins Gesicht, und die Damen blickten ihn an und gleich wieder fort, und er hatte die schmalsten Hüften und eine Figur wie einer vom Ballett, und alle fanden ihn zum Gähnen langweilig.
»Nun?« fragte in einer Tanzpause Oberhofmeister Panin leise seine Herrin. »Darf ich das Ernennungsdekret morgen vorlegen?« Sie antwortete nicht. Mut unruhiger Hand klappte sie den elfenbeinernen Fächer immer wieder auf und zu.
Drüben an einem Pfeiler lehnte der Großfürst. Plattnäsig, schmalbrüstig, dummschlauen Blicks, erzählte er mit seiner unangenehm näselnden Stimme, die nur zwischendurch herüberklang, dem jüngsten Hoffräulein etwas, was wohl nicht gerade ballfähig war. Das konnte man aus dem Gekreisch und Gepruste seiner Begleiter entnehmen. Die unterhielten sich offenbar vortrefflich. Sein unzertrennlicher Schatten, Graf Kurakin, war an seiner Seite und auch dieser holsteinsche Lümmel, Herr von Saldern. Er machte noch immer dunkle Geschäfte und versprach dem Großfürsten allerlei, das war bekannt. Die Kaiserin warf einen verwunderten und sehr kühlen Blick hinüber. Die Gruppe verstummte. Oberhofmei-

ster Panin war ihrem Blick gefolgt. Er verharrte noch immer in erwartungsvoll geneigter Haltung.
»Geduld!« erwiderte nun endlich die Kaiserin scherzend und hielt es für richtig, die Gereiztheit durch eine ihrer berühmten Lachkaskaden zu überdecken – jeder im Saal sollte es wissen, wie sie diesen Ball genoß –, versetzte Panin übermütig mit dem geschlossenen Fächer einen leichten Schlag und tanzte ihm dann auf und davon.
Er sah ihr nicht ohne Bewunderung und doch ein wenig enttäuscht nach. Fest hatte er sich vorgenommen, noch heute die Ernennung zum Generaladjutanten durchzusetzen. Wassiltschikow sollte die leeren Gemächer beziehen. Vor aller Augen trat Panin an seinen Schützling heran, jeder sollte es sehen. Glaubten sie, er trüge die Ernennung schon in der Tasche, konnte die Kaiserin ja doch nicht mehr zurück. Zustimmend nickte er ein paarmal während des Gespräches. Er hatte wirklich eine ausgezeichnete Wahl getroffen. Dieser würde ihm niemals Schwierigkeiten bereiten, der tanzte ganz nach seiner Pfeife. Zu einem längeren Geplauder holte er sich dann aber doch jemand anderen an den Tisch.
Meister Falconet war zu diesem Auftakt der Saison auch erschienen, wiewohl er sonst solchen Veranstaltungen fernzubleiben pflegte. Vielleicht drückte ihn die Einsamkeit gar zu sehr, die Jungen waren ja nun schon zwei Jahre lang fort. Falconet war für Oberhofmeister Panin der rechte Mann, um sich von Geschäften auszuruhen. Er tat eine Arbeit, die ihn nichts anging und ihm nicht in die Quere kam. Ob es noch lange Audienzen dieses Bildhauers bei der Kaiserin gab, wußte er nicht, aber es interessierte ihn auch nicht sonderlich, und so wurde es ein herzliches Altherrengespräch, bei dem Meister Falconet zwar der um rund fünfzehn Jahre Jüngere war, aber er fühlte sich sehr alt in jener Zeit, und sie unterhielten sich aufs angeregteste – ganz und gar kein Ballgespräch war das – über alte Klassikerausgaben und besonders über den Plinius, den Falconet neu herauszugeben gedachte. Es schien ihm an der Zeit, in einen Kommentar zum Plinius sein ganzes künstlerisches Credo einzubauen, ja es war überhaupt an der Zeit, sich solcher Schriftsteller- und Gelehrtentätigkeit für seinen einsamen Lebensabend zuzuwenden, denn das Lebenswerk war ja

nun so gut wie getan, noch hatte er zwar den Guß zu überwachen und die Behauung des Felsens vorzunehmen, das erforderte noch allerhand Kopfzerbrechen, aber dann würde das Denkmal stehen, und es war höchst unwahrscheinlich, daß sich solch grandioser, lohnender Auftrag noch einmal ergeben würde, und Geringeres anzunehmen war er nicht mehr genötigt.

So plauderten die beiden auf diesem Fest, hatten nicht Anteil an der gewaltsamen Spannung, die über dem Ganzen lag und die Stimmung drückte und jedes aufquellende Gelächter ein wenig krampfhaft und ein wenig gequält erklingen ließ. Und auch die Kaiserin benahm sich nicht ganz wie sonst, nicht ganz wie sonst sah sie jeden, mit dem sie sprach, so aufmerksam und herzlich an, daß er glauben konnte, ihr Blick und ihr Wort gälten nur ihm. Diesmal ließ sie mitten im Gespräch den Blick von ihrem Partner, und es schien, als suchte sie jemanden, obwohl es doch wahrscheinlich niemanden zu suchen gab, denn diesen Auftakt der Saison hatte keiner versäumen wollen. Sie waren alle, alle gekommen, und der einzige, der fehlte, den hatte sie ja selbst fortgeschickt.

Die beiden Herren verließen frühzeitig und von niemandem sonderlich vermißt den Ballsaal. Der Oberhofmeister hatte sich angeboten, den anderen hinüber in seinen Trakt des Schlosses zu führen und ihm eine kostbare Plinius-Ausgabe zu zeigen, die er vor kurzem aus einer alten Klosterbibliothek zum Präsent erhalten hatte.

Die Kerzen waren schon tief heruntergebrannt, es mußte schon weit nach Mitternacht sein. Übermüdung griff um sich, und doch hatte noch kein einziger das Fest verlassen, wie es sonst schon viel früher vorzukommen pflegte bei Bällen, bei denen es heiterer und ungezwungener zugegangen war. Die Musikanten spielten unverdrossen, es standen oder saßen immer mehr Paare an den Wänden entlang, und immer weniger waren auf dem schimmernden Tanzparkett zu zählen. Es gab verschwiegene Kabinette und im schwülen Wintergarten auch manch lauschiges Eckchen, wohin die Musik nur gedämpft drang. Doch heute luden all diese Plätze vergeblich ein, die Paare blieben im Tanzsaal. Alle waren, wenn auch übermüdet, entschlossen, nicht zu weichen, und kam auch kein rechtes Gespräch in Gang

und war auch den ganzen Abend lang keine rechte Stimmung aufgekommen, so wartete man doch. Es mußte einfach irgend etwas geschehen.
Mit einemmal sprangen unten am Saaleingang die Türflügel weit auf, und obwohl dies lautlos geschah, und zudem auch die Musik erklang und Stimmengewirr und Gelächter im Raum lag, wirkte es wie ein weithin hallender Schuß. Da gab es keinen, der sich nicht mit einem Ruck dorthin gewandt hätte. Zwar taten die Musiker weiter ihre Pflicht und fiedelten ohne Unterlaß, aber das klang auf einmal seltsam unwirklich und so ungehörig, daß der Zeremonienmeister eine jähe Bewegung machte. Vielleicht hatte sich der Widerhall des Lautlosen nun bis auf die Estrade verpflanzt und sich den Musikern auf die Brust geworfen, genug, sie hörten jedenfalls auf zu spielen. Nun herrschte in dem riesigen, hohen Saal eine so atemlose Stille, daß man jedes Rascheln eines Gewandes hätte vernehmen können, aber es raschelte keines, denn ein jeder verharrte bewegungslos.
Panin war nicht mehr im Saal. Die Kaiserin stand umgeben von ein paar hochgewachsenen jungen Offizieren, unter ihnen auch Wassiltschikow – sie hatte gerade ihren Arm ein wenig erhoben, um ihm ihre Hand zu reichen zum Tanz – da drängten sich die beiden Kammerdamen, die kleine untersetzte Protassow und die Bezkitocher mit großer Tragödinnengebärde – jetzt endlich schien die an der Zeit – schützend in die Nähe der Souveränin, und der starr puppig lächelnde Gardeoffizier mit den geschmeidig schmalen Hüften eines, der vom Ballett war, ließ Tanz Tanz sein, und seiner Partnerin Hand verblieb in der Luft. Jetzt war wohl sein Augenblick gekommen. Er trat ein paar Schritte vor und griff an seinen Degen und riß den Mund auf, gewiß wollte er »Wache!« rufen. Er war aber plötzlich ein so lächerlicher Gesell und so gottsjämmerlich unwürdig, eine Zarin zu schützen, und die anderen standen noch immer wie erstarrt, daß die Kaiserin mit drei Schritten neben ihm war und ihn einfach beiseite schob und mit beiden Händen eine abweisende Gebärde zu denen hinter ihr tat, so daß ein freier Raum um sie entstand.
Da lief sie schon den weit geöffneten Flügeltüren entgegen, und es war nichts mehr zu vernehmen als das leise, eilige Klappern

ihrer Tanzschuhe. Und es sah aus, als stürze sie geradezu, als wollte sie jemandem in die Arme fliegen. Doch nach zehn Schritten, etwa in der Mitte des Saales, stockte sie, blickte aber noch immer zum Eingang. Auf der Schwelle zeigte sich aber noch immer keiner, und sie stand in ihrer ganzen Würde und in ihrem ganzen Prunk und mit den Insignien ihrer Macht und wartete noch für den Bruchteil einer Sekunde. Dann stieg in ihr bebendes Gesicht ein solches Lodern, eine solche alles versengende Glut, daß die abgebrühtesten Kavaliere ein wenig geniert zu Boden blickten, und ein jeder empfand: hier hatte ein Vorhang zu fallen. Und da empfand sie das vielleicht auch selbst, oder es riß sie jäh ein anderes Gefühl herum. Sie hob die Brauen, und es fiel der Vorhang, und sie blickte starr, aber vielleicht kroch ihr auch schon das Grauen den Rücken hoch. Und nun raffte sie die Röcke, und jetzt sah sie, die ohne jede Furcht vorgetreten war, sich doch hilfesuchend im Kreise um, und keines der Gesichter schien ihr den Schutz zu gewähren, den sie brauchte, und waren doch mannhafte und treu ergebene unter ihnen. Da ließ sie alle mit dem Blick los, machte kehrt und stürzte aus dem Saal, fort durch die verschwiegenen Kabinette und vorbei an lauschigen Eckchen und weiter und immer weiter. Kein Zweifel konnte darüber bestehen, daß dies eine wilde Flucht war. Jeder begriff, der dieses schöne und edle Gesicht einen Pulsschlag lang nackt und in seiner Maßlosigkeit gesehen hatte, daß dies nicht eine Flucht vor Orlow war, dessen Kommen alle erwarteten, sondern eine Flucht vor sich selbst.

Sie eilte hinaus mit gerafften Röcken und hetzte keuchend den breiten Korridor entlang und rief gellend »Wache!«, während sie lief, und schon traten einige ins Gewehr. Aber sie nahm sich keine Zeit, hinzublicken, was sich hinter ihr zusammenballte, sie stürzte weiter in einen andern Korridor und eine Treppe hinauf und eine andere hinab und bog um noch eine Ecke und stieß eine Tür auf und schlug sie hastig zu und drehte den Schlüssel im Schloß und lehnte atemlos an der Wand und fand sich in einem stillen, von wenigen Kerzen matt erhellten Raum, von dessen Wänden Bücher, viele Bücher, beruhigend auf sie niederblickten.

Nun hatte zu dieser Zeit Panin sein Arbeitskabinett bereits wieder verlassen, höchst ungern verlassen, denn es war wohltuend und herzstärkend so ein Gespräch von Mann zu Mann, bei dem keiner vom andern etwas wollte und man sich über ein so fernliegendes und doch so erhebendes Thema wie die Antike unterhielt. Es war auch rührend und belustigend in einem, wie sehr das diesen Bildhauer anging und ihm nicht nur Schmuckstück des Lebens war wie für ihn und seinesgleichen, und wie der loswetterte gegen die Antikomanie, und wie es sprudelte aus ihm über den Pliniuskommentar, den zu schreiben er gedachte. Doch ist solches für einen Minister, auch wenn er sich nur Oberhofmeister nennt, letztlich nur Zierat, und ein Ball ist ein ernstes Geschäft, bei dem man Schwerwiegendes am leichtesten wägt, und würde sich am Ende auch alles gut fügen mit diesem Wassiltschikow, selbst wenn die Kaiserin ärgerlicherweise ihren Entschluß hinauszögerte, so schien diese neue Epoche am Hof doch noch nicht so recht in Schwung zu kommen, kurz, er mußte wieder zurück.

Falconet aber hatte es schon wieder bereut, zu diesem Fest gekommen zu sein, er war dort wirklich fehl am Ort. Hier jedoch, im Kabinett, gab es herrliche Freunde an den Wänden und prächtige Feinde, mit denen herumzustreiten sich lohnte und bei denen er das letzte Wort behielt, und es war ihm gern gewährt worden, daß er sich als Gast des Hausherrn betrachtete und so lang bliebe, wie ihm beliebte.

So fand sich der Bildhauer, als er emporschreckend aus seiner Welt des Buches aufsah, unversehens und sehr verwirrt seiner Kaiserin gegenüber. Die Zeiten, da er stundenlang mit ihr allein in ihrem Boudoir oder im Wintergarten oder sogar im Badhaus verbracht und ihr Sinn und Größe seines Denkmals erklärt hatte, waren längst vorbei – dies also konnte kein Gesprächsthema sein zwischen ihnen. Aber was sprach man sonst mit einer Kaiserin? Er erhob sich verlegen und stammelte Entschuldigung und wollte sich eilends zurückziehen.

Der Kaiserin jedoch erschien gerade er, denn er hatte ihr ja schon einmal das Grauen von der Seele gewälzt, wie ein Erzengel in schimmernder Wehr, und sie hätte keinen unter den Hunderten von Ballgästen gewußt, der ihr in diesem Augenblick auch nur erträglich gewesen wäre. Sie war ihm kein bißchen mehr böse, aber er war ihr auch schon sehr fern. So fern, wie einem eben ein Erzengel steht, der den Schlüssel zum Paradies besitzt. In

seiner Nähe war Geborgenheit. Und so ließ sie sich aufatmend und lachend und weinend in einem neben ihm in die Kissen fallen und drückte ihn zurück auf seinen Sitz. Unter Schluchzen und in grenzenlosem Erstaunen und in tiefer Dankbarkeit für die Güte der Vorsehung sagte sie – und darin lag noch der Kampf einer, die es in den wild reißenden Strudel fast wieder zurückgezogen hatte, und der Schmerz darüber, daß sie sich in diese lockende Tiefe nicht hatte zurücksinken lassen dürfen: »Meister Falconet, *wie* macht Ihr das nur!« Und das sollte heißen, wie macht Ihr das nur, so unbeirrbar Euren Weg zu gehen, und ist doch auch ein Weg voll Ruhm und voll Dornen und wird eingehen in die Geschichte und – »Habt Ihr denn gar keine Anfechtungen!«
Meister Falconet aber begriff nicht einen Deut von dem, was sie damit meinte. Es war ihm überaus peinlich, sich so unvorbereitet Aug in Auge mit seiner Kaiserin zu finden, so daß er sie bloß höchst verwirrt und auch ein wenig einfältig anstarrte. Da erkannte die Kaiserin, daß dieser Mann nichts begreifen konnte von dem, was in ihr tobte, und sie war eine große Sünderin, und dunkel ahnte sie, daß sie noch in manche Sünde fallen würde, und da war dieser Erzengel in schimmernder Wehr, und es kam ihr dies auf einmal auf eine so helle und leichte Art und so über alle Maßen lachhaft und auch wieder rührend vor, daß sie in ein Gelächter geriet, und sie konnte gar nicht aufhören damit. Aber das brachte jetzt sogar in Meister Falconet etwas zum Klingen, und er sah sie an. Sie hatte ihm manches angetan und ihn nicht empfangen, und er hatte dies und das gegen sie, aber sie war doch seine Souveränin, durch die er sein Lebenswerk hatte schaffen dürfen, und sie war eine herrliche Frau. Er war hingerissen.
»Sagt es mir doch!« bettelte sie inständig, und es lag ein klein wenig Übermut in ihrem Ton und sehr viel ernstes Drängen und schon ein wenig Triumph über ihre eigene Kraft. Noch vieles würde geschehen, und sie würde bestehen, sie würde bestehen vor sich und der Welt. Denn trotz allem war sie eine gelehrige Schülerin der Enzyklopädisten geblieben und hatte in achtzehn Jugendjahren der Einsamkeit als Großfürstin ihre Lektion gut gelernt. Auf die rechte Frage kam es an bei Philosophen, um die rechte Antwort zu erhalten, und deshalb

fragte sie: »Es ist doch der Gedanke an die Ewigkeit, der uns hält, Meister Falconet, nicht? Und der Nachruhm das, was für den Philosophen allein die Ewigkeit bedeutet, und daß wir eingehen werden in das Pantheon der Geschichte?«
Das war so voll Anmut gesagt und voll Würde zugleich und dabei so bescheiden und inständig gefragt, und Meister Falconet war zeit seines Lebens ein vom Lehren Besessener gewesen, und das war ein tiefes Gebot, daß dem Fragenden Antwort werde und Dank sei zu sagen, daß er überhaupt frage. Denn nur so würde die Wahrheit Verbreitung finden in Königspalästen und einfachen Hütten, und er kam doch aus dem Weinberg der Wahrheit. Was diese Frau aussprach, war jedoch himmelschreiender Unsinn, und so setzte er mit Ungestüm an, und die Kaiserin hörte ihm mit Andacht zu und erwiderte leicht und fein, aber auf ihrer These beharrend, und war die klügste Frau der Welt, die Philosophin auf dem Thron. Es wurde ein rechtes Streitgespräch, so wie er es seit den Tagen mit Diderot nicht mehr gekannt hatte. Und er brachte mit Heftigkeit vor, was er in endlosen Gesprächen jedem gegenüber immer wieder verfochten hatte, daß es großer Geister unwürdig sei, nach der Unsterblichkeit zu blinzeln und sein Tun danach zu richten, was die Nachwelt sagen werde. Nicht weniger unwürdig, als zu horchen, was der Nachbar oder der Höhergestellte sage. So erzöge man ein kriecherisches Geschlecht, und er sähe keinen Unterschied darin, ob man vor der Umwelt oder vor der Nachwelt kröche.
Die Kaiserin aber, schon ganz hingegeben diesem Gespräch, ersehnte sich Festigkeit für das, was sie sich selbst aufgetragen, und Trost für das, was sie eben durchlitten hatte, und erwiderte leise und lächelte lieblich, daß es doch nichts Stolzeres gäbe als das Streben, vor der Geschichte zu bestehen. Was denn anderes bewege ihn, Meister Falconet, dazu, unermüdlich und allen Widrigkeiten zum Trotz – – und die gäbe es doch immer, meinte sie und lächelte spitzbübisch – von früh bis spät an seinem Werk zu sein.
Da schüttelte der störrische Mann den Kopf und tat dies alles ab mit einer verächtlichen, wegwerfenden Gebärde, mit der man gewöhnlich nicht einer Kaiserin zu widersprechen pflegt. Aber das kümmerte ihn wenig, sie konnte ja gehen, wenn es ihr nicht

paßte. Sie war als Wahrheitssucherin hier eingetreten, und hier war seine Antwort: »Der Genius«, sagte er, »der Genius in uns – *der* werkt, der kümmert sich nicht um die Nachwelt, lassen wir ihn unbekümmert seinen Gang tun. Naturgesetz. Ist gewaltiger als Ehrgeiz und Ruhm. Wüßten wir«, fuhr er fort, und es lag ihm plötzlich sehr daran, sie zu überzeugen, »wüßten wir, daß morgen ein Komet herniederführe und die Erde zerschellte und nichts von ihr bliebe als Staub, würden wir dann heute weniger inständig am Werke sein?« Er fragte es streng und wollte das in sie zwingen, denn es war ungeheuer wichtig, daß sie es begriff, vielleicht noch wichtiger, als daß sie Sinn und Bedeutung seines Monumentes begriffe, weil das eine ohne das andere nicht zu begreifen war. Er vergaß, wer vor ihm saß, und griff nach ihren Händen und hielt sie fest und hatte »wir« gesagt, sprach also von Genius zu Genius, von der Allgewalt des Genies, das werkt, weil es nicht anders kann, bis zum letzten Atemzug, ehe man ihm das Werk zerschlage oder bis ein Größerer ihm das Werkzeug aus den erschlafften Händen nehme. Da wehte ein gewaltiger Geist durch den engen Raum, und sie vergaßen Ort und Stunde und wer sie waren. Nur eines hatte Platz – die Wahrheitssuche.
Es ist dieses Gespräch zwischen Falconet und der Kaiserin niedergelegt worden in jenem berühmten Streitgespräch zwischen Diderot und Falconet über den Ruhm und Nachruhm, das Falconet später in Genf drucken ließ. Daß dies geschah, ohne die Zustimmung des Freundes einzuholen, dem überdies dabei Worte in den Mund gelegt worden wären, die er niemals gesagt hätte, soll der eigentliche Grund des Zerwürfnisses zwischen den beiden gewesen sein.
Mit Diderots Vorwürfen mag es dabei durchaus seine Richtigkeit gehabt haben, denn dieses Thema war zwar immer wieder zwischen den Freunden erörtert worden, aber so, wie es dann gedruckt stand, war es eben doch im wesentlichen das Gespräch mit der Kaiserin in Panins Arbeitskabinett. Falconet ließ es später der Kaiserin zusenden, sie würde schon wissen, wer mit den Partnern gemeint war, und sonst ging es keinen was an – sollte Diderot ruhig ein wenig ungehalten sein. Dies war die Vermählung zweier großer Geister, die hier stattfand, und so war es nun doch geschehen, wonach die Kaiserin sich einst

inbrünstig und wild gesehnt hatte – sich zu befreien von dunklen Gewalten und hinzusinken und hochgehoben zu werden von lichteren. Freilich war dies ein wenig anders vor sich gegangen, als sie es sich in ihrem ersten Gespräch mit Meister Falconet in der Schwüle des Wintergartens vorgestellt hatte.

Was sonst noch zwischen den beiden in jener Unterhaltung zur Sprache kam, ist ungewiß, aber von Ruhm und Nachruhm und deren Fragwürdigkeit muß es wohl auch zur Freiheit und Würde des einzelnen und zur Befreiung von unwürdigen Fesseln geführt haben, wobei diesmal ausnahmsweise nicht das heikle Thema der Leibeigenschaft gemeint war. »Die Arbeit«, sagte Meister Falconet streng, und sie blickte ihm in die Augen und nickte, war sie doch eine große Arbeiterin vor dem Herrn und begann ihr Tagwerk um fünf Uhr morgens. »Gemeinsamkeit der Arbeit«, sagte er nachdrücklich, »das hilft.« Vielleicht war er gar nicht so ahnungslos und dies tatsächlich ein Rat, und besser als der, den ihr Beichtvater ihr geben konnte. Vielleicht war das doch die Antwort auf ihre drängende Frage, die sie keuchend und verzweifelt, und die Verzweiflung hinter Scherz verbergend, hervorgestoßen hatte, als sie atemlos und sich endlich geborgen fühlend hier in die Kissen gesunken war.

Der Ball nahm indessen seinen Fortgang. Man war darauf bedacht, die wilde Flucht der Kaiserin zu vertuschen und kein Gespräch darüber aufkommen zu lassen. Und das geschah am besten, indem man die Musikanten unentwegt fiedeln und die Paare immer wieder antreten ließ. Und so brach schließlich doch noch eine wenn auch forcierte Lustigkeit aus, in der sich die Spannung vom Beginn des Abends löste.

Durch die weit geöffneten Flügeltüren, denen die Kaiserin für einen kurzen Augenblick in solcher Maßlosigkeit der Erwartung entgegengestürzt war, daß jeder zu Boden hatte blicken müssen, war gar nicht Orlow eingetreten, den, weiß der Himmel warum, jedermann erwartet hatte, sondern der als Hausierer verkleidete kaiserliche Stallmeister Narischkin mit einem Sack voll allerhand komischer Geschenke für die Ballgäste. Die verteilte er nun unter Scherz und Gelächter. Immer wieder ermunterte er, einen Griff in seinen Sack zu tun. Er hatte

bei ähnlichen Anlässen mit seinen Verkleidungen oft den Beifall der Kaiserin erregt, es blieb allerdings ungewiß, ob er auch heute Gnade vor ihren Augen gefunden hätte. Er war, reichlich gewagt, wie mancher fand, in der Maske Pugatschews erschienen, vielleicht in der guten Absicht, die von diesem gegen Moskau ziehenden Schwindler drohende ernste Gefahr durch seine Verspottung harmlos erscheinen zu lassen. Aber das ging manchem denn doch ein wenig zu weit und war vielleicht auch kein ganz passender Scherz für den Ballsaal der Kaiserin, zumal jedermann wußte, daß dieser Pugatschew ja nicht nur ein schwindelhafter Anführer von Mordbrennern war, sondern auch vorgab, der wiedererstandene Gemahl der Kaiserin zu sein, der ausgezogen war, sie zu strafen. Ob sein Auftritt also als Scherz gemeint war oder als versteckte Drohung oder einfach eine grobe Taktlosigkeit war, er verpuffte ein wenig ins Leere, denn die, die es treffen sollte, die Kaiserin, war ja nicht da. Und die Ballgäste nahmen es trotz widerstreitender Gefühle doch dankbar und erleichtert, sich die unerträgliche Spannung von vorhin einfach fortlachen zu dürfen. Es wurde pausenlos getanzt, immer wieder traten die Tanzenden an, und gar mancher glaubte, es wären seine eigenen Tanzschritte, die das spiegelnde Parkett ein wenig zum Erzittern und die hundertkerzigen Luster ein wenig zum Klirren brachten. Aber es waren die in weiter Ferne Marschierenden, die noch nie gehört hatten von Menschenrechten und doch verzweifelt entschlossen waren, sie sich zu holen, durch die der Boden insgeheim erzitterte.
Oberhofmeister Panin war nun auch wieder im Saal. Er stand im Gespräch mit Herrn von Saldern. Zerstreut ließ er dessen Wortschwall über sich ergehen, während seine Blicke hinüberschweiften zu dem Spaßmacher Narischkin mit seinem Sack. Es war deutlich, daß ihm der Spaß dieser Maske ganz und gar nicht gefiel. Plötzlich zuckte er zusammen, da hatte ihn ein Wort seines Partners doch erreicht. Hochgewachsen, hager neigte er sein Ohr tiefer zu dem plumpen Mann. Der redete eifrig auf ihn ein. Oberhofmeister Panin richtete sich daraufhin entschlossen auf, und mit knapper Entschuldigung verließ er eiligen Schritts, bemüht, kein Aufsehen zu erregen, den Saal.
Steifbeinig, hastig durchschritt er ein Kabinett nach dem andern. Aus verschwiegenen Ecken tönte ihm leises Gelächter

entgegen. Gedämpft nur drang die Musik hierher. Die Spannung der Gäste war jetzt gewichen, der Abend weit vorgeschritten, man gab sich ein wenig ungezwungen. Wassiltschikow wird also nicht einziehen, ging es ihm durch den Sinn. Wir haben die Zeit nicht richtig genützt. Und sonderbarerweise fühlte er dabei nicht das geringste Bedauern mit seinem Schützling, auch nicht darüber, daß ihm nun sein feingesponnener Plan zerrann. Er trieb seine steifen Beine immer mehr zur Eile an, er war nur von einem einzigen Wunsch beseelt, sie zu schützen, die all die Jahre ihm so tapfer standgehalten hatte. Sie darf nicht überrumpelt werden, dachte er. Sie muß Zeit finden, sich zu fassen. Er durchquerte einen Saal und noch einen und dann einen Korridor. Eine große Zärtlichkeit überkam ihn unversehens und brachte sein altes Herz zu unregelmäßigem Schlag. Es darf sie nicht vor allen Menschen treffen, dachte er immer wieder, während er eilig ging. Er bog um eine Ecke und um noch eine und lief ihr geradewegs in die Bahn. Die Kaiserin war flankiert von der dicken, kleinen Protassow, die kaum Schritt halten konnte, und von der sie weit überragenden Bezkitochter, die Mühe hatte, ihren männlich ausholenden Schritt zu zügeln und nicht vorauszueilen.

»Oh«, sagte die Kaiserin und schrak zusammen, dann hatte sie sich gleich wieder gefaßt. Sie gab ihren Damen einen Wink, ein wenig seitwärts zu treten, und Graf Panin atmete erleichtert auf. Er hatte sie also doch noch rechtzeitig abgefangen. »Das ist gut«, sagte sie, noch ehe er zu Wort kommen konnte, er mußte tief Atem holen, er war doch ein wenig über seine Kräfte geeilt. »Ich wollte Euch unbedingt sprechen, ehe –«, sie machte eine Bewegung zum Ballsaal hinüber. »Ich gehe zurück«, erklärte sie dann. Eine kleine Pause entstand. Verschwommen drang die Musik herüber. Ein Fetzen Gelächter kam angeflogen. Die Protassow und die Bezkitochter tuschelten erregt in geziemender Entfernung drüben in der Fensternische. Es gab ja allerhand erregt zu tuscheln, was war das für ein Irrlauf gewesen, ehe sie die Herrin aufgestöbert hatten.

Die Kaiserin und ihr jahrelanger Berater, die guten alten Gegner, standen schweigend. Jetzt muß ich es ihr also sagen, dachte Graf Panin, und es war ihm kein bißchen leid um seinen

zerronnenen Plan, und ein großer Friede war über ihn gekommen, weil er es war, von dem sie es erfuhr, er würde es ihr schonend beibringen. Und dann dachte er noch verwundert, wie seltsam sie doch jetzt aussieht. Wie entrückt und enthoben dieses Antlitz leuchtet, gerade als ob sie aus der Kirche käme, was für eine tief sonderbare Frau. Und er sagte: »Majestät, es ist –«
Da fiel sie ihm schon ins Wort. Eine winzige Gebärde ihrer Hand, und darin lag unwidersprechbarer Entschluß. »Ich wollte Ihn nur wissen lassen«, sagte sie, ohne eine Miene zu verziehen. »Er darf mir morgen das Ernennungsdekret vorlegen. Generaladjutant Wassiltschikow«, sie betonte nachdrücklich den neuen Titel, »kann in geziemender Frist die Gemächer der unteren Etage beziehen.«
Nun aber sah Graf Panin sie reichlich verblüfft an. So verblüfft war er, daß er noch gar nicht begriff, daß ihm ein gerade aufgegebener Plan nun doch nicht zerrann. Er bemerkte ihren still entrückten Blick, und daß der nicht dem neuernannten Wassiltschikow gelten konnte, der noch gar nichts wußte von seinem Glück, darüber gab er sich keinem Zweifel hin. Doch blieb ihm jetzt keine Zeit, darüber nachzusinnen. Er mußte ja seine Mitteilung machen. Aber daß er sie ihr hatte schonend beibringen wollen, daß er sie zu schützen sich so mächtig geeilt hatte, schien ihm auf einmal gar nicht mehr so wichtig. Eine große Gewißheit und Kraft und Würde ging jetzt von dieser Frau aus. »Es ist nur«, sagte er leise, »Graf Orlow ist nun doch gekommen. Er hat alles in Foksani im Stich gelassen und ist auf dem kürzesten Wege –«
»Wo?« erwiderte sie nur, aber nichts veränderte sich in diesem sonderbar entrückten Gesicht.
»Er hat die Wendeltreppe benutzt. Er wartet im Boudoir«, sagte der Oberhofmeister fast entschuldigend.
Für den Bruchteil einer Sekunde zögerte die Kaiserin, dann erwiderte sie fest: »Ich erwarte Euch morgen mit dem Ernennungsdekret. Und nun will ich auch Graf Orlow willkommen heißen.« Ein Wink an die beiden Begleiterinnen, ein kurzer Gruß, die Kaiserin rauschte davon.
Oberhofmeister Panin sah ihr verblüfft nach. Aufrecht, leichtfüßig, zielsicher schritt sie dahin, jeder Zoll eine Herrscherin, die weiß, was ihr obliegt. Auf einmal war er gar nicht so sicher,

daß das auch ein guter Plan gewesen war mit diesem Wassiltschikow. Dem war jetzt nachzusinnen. Und er würde eine geraume Weile brauchen, ehe er dieser Sache auf den Grund kam, soviel stand fest. Steifbeinig, nachdenklich, in sich versunken, entfernte er sich, er kehrte nicht mehr auf den Ball zurück.

Die Kaiserin hatte die Protassow und die Bezkitochter fortgeschickt. Orlow, wie er von der Fahrt gekommen war, noch in kotbespritzten Stiefeln, und die Kaiserin in Balltoilette saßen einander gegenüber. Hierher drang kein Stimmengewirr und Gelächter und auch keine Musik. Sie waren allein. Stille herrschte, er reckte sich, er hatte dieses Gespräch nun also doch erreicht.

Toutou, das Pekineserhündchen, hatte wie immer hier auf seine Herrin gewartet. Ihr Fuß tastete leise nach dem Tierchen, beruhigend, es hier auf dem Teppich liegen zu haben. Dann nahm sie gedankenlos ein halbfertiges himmelblaues Deckchen auf, das da lag, und begann zu stricken. Keine Ballbeschäftigung, aber sie war ja schließlich auch nicht mehr auf dem Ball, und es war kein Ballgespräch, das jetzt anheben sollte. Es tat gut, die Hände bewegen zu dürfen, auch ließ sich so besser verbergen, daß die nicht ganz sicher waren.

Orlow haßte es seit je, wenn sie die tüchtige deutsche Prinzessin herauskehrte. Es reizte ihn maßlos, daß sie ihre Augen so aufmerksam auf das hellblaue Zeug richtete. Aber er hielt es diesmal doch für geraten, eine Bemerkung darüber zu unterdrücken, und nahm sich bloß vor, ihr bei der nächsten Gelegenheit das Hellblaue auf Nimmerwiedersehen zu entreißen.

»Aber gewiß«, sagte sie, ohne aufzusehen, und da hatte er bereits volle dreißig Minuten geredet mit seiner dunkelsten Stimme, und er kannte das Aufglimmen und Verschwimmen in ihren Augen, doch hatte sie ihm noch keinen einzigen Blick geschenkt, und so wußte er noch immer nicht, wie sie es aufnahm.

»Gewiß«, wiederholte sie, »das ist auch Unsere Ansicht. Dem Gerede endlich ein Ende setzen. Sich bekennen und durch legitime Bande binden.«

Das kam denn doch ein wenig plötzlich. Orlow wurde ganz

verwirrt, wie ein Narr kam er sich vor. Krank mußte er gewesen sein, warum hatte er es denn nicht früher gewagt, weshalb hatte er zwei volle Jahre mit Unterschriftensammeln vertan und sich von Gespenstern bedrängen lassen? Und warum war er folgsam ergeben nach diesem verfluchten Foksani fortgegangen?

»Ich werde alles in die Wege leiten«, sagte sie und war dankbar, daß es gleichmütig klang und daß sie das Strickzeug in Händen hielt.

Fassungslos sah er sie an. Wozu hatte er sich eigentlich triumphierend, endlich alle Unterschriften beisammen zu haben, in Foksani in die Kutsche geworfen, wenn das so ohne jeden Widerstand ging! Hatte es ihn etwa nicht an der Kehle gepackt und stimmlos gemacht, als der Kurier der Kaiserin ihn damals vor dem Stadttor aufgehalten und zu Zwangsaufenthalt, nicht viel besser als Gefangennahme, nach Gatschina verfügt hatte? War das zuviel Kraftaufwand gewesen, was er sich damals knirschend vorgenommen hatte?

Jetzt ließ sie endlich dieses gottverdammte Himmelblaue sinken, er verspürte kaum zu bezwingende Lust, es ihr zu entreißen und – in den Kamin damit – – Morgen würde er das tun, morgen, und der jämmerliche Toutou würde ohne Krägelchen umherlaufen. Sie blickte ihn an aus Augen, die nun klar und strahlend waren und himmelblau, wie das Himmelblaue, das er morgen in den Kamin schleudern würde. Er kannte sie gut, und er würde diese Augen noch oft zum Glimmen und Verschwimmen und auch zum Weinen bringen, denn er wußte, wie man sie mitten ins Herz traf, und sie war eine Kaiserin, die er jederzeit zu schützen bereit war, aber von heute an eben als ihr angetrauter Konsort.

Sie legte das Himmelblaue fort, schob Toutou sanft mit dem Fuß beiseite und stand auf. Orlow wurde es ganz feierlich zumute, er erhob sich gleichfalls. Schon vernahm er Orgelton und Glockenklang und Salutschüsse, und der sollte ihm bloß kommen, der es wagen würde, seiner Kaiserin auch nur ein Haar zu krümmen, jetzt, da er an ihrer Seite schritt als ihr Konsort. Sie trat ganz nahe an ihn heran, hob ihre Hand und legte sie ihm zärtlich vorn auf den Rock und spielte dort ein wenig gedankenverloren mit einem Knopf herum. Da wurde es Orlow heiß und kalt von ihrer Nähe, so nah war sie ihm seit

langem nicht gekommen, und er spürte den Duft ihres Haares, und jedes Fleckchen an ihrem Körper war ihm gewärtig, und er wußte genau, wie er sie in seine großen, gewalttätigen Pratzen nehmen würde, daß sie darin verginge in bebender Lust. Treuherzig sah sie ihm in die Augen, und er erwiderte den Blick, und es war seiner, in dem schon etwas zu glimmen begann, und sie sagte: »Zu seiner Schuld stehen. Ich bin wirklich sehr glücklich, daß Ihr dieses arme Cousinchen, die kleine Sophia Zinojew, nun heiraten werdet.«
Bis in die Lippen blaß war die Kaiserin dabei geworden, und das Herz klopfte ihr ob ihres Muts. Wenn sie das doch eher gewußt hätte, daß das gar nicht so schwer war, einem das Messer bis ans Heft ins Herz zu stoßen. Und sie nahm ihre Hand nun fort von seiner Brust und besah sie gedankenverloren. Höchst sonderbar, daß die kein Messer hielt, von dem das Blut tropfte. Schade, dachte sie ein wenig amüsiert, ist nicht einmal süß, die Rache. Zwölf Jahre hat der mich leiden machen können, daß ich meinte, sterben zu müssen vor Scham und Erniedrigung, und doch aufschrie vor Sehnsucht nach ihm, und nun war Rache nicht einmal süß. Und sie hatte sich also gelöst, und der Fels lag ihr nächtlings längst nicht mehr schwer auf der Brust. Sie war wehmütig und erleichtert und auch dankbar, so wie man eben ist, wenn man Abschied nimmt. Dies war also nun wirklich Abschied. Und was als Erkenntnis der Stunde blieb, war nur: Rache ist gar nicht süß.
»Eine große Hochzeit«, sagte sie dann, »in meiner Anwesenheit, und der Synod soll Euch trauen. Damit das aus der Welt geschafft ist«, fügte sie sehr ernst hinzu, und das war ein vieldeutiges Wort und konnte manches heißen. Da stand sie, zierlich noch immer, aber den Fältchenkranz um ihre Augen konnte man nun sehen, denn sie war der Zeit schon ein wenig verfallen und war doch gerade jetzt eine große Kaiserin und fast eine Schicksalsgöttin. Aber dann verließ sie ihr Mut, und sie riß heftig am Klingelband und lächelte blaß und war heilfroh, daß sie das hinter sich gebracht hatte. Und sie sagte noch: »Aber dann auf Reisen. Lange auf Reisen. Man wird nicht verfehlen, Euch der Huld aller Souveräne zu empfehlen.« Und war das vielleicht auch im Augenblick kein Trost, so würde es immerhin ein Pflaster sein, später, und sie wollte sich ihm gewiß dankbar

erweisen. Er war ein Stück ihres Lebens und nicht daraus fortzudenken, aber nun war es zu Ende. Damit war Orlow entlassen.

Im Ballsaal tanzte man indessen Kehraus. Es hatte sich herumgesprochen, daß die Kaiserin nicht zurückkehren würde, und die Gäste sollten nach Hause gehen. Der mitternächtliche Vorfall schien nicht mehr wichtig, man hatte sich weit ungezwungener geben dürfen als in der Kaiserin Gegenwart, auch das Unbehagen über Narischkins Maske war verflogen, alle fanden, es wäre doch noch ein recht gelungenes Fest geworden und leite also nun offenbar doch diese neue Epoche ein.
Wassiltschikow war noch anwesend. Da Narischkins Auftritt ein wenig peinlich gewesen und Orlows Kommen ihnen erspart geblieben war, auch weil jeder sich gern mit etablierten Tatsachen abfindet, erst einmal jedenfalls, kam ihnen dieser Puppige, Schmalhüftige auf einmal ganz akzeptabel vor, besonders da man sich diese und jene Vergünstigung von ihm erwarten konnte, denn der würde nicht nur der Kaiserin ergeben, sondern Wachs in jedermanns Händen sein.
So umtanzten sie ihn lachend und kichernd und zogen mit ihm von Saal zu Saal, und geleiteten sie ihn auch nicht unverhohlen zu der Kaiserin Schlafgemach, so trieben sie doch allerhand unziemlichen Schabernack mit ihm, und er wehrte halb verlegen, halb geschmeichelt ab, ließ sich aber gern mitziehen.
Orlow hatte indessen dieser Keulenschlag getroffen, doch noch war er nicht zu Boden geworfen, noch gab er sich nicht geschlagen, noch glaubte er fest an des Bruders, des Köpfchens, Ratschläge. Schließlich hatte er jetzt ja alle Unterschriften beisammen, und es war richtig gewesen, diesen Bildhauer als Bagatelle zu nehmen und ihn einfach ohne viel Worte allmählich hinauszudrängen durch die neue Einquartierung. Das Weitere war eben mit den Brüdern zu beraten. Was unter vier Augen geschehen war, war nicht geschehen. Er würde sich vor aller Welt zeigen, heimgekehrt, ihrem Befehl trotzend, als Tausendsassa und Alleserringer und Herzensbezwinger, wenn auch noch nicht als erklärter Konsort, so doch eben als der Favorit, der aus der Kaiserin Boudoir kam und nun wieder seine Etage im Schloß bezog.

Doch geht erst einmal eine Sache nicht genauso, wie man es sich vorgenommen hat, gleich geht auch eine zweite schief. Da kamen lachend und gröhlend die letzten Gäste, einen hochgewachsenen, milchgesichtigen Offizier, den er nicht kannte, immer enger und enger umkreisend, ihm entgegen. Orlow war, auch mit kotbespritzten Stiefeln und nicht ballmäßig adjustiert, eine mächtige, imponierende Erscheinung, umwittert vom zwielichtigen Glanz seiner Erfolge. Aber heute war es ihm nun einmal nicht bestimmt, auf die gewünschte Weise zu wirken. Wie wenn plötzlich der leibhaftige Gottseibeiuns unter ihnen erschienen wäre, so benahmen sich diese albernen Ballgäste. Schreiend und kreischend stoben sie auseinander und verloren völlig jede Contenance. Und besonders läppisch benahm sich dieses Milchgesicht. Mit weitaufgerissenem Munde starrte er Orlow an, als ob ihm ein Schrei in der Kehle steckenbliebe. Orlow nahm sich vor, ihn anderntags zum Rapport zu zitieren. Wie ein Strich aufgeschreckter Hühner stob die ganze Gesellschaft an Orlow vorbei die Treppe hinunter. Zwar hatten sie ihn alle vor Stunden erwartet, jetzt, auf einmal, hielten sie es aber nicht für möglich, daß er es war, das konnte nur der Leibhaftige sein, und alle sahen Rauch hinter ihm aufziehen, und alle verspürten Schwefelgestank.

Kutschen begannen vorzurollen, einer nach dem andern ließ sich atemlos und unendlich erleichtert in die Kissen sinken. Nun erst war man geborgen nach diesem Spuk.

So schritt Orlow alleine weiter durch den zerstörten Ballsaal, mehr erstaunt als entsetzt – heute konnte ihn nichts mehr entsetzen, später würde er dem allen nachsinnen und es in Ordnung bringen in seinem Hirn. Diener gingen und begannen Lichter zu löschen, scheu drückten sie sich an ihm vorbei, die letzten Musiker packten gerade ihre Instrumente fort. Hohl klangen ihre vereinzelten Zurufe durch die Leere. Krachend fiel ein Stuhl zu Boden, als er in der Tür erschien, eilige Schritte polterten davon. Langsam trat er an einen hohen Spiegel und starrte hinein. Er schnitt sich selbst eine Grimasse und prüfte dann wieder seine geordneten Züge, und was ihm da entgegenblickte, war nur ein bleiches, gedunsenes Gesicht. Nicht gerade der Tausendsassa, fand er, aber auch durchaus nicht einer, bei dessen Anblick alles schreiend auseinanderzustieben brauchte.

Und gewiß auch keiner, dem man ansah, was für eine Unterredung er hinter sich hatte, und von dem man glauben könne, daß er das dort gesprochene Verdikt etwa für das letzte Wort nahm. Später würde er dem allen nachsinnen, später. Kopfschüttelnd, er gab sich noch lange nicht geschlagen, ging er langsam zurück, durch Säle, Säle, Kabinette, Korridore. Sein einsamer Tritt hallte durch die hohen Räume. Dann fand er sich auf der Freitreppe und atmete tief die gute Nachtluft ein, die letzten Kutschen rollten eben davon. Die Kälte würde seinem vernebelten Kopf wohltun, auch mußte er sich Bewegung machen, nur im Gehen konnte er in Ruhe dem allen nachsinnen, damit fertig werden, ehe er zu neuer Attacke überging. Er schritt hinüber über die Brücke, hinein in das Gewirr kleiner Gäßchen. Es war eine sternklare, klirrend kalte Frostnacht, die würde seinen Schädel schon wieder in Ordnung bringen.
Doch auch die nächtliche Einsamkeit tat nicht gut. Was ist los mit mir, dachte er ärgerlich. Launen einer Kaiserin, nichts weiter. Nie kann das ihr Ernst sein. Sophia heiraten! Grotesk. Ein neuer strategischer Plan ist jetzt zu entwerfen, statt dessen fällt mir plötzlich dieser tote Peter wieder ein. Ich kann ihn nicht loswerden und auch nicht den andern Toten, diesen Pestverstorbenen im Keller von Moskau und auch nicht den erschlagenen Patriarch. Als ob ich nicht schon mehr Tote in meinem Leben gesehen hätte. Aber vielleicht hat der neue strategische Plan noch Zeit bis morgen, das mußte ja schließlich mit den Brüdern beraten sein. Dort oben, am Ende des kleinen Gäßchens, winkte sonderbar tröstlich die Kirche des heiligen Jiri, und die hohen Bogenfenster leuchteten heimelig durch die Dunkelheit. Auch ein Ritter ohne Furcht und Tadel durfte es einmal probieren, schaden konnte es schließlich nicht.
Die niedrigen Häuser lagen tief im Dunkel und verschwammen in nichts, nur das Gäßchen selbst nahm merkwürdige Konturen an, sonderbar hell und sehr steil, fast wie eine Bergwand, lag es vor ihm. Orlow blieb einen Augenblick lang am unteren Ende stehen, sah hinauf zu den erleuchteten Kirchenfenstern und begann entschlossen aufwärtszusteigen. Dumpf lärmte sein Tritt durch die stille Nacht. Dann stockte er plötzlich, wollte eilends kehrtmachen, es war ihm, als wäre da ein Schatten gehuscht. Hirngespinste, dachte er ärgerlich und zwang sich

weiterzugehen. Nach wenigen Schritten stockte er wieder. Da bog von irgendwoher ein Reitersmann ein und ritt gemächlich, im Schritt, vor ihm her das Gäßchen hinauf, gleichfalls auf die Jirikirche zu. Das Klappern der Hufe und Orlows eigener Tritt waren die einzigen Geräusche in der stillen Nacht. Aber so wie er vorhin vor einem Schatten zurückgewichen war, so schreckte jetzt das Pferd vor irgend etwas zusammen und bäumte sich plötzlich hoch auf. Einer von den Springern für diesen verdammten Bildhauer, fuhr es ihm blitzschnell durch den Kopf. Der Mann, der den Fels von Ropscha auf den Isaakplatz gestellt hat, dachte er dann, und all diese Springer, die er nicht hatte hindern können, standen mit einem Schlag vor ihm auf. Auch der eine Reitersmann, den sie in den Abgrund gejagt hatten, war wieder da und der blauschwarze Tote im Keller zu Moskau, der ihn in die Knie gezwungen hatte. Jetzt zwang ihn keiner mehr in die Knie.

Ein Schuß hallte durch die stille Nacht. Ein herrenloses Pferd galoppierte die Gasse hinauf und blieb oben stehen. Ein Toter lag quer über den Weg. Seine Hände waren verkrampft, noch im Niedergleiten hatte er vergeblich nach Halt gesucht. Orlow beugte sich mit angespannter Miene tief über ihn und suchte die Züge zu erkennen, und wußte doch nicht recht, was er suchte, und eine grenzenlose Enttäuschung malte sich in seinem blutlosen, gedunsenen Gesicht. »Warum?« fragte er leise, und das konnte heißen, warum hab' ich dich niedergeknallt, aber auch, warum verfolgst du mich? Und bist du es, dessentwegen die Kaiserin – –? Aber der Tote lag da und starrte ihn an mit gebrochenen Augen und gab keine Antwort. Und Orlow wendete sich von ihm ab und warf einen scheuen Blick zum Himmel. Aber auch die funkelnden Sterne schwiegen.

Die Kaiserin lehnte am Fenster und genoß die Stille, genoß es, endlich allein zu sein. Auf ihrem Antlitz lag wieder dieser sonderbar entrückte Ausdruck, und das Bedauern darüber, daß Rache nicht süß war, hatte sie zu der Zeit schon fast vergessen, irgend etwas viel, viel Wichtigeres hatte es verdrängt und begann, langsam in ihr Gestalt anzunehmen.

Als ihr Major Wassiltschikow gemeldet wurde, gab sie achtlos einen Wink, mochte er kommen. Sie wandte sich nicht einmal um, da sie ihn eintreten hörte, sie verspürte seine Nähe, er trat hinter sie. Leise hatte sich die Tür wieder geschlossen. Sie waren allein. Sie blickte hinaus. Schweigend lag der dunkle Schloßplatz. Jenseits der Brücke zeichnete sich der umfriedete Felsen undeutlich ab. Sterne glitzerten am Himmel. Da klirrten leise die Scheiben von einem dumpfen Knall.

»Ein Schuß?« fragte die Kaiserin und stutzte und wandte sich nun doch um. Dem puppigen Hübschling war es recht unbehaglich, das erste Mal so allein mit seiner Herrin zu sein. Auch saß ihm dieser Spuk, bei dem alle Welt kreischend auseinandergestoben war, noch arg in den Knochen. Im nachhinein hatte er sich das als eine Verkleidung zurechtgelegt – Orlow weilte ja sicherem Vernehmen nach in Foksani. Es mußte eine Maske gewesen sein, mit der ihm einer zu drohen gewünscht hatte, so wie Stallmeister Narischkins Maske ja auch eine Drohung gewesen war. Doch machte es diese Erklärung auch nicht geheurer. Schon mancher Nebenbuhler war erdrosselt in seinem Bette aufgefunden worden. Und nun hatte er auch noch zu überspielen, daß er allein neben der Kaiserin stand, und weil er vielleicht bei jener Begegnung nicht ganz auf der Höhe gewesen war, so hatte er es jetzt eben zu sein. Der hochgewachsene Major mit seinem Gesicht wie Milch und Blut und Hüften so schmal, als wäre er vom Ballett, legte also mit einer pathetischen Gebärde die eine Hand an den Degen und die andere auf die Brust, machte seinen graziösesten Fechterschritt und sagte, bemüht um seinen sichersten Ton: »Majestät, ich bürge mit meinem Leben. Begeistert sinke ich, mein Blut verspritzend, tot zu Euren Füßen hin.« Die Hand noch am Knauf seines Degens, beugte er das Knie zu geziemender Huldigung und dachte, nun würde seine Zeit anheben. Er war ein sehr romantischer Knabe, das Theater liebte er über alles, und durch solche Gebärde durfte er vergessen, daß er kurz zuvor ein so gottsjämmerlicher Tropf gewesen war – meinte er.

Die Kaiserin besah sich ein wenig verblüfft den in edler Pose vor ihr Knienden. Kniend konnte er sie wohl nicht gut schützen, und vom Blutverspritzen durch einen fernen Knall, von dem es noch gar nicht ausgemacht war, daß er wirklich ein Schuß gewesen war, hielt sie auch nicht viel. Er kam ihr über die Maßen läppisch vor, außerdem hatte sie längst einen anderen

Plan. Aber er mochte dazu dienen, die Leute ein wenig irrezuführen, er würde dabei keine Schwierigkeiten bereiten. So verbiß sie nur mühsam ein Lachen und klopfte dem mit verzücktem Antlitz zu ihr Aufblickenden leicht auf die Schulter, na, steh Er schon auf, hieß das. Und dann sagte sie, die Angst vor der kommenden Stunde schrie geradezu aus seinem Blick, und sie mußte fortsehen, so absurd fand sie ihn: »Ist wohl Zeit nach so anstrengendem Ball, schlafen zu gehen! Meld' Er sich morgen, Herr Generaladjutant!«
Da hatte er also nun seine Ernennung und durfte sogar allein zu Bett. Die Erleichterung über beides war so deutlich in seinem Milchgesicht zu lesen, daß sie wieder Mühe hatte, nicht laut herauszulachen. Sie wandte sich ab ohne weiteren Gruß und begann auf ihrem Schreibtisch unter den Korrespondenzen eifrig zu suchen, sie schien auf einmal kein bißchen müde zu sein. Der neugebackene Generaladjutant wartete noch einen Augenblick lang, dann verschwand er, lautlos zog er die Tür hinter sich zu. Die Kaiserin war wieder allein.

Das war ein erhebendes Gespräch gewesen, herzstärkend in seiner gottverlassenen Einsamkeit, und Meister Falconet konnte unmöglich schon schlafen gehen. Er saß in der kleinen Kaschemme, in die er neuerdings öfter floh, um der Grabesstille in sich zu entfliehen. Da war Gelärm von Krämern und Soldaten um ihn und von aufkreischenden Frauenzimmern. Er sah und hörte aber nichts davon, er glaubte, noch das kühn blitzende Auge der Kaiserin vor sich zu sehen. Hatte er es ihr auch fest genug eingeprägt, daß ein ganzer Kerl nur war, wer da pfiff auf die Nachwelt und sich nicht kümmerte um die Mitwelt und unbeirrt seinem Genius folgte, auch wenn er stündlich bedroht war von Tod und Vernichtung? Sie beide würden zu Staub zerfallen, und vielleicht auch dieser ganze Planet, und kein Zeugnis würde vielleicht auf eine Nachwelt kommen von ihrem Bemühen. Oder eine ganz ferne Nachwelt würde sich fernes Stückwerk ausgraben aus einer verschütteten Welt, und doch mußten sie unermüdlich am Werk sein. Dadurch unterschied man sich eben von denen, die einfach dahinlebten, und das war eine furchtbare Weisheit und über die Maßen herrlich. Und würde das auch zeitlebens in ihr lebendig bleiben?

Die Rosenmarussja blickte herüber und auch die weizenblonde Palascha und die pockennarbige Ustinja mit den grünen Augen und der stelzbeinige Balalaikaspieler, die er alle abgewiesen hatte beim ersten und zweiten und dritten Besuch hier. Danach hatten sie es aufgegeben, aber sie waren gewöhnt an diesen schwermütigen Mann und konnten durchaus nicht erkennen, daß er heute wahrlich nicht schwermütig war. Nur daß eine große Kraft von ihm ausging, das spürten sie, und es war ihnen in all dem Getriebe und Gekreische, bei all den derben Scherzen und dem gierigen Haschen nach Münzen sonderbar tröstlich, daß der Bildhauer Nacht für Nacht unter ihnen saß.

Auf einmal wurde es totenstill im Raum, und man wendete sich einem andern zu. Im Türrahmen stand ein gedunsener Riese, den sie alle kannten, und der sah sich suchend und auch ein wenig drohend um. Dann entdeckte er den einzigen, der allein, in sich gekehrt, an einem Tische saß, und kein anderer Tisch war frei, und so lenkte er dorthin seine Schritte.

Meister Falconet hatte genug Gesellschaft an seinen Gedanken und machte eine Abwehrbewegung, aber der andere kümmerte sich nicht darum oder hatte wohl auch die Bewegung gar nicht gesehen. Falconet blickte erst auf, da sich der Mann ihm gegenüber, schwer niedersackend, in den Stuhl fallen ließ, und er erkannte Grigori Orlow. Er hatte ihn noch nie gesprochen, aber einige Male aus der Ferne gesehen, und es kam ihm ein wenig sonderbar vor, gerade mit Orlow zu Tisch zu sitzen. Aber dann war er mit seinen Gedanken schon wieder bei dieser erhebenden Begegnung, und dabei konnte ihn selbst Orlow nicht gut stören.

Das Gelärme, Gekreische, Gefeilsche, das einen Atemzug lang ausgesetzt hatte, hob nun von neuem an, klang um eine Spur schriller und greller und wollte übertönen, daß da mitten zwischen ihnen, zwischen kleinen Krämern und Matrosen und Huren, der Favorit der Zarin saß. Jeder wußte von seinen Streichen, und mancher hatte dabei schon etwas abbekommen, und wie und an wem das diesmal ausgehen würde, das konnte keiner wissen. Und würde man zu Schaden kommen, so war nur ausgemacht, daß man danach nicht zu seinem Recht kommen würde.

Orlow goß mit zitternder Hand in einem Zug ein Glas

hinunter. »Es dröhnt«, sagte er nur still verwundert und schüttelte den Kopf. Verstörung lag in seinem Blick. »Eine Kugel, zu schade für so einen. Dabei dröhnt's wie von einer Kanone«, fügte er erklärend hinzu und lachte, so ein guter Witz schien ihm das. »Zu schade für so einen«, wiederholte er. »Erwürgen, einfach erwürgen«, sagte er und machte eine zupackende und unmißverständliche Gebärde mit der Hand, man konnte es ihm gut und gern glauben, so eine gewaltige, griffgewohnte Männerhand war das.

Der Balalaikaspieler begann wieder zu zupfen, Gesang schwoll auf, Meister Falconet hatte wohl gar nicht recht aufgefaßt, was der da faselte, er weilte anderswo und starrte still versonnen vor sich hin.

»Kommt daher aus dem Nichts und rührt alles wieder auf! Fort und begraben war das«, erzählte Orlow und setzte seine Worte langsam, als überlegte er sich's genau, wie das alles so hatte kommen können. Und er sah dabei vor sich hin und achtete gar nicht darauf, ob der andere auch zuhörte. Daß da bloß einer saß und ein Unbekannter war, so daß man ihm alles sagen konnte, weil man ihn nie wiedersehen würde, genau das war's, was er brauchte. »Mit ihr allein wär' ich schon fertig geworden. Muckte auf dann und wann, eben jetzt auch. Ducken. Weiber muß man ducken. Alle. Die, wie jede andere auch.« Er meckerte und brach mitten in seinem Gemecker ab. So unglaubwürdig hatte das plötzlich geklungen. »Jetzt steigt das alles aus dem Grabe«, fing er von neuem an. »Tot ist doch tot, nicht?« fragte er und erwartete keine Antwort. »Tot ist mausetot. Mausetot ist der«, wiederholte er, »seit Jahren. Jawohl«, bekräftigte er und schlug mit der Faust auf den Tisch. »Begraben. Jetzt zerren sie ihn aus dem Grab, wollen ihn nochmals begraben auf dem Isaakplatz, unter dem Felsen von Ropscha. Ein Denkmal, glaubt Ihr? Ein Schandmal. An den Pranger läßt sie mich binden. Von diesem Hergelaufenen. Mich!« lachte er auf. »Zu schade für eine Kugel. Rausschmeißen aus dem Haus. Oder einfach umdrehen, so, knack, knack, wie bei einem Huhn.« Und wieder folgte die unmißverständliche Gebärde.

Ein Teil dessen, was er hervorstieß, ging unter im Lärm und Gekreische des Raums. Auch hatte Meister Falconet ja gar nicht

recht hingehört, aber das Wort »Ropscha« drang doch an sein Ohr. Und bei »Denkmal« sah er auf, und sollte sein Denkmal gemeint sein, so interessierte es ihn nicht sonderlich, was Orlow darüber zu sagen hatte, aber er sah nun doch in dieses Gesicht. Gewalttätig war es, mit blutunterlaufenen Augen, und jagende Angst stand drin und die wilde Entschlossenheit eines Umstellten. Und er sah die unmißverständliche Gebärde und begriff, daß da einer einen wilden Kampf kämpfte und nicht ganz bei sich war, doch was das mit seinem Denkmal und dem Fels zu tun hatte, begriff er nicht. Aber weil hier eben einer in Todesnot war, erwachte er langsam. So allein lassen durfte man keinen, und war der ihm auch höchst zuwider, so war er doch keineswegs zum Fürchten trotz seiner wilden Drohungen. Ein wenig täppisch und sehr lächerlich kam er ihm vor, sehr unglücklich mußte der sein.
»Knack«, wiederholte also Meister Falconet, es war ja ganz gleich, was man sagte, der andere sollte einfach spüren, daß man seinen Anruf vernommen hatte, und er ahmte auch noch die Gebärde nach und lächelte dazu aufmunternd und wollte ein scherzhaftes Spiel daraus machen, und vielleicht beruhigte den das und brachte ihn wieder zu sich.
»Knack, knack«, machte Orlow sofort und ging gehorsam ein auf das Spiel und drehte zum zweitenmal einem den Kragen um, einem Huhn oder einem Menschen oder Gott weiß was für einer Kreatur. Und das schien in der Tat höchst beruhigend auf ihn zu wirken. Und dann lachten sie einmütig. Klang ein bißchen krampfhaft beim Orlow, aber er hatte nun einen, der ihm zuhörte. Er wollte ja bloß erzählen, was für ein Tausendsassa und Allesbezwinger er war. Zum Teufel damit, daß er eben einen ganz Falschen vom Pferd geschossen hatte. »An den Pranger stellen. Mich«, sagte er. »Sie!« Und stieß den andern in die Seite, so ein guter Scherz war das, daß sich eine das getrauen sollte.
Meister Falconet rückte ein wenig fort, die Berührung war ihm nicht angenehm. Der andere beugte sich zu ihm und sah ihn an, sollte der nur merken, was für ein bezwingender Blick das war. »Deshalb binde ich sie jetzt, jawohl«, sagte er. »Und sie wird wieder nach meiner Pfeife tanzen. Und sie wird weiter wissen, mit wem ich's treibe. Gesund für die Weiber. Sich bitten lassen.

Unauffindbar sein für sie. Und dann doch kommen.« Jetzt zeigte er das strahlende Siegerlächeln, mit dem er ins Zimmer zu treten pflegte. Ein grinsender Bock und angeschossen und lahmt schon, dachte Meister Falconet, und von wem der da sprach, drang ihm nicht ins Hirn, so ungeheuerlich war das, obwohl er doch wußte, wer Orlow war. Einfach zuwider war ihm der.

Doch nun kam Orlow erst recht in Fahrt. »Sie hat Angst, mich zu verlieren«, sagte er wohlgefällig und mit sich zufrieden. »Hat überhaupt Angst vor mir. Angst, mir zu widersprechen. Komm«, sagte er in ruhigem Befehlston und nahm eine Stimmlage an, zu der auch eine andere Körperlage paßte. Und machte mit seinen ebenmäßigen, gewalttätigen Händen eine sehr gelassene, ganz und gar nicht gewalttätige, aber so erfahren lasterhafte Gebärde, daß dem anderen mehr vor ihm graute als bei seinem Knack, Knack. »Aus Leiden – Freuden. Aus Qual – Lust. So hält man sie, ewig«, sagte Orlow und nickte und war auf einmal kein blöder Bock und kein umstelltes Wild, sondern ein sehr weiser Faun und konnte Flöte blasen. Aber das ging rasch wieder vorbei. »Glaubt, sie kann mich an den Pranger stellen. Holt sich Hilfe dazu von einem Hergelaufenen. Der geht aus und ein bei ihr, und mich schiebt man ab, einmal nach Moskau, einmal nach Foksani. Da muß ich sie also binden«, fuhr er fort. »Zeigen, daß sie mir nicht entkommen kann. Heirat!« erklärte er geheimnisvoll. »Der Adel fordert das von ihr. Alle stehen hinter mir«, prahlte er. »Der Wunsch des Volkes. Davor hat sie Angst. Angst«, wiederholte er und hatte wieder das Schlüsselwort. »Und der andere – ihn gar nicht zur Kenntnis nehmen, ihn rausdrängen aus seinem Quartier, einen Tritt in den Hintern und über die Grenze oder so. Knack, knack«, und wieder diese Gebärde des Halsumdrehens, eine gewohnte Gebärde für ihn, so sah sich das an. »Und das Sühnmal? Wird nie errichtet, soll bei mir sühnen, wenn ihr durchaus danach der Sinn steht.« Und er lachte, lachte dröhnend, ein rohes, gewalttätiges Lachen. Und brach jäh ab. »Tote sind tot«, sagte er wieder. »Mausetot, nicht?« Dann packte er den anderen beim Arm und flehte geradezu um Bestätigung und war sehr froh, daß da einer war, zu dem er um Hilfe kommen konnte und der ihn stützte gegen diesen Todfeind. »Begraben ist doch begraben«, bat er inständig. »Mit diesem hergelaufenen Ausländer werden wir beide doch noch fertig«, ermunterte er. »Einquartierung hab' ich ihm verschafft. Lauter wilde Tiere, die sind nicht tot, die werden lebendig, fallen nachts über ihn her«, trumpfte er auf. Ein lächerlicher Zwerg, sprach er sich selbst Mut zu. »Ist doch ein lächerlicher Zwerg?« verlangte er bestätigt zu hören.

Da begann es Meister Falconet endlich aufzudämmern, vor wem dieser Mann Schutz suchte und wem die wilden Drohungen galten und daß dem aus irgendeinem ihm verschlossenen Grund das, was seit Jahren nun seine Arbeit war, als wilde Herausforderung galt, und manche Schikane der rechts und links von ihm Werkenden wurde ihm mit einem Schlage klar, und das kam ihm alles unsagbar lächerlich vor. Da saßen also zwei Todfeinde, und sie lebten jeder auf einem andern Stern und fühlten sich jeder auf andere Weise bedroht. Er aber trug dieses große Gespräch in sich, das ihm keiner nehmen konnte. Und er, nicht eben der Jüngste und klein und gebrechlich neben Orlow, kam sich auf einmal als der Stärkere neben diesem Riesensäugling vor und schlug ihm brüderlich die Hand auf die Schulter und stimmte lachend zu: »Ein gar lächerlicher Zwerg, da habt Ihr ganz recht.« Und darauf erhoben sie ihre Gläser und ließen sie aneinanderklingen und tranken einander zu.

Plötzlich horchten die anderen auf. Die Rosenmarussja und die weizenblonde Palascha und die pockennarbige Ustinja mit den grünen Augen hoben den Kopf, und auch der stelzbeinige Balalaikaspieler lauschte. So ein gutes, herzhaftes, so ein befreites, ganz und gar nicht bedrohliches Männergelächter war das. »Ein lächerlicher Zwerg«, bekräftigte Meister Falconet noch einmal und meinte, was für lächerliche Zwerge wir doch alle miteinander sind, mühen uns um Wahrhaftigkeit und Gerechtigkeit und Brüderlichkeit und führen erhebende Gespräche, und dann kommt einer und mißachtet mein Werk und ist mein Todfeind und trachtet mir nach dem Leben, vielleicht ernstlich, nicht nur, weil er besoffen ist. Und wir mühen uns, Leben zu schöpfen und festzuhalten, und sind selber nichts als ein Klumpen Ton in eines größeren Töpfers Hand und sind nur lächerliche Zwerge. Das Leben erschien ihm auf einmal als ein

so unbändiger Spaß, und mit Spaß und Spiel hatte er plötzlich maßlose Lust, an seine Arbeit zu kommen, die sinnlos war wie das Leben selbst und doch über alle Maßen herrlich, und wer weiß, wieviel Zeit einem noch blieb. Mochte der da zu binden trachten, ihn kümmerte es wenig, ob das gelang. Er würde sich an keine Frau binden und an keinen Menschen, aber er würde mit Spaß und Spiel und großem Ernst sein Werk tun und mannhaft und allein seinen Weg zu Ende gehen. Aber vorerst galt es, mit diesem nach Hause zu kommen, und daß sie unter einem Dach schliefen, war schon Spaß genug, und lachend mahnte er zum Aufbruch.
Orlow, glücklich, diesen Kumpan gefunden zu haben, fühlte sich nicht sehr fest auf den Beinen, auch graute ihm allein vor der stillen Nacht, und irgendwo mochte noch ein Toter draußen liegen, so ließ er sich willig davonführen.
Eine dienstfertige Magd leuchtete ihnen über die Kellerstiege in die frische Luft hinaus. Der stelzbeinige Balalaikaspieler griff heftig in die Saiten. Das Gekreische und Gefeilsche wurde lärmender und schwoll zu wilder Lustigkeit. Daß dieser Gewalttätige, Hochgestellte hier keinen Schaden angerichtet hatte, daß sie alle heil waren in diesem Raum, einfach bloß so zugerichtet, wie das Leben einen eben zurichtet, das war schon ein Wunder zu nennen und wert einer lobpreisenden Lustigkeit.
Es dämmerte bereits, der Morgenstern stand am Himmel, noch lagen die Straßen verlassen. Kutsche war keine zu sehen, und behutsam untergefaßt und laut redend, zogen die beiden einträchtig dahin, der Große und der Kleine, der rohe Gewalttätige und der reine Vornehme. Und der eine war des andern Todfeind und wußte nicht, wer ihm da eines Freundes Arm bot. Sie waren der Blinde und der Lahme, der Lebensblinde, Menschenblinde und der Lahme, Angeschossene, der bald verenden würde im Unentwirrbaren, wie Kreatur verendet im Dickicht, aber das wußte er noch nicht. Und so stützten sie einander und zogen dahin im Morgengrauen, ins Schloß, das ihrer beider Wohnstätte noch war.

Ein blaßrosa Streif zeigte sich bereits am Himmel, aber die Kaiserin ging noch nicht zur Ruh'. Sie saß noch in prunkender

Balltoilette, hatte nur einen Pelz darübergeworfen. Die Scheite im Kamin waren eigenhändig von ihr entzündet worden. Sie wollte niemanden wecken, und was sie sich vorgenommen hatte, mußte sofort geschehen.

Sie schrieb. Eilig flog der Gänsekiel über das Papier. Mochte Wassiltschikow sich seiner neuen Würde erfreuen, mochte Orlow da unten endlich in Schlaf gesunken sein, beide waren sie tief versunken, gehörten der Vergangenheit an. Trotz der frühen Morgenstunde – und die Kaiserin hatte keinen Augenblick lang geruht – leuchtete ihr Antlitz. Auf ihrer klugen Stirn lag der Abglanz eines großen Gesprächs und um ihren Mund ein trotziges Lächeln. »Gemeinsamkeit der Arbeit« konnte befreien von unwürdigen Fesseln, da hatte Meister Falconet schon recht. Und Jugendtage stiegen vor ihr auf, wie sie, Eichenlaub im Haar, umjubelt von Soldaten, durch die helle Nacht geritten war. Und wie einer aus der Menge auf sie zugesprengt war und ihr seinen Degen gereicht hatte.

Hastig eilte der Kiel weiter. Einmal horchte sie während des Schreibens auf, und ihr Blick blieb auf der Tapetentür haften. Dahinter war ein Geräusch zu vernehmen, die Klinke wurde niedergedrückt, sie gab nicht nach, die Tür war versperrt. Die Kaiserin nickte befriedigt und wendete sich gleich wieder ihrem Schreiben zu. Sie hatte keine Zeit zu verlieren. Dann waren noch unterdrückte Stimmen zu hören, eine kurze Beschwichtigung, dann folgte Gepolter, und dann herrschte wieder vollkommene Stille.

Doch da schrieb die Kaiserin schon längst wieder weiter. Ihr Schreiben war gerichtet an einen gewissen General Potemkin in Bestätigung seines regelmäßigen Berichtes vom türkischen Kriegsschauplatz. Seit jenen Jugendtagen hatte sie ihn nie mehr ganz aus den Augen verloren. Es hatte sie heute einige Mühe gekostet, sein zu beantwortendes Schreiben aus dem Haufen von Korrespondenzen herauszufinden, die Chrapowizky in Ordnung hielt. Herrn Chrapowizky hätte sie diesen Brief gelegentlich diktieren sollen. Aber diesen Brief schrieb sie doch lieber eigenhändig und sofort.

Nun hatte sie alles niedergeschrieben, was einer Kaiserin zu dieser Berichterstattung zu sagen oblag. Und sie schloß ihr Schreiben mit der Versicherung – und dies zu sagen oblag ihr

keineswegs und war neu – ihrer ganz besonderen Huld und ihres tiefsten Vertrauens, und es hätte sie auf einmal gedrängt, ihm zu sagen, daß die Erinnerung an jene Jugendzeit ihr sehr teuer geblieben war.
Dieser gewisse Potemkin, so wußte sie, hatte inzwischen ein Auge verloren, und schon zuvor war er ein häßlicher Birnenschädel gewesen mit einer wild vorspringenden Hakennase, und nun war er also auch noch ein Zyklop. Doch der Geist, der Geist, von dem wußte sie auch. Mit ihm vereint war vielleicht die Welt zu erobern. Und so zog Kleopatra aus, ihren Cäsar zu suchen.
Es war eine unendlich erleichterte, federleichte Gebärde, mit der die Kaiserin schließlich – und da war es schon ganz hell – den Streusand über ihre feuchten Schriftzüge warf und mit gespitztem Mund die letzte Kerze ausblies.
Mit diesem Schreiben begann in der Tat eine neue Epoche. Wassiltschikows Zeit war nie angebrochen, und Orlow gehörte der Vergangenheit an, und Generalmajor Potemkin würde einziehen bei Hof.

Der lallende Riesensäugling Orlow, zu Zeiten ein edler Griechenjüngling genannt, saß am Fußende der Wendeltreppe, er war da etwas plötzlich und unsanft gelandet und rieb sich in fassungslosem Erstaunen seinen schmerzenden Hintern. Er glotzte aus blutunterlaufenen Augen.
»Wache?« lallte er und konnte es einfach nicht glauben. Es arbeitete hinter seiner niedrigen Stirn. »Wache steht dort? *Das* ist ihr Willkomm?« Der Mund stand ihm weit auf, die Kinnlade hing herab, der edle Griechenjüngling schien endgültig passé.
Dann riß er sich noch einmal zusammen, hörte auf, sich den Hintern zu reiben, und entschloß sich zu lachen. Sein ganzer Körper nahm teil an diesem Gelächter, es schüttelte ihn geradezu.
»Das war also ihr Ernst. Diese Ziege heiraten? Verrückt geworden die Arme, verrückt.« Er saß auf dem Estrich, mit auseinandergespreizten Beinen, so wie er da unten angekommen war, und lachte. Er lachte und lachte, während sein Kammerdiener mit unbewegter Miene ihm die Stiefel von den Füßen zog. Und das Gelächter schüttelte ihn wie ein Krampf,

während der Kammerdiener sich den Besoffenen ächzend auf den Rücken lud und das lallende Bündel ohne viel Federlesens krachend auf das Bett warf. Der Kammerdiener wendete seinen Herrn dahin und dorthin und zog ihm Stück für Stück die Kleider vom Leib. Die Tränen kollerten dem Riesensäugling noch immer über die Wangen, bis er lallend und heulend schließlich in Schlaf fiel.

Verärgert hatte sich Meister Falconet den ganzen Sommer siebzehnhundertvierundsiebzig bis in den Herbst hinein mit Berechnungen und Vorschlägen abzuquälen. Die jahrelange Gehilfin hieß Madame Falconet und war keine Gehilfin mehr und hielt sich seit zwei Jahren in Paris auf. Der Gußofen mußte gebaut werden, es gab einen deutschen Schmied in Kopenhagen, treuherzig, zuverlässig, ihm von Saly empfohlen, der sollte das so wichtige Gitter um die Gußhütte bauen. Und den Gießer, den erwartete er ungeduldig, er kam aus der Schweiz gereist.
Dies alles erfuhr Bezki, genannt die Amme, durch das Fäßchen Horace. Horace war um eine Lappalie zu kaufen gewesen, seit man nicht mehr auf der Hut zu sein brauchte vor diesen immer wachen Mädchenaugen. Und das alles plante dieser Bildhauer und entrierte es, ohne die Zustimmung des Generalintendanten der schönen Künste, der er doch schließlich war. Daran sich zu gewöhnen, hätte er zwar reichlich Zeit gehabt. »Möge der Fels ihn zerschmettern«, hatte er voll Empörung ob der sündhaften Verschwendung innig gewünscht, seit dieser auf den Isaakplatz gerollt worden war. Und diesen frommen Wunsch hegte er noch immer. Aber es mußte sich auch die Gelegenheit ergeben, ein wenig nachhelfen zu können, und da kam dieser Herr Linguet geradezu wie ein Geschenk vom Himmel.
Voll grimmiger Vorfreude rieb sich Bezki die dicken Patschhändchen. Acht Jahre war er älter geworden, seit dieser Bildhauer, ohne daß man ihn auch nur zu Rate gezogen hätte, hierher berufen worden war. Schwerfälliger bewegte er sich, aber gerade jetzt fühlte er das Blut fast feurig durch seine Adern rollen, so jugendlich macht großes Planen, und die Erfüllung des frommen Wunsches »Möge der Fels ihn zerschmettern« schien endlich gekommen.

Bezki, die Amme, war ein charmanter Gastgeber, und dieser Fremdling griff tüchtig zu. Es war gut zu erkennen, daß es ihm eine Lust war, so kräftig zu essen, und daß er es schon seit langem nicht so üppig gehabt hatte.
Da saß dieser Herr Linguet aus Paris, trug endlich wieder einen passablen Rock und war dennoch ein reichlich fadenscheiniger Gesell. Das Haar war ihm dünn geworden und der Rücken krumm vom Dienern, und er hoffte sehr, daß es hier endlich wieder einmal etwas zu verdienen geben würde. Er blickte keinem ins Gesicht beim Reden und lachte blechern über seine eigenen, abgestandenen Witze. Daß er mal ein brillanter Junge gewesen war und der Stolz des Pariser Barreau, und daß von ihm im Hause Diderot mit soviel Respekt die Rede gewesen war, weil er sich kühn in der Sache La Barre gegen das himmelschreiende Unrecht eingesetzt hatte, konnte man sich jetzt nicht mehr so recht vorstellen. Auch daß seine Verteidigungsreden vor dem Parlament immer einer guten Sache gegolten hatten und getragen gewesen waren vom Feuer echter Leidenschaft für große Menschheitsgedanken, das ließ sich nicht mehr ahnen, auch nicht, daß er um einer guten Sache willen der Stadt und des Landes verwiesen worden war. Denn er war inzwischen in der Schweiz gewesen und im Haag und in Schweden und hatte des Lebens Notdurft kennengelernt. Er führte noch immer eine leidenschaftliche Rede und eine gewandte Feder. Und irgendwo war auch noch ein verstecktes Glühen in ihm. Nur war ihm Stück für Stück abhanden gekommen, wofür er geglüht und wofür er gefochten hatte. Er betrieb eine Korrespondenz, die hieß »Politische und literarische Annalen«, mit der war schon allerhand zu erreichen, aber es war ein bitteres Brot und machte den Menschen schäbig, besonders wenn man in der Fremde saß, im großen Elend, wie man das auch nennt. So elend allerdings war es nun eben nicht, denn manch hoher Herr hatte sich im Laufe der Zeit seiner zu bedienen gewußt. Und so war er auf seiner Fahrt durch das Elend bis hier herauf in den hohen Norden gekommen. Kein Wunder, daß Generalintendant Bezki ihn willkommen hieß.

»Aber gern«, sagte Meister Falconet und war fast froh, daß einer ihn stören kam in seiner Einsamkeit und er sich nicht nur mit diesem Schmied Fugger aus Kopenhagen herumzustreiten hatte. Und mit dem Schweizer Gießer Ersman, der endlich gekommen war und vorerst die Gußöfen umbaute, gab es auch immerfort nur Verdrießlichkeiten. Wie konnten Menschen nur dauernd so rechthaberisch sein, er hatte das nicht gewußt und sollte immer nur schlichten. Früher hatte das die Gehilfin getan. Aber auch Horace und Simon waren nicht mehr so recht zu gebrauchen, seit sie sanftäugig und wachsam nicht mehr alles sah.

Nun kam dieser Landsmann, hatte sich einst tapfer bemüht in der Sache La Barre, diesem scheußlichen Justizmord, dessentwegen es ihm leichter geworden war, die Heimat zu verlassen. Und dieser Herr Linguet fragte nach allem ganz genau.

Der Besucher besah sich das Modell und erkundigte sich nach dem Guß und wußte erstaunlich gut Bescheid darüber, daß es auf der ganzen Welt nur ein halbes Dutzend namhafter Gießer gab. »Das Gießen ist eine hohe Kunst«, sagte er und beklopfte nebenbei aufmerksam einen Felsbrocken, der im Atelier lag. Den hatte man kürzlich erst abgespalten. Er ließ sich erklären, warum und wie dieser naturgewaltige Sockel, den man unter so enormen Kosten in die Stadt geschleppt hatte, doch noch hatte verkleinert werden müssen und was nun das wieder koste. Er notierte sich das mit einem zierlichen Crayon in ein kleines Taschenbüchlein.

»Kommt wieder, wann immer Ihr wollt«, sagte Meister Falconet beim Abschied ungewohnt herzlich. Die Gazetten der Welt kümmerten ihn wenig, aber da hatte einer klug gefragt und die Antwort notiert, und das war eben auch ein Weg, die Wahrheit zu verbreiten.

Das würde einen witzigspritzigen Artikel geben, dachte Herr Linguet befriedigt, lehnte sich in der Kutsche zurück und fuhr wieder zu seinem Gönner, dem Generalintendanten, diesmal in die kaiserliche Baukanzlei. Ein prächtiges Geschoß wird das, spitz und giftig, aber es darf nicht vorzeitig abgeschossen werden, das muß ich Bezki erklären. Erst muß man den Mann zum Stolpern bringen, ihm ein paar nette Steine zwischen die Beine werfen, so ein paar tüchtige Brocken von seinem Fels. Herr Linguet wußte genau, wie man das macht, er hatte schon genug Steine vor seinen Weg geworfen bekommen.

»Bauvorschriften. Kommission. Gefährdung der körperlichen Sicherheit«, schlug er vor und saß also bei Bezki in der Baukanzlei.
Der schwieg und klappte nur seine Tabaksdose immer wieder auf und zu. Er ärgerte sich. Diese Ratschläge waren eigentlich eine Unverfrorenheit, als ob er darauf nicht auch selbst hatte kommen können. Aber »möge der Fels ihn zerschmettern« war all die Jahre bloß frommer Wunsch geblieben. Um ihn in die Tat umzusetzen, brauchte man eben so einen Schreiber und schlauen Advokaten. Sympathisch war er ihm nicht, und an seiner Tafel wollte er ihn bestimmt nicht nochmals haben. »Tja«, sagte er nach einer Weile und bot dem andern, dem er nie mehr einen Mittagstisch bieten würde, wenigstens eine Prise an. Dann schnupften die beiden Herren erst einmal, und dann brummte Bezki etwas und meinte, also los mit diesem Plan, und bis in alle Einzelheiten.
Herr Linguet, der Könige in die Schranken gefordert hatte in feuriger Rede vor dem Parlament, mußte heftig schlucken vor beglückter Aufregung und hüstelte auch ein wenig, das Klima bekam ihm nicht, und dann setzte er ganz genau auseinander, wie man dem Bildhauer mitsamt seinem Roß und seinem Fels und seinem Guß den Ruhm aus der Hand schlagen und dem Gelächter preisgeben könnte. Doch müsse so schwieriges Unterfangen minutiös genau geplant sein, und das ginge nur in gemeinsamer Anstrengung, da müsse auch noch ein Baumeister her, und vor allem – keine Überstürzung.
Der Generalintendant der schönen Künste keuchte ein wenig vor Aufregung, war gleichzeitig auch recht angewidert, aber was blieb ihm übrig. Allein war es eben nicht zu schaffen. »Also schön, Herr Linguet«, sagte er schließlich, »ich schicke den Baumeister, und dann kommen aber gleich Sie hinterdrein, und wenn sich der Bildhauer beklagt bei Ihnen, dann machen Sie sich erbötig, die skandalösen Vorgänge in die Öffentlichkeit zu bringen, aber Ihr Bericht kommt erst am Ende der Affäre, das bitte ich mir aus. Und so wollen wir ihn hübsch aus dem Sattel heben und ganz und gar unmöglich machen in der Welt.«
Aus dem Sattel heben, das war wirklich ein vortreffliches Bild bei diesem Reitersmann, der nicht reiten würde in Erz. Herr Linguet verschluckte sich vor Begeisterung und geriet wieder

ins Hüsteln. Doch dann schnellte er auf. Der Generalintendant hatte sich erhoben, die Unterredung war also beendet. Und er war sehr zufrieden, denn so witzigspritzig und um einer echten Causa willen, und so sündhafte Verschwendung anzuprangern, war eine gottgefällige Sache, war ihm schon lange nicht vergönnt gewesen. Aber sein Schutzherr sagte noch immer nichts, und so wagte er nach einem tiefen Bückling doch ein leises »Nun? – –«

Da sah ihn diese Teigmasse mit einem Blick an, in dem abgrundtiefe Verachtung gegen einen, der seine Heimat verloren hatte und nicht mehr dahin zurück konnte, zu lesen war. So einer ist natürlich zu allem fähig, hieß dieser Blick, so einen hält man sich weit vom Leib. Überdies war der Intendant trotz seines frommen Wunsches »Möge der Fels ihn zerschmettern« ja wirklich ein höchst sparsamer Mann, und unnötige Geldausgaben waren ihm zutiefst verhaßt, und so stieß er nur zwischen den Zähnen hervor: »Erfolgshonorar.« Dann machte er sich's hinter seinem Schreibtisch wieder bequem, versenkte sich in seine Papiere und sah nicht mehr auf.

Herrn Linguet blieb nichts anderes übrig, als sich unter tiefem Bückling zurückzuziehen. Er war schließlich nur scheinbar vor die Tür gesetzt, denn dieser knausrige Schutzherr würde, widerwillig oder nicht, ihn jedenfalls noch öfter empfangen müssen.

Gemächlich stieg Herr Linguet die Treppe hinunter, er hatte sich längst eine sehr dicke Haut angeschafft, und er entwarf in Gedanken schon munter den Anfang seines Berichts. Aber Kopfzerbrechen würde es dennoch machen, wie er bis dahin seinen Lebensunterhalt decken sollte. Kredit? Wer kreditiert in fremdem Land einem, der seines Landes verwiesen ist? »Erfolgshonorar«, murmelte er und war jetzt doch erbittert. Frechheit, mir, der einstigen Zierde des Barreau. »Dreckfink«, schloß er seine Überlegungen. Es blieb ungeklärt, wer damit gemeint sein sollte.

In jene Zeit fiel der Besuch Diderots in Petersburg. Meister Falconet freute sich unbändig auf den Freund und zitterte gleichzeitig vor dessen Urteil. Nur von ihm würde er die Wahrheit über sein Standbild erfahren. Nur dieses Urteil galt

für ihn. Aber er hatte sich ganz andere Wahrheit von ihm anzuhören.
Sie kamen gerade aus dem Atelier, Diderot hatte erstmals das Modell gesehen, und Falconet fieberte nach seinem Wort. Es gab auf Gottes weiter Erde nur diesen hier, von dem er jede Kritik ertrug.
»Sie ist in den zwei Jahren nur ein einziges Mal bei mir gewesen«, sagte Diderot schließlich und schwieg über das Standbild. »Warum?« inquirierte er streng.
»Frag' Hochzeitsreisende nach ihren Launen«, erwiderte Falconet gereizt. Kein bißchen hatte sich der verändert, immer noch mischte er sich in der Freunde Privatestes ein und kam dabei doch selbst nicht zurecht mit seinen eigenen Angelegenheiten. Dort drüben sprengte makellos und gewaltig ein Reitersmann auf seinem Roß, und hier war der einzige Freund, der es begriff, und sollte er wirklich kein einziges Wort der Anerkennung finden? Früher einmal hatte er ihn den Phidias unserer Zeit genannt, und dabei war doch dies hier erst sein echtes Werk. Allerhand Unbehagen stieg dennoch in ihm auf, und so brummte er, vielleicht etwas unvorsichtig: »Ich bin schließlich nicht Marie Annes Hüter!«
Da aber bekam er es also zu hören. Kein Wort sagte Diderot über den Reitersmann und wußte sehr wohl, was er dem Freund damit antat. Aber sie kamen schließlich doch alle aus dem Weinberg der Wahrheit, und man führte nicht nur eitel das Wort von den Menschenrechten im Mund, sondern jeder war Gottes Ebenbild. Und wen man sich erzogen hatte, der war einem anvertraut. Deshalb sagte er scharf: »Wir alle sind einer des anderen Hüter.«
»Und?« erwiderte Meister Falconet hart und herausfordernd und fühlte, daß er sich zu verteidigen hatte: »Habe ich ihr nicht eine Laufbahn eröffnet, ist sie nicht eine bedeutende Porträtistin geworden, hat sie nicht Wahrhaftigkeit bei uns gelernt?« Er sagte »bei uns«, und das war doch ein Werben um den Freund, und vielleicht auch eine Bitte um Verzeihung dafür, daß er ein so enormer Esel gewesen war. Aber das war auch das Äußerste, wozu sich dieser Starrkopf verstehen konnte, und er fügte leise und sehr in die Verteidigung gedrängt hinzu: »Und wer außer mir hätte ihr die Ausführung des Kopfes überlassen?« Und da

der andere stumm blieb, noch leiser: »Es wird auf dem Sockel eingegraben mit ihrem Namen. War doch auch auf dem Stich, den du bekamst, so zu lesen.« Es war wirklich kläglich, wie er warb um seinen Freund und bettelte um ein Wort über das Standbild.

Aber Diderot sah ihn nicht, er sah nur das verstörte Antlitz der blassen, jungen Frau daheim in Paris, die er noch als holdes Kind gekannt hatte. Er ließ sich durchaus nicht rühren und wollte dem jetzt die Hölle heiß machen. Erbost blickten seine sonst so gütigen Waldschrataugen. Was sich dieser Narr, Freund Falconet, ausgedacht hatte als das Höchste für seine Gehilfin, war barer Unsinn. Auch er wußte allerhand vom Ruhm und vom Eingehen in die Geschichte, aber er war gleichzeitig auch der zärtlich liebende Freund Sophiens. Ihretwegen hatte er sich nicht früher zu dieser Reise entschlossen, war in Paris geblieben, wiewohl dort Affen herrschten, die zu Tigern geworden waren. Sein Lebenswerk, die Enzyklopädie, hatten sie ihm verstümmelt. Er wußte, was Liebe war, und Freundschaft hielt er sehr hoch, viele Nächte nach Falconets Abreise war er noch vor dessen Fenstern auf und ab gewandert und hatte die Trennung nicht zu ertragen vermeint.

Und das war nun das Wiedersehen nach neun Jahren. Er setzte die Freundschaft bewußt aufs Spiel, denn hier mußte er Richter sein, weil es keinen anderen gab weit und breit. »Weil du immer mit Stein und Metall zu tun hast«, sagte er ruhig und mußte sehr an sich halten, so wilde Wut stieg in ihm auf, »hast du offenbar verlernt, wie man mit Menschen von Fleisch und Blut umgeht. Das Glück dieses Mädchens zu machen, versprachst du bei der Abreise. Ich hab' sie wiedergesehen«, brach er nun los. »Ich weiß nicht, was geschehen ist zwischen euch beiden, geht mich auch nichts an. Aber deiner Obhut war sie anvertraut. Ist sie anvertraut, noch immer«, wetterte er los und lief rot an und ließ die Hand krachend auf den Tisch fallen. Sollte der Narr sich gefälligst den Kopf zerbrechen, wie das einigermaßen in Ordnung zu bringen war.

Aber weil der andere schon begriff, was geschehen war, nicht ohne seine Schuld, und weil Diderot der einzige Mensch war, um dessen Urteil über sein Werk er geradezu bettelte, weil er schon ahnte, daß er es nicht erfahren würde, replizierte er

gereizt irgend etwas über das Standbild und über alle Kunst. Sie sei eine harte Herrin, und man müsse ihr alleine dienen, und das mache niemals glücklich, denn sie schlage hart und unbarmherzig ihren Knecht.
Da zuckte Diderot ungeduldig die Achseln. Er hatte eine überaus anstrengende Reise hinter sich, und er sollte nun auch noch zur Kaiserin. Die war eine herrliche Frau, gewiß, aber von der Leibeigenschaft durfte man ihr nicht mehr reden, man sprach stets nur von Kriegen und Siegen, und er hatte auch ihr allerhand Unangenehmes zu sagen. Nämlich, daß dank des Fortschrittes der Vernunft unsere Begeisterung heute nicht mehr Cäsar und Alexander gelte, und sie möge mehr daran denken, die Menschen gut und edel zu machen, statt sie in Schlachten hinmähen zu lassen. Gut und edel, das war offenbar für die meisten verdammt schwer, selbst wenn sie aus dem Weinberg der Wahrheit stammten. Mühten sie sich tapfer darum, wie dieser da, dann kam erst recht heillose Verwirrung dabei heraus, und ein prächtiges Menschenkind ging dabei, eh man sich's versah, still zugrunde.
»Statt einer Gehilfin hast du dir eine Sklavin aufgezogen und hast sie immer nur weinen gemacht«, sagte er bissig.
Das war gewiß ein wenig ungerecht, denn war sie nicht aus feuchtdunklem Kellergewölbe gekommen und lebte jetzt in einer Welt, in der der Himmel sich breit und weit wölbte? Und durfte nicht aus ihren Händen Leben wachsen, war sie nicht hochgehoben von der Seligkeit der Schöpferkraft? Und war sie nicht auch durch ihn zu einer großen Liebenden geworden, größer als Laura, inbrünstiger als Heloise, und also teilhaftig aller Himmel und Höllen des Lebens? Und hatte sie ihn nicht deshalb allein bis ans Ende ihrer Tage zu preisen, auch wenn sie jetzt an der Seite eines anderen schritt?
»Aber nun hast du ihr mit dem Lachen wohl auch das Weinen abgewöhnt«, fuhr er ihn an. »Schaut ja keinem mehr ins Gesicht!« schrie er. »Als ob sie etwas verbrochen hätte. War nicht mit anzusehen, dieser Jammer! Bleib du nur bei deinem Stein und Metall. Verstehst die offenbar besser zu behandeln.«
Grußlos, schweren Schrittes ging der Freund, krachend warf er die Tür hinter sich zu, und er hatte kein Wort über das Standbild gesagt.

Meister Falconet hielt ihn nicht zurück, so sprachlos war er über das, was man ihm zu sagen wagte. Und wie verkannt wurde, was er für andere tat. Dabei vermißte sie niemand mehr als er selbst, er hätte sie doch so notwendig jetzt hier gebraucht. Schließlich hatte er sie ja auch zur Lebenspartnerin gemacht, denn es war ihrer beider gemeinsames Werk, und es würde eingegraben stehen *»Similitudinem facies Maria Anna Collot Parisina expressit«*. Sie hatten sich also beide erfüllt in diesem Dritten, das nun aufgerichtet ward in Erz für alle Zeit und Ewigkeit. Gewiß, er würde sich in Hinkunft ausschließlich an Stein und Erz halten, wie der Freund es höhnend empfohlen hatte, schwor er sich. Mit Menschen umzugehen, verstand er ja nicht, wiederholte er tief verwundet und sehnte sich dabei inbrünstig nach dem Freund, widerspruchslos hätte er das vernichtendste Urteil von ihm entgegengenommen. Und er sehnte sehr auch die Gehilfin herbei, und da waren nun beide so nah und so fern. Die Bitternis war schwer zu ertragen.

Wie es wirklich um Marie Anne bestellt war, wissen wir nicht, denn über das Ergehen des jungen Paares in jener Zeit in Paris ist wenig auf uns gekommen. In der einzigen über sie existierenden Biographie, hundert Jahre nach ihrem Tode von einer blaustrümpfigen, alten Jungfer zu Nutz und Frommen malender, bildhauernder oder geigender höherer Töchter geschrieben, wird nur berichtet, daß die hochbegabte junge Künstlerin bereits in den ersten Jahren ihrer Ehe unter den »Ausschweifungen« ihres ihre hohen Einkünfte verprassenden Gatten zu leiden hatte. Aber das dürfte sich doch wohl etwas anders zugetragen haben. Es konnte schließlich nicht gut gehen zwischen den beiden, so wie es um Marie Annes Herz nun einmal stand. Sie litt und machte es sich nicht leicht, und sie fühlte sich tief in seiner Schuld und hatte ihn zu halten und zu stützen, weil sie eben doch die Stärkere war. Aber Pierre war ein Knabe, und seine Arbeit war nicht so, daß sie ihn getragen hätte über Abgründe. Nein, gut konnte es kaum werden zwischen den beiden.

In ihrem Nachlaß fand sich Jahrzehnte später unter den Dingen, die ihr kostbar gewesen waren (das Kaffeemaschinchen, das die Reise nach Petersburg mitgemacht hatte und auf dem sie dem Meister den Kaffee bereitet hatte, gehörte dazu, ferner ein geschnitztes Engelsköpfchen, das sie einmal auf dem Speicher aufgestöbert hatte und das Meister Falconets erste kindliche Schnitzarbeit gewesen war), ein einziger Brief von ihm. Der war schwer zu entziffern, das waren wohl Tränenspuren, die die Tinte hatten zerrinnen lassen. Dieses offenbar immer wieder und wieder hervorgeholte Schreiben, dieser nahezu unleserlich gewordene Fetzen Papier hat wohl viele Nächte unter einem Kopfpolster gelegen, Hände, die nachts auf krankem Herzen ruhten, haben immer wieder danach gegriffen, Tränen haben es immer wieder genäßt, ja, dieses Stückchen Papier muß wohl in jener Pariser Zeit Marie Annes einziges Herzensbrot gewesen sein. Und deshalb nahmen wir uns die Mühe, den Brief zu entziffern, deshalb sei er hierher gesetzt.

Das Schreiben lautet:

St. Petersburg, den 9. November 1774

Madame und teure Schwiegertochter!

Die drei großen Wandteppiche, Ihr erinnert Euch wohl, die Bankier Maruzzi der Kaiserin aus Venedig versprach und auf die man uns so neugierig machte, sind nun angekommen und hängen zur allgemeinen Besichtigung jetzt hier im Schloß. Ich wollte, Ihr wäret da und wir schritten zusammen an ihnen entlang. Sie sind nach Entwürfen eines unbekannten flämischen Meisters vor rund zweihundert Jahren in der Gobelinweberei von Lussac hergestellt. Der erste zeigt Gott Vater bei der Erschaffung der Welt. Da stehen sie noch unentwegt, der Reiher, der Hase, der Löwe und irgendein unnennbares Fabeltier links im Bilde; und von rechts neigt sich der Kopf und die Schulter Gott Vaters herein, und Er bläst seinen gewaltigen Odem über die Fläche, und jene links im Bild hat er noch nicht erreicht. Aber etwa in der Mitte, da befindet sich ein unscheinbares, buntes Vögelchen, und das hat gerade Sein Atem gestreift, und schon erhebt es sich in die Luft und breitet seine unansehnlichen, schwachen Flügel neugierig probend und in grenzenloser Verwunderung, und uns ist, als hörten wir es jubelnd tirilieren, Ihn lobpreisen.

Auf dem zweiten Teppich hält Gott Vater die Rippe in der Hand, Adam liegt schlafend daneben, ein wenig steif und nichtssagend, eben erst geschaffen, liegt er da, und Gott Vater beugt seinen Kopf über diese Rippe, die Er dem Adam genommen hat, ach, der weiß es noch nicht, weiß nicht, daß er sich sein ganzes Leben schmerzlich nach ihr sehnen wird. So unsagbar dumm wird Adam sein ganzes Leben wohl bleiben, so wie er auf diesem Teppich dreinsieht. Gott Vater ist sehr nachdenklich, da Er sich über diese Rippe beugt, und Er scheint noch nicht ganz entschlossen, ob Er seinen Atem darüberblasen oder dies am Ende nicht doch lieber sein lassen soll. Fast scheint Er zu ahnen, was für verwirrendes, nicht zu lösendes Unheil Er damit heraufbeschwören wird.

Auf dem dritten Teppich wird Gott Vater nicht mehr gezeigt. Da stehen schon die beiden, Adam und Eva, Hand in Hand und wenden die Köpfe erschrocken nach oben, und da mag es Gottes Stimme sein, die ihnen Sein Donnerwort zuruft, Sein sie verbannendes Wort, denn Er hat sich eben ja doch entschlossen, was man auf Bild zwei noch durchaus nicht erkennen konnte, und nun haben die beiden den Apfel der Erkenntnis gegessen, und da steht in schimmernder Wehr der Erzengel Michael und weist mit seinem Schwert streng hinaus, und die beiden sind noch im Garten des Herrn, und doch schon hinausgestoßen, nackt und bloß, in die kalte Welt. Dieser Teppich ist unsagbar schön in seinen Farben. Da leuchtet ein Braunrot im Paradies, Marie Anne, das ganz golden wirkt, und da ist ein dunkelsanftes Blau, das von einem Schatten herrührt, und ein smaragdenes Wiesengrün, eine tiefsatte und strotzende Farbe und ganz und gar ungewöhnlich in einem gewebten Bild. Ich weiß nicht, ob es Herbst ist im Paradiesgarten, in dem doch wohl eigentlich ewiger Frühling herrscht, oder ob es bloß Herbstfarben waren, die dem Maler als die schönsten und des Paradieses würdigsten vorschwebten, oder vielleicht war auch der Maler längst schon verstorben, als diese Teppiche nach seinen Entwürfen verfertigt wurden, und ein einfacher Webgesell hat sie ausgewählt. Aber es geht ein Blühen und Glühen von diesen Teppichen aus, ein einziges großes Fest ist das, wie in der Natur. Man ist geradezu versucht, zu glauben, daß der Herbst einem tatsächlich noch solches Blühen bescheren könnte. Ihr seid noch viel zu jung, Marie Anne, um das zu begreifen, der Frühling und der Sommer erscheinen Euch gewiß tausendmal schöner. Nun, da stehen diese beiden, nackt und bloß und hinausgestoßen, und es heißt also Abschied nehmen. Dieser dritte Teppich ist einfach überwältigend, und sich in so späten Jahren, selbst schon arg zugerichtet vom Leben, daran sattsehen zu dürfen, das erfüllt auch mich mit tiefem Staunen, und das Leben heißt ja wohl auch Abschiednehmen von Anbeginn, so wie es auf diesem Teppich zu sehen ist, und wir wollen das also nicht weiter wichtig nehmen. Doch Euch würde wahrscheinlich der erste Teppich der liebste sein, und es stockt einem ja auch fast der Atem, wie dieses kleine Vögelchen – ein winziger roter Fleck auf seiner Brust ist die einzige leuchtende Farbe in diesem Bild, das sonst in matten graugrünblauen Tönen gehalten ist, die das Entstehen aus dem Nichts begleiten – sich verwundert über sich selbst in die Luft erhebt. So verwundert, wie wir es auch sind, wenn das Werk unserer Hände plötzlich Leben wird. Es ist ein kleines Vögelchen, angeweht von Seinem Atem, ist wohl dasselbe Vögelchen, das da Anima heißt, Seelenvögelchen, das eines Tages, wenn wir den letzten Atemzug tun, unserm Mund entfährt und sich aufschwingt, um zu Ihm zurückzukehren. Das Seelenvögelchen, das ein Leben lang gut zu pflegen und rein zu halten uns aufgetragen ist und das nur, wenn wir dies richtig getan haben, ewig jung und ewig neu zurückkehren darf ins All, wenn es dereinst an den Abschied geht. Es ist dieser Teppich, Marie Anne, von dem ich wünschte, ich dürfte ihn zusammenrollen und ihn Euch schicken.

Von mir ist nur zu berichten, daß ich arbeite, wenn dies vielleicht auch nicht mehr ganz mit der alten Lust geschieht. Mit meiner Gesundheit geht es durchaus zufriedenstellend, es ist keinerlei Anlaß zu Besorgnis. Hingegen höre ich, daß Ihr ein wenig kränkelt. Ihr solltet Euch nicht überarbeiten, neue Aufträge nur dann übernehmen, wenn sie Eurem Rang angemessen sind. Marie Anne Collot hat den Kopf eines Denkmals geschaffen, das, was immer man darüber einst sagen wird, jedenfalls zu dem halben Dutzend Standbildern gehört, die in der Welt nicht ihresgleichen haben. Danach muß sich Art und Preis Eurer Aufträge richten. Ich habe fast ein Jahrzehnt hindurch genügend Beweise Eurer Euch nicht schonenden Arbeitswut erhalten, und so warne ich ausdrücklich. Schont Euch, Madame. Übrigens könnt Ihr mir gelegentlich schreiben,

ob Ihr, da Ihr wohl in Paris bleiben werdet, Euer Toilettetischchen und Eure Kaffeemaschine geschickt haben wollt, die noch hier verblieben sind. Das Maschinchen steht frisch geputzt in meinem Zimmer und sieht mich täglich an. Ihm ist es wohl zu verdanken, diesen stillen Stunden der Sammlung in aller Herrgottsfrüh, da noch kein Diener uns störte, daß wir durch diese wilden Arbeitsjahre einigermaßen heil durchgekommen sind. Vielleicht werde ich es mir nach meiner Rückkehr von Euch ausbitten, um mir darauf selbst dieses Lebenselixier zu bereiten, dessen ich mit zunehmenden Jahren immer mehr bedarf und das von anderen bereitet zu erhalten mich leicht gereizt und ungeduldig stimmt. Doch steht es jederzeit zu Eurer Verfügung.
Womit ich verbleibe,

wohlaffektioniert Euer Vater und Freund
Falconet.

Wir können mit Sicherheit schließen, daß dieser Brief Marie Anne höchst teuer war. Ob sie begriff, daß es ein Liebesbrief war, wer könnte dies entscheiden. Wir aber wissen, daß dieser Brief und das angeblich mit Diderot, in Wahrheit aber mit Katharina geführte Streitgespräch über den Ruhm (letzteres aufgenommen in einem der später erschienenen sechs Bände seiner gesammelten Schriften) die beiden einzigen Liebesbriefe waren, die Falconet in seinem ganzen Leben geschrieben hat.

Ein zuwider bärbeißiger Hagestolz war der Meister in diesen einsamen Jahren geworden, und das schien ihm ganz die rechte Lebensform. Er hatte begonnen, sich darin einzurichten, wie in einem Schneckenhaus. Da lag sein Plinius und die Abhandlung über das Pferd des Marc Aurel und eben jenes Streitgespräch über Ruhm und Nachruhm. An dieser Schrift feilte er besonders lang und gern.
Aber dann schien es, als sollte ihm spät noch einmal das köstliche Glück einer Männerfreundschaft werden. Da kam dieser Bankier Bachmann aus Berlin, ein schwammiger Alter mit entzündeten Augen unter schweren Lidern. Er hatte, ein wenig verschlafen, wie es schien, hochgeblickt zu dem Reiterstandbild, das er als Fremder auch besichtigen wollte, wie es

jeder tat, der in die Stadt kam. Und »elementar« stieß er hervor, und »ohne Vorbild«. Meister Falconet blickte ihn an, blickte in ein leidenschaftsloses Allerweltsgesicht eines nüchternen Geschäftsmannes. Der schnaufte schwer aus einer trübselig hängenden Nase und pflegte den Mund nie ganz zu schließen, was ihm ein etwas einfältiges Aussehen verlieh. Und hatte dennoch genau das gesagt, was dem in Ton Geformten vor ihnen nahtlos saß wie eine Haut, fühlte Meister Falconet. Und dabei sprang etwas mächtig in ihm auf, daß er erschüttert die Augen schloß. Seine Herzenskammer war's, und durch sie zog er den Bruder im Geiste brüderlich an sich.

Dann aber war es doch gar nicht so einfach geworden mit diesem Herrn Bachmann aus Berlin, als Falconet begann, ihm auch seine Schriften zu zeigen und die Attacken, die er geritten hatte gegen Winkelmann und Lessing und gegen einen gewissen Moses Mendelssohn. »Das Pferd ist nicht antik, und der Kopf ist nicht von ihm, und nur der Fels, die Idee mit dem Fels, ist gewaltig, aber seit wann ist ein Fels ein Denkmal?« hatte Meister Falconet selbst dem anderen das Sprüchlein hergesagt, das da über ihn in Umlauf war. Zum erstenmal war es ihm höchst komisch erschienen, laut und schallend hatten beide gelacht über den Unverstand der Welt, und in ihrem gemeinsamen Gelächter lag nicht Bitternis, sondern sehr viel Weisheit. Das erstaunte Meister Falconet, denn er erbitterte sich doch stets, und weise war er bis jetzt nie gewesen, also mochte das Neue in diesem herzhaften Gelächter wohl von dem anderen stammen.

Aber so leicht kam er bei dem nicht davon, wenn er alles, was diese Deutschen geschrieben hatten, mit einer verächtlichen Handbewegung und dem Wort »Antikomanie« abtun wollte. Es erwies sich, daß dieser Geschäftsmann den Winkelmann und den Lessing und den Moses Mendelssohn, gegen die Falconet da loswetterte, weit besser kannte als er selbst. Herr Bachmann setzte sich ein Ungetüm von Brille auf, die nicht recht saß und ihm über seine trübselig hängende, große Nase rutschte. Er betrachtete sein Gegenüber über diese verrutschte Brille hinweg streng aus seinen entzündeten Augen und sagte: »Falsch übersetzt. Und wo sind die Originale? Ihr habt ja nicht die Originale studiert!« Es klang, als klage er ihn einer Todsünde an. »Worte jeder Schrift sind zu studieren«, fügte er hinzu, und er gab so strengen Verweis einem, den er doch kaum kannte. Dahinter standen Jahrhunderte dieses seltsamen Volkes, das ohne Heimat nur in den Worten der Schrift gelebt und sich dadurch allein hatte bewahren können. Eine seltsame Würde ging von diesem häßlichen, ungeschlachten Mann aus, und Meister Falconet bekam einen roten Kopf wie ein gescholtener Schuljunge.

Seither war Herr Bachmann manchen Abend angerückt mit vielen Büchern unter dem Arm und hatte ihm bedächtig und langsam, Satz für Satz, den Text dieses Moses Mendelssohn in ein untadeliges Französisch übersetzt. Wo käme ein Jude schließlich hin, für den es nie Grund und Boden gab in dieser Welt, wenn er nicht zu Hause wäre in allen Schriften und in allen Sprachen, weit wie die Welt selbst. Da rauschte eine gewaltige Melodie auf, und auch aus ihr tönten die Menschenrechte.

»Aufschreiben«, sagte er dann kurz und klopfte hart mit einem gichtischen Finger auf eine Stelle in Meister Falconets Manuskript, die der flüchtig oder auf Grund einer verballhornten Übersetzung interpretiert hatte. Und in dieser Gebärde lagen Jahrhunderte von Gottesgelahrtheit, in denen Hausierer mit Binkeln auf dem Rücken mühsam gegen Wind und Wetter kämpften auf unwegsamen Landstraßen. Dahinter lag, daß einer, der längst schon hätte zusammenbrechen müssen, da die Erde ihm nun einmal nicht gastfreundlich war, sich aufrecht hielt und für auserwählt, weil irgendwo in dumpffeuchtem Keller ein blasses Söhnchen sich über die Schrift beugte und Anweisung bekam, in ihr sein Zuhause zu finden.

Es war eine herrliche Zeit, diese wenigen Monate der Freundschaft mit Herrn Bachmann aus Berlin, und Meister Falconet vergaß dabei all seine Sorgen über den bevorstehenden Guß und das Unbehagen über Freund Diderot und auch den lieblichen botticellischen Engel, dessen Schicksal es offenbar war, immer wieder von ihm vergessen zu werden.

»Ihr übertreibt«, sagte Herr Bachmann aus Berlin eines Abends, »ist ja auch klar, warum.« Er meinte, ist ja auch klar, warum Ihr all die verhöhnt, die erklären, man müsse es eben im Original gesehen haben das Pferd des Marc Aurel und die

Zentauren des Palazzo Furietti, und wer nicht in Italien gewesen sei, der zähle eben nicht im Reiche der Kunst. »Ist eben der kleine Mann in Euch, der von unten kommt und es dennoch geschafft hat, wenn er auch nicht in Italien gewesen ist, wenn er auch von den antiken Statuen nur Abgüsse gesehen hat, weil er eben Augen im Kopf hat, wie die alle nicht.«
Deshalb kann ich sogar an den Abgüssen erkennen, deshalb schmecke ich den Geruch des griechischen Meeres und habe die Akropolis hundertmal im Geist schon erstiegen, bin hundertmal durch Pompeji gewandert. Und die andern sehen alle nicht heller als ich, auch wenn sie in Italien und in Griechenland gewesen sind. *Ich* bin es, der angeweht ist von Ewigkeit, und *ich* ringe mit meinem Schöpfer.
Das war alles so sonnenklar, und man mußte es einem so erfahrenen Mann wie dem Juden Bachmann nicht erst erklären, weil das eben Erfahrung jahrtausendealter Geschichte war, und Bachmann las das alles in Meister Falconets Blick. Und der errötete wieder wie ein ertappter Schuljunge. Er errötete viel in diesen Wochen mit Herrn Bachmann und fühlte sich doch sehr geborgen zu dieser Zeit, so unbehütet und verwundbar er sonst eigentlich im Leben stand.
»Ihr übertreibt«, sagte Herr Bachmann wieder eines Abends mißbilligend und sah Meister Falconet streng über den Rand seiner herabgerutschten Brille an. »Für viele Manie und Mode, gewiß, aber wo kämen wir hin ohne Maß und Wert, die uns die Alten gesetzt haben.«
Da wollte Meister Falconet wieder einmal stürmisch werden, denn das richtete sich wieder einmal gegen sein Roß, an dem jeder herumkrittelte, daß es nicht von antikischem Maß und nicht wie das Pferd des Marc Aurel sei, und es damit schlecht machen wollte.
Doch war der Abend schon weit vorgeschritten, und es war eine große Gebärde, eine unwidersprechbare, mit der Herr Bachmann aus Berlin ihn nicht zu Wort kommen ließ. Doch sollte dies Meister Falconet erst viel später ins Bewußtsein dringen, jetzt schwieg er einfach nur. »Seneca«, fuhr der andere fort und sah ihn nicht mehr an und räumte Bücher und Schriften zusammen, über denen sie den Abend verbracht hatten. Dann zog er schwerfällig und ein wenig ächzend seinen

Pelz über. »Die Stoiker!« fügte er noch hinzu. »Was wären wir ohne so erhabenes Vorbild.« Und damit ging er.
Meister Falconet sollte ihn nicht wiedersehen. Bachmann mußte den gleichen Abend noch lange in Gesellschaft Senecas verbracht haben. Man fand ihn am nächsten Morgen tot, vergiftet, Selbstmord. Der Seneca, in dem er gelesen hatte, bis das Auge ihm brach, bis das Buch seiner Hand entglitt, lag auf dem Fußboden. Heillos verwirrte Geschäfte hatte er nicht mehr zu entwirren vermocht, hatte sich eine letzte Frist gegönnt, sich noch eine Weile in dem Paradies der Schriften ergangen, ja diesen ungebärdigen Bildhauer sogar darin noch ein wenig zu führen verstanden, ehe er mit gelassener Hand das Gift genommen hatte und gelassen sich zum letztenmal in die Welt des Buches begab, in sein einziges Zuhause. Ja, die Stoiker! Meister Falconet war nun doppelt vereinsamt und konnte kaum mehr irgendeinen Menschen ertragen.

Aber gerade jetzt – der Winter war schon eingebrochen – hatte er ein folgenschweres Gespräch zu führen. Kein sehr günstiger Zeitpunkt nach dieser Erschütterung, aber es war ja keiner da, der es ihm hätte abnehmen können. Es wurde ein wenig überstürzt beendet, doch ohne daß er die verheerenden Folgen noch recht abzusehen vermochte. Da hatte er sich eigens diesen Gießer Ersman aus der Schweiz kommen lassen und ihm ganz genau sein Talgverfahren erklärt, an dem er nun wirklich bald hübsch ein paar Jahrzehnte probierte und das allem, was es auf diesem Gebiet gab, turmhoch überlegen war.
»Ist ja ganz gut und schön, Herr Meister«, sagte der Gießer Ersman. Untersetzt, stämmig, saß er breitbeinig da, die Fäuste auf den Knien, ein Bäuerlein aus irgendeinem entlegenen Schweizer Gebirgstal, langsamen Geistes, wie dieser Menschenschlag dort ist, mit schwerer Zunge und sprach das Französisch mit der breiten, unverkennbaren Aussprache seiner Heimat und machte Meister Falconet ganz kribbelig damit. Auch gab es so lange Pausen nach jedem seiner Worte und gar erst nach einem Satz, daß man jedesmal glauben konnte, nun wäre er fertig mit seiner Rede. Meister Falconet setzte immer wieder vergeblich an, um die Vorzüge seines Talgverfahrens klarzumachen. Aber dieses Schweizer Bäuerlein war ein berühmter und weltweit

gereister Mann, und seines Ranges gab es höchstens noch zwei andere auf der ganzen Welt, und er ließ sich durchaus nicht unterbrechen. Er bestand auf seinem Recht, er führte seine Rede zu Ende und ließ sich gar nicht auf ein Für und Wider dessen ein, was dieser Bildhauer sich da ausgeheckt hatte.
»Ganz gut und schön«, sagte er, wie man vielleicht spaßhalber zu einem Lehrling sagt, und Meister Falconet war schließlich »Vaché Vysokorodie«, und es war ihm sehr darum zu tun gewesen, vor dem gesamten Hof zu erklären, daß er diesen Titel zu Recht führe, weil er der Sohn einer armen Magd wäre. Aber wie ein Schuljunge ließ er sich nun nicht behandeln, nicht von diesem da, und wieder fiel ihm ein, wie brennend gern er Schuljunge gewesen war von diesem Herrn Bachmann und daß er nie mehr vor ihm erröten würde. Da wurde er erst recht ungestüm, auch trieb ihn dieser hier zum Wahnsinn mit seiner langsamen, breiten Art, die Sprache zu malträtieren, und das ganze Gehabe paßte ihm ganz und gar nicht.
»Ganz gut und schön, Herr Meister«, wiederholte der Gießer Ersman nun schon zum drittenmal und hielt die Fäuste auf den weit auseinandergeschobenen Knien und schüttelte bedächtig den Kopf. »Ich mache das jetzt schon an die dreißig Jahr.« Und das hieß, nach meinem wohlerprobten Rezept. Und ich werde nicht irgendein neues versuchen, bloß weil irgendein Bildhauer sich das einbildet.
»Aber bei der Bouchardon-Statue ist es eben mißlungen auf Eure berühmte Weise«, konnte sich Meister Falconet nicht enthalten zu sagen. »Mußte ein zweitesmal gegossen werden«, fügte er höhnisch und völlig überflüssig hinzu, denn das wußten sie doch schließlich beide.
Aber so ein Schweizer Bäuerlein war schon verwunderlich und durch nichts aus der Ruhe zu bringen. »Auch das Salyreiterbild ward zweimal gegossen«, erklärte er achselzuckend. Glaubst du einen Trumpf in der Hand zu haben, nehm' ich ihn dir auf meine Art, indem ich dir einen zweiten in die Hand gebe, hieß das. Kann mir das nämlich ruhig leisten, bin deswegen ja doch der bester Gießer der Welt, du kannst dir statt meiner nur den zweitbesten holen, sollten wir nicht einig werden. Er saß ganz gelassen da und schien doch zu sagen: Das ist das Äußerste, was du kannst, denn Nummer drei wäre schon eine Einbuße an

Geltung, die du dir bei solchem Aufwand nicht leisten kannst. *Ich* kann es mir leisten, wieder nach Hause zu fahren und auf meinem Stück Land zu sitzen und meine schön gescheckten Kühe zu melken. *Ich* kann heimfahren und Honig schleudern und mit meinem kreuzbraven Weib, immer schwanger und von so gutem Schlag wie meine sanftäugigen Walliser Rinder, nach dem Rechten sehen. Ich kann mit ihr und meinem halben Dutzend Flachsköpfen zur Kirche gehen und zuwarten, bis sich wieder einer meldet, einer, der sich nicht auf irgendein dilettantisches Talgverfahren kapriziert.

Meister Falconet aber begriff wieder einmal nicht, mit wem er es zu tun hatte und daß da einer vor ihm saß, der von Berufs wegen sozusagen immer mit Kaisern und Königen Umgang hat – denn nur Kaiser und Könige und Feldherren und so hohe Herrschaften gießt man ja in Erz – und den das nicht im geringsten beeindruckte. Und eben auch nicht die Ansicht eines berühmten Bildhauers über des Gießers Kunst. Mochten auch hohe Potentaten und Künstlervolk schlecht aufgehoben sein in seinem Ländle, und mochte auch die würzige Luft dort solchem Pack schlecht bekommen, so war es doch eine freie Luft, und nach Genf mußte man, wollte man ein freies Wort drucken, und unweit von Genf hatte sich auch der große Exilierte unter dem Schutz dieses Landes niedergelassen. Also hatte man diesen kleinen Bauer Ersman so zu nehmen, wie er nun einmal war. Er war der erste Gießer der Welt, er würde von seinem eigenen Verfahren nicht abgehen, sollte dieser sich ruhig den Mund wundreden und sich anstrengen, ihm etwas zu beweisen in seiner gestenreichen, ein wenig lächerlichen Pariser Art.

Vor so erbitterndem Starrsinn verlor Meister Falconet ein wenig den Kopf und tat das Dümmste, was er tun konnte. Ließ sich der nicht erklären, gut, dann mußte man's zwingen. Er sagte knirschend vor Erbitterung darüber, daß Herr Ersman sich sperrte gegen jede bessere Einsicht: »Dreihunderttausend zusätzlich bei Anwendung meines Verfahrens.« Er war entschlossen, diese Zulage aus eigener Tasche zu bestreiten, denn nur so hatte er die Gewähr, daß der Guß auch wirklich gelänge beim erstenmal.

»Ist recht, Herr Meister«, erwiderte seelenruhig der Gießer und schlug sich mit der Hand auf den Schenkel. In seine dösigen

Augen kam ein leichtes Glimmen, er stand auf: »Dann ebbe nicht. Aber der Pforzner aus Düsseldorf, der macht es Ihnen auch nur nach seinem Verfahren«, fügte er hinzu. »Und ein sogenannter mißlungener Guß bei mir, das ist noch lange keine Katastrophe, sägt man einen Teil ab und gießt nochmals. Das müßtet Ihr schon mir überlassen. Der Gießer trägt schließlich dafür die Verantwortung.« Er nahm seinen Hut und sagte noch »Viel Glück!« und auch noch »Au revoir!«. Das hieß aber auf Nimmerwiedersehen, und er schritt ohne sonderliche Eile quer durch den Raum. Ein kleines, unscheinbares Bäuerlein warf die Tür unsanft ins Schloß. Meister Falconet saß wieder allein, da hatte ihn einer einfach sitzenlassen. Das war ihm eigentlich noch nie geschehen, er war über alle Maßen verblüfft.

Der schlenkrige Schwengel Simon kam in die Baukanzlei gelaufen und berichtete strahlend, daß Herr Ersman dem Meister aufgesagt habe. Eins, zwei war das geschehen, daß er gar nicht schnell genug von seinem Horcherposten hatte zurückspringen können. Seine Ohren brannten vor Erregung, er schmückte die erlauschte Unterredung blumig aus, schließlich wollte er doch etwas Rechtes bieten und auch in der rechten Form für die Summe, die er von hier regelmäßig seit einigen Monaten bezog.
Meister Falconet mußte sich wirklich wundern, daß sich plötzlich so viel fachliches Interesse für seinen Guß zeigte. Kam da schon ein paar Tage später ein aalglatter Herr mit samtiger Stimme, Baumeister Velten, stellte er sich vor, und bewies, daß er berechtigt sei, den Gußofen zu untersuchen. Wer den eigentlich gebaut hätte, wollte er wissen, und fügte hinzu, daß dies eigentlich nur unter seiner Kontrolle hätte geschehen dürfen. Er brachte auch gleich drei Handwerker mit, die sich, ohne viel zu fragen, sofort an eine Untersuchung machten. Unruhe erhob sich, sie verrückten alles von seinem Platz, und Meister Falconet schwor sich, er würde Horace und Simon doch noch eines Tages vor die Tür setzen, sie sollten nicht zuviel auf seine Gutmütigkeit spekulieren. Solange Marie Anne hier gewesen war, hatte immer alles wie am Schnürchen geklappt, und solch unverschämter Einbruch, jawohl, Einbruch war das, hätte niemals geschehen können, wäre sie hier.

Aufgestört lief er hin und her und schrie diesen Herrn Velten an.
Es gäbe nichts zu fragen und zu untersuchen und zu befehlen, brüllte er, er unterstünde einzig und allein und in allem der Kaiserin. Da setzte sich dieser Herr Velten einfach nieder, ohne daß er dazu aufgefordert worden war, während seine Leute lärmend weiterhantierten. Und er sprach überaus verbindlich mit seiner angenehm samtweichen Stimme und überhörte großmütig alle Beleidigungen und fragte nur beiläufig, ob etwa der Guß aus der Privatschatulle der Kaiserin gezahlt werde oder ob er sich nicht dieser Kosten wegen doch habe an den Generalintendanten, Graf Bezki, wenden müssen. Und das konnte Meister Falconet allerdings nicht gut leugnen.
Nun war die Gußhütte schon vor Jahren, bald nach seiner Ankunft, geplant gewesen. Er hatte damals irgendwo in einem verlassenen Gemäuer des Schlosses die Reste eines alten Gußofens entdeckt, der dort untätig rostete und noch unter Zarin Elisabeth einem gewissen Rastrelli, einem zu Hof berufenen, seither verstorbenen und vergessenen italienischen Bildhauer, gedient hatte.
Der Umbau war damals unter Meister Falconets Leitung begonnen worden, dann war er, da der Meister des Felsens wegen nach Ropscha verreist war, ins Stocken geraten, dann sollte die Gehilfin diesen vertreten, dann hatte sie geheiratet und war fort, und schließlich hatte er sich diesen eigensinnigen Schweizer geholt. Der hatte die ganze Anlage wieder verworfen, wollte den Gußofen anders angelegt haben und die Gußgrube erst recht. Die Kosten für den ersten Teil des Baues waren tatsächlich geradewegs vom Sekretär der Kaiserin bezahlt worden, weil die Kaiserin die Sache zu beschleunigen wünschte, und auch wohl, weil die Gehilfin Rechnungen im geeigneten Augenblick zu präsentieren verstand. Nach der Abreise des jungen Paares aber hatte er die Sache selbst in die Hand nehmen müssen, war bei dem neuen, jungen Sekretär Bezborodko nicht mehr durchgedrungen und mit all seinen Forderungen an Generalintendanten Bezki verwiesen worden. Weil er aber nach wie vor auf seinem Vertrag beharrte, wonach er einzig und allein der Kaiserin Verantwortung schuldete, hatte er in voller Absicht niemals persönlich dort vorgesprochen, sondern ohne

weitere Erklärungen einfach seine Rechnungen geschickt. Nicht unbeträchtliche Rechnungen, für Materialien, als da sind Wachs, Ziegel und Werg. Auch die Forderung des Schmiedes Fugger, der das so wichtige Gitter um den Gußofen gebaut hatte, und für Meister Ersman, der die Verantwortung bis vor genau drei Tagen getragen hatte. Aber wie das nach dem Ausscheiden Ersmans weitergehen sollte, war noch ungeklärt. Und in dieser ungeklärten Lage, da alles ein wenig im argen lag, trat nun Baumeister Velten ein.
»Die Fertigstellung der Gußhütte übernimmt die Baukanzlei«, erklärte verbindlich lächelnd dieser Herr.
»Die Fertigstellung der Gußhütte obliegt dem Gießer«, schrie Meister Falconet zurück.
Eine geschmeidige Handbewegung des Baumeisters. Er blieb in seinem höflichsten Amtston, er war gut instruiert. »Bitte.« Sollte dieser kleine Berserker nur um sich schlagen, er saß ja doch schon in der Falle, wußte es nur noch nicht.
Baumeister Velten war zwar Beamter der Baukanzlei, aber zu seinem Leidwesen kam er höchst selten zum Bauen. Die Gußhütte freilich würde er bauen, doch würde sie nicht sein Meisterstück sein. »In diesem Falle wären neue Verhandlungen mit dem Gießer aufzunehmen, wäre sein Vertrag von der Baukanzlei zu überprüfen. Ersman heißt er, nicht? Bisher hat der Herr von uns bezogen – –« Er warf ein paar Zeilen auf ein Papier.
»Da ist nichts zu überprüfen«, zischte Meister Falconet. »Dieser Ersman wird nicht gießen.«
»Ach?« lächelte ausdruckslos der Herr von der Baukanzlei und war kein bißchen überrascht. Dieses »ach« wollte besagen, da geht ja alles schön drunter und drüber, Gott sei Dank. Höchste Zeit, daß wir Ordnung schaffen. »Hat bis jetzt sechstausend bekommen«, bemerkte er nur. Er hatte die Zahlen zusammengerechnet und steckte seinen goldenen Crayon ein. »Wird wohl nicht leicht wieder einzubringen sein. Aber lassen wir das«, meinte er gnädig. »Darf ich fragen, wer also nun gießt?«
Auf so direkte Frage wußte Meister Falconet nun allerdings keine präzise Antwort, denn es war ja erst drei Tage her, daß dieser Schweizer, bockbeinig, wortkarg, sich ihm widersetzt und vorausgesagt hatte, daß so leicht kein neuer Gießer würde

aufzutreiben sein. Jetzt mußte er erst umständliche Korrespondenzen führen, das konnte sich lange hinziehen, ehe man einen fände, der zu gießen bereit und auch geeignet war. Und eben weil er noch keine Ahnung hatte, wie der heißen würde und ob er sich gefügiger erweisen würde als Herr Ersman, und weil er diesem Herrn aus der Baukanzlei jedenfalls keine Aufklärung schuldig war, schlug er mit der Faust auf den Tisch und sagte hart: »Das bestimme ich. *Ich* ganz allein.« Und machte es dem andern damit wirklich leicht.

»Aber gewiß«, sagte verbindlich Baumeister Velten, fast machte das schon kein Vergnügen mehr, so leicht bekam man den, wohin man wollte. Ein großer Fehler Bezkis, daß er nicht schon längst eingegriffen hatte, zumal die Kaiserin doch gar nicht mehr so interessiert schien an der schleunigen Aufstellung des Standbildes. Es gab Wichtigeres, der Naturaliensammlung sollte ja auch mehr Platz geschaffen werden. »Wir wüßten nur gern einen Termin«, sagte er fast entschuldigend, und das klang überaus harmlos.

»Wer ›wir‹?« gab Meister Falconet zurück und trommelte heftig auf der Tischplatte.

»Der Generalintendant, dem ich unterstehe, und ich selbst«, erklärte überaus geduldig der Baumeister. Diese Gußhütte würde er bauen, doch würde sie nicht sein Meisterstück sein, das wußte er.

»Ich schulde nur der Kaiserin Rechenschaft«, versuchte Meister Falconet noch einmal aufzutrumpfen, aber so wie die Dinge lagen, klang es reichlich matt.

Der andere überhörte es. »Wir machen Euch einen Vorschlag«, sagte er, er wollte sich großzügig zeigen, »wir übernehmen die Vollendung der Gußhütte und die Instandsetzung des Ofens, und Ihr übernehmt selbst den Guß. Wir nehmen Euch alle Arbeit ab und errichten das Gußgestränge nach Euren Angaben, und Ihr verpflichtet Euch dafür nur zu einem endgültigen Termin, habt den Vorteil, dabei ganz nach Eurem Belieben und nach Eurer Methode vorgehen zu können und müßt Euch nicht mit starrköpfigen Leuten abquälen.«

Und umständlich und fachmännisch erging er sich über das Wachsausschmelzverfahren und ob man in einem einzigen Guß oder in Formteilen besser zu Werke gehe. Meister Falconet staunte über die Kenntnisse, und darob vergaß er sich zu wundern, wieso sein Zerwürfnis mit dem Schweizer schon bis in die Baukanzlei gedrungen war, und bemerkte auch nicht, daß er damit die Kontrolle über die Gußhütte ganz aus der Hand gab, was er noch zu Beginn des Gespräches empört abgewiesen hatte. »Ich bin dazu nicht verpflichtet«, knurrte er und war doch schon ein wenig beruhigt. Kenntnisse und Bemühung, sich mit einer Sache ernstlich vertraut zu machen, wirkten immer versöhnlich auf ihn.

»Der große Verrocchio hat immer selbst gegossen«, gab Herr Velten zu bedenken und konnte sich jetzt bequem so unernstem Spiel hingeben und seine Bildung ins rechte Licht setzen, so sicher hatte er den dort, wo er wollte. Nur mit Mühe konnte er ein Lächeln unterdrücken, so gut schnappte jetzt der Bildhauer ein. Der zeigte sich, da er es mit einem sachverständigen Gesprächspartner zu tun hatte, ganz umgänglich. Es war ein ganz anderes, ein freundlich zuhörendes Gesicht, das Meister Falconet ihm jetzt zuwandte. »Cellini schließlich doch auch«, fügte Herr Velten hinzu, wozu hatte er denn sonst all das öde Zeug für diese Unterredung zusammengelesen.

»In Frankreich werden unsere großen Standbilder vom Gießer gegossen, nicht vom Bildhauer. Auch mein Lehrer Lemoyne ließ gießen«, erklärte der Meister nun ganz friedlich und war auf einmal durchaus bereit zu längerem Gespräch. Und was so unliebsam begonnen hatte, wurde schließlich noch geradezu eine anregende Unterhaltung über Gußtechnik heute und in der Vergangenheit und über die kühnen Versuche, die französischen Reiterstandbilder in einem einzigen Guß zu bewältigen, was eben eine eigens geschulte Kraft verlange, aber selbst von dieser manchmal verfehlt werde.

Meister Falconet tat es fast leid, als der Eindringling sich schließlich empfahl, und selbst die mitgebrachten, frech rumorenden Handwerker hatte er ihm fast verziehen. Das Ergebnis des Gespräches blieb aber, so schien ihm, vorerst gleich Null. Wozu er sich verstanden hatte, war einzig, die Kaiserin als Schiedsrichterin anzurufen.

Von Verrocchio und Cellini war die Rede gewesen, und auch von der bedenklichen Antikomanie der Zeit, und dann war er abgeschweift zu dem Pferd des Marc Aurel. Es wäre gar nicht so überwältigend, wie es den Antikomanen schiene, erklärte Meister Falconet wieder einmal. Auf das Sehen käme es an, und das hätten sie eben allesamt nicht gelernt. Und während er sich so ereiferte, war das Bestimmungsrecht über die Gußhütte und den Ofen unversehens an den freundlich nickenden, so geschmeidigen Herrn Velten übergegangen. Na schön, er würde also fremde Leute drüben hantieren haben, aber es würde auch nicht tagtäglich unüberprüfbare Forderungen von einem halben Dutzend Menschen zu befriedigen gelten, mit denen er doch nicht zu Rand kam. Sollten die in der Baukanzlei das auf ihre Weise lösen, gießen würde er deswegen noch lang nicht selbst. Das war nicht sein Amt, war überdies auch eine ungeheure körperliche Anstrengung, der er sich nicht mehr so recht gewachsen fühlte. Die Spannkräfte hatten überhaupt erheblich nachgelassen, seit das Modell fertig war. Er würde sich also wieder einmal in den Staatsfrack werfen und in Audienz gehen müssen. Er würde es der Kaiserin schon erklären, daß man ruhig zuwarten solle, bis man den geeigneten Gießer gefunden hatte. Auf diese paar Monate käme es nach all den Jahren schließlich nicht mehr an. Er war ganz beruhigt, daß er ihr das begreiflich machen konnte. War doch schließlich erst ein paar Monate her, da hatte sie sich noch ganz als die alte gezeigt, immer noch begierig fragend, immer noch auf Antwort aus, eben die wahre Philosophin auf dem Thron.

Nun war es aber gar nicht die rechte Zeit, der Kaiserin mit dieser verzwickten Gußangelegenheit zu kommen, mit all den zusätzlichen Kosten und der ungeklärten Verantwortung und der Notwendigkeit der Berufung eines neuen Mannes und der klipp und klaren Erklärung, er sei kein Gießer und werde sich dieser Sache nicht unterziehen. Denn bei der Kaiserin war etwas ins Rollen geraten in jener Ballnacht, und sie hatte mancherlei unternommen und wollte ihr Leben nun selbst in Händen halten.

Aber da war auch irgend etwas ins Stocken gekommen und drohte, einen ganz und gar nicht erwünschten Verlauf zu nehmen, und deshalb sollte nun unverzüglich etwas geschehen, aber sie wußte gar nicht, wie es anpacken, und war ratlos. Was konnte eine Kaiserin schließlich mehr tun, als eines Nachts ein

Handschreiben an einen gewissen General Potemkin zu richten in Bestätigung seines Berichtes vom türkischen Kriegsschauplatz, wie er ihn an seine Herrscherin von Zeit zu Zeit in seiner Eigenschaft als Adjutant des Feldmarschalls sandte? Was mehr konnte eine Kaiserin tun, als am Schluß ihres Briefes zu versichern, daß sie einzig und allein zu dem Zweck schreibe, damit der Angeredete sich durchaus ihrer Huld und ihres Wohlwollens versichert fühle? War schließlich einer, der sich um sie verdient gemacht hatte in Jugendtagen. Wohl war dieser gewisse Herr Potemkin auf diesen Brief hin ohne viel Aufhebens unverzüglich nach Petersburg gekommen und hatte, ohne sich viel in der Öffentlichkeit zu zeigen, bei einem Verwandten Wohnung genommen und in Zarskoje Selo, wo die Kaiserin weilte, um Audienz angesucht. Die war ihm auch gewährt worden, ohne daß dies sonderlich aufgefallen wäre und ohne daß darob die Mäuler auch nur träge hätten in Bewegung geraten können. Schließlich ging ja Wassiltschikow an der Kaiserin Seite, auch gab es noch Orlow, von dem keiner recht glauben konnte, daß er diesen Neuen einfach so hinnehmen würde. Vielleicht wartete er bloß den geeigneten Augenblick ab.
Und beim Himmel, während dieser Audienz mußte irgend etwas zwischen den beiden abgesprochen worden sein, und die Kaiserin hatte danach auch einen höchst zufriedenen und ausgeglichenen Eindruck gemacht. Aber nun war sie ratlos. Denn wie vergalt dieser freche Zyklop mit dem Birnenschädel und der Hakennase – die mächtige Stirn und das eine Auge, blitzend vor Kühnheit und Übermut, konnten das doch nicht ganz wettmachen – ihre Huld? Dieses groteske Einaug, dieser wilde Affe – unbekümmert und emsig knabberte er, knipp, knapp, immer erst einmal seine Fingernägel ab – ging hin und machte Besuch in den vornehmsten Häusern der Stadt und lud Leute zu sich, und die sollten ihn doch, bitte sehr, bitte sehr, ein wenig zerstreuen, denn er leide schwer an Liebeskummer. Das versicherte er jedem, der es hören wollte, und dem, der sich mühte, wegzuhören, sagte er es auch. Toll sei er vor Leidenschaft, erklärte er langsam und sorgenvoll und zog einen nach dem andern in die Ecke und dort in sein Vertrauen und flüsterte so laut und seufzte so händeringend, daß es bald die ganze Stadt erfuhr. Die Dame seiner Qual erwidere seine Leidenschaft

nicht, erfuhr man, und sie wiederzusehen, ertrüge er nicht, und ihr fernzubleiben auch nicht, und der einzige Ausweg für ihn sei – Mönch zu werden. Das kam auch der Kaiserin zu Ohren. Es mußte doch allerhand abgesprochen worden sein in Zarskoje Selo bei jener Audienz, aber dies war offensichtlich eine Improvisation, und so spielte man einer Kaiserin mit! So war dieser Herr Potemkin eben, den Kopf immer voll Schabernack. Es war aber vielleicht auch eines Mannes Versuch, seine Unabhängigkeit zu wahren, würdiger vielleicht als der Orlows, der aufgetrumpft hatte, daß er sich nicht den geringsten Zwang auferlege, daß er schlafen gehe, mit wem es ihn gerade freue. Aber diesen Vergleich zwischen den beiden Männern zu ziehen war jetzt müßig, und sofort – jede Sekunde des Zögerns konnte verhängnisvoll werden – mußte etwas geschehen.
Da hatte man es, jetzt kam auch schon der Oberhofmeister Panin und gab sich Mühe, seinen gottsjämmerlichen, sterbenslangweiligen Schützling Wassiltschikow vorzuschieben, und weil die ganze Stadt schon davon redete – und die Kaiserin wußte, daß man davon redete, das war doch so diskret abgesprochen worden in Zarskoje Selo! – konnte Panin also auch ohne Umschweife davon reden und ohne Zeitverlust, und das war sehr wichtig, denn die Kaiserin war ungeduldig wie noch nie, und jede Minute raste ihr unwiederbringlich davon.
»Ich fürchte, Majestät«, sagte Oberhofmeister Panin deshalb ohne Umschweife (noch bewohnte sein Schützling die Etage unter der Kaiserin, noch tanzte ein hüftenschmaler Tänzer nach den Weisungen seines Ballettmeisters, der ihr Ratgeber war), »der Staat und Majestät selbst werden Ehrgeiz, Stolz und Launen dieses Mannes noch sehr zu spüren bekommen.« Er wartete einen Augenblick, und da die Kaiserin ihm nicht widersprach, wagte er sich noch ein wenig weiter vor und warnte vor dem Verdruß, den diese Wahl noch bereiten könnte, und tat noch einen Schritt und gab zu bedenken, ob diese Wahl wohl die Zustimmung der Untertanen und Europas finden werde. »Europa«, wiederholte er nachdrücklich, denn er wußte, wie sehr die Kaiserin bedacht war auf die Zustimmung Europas, und das hieß auch mit leiser Drohung, Gesicht wahren, wenn ich bitten darf, und keinen Eklat, und – wir sitzen nicht so fest, Madame, es kann noch allerhand geschehen. Pugatschew ist

noch immer nicht in unserer Gewalt. Und Panin gab außerdem durch die Blume zu verstehen, daß eine durch Staatsstreich zur Herrschaft gekommene Ausländerin besser daran täte, nicht zweimal in einem Jahr ihren Generaladjutanten zu wechseln. Die Kaiserin aber blickte über ihn hinweg in den hinter ihm hängenden Spiegel und sah ein blasses Gesicht mit einem vollen, weichen Mund, der bereit schien aufzuspringen in einem Kuß. Ein trauriges Gesicht war das, fast ein wenig kläglich, wäre es nicht eben das Gesicht einer Kaiserin gewesen. Ja, durfte man denn einer Kaiserin so mitspielen? Und war es nicht immer noch ein sehr liebliches Gesicht, mußte man sich davor hinter Klostermauern flüchten? Sie erwiderte sehr hoheitsvoll und ohne den Anflug eines Lächelns, es war ihr ja weiß Gott auch nicht danach zumute, daß ihr seine Bedenken ein wenig verfrüht erschienen, sie habe noch keinerlei Entschlüsse gefaßt. Doch sei das Land in keinem Fall so reich an fähigen und ergebenen Männern, daß man einfach zusehen könne, wenn sich einer hinter Klostermauern begrabe. Und damit beendete sie die Audienz und erhob sich, sie war in Eile.
»Man wird Euch von Unseren Entschlüssen in Kenntnis setzen«, sagte sie und blickte schräg zu ihm auf, so klein war sie. Und doch war es erstmals sehr von oben herab zu ihm gesprochen und hieß, mich hält keiner mehr am Gängelband, auch du nicht. Dann zog sie hastig am Klingelzug, noch ehe Oberhofmeister Panin die Tür ganz hinter sich zugezogen hatte. »Gräfin Bruce noch nicht zurück?« fragte sie und zerfetzte ein Spitzentüchlein in ungeduldigen Händen und wußte die Antwort schon im voraus. Denn die Gräfin hatte strikte Ordre, sich nach ihrer Rückkehr, zu welcher Stunde auch immer das sei, und wer auch immer bei der Kaiserin weile, unverzüglich zu melden und Bericht zu erstatten. Und die Gräfin hatte um neun Uhr morgens das Schloß verlassen und war sechsspännig gefahren, und nun war es Spätnachmittag und draußen längst dunkel, und die Kaiserin hatte die Frage schon zehnmal gestellt und zehnmal auf ihren Wanderungen durch den Raum gestockt vor dem Klingelzug und gezögert, daran zu ziehen, weil sie die Antwort haßte und schon neunmal bekommen hatte, und hatte schließlich dann doch geklingelt, weil sie es nicht aushielt vor Ungeduld. Spielte man so einer Kaiserin

mit, einer Kaiserin, die sich zudem auf der Flucht befand! Schon einmal war sie in Panins Bibliothek geflohen, und der Bildhauer, dem sie dort in die Arme gelaufen war, hatte sich wirklich als Zuflucht erwiesen. Aber sie konnte schließlich für alle Tage keinen Erzengel in schimmernder Wehr gebrauchen, und sie mußte den Herzschlag einer großen Umarmung verspüren, und dieser Ballettänzer, der da unter ihr hauste, war ihr wirklich nichts als läppisch und täppisch und zum Gähnen langweilig. Sie dachte gar nicht daran. Der war gewiß keine Zuflucht, aber man hatte es entschieden schwer, war man eine Kaiserin.

Die Gräfin Bruce war am Morgen sechsspännig in geheimer Mission nach dem Kloster gejagt. Sie war eine rotbäckige, untersetzte, äußerst resolute Dame, die holde Jugendzeit lag längst hinter ihr, aber besonders hold mochte sie bei ihr niemals gewesen sein. Sie sah aus wie eine Marketenderin, die sich nicht scheuen würde, einem Mannsbild, das ihr gefiel, dreist in den Weg zu treten, oder auch wie eine pralle Stallmagd, die schlau kichernd die Hände in die breiten Hüften stemmt beim Anblick eines Knechts. Zudem war sie klug und beschlagen in Strategie und Geographie und Medizin und noch allerhand Sachen und ihrer Souveränin immer treu wie Gold bis zum dem Augenblick, da ihr Herz Amok zu laufen begann gegen ihre vielbeneidete, skandalumwitterte Stellung, doch das trug sich erst später zu. Klein, untersetzt, tatenlustig und lüstern, so kam sie im Kloster an, führte ja auch einige interessante Schriftstücke mit sich und liebte ihre Kaiserin sehr und war entschlossen, ihn zurückzuholen.
Das war aber gar nicht so einfach, wie es sich die Gräfin Bruce vorgestellt hatte, und es nützte ihr gar nichts, daß der Pförtner, ein bärtiger, wortkarger Mönch, ihren Namen und hohen Auftrag respektvoll entgegennahm, sie zu melden versprach und in die Kapelle eintreten ließ. Da kniete sie also im halbdunklen Seitenschiff zwischen Andächtigen und murmelte mechanisch Gebete. Was sollte sie hier, man wies sie nicht einmal in ein Refektorium, man bot der Abgesandten der Zarin dort nicht einmal einen Stuhl an.
Doch ihre Gebete hörten bald auf, mechanisch zu sein, da

Stunde um Stunde verrann, und sie war seiner noch nicht einmal ansichtig geworden. Immer noch schritt ein Mönchszug, ohne ihr die geringste Beachtung zu schenken, monoton Lintaneien singend, an ihr vorbei. Ängstlich drückte sie sich an ihnen im Kreuzgang zur Seite, vergeblich versuchte sie das tiefe Dämmerlicht der Kapelle zu durchdringen mit ihrem spähenden Blick. Schließlich blieb ihr wirklich nichts anderes übrig, als in heißem Gebet für eine glückliche Erfüllung ihrer Mission zu Gott zu flehen. Düsteres Licht, flackernde Kerzen, die Trübsal dieser Kapelle, ein halbes Dutzend Gläubige, die man nicht stören durfte in ihrer Andacht, und immer noch, unablässig ein Zug von hunderten Mönchen, lange Bärte, gleiche Kutten, gesenkter Blick auf gefaltete Hände, wieder und wieder durch Kapelle und Kreuzgang. Die Stunden verrannen, und sie hatte ihn noch nicht einmal in der Menge entdeckt. Wie sollte sie auch den ordenblitzenden, bartlosen General unter diesen Wildbärtigen, Verwahrlosten, Vermummten erkennen! An dem Zyklopenauge hatte sie gehofft, ihn herauszufinden, aber es war so zwielichtig hier, und die Männer hatte alle die Kapuzen so tief gezogen, daß keiner sich von dem andern unterschied.
Doch die resolute Gräfin Bruce wich nicht und wankte nicht, es war eiskalt in der Kapelle, und ein frostiger Wind wehte durch den Kreuzgang. Der Pförtner war immerhin so gütig gewesen, ihr irgendwann nachzuschlurfen und ihr zuzuflüstern, der General lasse ihr bestellen, er sei bei der Andacht und könne diese nicht unterbrechen, aber er werde nach Beendigung seiner geistlichen Übungen sie gern anhören. Und noch immer zogen die Mönche rings um den Kreuzgang, einer sprach vor, die anderen fielen mit ihrem Singsang ein, längst war es Nachmittag geworden. Da trat schließlich die resolute Bruce mit dem Mut der Verzweiflung im Kreuzgang an einen heran, es schien ihr, dieser Hochgewachsene, der alle übrigen überragte, müsse es sein. Doch genau war das unmöglich ausfindig zu machen. Sie zupfte ihn keck am Ärmel und flüsterte: »Ich komme von der Kaiserin!«
Doch der murmelnde Mönch sah nicht einmal auf, sein nackter Fuß in der Büßersandale stockte auch nicht einen Augenblick lang, er hob nur ein ganz klein wenig den Arm gegen den frechen Störenfried und schritt weiter. Wahrscheinlich war er

gar nicht der Gesuchte, denn die Gräfin Bruce schüttelte man doch nicht einfach ab wie eine lästige Fliege, selbst wenn man eine Mönchskutte trug.
Und wie eine halberfrorene Fliege saß sie später dann auch in einem sehr mäßig geheizten Durchgangsraum. Da war es schon Abend. Sie klapperte mit den Zähnen und hatte entsetzlichen Hunger. Und dabei schien nicht die mindeste Aussicht zu bestehen, daß irgend jemand auf den Gedanken kommen würde, ihr etwas Speise anzubieten. Der Pförtner kam höchstens, um nach dem armseligen Feuer zu sehen, und gab immer die gleiche, gleichmütige Antwort. Dann und wann ging ein anderer Mönch durch, aber keiner schenkte ihr die geringste Beachtung. Und von draußen drang immer noch dieser ewige Singsang – was bedeuten Tage und Stunden in Gottes Seligkeit, die hatten eben Zeit, unendlich viel Zeit, hatten ja alle noch die ganze Ewigkeit vor sich. Aber die Gräfin Bruce war noch immer entschlossen, nicht zu wanken und nicht zu weichen, wie sollte sie es sonst wagen, ihrer Kaiserin unter die Augen zu treten.
Da war der Abend schon tief gesunken, und der Pförtner hatte einen Leuchter auf den Tisch gestellt, und sie hatte es nicht bemerkt, daß der Singsang verstummt war, denn der ging noch weiter in ihren Träumen und würde sie wohl nie mehr ganz verlassen. Sie war tief und fest eingeschlafen.
Sie schrak erst wieder hoch und wußte gar nicht sogleich, wo sie sich eigentlich befand, als jemand vor ihr stand, hochgewachsen, bärtig, ein einäugiger Mönch mit der Geste eines Mannes von Welt, mit dem todernsten, von innen verzehrten Antlitz eines Büßers, und laut und deutlich fragte: »Bitte?« Er entschuldigte sich mit keinem Wort, zog sich aber einen Stuhl heran und zeigte sich immerhin bereit, sie anzuhören. Das war also General Potemkin.
Er kam genau sieben Stunden, nachdem ihm die Abgesandte der Kaiserin avisiert worden war, und die aufgescheuchte, aus dem Schlaf gescheuchte Bruce, in der sich sofort wieder brüllend der Hunger meldete, sah sich erschreckt um und dann wieder in dieses verschlossene, todernste, höflich auf ihr Wort wartende Mönchsgesicht. Sie machte eine ratlose Gebärde, konnte sich doch nicht in diesem zugigen Durchgangsraum, wo sie jeden

Augenblick gestört werden konnten, ihrer hochdelikaten Mission entledigen. Aber er schien dies nicht zu begreifen, schließlich konnte er sie ja nicht gut in seine Zelle führen, und wiederholte sein »Bitte!« Das klang höflich, hieß aber auch, stiehl mir bitte nicht meine Zeit, die ich mit meinem Gott zu verbringen wünsche, und wenn du mir nicht knapp und klar sagst, was du eigentlich willst, dann geh' ich sofort wieder. Dieser Gedanke war nach siebenstündiger Wartezeit für die Bruce so über die Maßen entsetzlich – wie sollte sie unverrichteter Dinge ihrer Kaiserin unter die Augen treten? –, daß sie trotz beißender Kälte und brüllendem Hunger loslegte. Sie sah in dieses unbewegte, teilnahmslos höfliche Mönchsgesicht, und da sie wenig Erfahrung im Umgang mit Mönchen hatte, war ihr der, der da saß, höchst unheimlich und gänzlich fremd, und es war nicht recht einzusehen, warum irgend jemand und gar die Kaiserin gerade an diesem Mönch Gefallen finden sollte. Freilich ging eine große Würde von ihm aus, und er war angeweht von Ewigkeit, und sie redete hastig und ohne Unterlaß. Aber sie schien zu einem Stein zu reden, da bewegte sich kein Muskel in diesem Gesicht. Es blieb ihr eigentlich schon gar nichts mehr zu sagen, doch jedesmal, wenn sie einen Schlußpunkt hatte setzen wollen, holte sie nur rasch Atem und fuhr fort, so wenig Eindruck hatte offenbar gemacht, was sie bisher gesagt hatte. Seine Antwort schien ihr immer gewisser, aber wenigstens hinausschieben wollte sie sie, denn wie sollte sie ihrer Kaiserin unter die Augen treten! Das war ihr doch als eine so stolze Botschaft erschienen, aber unter diesem einäugigen Blick zerfiel alles so kläglich, und sie wagte keinen Schlußpunkt zu setzen und redete und redete mit dem Mut der Verzweiflung und hätte wohl so weitergeredet bis zum Jüngsten Tag oder wenigstens bis sie vor Ermattung zusammengebrochen wäre.

Welches Wort der Bruce, und aus ihrem Mund sprach ja die Kaiserin, ihn schließlich doch erreichte, war nicht zu entscheiden, aber er hob die Hand leicht und schnitt ihr – endlich – das Wort ab und sagte: »Wartet. Ich fahre mit Euch.« Da konnte die arme Bruce aufatmend zurücksinken und hatte es also geschafft. Auf ein paar weitere Wartestunden kam es jetzt wirklich nicht mehr an. Der brüllende Hunger mochte ruhig

brüllen, war ihr doch ein gnädiges Willkommen und eine köstliche Siegermahlzeit gewiß.
Der knapp dreißig Minuten später zu ihr in den Schlitten stieg, war zwar ein häßlicher, einäugiger Riese, aber barbiert und parfümiert und in glänzender Uniform und der charmanteste Gesellschafter und der geistreichste Mann und wahrscheinlich der bedeutendste Kopf, den das Land besaß. Und die stämmige, resolute Bruce kam aus dem Gelächter gar nicht heraus. Sie hätte nichts dagegen gehabt, ihres geheimnisvollen kaiserlichen Amtes walten zu dürfen, aber damit würde es diesmal wohl nichts sein. Trotzdem war sie ungeheuer stolz und maßlos vergnügt, diesen da im Triumph nach Petersburg zurückzubringen.

Doch gab es noch mancherlei Nüsse zu knacken, und es war noch allerhand zu ordnen und zu bedenken, und es flogen noch allerhand Briefchen hin und her, zartduftende Handschreiben und offizielle Dokumente, zwischen dem Winterpalais und dem Haus des Senators Elaghin, wo General Potemkin Wohnung genommen hatte.
Schließlich galt es auch noch auf Europa Rücksicht zu nehmen, wie Panin erinnert hatte. Vor allem auf eine andere Kaiserin, eine tüchtige Hausfrau mit einer Unzahl von Kindern, die, schon ein wenig asthmatisch ob ihrer Beleibtheit, ihr Haus brav bestellte, und dieses Haus war ein mächtiges Land. Jene andere Kaiserin sprach von der hoch oben im Norden immer nur als von diesem »Weib« und hatte nichts übrig für die Zauberin und mochte wohl gar nicht recht wissen, wer Minerva und Semiramis und Kleopatra gewesen waren. Und hätte sie es gewußt, sie alle wären ihrem kreuzbraven Hausverstand nur höchst suspekte Personen gewesen. Auf die Kaiserin Maria Theresia und ihre hausbackenen Gefühle galt es also Rücksicht zu nehmen, obwohl man ihr leicht hätte sagen können, kehre du nur vor deiner eigenen Tür und sieh zu, was dein Töchterlein treibt in ihrem Versailles. Aber man konnte eben doch nicht gut in einem Jahr zweimal den Generaladjutanten wechseln, und so blieb Wassiltschikow vorerst wohnen, wo er nun einmal war, und die Leute bei Hof sollten sich ruhig ein wenig den Kopf zerbrechen.

»Stimmt's? Ja oder nein?« fragte Alexei Orlow, der Bruder mit der zuckenden Fratze, er durfte sich diese Vertraulichkeit schon erlauben, er war der Seesieger von Tschesme, wenn er auch nicht Luv von Lee unterscheiden konnte, und zur Zeit war es besser, des Bruders nicht Erwähnung zu tun. Hauptsache war nur, im Vertrauen zu bleiben.
Die Kaiserin aber wußte sofort, was er meinte, und lachte. Sie lachte eine ihrer berühmten Lachkaskaden und ihre Haut war rosig durchglüht wie schon lange nicht, das Blut pulste rasch durch ihre Adern, und sie war wieder jung, so jung, und legte ihm mit einer ihrer zärtlichen Gebärden, die jeden wenigstens einen Augenblick lang glauben ließen, sie wünsche ihm, nur ihm allein zu gefallen, die Hand auf den Arm und sagte leise und treuherzig und so voll Vertrauen, daß das Geheimnis gut aufgehoben sei bei ihm, daß einer so viel Vertrauen schon rechtfertigen mußte: »Das solltet Ihr eigentlich gar nicht erfahren!«
Da schüttelte Alexei Orlow den Kopf und lachte gleichfalls. »Also doch! Vier Nächte hindurch Licht aus den Fenstern des Badhauses! Vielleicht geruhen Majestät künftig, die abgegessenen Schüsseln rechtzeitig forträumen zu lassen, wenn dies schon der einzige Platz für das Gastmahl der Kaiserin ist«, schlug er vor, und da lachten sie beide. Er war ein alter Kumpan aus Jugendtagen, und was er verbrochen hatte, war ungesühnt geblieben, doch hatte sie sich gelöst von vergangenem Grauen, und alles war jung und neu und ein Anbeginn, und sie kam sich gar nicht bemitleidenswert vor, sie war eine große Kaiserin und hatte doch keinen andern Ort, den so mühsam und im allerletzten Augenblick grausamen Klostermauern Entrissenen zum Liebesmahl zu empfangen, als – das Badhaus.
Was wunders, daß die Kaiserin, so am Anbeginn einer neuen Zeit und bedrängt und bespäht, denn nicht alle waren so verschwiegen wie Alexei Orlow, kein sonderlich großes Interesse dafür hatte, ob man sich einen neuen Gießer verschreiben sollte. Es gab wichtigere Planungen, da war ja endlich der Cäsar, ebenbürtig seiner Kleopatra. Bezkis, der guten alten Amme, Berechnungen über die bisherigen Kosten des Denkmals lagen vor, und was war da an den Rand notiert? Man müsse schließlich nicht jeder Marotte nachgeben, die großen Künstler der Renaissance hätten alle selber gegossen, ach, das

war ja alles sterbenslangweilig. Sollten sich die beiden Herren das doch gefälligst allein erledigen. »Besborodko«, sagte sie zu dem einen der hübschen und sympathischen und sehr ehrgeizigen jungen Männer, die jetzt ihre Sekretäre waren, »erklärt doch diesem Meister Falconet, es sei zur Zeit ganz unmöglich, ihn zu empfangen, er könne sich vertrauensvoll an Herrn Bezki wenden, fällt doch in dessen Ressort, er werde gewiß volles Verständnis und jedes Entgegenkommen bei ihm finden.«
Man konnte es der Kaiserin wirklich nicht verdenken. Sie stehe um fünf Uhr morgens auf und sie leiste an Arbeit, wozu drei Männer nicht imstande wären, versicherte entschuldigend und begeistert zugleich der Sekretär Besborodko dem Meister Falconet. Das war also ein abschlägiger Bescheid, und es blieb nichts anderes übrig, als mit Bezki zu verhandeln.

Nun gab es einen von der Kaiserin genehmigten Plan der Baukanzlei aus dem Jahre 1766, der war inzwischen genau neun Jahre alt, man hatte ihn nie in Angriff genommen, die Ankunft des Bildhauers war dazwischengekommen – und dieser Plan betraf den Umbau des Osttraktes. Die Kaiserin würde sich doch gewiß freuen über seine endliche Verwirklichung, zudem brauchte man auch drigend Platz für die geradezu wuchernde Naturaliensammlung, und würde noch weit mehr brauchen, kamen die Herren Pallas und Guldenstädt von der großen Expedition erst wieder zurück.
Auch war Herr Baumeister Velten aufs Bauen versessen und fand leider nur selten Gelegenheit dazu. Und der Auftrag eines Gußofens, der infolge bestimmter, streng einzuhaltender Regeln nicht sein Meisterstück werden konnte, war doch eigentlich zu gering, also sollte er auch diesen Umbau leiten, fand Bezki, die Amme.
Frühlingswind strich durch die Luft und brachte schon den Geruch von aufgebrochener Scholle mit sich. Auf dem Newskiquai brauste und wirbelte es. Kutschen zogen, fliegende Händler, ehrsame Handelsleut, Bettler und Huren drängten sich. Auf der Newa tanzten sich lösende Eisbrocken, Passanten sprangen über die Risse, ein immer wieder lockendes, gefährliches Spiel.
Daß draußen auf dem sonst so ruhigen Hof vor seinem Atelier eines schönen Tages ein Dutzend Handwerker erschienen, fiel

Meister Falconet gar nicht auf. Er hatte es eilig, mit Kornilow zur Gußhütte zu kommen. Dieser Gießer von Kanonenkugeln aus dem Artilleriepark der Kaserne half ihm jetzt. Und seit zwei Wochen schien er wieder Herr im Haus zu sein. Weder Baumeister Velten noch einer seiner Leute hatten sich gezeigt. Das mußte ausgenutzt werden, und sie wollten versuchsweise eine Gußmasse herstellen.
»Also auf morgen«, sagte dieser Gießer von Kanonenkugeln. Er war ein bedächtiger, stiller Mann und ganz bei der Sache. Das war wenigstens mal eine Abwechslung, statt immer nur Kanonenkugeln zu gießen. Spannend, wie das flüssige Erz durch ein ganzes Gestränge über die Form geleitet werden sollte. Wie man die rechte Masse bekam und welche Temperatur der Ofen haben mußte, das wußte nur er, und hatte es umständlich und langatmig dem Bildhauer erklärt.
Am nächsten Tag aber erwies sich, daß Kornilow, der doch ein so zuverlässiger Mann geschienen hatte, erst eine halbe Stunde nach der vereinbarten Zeit bei Meister Falconet eintrat. Er hatte den Weg, den er gestern und vorgestern und den Tag davor von der Kaserne quer über den Hof und hierher genommen hatte, unpassierbar gefunden. Bretter lagen da ausgestapelt, Pfähle wurden in die Erde gerammt, und mit einem kleinen Fluch hatte er sich zwischen all den Menschen durchfragen und einen anderen Aufgang nehmen müssen, war treppauf, treppab geirrt in der Weitläufigkeit dieses Schloßgemäuers, das ja eine ganze Welt für sich war. Atemlos trat er schließlich ein. Meister Falconet hörte gar nicht recht hin, wie der andere seine Verspätung erklärte, so ungeduldig war er, an die Gußmasse zu kommen, und deshalb hockten die beiden auf niedrigen Schemeln gleich wieder vor dem Ofen.
Das ging nun schon die zweite Woche so. Kornilow wußte wirklich eine ganze Menge und besaß große Erfahrung, und das mußte als Hilfe eben reichen, um Meister Falconet heil durch diese Gießerei zu bringen, zu der er sich bereits halb hatte bestimmen lassen seit dem abschlägigen Bescheid der Kaiserin. Hätte er noch die Kupferstichmappe Mariettes über dessen Guß des Denkmals Ludwigs des Vierzehnten zur Hand – Diderot hatte sie öfters erwähnt, ehe man in Unfrieden geschieden war –, dann wäre er seiner Sache sicherer gewesen. Dort sollten alle

Tücken des flüssigen Erzes ganz genau beschrieben sein. Aber es gab von dem kostbaren Werk nur zwei oder drei Exemplare auf der Welt (da wollte wieder einmal einer sein Wissen als Geheimnis hüten, statt es weiter zu verbreiten), Meister Falconet hatte wiederholt darum nach Paris geschrieben. Aber nicht einmal eine Antwort hatte er erhalten. Es mußte also auch ohne Mariette gehen. Kornilow, und was er selbst verstand, mußte reichen.

Meister Falconet sah nicht zum Fenster hinaus, und das Geschrei der Leute draußen kümmerte ihn nicht. Er war nur von dem einen Gedanken gejagt, daß dieser Baumeister eines schönen Tages wieder auftauchen könnte und ihn noch nicht bereit zum Guß fand. Aber zum Glück ließ sich der nicht blicken, und Meister Falconets Zuversicht stieg. Jawohl, dachte er trotzig, und das sollte Antwort auf die Frage Diderots sein – damals hatte er noch treusorgende Briefe geschrieben: »Sitzt dein Reitersmann nur fest im Sattel? Ich kenne viele, die gern ihr Seelenheil dafür gäben, ihn vom Pferd stürzen und sich das Genick brechen zu sehen.« Diderot war abgereist, ohne ein Wort über das Werk. Der einzige, an dessen Urteil ihm lag. Da hatte erst ein anderer kommen müssen, ein Bankier, dessen Wort nicht galt in der Welt der Kunst. »Elementar«, hat der gesagt, dachte Meister Falconet, während sie vor dem Ofen hockten. »Ohne Vorbild«, fügte er innerlich hinzu. Das war der einzige Trost, der ihm blieb. Der Bankier war tot, und so gab es keinen mehr, der ihn verstand. Er biß die Zähne zusammen, entschlossen, sich durchzukämpfen.

Aber so fest einer auch entschlossen sein mag, sobald die Erde unter ihm erbebt, kommt eben doch wieder alles ins Wanken. Kornilow und Meister Falconet sahen einander an, und wurden beide aschgrau. Leise quoll es unter dem langsam sich neigenden Gußofen hervor, und da krachte es auch schon bedrohlich oben im Gebälk, und das Gestränge über der Form erzitterte sacht.

»Eintritt verboten«, brüllte Meister Falconet auf, ohne sich umzuwenden, er hatte genug zu tun, Hähne zu sperren und Klappen zu öffnen. Jetzt wehte zu allem Überfluß auch noch ein heftiger Windstoß durch den Raum, und der Kamin war ohnedies noch nicht ganz in Ordnung. »Abschließen«, herrsch-

te er Kornilow an, niemand hatte ihm jetzt hereinzukommen. Und er stieß eine Klappe zu und riß eine andere auf, und da hörte es wenigstens auf zu fließen, und auch das Krachen hatte sich gelegt. Kornilow war bereits mit einem Sprung an der Tür. Der Luftzug hörte auf.
»Die heben da draußen Gräben aus, das muß man verhindern«, sagte da eine wohlbekannte, weibliche Stimme, und das war zu viel. Meister Falconet griff sich ans Herz, mit der anderen Hand suchte er Halt an seinem Sitz, dann erst wandte er sehr langsam den Kopf, erheben konnte er sich nicht.
Da stand der liebliche botticellische Engel, wie vom Himmel gefallen. Weil aber Engel sehr vorsichtig zu Werke gehen müssen, hatte dieser sehr alltägliche Verkleidung gewählt. Der Kanonengießer Kornilow sah nur eine ihm unbekannte junge Frauensperson, nicht ganz leicht zu bestimmenden Stands. Madame Falconet trug einen matt schimmernden Pelz, nicht mehr das unförmig zausige Ding, in dem sie früher hinter dem Meister hergerannt kam, dazu einen weich beschattenden Hut, der aber doch wieder nicht ganz richtig saß – Engel können Hüte nie richtig tragen –, aber das dichte Blondhaar darunter sah doch höchst wohlgefällig hervor. Um den Hals hatte sie ein weiches Tuch geschlungen, das stand ihr gut zu Gesicht. Meister Falconet wußte nicht so genau Bescheid in solchen Dingen, aber sie hatte fraglos erreicht, was einmal ihr Traum gewesen war. Das war zu erkennen. Die da lehnte, war die vornehme Dame geworden, die kaufen konnte, was ihr Spaß machte, und auch so Sachen, die man niemals braucht. So wie sie es sich in Kindertagen ausgemalt hatte, so wie sie es ihm erzählt hatte vor vielen Jahren. Das alles ging ihm blitzschnell durch den Kopf, während er sich noch immer nicht rühren konnte und das Bild eines botticellischen Engels mit allen Fibern seines Herzens trank. Das Gesichtchen schien ihm sehr schmal geworden, auch war da ein neuer Zug um den Mund, der erschrecken konnte, so fremd war er. Aber daß sie eigenhändig irgend etwas Unförmiges, viel zu Schweres trug, das war wieder ganz die alte Marie Anne.
»Pierre kommt gleich nach«, sagte sie leise. »Er sieht noch nach dem Gepäck.« Und da darauf keine Antwort erfolgte, sah sie sich hilfesuchend um und entdeckte den Kanonengießer. Und

zu ihm gewendet fuhr sie hastig fort: »Ich bringe die Abbildungen von Mariette.« Sie wies auf den schweren Band in ihrem Arm. »Es ist das einzige Exemplar in ganz Paris«, sagte sie, und da klang allerdings ein klein wenig Stolz in ihrer Stimme mit. »Wenn wir das studieren – –«, und schon hatte sie den Mantel abgeworfen, und der Hut flog in weitem Bogen in eine Ecke, und sie trat an den nächstbesten Tisch und hob ächzend das Buch und blätterte es auf: »Wenn wir uns genau daran halten – – Also dann – mit Gott.« Hell, zuversichtlich klang ihre junge Stimme durch den Raum, und die Knie zitterten ihr kein bißchen mehr. Aber sie richtete doch lieber nur an Kornilow das Wort.

»Den Mariette hat sie mitgebracht«, wiederholte Meister Falconet zu sich und saß noch immer da und war eigentlich kein bißchen verwundert. Eine große Ruhe zog in ihn ein. Was hatte er sich bloß sinnlos gesorgt. Denn so ist das Leben, all der Dreck, mit dem man sich herumzuschlagen hat, der bleibt unglaubhaft, auch wenn er schon fast über einem zusammenschlägt, aber daß ein Engel vom Himmel fällt, die seltenen Augenblicke, in denen sowas geschieht, die scheinen uns das einzig Natürliche auf der Welt. So undankbar ist der Mensch. Natürlich war er nicht verlassen. Natürlich hatte er sich grundlos gesorgt. Natürlich war die Gehilfin an seiner Seite, da die Not aufs höchste gestiegen war. Natürlich hatte sie das, was zum Gelingen noch fehlte, das Werk Mariettes, mitgebracht. Natürlich war es ihr gelungen, des einzigen in Paris vorhandenen Exemplars habhaft zu werden. Natürlich würden sie jetzt diesen Unfug da draußen, dieses Rammen von Pfählen, zu weiß der Teufel welchem Zweck, perfiderweise kurz vor dem Guß, einfach untersagen. Natürlich war jetzt alles gerettet, Marie Anne war ja wieder bei ihm.

Am liebsten wäre er immer so sitzen geblieben, hätte ewig nur sie angestarrt, mühsam erhob er sich aber schließlich doch. Stunden schienen ihm vergangen, aber es werden wohl nur wenige Minuten gewesen sein. Langsam trat er hinter die beiden. Die betrachteten Blatt um Blatt. Schwer legte er seine Hand auf Marie Annes Schulter. Die bebte nun doch, schmiegte sich still in seinen Arm.

»Was ist das?« fragte er rauhstimmig, nur um etwas zu sagen, er

hatte noch kein einziges Wort gesprochen. Er legte die Hand auf eine schematische Darstellung des Gußgestränges.
»Hier soll –« Marie Anne erklärte leise etwas Technisches und legte dabei ihre Hand mit festem Druck auf die seine und wandte ihm dabei das Gesichtchen zu. Und da war noch sehr viel Qual hinter diesem sanften Leuchten zu erkennen.
»Ich habe das alles ganz genau studiert«, sagte sie eifrig. »Viele, viele Nächte hindurch.«
Der Kanonengießer war ein wenig beiseite getreten. Polternd machte er sich an den Klappen des Gußofens zu schaffen. Dann verschwand er geräuschlos. Die beiden bemerkten es nicht.
»Ich kann es ganz genau erklären, jedes Stadium, bis zur Vollendung«, fuhr sie fort und wandte Blatt um Blatt.
Das war die Begrüßung zwischen Meister und Gehilfin nach zweieinhalbjähriger Trennung, aber für beide war es das Himmelreich. Und dann trat Pierre ein.

Das wurde eine arbeitswütige Zeit, in der der Meister und seine Gehilfin wieder Tür an Tür wohnten und den Kampf um die Gußhütte gemeinsam ausfochten. »Madame Falconet, meine Schwiegertochter«, stellte jetzt der Meister vor, wenn illustre Freunde das berühmte Denkmal, wie andere Sehenswürdigkeiten, besichtigen kamen.
So lebte man also wieder unter einem Dach, und Pierre mochte sich Bildnisaufträge suchen oder malen, was ihn freute, Marie Anne schaffte wieder an des Meisters Seite. Das Reiterstandbild harrte nur noch des Gusses, sonst war nichts mehr daran zu tun. Aber sie bereiteten schon andere Arbeiten vor, Ton formte sich wieder in dieser Schöpfer Hände, und sie selbst waren doch nur Ton in eines größeren Töpfers Hand.
Nachmittags trat Marie Anne beim Meister ein, wie in alten Tagen, legte Bücher und Schriften zurecht, und sie studierten den Mariette, Blatt für Blatt, und dann schrieb Marie Anne.
Ein blonder Kopf beugte sich über das Papier, eifrig knirschte der Gänsekiel, gleichmäßig und ruhig klang die Stimme des Meisters, und war die metallisch schwingende Stimme wie ehedem. Sie schrieb nach seinem Diktat an die Baukanzlei, daß er um beschleunigte Fertigstellung der Gußhütte bitte, denn er habe sich nun endgültig entschlossen, so bald wie möglich an

den Guß zu schreiten. Und was das Honorar betreffe, so sei er schließlich kein Gießer von Beruf, auch erhalte er von der Kaiserin während der Dauer seines Aufenthaltes jährlich 25 000 Livres, und diese sicherten ihm mit dem, was er in Paris besitze, ein bequemes und sorgloses Alter. Nach mehr stehe ihm nicht der Sinn, er beanspruche also keinerlei Gießerhonorar.
Während sie schrieb, blieb er manchmal neben ihr stehen und sah über ihren Kopf hinweg, was sie geschrieben hatte. Ungepudert und doch eisgrau war nun der Dickschädel, der sich über sie beugte.

Ja, so wohnte die Familie also wieder unter einem Dach, und es gab auch wieder einen Familienfrühstückstisch.
Meister Falconet erzählte, wie er mit Ersman nicht zurechtgekommen war, und von all dem Verdruß mit der Gußhütte. Marie Anne sah still vor sich hin und reimte sich leicht zusammen, daß er ausfällig geworden war im falschen Augenblick gegen den falschen Mann. Den Baumeister Velten dagegen lobte er, er habe sich so beschlagen gezeigt und gewußt, daß auch Verrocchio selber gegossen hatte. Und dabei zugrunde gegangen ist, dachte Marie Anne bitter. Daß hier fremde Handwerker rumorten, hätte niemals zugelassen werden dürfen. Nun hatten sie nichts mehr zu sagen, waren fast wie Eindringlinge im eigenen Haus. Daß man ihm, und er war der Jüngste nicht – in heißem Erschrecken hatte sie begriffen, wie gealtert er war –, diesen Guß aufgeschwatzt hatte, erfüllte sie mit tiefer Besorgnis. Bei der Gluthitze und dem kalten Luftzug, der dann über die Form geleitet werden mußte, hatte sich nicht nur Verrocchio den Tod geholt.
»Mittags zurück«, sagte sie am Frühstückstisch, und – »das Atelier bleibt für Besucher bis zum Nachmittag geschlossen«, wies sie Horace und Simon an, ehe sie ging. Die waren nun auch immer sogleich zur Stelle, seit sie wieder zurück war. »Ich will sehen, was ich in der Baukanzlei erreichen kann. Dieses Pfähle-Rammen, daß alles erzittert, muß aufhören, und auch, daß jeder zu jeder Zeit hier herumspioniert.« Meister Falconet fühlte festen Grund unter den Füßen. So war Marie Anne eben, so war sie immer geblieben, seit sie, fünfzehnjährig, bei ihm eingetreten war, er hatte seine Gehilfin wieder.

»Krach mußt du dort machen, richtig Krach«, sagte Pierre. Er war noch im Morgenrock und zog die Kordel enger, es war ein schön gesticktes türkisches Stück, das war jetzt Mode in Paris. Er liebte es sehr, den ganzen Vormittag darin herumzulaufen, wenn er nicht gerade zu einer Porträtsitzung ging, aber deren gab es noch nicht sehr viele. Woher sollten sie auch kommen, wenn ihm nicht der Vater oder Marie Anne Beziehungen eröffneten. Er konnte sich ja schließlich kein Täfelchen umhängen »Fünf Jahre Lehrzeit bei Joshua Reynolds« und damit an der Newa spazierengehen. Da die beiden ein wenig verwundert die Augenbrauen hochzogen, fügte er gereizt hinzu: »Man muß es diesen Leutchen klarmachen, wer Vater ist. Der Bildhauer der Kaiserin schließlich! Wer sind die denn? Bezki und Velten! Wollen kommandieren, einfach lächerlich. Ich komme mit dir, Marie Anne, und werde es ihnen deutlich sagen.« Er wollte nur nützlich sein und einmal im Leben auftrumpfen und vielleicht auf diese Weise – »ich bin Bildhauer Falconets Sohn und aus Reynolds Atelier« – endlich doch zu Aufträgen kommen, aber er war über alle Maßen läppisch, und Meister Falconet trommelte schweigend auf der Tischplatte, und Marie Anne legte beschwichtigend ihre Hand auf die seine und ging – allein.
Ein andermal lag morgens ein Brief an Marie Anne von der Gräfin Protassow da, einer berühmt schönen Frau und voll Witz und Übermut dazu. Sie wollte sich, wie sie schrieb, für die Nachwelt bewahren, es war aber wohl nur als Cadeau für einen ihrer zahlreichen Kavaliere gedacht, und Marie Anne sollte sie porträtieren. Sie war schließlich, ohne viel Aufhebens davon zu machen, eine hochbezahlte Künstlerin geworden, eine erfolgreiche, von der Kaiserin persönlich empfohlene Porträtistin, und die Preise ihrer Büsten waren ganz ohne ihr Zutun mächtig in die Höhe geschnellt, seit sie den Kopf eines weltberühmten Denkmals geschaffen hatte.
»Schade«, sagte sie ruhig und legte den Brief beiseite. »Man hätte sich nicht gelangweilt bei diesen Sitzungen. Hinreißend amüsant diese Dame. Ich werde aber abschreiben. Ich kann jetzt nichts übernehmen, ehe der Guß fertig ist.«
»Ich könnte ja einspringen«, sagte da gönnerisch der Gemahl, was ein Entgegenkommen sein sollte. Das Herz klopfte ihm dabei gewaltig, nun hatte er also endlich einen Auftrag erwischt.

»Farben«, erklärte er. »Kann ja der Dame nur recht sein, ein Bildnis statt so einer toten Büste mit toten Augen. Bäh!« rief er und schnitt eine Grimasse. Das sollte witzig sein und galt dem Unfug dieser farblosen, glotzäugigen Büsten und war doch nur die ohnmächtige Wut eines Schuljungen.
Da stand Meister Falconet etwas heftig auf, so daß der Stuhl hinter ihm krachend zu Boden fiel, und verließ den Raum. Pierre sah ihm kopfschüttelnd nach, nichts haßte er so sehr wie schlechtes Benehmen, und er sagte über die Maßen verwundert: »Was hat ihn denn so aufgebracht?« und zog, da sie nun wieder allein waren, Marie Anne auf den Schoß, das war schließlich sein Recht. Und fingerte spielerisch und genießerisch ein wenig an ihr herum und fügte hinzu: »Wann machst du ihr den Vorschlag? Wie heißt die Dame?«
Marie Anne entwand sich ihm sanft, schlüpfte schnell von seinem Schoß. Sie hatte plötzlich hart zusammengepreßte Lippen, wo sollte man da anfangen mit Erklären, die schöne Dame Protassow würde jedenfalls nicht in Farben abkonterfeit werden, auch wenn Pierre fünf Jahre lang bei Joshua Reynolds Farbtöne studiert hatte.

Und eines Tages, Marie Anne war noch um eine Spur bleicher als sonst, und tiefe Schatten lagen um ihre verstörten Augen, die nicht mehr leuchteten wie damals, als sie, vom Himmel gefallen, wieder dagestanden hatte, lehnte sich Pierre am Frühstückstisch ein wenig vor, gähnte herzhaft und unverhohlen und zog ihr – sanft übrigens, wiewohl er doch das Recht dazu hatte, und es sollte ja auch ein Scherz sein – ein buntes Tüchlein, das ihren Ausschnitt verdeckte, fort und sagte: »Mag' das nicht, will doch deine Haut sehen, die schimmert so schön – danach.« Das war eigentlich nur halb so schlimm, und wenn das »danach« vielleicht auch ein wenig täppisch war, so sollte es doch eben ein Kompliment sein. Eines Malers Kompliment, wohlgemerkt, der seine Farbschattierungen studiert hatte bei dem größten Frauenporträtisten der Zeit. War schließlich harmlos, daß dabei auch Besitzerstolz mitklang, zumal es um diesen Besitz vielleicht ein wenig windig stand. Aber gerade deshalb wollte er es vor dem Vater beweisen, sie schoß doch ohnehin den ganzen Tag bloß für den Alten herum.

Was daraufhin geschah, war allerdings ein wenig erschreckend. Dergleichen hatte an der stillsanften Marie Anne in all den Jahren keiner erlebt, auch Meister Falconet nicht. Marie Anne lief klatschrot an bis unter die Wurzeln ihrer blonden Zöpfe, riß ihm das Tüchlein ungestüm aus der Hand und nestelte es mit fliegenden Fingern wieder dort fest, wo es gewesen war. Und könnten Blicke erdolchen, so hätte Pierre sofort tot zu Boden sinken müssen. Dann stand sie noch einen Augenblick still, bebend, und sah starr vor sich auf den Tisch. Im nächsten Moment ergriff sie mit beiden Händen ein kunstvolles, zweistöckiges Sèvresporzellan – weißes Korinthengebäck hatte darin gelegen – und hob es hoch über den Kopf und bot den Anblick fast irrer Verzweiflung und schmetterte es weit von sich zu Boden, so daß es in tausend Scherben zersprang. Dann warf sie krachend die Tür hinter sich ins Schloß. Da saßen die beiden Männer, der Junge und der Alte, wie erstarrt. Für den Bruchteil einer Sekunde sahen sie einander fest in die Augen, und in ihren Blicken glomm unversehens etwas Neues auf, das war so fürchterlich, daß es nicht wahr sein durfte, und sie blickten deshalb auch gleich wieder fort. Das war das Ende des Frühstückstisches zu dritt.

Der Boden des gewaltigen, weiten Landes hatte aufgehört zu erzittern. Nicht länger krochen Verdreckte, Verlauste, Vertierte aus ihren Höhlen und aus den tiefen Schächten der Bergwerke. Nicht länger lauschten sie auf fernes Dröhnen, nicht länger spähten sie nach dem roten Feuerschein am Himmel. Sie, die nie von Menschenrechten vernommen hatten, waren für einen kurzen Augenblick aufgewacht, hatten dort oben ihre Rechte aufblitzen sehen und wollten sie sich vom Himmel reißen. Alle waren sie diesem Gewaltigen gefolgt, der der entkommene, totgeglaubte Zar war. Doch Pugatschew war verraten worden, man hatte ihn festgenommen. Damit war die Verheißung eines neuen Lebens zusammengebrochen, und Marquis de Pugatschew, wie die Kaiserin ihn spaßhaft in ihren Briefen ins Ausland nannte – der Spaß sollte zudecken, daß die Angst ihr würgend nach der Kehle griff –, ward gehenkt.

Fest stand die Kaiserin nunmehr in ihrem Reiche, zu Recht hieß sie nun die Unerschütterliche, ausgeträumt waren Jugendträu-

me, Leibeigene würde es immer geben. All die einander bekämpfenden Gruppen des Adels mußten jetzt zusammenhalten, Kleopatra hatte ihrem Cäsar die Hand gereicht, mit ihm vereint würde sie die Welt erobern, auch von der Akropolis sollte ihre Fahne wehen. Vorerst aber lag Petersburg ein wenig verödet in diesem Herbst siebzehnhundertfünfundsiebzig, der ganze Hof weilte in Moskau. Man bereitete dort ein ungeheures Friedensfest vor, man wollte dem Volk ein Schauspiel bieten und ihm auch trotzen. Nicht so weit von der Stadt lagen ja noch verbrannte Dörfer und verödete Marktflecken und verlassene Gutshöfe. Da und dort war ein Gutsherr gehenkt worden, und es schien dem Erben wenig einladend, dorthin zurückzukehren. Man hatte allen Grund, gerade in Moskau seinen Prunk zu entfalten und seine Macht zu demonstrieren und ein Siegesfeuerwerk gen Himmel zu knattern, in dem die Funken aller Freiheitsfackeln (Mordbrennerei war das ja nur gewesen) und aller Verheißungen endgültig in die vier Winde zerstoben.
Die Kaiserin weilte also in Moskau und mit ihr der ganze Hof. Es gab Fest auf Fest. Und Tanz auf Tanz. Auch ein junger Ehemann war eingetroffen, Gatte eines lieblichen botticellischen Engels und einer nicht ganz unberühmten Künstlerin. Aber der junge Pierre Falconet gehörte doch gewiß nicht zum Hof. Wollte er nur seinen kanariengelben und himmelblauen und erbsengrünen Frack ausführen? Oder hatte er es einfach satt, diese schweigsam Waltende um sich zu sehen, die sich ihm zumeist entzog oder andernfalls hinterher Szenen machte, die nicht angetan waren, seinen Stolz zu stützen? Es war alles zuviel für einen Knaben, der schon vor leichteren Aufgaben stets versagt hatte. So war es also wohl Flucht?
Ja, es war Flucht. Pierre wollte sich im Tanze drehen, im Kanariengelben oder im Himmelblauen oder im Erbsengrünen, und er wollte Beziehungen sammeln und Aufträge als Meister Falconets Sohn und als Gatte der Künstlerin Collot. Aber da war auch noch etwas anderes. Ein altes Versprechen sollte er einlösen und die königlich schreitende Bezkitochter porträtieren. Die hatte ihn brieflich immer wieder gedrängt. Jetzt hob also ein Tanz an zwischen Pierre Falconet und ihr.

Der ganze Hof wurde zurückerwartet vom Friedensfest. Pierre würde also auch wieder da sein. Unruhig wanderte Marie Anne auf und ab. Ein Knabe, der nie Mann hatte werden dürfen, wollte sich beweisen, und das bedeutete, daß sie es wieder und wieder ins Gesicht geschleudert bekommen würde, jeden einzelnen seiner Erfolge und mit allen Einzelheiten. Und sie würde wieder zu schweigen haben, wie all die Jahre, denn sie stand tief in seiner Schuld. Und ihr half keiner.
Auch Meister Falconet konnte keine Ruhe finden. Sie hatte doch den Aufsatz über das Pferd des Marc Aurel für ihn kopiert, und dieser ewig Vernagelte glaubte wirklich, daß er das Manuskript unbedingt gerade jetzt zurückhaben mußte.
Aber als er eintrat – nie mehr seit damals, da er Marie Anne zu Bett gebracht hatte, war er bei ihr eingetreten – sprang sie auf, wandte sich ab und hielt sich die Ohren zu, denn sich dachte, Pierre sei gekommen und Tag und Tag für Tag würde sich wieder Unflat über sie ergießen.
Doch sowie sie erkannte, wer bei ihr eintrat – Dämmerung lag im Raum, und nun war also auch diese Frist vorbei, und all die Qual würde weitergehen, ihr blieb nichts mehr von ihm zu fürchten und nichts mehr zu hoffen – da brach es aus ihr heraus. Kein sanfter Engel stand mehr vor ihm. Eine irr um sich Schlagende verlor jede Scheu, da sie ja nun doch in den Abgrund versank. Es war nicht Liebe, und es war nicht Haß, es waren Urgewalten, die sich da entluden. Und sie schleuderte ihm alles ins Gesicht, wovon sie noch nie gesprochen hatte. Sie sprach von dem Einzug in die Stadt, wie sie allein gewesen waren in der Kutsche, wie er ihr seinen Besuch angekündigt hatte, sie ihn sehnsüchtig erwartet habe, er aber nur gekommen sei, um ihr von der Kaiserin zu erzählen, als wäre sie selbst keine Frau. Als wäre sie aus Stein, so hätte er sie stets behandelt, nicht wie eine von Fleisch und Blut. Einmal aber habe er sie von seiner Schwelle aufgelesen und zu Bett gebracht. Damals hätte sie seine Hand halten dürfen, daran hätte sie sich am Leben erhalten Jahre hindurch. Und auch von jenem einzigen Brief in zweieinhalb Jahren sprach sie, und davon, daß es sonst immer nur ein angefügter Gruß gewesen war. Dieser Brief sei das einzige Herzensbrot gewesen in der unsagbar fürchterlichen Qual, die er ihr auferlegt habe. Und dabei habe dieses Opfer

nicht einmal etwas genützt, denn er habe Pierre ja doch nur zu einem Hasser gemacht und sie alle vernichtet. Sie nannte es gotteslästerliche Gottesanmaßung, wie er mit dem Schicksal umgegangen und ein Narr gewesen sei und alles verspielt und ihnen allen die Hölle bereitet habe.
Das war kein schwaches Mädchen mehr, das man nimmt und vergißt und betreut, so gut man es eben versteht, so wie man einen treuen Hund versorgt. Meister Falconet blickte sie nur an und griff mit der Hand nach der pochenden Schläfe und brachte nur mühsam hervor: »Kind, aber Kind!«
Eine gewaltige Rächerin, glühend vor Leid und Zorn, stand vor ihm und war eine vollerblühte Frau und bebend vor Inbrunst. Da ging ein großer Zauber von ihr aus, ein Sturmwind brauste durch den Raum, hier war etwas, woran man sich zu messen hatte, war es neu zu gewinnen und neu zu bezwingen galt. Wie das Denkmal, wie den Fels, wie die Arbeit. Er hatte seiner ganzen Kraft und seines ganzen Mannesstolzes bedurft, Jahre hindurch nur für die Arbeit, aber jetzt ging es nicht weniger um seinen ganzen Mannesstolz, hier noch ein Ja zu gewinnen. Und vergessen war Pierre. Meister Falconet hatte sein Sechzigstes überschritten, aber er nahm sie auf starke Arme und trug sie hinaus und hinüber über seine Schwelle.
Es wurde ein gewaltiger Kampf, ein Besiegen und Unterliegen, nichts von Demut, nur ein Ringen, wie man um das Werk rang. Und die Trommeln trommelten von fernher, wie sie getrommelt hatten, als man den Felsen löste. Da waren wilde Gewalten und viel Geheimnis und das Geheimnis der Schöpfung. Und es wurde eine Nacht der Zeugung.

»Die sind versorgt, auf die ist Verlaß«, sagte Baumeister Velten, sich frohlockend die Hände reibend, und trat in die Baukanzlei ein. Er berichtete über den Ofensetzer und den Kaminfeger und daß er sie wohl instruiert und fürstlich entlohnt habe. Man könnte sicher sein, daß die richtig vorgehen würden. Der Gußofen würde schadhafter gemacht werden, als er ohnedies schon war, und die Gußhütte würde also bestimmt kein Meisterstück sein.
Man hielt wieder einmal Kriegsrat. Der Generalintendant Bezki saß bereits da mit dem lästig hüstelnden Herrn Linguet – dem

bekam offenbar das Klima nicht. Dieses ewige Hüsteln machte nervös. Bezki kicherte greisenhaft und klappte seine Tabakdose auf und zu, auf und zu, nicht zum Ansehen war das. Sympathisch waren ihm beide nicht. Aber was tat man nicht alles, um endlich zum Bauen zu kommen. Für Bauaufträge war dies eben der Preis.

Baumeister Velten zog sich einen Stuhl heran und breitete eine Zeichnung auf den Tisch. Er erklärte mit angemessenem Ernst die schematische Darstellung der Gußhütte. Sein verbindliches Lächeln sparte er sich für den Bildhauer. »Diese Luftklappe lassen wir fort«, belehrte er die beiden anderen Strategen. »Die wird einfach nicht eingebaut. Das ist von außen nicht zu erkennen. Und die Baukommission sitzt ja schließlich hier.« Nun grinste er doch. »Infolgedessen«, fuhr er fort, »wird das Metall viel zu heiß, und wenn man dann noch die Stoppen zu früh zieht, ist der Erfolg garantiert.«

»Mißerfolg meinen Sie«, verbesserte überflüssigerweise der Generalintendant – er war so pedantisch.

Die beiden anderen lächelten hämisch, das verstand sich doch von selbst. »Und wie steht es mit diesem Kanonengießer, ist der gewonnen?« fragte Herr Linguet ein wenig streng, er mußte doch schließlich zeigen, daß der ganze Plan seinem Hirn entsprungen war, dieser da führte das doch nur aus. Es war wichtig, den Mummelgreis daran zu erinnern, denn er arbeitete ja auf Erfolgshonorar. Da wurde mit Geldern nur so herumgeschmissen, und gerade er, der ihnen das alles ausgeheckt hatte und der es ihnen in die Welt posaunen würde, der hatte auch noch zu warten. Es war empörend.

Baumeister Velten fand die Frage unverschämt, zumal ihm wirklich etwas nicht geglückt war. Der Fragende verhinderte aber selbst die Antwort, ein Hustenanfall erschütterte ihn, machte jedes Gespräch unmöglich.

Ein wenig indigniert betrachteten die beiden Herren dieses armselige Wrack. Wirklicht lästig, solch ein Husten. Am Ende störte der ihnen noch den ganzen Plan. Das fehlte ja gerade, daß dieses Schreiberlein gar nicht mehr dazu kam, seinen spritzigen Artikel zu schreiben. Taktvoll blickten sie dann von dem nach Atem Ringenden fort. Unmerklich erst rückte der Generalintendant seinen Stuhl, um ihn rasch etwas weiter zurückzuschie-

ben. Ein so suspektes, hustendes Individuum hielt man sich möglichst weit vom Leib.
Der Baumeister hatte sich sogar bis ans Fenster verdrückt. Draußen stöberten wild die Flocken, die Schlitten schossen pfeilschnell dahin, es war eine Lust. Passanten kämpften sich mühsam durch den Wind. Der armselige Huster hatte sich endlich beruhigt, erschöpft sackte er auf seinem Stuhl zusammen. »Der Kanonengießer ist zu einfältig«, antwortete gnädig nun doch der Baumeister. Aber er zog es vor, aus sicherer Entfernung zu sprechen, er blieb in die Fensternische gelehnt. »Oder er stellt sich taub«, fuhr er fort. »Hab' ihm eine Anstellung bei uns versprochen mit dem Dreifachen dessen, war er heute verdient. Er habe doch eine Stellung, hat er mir erwidert.«
Da mußten alle drei herzlich lachen über diesen einfältigen Tropf.
»Vorsicht, Vorsicht«, mahnte der Generalintendant die Gutgelaunten. »Am Ende ist er gar loyal und macht uns Geschichten.« Warnend hob er die verfetteten Patschhändchen.
Der Baumeister konnte aber beruhigen. »Pah, loyal«, sagte er verächtlich. »Er begreift wirklich nicht. Hat eben noch nie Gelegenheit gehabt, so hübsch zu verdienen. Aber Schwachsinnige können wir dabei nicht brauchen. Das ist schwierige Arbeit und verlangt Präzision.«
»Aber es wäre trotzdem gut«, ließ sich Herr Linguet nun heiser vernehmen – er sprach vorsichtig, um keinen neuen Hustenanfall hervorzulocken – »wenn man den bekäme. Man stelle sich nur vor, bereits die Gußmasse würde nicht stimmen. Ein Sicherheitsfaktor mehr jedenfalls«, gab er zu bedenken.
Der Generalintendant stimmte zu, wenn auch widerwillig. Hielt man sich den weit genug vom Leibe, würde er schon ganz brauchbar sein. Er war ja auch für alle nur erdenklichen Sicherheitsfaktoren. »Hören Sie, Velten, ich beschwöre Sie – –« Er wurde pathetisch. Jahrelang hatte er sein »Möge der Fels ihn zerschmettern« vergeblich geraunt.
Der Baumeister sah sich einer geschlossenen Front gegenüber. Er versprach, bei Herrn Kornilow noch einmal vorsichtig zu sondieren. Doch dürfe er keinen Verdacht erregen. Zudem gehe es auch wirklich ohne den. »Selbst bei der richtigen Menge, der

richtigen Mischung. Die fehlende Luftklappe macht das wett«, sagte er. »Übrigens«, fügte er hinzu, »die Gehilfin ist wieder da. Madame Falconet!« Er lachte. Erstaunlich dreckig klang das für einen so vornehmen Herrn. »Auch der sogenannte Herr Gemahl.«

Jetzt hatte Herr Linguet nichts vorzuschlagen, er kannte die beiden nicht einmal. Unruhig wetzte er auf seinem Stuhl hin und her.

»Sie war schon bei mir«, erzählte Velten weiter. Er richtete das Wort ausschließlich an Herrn von Bezki. »Wegen Einstellung des Umbaues, er gefährde die Gußhütte, bedrohe das Atelier und das Modell.« Er lachte wieder. »Ich hab' ihr versprochen einzustellen. Wir wollen dieses Versprechen auch halten, vorerst wenigstens, über den Winter jedenfalls. Gutes Einvernehmen ist wichtig, und keinerlei Verdacht aufkommen lassen.«

»Keinerlei Verdacht aufkommen lassen«, assistierte nun Herr Linguet. Konnte er schon nichts Eigenes dazugeben, wollte er sich wenigstens stets durch Zustimmung bemerkbar machen, das war sein Leitspruch, seit er auf Reisen hatte gehen müssen. Allerdings, Erfolgshonorar, das war ihm noch nie vorgekommen. Sie würden dennoch zahlen müssen, und zwar viel, dachte er wütend. Er war noch lange nicht gewillt abzukratzen. Seinen Husten wollte er im Süden kurieren für ihr Geld. Nach Italien wollte er nach getaner Arbeit.

Ärgerlicherweise übersah ihn der Baumeister, als wäre er Luft, und wendete sich ausschließlich an Herrn von Bezki. »Ich jage ihr gehörigen Schrecken ein, sage ihr, daß wir ganz entsetzt darüber sind, daß ein Mann in seinen Jahren sich partout dieser anstrengenden Arbeit unterziehen will.« Er grinste nun über sein ganzes rosigglattes Gesicht. »Ich habe es ihr ans Herz gelegt, dafür zu sorgen, daß er sich schone. Er soll erst im letzten Augenblick die Gußhütte betreten. Wenn er die Nacht zuvor nicht kontrolliert, dann können wir richtig anheizen und die Stoppen – –«

Der Generalintendant unterbrach ihn. »Sie wird schon dafür sorgen, daß er nicht in der Nacht – –« Er krähte vergnügt, das war ein vorzüglicher Spaß. »Herr Linguet, dann seid Ihr an der Reihe, dann waltet Ihr Eures Amtes.«

Der verbeugte sich stumm, er hatte wieder gegen einen

aufsteigenden Hustenreiz zu kämpfen und durfte daher kein weiteres Wort jetzt riskieren.
»Und wann sind wir soweit?« wollte der Generalintendant noch wissen.
Der Baumeister beeilte sich zu erklären, daß für diesen besonderen Zweck die Gußhütte hinlänglich untermauert sei. Doch solle man den Bildhauer bis zum Frühjahr noch hinziehen, schlug er vor. Dadurch würde man ihn ungeduldiger machen, ans Gießen zu kommen, und ihn zugleich so recht in Sicherheit wiegen. Er würde dann überzeugt sein, daß die Gußhütte mit aller erdenklichen Umsicht gebaut sei.
Das leuchtete auch den beiden anderen ein. »Wir brauchen folglich keine weiteren Besprechungen«, schloß Herr von Bezki erleichtert, er mußte also diesen Huster nicht so bald wiedersehen. »Dann wird es ganz bei Euch liegen, Herr Linguet«, beendete er den Kriegsrat. Damit waren die Herren entlassen, und Herr Linguet hatte noch immer kein Geld.
Na wartet! dachte er erbost, während er mit dem Baumeister die Treppe hinunterging. Wenn mir nur der Husten nicht dazwischenkommt, dann werde ich meinen Auftrag schon richtig erfüllen und euch noch eine nette Erinnerung bescheren. Dreckfinken, urteilte er erbittert, während er aus der schützenden Einfahrt dem Schlitten nachsah, in dem der Baumeister davonfuhr. Der hatte nicht einmal daran gedacht, ihn zum Mitfahren aufzufordern. Mit einem Fluch stellte Linguet den Kragen seines viel zu dünnen Mantels hoch, dann mußte er sich doch in das Schneegestöber hinauswagen. Die Flocken wirbelten dicht, und er war rasch in der Menge verschwunden.

Meister Falconet studierte im Mariette. In einem einzigen Guß sollte es gelingen. An bestimmten Stellen dünn zu gießen, darauf kam es an. Damit die Schwere des Metalls das Gleichgewicht der Figur nicht störe. Das war das große technische Kunststück, das sich von Gießer zu Gießer vererbte, das jeder ängstlich als Geheimnis hütete und über das er auch im Mariette nicht viel finden konnte.
Er mußte lächeln, als sein Blick auf einen Stich fiel, der die Zuschauermenge Kopf an Kopf in der Gußhütte zeigte. Kavaliere in vollem Staat waren da zu sehen, Damen in Galatoilette,

der ganze Hof wollte dabeisein. Und das sah in der Abbildung ja auch ganz imponierend aus, wie der Gießer, auf dem Kopf der Form stehend, aus der Gußgrube hochgezogen ward. Ein Fest war das gewöhnlich für den königlichen Auftraggeber, ein bedeutendes Ereignis, zu dem man von weit und breit herbeieilte. Und dabei durfte der Gießer sein wahres Fest doch erst Tage später feiern, wenn die Form abgekühlt war und zerschlagen werden konnte und es sich herausstellte, ob der Guß tatsächlich gelungen war.

Ein Glück, daß sein Guß kein solches Hoffest sein würde, die hielten sich ja noch immer in Moskau auf. Das fehlte ihm gerade noch, sie alle hier im Weg zu haben und auf unsinnige Fragen Rede stehen zu müssen, während die Arbeit seine ganze Aufmerksamkeit beanspruchte. Das Interesse daran schien Gott sei Dank nicht mehr so groß, ihr Fest feierten sie anderswo, mit ihm hatten sie es gefeiert beim Felstransport. Daß er ein wenig in Vergessenheit geraten war, würde dem Gelingen diesmal zustatten kommen.

Er wollte noch einmal hinüber sehen, Kugelgießer Kornilow war wirklich ein Fund, denn er ließ sich's nicht verdrießen, nun schon zum drittenmal das Wachs heraustropfen zu lassen, das man in die Form gegossen hatte, um aufgrund dieser Menge die Menge des notwendigen Metalls zu errechnen. So ging man bei dem seit Jahrhunderten geübten Wachsschmelzverfahren vor. Falconet mußte hören, ob es die gleiche Menge wie das letztemal ergeben hatte. Eine Sicherheitsprobe. Er hatte sich schließlich doch dazu verstanden, keine Experimente mit seinem Spezialverfahren zu machen, sondern vorzugehen, wie es schon Verrocchio und Cellini getan hatten. Auch das Pferd des Marc Aurel war wohl so gegossen worden. Marie Anne und Kornilow hatten sich verbündet: der Meister sollte sich dieser Glut nicht zu oft aussetzen. Für die Hauptarbeit des Gusses sollte er seine Kräfte sparen. Nun aber würde er doch noch hinübergehen, er war unruhig.

»Ach, Marie Anne«, sagte er, es war schön, daß sie da war, und es wurde heller im Raum. Aber zugleich legte sich ihm etwas schwer auf die Brust, er wollte das heillos Verstrickte und nicht zu Entknüpfende gern fortgeschoben lassen bis nach dem Guß. Dabei konnte sie ihm ja doch nicht helfen, das war Männerarbeit, und er wollte sie auch nicht dabeihaben, war es erst einmal soweit. »Was gibt's?« fragte er ein wenig zerstreut, er war in Gedanken schon bei Kornilow, und Marie Anne mochte fühlen, daß für anderes jetzt nicht der rechte Augenblick war. Aber sie hatte offenbar viel zu lange und viel zu oft geschwiegen, und vielleicht wäre alles anders gekommen, wäre sie auch hierin sie selbst geblieben, hätte sie selbst alles in die Hand genommen. Doch war wohl jeder Augenblick gleich ungeeignet und jeder Augenblick gleich herrlich. Was immer mit ihr geschehen mochte, sie war eben Mademoiselle Victoire geblieben.

»Es ist nur – –«, sagte sie und versuchte, ihrer Stimme Festigkeit zu geben, »Pierre wird ja nun kommen. Und vielleicht sollten wir – nach Paris?« fragte sie zaghaft. »Lange kann ich ja ohnehin nicht mehr – –« Sie machte eine hilflose Gebärde, aber es ging doch ein gewaltiges Leuchten von ihr aus. Sie war sehr blaß, und sie würde zurechtzukommen haben mit diesem eitel nichtigen Knaben und würde sich zwar wieder von dem Meister trennen müssen, war aber trotzdem – jeder Zoll – eine Siegerin.

Das mußte diesmal sogar dieser Blinde sehen und dieser Ahnungslose begreifen. Er vergrub seinen Kopf in den Händen und wollte nicht zeigen, ob Glück oder Scham in seinem Gesicht geschrieben stand. Es toste und gloste drüben im Gußofen. Aber Meister Falconet hatte genug zu tun, das Tosen und Glosen in seinem Innern zu beschwichtigen, und er würde heute also nicht mehr die Menge des ausgeschmolzenen Wachses überprüfen. Sein Sechzigstes hatte er schon überschritten und geglaubt, ein Werk gemeinsam mit ihr zu haben, und nun würde der liebliche botticellische Engel ihm überdies ein Kind gebären.

»Die ganze Stadt spricht von der Blamage«, sagte Pierre laut. Marie Anne zuckte zusammen wie unter einem Schlag und reichte ihm geschwind die Konfitürenschale über den Frühstückstisch. »Höchst peinlich für mich«, fügte er hinzu, doch auch dieser Ausspruch blieb unbeantwortet.

Er saß in seinem prächtig gestickten Morgenrock – Marie Anne haßte das, ohne es je zu bekritteln – und überdachte seine jüngsten Erfolge. Erfolge, wohlgemerkt, bei einer Hofdame der

Kaiserin. Wie peinlich gerade jetzt für ihn, daß Vater sich so blamiert hatte.
»Wir können von Glück sagen, daß er lebt», erwiderte Marie Anne leise. »Kornilow hat ihn gerettet, hat uns alle gerettet. Das Feuer hätte leicht um sich greifen können. Und die vier anderen Männer sind sofort einfach auf und davon in Panik. Ich kann es mir einfach nicht erklären, wie das geschehen konnte. Die Temperatur stieg zu hoch, das ist richtig, aber das kann doch bei der rechten Mischung noch nicht die Form zerspringen machen. Ich kann nicht begreifen, wie das geschehen ist.« Sie schüttelte verzweifelt den Kopf.
Pierre zuckte die Achseln. »Desaströs«, sagte er nur.
»Nur die obere Hälfte wird nochmals gegossen werden müssen«, sprach sie weiter, mehr zu sich selbst. »Aber das Absägen, das braucht Zeit. Zwei, drei Monate wird es währen, bis der Schaden wieder gutgemacht ist, meint – –«, sie zögerte für den Bruchteil einer Sekunde, »meint Vater«, setzte sie dann fort.
»So lange werden wir wohl nicht zuwarten können«, erwiderte Pierre ungerührt. »Denn da ist ja auch noch zu allem Überfluß diese Sache mit Vachin.« Er war wirklich höchst aufgebracht. Er spielte auf die vor wenigen Tagen eingetroffene Nachricht an, daß der Pariser Bankier des Meisters gestorben, sein Besitz versiegelt worden war. Monate, vielleicht Jahre konnte es dauern, bis die Gelder wieder flüssig sein würden. Wenn nicht noch ärgeres. »Und gerade jetzt, wo wir ein Kind erwarten.« Pierre schüttelte empört den Kopf und vergaß, daß er während seiner Jahre in England von diesem Vachin regelmäßig seinen Wechsel bezogen hatte und daß er dreißig Jahre alt geworden war und noch nie auf eigenen Füßen gestanden hatte. Jetzt ergriff er einfach Besitz.
Er hatte sich sehr verändert in dieser letzten Zeit, er mußte ja die offenbar so verfahrenen Dinge der Familie wieder in Ordnung bringen. »Ich begreife es einfach nicht«, sagte er und hatte das Gehaben eines schlechten Schülers, der plötzlich den Klassenersten mimt, und zwar erbärmlich schlecht. »Auch du schickst diesem Mann all deine Honorare. Man legt doch sein Vermögen nicht bei einem einzigen Mann an. Nie hätte ich das zugeben dürfen.« Er war ernstlich ungehalten.
Marie Anne sah diesen ältlichen Knaben an, lässig lehnte er sich

zurück, von müder Eleganz war er selbst in aller Früh, im Morgenrock. Das war alles so unglaubhaft, wie er nun Besitz ergriff, seitdem er sich in der Petersburger Gesellschaft herumtrieb. Sie wußte es ja leider ganz genau, wie diese gebettelt und jene geschluchzt hatte. Hoffräulein waren offenbar sehr erfahren, und es sollte recht bemerkenswert sein, was man von so einer lernen konnte, und vor der Bezkitochter hätte er sich einfach nicht mehr retten können, hatte er ihr immer wieder erzählt. Es war doch ganz selbstverständlich, daß er nun ein richtiger Mann geworden war und wie ein echter Hausvater zu schalten und walten begann. Das war ja auch dringend notwendig geworden, jetzt, da Marie Anne ein Kind von ihm trug.
Und er beklagte sich nochmals bitter über die Blamage von Vaters mißlungenem Guß und wie das seinen neu geknüpften Konnexionen schade, die er so vielversprechend durch Anastasia, so sprach er jetzt stets von der Bezkitochter, habe anknüpfen können. »Schließlich werden wir ja von nun an alle drei von meinen Porträtaufträgen leben müssen«, schloß er.
Das war alles so völlig unwahrscheinlich, dachte Marie Anne und legte die Hände still über ihren sanft sich wölbenden Leib und sehnte sich schmerzlich danach, daß es sich in ihr noch stärker rühre, denn das war das einzig Wirkliche in dieser ganz und gar abstrusen Situation. Sie wehrte nur schwach ab und sagte: »Vater bekommt doch laufend seine Gelder bis zur Übergabe des Monuments und außerdem das Gußhonorar für beide Male«, und wußte, daß sie log.
Da aber bog sich Pierre vor Lachen. »Und du glaubst wirklich, Bezki wird Zusätzliches zahlen für diese Blamage?« Er blickte sie an und fand sie geradezu entwaffnend, wie wenig sie doch vom Leben und von den Menschen begriff. Es war wirklich gut, daß sie ihn jetzt hatte, zumal sie selbst keine Aufträge mehr würde annehmen können – auch wenn es welche geben sollte, was gar nicht so ausgemacht schien. Schließlich war sie die Gehilfin eines Mannes, dessen Werk mißlungen war. Er lachte noch immer, ein häßliches, klirrendes Lachen. Ja, er hatte sich sehr verändert, dieser Knabe mit den zwei Dutzend Fräcken, seit der Erfolg bei ihm und die Blamage beim Vater lag. Und seit man ohne ihn zu Hause offenkundig nicht zurechtkam, und seit er deshalb ernstlich von seiner Frau Besitz ergriffen hatte.

Herr Linguet aber schrieb prompt in seinen Annalen, und was er schrieb, das ging in die ganze Welt, und die »Göttinger Gelehrten Anzeigen« übernahmen es, und der »Advertiser« druckte es nach und jedes Blatt, das auf sich hielt. Übrigens weilte er zu der Zeit bereits im sonnigen Süden, und das mochte nicht nur für seinen Husten von Vorteil sein. Er hatte nicht mehr von schäbigen Krediten zu leben und konnte sein Erfolgshonorar, das er sich treu, fleißig und ehrlich verdient hatte, schließlich ebensogut in Italien verzehren. Das war entschieden sogar besser, denn er hatte in einigen Sätzen noch eine Art Fleißaufgabe geliefert, die in der Abmachung nicht vorgesehen war. Daß er sie dennoch leistete, obwohl er dafür kein Sonderhonorar empfing, beweist nur, daß in ihm trotz des Elends der Fremde, trotz des zermürbenden Hustens noch etwas von dem alten Feuer für eine wahre Sache brannte, daß noch echtes Rebellenblut in ihm floß. Dies wiederum mochte mit seinem wiederholt gefällten Urteil über die »Dreckfinken« zusammenhängen. Sein Artikel, der, wie schon erwähnt, in alle Gazetten von Rang übernommen wurde, lautete:

»In Rußland arbeitet man nun seit nahezu zehn Jahren an einer Reiterstatue Peters des Dritten, des in jugendlichem Alter verunglückten Gemahls der großen Katharina. Es gibt mögliche und unmögliche Allegorien, aber durch einen gigantischen Fels die hindernden Vorurteile versinnbildlichen zu wollen, die der Herrscher zu überwinden hatte, als er die Folter abschaffte, scheint doch reichlich abgeschmackt. Leider muß mit diesem Beiwort auch das Verhalten jener höheren Stelle bezeichnet werden, die es unbegreiflicherweise zuließ, daß zu dieser weithergeholten Allegorie tatsächlich ein Fels von weit herbeigeholt wurde, der bereits eine etwas traurige Berühmtheit erlangt hat. Man hat sich zu fragen, warum auf diese Weise gerade die dunkelsten Tage aus der Geschichte der Herrscherin wieder ins helle Licht der Öffentlichkeit gezerrt werden mußten. Betrachtet man aber die Sache vom rein künstlerischen Standpunkt und wollte man durchaus bei dieser zweifelhaften Allegorie bleiben, so ist nicht einzusehen, warum die Wirkung eines solchen Sockels nicht an Ort und Stelle durch Schichtung von Steinplatten hätte erzielt werden können. Statt dessen zog man es vor, eine Expedition auszurüsten, einzig zu dem Zweck, einen Fels von eineinhalb Millionen Kilogramm Gewicht nach Petersburg zu transportieren, wo man ihn dann doch in Stücke hauen mußte, weil er sich als zu groß erwies. Verschleuderte Millionen für ein Unternehmen, das aus Taktgründen besser unterblieben wäre und das wieder einmal beweist, wie barbarisch es trotz aller westlichen Tünche noch an diesem Hof zugeht. Dem Künstler stellt dieses Vorgehen eher das Zeugnis knabenhafter Großmannssucht als großen Schöpfergeistes aus. In Petersburg weiß jedermann, daß seine Gestaltungskraft nicht einmal für den sehr umstrittenen Entwurf ausreichte. Der so berühmte Mann ist nämlich mit dem Kopf der Statue keineswegs zu Rande gekommen. Die Kaiserin konnte sich nicht dazu verstehen, die vertrauten Züge des verblichenen Gemahls in denen des Reitersmannes wiederzuerkennen, wiewohl dem Bildhauer Stiche und Büsten des Verewigten als Vorlage zur Verfügung standen. Er mußte notgedrungen die Ausführung des Hauptes seiner Gehilfin überlassen, die die Aufgabe schließlich zu der Kaiserin Zufriedenheit löste. Diese notorische Schlappe versuchte der offenkundig weit überschätzte und überzahlte Mann (in seiner Heimat vermochte er nie derartige Preise wie hier zu erzielen) durch den dreisten Hinweis auf Rubens und Boucher zu verdecken. Mit diesen beiden wagt er sich in einem Atem zu nennen und erklärt, auch Rubens habe sich Snyders' bedient, wenn er Tiere auf seinen Gemälden darzustellen hatte, und die berühmten Spitzen auf Bouchers Porträt der Pompadour wären auch Roslins Hand anvertraut worden. Doch nicht genug an der Dreistigkeit dieses Vergleiches und an dem Größenwahnsinn, einen Fels als Sockel unter irrsinnigen Kosten hinzustellen, wollte er auch noch auf andere Weise seinen maßlosen Ehrgeiz befriedigen. Er versteifte sich darauf, sein Reiterstandbild persönlich zu gießen, obwohl doch jeder Eingeweihte weiß, daß ein Guß ein höchst riskantes und kostspieliges Beginnen ist, das nicht einmal immer der geübten Hand eines zunftmäßigen Gießers gelingt. Wie nicht anders zu erwarten war, fügte er auf diese Weise seinen bisherigen eine neue Schlappe hinzu. Und wieder besitzt dieser Mann die Dreistigkeit – das ist offenbar die einzige Eigenschaft, die ihm in keiner Situation abhanden kommt –, beschönigenderweise zu verbreiten, der Guß sei gelungen, wenn auch nur zur Hälfte.

Tatsache bleibt, daß der obere Teil der Statue ein zweites Mal wird gegossen werden müssen, wobei noch ungeklärt ist, ob die Langmut der Kaiserin so weit reicht, daß sie das kostspielige Unternehmen noch einmal ihm anvertrauen wird. Nun, die Langmut der Kaiserin scheint mancherlei Gründe zu haben, aber dem Künstler wäre es, hätte er die Grenzen seines Könnens rechtzeitig erkannt, erspart geblieben, sich so schmachvoll zu blamieren. Er ist wohl ein wenig von der Art jenes Mazedoniers, der vorschlug, den Berg Athos als Statue Alexanders zu behauen. Immerhin handelte es sich dabei schließlich um eine Persönlichkeit vom Format Alexanders. Die überdimensionalen Ideen des Petersburger Künstlers indessen sind vielleicht nicht ganz so größenwahnsinnig, doch zieht man die Person des Dargestellten in Betracht, sind auch sie ungerechtfertigt. Aber vielleicht entspricht gerade der Größenwahn im Künstlerischen den zusehends bedrohlicher zutage tretenden Weltherrschaftsgelüsten der Auftraggeberin. Es bleibt abzuwarten, ob letzten Endes nicht solcher nach den Sternen greifender Hochmut in Kunst und Politik gleichermaßen zu Fall kommen muß. Die Aufstellung des Denkmals jedenfalls müßte wider bessere Einsicht auf Grund einer Beliebtheit des Künstlers bei seiner Auftraggeberin erfolgen, die er in der Öffentlichkeit längst verspielt hat.«

»Madame im Gerede. Das ist schleunigst zu beenden. Diese Gazettenweisheit, die stammt aus Wien. Die Tugendhüterin auf dem Thron, die alte Vettel dort, die hat das eingefädelt. Sollte lieber sehen, was ihr Töchterchen in Versailles treibt.«
General Potemkin saß im Boudoir, die Epoche des Badhauses war vorüber. Wassiltschikow hatte die Etage schon geräumt, aber man mußte noch eine Frist verstreichen lassen, ehe er selbst dort einziehen konnte. So viel Rücksichtnahme auf den guten Ruf, und nun kam das! Ärgerlich. Er saß mit hochgezogenen Beinen auf der kaiserlichen Ottomane und hielt den birnenförmigen Schädel zwischen den Schultern geduckt, mit der einen Hand hatte er sein Knie umschlungen, mit der anderen holte er sich pausenlos aus einer achatenen Schale Konfektstücke. Süßigkeiten aß er in rauhen Mengen. Er war überhaupt unmäßig in seinem Appetit. Und doch sah er

keineswegs wie ein Lebensgenießer aus, eher wie ein trauriger, einäugiger Raubvogel.
»Pschsch«, mahnte die Kaiserin und mimte Entsetzen, »alte Vettel« wollte sie nicht gehört haben. Aber ihre zärtlichen Augen straften die hoheitsvolle Abwehr Lügen. Und dann sah sie ihn gespannt an, was schlug er vor?
Frühlingswind heulte ums Schloß. Ein behagliches Plauderstündchen am Spätnachmittag. Ein Windspiel räkelte sich faul zu der Kaiserin Füßen. Sie strickte. Ein fliederfarbenes Deckchen für das Windspiel sollte es werden. Eine brave, schon ein wenig zur Fülle neigende Hausmutter saß da, die ihre Sachen getreulich in Ordnung hielt.
General Potemkin stopfte sich unentwegt gezuckerte Veilchen in den Mund, die mochte er am liebsten von all dem Konfekt.
So sah diese Kleopatra jetzt aus, und so ihr Cäsar, solch bescheidenhäusliches Idyll. Und doch hatte da ein kühner Eroberungszug begonnen. »Nach den Sternen greifender Hochmut« – damit hatte es schon seine Richtigkeit.
»Nun?« fragte sie schließlich, da Herr Potemkin noch immer kaute. Seine Kinnladen bewegten sich langsamer, er schluckte und begann an seinen Fingernägeln zu knabbern, dann ließ er auch das und sagte schließlich mit seiner tiefen, hohl klingenden Stimme: »Diese blöde Geschichte mit dem Bildhauer ist zu liquidieren. Der Bildhauer muß fort, hinaus aus der Stadt. Und natürlich könnt Ihr nicht ein Denkmal Peters errichten. Das überlaßt seinem Sohn, der soll es später für seinen Vater tun. Von Anfang an war das ein völlig abwegiger Gedanke.«
Nun ließ die Kaiserin das Fliederfarbene sinken. Kleopatra sah ihren Cäsar ratlos an. »Das geht nicht«, erwiderte sie zaghaft. »Er ist ein verdienstvoller Mann.« Und Ihr säßet nicht hier, hätte er mir nicht geraten, daß Gemeinsamkeit der Arbeit allein hilft, dachte sie weiter. Aber das sagte sie nicht.
»Europa«, stieß Herr Potemkin hervor. Er zuckte die Schultern, ungerührt. »Die hetzt uns sonst noch ganz Europa auf. Möchte wirklich wissen, wozu die Amme, Herr Bezki, eigentlich gut ist. Wenn er solches Geschreibe nicht einmal verhindern kann.« Und er stöberte mit den angeknabberten Fingern wieder in der Konfektschale herum.
»Eben Bezki«, meinte die Kaiserin. »Er ist ein Knicker. Er hat

Meister Falconet Schwierigkeiten gemacht. Der hat mir das alles geschrieben. Der mißglückte Guß ist gar nicht mißglückt. Er will das in Kürze in Ordnung bringen, und ich habe ihm meine Unterstützung zugesagt.« Und da der andere wieder nur kaute, fügte sie eindringlich hinzu: »Ein prächtiger Mann, ein Freund Diderots. Und mir ein Freund in schwerer Zeit.« Einen Augenblick lang ging ihr Orlow durch den Sinn. Dann seufzte sie erleichtert. Wie gut, das war also endgültig vorbei.

Der große Welteroberer aber fegte alles mit einer Bewegung fort. »Ach was, gießen. Keine Aufmerksamkeit auf alte Geschichten lenken, darauf kommt es an. Der ganze Krempel, mißlungen oder nicht, gehört irgendwo in die Rumpelkammer geschafft. Meinetwegen nicht wieder einschmelzen. Aber verschwinden lassen, und der Bildhauer fort. Das Denkmal war eine mißratene Idee, die ganze Sache muß vergessen werden.«

»Aber ich habe ihm gerade geschrieben und meine Unterstützung zugesagt«, wagte die Kaiserin noch einmal, die Treue zu halten. Dann allerdings ließ sie seufzend wieder die Nadeln klappern, hielt den Blick auf das Fliederfarbene gerichtet – sie gab nach.

»Man muß es ihm eben versüßen mit einer vollen Börse, einem Orden oder was weiß ich was. Glauben Sie mir, Madame, es ist ridicule. Wir wollen denen in Wien doch nicht den Triumph gönnen, daß man uns durch ein Denkmal die Politik bedroht. Abreisen machen, es tut mir leid.« Sogar Oberhofmeister Panin hätte seine Freude gehabt, wie vernünftig sich der kommende Favorit benahm.

Und dann ließ Potemkin das Kauen sein und erzählte von Cherson. Eine ganze Stadt wurde ihr zur Ehren dort errichtet. Eine ganz neue Industrie entstand. Seidenraupen züchtete man. Seide wurde dort versponnen. Seide würde man exportieren.

Die Kaiserin hatte das Strickzeug sinken lassen, mit flammenden Wangen hörte sie zu.

Kein trauriger Raubvogel hockte mehr da, kein häßlicher Zyklop, der bedeutendste Mann ihres Reiches schritt auf und ab vor ihr und zauberte mit wenigen Bewegungen eine blühende Stadt vor sie hin. Cherson.

Die Kaiserin verschob es immer wieder, Meister Falconet den vernichtenden Bescheid zu geben. Immer wieder zerriß sie angefangene Schreiben, denn wie sie die Worte auch setzte, es kam ja doch nur ein Wortbruch heraus. Und auch zu feig, dachte sie über sich selbst erbittert, es ihm ins Gesicht zu sagen. Mit einer zartzärtlichen Handbewegung, mit einem tiefherzlichen Blick war da nichts getan. So verging Woche um Woche. Bis sie eines Tages Sir Gunning in Audienz zu empfangen hatte. Danach war ihr Entschluß gefaßt. Nun konnte sie Meister Falconet unter die Augen treten.

Der britische Gesandte, Sir Robert Gunning, hatte schon vor zwei Jahren, aus Dänemark kommend, diesen neuen Posten bezogen. Ein schmalköpfiger junger Mann, der aussah, als bestünde er aus zwei zusammengeklebten Profilen. Kühlen Herzens und maßlos ehrgeizig, stand er hoch in Gunst bei seinem Souverän und genoß daher auch das unbedingte Vertrauen des britischen Außenministers, des Earl von Suffolk. Schon einmal war ihm höchst delikate Mission anvertraut worden. Er war es wohl, der seines Königs, Georgs des Dritten, Schwester Mathilde an diesen übel beleumundeten Christian von Dänemark verschachert hatte. Dies hatte zwar ein höchst bedauerliches Ende genommen, aber die Briten zeigten wieder einmal untadelige Haltung, niemand hatte ihm das angelastet, was wieder nur ein Grund mehr war, sich in dieser neuen Mission mit allen Kräften einzusetzen.

Sir Gunning hatte rechtzeitig erkannt, wer der kommende Mann war, hatte sich dem Zyklopen, General Potemkin, geschickt zu nähern gewußt, hatte ihm zu verstehen gegeben, daß sein Souverän voll Wohlwollen der russischen Expansion am Schwarzen Meer zusähe – was weiß Gott nicht den Tatsachen entsprach. Man nahm dies drüben mit Erbitterung wahr, aber man hatte sich eben damit abzufinden, wollte man erreichen, was ihm aufgetragen war. Und durch General Potemkin setzte Gunning schließlich auch diese Audienz durch.

Da saß er also, der Bevollmächtigte Georgs des Dritten, und wollte ein Bündnis, weil das Wachsen der russischen Flotte ein wenig den Atem nahm, und nun wurde dort unten am Schwarzen Meer auch noch eine ganze Stadt gebaut und sollte eine gewaltige Flottenbasis werden. Da flogen die Hämmer auf den Werften, eine Schiffahrtsschule ward errichtet, General Potemkin wollte Cherson seiner Herrin zu Füßen legen. Aber das Flottenbündnis sollte auch noch eine spezielle Klausel enthalten, weil in den englischen Kolonien nicht alles nach Wunsch ging und man deshalb rechtzeitig Vorsorge treffen mußte.

»Wir sind tief beeindruckt von der Huld und Gewogenheit Seiner Majestät«, sagte Katharina und spielte ein wenig mit dem Fächer in ihren Händen und erwog Nutzen eines britischen Bündnisses und hatte das alles schon ganz genau mit Potemkin erwogen, Kleopatra hatte ja jetzt ihren Cäsar, mit dem sie ein Weltreich baute, und es war gut, sich mit einem Ebenbürtigen beraten zu können. »Aber wie stellt Ihr Euch das vor?« fügte sie hinzu und klappte den Fächer zusammen und sah ihr Gegenüber rasch an.

Sir Robert Gunnings Gesicht, bestehend aus zwei zusammengeklebten Profilen, wurde ein wenig verlegen vor so direkter Frage und vor dem klarblauen Blick unter dieser hohen, durch mächtige Gedanken gebauten Stirn. Jetzt bin ich so weit, dachte er, steil würde seine Karriere nun aufwärtsgehen. Es lag auch etwas Gewaltiges in einem Bündnis mit dieser Frau, großzügig, verschwenderisch war sie und ihr Privatleben über alle Maßen schockierend – wie war das doch mit ihrem Gemahl gewesen? –, und er sagte: »Es wäre der dringende Wunsch meines Souveräns, daß Rußland gegen die irregeführten Untertanen meiner Majestät in Amerika interveniere, im Falle daß – –«

»Ach«, sagte die Kaiserin und klappte den elfenbeinernen Fächer zu und wieder auf. Sie schien ganz hingegeben diesem Spiel, hielt ihre Augen nur darauf gesenkt, und es war nicht recht deutbar, jedenfalls für diesen schmalgesichtigen Ehrgeizling nicht, was dieses »Ach« eigentlich besagen sollte. Daher fügte er eilends hinzu: »Nur im äußersten Fall natürlich, und, wie erwähnt, höchstens zwanzigtausend Mann hatten wir gedacht, und, wie gesagt, keinerlei Einspruch gegen die Ausbreitung am Schwarzen Meer.«

Er hatte schon einmal Schacher getrieben mit einem Königskind, nun wollte er Schacher treiben mit zwanzigtausend Mann Namenloser, die zugrunde gehen sollten in fremdem Land gegen irregeführte Untertanen. Ein nobles Metier, das da heißt Diplomatie – es steht in hohem Ansehen und ist nur für ganz Erlesene.

Die Kaiserin legte ihren Fächer hin und ihre kleine Hand entschlossen darauf. Einen Augenblick war Stille im Raum, als hätte diese Geste einen Schlußpunkt gesetzt. Da saß eine zur Fülle neigende, nicht mehr ganz junge Frau, war schon ein wenig der Zeit verfallen wie wir alle, eine Welteroberin und längst keine Philosophin mehr auf dem Thron, der Traum von der Aufhebung der Leibeigenschaft war lang schon begraben, die Rebellion der Getretenen unbarmherzig unterdrückt worden, und den wiedererstandenen Peter namens Pugatschew hatte sie nicht begnadigt, sondern köpfen lassen. Da sagte diese Kaiserin – shocking war ihr Privatleben – auf schockierende Weise etwas, was gleichfalls höchst shocking war. Geradeheraus sagte sie es, laut und hell – so sprach man doch nicht! – und bereitete dem steilen Aufstieg Sir Gunnings damit ein vorläufiges Ende: »Verkauf von Menschen für fremde Sache? Das kann Euer Ernst nicht sein, Herr Gesandter! Ein Flottenbündnis für diesen Preis? Wir danken für die Huld Eures Souveräns, aber zu solchem bieten wir nie und nimmer unsere Hand.« Und damit war die Unterredung beendet.

Dies war aber die Zeit, da in deutschen Landen Flüche und Verwünschungen gegen die Landesväter, Tränen und Gebete um Rettung für Namenlose täglich zum Himmel stiegen. Zehntausend Hessen wurden damals nach Amerika verschachert und dreitausend Schwaben, und sie wurden alle gegen die irregeleiteten Untertanen einer fremden Majestät eingesetzt, um in fremdem Sand verscharrt zu werden. Zehntausend Witwen und Waisen ohne Dach, ohne Brot, trieben sich damals bettelnd auf den Landstraßen herum.

Was ist Treue, was ist Sehnsucht nach den Träumen einer Jugend, wenn eine große Kaiserin Welteroberin geworden ist? Sieg häufte sich auf Sieg, und sie hatte sich gelöst von Schuld und Verstrickung, hatte einem Cäsar die Hand gereicht, Truppen marschierten in Polen und im Ural und in der Krim, und alle Träume waren erfüllt, wenn auch anders als erwartet. Aber der nun an ihrer Seite schritt, ihre Fahne in den fernsten

Erdwinkeln aufpflanzte, der konnte sie hierin nicht verstehen. Nur ein einziger war noch im Lande, der sie in dieser Sache völlig begriff. Und weil sie mit ihrer Antwort an Sir Gunning am Ende doch noch Ehre einlegen konnte bei denen aus dem Weinberg der Wahrheit, durfte sie ihm auch noch in die Augen sehen, trotz der Botschaft, die sie ihm bringen mußte.
Getrieben von dem unbändigen Wunsch, es ihm zu erzählen, eilte die Kaiserin am nächsten Morgen in aller Früh, ehe sie ihr Tagwerk begann, zu Meister Falconet.
Sie kam unangesagt. Sie hatte ihn erst suchen müssen. Um sechs Uhr morgens war er nicht mehr in seiner Wohnung anzutreffen. Dann fand sie ihn schließlich in der Gußhütte neben dem Atelier. Zutiefst verwirrt erhob er sich, als die Kaiserin eintrat.
»Ihr sollt es wissen«, sagte sie, und ihr Antlitz war morgenfrisch und gerötet vom Lauf, und das Haar war ein wenig zerzaust, der Friseur würde erst in Stunden kommen, aber sie hatte es einfach nicht ausgehalten, länger zu warten. Sie mußte ihm sagen, wie sie ihm die Treue hielt. Nachher durfte sie ihm auch das andere sagen.
Aber dann verstummte sie erschüttert. Das Elend von Zwanzigtausend verhütet zu haben schmolz dahin vor diesem Blick. Das hatte sie nicht ahnen können. Meister Falconet war um Jahrzehnte gealtert, seit sie ihn zum letztenmal gesehen hatte. Kleiner geworden schien er ihr. Und war er auch immer schmächtig gewesen, so doch drahtig und zäh. Nun war er ein gebrechlicher Alter, dessen vierkantiger, einst so vernagelter Schädel wie von knittrigem Pergament überspannt schien. Die Gesichtsfarbe war lehmig grau, hätten nicht die dunklen Augen unverändert geglüht, man hätte ihn für eine seiner Tonfiguren halten können.
So hatte man ihn zugerichtet, seit sie ihn, unbehütet und sehr verwundbar, wie er doch war, im Stich gelassen. Und sie hatte geglaubt, ihm durch das Gespräch mit Sir Gunning beweisen zu können, daß sie trotz allem Treue hielt. Dies vorzubringen war jetzt nicht am Platz. Jetzt galt es tapfer zu sein für ihr eigenes Werk. Sie mußte ihm diesen letzten Stoß versetzen. Ihre einzige Buße war, daß sie es selbst tat, es keinem andern überließ. Sachte, behutsam dachte sie, und ihr Herz krampfte sich vor Mitleid zusammen. »Abschied«, sagte sie mit erstickter Stimme.

»Ihr sollt reisen –– man wird später –– ich wollte nur ––« Sie kam nicht weiter. Schluchzen stieg ihr in der Kehle hoch.
»Ja«, sagte Meister Falconet mit seltsamer Stimme und begriff es offenbar gar nicht, daß sie gekommen war, ihm die Arbeit von zehn Jahren wegen dieses Drecks, genannt Diplomatie, zu vernichten. »Ja, reisen«, wiederholte er unbestimmt. »Bald. Man muß es jetzt nur noch auf den Sockel heben.« Und dann wies er tiefer in den Raum. Dort ragte etwas bis zur Decke und war verhängt mit einem Tuch. Die mißlungene Statue, das große Gelächter, das durch ganz Europa lief. Das es galt aufhören zu machen, weil es sonst noch den Thron erschüttern konnte.
Da riß Meister Falconet mit einem Ruck an dem Tuch, die Hülle fiel. Ein erzenes Roß bäumte sich, ein erzener Reitersmann ritt in die Ewigkeit ein, makellos erglänzte der Guß.
»Ich bin noch nicht zu Bett gekommen«, sagte Meister Falconet, und seine Stimme schwankte. »Spät abends haben wir erst die Form zerschlagen. Und jetzt hinaus damit auf den Isaakplatz. Dort ist jetzt nur noch in Stein zu meißeln, so wie wir es besprochen haben, ›Catharina secunda Petro tertio‹.« Auch auf diese Inschrift legte er Wert, auch sie widersprach völlig der wortreich blumigen Ausdrucksweise der Zeit. »Und hier diese Schlange«, erklärte er weiter und hielt ein glänzendes Stück Metall in der Hand, »kommt unter die Hufe. Eine Natter wird von den Hufen zertreten und stützt gleichzeitig die nach hinten übergewichtige Metallmasse.« Er lachte nun leise in sich hinein. Ein überirdisch glückseliges Lachen. Die Kaiserin sah ihn fassungslos an. Die Natter in seiner Hand, die ein Pferdehuf zertreten sollte. Und sie war nun die lebendige Natter, er wußte es nur noch nicht.
»Daß ich es Euch hier darbieten darf – niemand sonst hat es bisher gesehen. Es ist die größte Stunde meines Lebens«, sagte er rauh. »Es ist mein größtes Werk, und Ihr habt mir den Auftrag gegeben. Habt Dank.« So viel, so offen hatte er noch nie gesprochen. Die durchwachte Nacht hatte ihn wohl durcheinandergerüttelt.
Aber es gab auch noch einen anderen Grund. Denn diesem zweiten Guß, der das Standbild nun makellos erstrahlen ließ, waren Wochen des Kampfes um Geld mit Bezki vorangegan-

gen. Man hatte ihm alle Gelder gesperrt, und ein zweiter Guß war ihm nicht bewilligt worden. Und Kornilow, der ihm und allen, die dabeigewesen waren, durch seine todesmutige Geistesgegenwart das Leben gerettet hatte, konnte seine bescheidene Forderung ebenfalls nicht durchdrücken – das gehe die Intendantur nichts an, sei Meister Falconets persönliche Sache, hatte man ihm erklärt. Und das Vermögen in Paris sequestriert, und Marie Anne hochschwanger. Da hatte Meister Falconet sein ganzes Vermögen hingeworfen, all das, was er in den zehn Jahren hier erspart hatte, und diesen Guß aus eigenem ausgeführt und sich bettelarm gemacht.

»Niemand sonst hat es gesehen«, wiederholte die Kaiserin langsam. Der Teufel hole diesen Dreck, Diplomatie, aber sie hatte trotzdem diesen Preis zu zahlen, wollte sie unangefochten Welteroberin sein, und da verriet sie ihn. »Niemand soll es auch weiterhin sehen«, fuhr sie geheimnisvoll fort und haßte sich für ihre Schauspielerei. »Ich gönne den Anblick niemandem, für mich habt Ihr es gemacht, für mich allein stell' ich es auf in meinem Park. In Zarskoje Selo vielleicht, wo die Menge nicht hin darf. Geschützt vor profanen Augen bleibt es, so wie die kleine Büste Eurer Gehilfin. Täglich trete ich vor sie hin, so werde ich auch vor Euer Reiterbild täglich treten«, sagte sie leise. Ihre Wangen brannten, so schwer war ihr das Lügen schon lange nicht geworden, sie betrieb es doch sonst oft mit Lust, es gehörte ja schließlich zu ihrem Metier. Aber das hier war etwas anderes, sie stand vor einem aus dem Weinberg der Wahrheit. »Nun aber reiset schleunigst, Ihr habt Ruhe verdient«, sagte sie mit erstickter Stimme und sah ihn nicht an.

Meister Falconet hörte sie wie aus weiter Ferne, abreisen, gewiß, das wollte er auch, gleich nach der Enthüllung. Die Huldigung galt ihr, aber es war doch schließlich üblich, daß der Bildhauer bei der Enthüllung anwesend war. Das alles drang jedoch nicht ganz in ihn ein, er war zum Umsinken müde nach dieser Nacht und nach den entsetzlichen Wochen davor. Auch stand er ja noch immer neben ihr, und das unerwartete Glück, ihr sein Präsent so unvorhergesehen übergeben zu können, es lag ja mehr darin als sie wußte, erfüllte ihn noch so ganz, daß nichts anderes aufkommen konnte. Später, dachte er, werde ich

mir das überlegen, irgend etwas stimmt da nicht. Und er sagte nur verwirrt: »Unser Sockel. Für den Fels ist das Standbild doch gedacht. Auf den Isaakplatz soll es doch hin?«
»Das kann nicht sein«, sagte die Kaiserin nun laut und hart. Sie hätte erwidern können, daß man den Fels in ihren Park -- Daß man das Standbild später auf den Sockel erheben werde -- Es kam wirklich nicht darauf an, was sie an Lügen ihm jetzt bot. Dieser Mann war ausgebrannt, nur noch eine Hülle, unfähig, Gedanken zu fassen, die Vernichtung zu begreifen. Aber sie konnte nicht mehr.
»Kann nicht sein?« verwunderte sich Meister Falconet, noch dämmerte ihm kaum, was das sollte. Fragend blickte er sie an. Und sie wandte entsetzt den Blick von ihm fort.
»Haben wir Majestät endlich gefunden, wir suchen schon im ganzen Schloß«, kam es tiefstimmig von der Tür. Da stand im Rahmen der Zyklop, General Potemkin, begleitet von der dicken Bruce und der strichdünnen Protassow.
Rettung! »Ja«, sagte die Kaiserin hell, und es lag unendliche Erleichterung in ihrem Ton. »Seht euch das doch an! Die herrliche Überraschung – das Denkmal ist aufstellungsbereit!«
Und während die anderen näher traten und »Ahs« und »Ohs« ausstießen, klammerte sich die Kaiserin mit flehendem Blick an den birnenschädeligen General – nimm mich fort, nur rasch fort, hieß das, und sie sagte: »Es kommt in den Park nach Zarskoje Selo, wo nur Auserwählte es sehen werden. Und jetzt darf der Meister endlich heimreisen.«
»Ja, reist gesund«, sagte General Potemkin gleichmütig, sein einziges Auge hatte die Statue kaum gestreift. Und dann schüttelten alle einander herzlich die Hand. »Abschied«, sagte die Kaiserin hastig. Nun hatte sie ihn doch anzusehen. Aber das dauerte nur einen Atemzug lang und geschah schon im Schutz dieses anderen. »Aber wir sehen einander noch, ehe Ihr reist«, fügte sie herzlich hinzu, und in diesem Schutz konnte sie nun auch wieder munter lügen. Dann raffte sie ihre Röcke und lachte, und winkend und lachend rauschte sie hinaus, und die anderen eilten hinter ihr her. Sie sprudelte allerhand hervor im Gehen und redete hastig auf General Potemkin ein, und da flog eine ihrer Lachkaskaden hoch, ihr Gelächter klang noch vom Korridor hell herein.

So endete die größte Stunde in Meister Falconets Leben. Es war das letztemal, daß er die Kaiserin sah.

Die Fürstin Daschkowa schritt in dem ihr verhaßten Zimmer im Hause Palianski erregt auf und ab. In den sechs Jahren seit ihrer Rückkehr hatte sie sich noch immer nicht daran gewöhnt, daß sie hier wohnen mußte. Bei der Kaiserin war das gewiß längst in Vergessenheit geraten, daß dies einmal ihr Wunsch gewesen war. Der Kaiserin wegen hätte sie längst schon anderswo Wohnung nehmen können, aber das Geld, das leidige Geld. Was die Kaiserin ihr als erster Staatsdame bezahlte, war eine Lappalie, fand sie, bedachte man, wie sie Tag für Tag ihre Gesundheit aufrieb in ihrem schweren Dienst. Die Güter warfen nie genug ab, die Verwalter stahlen wie die Raben, die Leibeigenen lagen auf der faulen Haut, und vor fünf Jahren bei der Pest in Moskau hatte sie entsetzliche Verluste erlitten, und Mischas Erziehung wurde immer kostspieliger.
Die Fürstin Daschkowa, früh ergraut, hatte mit den Jahren immer mehr das Aussehen einer Wühlmaus angenommen. Grau in grau trug sie sich seit langem, nie war ein farbfrohes Kleidungsstück an ihr zu sehen, so mußte sie sparen. Sie überließ es gerne anderen, ihr Geld zum Fenster hinauszuwerfen und sich lächerlich zu putzen auch noch in reifem Alter.
Sie lehnte am Fenster und blickte hinaus. Aprilwetter. Schneeflocken wirbelten und zergingen zu trüb wässrigem Brei, sowie sie zu Boden fielen. Ein Trupp Kinder lief lachend über den stillen Hof. Eine fahle Nachmittagssonne versuchte vergeblich durchzudringen. Stirnrunzelnd sah die Fürstin dem Kindertrupp nach. Ihre seltsam gebuckelte Denkerstirn war noch immer unverkennbar.
Mischa soll in Edinburgh studieren, wie ein Mühlenrad ging ihr das im Kopf herum, ungeduldig tappte sie mit dem Fuß immer wieder auf das Parkett. Wir werden Umgang mit Hume und mit Smith haben, dachte sie begeistert. Und vor ihrem inneren Auge erstand eine herrliche Zeit. Das Wiedersehen mit Kitty Wilmot! In Anbetung würde ihr die zu Füßen sinken, jedermann würde ihr respektvoll huldigen, ihr, der ersten Staatsdame der Kaiserin. Und ein schmucker Sohn an ihrer Seite, blendend erzogen im Ausland, der künftige Adjutant General Potemkins! Sie

keuchte vor Erregung. Schweißtröpfchen standen ihr auf der Stirn. Nur das Geld, das leidige Geld.
Dann fielen ihr die Maulbeerbäume ein. Seidenraupenzucht, Seide, teilhaben an dieser lukrativen Industrie. Zum Glück war General Potemkin ein Jugendfreund. Teilhaberin wollte sie werden. Und plötzlich war ihr Entschluß gefaßt. Seufzend sank sie in einen Stuhl. Ein seltsam wollüstiger Ausdruck trat in ihre Züge. Entrückt, verzückt lächelte sie. Ein wenig unheimlich, was da vor sich ging in diesem Gesicht.
»Jawohl«, sagte sie dann laut in die Stille und wußte nicht, daß sie mit sich selbst sprach. Es war die Gewohnheit der zutiefst Einsamen, es geschah ihr dies manchmal auch in Anwesenheit anderer, spottende Blicke trafen sie deswegen zuweilen. »Jawohl«, wiederholte sie, »er hätte es ja auch anders haben können.« Und vor ihrem blicklosen Blick stand Meister Falconet, wie er sich geweigert hatte, die Porzellanmanufaktur in Gang zu bringen. Einmal in Paris und dann noch einmal hier. Was hatte die Kaiserin aufgetragen? »Alle seine Auslagen sind zu ersetzen, alle von ihm präsentierten Rechnungen zu begleichen, und vor der Abreise ist er fürstlich zu entlohnen.« Das Geld, das er von hier mitnähme, sollte reichen bis ans Ende seiner Tage, überschüttet sollte er von dannen ziehen.
Mischa wird in Edinburgh studieren! Man wird wieder Umgang haben mit großen Geistern, dachte sie wild. Da saß sie schon vor ihrem Schreibtisch und klirrte heftig mit einem Schlüsselbund. Ächzend sprang eine Lade auf, eine mächtige Geldkatze zog sie hervor. Atemlos hingegeben zählte sie Goldstück auf Goldstück auf den Tisch. Ihre Spinnenfinger arbeiteten behend. Ein mächtiger Haufen lag schon beisammen. Gleichmäßig klappte Metall auf Holz.
Es war eine traurig geschrumpfte Börse, ein ganz und gar unansehnliches Stück, das am Abend desselben Tages durch Boten Meister Falconet im Auftrag der Kaiserin überbracht wurde. Ihr eigener Name kam in der Bestellung nicht vor.

Die schon erwähnte einzige Biographie Marie Annes, hundert Jahre nach ihrem Tode zu Nutz und Frommen malender, geigender oder sonstwie dilettierender höherer Töchter geschrieben, weiß aus dieser Zeit nur zu berichten, daß die unglückliche junge Künstlerin, entgegen dem ursprünglichen Plan, von ihrem Gatten in hochschwangerem Zustand mutterseelenallein in der eisigen Fremde zurückgelassen wurde. Später sollte sie ihm folgen – auch Meister Falconet sei damals schon lange abgereist. Vergleicht man jedoch die Daten in den spärlichen Dokumenten, so stellt sich heraus, daß dem nicht ganz so gewesen ist.

Meister Falconet blieb, aber für die Welt war er abgereist. Der Weltberühmte, dessen Name jahrelang durch alle Gazetten gelaufen war, wenn auch zuletzt voll Hohn und Schmähungen – aber diese lassen sich ja nur drucken über einen Beneideten, der im Brennpunkt des öffentlichen Interesses steht –, war damals schon völlig in Vergessenheit geraten.

Genug, er blieb, und in Marie Annes schwerer Stunde war er an ihrer Seite. Die Räume im Schloß hatten sie damals längst schon verlassen. Wenn ihr Umzug auch nicht gerade eine Zwangsräumung genannt werden kann, so war sie doch durch die Baukanzlei verfügt worden, um der wuchernden Naturaliensammlung Platz zu schaffen. Die Künstler waren mittlerweile in ein höchst bescheidenes Landhaus in einem Petersburger Vorort gezogen.

Marie Anne gebar in Qual und Seligkeit, hingegeben der Lust und dem Leid der Kreatur, so wie sie empfangen hatte. Und Meister Falconet hob ein rosiges, leise quäkendes Bündel in den Arm, sein Kind, ein Mädchen war es. Strotzend, noch in des Lebens Kraft hatte er sein Denkmal geschaffen, und nun, da er sich schon mächtig der Zeit verfallen fühlte und schon hinübergezogen in andere Reiche, da ward er nochmals festgehalten in dieser so viel gelästerten und toll geliebten Welt.

Was zwischen ihm und Marie Anne in jenen Wochen und Monaten gesprochen wurde, beschränkte sich auf das Notwendigste des Alltags, und der Zukunft taten sie beide keine Erwähnung. Aber es war nun viel Stille und Sanftheit in ihnen beiden, und Marie Anne faßte oft nach seiner Hand. Wenn sie einander in die Augen blickten, lächelten sie und mußten beide rasch wieder fortsehen. Denn sie zeigten es nicht gerne, daß ihnen die Augen immer wieder voll Wasser standen. Und dann reisten sie.

Es war ein schon grau verhangener, kühler Herbsttag. Nebelschwaden trieben durch die Luft, die Sonne kämpfte noch, sich durchzusetzen, es mochte später am Tage vielleicht noch einen zart blauen und makellosen Himmel geben. Die Reisekutsche bog vom Newskikai ein und holperte über den Isaakplatz. Mit knapper Bewegung zog Marie Anne den Vorhang vors Fenster, als das umfriedete, holzverschalte Gerüst sichtbar wurde, das den leeren Sockel des Denkmals verbarg.
»Laß doch«, sagte Meister Falconet mit rauher Stimme und schüttelte lächelnd den Kopf und schob den Vorhang wieder zurück. Mochte die Nachwelt damit nach Belieben verfahren, und um die Mitwelt schere man sich den Teufel, er war einzig seinem Gewissen gefolgt. So war's auch im Streitgespräch über den Ruhm niedergeschrieben. Leise greinte das kleine Bündel, Marie Anne hielt es wohlverpackt im Arme. Zwei Augenpaare, ein altes und ein junges, beugten sich darüber, und da sie aufblickten, mußten sie ganz rasch wieder voneinander fortsehen.
Am Stadttor gab es noch einen kleinen Aufenthalt – man vidierte ihre Papiere. Näher besah man sich die Reisenden nicht, sie waren ja auch wirklich ganz und gar nicht bemerkenswert. Ein vornehmer, schon etwas gebrechlicher älterer Herr und eine jüngere Frauensperson wohl niederen Standes. Nach dem Namen zu schließen, seine Frau. Da hatte einer eine Freigelassene, irgendeine Dienstmagd geheiratet. Bekam ja wohl auch keine seines Standes mehr, in diesem Alter. Denn vermögend schien er ja nicht gerade zu sein. Es war eine sehr schäbige Reisekutsche. Ein Kind führten sie auch mit sich.
»Familie Falconet schreibe ich einfach«, sagte der Schreiber, der die Namen in ein großmächtiges Buch eintrug. »Falconet«, wiederholte er dann gedehnt. »Hieß nicht der so, der vor ein paar Jahren diesen Fels aus Ropscha auf den Isaakplatz geschafft hat?«
Der angeredete Soldat zuckte die Achseln, er war blutjung und hatte den Namen nie gehört. »Na, wenn schon«, knurrte er, was ging ihn ein Fels, was ging ihn Ropscha an. Nein, die Mitwelt kümmerte sich wirklich nicht sonderlich um diese beiden, die – zehn Jahre war es jetzt her – voll Schaffenskraft und Tatenlust ins Land gekommen waren, und nun, unbegleitet

und unbemerkt, und die Frau hielt zudem noch einen Säugling im Schoß, ärmer als sie gekommen waren, in einer überaus bescheidenen Kutsche auf einem höchst beschwerlichen und ungewissen Weg dahinrollten.

»Das Maul ihnen stopfen, diese Frechheit, kaum zu glauben«, sagte Generalmajor Potemkin. Seine Stimme tönte tief wie aus einem hohlen Faß, seine gedehnte Sprechweise stand in seltsamem Widerspruch zu seinen Kraftausdrücken. »Kann Freund Orlow dahinterstecken? Konspiriert *er* aus dem Ausland?«
Beine hochgezogen, Arme um die Knie geschlungen, so hockte er in seiner Lieblingsstellung auf der kaiserlichen Ottomane. Zu der Zeit hatte er die Gemächer der unteren Etage schon lang bezogen, aber er hielt sich dort nur höchst selten auf. Meist war er auf Reisen. So ein Weltreich baut sich nicht im Handumdrehen. Und jetzt war er gerade daran, sich ein eigenes Fürstentum zu gründen. Moldau, Walachei, Bessarabien, das sollte alles besetzt werden.
Das häusliche Idyll, das stille Plauderstündchen war ihnen kärglich zugemessen, die Regierungsgeschäfte ließen sich niemals ganz daraus verbannen. Ja, es war ein Siegeszug geworden, Cäsar und Kleopatra nahmen Besitz von der Welt.
Die Kaiserin ließ ihr Strickzeug sinken. Es war längst nicht mehr das fliederfarbene Deckchen für das Windspiel, jetzt war es ein rosenrotes Höschen für den Enkel Konstantin.
»Nein«, sagte sie und schüttelte den Kopf. »Das ist nicht seine Art. Der macht keine Geheimnisse, spinnt keine Intrigen, der sagt alles geradeheraus. Leider«, fügte sie hinzu und lachte. All seine Liebschaften, all seine Affären hatte er ihr stets aufgezwungen, hatte ihr damit das Leben vergällt. Wie er sie doch hatte leiden machen können, und wie lange das nun schon her war. Eine zur Fülle neigende Frau, lachenden Munds und mit vielen Fältchen um die klugen Augen sah forschend den traurigen Raubvogel an. Und wie war das jetzt? Wie stand es um diese Nichten, von denen man munkelte? Sieben Nichten umschwirrten den verehrten Onkel. Sieben Nichten konnten ihr kein Leid antun, dachte sie entschlossen. Gemeinsamkeit der Arbeit. Zärtlich blickte sie zu ihm hin.
Er hockte und knabberte grübelnd an seinen Nägeln. Die

Achatschale, die guten Konfektstücke, und da waren viele verzuckerte Veilchen darunter, die er sonst doch in rauhen Mengen verschlang, konnten ihn heute nicht locken. Es war zwischen ihnen die Rede davon, daß immer noch, jetzt nach vier Jahren, das böswillige Getuschel um die Kaiserin, die sich vermaß, dem ermordeten Gemahl ein Denkmal zu errichten, kein Ende nahm. Dabei war der Bildhauer schon längst außer Landes, und das Reiterstandbild rostete mit anderem überlebensgroßen Krimskrams noch aus der Zeit der Zarin Elisabeth, mit all dem kostspieligen Gerümpel, das aus diesem oder jenem Grund nie zur Aufstellung gekommen war, irgendwo im letzten Hintertrakt, wo nie jemand hinkam.

»Sie nehmen sich nicht einmal die Mühe, etwas Neues zu erdichten«, sagte er erbost und kaute angelegentlich. »Der gleiche alte Gazettenquatsch wie damals, und sie drucken ihn einfach wieder ab. Überall. In ganz Europa. Aber wer steckt dahinter? Die Tugendwächterin kann das nicht mehr sein. Und ihr Sohn ist uns ja viel gewogener. Weiß der Teufel also, wer. Aber auch den Namen Orlow hört man wieder viel zuviel.«

Die Kaiserin zuckte gleichmütig die Achseln. Er schien sich doch ganz passabel zu machen als junger Ehegatte. Benahm sich unerwartet manierlich im Ausland. Und wäre er auch hier, ihr konnte er nicht mehr gefährlich werden, sie konnte er nicht mehr leiden machen. Vorbei, vorbei!

»Diesen Lästermäulern müßte man einen Bissen hinwerfen, an dem sie krepieren«, sagte der Einäugige und erhob sich zu seiner vollen Größe und schritt in Gedanken vor ihr auf und ab. »Da gibt es nur eines«, ließ er sich schließlich tiefstimmig vernehmen und blieb mit einem Ruck stehen. »Das Denkmal wird jetzt doch aufgestellt. Mitten auf dem Isaakplatz, wie es geplant war. Vor all diese Lästermäuler hin. Es paßt ja jetzt auch ausgezeichnet in unser Konzept«, schloß er triumphierend. Daß ihm das nicht schon längst eingefallen war.

»Aber – – ich dachte – –« Der Kaiserin blieb der Mund offen, und sie gestikulierte so heftig mit dem Rosenroten in ihrer Hand, daß ihr das Wollknäuel entfiel und unter der Ottomane zu verschwinden drohte. Dann faßte sie sich und fuhr fort: »Ich dachte, ein Denkmal dieser Art ist untragbar für die Politik, heißt geradezu die Lästermäuler herausfordern?«

Der Zyklop hielt mit einer geschickten Bewegung seines Fußes das Wollknäuel davor zurück, zu verschwinden, vergaß aber, es aufzuheben, und rollte es mit der Fußspitze nachdenklich hin und her. »Ist es auch«, erwiderte er. »Ganz unmöglich. Ein abstruser Gedanke.« Dann bequemte er sich doch und bückte sich und überreichte ihr galant das Knäuel.
Konstantin würde sein Höschen bekommen. Aber ehe sie weiterstrickte, mußte er ihr das erklären. Sie begriff kein Wort. Erwartungsvoll sah sie ihn an.
»Das Denkmal kann natürlich nicht Eurem Gemahl gelten. Aber alles, was wir jetzt unternehmen – Dazien, das neue Königreich für den Enkel, die Flotte, all das ist doch schließlich nur die Fortführung dessen, was der große Ahnherr längst geplant hatte«, erklärte er der Aufhorchenden. »Unser Konzept baut sich auf den Gedanken Peters des Großen auf. Und so ist es ein Gebot der Dankbarkeit für unser Gelingen, daß die Kaiserin ihrem geistigen Ahnherrn – Ihr versteht, Catharina secunda«, kam es nun scherzhaft bombastisch. »Petro primo – – Als Denkmal Peters des Großen stellen wir es auf«, schloß er. »Aber«, begann die Kaiserin von neuem, sie war starr. Und wußte nicht, ob sie die Größe des Gedankens oder die Unverfrorenheit mehr bewunderte. »Aber«, fuhr sie fort, nachdem sie sich ein wenig gefaßt hatte, »es wurde doch überall verlautbart, in allen Gazetten war es zu lesen – jedermann weiß, daß es meinen Gatten darstellt. Über die Ähnlichkeit wurde so viel gesprochen. Und ihr selbst sagt doch, daß man gerade jetzt wieder – – Nein, das geht nicht!« Sie schüttelte den Kopf, die Hände im Schoß, das Strickzeug ruhte.
»Eben«, erwiderte er. »Man dekretiert. Sie werden ihre Mäuler alle weit aufsperren und nicht so rasch wieder zubringen, und das ist gut. Sie werden garantiert artig kuschen und vergehen vor Hochachtung. Und die, die ihre Mäuler am ärgsten gewetzt haben, die werden sich am beflissensten zeigen, dort, wo sich Gerüchte bilden, sie für böswilliges Gerede zu erklären und zu sagen, daß die Kaiserin niemals je auch nur daran gedacht habe – – Madame, so macht man eben bei uns Politik«, sagte er übermütig. »Auch in der Kunst. So kann man sie machen, solange man siegt, bei steigender Macht«, fügte er ernster werdend hinzu. »Aber was immer später kommen mag, ob uns

weiter ein Stern leuchtet, in die Geschichte eingehen wird Katharina die Zweite als Vollstreckerin des geistigen Testaments Peters des Großen. So wird dieses Monument keiner vergessen, der es jemals gesehen hat.«

Scheu sah die Kaiserin ihn an. Ein wenig unheimlich war er ihr nun doch. Was lag an Angst, an Grauen, an versuchter Sühne, an Leid und Verstrickung in der Geschichte dieses Denkmals für sie! Er konnte das nicht begreifen. »Für mich bleibt es ein Sühnmal für den Ermordeten«, sagte sie nach einer Pause fest. »Auch wenn Peter der Große darauf geschrieben steht. Der Reitersmann trägt die Züge des Gemahls. Aber sei es darum. Die Hauptsache – es wird aufgestellt.«

Wieder schritt er, Nägel kauend, grübelnd vor ihr auf und ab. »Aber wenn wir schon für die Nachwelt alles ein wenig zurechtrücken«, sagte er langsam, und die Kaiserin blickte ihn gebannt an, man konnte förmlich sehen, wie ein neuer Gedanke in ihm entstand, »dann machen wir auch noch einen weiteren Schritt und trennen Orlow und die Kaiserin für alle Zeiten.«

»Aber, aber«, wehrte die Kaiserin ab. »Diese alten Geschichten sind längst vergessen, nicht nur von mir. Längst ist der Schlußstrich gezogen unter alles, was damit zusammenhängt.«

Verstrickt auf Gedeih und Verderb, so war das früher einmal, dachte sie. Und reinwaschen wollte ich mich von Gedankenschuld. Die nächtlichen Fratzen! Nun schlief sie Nacht für Nacht den gesunden Schlaf einer von nie endendem Tagwerk erschöpften Welteroberin.

Unbeirrbar und nägelkauend stieß er hervor: »Wie war das doch gleich? Habt Ihr mir nicht erzählt, Ihr besäßet es schwarz auf weiß? Irgendeine Anschrift von ihm, wonach er erklärt, er und seine Brüder hätten damals gegen Euren Befehl – –?« Fragend sah er sie an.

Die Kaiserin nickte stumm. Sein Gedächtnis war wirklich phänomenal. Ein einziges Mal hatte sie über Orlow gesprochen. Damals, als es der guten Bruce endlich gelungen war, den mit seinem Gott Zwiesprache Haltenden den Klostermauern zu entreißen. Seit damals war Orlow niemals mehr zwischen ihnen erwähnt worden. Damals war sie durch zitterndes Warten so aufgewühlt gewesen, daß sie ihm von der Qual vieler Jahre erzählt hatte, von dem Beweis ihrer Unschuld, der tief ver-

schlossen in ihrem Schreibtisch ruhte. Daß Orlow ihr eines Tages ein Postskript daran geschrieben hatte – wie versunken das alles jetzt war.
»Gebt her, das Schreiben«, sagte er kurz. »Man muß das trennen. Auch daß Ihr befahlt, den Gemahl in die Schlüsselburg zu bringen, das braucht der Nachwelt nicht aufbewahrt zu werden.«
Die Kaiserin legte das rosenrote Höschen fort. Sie erhob sich. Einen Augenblick stand sie gedankenvoll vor ihrem Schreibtisch. Akten, Konvoluten, Akten häuften sich da. Arbeit, Gemeinsamkeit der Arbeit. Das war der rettende Gedanke gewesen, der beste Ratschlag, den sie je erhalten hatte. Für einen kurzen Augenblick spazierte ihr der Bildhauer durchs Hirn. Lust der Arbeit. Und die sieben verehrenden Nichten? Sie scheuchte das fort. Langsam zog sie einen Schub auf. Ein verborgenes Brettchen schnellte zurück. Ein anderes sprang vor. Ein Scharnier schnappte. Mit gespitzten Lippen blies sie über das Papier. Eine leichte Staubwolke flog hoch. Etwas angegilbt war das Stück, das sie ihm reichte. Achtzehn Jahre war es her, daß sie diese Zeilen geschrieben hatte, ihre erste Regierungstat. Zehn Jahre waren es, daß Orlow ihr nach einem Streit gnädig zur Versöhnung dieses Postskript geschenkt hatte.
Generalmajor Potemkin, künftiger Fürst des zu gründenden Dazien, überflog es rasch: »Leben und Gesundheit des hohen Gemahls«, las er halblaut, »lege ich vertrauensvoll in die Hände der Orlowbrüder – –«. Das andere las er erst gar nicht. Und dann das Postskript: »Ich, Grigori Orlow, erkläre hiermit, daß ich und meine Brüder ohne Wissen der Kaiserin zur Sicherung ihres Thrones Peter den Dritten – –«
Fragend sah er sie an. Sie nickte. Cäsar und Kleopatra machten Geschichte. Mit einer einzigen Bewegung trennte er den Bogen ab und überreichte ihr nicht ganz ohne Feierlichkeit Orlows Postskript. Dann zerriß er das kaiserliche Schreiben in winzige Fetzchen. Einen Atemzug lang sah die Kaiserin auf die sonderbar krausen Schriftzüge Orlows nieder. Das also sollte bleiben von Schuld und dem Versuch der Sühne? Kein Sühnmal, für die Welt jedenfalls nicht. So sah nun ein großes Dokument eines durch alle Tiefen und Höhen gejagten Daseins aus. So schließt sich der Kreis, so runden sich die Jahre, achtzehn Jahre ist es

nun her. Still legte sie das Papier an seinen Platz zurück. So würde die Untat auf die Nachwelt kommen. Nicht der leiseste Makel sollte auf ihr ruhen, das also wollte er. Dankbar sah sie zu ihm auf. Ein Scharnier schnappte ein. Ein Brettchen rollte zurück. Ein anderes wurde darüber gezogen. Beide Hände streckte sie ihm entgegen. Hand in Hand standen Cäsar und Kleopatra. »Und nun also das Denkmal«, sagte er lächelnd: »Catharina Secunda, die Vollstreckerin seines Willens, dem großen Ahnherrn Petro Primo.«

V

Die Enthüllung des Denkmals fand statt am sechsten August siebzehnhundertzweiundachtzig, zwei Jahre nach jenem bedeutungsschweren Gespräch der Kaiserin mit Potemkin, sechs Jahre nach des Bildhauers sang- und klangloser Abreise. Es war ein strahlend blauer Hochsommertag, ein Ehrentag der schönen Künste, Generalintendant Bezki wackelte auf altersschwachen Beinen aufgeregt durch die Menge. Ohne die Anwesenheit des Bildhauers setzte er alles daran, einen rechten Festtag daraus zu machen. Auch galt es allerhand Verdrießlichkeiten aus der Welt zu schaffen, er hatte sich von der Kaiserin manches anhören müssen wegen dieses Herrn Linguet und war seither ein wenig beiseite geschoben.

Orlow weilte damals noch immer im Ausland. So auch die Fürstin Daschkowa, die sich zu der Zeit bereits ganz der Karriere ihres Sohnes widmete. Sie hatte ihn für seine Studienjahre nach Edinburgh begleitet. Man wird sich vielleicht erinnern, daß sie, umsichtig wie es ihre Art war, diesen Plan ja schon vor Jahren in Angriff genommen hatte. So fehlten die beiden, denen die Kaiserin ihren Thron vor allem zu danken hatte, fehlten die, die durch Schuld und Dankesschuld, jeder auf seine Weise, die Kaiserin hatten binden wollen, die, in deren Beisein sie sich einst heimlich versprochen hatte, dem toten Gatten ein Sühnmal zu errichten, das nun für die Welt ein Denkmal Peters des Großen geworden war. Und auch der, den sie sich erwählt hatte, um sich von Jugendträumen und Jugendschuld zu lösen, an dessen Hand sie endgültig von der Republikanerin im Herzen zur großen Welteroberin geworden war, weilte zu jener Zeit nicht bei ihr, sondern auf fernem Kriegsschauplatz.

Dicht besetzt war jedes einzelne Fenster, Kopf an Kopf drängte sich. Wochen vorher schon hatte man diese bevorzugten Sitze zu hohen Preisen einander aus den Händen gerissen. Die Gunst mancher Schönen war damals leichter durch ein Hierdabeiseindürfen zu gewinnen als durch ein kostbares Juwel. Eine illustre Gesellschaft, glitzernder Schmuck, prunkende Roben, ordensgeschmückte Uniformen waren da. Eine zehntausendköpfige Menge säumte den Platz. Immer neue und neue Menschenmas-

sen quollen aus Straßen und Gäßchen hervor. Die Wache hatte Mühe, den Kordon zu ziehen. Erregt schnaubend und nervös tänzelnd hoben edle Pferde den Kopf gegen die Vordrängenden, die nur widerwillig und schrittweise zurückwichen. Man hatte eine breite Bahn zwischen der Estrade und den Zuschauern geschaffen: dort oben nahm die Kaiserin und ihr Gefolge Platz, die höchsten Spitzen des Staates, die Minister und Senatoren, die Generäle und das diplomatische Korps.
Dann wurde es stiller, die Garderegimenter zogen auf, das Trappeln von Hufen war vernehmbar, Degen funkelten im Sonnenlicht, wie angegossen saßen die Reiter, darunter mancher, der einst für Meister Falconet Modell geritten war. Fanfaren ertönten aus allen vier Ecken des Platzes, eine Kapelle blies einen gewaltigen Tusch, der Zeremonienmeister zu Füßen der Estrade gab ein knappes Zeichen, da erhob sich dort oben die Kaiserin und schritt langsam die Stufen hernieder und hinaus auf den weiten Platz bis an den Sockel des Standbildes. Sie streckte den Arm hoch und reckte sich und griff nach etwas – man konnte nicht ausnehmen, was es war – die Hülle fiel. Salutschüsse donnerten weithin. Hoch in den Himmel hinauf bäumte sich das eherne Roß mit seinem edlen Reiter auf dem Felsen von Ropscha und sprengte hinüber über den Abgrund und hinein in die Ewigkeit.
Winzig klein stand die Kaiserin zu Füßen des Standbildes und hob ihren Kopf zu dem gewaltigen Antlitz, das über ihr ragte und das einst eine sie bedrängende Fratze gewesen war. Über dem ehernen Haupt zogen federleicht kleine Zirruswölkchen dahin. Für den Bruchteil einer Sekunde blieb ihr Blick an ihnen hängen, dann glitt ihr Auge fast verwundert über die Menge, verwundert, als bemerkte sie alle diese Menschen erst jetzt. Dann straffte sich ihr Körper hoch, und sie verneigte sich tief, fast bis zur Erde. Dem ehernen Reiter erwies sie ihre Reverenz.
Da erhob sich das Gefolge, erhoben sich die Höchsten des Staates, die Minister und Generäle, die ausländischen Diplomaten, erhoben sich alle rings in den Fenstern der umliegenden Häuser, verneigte sich eine zehntausendköpfige Menge vor dem ehernen Reiter auf dem Isaakplatz.
Die Kaiserin aber raffte langsam ihre Röcke und schritt nachdenklich und sehr allein – viel Einsamkeit lag um sie – die

Treppe zur Estrade wieder empor. Musik schwoll auf. Geklatsche, Getose, Jubelgeschrei, Vivatrufe, Lärm, Volksgetümmel.
Im pfauenblauen Krönungsmantel, ein Krönchen im Haar, schritt sie hindurch, als vernehme sie von alledem nichts. Sie war damals schon weit über die Fünfzig, eine etwas schwer gewordene Frau mit einer Denkerstirn und spöttisch wehmütigen, aber leuchtenden Blicks und noch immer federnden Gangs. Es war ein großes Volksfest, dieser Tag der Denkmalsenthüllung, und es gab viel Lärm, und doch wurde eine Frage kaum laut. Natürlich war es ein Denkmal Peters des Großen. Die Kaiserin errichtete es ihrem Ahnherrn. Das hatte sie doch von Anbeginn ihrer Regierung so geplant. *Petro Primo Catharina Secunda* stand auf dem Sockel eingemeißelt, jeder wußte das. Es mochten auch nicht mehr viele hier sein, die damals dabei gewesen waren, als man diesen Fels auf Kupferkugeln herbeigerollt hatte. Das Denkmal war eine ungeheure Leistung und legte Zeugnis ab von der Vollstreckung des Testamentes des geistigen Ahnherrn, von dem gewaltig sich ausbreitenden Reich und dem Werk seiner großen Herrscherin. »Wie hieß der Bildhauer doch nur?« fragte der und jener und bekam keine Antwort. Die wenigsten dachten auch nur flüchtig daran, daß das ein Gebilde von Menschenhand war und von Menschengeist ersonnen. Für viele war es nun doch Bezkis Werk. Und sie alle hätten sich nur ein ganz klein wenig Mühe machen müssen. Wären sie, sobald der Trubel sich verlaufen hatte, ein paar Schritte näher an den Sockel herangetreten, sie hätten es lesen können, denn dort stand es ja eingegraben: *Monumentum fecit et delineavit Stephanus Falconet Parisinus similitudinem facies Maria Anna Collot Parisina expressit. Anno MDCCLXXXII.* Wessen Züge die Gehilfin freilich gebildet hatte, das war vergessen, und wer es noch wußte, hielt wohlweislich den Mund. Man konnte dekretieren, was man wollte, wenn man an der Macht war, da hatte Generaladjutant Potemkin schon recht. Er war wirklich der klügste Mann des ganzen Reichs.
Das Denkmal steht also, doch das Leben geht weiter. Wir befinden uns an gewaltiger Zeitenwende, und den Menschen ist noch manches auferlegt.
Die beiden, die damals so sang- und klanglos das Land verlassen hatten, Meister Falconet und seine Gehilfin, waren nicht mehr

in das Haus in der Rue d'Anjou zurückgekehrt. Beim Abschied hatte er sich geschworen, nur als Sieger in Paris wieder einzuziehen, illustre Gäste, Schüler würden von weit und breit bei dem Weltberühmten zusammenströmen, begierig, ihn zu sehen, mit ihm zu sprechen, bei ihm zu lernen. Nun aber schien es unerträglich, dort noch einmal von vorn zu beginnen in seinem Alter. Sie entschlossen sich zu einer bescheideneren Wohnung mit Atelier auf der Île. Es mochte dort vielleicht nicht genug Sonne hinfallen, war vielleicht nicht der beste Platz für das Aufwachsen eines Kindes, aber es sollte ja schließlich nur vorübergehend sein, und es gab Gründe, die die Wahl vorerst zwingend machten.

In das Haus in der Rue d'Anjou konnten sie ohnehin nicht zurück. Dort war Pierre schon vor ihnen eingezogen, und deshalb war dem Meister sein Entschluß nicht schwer geworden. Denn Pierre hauste nicht allein. Die königlich schreitende Bezkitochter hatte ihn begleitet. Paris, Paris, nun hatte sie es erreicht, ihre Tragödinnengebärden gerieten allmählich nach allen Regeln der Kunst, sie studierte endlich bei der berühmten Clairon.

Daß das neu bezogene Quartier auf der Île ein wenig dürftig war, bemerkte Meister Falconet kaum, er hatte ja nie in seinem Leben auf Luxus, auf Bequemlichkeit sonderlichen Wert gelegt. Auch war er meist seltsam entrückt und zerstreut, und so fiel es Marie Anne auch nicht schwer, ihm zu erklären, daß die Sequestrierung des Pariser Vermögens aufgehoben worden war, daß Pierre in dieser Beziehung treusorgend die Familieninteressen wahrgenommen hatte. Es war wahrscheinlich wirklich nicht Pierres Schuld, gleichviel, Geld war kaum da. Von dem, was die Kaiserin ihnen vor der Abreise übersandt hatte, war eine winzige Summe geblieben, die reichte gerade zu neuem Beginn. Marie Anne mußte tüchtig arbeiten, um das alles zu schaffen, sie konnte gar nicht daran denken, wählerisch zu sein, hatte jeden Porträtauftrag anzunehmen. Er sollte glauben an sein sorgloses Alter und nur das arbeiten, wozu es ihn drängte. War auch alles anders gekommen, als sie beide es sich gedacht hatten – nie wieder Fron für ihn, das schwor sie sich.

Er ging nicht viel aus (so war es leichter, ihm manches zu verheimlichen), Schüler kamen nur wenige, auch wenige Freunde, ein unsichtbarer Kreis schien um ihn gezogen, der nicht so leicht zu durchbrechen war. So ging er etwas steif auf sein sechsundsechzigstes Jahr, die Gehilfin schritt leichtfüßig, ihre Schritte zügelnd, hocherhobenen Kopfes, wenn auch noch immer sehr bescheiden, neben ihm. Sie war zu jener Zeit vierunddreißig Jahre alt, kein rührend sanfter botticellischer Engel mehr, aber längst auch kein kläglich komischer Clown. Und sie hatte noch immer ihr Apfelgesicht, aus dem die dunklen Augen leuchteten. Und zu Hause wartete ein Kind.

Marie Anne war tief in Gedanken die Treppe hinaufgestiegen, die Zahlung einer vor Wochen gelieferten Porträtbüste war ihr versprochen gewesen, und nun war sie wieder mit leeren Ausflüchten hingehalten worden. In einer hochvornehmen, adeligen Familie hatte sie auf demütigende Weise eine Stunde lang warten müssen, gemeinsam mit allerhand Gesindel, das dies und das zum Kauf anbot, um schließlich gnädigerweise doch einen Auftrag zu erhaschen. Die Sitzungen sollten aber erst in Monaten beginnen, die Herrschaften fuhren nach Italien. Dann war sie in die Exposition gegangen und dort Madame Geoffrin begegnet, die hatte sie herzlich eingeladen. Zu ihr zu gehen könnte von Nutzen sein, jedenfalls um Konnexionen aufzufrischen. Marie Anne seufzte. Das hatte sie nie erlernt. Also würde es ein schwieriges Rechenexempel bleiben, wie man durch diesen Monat kam. Und im nächsten mochte es nicht besser sein. Auch geriet Marie Lucie so ins Wachsen, ein paar neue Schuhe mußten beschafft werden.

Sie stand einen Augenblick still, ehe sie eintrat. Dann pustete sie heftig in die Luft. Ein wenig Übermut war ihr geblieben. Und sie wußte ihn ja hinter dieser Tür. Sie pustete noch einmal entschlossen und verscheuchte die Sorgen. Er durfte nichts merken. Zuversicht ihm schenken, darauf kam es an. Warm wurde ihr da ums Herz. Wenn er nur wieder arbeitete, dachte sie innig. Aber ihm fehlte dazu der rechte Schwung. Auch waren ihm die Hände arg verkrümmt. Daran war der Nebel schuld, zehn Jahre hindurch kaltfeuchter Nebel und überhitzte Räume und zugiges Atelier und die Arbeit in der Wildnis zur Hebung des Felsens und die zweimalige ungeheure Anstrengung des Gusses. Dennoch, könnte er nur noch arbeiten! Keine Aufträge, nur was ihn freut. Die Fron war für sie. Sie lächelte

verschmitzt in sich hinein. So war es geblieben seit den Zeiten von Sèvres. Nur daß es jetzt so mühselig war, die Fron zu beschaffen. Rasch setzte sie aber die zuversichtlich unbekümmerte Miene auf. War sie auch aus dem Weinberg der Wahrheit, ein bißchen mogeln hatte sie schon gelernt. Still lächelnd trat sie ein.
»Hohen Besuch hast du versäumt, man läßt sich dir bestens empfehlen«, rief Meister Falconet ihr lebhaft entgegen.
Sie blickte ihn fragend an, dann stockte ihr Herz. Der vor ihr stand, war verwandelt. Einen gebrechlichen, mürrischen Alten hatte sie vor wenigen Stunden verlassen. Nun zuckte ein Lachen um seinen Mund, die Augen blitzten in altem Feuer und die Stimme, die Stimme! Da war wieder etwas von dem alten Schwingen darin. Und er ging nicht vorsichtig und ein winziges bißchen schwankend, er stapfte höchst vergnügt, Hände auf dem Rücken, auf und ab. Hinter diesem geliebten, vernagelten Schädel bauten sich allerhand Pläne, das konnte man geradezu sehen.
»Fürst Galizyn war da«, berichtete er und stapfte durch das Zimmer. »Er hat es sich nicht nehmen lassen, kam eigens aus dem Haag gefahren, um uns zu sehen. Schade, er hat es bedauert, dich nicht anzutreffen. Hat uns auch gar nicht so leicht gefunden, war zuerst in der Rue d'Anjou. Er hat ja immer Mühe gehabt, mich zu erreichen.« Falconet lachte.
Sein gutes, altes, spöttisches Lachen. Jahrelang hatte sie das nicht mehr gehört. Da setzte sich Marie Anne erst einmal nieder. Unter solchem Lachen ließ sich gut ausruhen. Jetzt spürte sie erst, wie müde sie war.
»Früher«, fuhr Meister Falconet fort, die alte Frechheit schwang nun in der Stimme, in seiner metallisch schwingenden Stimme, »hab ich ihn lange warten lassen, und nun mußte der hohe Herr auch noch so hoch steigen, um den Vysokorodie zu finden.« Den Titel hatte er niemals wieder erwähnt. »Etwas atemlos ist er angekommen. Achtzig haben wir ausgerechnet«, sagte er, »achtzig ist der Fürst jetzt.«
Marie Anne saß da und weidete sich. Auge und Ohr nahmen gierig Bild und Stimme auf. Das war wieder jeder Zoll ihr Meister. Der vermochte noch einmal neuen Anfang zu setzen, auch mit sechsundsechzig Jahren. Der ging noch einmal an sein neues Werk. So hingerissen, so selig war sie, daß Neugier, wieso das hatte geschehen können, gar nicht aufkam.

Aber sie sollte es doch erfahren. Meister Falconet blieb vor ihr stehen. »Das Denkmal ist enthüllt, Marie Anne«, sagte er ernst. »Sie haben es nun doch auf den Sockel, auf den Isaakplatz gestellt. Die Kaiserin hat sich davor verneigt und eine tausendköpfige Menge tat es ihr nach. Wir sind nicht vergessen. Die Neider und Quertreiber, die uns das Leben vergällten, sind nicht Sieger geblieben. Unser Name war an diesem Tag in aller Mund, sagt der Fürst.«

»Unser«, hörte Marie Anne. Unser Denkmal. Und nebenan spielt unser Kind, dachte sie. Und da rannen ihr schon die Tränen über das Gesicht. Gestauter Schmerz, verbissener Kampf, allein, durch Jahre, um das tägliche Brot für sie drei. Und die Mühe, es ihm zu verheimlichen, ihn glauben zu machen, sie seien reich. Und nun stand er vor ihr in der alten Kraft. Hemmungslos ließ sie ihren Tränen freien Lauf.

»Na, na, na«, sagte er und versteckte die Rührung, so wie er es immer getan, und zauste ihr in gespielter Grobheit ein wenig das Haar. Dann hatte er etwas in Händen und hielt es ihr hin. »Ja, für dich«, ermunterte er, da sie ihn heulend anstarrte. Und weil sie keine Anstalten machte, danach zu greifen, schlug er ihr die handtellergroße silberne Medaille in die Hand und klappte ihre reglosen Finger darüber. »Ansehen!« kommandierte er dann scherzend und hatte Mühe, diesen Ton zu halten. Oh, sie kannte ihn doch so gut. Und sie sah noch immer nicht, was sie in Händen hielt. Starrte immer nur ihn an, und die Tränen rannen über das sanfte Apfelgesicht.

»Diese Medaillen«, erklärte Meister Falconet und hielt nun eine zweite, goldene in der Hand, »hat der Fürst uns überbracht, von der Kaiserin. Die silberne hat sie für dich und die goldene für mich bestimmt. Die hat sie zur Erinnerung an die Enthüllung schlagen lassen«, fügte er hinzu. »Halte sie fest. Aufrecht und stolz darfst du sie entgegennehmen. Es ist der Kaiserin Dank an dich. Mir schuldest du nichts. Wir stehen beide in eines anderen Schuld.« Und dann verscheuchte er die Feierlichkeit, in die er da geraten war, und rang in gespielter Verzweiflung die Hände, weil Marie Anne noch immer wie gebrochen dasaß.

»So hör schon auf mit der Heulerei«, rief er übermütig. »Sonst erzähl ich dir noch, daß du sie wirklich nicht verdienst. Denn den Kopf hast du doch wegen der Ähnlichkeit machen dürfen, und für den Kopf hast du ja die Medaille erhalten. Und dabei stellt der Kopf jetzt den Abkonterfeiten gar nicht dar. Ich hab immer gesagt, auf Ähnlichkeit kommt es nicht an!« »*Petro Primo, Catharina Secunda*«, las er von dem goldenen Ding in seiner Hand. Und dann erzählte er, was der Fürst darüber wußte. Da mußte sie nun doch herzlich lachen und sah sich die Medaille endlich an.

Jetzt lachten sie beide aus ganzem Herzen, Marie Anne wischte sich die Tränen, Lachtränen waren das nun. »Ein seltsames Land«, meinte er kopfschüttelnd. »Man dekretiert, was man will, und geduldig nehmen sie es hin. Na, schön, Peter der Große also«, schloß er, »uns kommt es gewiß nicht mehr darauf an.«

Aber noch etwas anderes blieb zu berichten, fast hätte er es vergessen. »Der Fürst brachte auch Geld, ziemlich viel«, sagte er und wies auf den Tisch, dort lag eine pralle Geldkatze. »Ich wollte es erst nicht annehmen, aber er meinte, wenn ich es schon nicht wollte, sollten wir es aufheben für Marie Lucie. Deine Tochter«, sagte er lustig, so sprach er stets von ihrer beider Kind, »deine Tochter wird also eine kaiserliche Mitgift haben.«

Sie lächelte unter Tränen.

»Aber jetzt«, meinte er ernster werdend, »wir haben ja reichlich Geld auf der Bank, jetzt habe ich doch Lust bekommen, die Sorglosigkeit noch einmal zu nutzen. Ich möchte es doch einmal sehen, dieses Pferd des Marc Aurel, gegen das ich immer loszog, auch die Zentauren des Palazzo Furietti und noch manches andere. Mein Haß auf die Antikomanen ist ein bißchen verraucht im Laufe der Jahre«, gestand er lächelnd. »Italien?« fragte er dann leise und blickte ihr in die Augen und hob ihr Kinn zu sich hoch. »Und vielleicht auch Griechenland und die Akropolis?«

Da brachte sie es nicht über sich, ihm zu sagen, wie wenig auf der Bank lag, und daß das Geld auf dem Tisch nahezu ihr einziger Besitz war. Und sie nickte. Und konnte doch wirklich nichts dafür, daß schon wieder die Tränen flossen, tränenüberströmt saß sie da.

»Unerträglich«, wetterte er los, zog ein Tuch aus der Tasche, trocknete ihr das verheulte Gesicht und schneuzte die Himmelfahrtsnase.

So schließt sich der Kreis und so runden sich die Jahre, und es sind sechzehn Jahre vergangen von Fürst Galizyns erstem Besuch, der den Auftrag für das Lebenswerk gebracht hatte, bis zu seinem letzten, der das Zeichen der unveränderten Huld der Kaiserin bot. Und die Italienreise ward beschlossen.

Es war ein durchsichtiger, wolkenloser Spätherbsttag. Marie Anne kam aus Fontainebleau, von Angélique Diderot hatte sie sich vor der Reise verabschiedet. Die wohnte dort mit einer großen Kinderschar, war die letzte, die geblieben war von den alten Freunden. Diderot verließ damals schon kaum mehr das Haus, auch war das alte Einvernehmen nie wieder ganz hergestellt worden, Grimm befand sich auf Reisen, und sonst lebte keiner mehr aus dem Weinberg der Wahrheit.
Wild lodernd stand draußen der Wald in rotbraungolden leuchtenden Flammen. Tiefsatt prangten Sonnenblumen und Dahlien in den Gärten. Da hatte mit der letzten Kraft die Natur den letzten Saft zusammengerafft zu einem jäh aufrauschenden, jauchzenden Choral. Man hielt den Atem an vor so gewaltiger Pracht, und die Zeit schien stille zu stehen. Und es drückte einem doch die Kehle zu, denn jedes Blatt, jeder Stiel, jedes Rot, Ocker, Zinnober, Orange und Gelb mußte vergehen in Kürze.
Marie Annes Herz war sehr bewegt. Nachdenklich und hochgestimmt zugleich ging sie langsam heim im goldenen Nachmittagsglanz durch den Tuileriengarten und über den Platz Ludwigs des Vierzehnten, hinüber auf das linke Seineufer.
Italien, dachte sie in Verwunderung und schüttelte den Kopf und sah, als wär's erst gestern gewesen, das düstere Gewölbe vor sich, in dem sie aufgewachsen war. Ein weiter Himmel wölbte sich jetzt über ihrem Leben, hatte er auch manches Gewitter gebracht. Aber auf die Weite des Himmels, auf die kam es an. Und nun also Italien und an seiner Seite, und er war wieder in voller Schaffenslust und würde wieder arbeiten. »Bis der Tod uns trennt«, dachte sie dankbar und zuversichtlich, als sie den kühlen Hausflur betrat.

Was sich in Meister Falconets Studierstube, während er mit dem Packen der letzten Reisedinge beschäftigt war, zugetragen hat, ist später nie mehr ganz aufgeklärt worden. Vorerst war er der

Sprache beraubt, und als er wieder sprechen konnte, blieb er halbseitig gelähmt, und sein Blick war so gewaltig verändert – er sah meist durch die Menschen hindurch in weite Ferne –, daß sich jede Frage verbot. Auch war es schließlich gar nicht mehr so wichtig, wie sich dies alles eigentlich abgespielt hatte. Marie Annes Gedanken mußten voll darauf gerichtet bleiben, dem Kranken das Nötige zu tun. Und die rechten Handgriffe hatten erst erlernt zu werden, denn er ließ niemanden anderen an sein Lager.

Fest steht nur, daß Pierre erschienen war. Kam er auch selten, so kam er doch manchmal, es hatte keinen offenen Bruch gegeben, und so fand die Magd auch nichts Besonderes an diesem Besuch, er wollte wahrscheinlich nur gute Reise wünschen. Doch hatte Pierre gewiß von der bevorstehenden Fahrt nichts gewußt. Er war wohl eher gekommen, um sich Marie Anne zurückzuholen. Es hatte schon einmal ein Gespräch zwischen ihnen gegeben, das Marie Anne dem Meister zu verheimlichen verstanden hatte. Die Bezkitochter hatte ihn da schon wieder verlassen, er hatte von ihrem Geld ein wenig mitgelebt. Nun besaß er kaum noch Mittel, brauchte daher allerhand Unterschriften, um das Haus zu Geld zu machen, und Marie Anne verschaffte sich immer noch Porträtaufträge, und er wollte sie also zurückhaben. Er war damals schon arg heruntergekommen, hatte ja von Anbeginn keine Arbeit gehabt, die ihn hätte tragen können über Abgründe. So muß ihn der Anblick der Reisevorbereitungen doppelt heftig getroffen haben, und Marie Anne war zudem gar nicht da, und eben dies beides beschwor das Verhängnis herauf.

Unzweifelhaft muß es zu einer Unterredung zwischen Vater und Sohn gekommen sein, zu der sich allerhand Zündstoff aufgestapelt hatte von Anbeginn. Und nicht nur von ihrer beider Leben, sondern weit zurück bis in graue Vorzeit, seit es überhaupt Vater und Sohn gegeben hat. Da war dieser Alte und hatte die Summe seines Lebens gezogen und unter gewaltigen Mühen und oft hart am Abgrund vorbei die Ernte in die Scheune gebracht. Und hatte nur seiner Arbeit und Jahrzehnte hindurch wie ein Mönch gelebt – hatte keine Frau gewollt und zäh und verbissen dagegen gekämpft, und nun war am Ende doch diese unbeschreiblich samtige Sanftheit der Gehilfin nicht mehr aus seinem Leben gewichen, und da es so war, wollte Falconet diese Fahrt mit aller Inbrunst. Er ging dahin und dorthin im Raum und packte Schriften und Skizzenbücher zusammen und war ein wenig zerstreut und nicht gerade gesprächig. Herzlich war es zwischen ihnen ja nie sonderlich gewesen, und er mochte merken lassen, daß er den Sohn gern schon wieder draußen gehabt hätte, und gesorgt war ja für ihn nach der Aufhebung der Vermögenssequestrierung, wie Marie Anne ihm gesagt hatte, und erhalten hatte sich dieser Junge, dessen Schneiderrechnungen in einem Jahr so viel ausmachten wie die seines Vaters nicht in einem ganzen Leben, ohnedies nie selbst!

»Vielleicht«, sagte er gleichmütig auf eine Frage Pierres, ob sie den Maler Torelli, einen Bekannten aus Petersburger Tagen, in Rom aufzusuchen gedächten. Pierre zeigte sich erbötig, dem gleich zu schreiben, und machte wieder einmal einen seiner täppisch hilflosen Versuche, sich durch irgend etwas einzuschieben und festzuhalten, was er ja doch nie ernstlich hatte gewinnen können und also auch nicht zu halten vermochte. »Marie Anne hat das alles in der Hand«, fügte er hinzu. »Wir brauchen keinen Menschen dort.« Und das hieß, wir wollen schauen nach Herzenslust, wir sehen ja auf die gleiche Weise, und mochte auch heißen – wir haben einander, und damit genug.

Da stand dieser blasse, müde Knabe, nicht ohne Anmut, noch immer und war längst kein Knabe mehr. An die Vierzig war er damals und trug schon mancherlei Zeichen im Gesicht, aber doch nur Zeichen, die die Zeit gegraben hatte, nicht für das, was er aus der Zeit gemacht hatte. Auch war er schon ein wenig ins Trinken gekommen und lebte mit irgendeiner Frauensperson, die hatte er am Morgen vor die Tür gesetzt, weil er eisern entschlossen war, sich Marie Anne heute zurückzuholen, und nun fuhren die beiden morgen nach Rom. Dieser schäbig gewordene Alte im schäbigen Rock und mit schäbigem Gepäck zusammen mit ihr, die eigentlich seine Frau war. Und die ihm nun sogar den Tort antat, gar nicht dazusein. Ein Greis, der sich zur Sicherheit den Arm der Jugend lieh, eine höchst lächerliche Lustreise von zweien, die nichts von Lebenskunst verstanden. Aber es blieb Pierre doch nicht viel anderes übrig als abzugehen. Und nur um passablen Abgang bemüht, tat er noch eine Frage. Während er sich schon den Handschuh überstreifte, sagte er leichthin: »Und das Kind?« Und war gar nicht neugierig auf die Antwort – ob sie es mitnahmen oder in irgend jemandes Obhut ließen, es war ja in jedem Fall für das kleine Mädchen aufs beste und umsichtigste gesorgt, und er selbst hatte keinerlei Absicht, sich mit dem Kind zu belasten, ehe er die Mutter dazu gebracht hatte, die Lebenslast auch für ihn zu tragen.

Da aber blickte Meister Falconet doch auf von seinem Tun und hielt inne. Er war gerade dabei, einen überquellenden Sack zuzuschließen, und kam damit nicht zu Rande, und deshalb machte Pierre die wenigen Schritte von der Schwelle zurück, um mit anzufassen. So standen sie einander gegenüber, Aug in Aug, diesseits und jenseits des Reisesackes. »Das Kind fährt mit«, sagte Meister Falconet ruhig, und das war wirklich keine Antwort, die nicht zu erwarten gewesen wäre. Die Tatsache der Reise hatte Pierre ohnehin viel tiefer getroffen, und hätte der Vater seine Frage überhört und keine Antwort gegeben, so hätte der Sohn die Frage auch kaum wiederholt, so gleichgültig war ihm im Grunde die Antwort. Aber wie die beiden Männer jetzt Aug in Aug einander gegenüberstanden, war der eine ein Alter und der andere noch in der Lebensmitte und hatte eine weite, dem Alten unendlich weit dünkende Strecke vor sich. Da glomm bei diesem beiläufigen Satz etwas im Auge des Alten auf, von dem er selbst nichts ahnte und das er, hätte er darum gewußt, doch nicht hätte unterdrücken können. Zu vieles war unterdrückt worden ein Leben lang.

Dieses winzige Glimmen in dem schon tief eingefallenen Blick traf Pierre wie ein Sturz hellen Lichtes, daß er getaumelt wäre, hätte er sich nicht an dem Reisesack festgehalten. »Das Kind!« keuchte er nur. Und: *»Du!«*

Da stand Meister Falconet noch.

Aber Pierre wiederholte stimmlos und langgedehnt dieses winzige Wörtchen: »D-u!«

Und da sackte Meister Falconet, gefällt von der Wucht dieses Wortes, zusammen.

Denn es gibt Dinge, die einer wissen kann und zu tragen vermag, wenn er auch nie damit fertig wird, und die doch nicht ans Tageslicht gezerrt werden dürfen. Und Pierre hatte ja eigentlich keine Szene gemacht, bloß zweimal »du!« gesagt. Aber Meister Falconet hatte es doch sehr wohl vernommen, daß es heißen sollte »vom Vater zum Hahnrei gemacht«, und da hatte sich Haß von Urzeiten gegen ihn erhoben und ihn gefällt.

Aus der Reise nach Italien wurde ein Krankenlager von acht Jahren. Halbseitig gelähmt war Meister Falconet nun, vollwachen Geistes und schreibunfähiger Rechter. Er lernte, das Nötige mit der Linken zu tun, übersetzte seinen Plinius zu Ende, schrieb seinen geharnischten Kommentar und wurde ein tyrannischer, unduldsamer Patient. Die kaiserliche Mitgift für Marie Lucie zerrann, und Marie Anne mußte noch dankbar sein dafür, denn wie hätte sie ihm dienen können und gleichzeitig zur Arbeit gehen? Das sanfte Leuchten ihrer Stirn ist von jedem bemerkt worden, der den schwierigen Alten auf seinem Krankenlager besuchte. Ob auch er es bemerkte, ist ungewiß. Er war launisch und herrisch und sehr ungeduldig, und sie hatte es nicht leicht, durfte sie doch Tag und Nacht nicht von seiner Seite weichen. Manchmal schien es über ihre Kraft zu gehen.

Fürstin Katharina R. Daschkowa, Ph. D., h.c. (Oxford)
Präsidentin der Akademie der Wissenschaften
Erste Staatsdame a. D.

Seiner Exzellenz — Kirganowa, den 5. August 1787
Minister Graf Nikita Panin
Petersburg

Teurer Onkel Nikita!
Heute ist das Urteil des Kreisgerichtes (in zweiter Instanz) gegen mich ergangen. Wieder wurde mir auferlegt, dem kaiserlichen Stallmeister, Fürst Narischkin, meinem Gutsnachbarn, entweder seine tote Sau zurückzuerstatten (sei es auch in Form von Geräuchertem und Würsten) oder den Gegenwert, der in Anbetracht des angeblich außerordentlichen Prachtexemplars holländischer Provenienz mit zweihundert Rubel bemessen wurde. Überdies soll ich auch noch die gesamten Gerichtskosten tragen.

Der Prozeß zieht sich nun schon in das dritte Jahr und wirft ein betrübliches Licht auf unsere Justiz. Leider bin ich zur Zeit durch die Einbringung der Ernte und andere Gutsgeschäfte so in Anspruch genommen, daß ich die Sache nicht weiter verfolgen kann. Ich bitte Euch nun, Onkel Nikita, nehmt Euch Eurer schwer überbürdeten Nichte an. Mag Euch die Angelegenheit auch geringfügig erscheinen, ich bin entschlossen, bis zum Appellationsgericht zu gehen.
Ich rekapituliere kurz den Hergang, da ich nicht weiß, ob er Euch noch erinnerlich ist. Meines Gutsnachbarn Sau brach über mein Gatter (die Reparatur hat mir keiner ersetzt) und begann, sich in meinem schönsten Nelkenbeet einzuwühlen. Eine fette, gescheckte Sau in meinem Ziergarten, unter meinen eigenhändig gezogenen Nelken. Ich gab Auftrag, mich von diesem abscheulichen Anblick schleunigst zu befreien und das Vieh zu verjagen. Nun, die Domestiken haben es eben statt dessen zur Strecke gebracht. Das Ende der Sau war nur gerecht, der Schaden, den sie angerichtet, wurde mir nicht ersetzt. Und nun soll ich für sie gar noch zahlen? Ganz abgesehen davon, daß eine holländische Sau niemals den Wert von 200 Rubel repräsentiert. Als Präsidentin der Akademie war ich glücklicherweise in der Lage, mir Expertisen holländischer Fachleute zu verschaffen.
Ich bitte Euch also, teurer Onkel, solange ich hier festgehalten bin, die Sache zu betreiben, aber ernstlich. Möge man ruhig lachen bei Hof über meine vielen Prozesse, ich will beweisen, daß in unserem Lande am Ende jedem sein Recht wird, selbst der Fürstin Daschkowa. Daß ich dies zu beweisen unternehme, dafür schuldet man mir Dank. Ich wünsche auch den Herren der Akademie zu beweisen, daß eine Frau nicht nur der höchsten Gelehrsamkeit würdig vorzustehen weiß, sondern auch keinerlei Unrecht duldet.
Indem ich der Hoffnung Ausdruck verleihe, daß es mit Eurer Gesundheit so erträglich bestellt ist,
verbleibe ich wohlaffektioniert
Eure treu gehorsame Nichte

Katharina Romanowna Daschkowa

Nun war es soweit. Sie hatten Meister Falconet im Rücken die Kissen hoch aufgerichtet, so daß er halb saß auf dem Lager, das er acht Jahre lang nicht mehr verlassen hatte, und dies sollte seinen Atem erleichtern. Keuchend und rasselnd atmete er. Die gelähmte Rechte lag leblos auf der Decke. Marie Anne saß neben ihm und hielt die Linke, warm pulste das Blut noch durch, und so schien ihr, er erwidere noch leise ihren Druck. Meister Falconet hatte die Augen groß und voll auf sie gerichtet, doch war das Atmen schon ein schweres Geschäft. So sah er die neben ihm Sitzende wohl auch nicht mehr recht. Langsam vertropften die Stunden, und langsam vertropften die Tage. »Wohin denn, Denis?« fragte er plötzlich, es war aber keiner im Raum außer Marie Anne, und Freund Diderot weilte ja schon lange nicht mehr unter den Lebenden. Und dann wieder für Stunden nichts als das mühsame Atmen. Doch endlich schien es leichter zu werden, er atmete freier, es rasselte kaum, und er wurde lebhafter. Da traten sie nun alle an sein Lager, die ganze Kavalkade der Verstorbenen zog vorbei. »Ach Bachmann«, sagte er zur Begrüßung, und sein Gesicht nahm einen ernst lauschenden Ausdruck an. »Ja, ja, Kornilow«, gab er zur Antwort. Und dann löste sich sacht seine Hand aus der Marie Annes und machte eine winzig schwache Gebärde und die gebot unwidersprechbar Einhalt. »Nein«, sagte er leise und sprach den Namen, der nie wieder zwischen ihnen gefallen war, nicht aus. Aber Marie Anne wußte sofort, daß er Pierre in seine Schranken wies. Und auch eine Frau trat offenbar an sein Lager. »Schon gut, schon gut, Suzanne«, sagte er und wurde ungeduldig. Marie Anne hatte den Namen nie von ihm gehört. Und dann nickte er ein und schlief wieder für Stunden. Marie Anne sah brennendtrockenen Auges auf ihn und konnte sich vor Müdigkeit nicht mehr auf ihrem Stuhl halten und ließ sich doch nur widerstrebend von Marie Lucie zu kurzer Rast im Nebenzimmer betten, und diese übernahm inzwischen die Wache. Er schlug die Augen auf und sah die Fünfzehnjährige, den Blick aus blassem Gesicht voll auf ihn gerichtet, und er nickte zufrieden. Marie Anne saß bei ihm.

Danach gab es wieder Stunden, in denen er ganz wach war und mit beiden klar sprach und dies und das verlangte, und Mutter und Tochter sahen einander scheu an, und es glomm eine

winzige, unsinnige Hoffnung in ihnen auf. Doch wurde er wieder ungeduldig und sagte: »Was soll ich denn jetzt tun? Will doch nicht schlafen, wenn sie mich holen kommen.« Marie Anne stockte das Herz. »Ich wache ja«, flüsterte sie stimmlos. »Ja«, erwiderte er sonderbar hell und schien beruhigt. »Du wach. Du paß auf! Daß sie mich nicht schlafend finden!« Und ließ sich in ihrem Schutz wieder zur Ruhe betten. Und das schien Marie Anne über alle Maßen herzzerreißend, daß er sich ihr, die ihn immer nur heimlich und ohne sein Wissen hatte hüten und beschützen dürfen, nun getrost in die Hut begab. Und wieder nach Stunden – Abend war es geworden, und man hatte einen Spalt des Fensters geöffnet, nur für einen Augenblick, denn es herrschte Winterskälte draußen, Glockengeläute drang herein, konnte ebensogut zu einer Versammlung wie zum Gebet rufen, denn Revolution herrschte im Lande und die Klubs tagten in Kirchen –, da horchte er auf.
»Die Glockenlehre«, rief er plötzlich sehnsüchtig mit einer ihr ganz fremden Stimme, und dies war auch ein fremdes, nie gehörtes Wort. »Nie haben wir etwas anderes gewollt«, rief er, und es war klar, daß er die Menschenrechte meinte, und daß sie nichts anderes seien als christliche Bruderliebe. »Und wie haben sie sie mißentstellt!« – ihm entschwand bereits die Beherrschung der Sprache. Marie Anne benahm es den Atem, wie er, der mit dem Bilden der Wörter nicht mehr zu Rande kam, dennoch ein neues Wort und eine neue Lehre bildete. Gerade dieses Nicht-mehr-zu-Rande-Kommen war es, was ihn beschäftigte und was ihn noch hielt. Aber dann geschah noch etwas anderes.
Marie Anne stand Hand in Hand mit dem Töchterchen, sie lehnten beide an der Wand und sahen ihn aus weit aufgerissenen Augen an, und es war über die Maßen entsetzlich. Denn ein wilder, ungebärdiger Mann wies ihnen mit wildem Wort und wilder Gebärde die Tür – aber man durfte ihn jetzt doch nicht verlassen – und schrie laut klagend und drohend in einem: »Laßt mich! Geht! Ihr haltet mich ja. Ja, ich weiß, ihr meint es gut! Aber laßt los, laßt los! Ich darf nicht länger bei euch bleiben! Man ruft mich! Geht, so geht doch!« keuchte er.
Und da Mutter und Kind gebannt und reglos an der Wand lehnten, keuchte er nochmals: »Geht! Ich will es! Verlaßt mich!

Geht! Ich werde gerufen! Ihr dürft mich nicht halten! Geht!« flehte er inbrünstig. »Geht!« forderte er. Und das war einer, der seiner Sinne durchaus mächtig war – schweig stille, mein Herz – und war es auch schrecklich, so schien ihr sein Ausbruch doch noch ein Zeichen ungeheurer Kraft. Undenkbar, daß das Ende schon nahe sein sollte. Und doch war es bereits der Todeskampf, denn ein wenig später fiel der Meister in unruhigen Halbschlaf, aus dem er nicht mehr voll erwachte.
Marie Anne ließ das Kind nicht länger im Raum und saß wieder still und allein bei dem Geliebten und hielt seine Hand. Der Atem des Schlafenden ging schwer und schwerer, es rasselte wieder in ihm, und die Stunden vertropften, und sie fühlte seine Hand schwerer und kälter werden, und langsam entwich das Leben. Nur von Zeit zu Zeit schlug er die Augen auf und sah sie an und nickte wieder ein und schien beruhigt und ihr jetzt gar nicht mehr böse zu sein, weil sie nicht von seinem Lager wich. Aber vielleicht sah er sie auch schon nicht mehr und erblickte ganz anderes, wer konnte das wissen? Und dann hatte er genug gekämpft, sich genug gemüht um das schwere Geschäft des Atmens und ließ es sein, und der getreue Arzt Petit trat leise ein, legte das Ohr horchend an die Brust, drückte ihm die Augen zu und sagte: »Exit.«
Da legte Marie Anne die Hand, die sie ein ganzes Leben geleitet hatte, ihm still auf die Brust zurück und erhob sich mühsam, trockenen Augs und trat ein wenig taumelnd ans Fenster und öffnete es weit. Petit sah befremdet auf, so etwas tat man doch nicht in einem Raum, wo ein Toter lag. Aber woher sollte sie das wissen? Es war der erste, den sie hatte sterben sehen. Sie hielt den Fensterflügel mit beiden Händen weit auf und sah dem Seelenvogel nach, der unversehrt aus seinem Käfig flatterte und sich hinausschwang in die Lüfte und zurückkehrte ins Morgenlicht.

Meister Falconet war gestorben, fünfundsiebzig Jahre alt, am elften Februar siebzehnhunderteinundneunzig. Und dreißig Jahre lang hatte er Marie Annes Leben bestimmt. Was wurde nun aus ihr? Wie geschah ihr? Wo blieb sie? Ja, war es denn Zeit, sich darum zu kümmern in solcher Zeit? Siebzehnhunderteinundneunzig! Eine große, gewaltige, fürchterliche und erhebende Zeit, je nachdem. Zeitenwende, Revolution. Wen sollte es da bekümmern, was mit Anne Marie geschah? Wo blieb sie? Konnte sie bleiben? Die Gehilfin des Bildhauers einer Kaiserin? Was wußten die denn davon, daß sie aufgewachsen war im Weinberg der Wahrheit! Und was hatte Diderots Weinberg, diese sanft gewaltige Lehre, die sie alle erwärmte, noch mit diesem die Erde erschütternden Donnerschlag zu tun? Laßt andere darüber grübeln, laßt andere darum kämpfen, bis sie auf der Guillotine enden oder ihr Gewissen mit eigener Hand erwürgt oder das eigene Banner beschmiert oder es wieder reingewaschen haben. Und wer, der dabeigewesen ist, konnte schon sagen, daß er bestanden habe, ehe er unter der Guillotine lag. Die Zeit überstehen war schon Gewaltiges. Später einmal Zeugnis ablegen, vielleicht reinigt das von Schuld, dachte damals mancher.

So unfruchtbares Grübeln war Marie Annes Sache nicht. Ihr war Geringfügigeres aufgetragen und doch viel zu Gewaltiges. Sie war eine einzelne schwache Frau gegen wild preschende Wogen, aber diesen Kampf nahm sie auf, er war ihr aufgetragen und sie lief.

Wohin, Marie Anne? Die Straße ist kein Aufenthalt für Euch in dieser Zeit. Im Tuileriengarten stehen die mächtigen alten Bäume nicht mehr, und die Brücke zur Place Louis XIV. haben sie abgebrochen, und sein Denkmal, die Reiterstatue Bouchardons, liegt auf dem Boden. Bald werden sie sie abschleppen und Kugeln daraus gießen.

Und auch auf der Place Vendôme liegt ein Reiterstandbild am Boden, und selbst den guten König Heinrich, der sich sehr wohl um ihren Hunger gekümmert hat, haben sie gefällt. Es wird eine lange Zeit verfließen müssen, ehe sie wieder unterscheiden werden zwischen König und König in ihrer Geschichte. Wohin rennt Ihr, Marie Anne? Seid Ihr toll geworden? Eine Frau allein im Strudel der Zeit. Dieser Zeit! Doch rannte sie eilig und blickte nicht links und nicht rechts, ein Tuch hatte sie um den Kopf geschlagen, und einen einfachen Umhang trug sie, und schrie sie auch nicht und schwang sie nicht Fahnen und sang sie auch nicht mit im Zug »ça ira, ça ira, ça ira«, so war sie doch wohl eine von ihnen, eine einfache verhärmte Bürgerin und gänzlich unverfänglich, und keiner hielt sie an und keiner

hielt ihr das Gewehr quer über den Weg und keiner fragte drohend: »Bürgerin, Eure Kokarde!«
Die Bürgerin Falconet lief, ohne nach rechts und links zu sehen, wand sich da geschickt zwischen ein paar Männern durch, die sich vor einem Anschlag drängten, merkte nicht, daß sie dort etwas unsanft angerempelt wurde, daß der Zuruf und die Aufforderung, mit ihnen zu ziehen, ihr galt. Sie lief über den Pont Neuf, hinein in die Rue de la Monnaye, immer weiter, eilig über die Place de l'Egalité und bog in die Rue St. Honoré ein, und dann hinauf, die schmale Rue d'Argenteuil. Nun erst atmete sie auf ob der Stille hier und verlangsamte ihre Schritte. Hierher schien sich noch keiner verirrt zu haben, und sie blieb einen Augenblick lang vor dem Portal der Kirche St. Roch stehen. Ja, da lag sie! Bescheiden in die Ecke geklemmt zwischen einer Gartenmauer und einem langgestreckten Wohnhaus und war doch ein gewaltiger Bau, und die jahrhundertealten Nischenfiguren lächelten seltsam aus einer anderen Zeit. Sie waren offenbar unbemerkt geblieben im Zeitgetöse, hier tagten wohl keine Clubs, und ja, seinen Christus und auch seinen Jesaja, die würde sie vielleicht unangetastet wiederfinden. Marie Annes Herz klopfte gewaltig, und ihre Knie versagten ihr jetzt doch den Dienst. Immer noch war sie eine große Liebende, größer als Laura, inbrünstiger als Heloise, und gleich würde sie wieder bei ihm sein. Bewahren mußte sie sein Werk, es bewahren über dieses Zeitgetöse und für die Ewigkeit. Und jetzt sollte sie ihn wiederfinden. Und so, langsam, feierlichen Schritts und erwartungsvoll wie eine Braut, trat die Bürgerin Falconet ein in die Kirche St. Roch und entschwand den Blicken, und es begann ihr harter, mühseliger Kampf um die Bewahrung der Werke Étienne Falconets.

Zeitenwende, Abschiednehmen. Auch anderswo. Auch hoch oben im Norden wurde Abschied genommen. Und Feste, Millionen verschlingende Feste noch immer. Und wieder ein Ball. Generalfeldmarschall Potemkin gab der Kaiserin zu Ehren einen Ball. Ein Darlehen von einer Million Rubel hatte er aufgenommen, um ihr ein Fest zu bereiten, wie sie es noch nie gesehen – und hatte ihr doch schon manches Fest bereitet, der Sieger von Otschakow, der Erbauer der Schwarzmeerflotte, der sie im Triumph durch die Krim geleitet hatte. Aber diesmal war alles ganz anders. Etwas Grandioses, noch nie Dagewesenes mußte es sein, dann fort mit diesen Puppen, mit diesen Laffen, die sie umgaben. Schluß mit Gesprächen über Liebesabenteuer. Dieser sanftseidige Zubow, der sollte fliegen, hoch und weit, wie ein Raketenfeuer. Lachend würden sie beide ihm nachblicken, wie er in weitem Bogen durch die Luft schoß. Einen neuen Anfang sollten Kleopatra und ihr Cäsar setzen.

Kehraus. Ausklang. Da geleitete der Zyklop seine Kaiserin über die Freitreppe hinunter an ihren Kutschenschlag. Er beugte sich tief über ihre Hand, ein gewaltiger Mann und der Bauherr ihres Reiches. Die weit vorgeschobenen Grenzen waren von ihm gesteckt, und ihre Fahne hatte er auf fernstem Posten gepflanzt, ein bedeutender Geist und ihr ebenbürtig. Nun wartete er auf ein Wort seiner Herrin.

Die Kaiserin sah zu ihm auf, eine plump gewordene Frau und der Zeit verfallen, mit weißgewordenem Haar. Sie war zweiundsechzig, aber Macht strahlte sie aus und den Zauber der Klugheit, noch immer. Sie lächelte ein wenig spöttisch und ein wenig wehmütig über sich selbst, ach, wie lang war das her, daß sie noch leiden konnte, daß sie zu sterben meinte vor brüllender Sehnsucht und toll machendem Schmerz. Jetzt konnte sie nur noch leiden machen, und sanftseidige Jugend holte sie sich heran, die sollte ihr die Abendschatten scheuchen, und sie sagte mit dunkler Stimme – noch schluchzten die Geigen hinter strahlender Lichterfront, noch wirbelten die Gäste drüben im Tanz –, Herzlichkeit lag in ihrem Blick, und sie sah doch vorbei an ihm: »Tausend Dank für alles. Ein herrliches Abschiedsfest habt Ihr mir da bereitet. Denn jetzt reist Ihr doch wieder? Man benötigt Euch doch wohl auf dem Kriegsschauplatz?« Ihr Gesicht war sehr ernst geworden und sie griff auch mit der freien Linken nach seiner Hand, in der schon ihre Rechte lag. So hielt sie seine Hand einen Augenblick lang fest mit ihren beiden Händen, aber das war auch das einzige, was sie für ihn noch tun konnte. Und dann hinein in die Kutsche, die Pferde zogen an und – fort!

Da stand der bedeutendste Mann des Reiches – einen dunklen Mantel hatte er umgeworfen –, klirrend kalt war es, über ihm der nächtliche Himmel und die funkelnden Sterne, hinter ihm

strahlend noch das Schloß im Festesglanz, und er sah dem davonstiebenden Schlitten nach – Abschied also.
»Wie der letzte Bettler auf offener Landstraße«, erzählte die Frau des Senators Elaghin, als die Kunde eine Woche später kam, und bald wußte es ganz Petersburg. Da hatte der oberste Mann des Reiches sich nach diesem Fest in seine Kutsche geschmissen, und nur die Branizka, eine von den sieben Nichten, die ihm verfallen war ein Leben lang, war nicht von seiner Seite gewichen. Über Stock und Stein ging's in sausender Fahrt erst nach Jassy und dann nach Otschakow. Was wollte er dort? Wollte Triumphe feiern und nicht vorher anhalten auf wild dahinstürmender Fahrt und bemerkte die getreue Branizka nicht, sie konnte ihm ja auch nicht helfen. Er rang nach Atem, nein, nicht halten. Weiter, immer weiter, und dann war es soweit.
Sie breiteten seinen Mantel auf den nackten Boden, der Kutscher hob ihn heraus und Potemkin atmete leichter, und die Sterne funkelten über ihm im dunklen Nachthimmel, und die Branizka heulte auf und drückte ihm die Augen zu und schlug den nachtschwarzen Mantel über ihn. Das war das Ende eines Cäsars, den die große Katharina sich einstmals erwählt hatte, weil sie beide verliebt gewesen waren in die Macht und weil sie gehofft hatten, diese Gemeinsamkeit werde vielleicht alles andere überdauern.

Die russischen Machthaber sind seit eh und je seltsame Wesen. Oft wird einer stranguliert, um einem anderen Platz zu machen, aber auch die Gebeine der Toten lassen sie nur höchst selten ruhen.
Die Kaiserin hatte manches zu bannen versucht, was sie von außen und innen bedrängte, die Herrschaft ihres hämisch quengelnden Sohnes jedoch, in dessen Augen es zuweilen wild und verstört aufglomm, hatte sie nur verzögern, nicht verhindern können. Als er nach ihrem Tode – siebenundsechzig war sie geworden – zur Macht kam, hat er nicht nur alles, was seine Mutter geschaffen, genau ins Gegenteil verkehrt, sondern er hat auch die Gebeine des Vaters nicht in Frieden gelassen und sie in gewaltiger Prozession durch die Stadt geleitet und das Gerippe für einen Augenblick nochmals auf den Thron gesetzt. Und

den, den er zwang, dies zu tun und hinter dem Gerippe her vor aller Augen zu marschieren, das war der Sieger von Tschesme mit der zuckenden, säbelzerschnittenen Fratze, das war Alexei Orlow, der fünfunddreißig Jahre zuvor, um Katharinas Thron zu sichern, ihr den Gatten gestürzt hatte von jenem Felsen, der jetzt steht auf dem Isaakplatz.
Auch Potemkin wurde von Katharinas Sohn bis über den Tod hinaus verfolgt, auch seine Gebeine wurden ausgegraben. Er lag zunächst unter einem bescheidenen Stein, den ihm nicht die Kaiserin, sondern die getreue Nichte Branizka, die ihn ein Leben lang verflucht und ihm ein Leben lang angehangen hatte, errichten ließ. Katharinas Sohn jedoch befahl, Potemkins Gebeine rings um die Stadtmauer zu verstreuen, und der Name sollte nie mehr genannt werden. So gibt es kein Grab des größten Baumeisters des Reiches, aber was er geschaffen hat, ist Geschichte.
Nur den, den er am meisten gehaßt hatte, Grigori Orlow, den ließ Katharinas Sohn ruhen, denn den hatten ja wildere Gewalten gejagt, den hatten die Erinnyen gehetzt, er hatte seine letzten Lebensjahre in Umnachtung verbracht und war in Umnachtung gestorben.
Der Sieger von Tschesme, Alexei Orlow, aber mußte nach jener Prozession zur Inthronisierung Peters des Dritten in die Verbannung, desgleichen die betagte Fürstin Daschkowa. Binnen vierundzwanzig Stunden hatten sie beide ihre Güter zu verlassen, und es ging in jagender Fahrt, von Emissären gehetzt, hoch hinauf in den Norden, wo sie und manch anderer, wie es hieß, »nachdenken sollten über die Vorgänge von siebzehnhundertzweiundsechzig«. Unter diesen Verbannten waren viele, die nichts anderes verbrochen hatten, als daß sie in Treue ihrer Kaiserin Katharina gedient hatten. Was immer man von ihr sagen mag, sie hat Großes gewollt und sich nach ihren eigenen Worten ihr Lebtag bemüht, ihre Macht nicht zu mißbrauchen.
Alexei Orlow mit der säbelzerschnittenen, zuckenden Fratze war zur Zeit der Verbannung schon siebenundsechzig, aber noch von gewaltiger Kraft, und er sollte sie noch einmal brauchen und auf seine Weise nutzen.
Ja, sie sind sonderbare Wesen, diese russischen Machthaber. Da gab es aber später auch noch andere, die nicht dulden wollten,

daß einer, halb oder ganz irr vor Angst, Mißtrauen und Machtgier, zuschanden machte, was kühner Geist und unermüdlicher Fleiß geschaffen hatten, wäre es auch unvollkommen, wie alles, was von Menschenhand herrührt.
So kam der Tag, da Alexei Orlow, zurückgekehrt, noch einmal für das Werk seiner Kaiserin eintrat. Er war mit dabei, als man ihren Sohn erwürgte. Wieder einmal war Palastrevolution, wie sie sich reiht von Geschlecht zu Geschlecht in diesem seltsamen Reich. Doch da befinden wir uns schon am Beginn des neuen Jahrhunderts. In dieses hineinragend, haben Alexei Orlow und die Daschkowa noch eine ganze Weile gelebt, sagenhaft reich Orlow, der seinen Bruder beerbt hatte und auch selbst von der Kaiserin mit Geschenken überhäuft worden war – steinreich auch die Daschkowa, der der Sohn jung verstorben war, und sie mehrte ihr Gut und war nun berühmt für ihre Darlehens- und Hypothekengeschäfte und hatte ihre Hand in allen Unternehmungen, eine große Geschäftsfrau bis an ihr Ende, doch ohne Erbe.

Weit ins neunzehnte Jahrhundert reicht auch das Leben Marie Annes, und die Spuren führen nach Nancy. Was sie von dem Werk des Meisters zu retten vermochte, hat sie dem Museum von Nancy vermacht. Die Standbilder der Kirche von St. Roch, von denen der Meister einst geglaubt hatte, der Auftragbringer, Fürst Galizyn, habe sie nicht nur gesehen, sondern auch als das, was sie waren, erkannt, nämlich als sein Bestes, hat sie nicht zu retten vermocht. Sie sind der Revolution zum Opfer gefallen. So sind auf uns hauptsächlich zierliche Gelegenheitsarbeiten gekommen, anmutiges Rokoko, das nichts besagt über ihn, wenn es auch zu Zeiten hohen Marktwert besessen hat. Aber das alles stammt aus der Epoche jener hochbezahlten Fron der Porzellanmanufaktur von Sèvres, der Zeit also, deren er sich schämte.
Über Marie Annes weiteres Leben wissen wir nur, daß sie ihre Sache gut in Ordnung gebracht und in Ordnung hinterlassen hat, was in jenen Zeitläufen nicht sehr leicht gewesen ein dürfte. Pierre hat sie nie mehr wiedergesehen. Er starb wenige Monate nach seinem Vater, unbemerkt und unbeweint, ein »Rentier Falconet«, der von dem Ertrag des Hauses in der Rue d'Anjou

und von allerhand dunklen Geschäften gelebt hatte und nie imstande gewesen war, sich durch sein Handwerk sein Brot zu verdienen.
Marie Anne aber zog mit der Tochter nach Nancy, es mochte dort sicherer sein als in Paris für eine, die an einem glänzenden Hof gewirkt hatte. Sie hat noch Marie Lucie verheiratet an einen polnischen Adeligen, dessen Vater ihr noch bekannt gewesen war aus Petersburger Tagen, entwurzelt und vereinsamt gleich ihnen und sich nicht mehr zurechtfindend in dieser so gewaltig veränderten Welt. Meißel und Stichel hat sie nie mehr berührt seit jenem flammenden Herbsttag vor der Italienreise, zu der es dann nicht mehr gekommen war. Doch ihren Zeichenstift hat sie nach des Meisters Tod wieder aufgenommen und mit ihrer Porträtkunst zeitweise den Lebensunterhalt der Familie bestritten. Sie starb unbemerkt, umgeben von den Ihren, eine alte Frau, von der niemand in Nancy etwas Näheres wußte, in ihrem dreiundsiebzigsten Jahr. Als man sie zur Kirchentür hinaustrug, schien sich ihr Leib noch im Sarg stolz zu recken, sie hatte die Krone des Lebens getragen, eine tapfere Arbeiterin im Weinberg der Wahrheit und eine große Liebende bis über den Tod. Hoch ward sie emporgehoben, und tief hatte sie sich gebeugt, dem, was das Leben ihr schickte, ihrem Schicksal. Was gibt es Stolzeres über ein Leben auszusagen? Mademoiselle Victoire!

Im Jahre achtzehnhundertfünfzig übergab die greise, verwitwete Baronin Jablomirska, wohnhaft zu Versailles, deren Stamm mit ihrem Tode erlosch, dem russischen Gesandten ein gar nicht so schmales Päckchen Briefe aus dem Nachlaß ihrer Mutter, Marie Anne Falconet. Sie sollten deren Willen zufolge in den kaiserlichen Archiven zu Petersburg bei den nachgelassenen Papieren der Kaiserin Katharina ruhen. Es war der Briefwechsel Falconets mit der Zarin. Der Atem einer wildbewegten, zukunftsträchtigen Zeit, unbändige Lebenslust und maßlose Schaffenskraft weht uns daraus an.

Von den berühmten Reiterstandbildern der Epoche ist keines auf uns gekommen. Sie sind alle der Französischen Revolution zum Opfer gefallen. Nur im heutigen Leningrad bäumt sich das

Roß Peters des Großen noch immer schäumend auf vor dem Abgrund und sprengt hinein in die Ewigkeit. Und gibt Kunde von blutbefleckter Schuld und dem Versuch der Sühne und von Kampf und Niederlage eines Bildhauers, der den Nachruhm verachtete. Es weiß auch zu berichten von seiner Gehilfin, die eine große Liebende gewesen ist, größer als Laura, inbrünstiger als Heloise, und von der es schließlich doch noch jemand aufgeschrieben hat.